大引茶商

黄天顺 著

陕西新华出版传媒集团
陕西人民出版社

图书在版编目（CIP）数据

大引茶商 / 黄天顺著. -- 西安 : 陕西人民出版社,
2019
ISBN 978-7-224-13267-0

Ⅰ. ①大… Ⅱ. ①黄… Ⅲ. ①长篇小说－中国－当代
Ⅳ. ①I247.5

中国版本图书馆CIP数据核字(2019)第128703号

出 品 人：宋亚萍
总 策 划：宋亚萍
责任编辑：许晓光　王金林
封面设计：翟　竞

大引茶商

作　　者　黄天顺
出版发行　陕西新华出版传媒集团　陕西人民出版社
（西安北大街 147 号　邮编：710003）
印　　刷　陕西奇彩印务有限责任公司
开　　本　890 毫米×1240 毫米　1/16
印　　张　30.5
字　　数　477 千字
版　　次　2019 年 7 月第 1 版
印　　次　2019 年 7 月第 1 次印刷
书　　号　ISBN 978-7-224-13267-0
定　　价　58.00 元

序言一

敢为商人鼓与呼
——评黄天顺先生《大引茶商》

长篇小说《大引茶商》是一部壮丽辉煌、境界高蹈、视野开阔的茯茶商史。在历来以写战争、农民、农业、农村为主打题材的现当代陕西文坛，出现这部以商业、商人为主体的纪实小说，尽管并非陕西首部商书，但还是令人有眼前一亮的新鲜感，倍感欣慰。

这是一部有骨、有肉、有灵魂的茯茶商史。骨者，有清末以来的中国社会史，从蒋家到马家、吴家、邓家、姚家几代人的家族史，有西安、兰州、泾阳及武威、镇番（现民勤）、丹江、赊旗、资江、安化等巨大空间及丰富的时空想象与还原，自然、山川、河流、古镇、道路，皆给人以如临现场的真实感。肉者，有血有肉，形象生动，见性见情的人及各色人等之间的不同关系，辈分、称谓，都十分贴合当时的民俗、习惯。如将父亲叫"大"而不叫"爸"，就唤起了我对自己父亲的思念。其实，书中的许多细节，都再现了旧中国西北部城乡浓重的民俗与生活细节。有灵魂者，则是指作者黄天顺先生有自己的思想和人生观、价值观。如"人在做，天在看。只有抛弃贪心，才能把事情做长久"。及如《易经》中"德不配位，必遭祸殃"的德命观等中国优秀传统文化内涵。前些年这种"天命"观是受批判的，被认为是封建迷信，其实这与西哲所谓的"性格即命运"有异曲同工之妙，其目的都是要与人为善。另外，书中那个兰州老掌柜关于"大家都是商人"的一番议论，也令我心服口服，刻骨铭心。这是天顺先生的透彻。人，难得一个透彻，不透彻，见到的常常是人性之伪。

为了核实有关史料，收集民间传说，丰富小说内容，黄天顺先生先后自驾考察了河西走廊等陕甘茶马古道的北线和安化湖茶进陕西的万里茶路南线，拜访了民勤、安化文史办主任和当地研究茶文化的名人，奠定了坚实的史料基础。在当今这个充满浮躁的时代，能用求真务实的文学形式演绎已经逝去的历史过往，其精神显得尤为可贵。

《大引茶商》的文学价值不仅仅在于弥补了当代陕西文学创作商帮题材较少的短板，还对丰富中国长篇小说的主题和生活视野具有重要意义。小说围绕著名的泾阳茯砖茶贸易展开，主要讲述了甲午海战、庚子之乱、八年全面抗战之际，陕商为国家捐资纾难，在西部打通贸易渠道，创新茯茶制作工艺等传奇，涵盖了近代陕西发生的重大历史事件，如帝后西狩、陕西辛亥革命、二虎守长安、关中年馑、西安事变、八路军云阳誓师等内容，以宏大的叙事方式、错综复杂的人物关系，多角度、全方位展现了陕西近百年的历史风貌。故事情节跌宕起伏，结构紧凑，语言通俗，回归了鲁迅等人对小说为“巷里者言”“稗官野史”的本质和意蕴，也体现了作者对商帮历史的熟稔和对小说大众化、可读性的艺术追求，更有追求大众媒体再创作的未来价值延伸考量，这从另一个侧面反映出了作者深刻的现实责任感和历史使命感。

《易·大传》说：“天下一致而百虑，同归而殊途”，讲的就是伟人毛泽东说过的“合而不同”。中国传统中固然有“无商不富”的重商传统，但在民间说得最多的还是“无商不奸”的贱商文化，然而，《大引茶商》具体而生动地告诉我们，商人、商业在保障人民生活需要，促进社会发展与进步中不可或缺的位置，不啻为商人这个越来越巨大的社会阶层翻了案。“吃的牛马苦，挣的血汗钱”，他们既是劳智者，也是劳力者，在他们之中有着更多的民族和国家社会的精英之才。由于人所共知的历史原因，在深入改革开放，大力发展市场经济的今天，商业题材的文学——小说，特别是挖掘久远中国历史中商业题材的文学作品相比之下，还是太少了。习近平主席最近与中小企业家的谈话，是党中央关怀并促进无论是在数量或财富上都占国民经济总收入半数左右的非公有制企业发展的重要行动和重大决策。当此之时，黄天顺的《大引茶商》的意义和价值，更不可低估！

黄天顺先生丰富的人文知识修养，练达的人情世态，也给笔者留下了深刻的印象，从而相信在茶商之外，他还应该有更为广博浩大的社会人生体验和社会生活积累，在当今现实题材方面，还会有更得心应手的写作潜力。对此，我充满期待！

李　星

2018 年 12 月 28 日

注：李星：著名文学评论家，茅盾文学奖评委，中国小说学会副会长，陕西省文艺评论家协会副主席。曾任《小说评论》主编，著有《读书漫笔》、《求索漫笔》评论集、《李星文集》（上、中、下卷）和《路遥评传》、《贾平凹评传》（与人合著）等专著。

序言二

黄天顺先生的小说《大引茶商》是继《三秦儒商》后，又一部用文学形式表现明清以来陕西商帮历史的佳作。

作品用大量鲜为人知的历史故事和跌宕起伏的情节构架，宏大叙述了明清、民国时期陕西商人一段沧桑悲壮的历史往事，讴歌了陕西商人在一个不产茶叶的地方却创造了一款中国顶级茶叶的创新精神，描写了在西部大漠戈壁中陕西茶商艰难前行的一段辉煌历史，是用小说形式表现明清陕商历史功勋的成功之作。

生活是创作的基础。黄天顺先生是有心人。为了写好这部小说，他曾经邀请我与他一道去湖南安化实地考察从安化到陕西、从陕西到甘肃横贯中国南北数万里的陕甘茶马古道，我因参加丝绸之路品牌万里行活动而未能陪他成行。后来得知，他在朋友的陪伴下，自驾从泾阳出发，走天水、赴兰州、过武威、越张掖，看嘉峪、拜敦煌、入青海，实地考察了陕甘茶马古道的北线，收集了大量陕商经营边茶贸易的精彩故事和历史事实，为创作积淀了厚重的史料基础。从陕甘茶马古道北线返回后，黄天顺先生又自驾从西安出发前往湖南安化进行实地采风。他风尘仆仆地翻秦岭、过丹江、观社旗、趋汉水、越洞庭、抵安化、踏古道、走廊桥、访名人、查资料，沿着当年安化湖茶进陕的陕甘茶马古道南线跋涉万余里，实地收集陕商经营湖茶的历史资料和历史故事。在现今浮躁横行的社会生态下，一个作家能忍得住寂寞，经得起甘苦，纵横数万里进行创作体验，这是令人佩服的事情。所以，黄天顺先生的小说，不仅是小说艺术作品，也可以看作是一部陕甘茶马古道的纪实之作。它以艺术作品的形式为我们提供了有关陕甘茶马古道丰富的研究资料，使我们对这条横贯中国南北、曾经浸透了陕西商人心血的茶马古道有了新的深入的认识。

艺术是对生活的抽象与提升。黄天顺先生的小说不是简单地对当年陕西茶商经营生活的素描，而是通过典型人物、典型事件和典型场景的陈铺架构，全景式地描写了当年那些经营西北边茶贸易陕西大茶商们的商场风云和商业竞争，以及透过这些经营和商场竞争所凸显出来的陕西商人们的精神世界和内心追求，为陕西人恪守住了一份历史的自尊和文化自信，这才是这部小说最值得称道的地方，也是这部小说成功的标志。小说通过当年在陕西商界叱咤风云的几位商界精英，如马合盛、裕兴重、邓鉴堂、穆士元、天增公等，经营西北边茶的悲壮历史以及他们相互之间抱团发展与晋商、徽商进行竞争的商业往事，再现了清末民初陕西商界波澜壮阔的历史画卷和跌宕起伏的商场风光，尤其突出了陕西茶商在国难当头、民族危机的历史关头，挺身而出，毁家纾难，精忠报国的爱国精神，慈禧太后才金口玉牙封马合盛为“大引茶商”，封周莹为“护国夫人”，充分表现了陕西商人的家国情怀和板荡忠臣意识，表现出陕西商帮应有的历史底色和人性特点，使人读起来有一种精神振奋和慷慨悲歌的感慨！

明代初年响应明政府“食盐开中”“茶马交易”政策趁势而起的陕西商帮，是明清之际最早登上历史舞台的“天下第一商帮”。他们在祖国西部的广阔天地里，为沟通中西部贸易联系，满足边疆少数民族的生活需要，保证西北边疆的稳定和谐立下了汗马功劳。他们以“骏马快刀英雄胆”的威武形象和“以商事国、以商护国、以商富国”的精神追求，在西部的茫茫戈壁和漫漫大漠中整整奋斗了五百多个春秋，留下了许多可歌可泣的悲壮往事。可是，陕西文学界、影视界对于这段掩藏在历史尘封下陕西人的历史辉煌关注不多，用心不够，至今没有几部能够表现明清陕西商人清正历史的文学作品和影视作品，从而妨碍了对陕商的历史评价和历史传播，这是令人遗憾的事情。而明清时期陕西商帮创造的历史辉煌和留下的历史往事，是他们留给我们非常珍贵的历史遗产和精神财富，是文学艺术发掘表现的“宝藏”。黄天顺先生的这部力作，没有走“娱乐”的创作路线，没有照搬港台的商业炒作样板，而是在艰苦实际调查的厚重基础上，客观描写了陕西商人一段清正沧桑的历史，使我们对黄天顺先生的创作责任心和历史良知肃然起敬！但愿有更多的作家、艺术家加入宣传陕商及其陕商精神的队伍中来，用最具有人民性、时代性和现实性的艺术之笔，书写经过周秦汉唐盛世之后，陕西并没有退出历史的舞台，而是继续在历史舞台的主流地位为中华民族的发展做出自己不忘初心的历史贡献的创作主题，从而表现陕西人是能够创造历史人群的历史地位！

这是我们透过黄天顺先生的小说所期望看到的。

是为序。

李　刚

2018.6 于西北大学五车斋

注：李刚：西北大学哲学和社会科学学院教授，博士生导师。享受政府特殊津贴专家，教育部特聘专家。陕西省商业经济研究会常务理事，陕西省秦商研究会副会长，西北大学陕商文化研究中心主任。

目　录 / CONTENTS

楔　子

窥陆羽细说茶经
贩官茶驸马殒命

大引茶商征四海，消磨多少人生。品茗论道忆涛声。茯茶依旧是，举盏共禅僧。

百十余年如一梦，国殇家难纵横。西风茶马显峥嵘。毁家纾战乱，青史著贤名。

话说大明王朝建立后，在长城西部沿线设置固原、延绥、宁夏、西宁四边镇，驻扎24万军队和7万匹战马，固守边疆安全。

洪武三年(1370)，大明政府在陕西率先实行“食盐开中”政策，以盐利为诱饵，促使陕西商民输粟换引，运粮边地，保证边疆所需。

洪武四年(1371)，大明政府户部确定以陕西、四川茶叶易番马，在各产茶地设置茶课司，定有课额，又特设茶马司于秦州(今甘肃天水)、洮州(今甘肃临潭)、河州(今甘肃临夏)、雅州(今四川雅安)等地，专门管理茶马贸易事宜。这就是明代初年在西部实行的以陕西、四川茶叶换取边地少数民族战马的“茶马交易”政策。

大清进驻北京之后，陕西虽是内地，但清政府仍沿用了大明政府政策。到清中期乾隆以后变“茶马交易”为“边茶贸易”，进入茶马古道沿线的商品种类大幅度增加，汉藏之间的贸易范围更加广泛，“茶马古道”沿线的民间贸易愈加繁荣。陕商乃至晋商、豫商凭借明清以来的“食盐开中”和“茶马交易”政策，以泾阳、三原为中心，以西北、川、黔、蒙、藏为势力范围，输茶于陇青，贩盐于川黔，鬻布于苏湖，销烟于江浙，形成了明清之际至新中国初期500多年名震全国的商业贸易集团，演绎了无数商业传奇。

有传奇的地方，永远离不开故事。以泾阳茯砖茶为汉藏交易的大宗商品，就流传下来一段神话般的传说。

北宋神宗熙宁元年(1068)，泾阳县县前街“天福祥”官办大茶店掌柜阴差阳错首次发现了茶叶因三伏天受暴雨袭击产生霉变，发出了茯苓一样的香气，便给“霉茶”起名“茯茶”，而且受到了藏区人民的极大欢迎，成了藏区民众的生活必需品。但茯茶属于散茶，运往藏区多有不便，如何把茯茶加工成便于长途运输的商品，让官办茶店掌柜伤透了脑筋。

一天，掌柜的心烦意乱，无心打理生意，就决定出去走走，散散心。谁知漫无目的的行走，鬼使神差让他走向了县城西北的仲山。要说这仲山也非一般山可比，西有九嵕山（唐昭陵），东有嵯峨山（又名荆山，即黄帝铸鼎处），县志记载：“高祖兄仲所居，今山中有仲子庙”，故名仲山。也就是汉高祖刘邦兄长刘仲居住过的地方。此山虽比不上仙境，绝对堪称人间极品，有乔奉先《仲山青岚》一诗为证：“矗立峰峦插碧空，浮云流水各西东。岚光晴滴山头雨，村色凉生洞口风。一抹淡烟青嶂外，半林残照翠微中。挥毫几欲留新句，只恐山灵消未工。”

掌柜的沿着蜿蜒的山间小路，不知不觉就走到了仲山深处，只见山峦叠翠，白云袅袅，溪水淙淙，草木葱茏，鸟语花香，恰似松壑鸣琴，泉流奏乐，充满了诗情画意。如此美景，把掌柜的一下子惊呆了，不由得驻足观望。凝神静气之间，耳边传来了时断时续的对话声，循声追踪，不一会就望见两个鹤发童颜、仙风道骨的老者对坐在青松翠柏环绕的一块大青石边，一边细品香茗，一边高谈阔论。掌柜的不敢打扰二位高人的雅兴，就隐身在草木丛中，仔细闻听二位高人的对话。

坐在左手，身着淡黄色道袍的老人说：“自陆羽兄撰写了《茶经》之后，人间才把茶叶从中药当成饮料，惠及民众，善莫大焉，难怪民间把你当茶神供奉祭祀，可谓名至实归呀！”

被称作“陆羽兄”的老者身穿淡紫色锦袍，他淡然一笑说：“积公的知遇之恩和莫大提携，才是晚辈写成《茶经》的源泉。晚辈不敢贪功，后人提起《茶经》一书，总忘不了谈论咱们之间的关系，可见人们照样不会忘记您这位得道的高僧啊。”

掌柜的听完这几句对话，知道不远处品茗论道的原来是茶神陆羽和唐代高僧积公。他不敢相信自己会遇见几百年前的圣贤，于是伸出右手在左胳膊上使劲掐了一下，顿时感到一阵刺骨的痛，这才相信看到的并非虚幻。他生怕打扰了二位圣贤的雅兴，不敢弄出些许动静，但好奇心促使他继续探听二位圣贤的对话。

积公说：“无论如何，把茶从中药转化为饮料，世人皆认为从你开始，这不会错吧？”

陆羽谦逊地说：“其实茶这种植物早就存在了，只是一直被民间当成一种中药。《神农百草》就有‘神农尝百草，一日遇七十二毒，得茶而解之’的记载，并说‘茶味苦，饮之使人益思，少卧，轻身，明目’。汉代名医张仲景在《伤寒杂病论》中记述有‘茶治便脓血甚效’的验证，三国名医华佗在《食论》中说‘苦茶久食，益意思’，指出饮茶具有提神醒脑的作用。凡此种种，都把茶当成一种中药对待。西汉《僮约》记载‘烹茶尽具’，‘武阳买茶’则是茶叶进行商贸的最早记载，《三国志》中记述吴国君主孙皓有‘密赐茶荼以代酒’，是‘以茶代酒’，最早的记载。至于茶成为饮料，其实从隋文帝时已经开始在社会上层逐渐从药用演变为社交饮料。据说隋文帝患病，遇俗人告知以烹茗草服之，果然见效。隋文帝乃是佛教信徒，将其饮用之法广而告知，达官贵人竞相效仿，成为时尚。进入唐王朝之后，茶作为饮料才开始扩大和普及，从社会上层走向民间。我做的《茶经》，在总结前贤论述的基础上，对茶叶生产的历史、源流、现状、生产技术、饮茶技艺、茶道原理等做了综合论述，即可以把它当做农学著作，也可以当作茶文化著作。我不敢贪天下之功为己有，至于人们说茶之道从我开始，实不敢当。”

积公端起青石桌上的茶杯，品了一口香茗，又说：“饮茶与佛教很有渊源，其中的缘由你都知道，再说就有些絮叨了。老衲一心向佛，对品茗论茶也颇有心得，但对你的《六羡歌》还是尤其敬佩。”

陆羽笑着说：“不羡黄金盏，不羡白玉杯，不羡朝入省，不羡暮登台，千羡万羡西江水，曾向竟陵城下来。未曾想这几句胡诌的所谓诗竟被收入《全唐诗》，实在有些汗颜。”

积公说：“正是你的诗作，才引发了无数文人骚客对茶的吟诵，如元稹、白居易、李清照、苏轼、陆游、辛弃疾，等等，以才情而论，我犹喜苏轼的《望江南·超然台作》，至今记得其词原文如下：‘春未老，风细柳斜斜。试上超然台上看，半壕春水一城花。烟雨暗千家。寒食后，酒醒却咨嗟。休对故人思故国，且将新火试新茶。诗酒趁年华。’虽说此词有些消极悲观，但仍不失为吟茶的佳作。你以为如何？”

陆羽笑着说：“你是参禅之人，其实更应喜欢陶镇的《咏梦端溪山渔隐长卷》，其诗原文是：‘剪裁苍雪出淇园，菌蠢龙头制作偏。紫笋香浮阳羡雨，玉笙声沸惠山泉。肯藏太乙烧火丹，不落天随钓雪船。只好岩花苔石上，煮茶供给赵州禅。'你以为这首诗如何？"

积公说："不错，也算难得的佳作。因茶出现了茶文化，引发了诗人的才情，留下了无数吟茶的佳作，也算人间一大幸事。依你之见，茶叶应该分为几种？"

陆羽说："就制作工艺而言，我把它们分为六类，即不发酵的茶，如绿茶；微发酵的茶，如黄茶；轻度发酵的茶，如白茶；半发酵的茶，如青茶；全发酵的茶，如红茶；后发酵的茶，如黑茶。"

积公问："近闻泾阳出了一种茯砖茶，应该归于何类？"

陆羽说："茯砖茶属于后发酵一类。据说此茶以金花闻名西域，颇受欢迎，然有不足之处。"

积公问："金花是何物？有何益处？"

陆羽沉思了一会，这才说："茯茶中的金花是一种有益曲霉菌，在自然界只有千年灵芝才有。这种金花将使后发酵的茶叶口感、功效明显改善，具有消食健胃、杀腥解腻、降脂减肥、降压降糖、生津御寒等功能，长期饮用能消食化滞、和胃润肠、通便利尿、调节人体新陈代谢，对人体起着一定的保健和病例预防作用。从当前看，泾阳茯茶的药用功能更胜一筹，明显优于其他茶叶。此茶一出，将打破自古岭北不出茶的传说，对后世茶文化将产生极大影响。"

积公对陆羽的断言颇觉奇怪，于是不解地问："此茶难道只能产于泾阳吗？"

陆羽说："以我对全国茶叶产地的地域特征、水文资料、气候特征之了解，只有泾阳这个地方才能加工出这种茯茶。你看泾阳县城这地方，北有仲山、嵯峨、西凤三山相围，南有白莽塬恰似桌山，冶峪河、泾河贯穿其境，使得泾阳依山傍水，凝结玄机，既有关中气候特点又有湿地气候特征，加上水的酸碱度和矿物质更适合茶叶中金花的生长，这是其他地方都不具备的。假以时日，泾阳制茶人如果探索出把散茶加工成砖茶的方法，必将获利丰厚，流芳百世。"

积公问："你是说能把散茶加工成像砖块一样的砖茶？"

陆羽说："是的。泾阳地处内陆，本身不产茶，别的地方的散茶到此本身就是中转站，原来在此进行分包再以散茶形式转走，已经很不方便。机缘巧合，官办茶店发现了金花，可谓老天眷顾。以我之见，在泾阳加工的茯茶最好以砖茶形式往外运输，也可以叫茯砖茶。这样既能方便长途运输，

也可以创出一个有地区特色的茶叶品牌，岂不更好？”

掌柜的听完二位前贤这段对话，感到自己无意中弄出的乱子竟然开拓了后发酵茶加工的新领域，而且茯茶的药用功能更胜一筹，使得他兴奋不已。当听茶神说可以把当前这种散茶加工成所谓的茯砖茶之后，更是激动。期盼得到茶神指点迷津的他，无意中弄出了一点小动静，吓得他直吐舌头，生怕打扰了二位前贤的对话。

二位前贤似乎听到了动静，都转动身体四处观望，只见微风吹拂，白云游荡，远处鸟儿低飞，近处芳草摇头，微风吹起的绿色波浪似乎掩盖了掌柜的弄出的细小动静，四周景致好像与原来他们刚开始闲聊时并无二致。毕竟这二位都已修炼到家，生人的气息还是被他们捕捉到了，于是他们长时间无语，开始品茗。

积公见陆羽不说话，自己还想弄明白一些事，就问：“依你之见，泾阳出产的这种茯茶命运如何？”

陆羽说：“此茶一出，将极受西域民众欢迎，也将造就一批以此茶为贸易的商家。这些商家因此致富，但最终将归于平淡，其间一些商家会积德行善，有些人也会投机钻营，善有善报，恶有恶报，各有所得，咎由自取。”

积公说：“你刚才说要把茯茶散茶制作成茯砖茶，不知道可有比较成熟的技术？”

陆羽说：“茯砖茶加工技术其实并不难，我自忖应该有七七四十九道工序，只需按照这些工序加工即可。”刚说到紧要处，陆羽打住了话题，警觉地往山下望去，回头对积公说：“今天谈的够多了，至于茯砖茶加工技术，等我把每道工序的细节考虑成熟后再说。凡人自有凡人的办法，欲成大事者，不可走捷径，让他们自己琢磨吧。”

积公此时也感到有生人潜伏在近邻，哈哈大笑着说：“今天到仲山一游，不虚此行，我们还是回去吧。”说完话，道袍长袖一挥，把青石上的茶具收入其中。然后二位站起身，脚踩祥云，衣袂飘飘，冉冉而去。

看到二位前贤一瞬间消失在碧空天际，掌柜的恨不得一头撞死。因急于闻听茯砖茶制作工艺，他不小心又弄出了一点小动静，引起了陆羽的警觉，坏了偷师学艺的好事。如今前贤已去，让他感到万分懊丧。到前贤刚才论道品茗的青石跟前仔细观看，丝毫没有人来过的迹象，他这才相信自己今天遇到了神仙。

掌柜的没有听到茯砖茶制作工艺的具体方法，但却知道了茯茶的价值，更知晓了茯茶可以加工成茯砖茶。于是，他把这段奇遇埋在心底，仔细琢磨如何才能把散茶加工成砖茶。在急切间无法弄清加工技术要领之后，有些不死心的掌柜的此后又三番五次到仲山遇仙处，但都无缘见到茶神陆羽，更无法偷得制作茯砖茶的技艺。就像陆羽所言，凡人自有凡人的办法，掌柜的知道遇见茶神是可遇不可求的机缘，恐怕此生再无缘与茶神相见，于是静下心来，自己开始钻研，并将心得一代代流传。

经过泾阳茶商正好300年的不懈探索，逐步形成了一套独特工艺，终于到明洪武初年（1368）创出了独特工艺制作的、以地域署名的品牌——泾阳茯砖茶。

茯砖茶问世后，经过制茶人不断研究、探索、完善工艺，茶商们制作了符合多数人口味的茯砖茶，当时除销往西域各地外，已沿“丝绸之路”远销俄国、西番、波斯等40多个国家，被誉为“丝绸之路上的黑黄金”。

明万历二十三年（1595），湖茶（安化黑茶）被定为“官茶”之后，大批陕商进入安化采购黑茶，使泾阳茯砖茶品质得到了进一步提升，茶圣陆羽的预言得到了实现。有人赋诗赞此时的泾阳茯砖茶曰：“湖茶入泾得地气，能工巧匠制天珍。茶发金花味更醇，克食利水提精神。丝绸之路传美誉，上贡天庭留佳音。茶圣诗仙若得饮，乐而忘蜀也销魂。”

泾阳茯砖茶工艺和品质的日臻完善，使它沿丝绸之路在西域日渐畅销，获得了“安边茶”的美誉。

泾阳茯砖茶贸易的大幕刚一拉开，就上演了大明驸马欧阳伦因擅自倒卖税票茯砖茶被杀的洪武大案。

大明王朝的创业皇帝朱元璋，少年时代是元末淮河流域的放牛娃，其后为了勉强活命又做了四处流浪的小和尚。他24岁从军，从一名小兵起步，经过17年传奇般的奋斗与征战，最终登上了开国天子的宝座。大明王朝建立后，朱元璋借鉴汉初经验，实行轻税薄赋、休养生息的做法，同时大力整治官场，其反腐反贪的坚强决心和铁血手段既矫正、震慑了洪武一朝和有明一代，他参与制定的《大明律》也为后世书写了官员应该怎样为官的准则。

大明王朝初期，北元尚未彻底被消灭。明朝在军事防御的同时，便采用了“花钱买太平”的边境贸易，其中最主要的就是在西部陕西、四川设置了四个茶马司专门管理茶马交易，把茶叶作为战略物资，在北部蒙古族同胞地区则严禁茶叶贸易。为了进一步垄断茶马交易，控制全国茶叶经济，大明王朝颁布了《茶马法》，严禁走私茶叶。由于马贱茶贵，利润丰厚，不少商人甚至边镇守官纷纷利用手中权力，贩卖私茶，使朝廷茶马互市受到很大冲击。

洪武三十年（1397），明太祖朱元璋下决心要刹住茶叶走私之风，派官员四处巡查，调集军队层层设防，同时宣布对偷运私茶出境与关隘失察者，都将处以极刑。谁知“大老虎”欧阳伦却因利欲熏心，蔑视法律，顶风作案，凭着自己是驸马都尉的特殊身份硬往枪口上撞。

欧阳伦一表人才，进士出身，深得朱元璋喜欢。洪武十四年十二月戊午（1381年12月23日），朱元璋将自己与马皇后之女安庆公主下嫁欧阳伦，夫以妻贵，欧阳伦随后官至都尉。做了驸马之后，欧阳伦开始放纵自己，先花巨资装修了驸马府，接着又到处搜罗奇珍异宝，一时间门庭若市，引得各地官员争相登门“献宝”，其奢华的生活让许多官员羡慕。

洪武三十年（1397），朱元璋在对走私茶叶下达禁令之后，将欧阳伦派往川陕出任总督。驸马都尉欧阳伦到任之后，发现在当地走私茶叶是一件暴利之事，感觉到发财的机会来了。他利用手中之权，用官府车辆出境贩卖茶叶，从中谋取暴利，川陕地界的政府各级要员无人敢吭声。其家奴周保更是蛮横，仗着有驸马爷撑腰，动不动就让手下租用民间马车数十辆，一路浩浩荡荡、明目张胆地进行私茶贸易，牟取暴利。

要说这陕西人也有敢碰硬的愣娃，蓝田县河桥司巡检税吏王铮就是一个。王铮熟知《茶马法》规定，他不顾上司打招呼，一向秉公执法，维护朝廷税法，对来往运输的货物一律严格检查，时人称之为铁面税官。

一天周保带着运输茶叶的车辆经过河桥巡检司，正好碰到王铮值守。王铮令手下打开马车上的所有货物，发现了朝廷禁运的茶叶，说要一律没收。周保见一个小小的巡检税吏不给自己面子，勃然大怒，命令驸马府差役把王铮打得皮开肉绽，苦不堪言，过往行人敢怒不敢言。

王铮不堪其辱，想到自己是为了维护朝廷法度，无故遭受毒打，心中愤愤不平，就向朝廷报告了欧阳伦纵奴行凶，贩卖私茶，牟取暴利，损害国家利益的罪行。朱元璋闻讯大怒，朝廷颁布《茶马法》不久，他本来想让欧阳伦镇守川陕，控制茶叶茶叶贸易，为朝廷增加赋税，没想到欧阳伦把国家法律置之度外，大肆中饱私囊，破坏朝廷纲纪。朱元璋不顾安庆公主哭求和马皇后求情，于洪武三十年六月己酉（1397年7月23日）下令将欧阳伦赐死，周保等人被诛杀。

欧阳伦之死因贩卖私茶而起，也是泾阳茯砖茶诞生之后发生的第一起皇亲国戚命案。后人谈论此事，有人说这是神陆羽当年“善有善报，恶有恶报”之谶语。

200多年后，明代资本主义萌芽产生，商业经济进一步发展，明初制定的“茶马交易”政策也发生了相应变化。明万历二十三年（1595），围绕湖茶（安化黑茶）的禁榷与开放，御史李楠和徐侨展开了激烈辩论，各执一词，互不相让，最终经户部裁决，万历皇帝钦定湖茶（安化黑茶）为“官茶”，正式进入茶叶贸易。此后，陕、晋等地区茶商云集安化，使安化成为明代茶马互市的主要茶叶生产基地，至明末清初安化黑茶逐渐占领了西北边茶贸易市场。

茯砖茶的兴盛并没有因为有欧阳伦这段插曲影响了其发展趋势。政府对茶叶贸易有了明文规定，民间茶商积极参与，茶马交易既使大明政府受益，也促进了陕商、晋商乃至豫商进一步发展壮大。至大清初年，在泾阳经营茯砖茶的著名商号多达十多家，其中马合盛、天泰运、裕兴重、茂盛、元顺、义兴、恒泰、聚成、天增公等成为佼佼者。

时光流转，商战频仍，传奇不断。清“同治之乱”后，饱受陕甘回民起义打击的陕甘茶商又拉开了丝绸之路茶叶贸易的大幕，在创造财富神话的同时，演绎了陕商在西北地区商业贸易的传奇故事。

第一章

知祖辈昔日辉煌
苦学艺合盛滥觞

提起西部茶叶贸易，离不开马合盛家族。传说马合盛家族是东汉伏波将军马援的后裔。马援本是陕西人，东汉时期在西域经商，后弃商从军，官至伏波将军，堪称商人从军的典范。

马合盛家族明代初年居住在山西洪洞县焦马店，家境贫寒，以开油坊为生，由于其祖先为人忠厚，价格公道，童叟无欺，好善乐施，生意很是兴隆。但促使其发家致富并转向茶业经营的却有一段离奇的传说。

相传有一天，一位鹤发童颜的老翁，身背一褡裢，风尘仆仆地来到马家油坊，马掌柜热情招呼，让座，沏茶，让老人休息。

老翁说："我不是买油的，是走亲戚路过这里，实在有点累，想把身背的褡裢暂时寄存在油坊柜台上，过几天来取，不知掌柜的是否同意？"马掌柜满口答应，就把老翁的褡裢小心翼翼地收藏起来了。

光阴似箭，日月如梭，一晃几个月过去了，马掌柜看到老翁寄存的褡裢仍在原处，不见老翁来取，心中非常纳闷："褡裢里面究竟是啥？为啥数月不来取？"他想打开看看，又觉得不妥，于是原封不动地继续放在原处未动。冬去春来，又是一年年关将至，家人扫房除尘，搬家具打扫卫生时翻出来一个落满灰尘沉甸甸的褡裢，马掌柜才猛然想起两年前的事情。马掌柜想两年不见老翁来取褡裢，想必不是啥重要东西，谁知打开褡裢一看，里面是一个黄色包袱，解开包袱，眼前出现的情景让马掌柜大吃一惊。包袱里面包着很多金元宝，还夹着一张发黄的纸条，上写"乐善好施，天命所归"八个字。马掌柜将金元宝收藏起来，用这笔钱继续经营油坊，还养骆驼，开当铺，家业不断兴旺起来。泾阳茯砖茶问世之后，正是大明政府实行茶马交易之际，马掌柜见商机已到，就举家迁居到陕西泾阳，参与茯砖茶经营。

马合盛家族在泾阳扎住脚跟后，开设茶店，后来把茶叶贸易做到了河西走廊。随后，马合盛的祖上马应海到了镇番（今甘肃民勤），发现这里地处西北内陆，到处都是广袤的戈壁草甸，生长着大量的骆驼刺等骆驼喜食的牧草，非常适宜骆驼的繁衍生长。而长途运输，尤其是穿越沙漠的长途运输，骆驼是最理想的运输工具。这些年来，马家为支付茯砖茶、布匹、食盐、皮货等货物的运输费用花了血本，为何不在此养殖骆驼解决运输工具问题呢？马应海于是在镇番购置土地和牧场，开始饲养骆驼，组建自己的驼队，在领盐引长途贩运、做府布生意的基础上，开始介入到“茶马交易”行列，逐步走上了以茯砖茶为主的多元化经营模式。

令马合盛想不到的是，他的祖上在他出生之前，曾经有过无比辉煌的经历。明朝的事就不说了，就说清朝吧。清雍正初年，青海的罗卜藏丹津阴谋独立，想脱离朝廷。川督年羹尧闻讯，八百里快马向雍正皇帝报告。雍正皇帝闻听大怒，封年羹尧为抚远大将军，提督岳钟琪为奋威将军，参赞军备，征剿罗卜藏丹津。年羹尧准备集结精兵 4 万，由西宁、松潘、甘州（今张掖）、疏勒河四面夹击叛军。岳钟琪亲率 4000 精兵打头阵，“乘春草未生时，捣其不备”，打得罗卜藏丹津屁滚尿流，全军覆没，青海重新归于大清版图。此战军情紧急，辎重来不及准备齐整，加之当时朝廷战乱频仍，许多地方田园荒芜，生产受阻，老百姓生活窘困，无力支军。马合盛祖上自告奋勇召集河西、川陕所有马家驼队一律援军，为征剿军队提供军用物资后勤保障运输，为讨伐罗卜藏丹津立下了“汗驼功劳”。在庆祝青海大捷时，雍正皇帝诏封年羹尧一等公，岳钟琪三等公。年、岳诏封授爵时，将马氏功绩奏明雍正帝。雍正帝听后大为感动，亲赐马氏“永盛”二字，赐勉马氏茶号永盛不衰。此后，马氏世家被誉为“马永盛家”。

马氏家族的传奇故事远不止此。自从和朝廷拉上了关系，受到朝廷赐封，接二连三的好事不断降临马氏家族。清道光二十二年（1842），清政府在鸦片战争中失败，除了割地赔款，国库极度空虚，清廷遂向全国富商大户摊派“战争赔款”，当时马氏茶庄义捐白银 10 万两，博得道光皇帝嘉奖，亲书一个“福”字中堂，并配了两幅金色龙条赐予马家。虽说破了财，但马家收获了无限荣光，做到了光宗耀祖，生意更加兴隆。清光绪初年（1876），左宗棠发兵西征，收复新疆，因饷银和粮草运输困难，马家又慷慨捐银 10 万两，骆驼数千峰，帮助左宗棠解决了西征途中粮饷运输的燃眉之急。为此，左宗棠为马家写下了一副盖有左公大印的对联，表示感谢。左公当年因收复新疆，被朝廷诏封二等恪靖侯，声名显赫。后来，左公整顿西北茶务，推行茶政改革，实行“以票代引”，马家又深受其惠，在西北茶叶市场尤其是在河西走廊地区独领风骚，几乎无人能匹敌。

俗话说，盛极必衰。马合盛家族也没能打破这个规律，等马合盛出生时，“马永盛家”并没有像雍正皇帝赐勉的那样永盛不衰，而是一衰到底。除了那些保存有上百年的御赐匾牌、“福”字中堂及左公对联，剩下的只有家徒四壁，无隔夜之粮，商业网点丧失殆尽。或许身上流淌着商人的血液，马合盛从小就对经商感兴趣，无资本经营的他，只好从伙计干起。

一个十多岁的孩子，到茶叶店当学徒并不轻松。首先要眼里有活，干净利落，更重要的是还要勤快。茶叶店罗掌柜知道马合盛是“马永盛家”的后生，对他也另眼看待。马合盛在茶叶店一干就是几年。这几年，马合盛学到了不少东西，把学徒当得有滋有味，除了留心揣摩营业经验，又学会了打算盘算账。

马合盛学习打算盘可谓一绝。每天营业结束后，别的伙计都休息了，马合盛却在暗夜里练习打算盘，“噼里啪啦”的算盘珠子声引起了一个中年伙计刘相公的不满。

刘相公有些生气地对埋头打算盘的马合盛说：“合盛，你个蔫怂还想让人睡觉不？就凭你家现在这个样子，难道还想东山再起？”

马合盛知道自己的过错，抱歉地说：“刘相，对不起。”说完话，马合盛抱起算盘走出了伙计们睡觉的屋子。

外面，凉风飕飕，繁星满天，河西走廊的秋夜还真有点瘆人。刚才，刘相公的话让马合盛如鲠在喉，无法反驳。家道中落这件事在镇番人人皆知，但大多数人并不知道马合盛真的想东山再起，重振马家雄风。刘相公饱含蔑视的话，马合盛只能含辱承受，但他心里却不服气。抱着算盘，马合盛来到了茶店的柴房，借着星光，又练了起来。

静夜里，算盘珠子的声音很清脆，能传出去很远。罗掌柜半夜起来撒尿，听见从柴房方向传来了算盘珠子的响声，好奇地走了过去，他想知道哪个伙计还如此用心，半夜三更还在苦练打算盘。

罗掌柜悄悄走到柴房门口，发现马合盛一个人坐在柴房里，专心致志地拨弄着算盘珠，他有些吃惊地问：“合盛，你一个人待在这里弄啥哩？”

马合盛抬头一看，罗掌柜站在了自己面前，正用睡眼惺忪的眼睛看着自己。他有些羞怯地说：“罗掌柜好。睡不着觉，练习一下打算盘。”

罗掌柜知道马合盛的心性，看这后生如此上进，就说："黑灯瞎火的能打个算盘？要不你以后就到前面铺面的屋子里去练习吧，"

马合盛见罗掌柜没有责怪自己，反而让他去前面铺面练习，赶紧说："多谢掌柜的美意。铺面是茶叶店贵重之地，我不便在那里练习打算盘。再说，练习打算盘是我自己的事，也不能白耗东家的灯油，"

马合盛一番话，让罗掌柜感到这个后生的确可畏，从此对他就高看了一眼。

三年学徒期满，凭着自己的聪明，加上勤学苦练，马合盛的算盘技艺足可与账房先生一较高下。当伙计们煽动马合盛与账房先生比赛打算盘，罗掌柜准备提升他时，没想到马合盛却向罗掌柜提出了辞职。

罗掌柜问起辞职的缘由，马合盛说："人总得有些想法，不能总想着过舒坦日子。我家祖上曾经辉煌无比，他们创下的金字招牌需要后人去传承和发扬光大。感谢掌柜的多年来对我的包容和栽培，但我更想去闯荡一番。"

罗掌柜听完此话，知道眼前这个小伙子不可小觑。既然人家心存去念，再挽留已无益。他鼓励说："小伙子，有志气。当下世道虽说较为安宁，是经商的好时机，但要闯荡出一番天地也绝非易事。年轻人有想法很好，一定要稳扎稳打，步步为营，切记别急躁冒进，盲目乐观。"

听话听音。马合盛知道罗掌柜已经同意自己辞职，感激地说："多谢掌柜的！您的话我一定牢记在心。"

罗掌柜问："是不是刘相几年前的话刺激了你？"

马合盛说："与刘相的话无关，他的话只能增加我学习的动力。人生一世，草木一秋。不走出去闯荡一下，就无法知道这个世界到底有多大。"

罗掌柜很钦佩一无所有的马合盛有如此志向，就让账房先生结清了马合盛的账。临走时，罗掌柜又特意叮嘱账房先生订了一桌酒菜为马合盛送行。

酒桌上，账房先生对马合盛说："小伙子，能坚持摸黑把算盘打得炉火纯青，说明你很有毅力。另外，能在掌柜的提拔你之际，提出辞职，也让老朽见识了你的志向。"

马合盛谦逊地说："先生过奖了。我没啥远大志向，只想传承家业，不想辱没祖宗的名声！"

刘相见马合盛真的要走，有点遗憾地说："合盛，老哥佩服你。今后不管走到天南海北，记着这里曾经是你的家，有过一帮热心帮过你的人就行。”

马合盛说：“不管今后走到哪里，干得如何，我不会忘记这里是我踏入商界的第一步，是我人生的起点。承蒙掌柜的看重，为一个刚出道的伙计送行，我在这里谢谢大家了。”说完话，马合盛对着大家深深地鞠了一躬。

罗掌柜在酒酣之际，对马合盛说：“商海波诡云谲，今后当小心为妙。借用古人一句话，‘苟富贵，勿相忘’吧。”

离开了茶叶店，马合盛思考了半天，觉得自己应该去一个比较大的地方闯荡才能有出息，思前想后，他把凉州（今甘肃威武市）作为正式踏入商界的第一站。

凉州地处河西走廊东部，东接古浪石峡，南靠祁连雪山，西邻茫茫草原，北连腾格里沙漠，素有“通一线于广漠，控五郡之咽喉”之称，是沟通中原和西域及中亚的交通要冲，更是茶叶、丝绸、布匹、瓷器、药材、皮货等大宗贸易的中转站，被誉为“车马相交措，歌吹日纵横”的商埠重镇。

到凉州之后，马合盛自思给别人当伙计，不如自己单干，先从小生意做起，这样更能很快积累经验。在鸦片战争结束后的一段时间内，小生意也不是好做的，除了应对苛捐杂税，同行挤兑，还需要起早贪黑，辛苦劳作。马合盛在凉州的市场上转悠了一段时间，对这一点感受很深。河西走廊民风淳朴，性格豪爽，尽管生活艰难，但无人愿意丢掉诚实的本性，有时还会为了公平交易大动肝火。

马合盛当了三年学徒，把算盘打得精熟，但对于柜面上的事情接触的较少。初涉商海的他觉得多看多学才是跨入商海的捷径。这也是他虽然到了凉州，却没有急于动手做生意的主要原因。

一天，发生在一家粮店门口的争吵，让马合盛终生难忘。粮店小伙计给一位年约50岁的老人称粮，秤杆平平，他却报了斤两，并要求老人付银两。老人在其他粮店从没见过平秤让顾客付银钱的做法，就和小伙计争论了起来，要求小伙计再加一把粮食，小伙计不愿意，于是争吵声越来越大，围观者越来越多。马合盛就是在这个时候挤入人群的，他想看一下此事如何解决。

小伙计见围观者越来越多，心里发虚，额头上渗出了汗水，但对于多加一把粮食的要求，丝毫不让步。有人起哄说，让粮店掌柜的出来解决问题，小伙计说，掌柜的出门了，今天的生意他说了算。

正在僵持不下的时候，隔壁安泰堂药店一位40岁出头，头戴瓜皮帽，身穿黑色长袍，浓眉大眼，鼻直口方，一副掌柜的模样的人走了过来，他对小伙计说："小相公，生意没有你这样做的，为了一把粮食弄得道路堵塞，众人围观，划算吗？"

小伙计听完这话，扭头说："冯掌柜，你来评评理，这位老者嫌秤平，非要加上一把粮食才付银两，这算啥事吗？"

冯掌柜走过去，从小伙计手里接过杆秤，指着秤上的准星问："小相公，你知道这杆秤上秤星的来历吗？"

小伙计摇着头说："秤是用来称东西的，我知道那么多干吗？"

冯掌柜看着众人说："小相公不知道杆秤的来历，更不知道秤上秤星的含义，这只能怪他的掌柜的没有教育好他。今天，因一把粮食就闹得不可开交，群情激动，那我就替他掌柜的教导一下这个小相公。"

说完话，冯掌柜拿着杆秤及秤锤，走到粮店门口，对围观者说："大家知道杆秤的来历和秤星的含义吗？"

人群一阵嗡嗡声，说啥的都有，最后买粮食的老人说："冯掌柜，你就给大伙说道说道吧，让大伙增长一下见识。"

冯掌柜拿着杆秤说："秦始皇统一六国后，负责制定度量衡标准的丞相李斯很快制定出了钱币、长度等方面的标准，但在重量方面没了主意。他实在想不出到底要把多少两定为一斤才好，于是向秦始皇请示。秦始皇写下了四个字的批示'天下公平'，算是给出了制定标准，但没有确切数目。李斯为了避免以后在实行中出问题而遭到罪责，决定把'天下公平'这四个字的笔画数作为标准，于是定出了一斤等于十六两。十六两秤也叫十六金星秤，由北斗七星、南斗六星加福禄寿三星组成十六两秤星。秤星必须是白色或黄色，不能用黑色，比喻做生意要公平正直，不能黑心。若给人短斤少两损阴德，其中短一两损福，少二两伤禄，缺三两折寿。以此暗示做生意，人要诚实，不能昧了良心。小相公，你是想损福、伤禄，还是想折寿呢？"

小伙计第一次听说杆秤还有这么多门道，佩服地说："冯掌柜博古通今，知道的真多。我不想损福、伤禄，更不想折寿。"

冯掌柜笑着问："那你看今天这事该如何解决？"

小伙计低着头，转身拿起一把舀粮食搓斗，给老人加上了满满一搓斗粮食。转过身，小伙计对老人说："老人家，恕后生无知，惹您生气了。"

老人家笑着说："没事。其实我并不在乎一把粮食，只是觉得你这个小相公这样办事不妥。长此下去，非得坏了掌柜的名声，弄得粮店倒闭不可。"

众人见事情已经解决，一哄而散。马合盛觉得冯掌柜学识渊博，不动声色地解决了这场纠纷，实在是以前没见过的高人。

等众人散去之后，马合盛尾随着冯掌柜进了药店。这是一个三间面阔的中医药店，左右修建有半人高的柜台，靠墙立着一排被小抽屉密密麻麻分割的柜子，小抽屉上标着药材的名称，几个伙计正在忙忙碌碌地为病人按方抓药。中间过道的尽头，摆放着一张八仙桌，两边放着太师椅，可能是冯掌柜替人看病之处。

冯掌柜背着手进了门，听见背后有脚步声，转身一看，只见一个十七八岁的年轻人跟着自己进了药店，就好奇地问："小伙子，看你身板壮实，面色红润，该不会是来看病的吧？"

马合盛微笑着说："刚才听了冯掌柜一番解说，增长了不少见识，因此想来向冯掌柜讨教。"

冯掌柜说："先坐下再说。"

等二人坐定，冯掌柜问："向我讨教啥事？"

马合盛说："您虽然是坐堂的郎中，但对做生意见解独到。晚辈到凉州来，就是想学做生意的。因此想讨教一些生意经。"

冯掌柜笑着说："我这个坐堂郎中，其实也是生意人。你看，这满屋子的药材，哪一样不是从药农或者药材经销商手中获得的？年轻人，想学经商是好事，但必须心存善念，诚信经营，否则，你做不了几天生意就得倒闭。刚才隔壁粮店小相公的做法就是自砸招牌。这样做生意，以后还会有顾客上门吗？"

马合盛说："就是。我看到粮店都是粮斗冒尖，高秤称粮，没见过刚才那个伙计那样的做法。您老方才对秤及秤星的解释，我是第一次听说，也让我对杆秤充满了敬畏。既然您说坐堂郎中也是生意之人，我就想向您讨教一下。"

冯掌柜见年轻人一连几次说讨教，就问："你是哪里人？叫啥名字？"

马合盛说："晚辈是凉州镇番人，叫马合盛。说来惭愧，祖上曾经做过几辈生意，还得到过皇帝御封。谁知道家道中落，到我手中，已经家徒四壁，只剩下一些祖辈们留下来的御赐匾牌了。”

冯掌柜见马合盛诚恳老实，有些好奇地问：“能说说你家祖辈的事吗？”

马合盛无法推辞，只好把自己知道的事情尽可能详细地向冯掌柜进行了叙说。

听完马合盛的叙说，冯掌柜有些感慨地说：“物极必反，盛极必衰，千古一理。你有心思重振家业，可见志向不小啊。但当今世道，早已不是康乾盛世了，政府无能，贪官污吏横行，要说做生意，还真不容易呀。年轻人，你想传承家业经商是好事，但你想过经商也有许多不为人知的酸楚吗？”

马合盛从来没有思考过这个问题，见冯掌柜问这个话题，如实回答说：“不知道，愿闻其详。”

冯掌柜悠悠地说：“商人其实就是伤人。要做一个有良知的商人，以智求富，就必须薄利多销，多中取利。事实上，有些商人并不是这样做的。有些人以‘奇货可居’谋求暴利，有些人以短斤少两坑蒙顾客，有些人以次充好获取额外利益，凡此种种既损害了顾客利益，也损害了商人形象，造成了社会对商人的偏见。即就是所谓的公平交易，商人也会受到许多伤害。长途贩运，鸡声茅店，担惊受怕，笑脸相迎，费尽口舌，哪一项不是在伤害商人的身心健康？世人所言的无奸不商，就是最好的例证，这其实也是一个很大的误会。”

马合盛问：“此话咋讲？”

冯掌柜说：“旧时从事商业的有官商和自由商人之别。以米商为例，世人买米以升斗作量器，故有‘升斗小民’之说。官商卖米，基本上将斗装满，还要用红木戒尺把斗口划拉一下，削平升斗内隆起的米，斗中之米基本与斗口持平，以示公平。自由商人为了和官商竞争，除了要将升斗装满之外，还要多舀上一些，让斗里的米冒尖，尽量让利给顾客，因此称自由商人为无商不‘尖’。除了卖米，去布庄扯布，‘足尺放三’‘加三放尺’也是约定成俗。至于后来演化成无奸不商，意思不但有了天壤之别，也让人误以为不奸诈就不能做商人，你说受伤害最重的是谁？”

马合盛听冯掌柜这么一说，好像明白了其中的道理。他恭敬地说：“多谢前辈教导！今天多有打扰，如果您不嫌弃，我今后还会登门求教，恳请前辈指教。”

冯掌柜见马合盛出身不凡，为人好学，态度谦恭，还真有些喜欢。他笑

诚信

着说:“我喜欢与年轻人打交道,今后有空,欢迎你来交流。说起来也有意思,你姓马,我姓冯,我这个长者在姓氏方面只比你多了两点,估计能传授给你的东西也不会多。”

马合盛嘿嘿笑着说:“您老谦虚了。今天多有打扰,来日方长,晚辈告辞了。”

在凉州做小本生意期间, 马合盛无数次到安泰堂药店向冯掌柜请教,冯掌柜也把自己所掌握的经商经验倾囊传授,使马合盛在商业经营方面的学识突飞猛进。这期间,给马合盛留下深刻印象的是冯掌柜对商字的解读。

冯掌柜说:“生意经其实是人生的体验和感悟,每个人天分不同,对事情的感悟就有差异,取得的成效可能就会有天壤之别。商圣陶朱公(范蠡)用《计然策》帮助越王勾践复国,曾三次经商成巨富,又三散家财,其经商之道广为流传,值得借鉴。《史记·货殖列传》说:‘以穷求富,农不如工,工不如商,刺绣文不如倚门市。’其他还有诸如‘商以察尽财’‘贾以智求富’等等,都是至理名言。以我之见,这些所谓的至理名言,都有些故弄玄虚。要弄懂经商之道,单就一个商字就把经商的道理讲得明明白白了。”

马合盛不解地问:“此话咋讲?”

冯掌柜解释说:“商字是一个立字,和一个框(冂)字,里面一个八字和一个口,商字里面还是一个兑字。商字的立字头,是一点和一横,也就是天道的意思。下面是一个颠倒过来的人,也是一个颠倒过来的八字。天道是靠人来执行的,只有行天道才能站立。冂字在这表范围,冂字里面兑字头,表兑现,经商要公平。八字和一个口子,八表说话圆满、周围,口子代表嘴巴,代表言说。商音通尚,还通上,是说经商应时尚。商字的笔笔画画告诉后人,经商要时尚,道德要高尚,说话要兑现。所以商道也可以称之为明天道,了人道,弄懂了商字的含义,自然就能通商道。”

听冯掌柜这么一讲,马合盛佩服得五体投地。尤其是“明天道,了人道,自然就能通商道”这最后一句,让他受益匪浅,脑袋瓜一下开了窍。

在凉州摸爬滚打了几年,马合盛省吃俭用地积累了几十两银子,看到凉州生意难以发展,就萌生了到省会兰州的想法。这一年,马合盛刚刚 20 岁出头。

当马合盛向冯掌柜道别时, 冯掌柜鼓励他说:“你应该到大地方去长见识，找机会。凉州太小了，生意难做，机会不大，只有到了兰州、西安，甚至北京、上海这样的大地方，才可能施展你的抱负。年轻人，古语说天高任鸟飞，海阔凭鱼跃。希望你能有大出息，重振马永盛家的商业伟业。”

马合盛无法立马表态，对着冯掌柜恭敬地三鞠躬，以表达对他这些年无私教诲的谢意。

兰州是甘肃省省会，是西出长安通往丝绸之路的西北商业中枢。当时在兰州东关一带做茶叶、布匹生意的山陕商人很多，开了许多商号，整天熙熙攘攘，人头攒动，生意兴隆。马合盛初到兰州，一下子被这里的商业氛围打动了，他觉得这里才是自己施展才华之地。凭着多年做小生意练就的聪明、干练，加上冯掌柜多年来的教诲，没多久就经镇番乡党介绍进入了当时著名的西柜茶号魁泰通。

进入魁泰通之后，马合盛才知道，所有甘肃茶商都设东西两柜，东柜商人都是山陕之人，西柜则是回民经商，而且陕西商人居多。对于茶号的这种格局，马合盛经过一段时间仔细观察才知道，兰州乃至河西走廊所经销的茶叶基本上都是产自陕西泾阳的茯砖茶，陕商不但垄断了兰州的茯砖茶经营市场，而且几乎垄断了兰州的布匹、食盐、皮货、水烟、木材市场，这支有雄厚资金实力的商业集团，在兰州商业贸易市场上呼风唤雨，能力非凡，让许多人钦佩羡慕。

细心的马合盛因经常与陕商打交道，就多了一份心思，一定要与陕商搞好关系，以便将来自己能有所作为。在与陕商赵掌柜交谈中，马合盛才知道陕甘原本就是一家，这更激发了他与陕商合作的信心。

赵掌柜说：“不是我卖弄，你想知道这点历史渊源，我就给你说道说道。秦始皇统一六国之后，分天下为三十六郡，兰州黄河以南、以东地区属于陇西郡（六盘山古称陇山，陇山以西称陇右）。从西汉到大唐，原陇西郡区域虽说有变化，但基本没有多大出入。最大的变化出现在元朝统一全国之后，实行行省制，兰州属陕西行中书省巩昌总帅府管辖。明代仍循元制为行省，明洪武二年（1369）降兰州为兰县，属陕西布政使司临洮府管辖，设兰州卫，并封其庶出十四子朱楧为肃王就藩兰州，镇守西北。要说陕甘分家，还是大清康熙年间的事。清康熙二年（1663），设兰州卫，属陕西布政司。康熙三年（1664）分陕西布政司为左右布政使司，以右布政使司驻巩昌，康熙六年（1667），改陕西右布政使司为巩昌布政使司，从此陕甘分治。

康熙七年(1668),改为甘肃布政使司,并移治所于兰州。至此,兰州成为甘肃省省会。”

听完赵掌柜这一段叙说,马合盛很佩服他的博闻强记。他好奇地问:“感谢赵掌柜一番教导。您对这些枯燥的年份咋记得这么准?”

赵掌柜笑着说:“年轻人,记住枯燥的数字是经商者最起码的基本功,没有过目不忘的本领,就要练就把数字烂熟于心的能耐。否则,在商海中你就无法混,更别说还要出人头地,做出一番事业来。”

看似开玩笑的一句话,让马合盛大吃一惊。做生意,不但要把算盘打得精通,懂得商道,而且必须博闻强记,有超强的记忆力,否则,无法应对瞬息万变的市场竞争。

马合盛佩服地说:“我初来乍到,不懂的东西还有很多,以后有机会一定向前辈请教,还望您能不吝赐教。”

赵掌柜见马合盛谦虚好学、态度谦恭,知道这小伙子可教,就说:“人非生而知之,而是学而知之。你现在刚入行,要学的东西的确很多,只要你有心,处处留心皆学问。”

一年之后,马合盛就被提拔做了魁泰通茶号三掌柜。

虽说只是三掌柜,但与伙计们相比,掌握的商业信息更多,要做决断的事情也多。脱颖而出的马合盛并没有停止自己虚心学习的步伐。在与西柜陕商打交道的同时,他也关心东柜山陕商人为人处世的方法,从中摸索经商经验。

有一次,马合盛与赵掌柜交谈时,提出了他长期观察而不得其解的问题。他问:“赵掌柜,陕商大多不善站着迎客,而且言语还有些霸道,这是为啥?”

赵掌柜笑着说:“你说的这是陕商的通病。按照陕西人的说法,这叫生蹭冷倔。这个秉性,估计没法改变了。说到做生意有些霸道,与陕商的三硬有关。”

马合盛问:“啥叫陕商的三硬?”

赵掌柜说:“所谓的陕商三硬,就是货硬、价硬,人更硬。”

马合盛问:“这有啥说法?”

赵掌柜说:“首先说货硬,陕商经营的所有货物,能确保品质优良,绝不以次充好,不管是顾客还是经销者,对陕商经营的货物质量都交口称赞,绝对放心,这就是所谓的货硬。价硬是指陕商在交易过程中言不二价,一口报价，不会更改。这种行为，是基于对货物质量的信心，在别人看来，陕商不会变通，其实是不知道陕商报出的价格，就是最低价，没有讨价还价的余地，长此以往，民间就流传有陕商价硬的说法。再说人硬，这主要指陕商的性格和人品。八百里秦川养育的陕商，自古就以皇商自居，因为有了前面二硬，陕商就显得硬气，不会看谁的脸色行事，加上生蹭冷倔的性格，与南商相比，缺少了笑脸相迎，低头哈腰，显得古板有余，灵活不足，也就给顾客留下了对陕商不好的印象。”

马合盛问：“赵掌柜，作为陕商，您如何评价陕商的这三硬？”

赵掌柜略加思考，说：“陕商的三硬，其实包含着诚信。你知道‘诚信’二字如何讲吗？”

马合盛说：“听到的多了，但对其真实含义并不知道，愿闻其详。”

赵掌柜笑着说：“马掌柜，你又给我提供了卖弄的机会。好吧，我今天给你好好讲一下‘诚信’二字。”

马合盛见赵掌柜答应了自己的要求，殷勤地给赵掌柜续上茶水，又做出了一副洗耳恭听的姿态。

赵掌柜说：“诚和信在古典文献中都是单体使用的，把诚上升到伦理道德规范进行探索的是孟子，他说追求诚是出于‘天道之诚’‘本体之诚’，并告诫人们，诚是顺应天道和人道的基本法则。信字则来源于《左传》的‘宣十二篇’，孔子也很重视信，并把信作为一条重要德目。其实，诚是儒家为人之道的中心思想，是一种真实不欺的美德，要求人们修德做事，必须效法天道，做到真实可信，而信的基本内涵也是信守诺言、言行一致、诚实不欺。受这种文化的影响，陕商一直把诚信作为道德伦理的主流，在做生意时也是一样。所谓的三硬，在外表看，反映了陕商缺乏灵活，不会变通。在内心里，陕商有着自己的做人做事底线。”

马合盛听完这一番话，感激地说：“多谢赵掌柜教诲。我当以陕商诚实守信，言不二价作为终生追求的目标。赵掌柜，您学识渊博，通晓古今，我还不知道您是哪里人氏？”

赵掌柜说：“这个重要吗？实话告诉你，我是陕西同州府渭南人，在兰州经商已有 20 多年了。”

马合盛说：“感谢您多次教诲，我定当不负您的厚望。”

就这样，马合盛专心做事，诚信经营，顾客对马合盛满意，东家对他另眼相看。不几年，马合盛就做到了魁泰通的大掌柜。在别人眼里，此时的马合盛可谓春风得意，前程无量，谁知道他在大掌柜的位置上没干几年，就向东家提出了辞职。

赵掌柜问起马合盛为何有如此打算时，马合盛说："祖上曾经有过商业贸易的辉煌，我不想到我这一辈无所作为。与其过这样舒坦的日子，不如自己单干，或许还能干出一番事业来。我不想让人说马家后继无人。"

赵掌柜打量了马合盛一眼说："你小子有出息，年轻人应该有自己的想法。凭你这些年积累的经验，自己单干，或许会更好。我提醒你一句，商海无情，小心驶得万年船啊！"

马合盛正式向东家辞职后，利用自己多年来的积累，在兰州东关开了一家自己的茶号，起名叫"马合盛茶号"。为了解决茶叶长途运输问题，他又在镇番购置牧场，养殖骆驼，组建自己的骆驼队。之所以组建自己的骆驼队，也体现了马合盛的精明。其时由泾阳贩运茯砖茶走陕甘十八站到兰州，大多使用骆驼运输，有人就专门经营驼队，收取运输费用，但运输费用随季节经常变化，并不固定。马合盛看到这里面有商机，加上祖上在镇番有饲养骆驼的经历，于是重操家业，以自己饲养的骆驼运输茯砖茶，大量节约了运输成本。

在别人眼里，马合盛在兰州把"马合盛茶号"经营得风生水起，声誉日隆，财源滚滚。但却无人知道，他的心思并不在兰州，他想往更大的地方发展。经营茯砖茶的经验告诉他，要想掌握经营茯砖茶的主动权，赢得更多商机，他必须到泾阳去，从源头上把控茯砖茶。

第二章

数渭北蒋家独大
广经营引领风骚

清代中期,全国各地秦商会馆或山陕会馆林立,这支被称为“西商”的商人集团长时间占据着十大商帮首位。其时,渭南西塬阳郭镇有“蒋、贺、李”三大姓,当时就流传着“贺家的钱多,蒋家的官大”的俗语。

说起蒋家的发家史,其辉煌程度堪与马合盛家祖上比肩,这也为其后他们在商业领域竞争埋下了伏笔。

蒋家世代经商,但都是以行医治病为主,真正发家致富应该从清代中期才开始,而且颇多传奇。

民间传说,蒋家祖上蒋怀德常年行医,在渭南西门开了一家药铺“德厚堂”,其为人诚实可信,医术高超,广结善缘,加上穷人可以无钱赊药,口碑很好。令蒋怀德没有想到的是,一个风雪交加的黄昏,一个年约40多岁、穿着官服的中年人满面愁容走进了德厚堂。

快要关门打烊的蒋怀德打量了一下来人,客气地说:“官爷请坐,哪里不舒服啊?”

这位官爷还没说话,紧接着进来了两位穿戴整齐的跟班,其中一位年长者说:“先生,你仔细看一下,我家老爷受了风寒,肚子疼得难受。”

蒋怀德只好坐下,让已经坐下的官爷伸出右手,他仔细把过脉后,说:“大人劳累过度,身体欠佳,脾胃失和,遇上这样的天气,可能引发了绞肠杀,如不及时救治,可能会危及到生命。大人,您是否腹疼难忍?”

官爷模样的人一脸痛苦地说:“是的。我觉得肚子里的肠子都扭到一块了,请先生早点尽力救治吧。”

蒋怀德起身,赶紧到中药柜前抓药,一番忙碌之后,抓好了几服药,又小跑着过来,递给年长者,说:“回去赶紧熬药,一天三次,饭前口服。”

另一个年轻者搀扶官爷出门时说:“先生, 如果耽误了我家老爷的病情,小心你的人头。”

蒋怀德送走三人之后，心里忐忑不安。他不知道这三位不速之客到底是何来头，从两位精明的跟班身上，他隐隐约约感到了一丝压力。好在他对自己的医术颇为自信，就抱着一副生死由命、富贵在天的心态静观其变了。

谁知第二天一大早，渭南县王知县就派县丞来请他。蒋怀德看县丞面无表情，心里就七上八下地打起了鼓，硬着头皮跟着县丞进了县署大门。来到二堂，远远看见王知县恭恭敬敬地陪着昨晚那个官爷说话，就知道那个官爷职位肯定比知县高。再看那位官爷，面色红润，神气清朗，就知道昨晚开的药起了作用。

蒋怀德急忙上前给二位官爷请安，却听王知县说："久闻蒋先生医术高超，果然非同凡响啊！要不是你及时救治，本省藩台谭大人还不知要遭受多少罪哩，本县这里谢过蒋先生了。"说完话，真的冲着蒋怀德双手抱拳，作了一揖。

蒋怀德哪敢承受知县大人作揖啊，急忙说："治病救人，本是医官职责，不足称道，更不敢承受县令大人施礼，这不折杀小人了嘛！"

被称作藩台的谭大人这时站起身来说："蒋先生宅心仁厚，医术高超，手到病除，令在下佩服。"

蒋怀德见藩台大人站起身，急忙想趴下磕头，谭大人一把拉住他说："本人谭钟麟[①]，确实是陕西藩台。此次来渭南，本想微服私访渭南粮税情况，没想到受了些风寒，引发了老毛病，要不是蒋先生及时救治，还真不知道要遭多少罪。以前在西安城也找先生治过，但都没有蒋先生这般神奇。本应到你的中药堂当面道谢，无奈公务缠身，只好请你到县衙一趟。说老实话，没吓着你吧？"

蒋怀德说："要说不怕，那是假的。我没想到藩台大人如此勤政，令小民钦佩。"

谭钟麟笑呵呵地说："国运艰难，我这个藩台也难当啊。王知县，赏蒋

---

① 谭钟麟（1822—1905），字文卿，谥文勤。晚清政治人物。湖南茶陵人，咸丰进士。历任江南道监察御史、杭州知府、杭嘉湖道、河南按察使、陕西布政使、陕西巡抚、陕甘总督、工部尚书、两广总督等职。其人政绩卓著，反对侵略，同时是反对变法、因循守旧的顽固派之一。国民党元老谭延闿是他的庶出三子。

先生白银10两,算我借你的。”

王知县赶忙让县丞取来白银赏给了蒋怀德。蒋怀德一看没自己的事了,就转身要走。

谭钟麟说:“蒋先生,咱们可否结成朋友,今后万一老毛病犯了,也好及时诊治啊!”

蒋怀德没想到谭钟麟提出了此要求,愣了一下神之后,急忙说:“小人高攀不起啊!”

谭钟麟说:“咱俩是医患关系,不存在高攀不高攀之说。”

蒋怀德受宠若惊地说:“那就恭敬不如从命了。今后谭大人老毛病如犯了,小人随时恭候听命。”

还别说,这番话虽是客套话,但还真的应验了。第二年春天,谭钟麟老毛病果真重犯,他不再相信西安城里的郎中,专门派人把蒋怀德接到了位于西安城中心地带的北院门陕西藩台府衙。

虽说晚清政府千疮百孔,财政吃紧,但作为一省的藩台府衙,还是极其豪华威严的。这里戒备森严,雕梁画栋,园林庭院,假山假水,回廊曲折,小径通幽,与藩台大人的地位和身份相匹配,让蒋怀德这个乡巴佬大开眼界。

诊断过谭钟麟的病情、开过药方之后,两个人闲坐着拉起了家常。谭钟麟问:“蒋先生,你已近而立之年,不知道妻儿老小状况如何啊?”

蒋怀德听见藩台大人问起了家事,脸上一阵发烫,急忙说:“多谢大人挂念,小人现在是孑然一身,上无父母,早年丧妻,当真是一个人吃饱全家不饿。”

谭钟麟笑着说:“你就不用跟我耍花招了,真的是孤身一人?”

蒋怀德说:“小民怎敢欺瞒大人,真的是孤身一人。”

谭钟麟沉思着说:“凭你的医术、长相和收入,难道养活不起一个几口之家?”

蒋怀德说:“这倒不至于,只是未曾遇到合适的。”

谭钟麟说:“那你就在西安城待几天, 干脆在西安城里找个媳妇带回去。如果有啥困难,直接跟我说,不要辜负了我的一片心意。”

蒋怀德见藩台大人如此关心自己的亲事,就说:“借大人吉言,我就在西安城里找个媳妇回去。”

谭钟麟说："我虽说通过科举进入了仕途，其实也想交几个推心置腹的朋友，遗憾的是官场险恶，知人知面难知心啊。现在倒好了，你在民间，我在官场，彼此之间相差甚远，也无利益纠葛，我看咱俩以后还是以兄弟相称吧。"

蒋怀德一听这话，吓得赶紧跪下磕头。谭钟麟一把拉起他，笑着问："你不愿意？"

蒋怀德急忙辩解说："大人位高权重，咋能跟一个平民百姓称兄道弟？此事如果传了出去，岂不有损大人声威？"

谭钟麟笑着说："不妨事。如果你怕惹是生非，那就在公开场合称我谭大人，私下里称我谭老兄如何？"

蒋怀德感激涕零地说："小民高攀了。谭兄好！"

谭钟麟说："既然你认我为兄，我就以兄长身份要求你在西安的这几天赶紧解决找媳妇的问题。"

从藩台府衙出来，蒋怀德犯难了。虽说答应了谭钟麟在西安找媳妇，可偌大个西安城，让他到哪里找呢？无奈之下，蒋怀德在北院门附近找了一家客栈住下来，对客栈掌柜的说自己是来找媳妇的，希望掌柜撮合，或者找媒婆帮忙。

谁知一连十多天，不管是大闺女还是小寡妇，没有一人看上蒋怀德。如此现实，让蒋怀德哭笑不得，他准备近两三天内，如果还没有合适的，就给谭钟麟来个不辞而别，悄悄回渭南。他自己也觉得，一个中年之人，要想在省城领个媳妇回去肯定是白日做梦、荒诞不经。

这天晚上，有点心灰意冷的蒋怀德早早上炕休息了。或许是日有所思，夜有所梦吧，蒋怀德做了一个稀奇古怪的梦。他梦见一头绵羊带着四头小羊羔直向他奔来，喜得他手舞足蹈，一下子就醒了过来。窗外一轮圆月高挂天空，泛着清冷的光芒，春风扫过刚吐芽的杨柳树，响起了一阵阵细小的沙沙声，屋内静谧得出奇。蒋怀德心想，这个梦是否有啥预兆？

第二天早上，有媒人上客栈来找蒋怀德提亲，说是城西南角一杨姓大姑娘愿意嫁给他。蒋怀德惊疑地打量着媒人，不相信地问："此话当真？她不嫌弃我是乡下人？"

媒人笑着说："蒋先生过虑了。要说这杨姑娘也是一大美人，只是家境贫寒，自己眼头又高，错过了婚嫁的最佳年龄，否则，咋会嫁给你一个乡下的郎中？"

蒋怀德一听这话，喜出望外，赶紧招呼媒人到附近饭馆吃饭，并拿出50文钱感谢了媒人。

在离开西安城之际，蒋怀德特意到藩台衙门告知谭钟麟，他已经完成了谭老兄下的命令。谭钟麟听说蒋怀德如愿以偿，拿出10两银子作为贺礼，恭喜蒋怀德抱得美人归，并祝福他早生贵子，传承家业。

杨姑娘跟蒋怀德回到渭南德厚堂医馆，除了伺候蒋怀德的衣食住行，有空还帮着他干点柜台上的杂事。令蒋怀德惊喜的是，杨姑娘在几年之内，果真给他生下了两儿两女，与他梦境中的情形出奇的吻合。当蒋怀德把他当年在客栈做的梦告诉蒋杨氏时，蒋杨氏微笑着说："看把你美的，不知道你们蒋家祖坟上啥时候冒出了青烟。"

蒋杨氏说过这话后不久，蒋怀德真的时来运转了。

这一年初夏，谭钟麟因办事实在、古板，被同僚参了一本，要去京城接受刑部问责。听到此消息，昔日车水马龙、熙熙攘攘的藩台衙门顿时变得荒凉萧条，门可罗雀。谭钟麟一下子亲身体验到了世态炎凉，宦海险恶。

谭钟麟赴京时，陕西的大小官员都认为他凶多吉少，很可能因此被罢官归田，故此无人相送。孑孓一身的谭钟麟踏上了赴京之路，心情无比郁闷。走到渭南，他想到蒋怀德与自己有金兰之好，就厚着脸皮登门看望蒋怀德。

蒋怀德看见谭钟麟灰头灰脑、失魂落魄地一个人走进德厚堂医馆，赶紧把他让进了中药馆后面自己住处的正堂。等谭钟麟坐下后，他关切地问："仁兄这是咋回事？你咋一个人到渭南来了？"

谭钟麟叹了一口气，向蒋怀德说明了事情的原委。

蒋怀德说："仁兄为官清正，估计是得罪了某些人。现在政府无能，奸佞横行，好人吃亏，你不同他们同流合污，势必会成为他们排除、打击的对象。这样也好，无官一身轻，反倒可以干点自己喜欢的事。"

谭钟麟苦笑说："贤弟说得轻巧，老兄我除了读书当官，别无一技之长，罢官归田之后，还不知道今后如何解决生计问题。你有高超的医术，可以养家糊口，我该咋办呀？"

见谭钟麟焦虑不安，蒋怀德劝他说："如果真的罢官归田了，你老兄可以带上嫂夫人和孩子到渭南来，兄弟愿意助你一臂之力，确保你全家在渭南安居乐业。"

谭钟麟感激地说:"多谢兄弟了!为兄在官场几十年,都没有交到知心的朋友,实在汗颜啊!反倒是与你一个布衣成了生死兄弟,真可谓造化弄人,造化成人啊!"

蒋怀德见谭钟麟依然伤感不已,就拉上他去了渭南城中心钟楼附近的一家餐馆,算是为他送行。饭桌上,蒋怀德问了一些谭钟麟平时公务中的一些情况,顿时感到有了主意。

第二天一大早,蒋怀德赶到客栈,把一个包袱递给了谭钟麟。谭钟麟以为是蒋怀德给他路上准备的吃货,谁知接过包袱,立马感到沉甸甸地压手,就问:"贤弟,这是何物呀?"

蒋怀德说:"此去京城,路途遥远,仁兄一路上花费不说,就是赶到京城,也难免要破费。兄弟不才,能力有限,送仁兄纹银500两,虽然是杯水车薪,解决不了大问题,但这是兄弟一番心意,还望仁兄笑纳。"

谭钟麟见蒋怀德如此仗义,感激地说:"贤弟之恩,容当后报。说实在的,老兄我确实也是囊中羞涩,你的心意我领了。告辞了。"

看着谭钟麟骑上瘦马远去后,蒋怀德这才转身回到了德厚堂医馆。

谭钟麟孤零零地一人骑马走出渭南城东门大约四五里地,突然发现官道旁站着一个白胡子老头。老人家精神矍铄、神采奕奕,有点像世外高人。等他走近老头时,老头和蔼地问:"来人可是陕西藩台谭钟麟谭大人?"

谭钟麟暗吃一惊,没想到省城各衙门、同州府,甚至渭南县衙都无人过问他的情况,在这荒郊野外,还有人指名道姓地问自己。他不知道祸福吉凶,只好说:"在下正是谭钟麟,只不过已经不是陕西藩台了。"

老头微笑着说:"老朽看你印堂发暗,满脸晦气,就知道你心绪欠佳,患得患失,思虑太多。依老朽看,如谭大人记住老朽的话,必然能逢凶化吉,最起码能官复原职。"

谭钟麟赶紧跳下马,对老头深深鞠了一躬,说:"谭某乃是落难之人,如蒙老人家指点迷津,感激不尽。"

老头笑着问了谭钟麟几个问题,问得他瞠目结舌,无言以对。老头说他受蒋怀德所托,特地赶来告知他详情,并要求他牢牢记住。

抵达京城,到刑部接受问讯后,谭钟麟突然听说光绪皇帝要召见他,顿时惊出了一身冷汗。

从午门进紫禁城后,谭钟麟低着头跟在一个公公后面,不敢四处张望。走在长长的甬道上，他觉得心里发虚，背上的冷汗直往下流。直到七拐八拐地进了养心殿，谭钟麟才打定了主意，不管如何，皇帝问啥就答啥，豁出去了。

给光绪皇帝请过安之后，谭钟麟一直趴在地上，不敢抬头。就听光绪皇帝说："爱卿任职陕西藩台，地处边远，劳苦功高，虽说为官清正，无奈有人奏本，朕不得不当面质询。大清立国已近200年，朕不想冤枉任何一个为国出力的臣子。既然你镇守西安，朕问你，西安城有几个城门，多少城垛，城楼上有多少窗户呀？"

谭钟麟暗自惊喜，这不就是白胡子老头叮嘱自己要牢记的东西嘛。现在皇帝问起这些事，他立即对答如流地汇报了各项数据。

光绪皇帝问身边的一个军机大臣道："张大人，谭爱卿说的可都对？"

张大人恭敬地说："回万岁，谭大人回答的分毫不差。"

光绪皇帝说："谭爱卿对西安城情况了如指掌，怎么还会有人妒贤嫉能，无事生非呢？看来以前那些奏折并非完全可信，有些冤枉了谭爱卿。朕认为谭爱卿忠心为国，爱民如子，了解民情，擢升谭爱卿为陕甘总督。张大人，你下去就办理吧。"

张大人说："臣谨遵皇上御旨，这就去办理。"说完话，张大人就退出了养心殿。

光绪皇帝见谭钟麟依然跪着，就说："谭爱卿，平身吧。西安乃西北重镇，关系国家安危，身为地方大吏，对什么事情一定要做到心中有数，恪尽职守，为国操劳，一切都要以国家利益为重。你此次不降反升，就是朕对你的信任，万不可辜负了朕对你的希望。"

谭钟麟受到光绪皇帝的嘉勉，心存感激，赶忙叩头谢恩，言称绝不辜负皇上信任，恪尽职守，管理好地方政务。

从养心殿出来，谭钟麟恍若隔世，打心里感激自己的布衣兄弟蒋怀德。若不是他求白胡子老人告诫自己一定要牢记西安城的有关情况，他真不知道该如何回答光绪皇帝的问话。如果在养心殿连这些最基本的问题都回答不上来，别说升职了，可能还会被推出午门开刀问斩。

谭钟麟再回陕西，那阵势与赴京时就截然不同了。护卫队一大帮，鸣锣开道者耀武扬威，光是肃静、回避的牌子就是一长串，好不威风。路上行人见到陕甘总督过境，纷纷避让，没一个人敢正眼观望。

消息传到同州府，知府刘大人急忙安排渭南王知县提前准备，务必考虑周全，仔细妥当，并说他要在渭南县城东边的接官厅隆重接待新任陕甘总督谭大人。

渭南王知县接到知府刘大人的手谕，急忙安排人连夜布置，他自己亲自检查。按照谭大人的行程，同州刘知府提前一天从府衙所在地大荔赶到了渭南，检查完迎接准备工作后，他愁眉苦脸地对渭南王知县说：“王大人啊，俗话说，树活一张皮，人活一张脸。谭大人当初遭人弹劾，失魂落魄地去京城，我们无人相送。此番回来，不降反升，如果谭大人怪罪下来，你我这张老脸该往何处放啊？”

王知县的脸色比知府刘大人更难看，他惴惴不安地说：“您刘大人远在大荔，没给谭大人送行情有可原，谭大人从渭南县城经过，卑职原以为他遭人弹劾，肯定会解甲归田。谁料想谭大人福大命大造化大，赴京一趟，反而荣升陕甘总督了。我悔不该听那些势利小人的话，也没去见谭大人一面，更别说给他老人家送行了。此番再见，真不知这张老脸该往哪儿搁了。”

刘知府听他这么一说，苦笑着说：“迎来送往，本是官场惯例。明天谭大人回来，要杀要剐随他便吧。谁让我们都是一帮狗眼看人低之辈呢。”

第二天中午时分，谭钟麟的仪仗队威风八面地走了过来，同州府各县大小官吏黑压压地在接官厅附近跪倒了一大片，顶戴花翎、补丁官服惹得人有些晃眼。这么一大群人竟然静悄悄地，没有啥动静。

跪在这群人最后面的蒋怀德心里也在犯嘀咕，他是一介草民，没有一官半职，昨天夜里却接到了王知县的命令，让他一同去迎接新任陕甘总督谭钟麟谭大人。按理说，蒋怀德应该高兴才对，仁兄此去京城不降反升，这是好事啊！可蒋怀德高兴不起来，官场犹如演戏，一会上场，一会下场，谁知道接下来会是啥玩意。自己是一介草民，与官场无关，但愿仁兄能够安保晚年就足够了。

谭大人的仪仗队走到接官厅附近就停了下来。旗牌官看着跪倒在眼前黑压压的各级官吏，转身跑到一顶八人抬绿绒大轿跟前，隔着纱帘对里面说：“谭大人，已到渭南县城东面接官厅了。”

时间不长，谭钟麟从轿子里走了出来，他看了一眼跪在地上的同州府各级官吏，冷哼了一声，这才问：“渭南县的蒋怀德来了没有？”

刘知府见谭钟麟没正眼瞧自己，就知道谭大人心里有怨气。对谭大人喊的蒋怀德，他一无所知，只好低声问跪在自己身边的王知县：“蒋怀德是何许人也，以前咋没听说过？”

王知县低声说：“蒋怀德是渭南县城西门附近的一个郎中，据说和谭大人是结义兄弟。他荣归陕西，自然把结义兄弟放在心头了。”

刘知府瞪了王知县一眼说：“你咋不早说？”

王知县委屈地说：“我咋知道谭大人不理我等，第一个喊的就是蒋怀德哩？”

再说谭钟麟喊了第一声无人吭声，又大声喊：“渭南县的蒋怀德来了没有？”

这一次，跪在人群后面的蒋怀德听见了，他大声回应：“草民蒋怀德在此恭迎谭大人。”

谭钟麟听见了回答声，一看蒋怀德跪在人群的最后面，就大步直往人群后面走去。走到蒋怀德跟前，他一把拉起蒋怀德说：“贤弟辛苦了，起来吧，随我来。”说完话，拉着蒋怀德就往接官厅走。

刘知府及同州府各知县官吏见谭大人与蒋怀德如此亲热，眼睛都发红了。

谭钟麟不管同州府跪在地上的大小官吏，把蒋怀德拉进接官厅，他悄声问：“贤弟咋知道当今圣上会问我西安城的城门、城垛及窗户数量啊？”

蒋怀德不好意思地说：“我见仁兄整天忙于公务，对西安城的城防情况并不在意，就多了个心思。你想，你是一方大吏，对自己所在城市的城防情况都不清楚，万一回答不上皇上的问询，岂不坐实了别人对你的弹劾。我当面说西安城的城防情况怕伤了仁兄的脸面，就只好托白胡子老头提醒仁兄注意了。”

谭钟麟用力一摇蒋怀德的手，感激地说：“还是贤弟心思缜密啊。如果没有你的提醒，为兄的脑袋可能就搬家了。现在好了，为兄此番回来，一定会对贤弟做个交代。”

两人说完悄悄话，谭钟麟走出接官厅，对跪在地上的同州府各级官吏说：“你们都起身吧。我谭钟麟能有今天，乃是当今圣上所赐，与尔等无关。都回去吧，干好自己分内之事，别让老夫惦念同州府各位就行了。”

谭钟麟的话，可谓一语双关，说得满地的官吏心惊肉跳，不敢违拗。知府刘大人本想趁机巴结谭总督，见了这阵势，只好知趣地回同州府衙去了。其他知县见知府大人走了，也只好灰溜溜地打道回府。

谭钟麟就任陕甘总督后，专门派人把蒋怀德接进了位于西安城中心南院门的陕甘总督府。这里比陕西藩台府更大、更奢华，令蒋怀德目不暇接，眼花缭乱。

在总督府衙的后花园里，谭钟麟与蒋怀德把盏言欢。酒酣之际，谭钟麟说："贤弟啊，此番相见，真有点恍若隔世之感。告诉为兄，你想干啥？只要兄弟你提到，为兄一定替你做到。"

蒋怀德说："兄弟是一介草民，只会看病救人，别无所长。仁兄就别难为兄弟了。"

谭钟麟问："生意你该会做吧？"

蒋怀德说："生意嘛，兄弟会一点。"

谭钟麟笑着说："那就好。我把黄河水利道台一职委任给你，你看咋样？"

蒋怀德心想，黄河水利道台是个肥缺，来钱很快，能得到这个美差，一定是谭大人看在自己危难之中支助过他。一想到随时可能发财，蒋怀德乐呵呵地说："仁兄不会是开玩笑吧？那可是朝廷命官呀？再说，这做生意和当官是两码事呀，咋能扯到一起？"

谭钟麟一脸严肃地说："为兄不跟你开玩笑。作为陕甘总督，为兄还是有这点权力的。当今这世道，当官和做生意没啥区别，你会做生意，就能当官。今后官场上有啥不懂的，尽管来问老兄就是了。"

蒋怀德赶紧说："多谢仁兄美意，兄弟一定不辜负仁兄厚望。"

就这样，蒋怀德因谭钟麟的提携，由一个渭南县西门行医的郎中，摇身一变成了黄河水利道台，从此走上了发家致富之路。

不几年，蒋怀德就成了富甲一方的富商大户，他除了在秦巴山区承包山头做木材生意，还在四川及西北地区经营茯砖茶、水烟、药材等生意。看到当时发行绺子（私家货币）赚钱很快，他就投资办钱庄发行绺子，第一次就发行了百万串，折合白银百万两，在陕商中引起了轰动。

俗话说，老子英雄儿好汉。蒋怀德有了发财致富的平台，加上头脑灵活，后台硬棒，一时间在陕商中声名鹊起。为了保持家业繁荣昌盛，永不衰落，蒋怀德对两个儿子更是刻意调教，费尽了心机。好在两个儿子都很争气，对经商很感兴趣，这就遂了蒋怀德的心愿。大儿子蒋继英成年后，蒋怀德把商业贸易统一起名叫大德恒，并交给蒋继英打理。他把钱庄当铺等生意统一起名叫大德昌，自己带着二儿子蒋继贤打理。商业贸易和钱庄当铺两翼齐飞，相得益彰，更使蒋家生意如虎添翼，高歌猛进。

蒋怀德看到两个儿子都能独当一面了，就回到渭南老家阳郭镇蒋家村，准备大兴土木，构建属于自己的豪华宅院。蒋怀德的这种想法，其实并不奇怪。关中俗语说，金窝银窝不如有个狗窝，金盔银盔不如有个锅盔。陕西商人在资金周转有富余时，往往都会拿出一部分来，在家乡买田建房。买田是为了拥有土地，可以通过租给无业者，收取地租，保证家人的粮食供给，做到生活无忧。建房是为了炫耀财大气粗，显示在外面做生意小有成就。买田建房，既可以炫耀自己的财富，也会让人刮目相看，不会小瞧了商人的实力。

官大钱多的蒋怀德在阳郭镇蒋家村修建住宅，一次性修建了南北八大院房屋，其中坐南朝北五大院，坐北朝南三大院，一下子占了蒋家村半个街道，成为关中道的美谈。

蒋家的房子修得豪华气派不说，其防御功能更令懂行者自叹不如。蒋家坐南朝北的五大院，一律五开间，修建有门房、厢房、庭房、上房、围房、花园、绣楼等，主人住所和杂役仆人住所一应俱全，功能齐备。院内除花坛外，一律砖石铺地，不见黄土。各院后房都是横向庭房，打开院门，五院就连为一体。与关中道富商大户修建宅院不同的是，五院的外围不用围墙，而是建成了三面围房，房檐高五六米，外人很难爬入，具有防盗防匪患的功能。

之所以把南面五大院修建成这种别具一格的式样，据说也有一段故事。

蒋怀德当初修建坐北朝南的三大院住宅时，按照关中习俗，修建成了三进式四合院。三个大院完工后，蒋怀德有点志得意满，没想到一个盗贼的话，让他改变了想法，又兴建了坐南朝北的五大院。

一个月黑风高的夜里，蒋怀德坐在上房客厅的八仙桌旁，一个人煮了一壶泾阳茯砖茶，正在有滋有味地品尝。忽听"嗵"的一声，一个身穿黑色衣服的汉子跳进了院子。蒋怀德知道遇上了盗贼，自己上去硬拼，可能会伤了自己，于是他和颜悦色地对不速之客说："朋友，辛苦了，过来喝杯茶吧。"

盗贼一听上房有人招呼自己，就知道行踪已经被人发现。别无他法，盗贼只得走进了上房，坐在八仙桌蒋怀德对面的太师椅上，羞愧地说："对不起，打扰了。”

蒋怀德发现盗贼面戴黑纱，不愿意露出真面目，也没有强求，就说：“你不用抢，看上啥拿啥吧。”

盗贼说：“久闻蒋道台富甲一方，就想来顺手牵羊弄几个零花钱，没想到刚进院子就被发现了，惭愧啊！”

蒋怀德微笑着说：“我这是年纪大了，瞌睡少，碰巧发现了好汉光临。如果早睡一会，谁知道会是啥情况。你说吧，想要啥，我给你，只要不伤害家人就行。”

盗贼说：“道台大人很仗义，令我佩服。依我看来，蒋家这宅院修建得有问题。”

蒋怀德疑惑地问：“关中道修建住宅都是这个样式，难道我修建的宅院真的有问题？”

盗贼说：“你修建的宅院倒没啥问题，院墙虽高，但仅能防君子，防不住我等小人。如果遇上兵匪抢劫，后果难以预料。”

蒋怀德一听这话，觉得有些道理，于是说：“朋友，依你之见，我家宅院该如何修建才能增强防御功能？”

盗贼说：“你如果用高大的围房将住宅围起来，外人就很难进入。这样既防盗贼，也防兵匪。”

蒋怀德赞许地说：“好想法。朋友，道上的规矩是不走空手，我就送你50两纹银作为好点子费用吧。”

客气地送走盗贼之后，蒋怀德觉得盗贼说得有理，于是又按照盗贼说的办法修建了坐南朝北的五个大院。睿智过人的蒋怀德，为了彰显自己亦官亦商的身份，把屋脊上的兽头也改成了东边闭口，西边张口。明白官道与商道的人一看就知道，蒋怀德这种举动，其实也是用心良苦。东边闭口的兽头，让人一看就知道蒋家会保守官府的秘密，西边张口的兽头，则是希望财源广进，家业兴旺。蒋家这一独特建筑样式只会让其他关中富商大户羡慕，尤其是屋脊上的兽头。

常言说天有不测风云，人有旦夕祸福。蒋家开的钱庄就在阳郭镇宅院修建完成后的第二年发生了挤兑风潮。

蒋怀德回到西安后，安心当他的黄河水利道台，大德恒和大德昌两大商号稳扎稳打，生意兴隆，日进斗金。蒋怀德觉得自己前半辈子积善行德总算得到了报应，现在有陕甘总督谭大人撑腰，自己又是黄河水利道台，天下就没有玩不转的生意。

一天中午，二儿子蒋继贤风急火燎地跑进了上房客厅，大声喊道："大[1]，大，您在家里吗？"

在卧室午休的蒋怀德听见蒋继贤的呼叫声，边从卧室往外走着，边生气地说："蝎子把尿蜇了，嚎叫个啥嘛？"

蒋继贤气喘吁吁地说："钱庄发生了挤兑事件，一些民众不知道从哪里听来消息，说大德昌库存银两不足，要求把手里的绺子全部兑换成现银。"

蒋怀德一听这话，心里也有些发虚。他问："闹事的大概有多少人？"

蒋继贤说："钱庄门前现有百十号人。我担心此事传扬出去，恐怕之前有咱家绺子的民众都会来兑换，那样的话，事情就糟糕了。"

蒋怀德也感到了事情的严重性，他心虚地问："钱庄库存银两有多少，能够应对吗？"

蒋继贤说："库存银两如果能应对这场挤兑风波，我就不会这么日急忙慌地跑回来向您汇报了。"

蒋怀德感到事情有些棘手，但他不想在儿子面前表现出心中无底，就说："你先回钱庄，稳住局面，安慰民众，蒋家绝对会按照存钱时的比率兑换绺子，其他的事情你就别管了，有大在，那些存心不良之辈还翻不起大浪。"

蒋继贤说："大，你赶紧想办法，我回钱庄了。"

看着蒋继贤急呼呼地离开，蒋怀德赶忙换上官服，叫上跟班，直奔陕甘总督衙门。

谭钟麟这天正好无事，坐在官衙二堂和邵师爷闲聊。一阵急匆匆的脚步声由远及近传了过来，只见一名衙役上前说："谭大人，黄河水利道台蒋大人求见。"

谭钟麟听说蒋怀德来了，就说："蒋大人是我故交，赶紧请他进来。"

衙役刚走到府衙大堂附近，就见蒋怀德已经走了过来。衙役对蒋怀德说："蒋大人，谭大人有请，让您到二堂说话。"

蒋怀德走到二堂附近，远远看见谭钟麟和邵师爷坐在公堂上，急忙上

---

① 大：关中人称父亲为大。

前请安问好。等忙完官场礼数，蒋怀德说："谭大人，请您救我！"

谭钟麟见蒋怀德好好的，又没听说他有啥事，如今听他说要救他，顿时感到一头雾水。他问："贤弟有啥难事？尽管说。"

蒋怀德看了一眼邵师爷，吞吞吐吐地不好意思开口直说。

谭钟麟说："贤弟，邵师爷不是外人，有话赶紧说。说不定邵师爷还能给你出个好主意。"

官署衙门的师爷历来都是当官者的心腹之人，他们脑子灵、点子多，机警圆滑、思路敏捷，为人精明，是当官者的左膀右臂。蒋怀德见谭钟麟让他赶紧说事，就知道邵师爷是谭钟麟的智囊，关系绝非一般。如果再不说，引起邵师爷见怪，以后见面就难堪了。

蒋怀德说："今天上午，少许民众不知道受了谁的蛊惑，说大德昌钱庄库存银两不足，引起了挤兑风潮，局面有点难以控制了，请仁兄想办法帮我渡过劫难。"

谭钟麟听完这话，沉思了一下，问："你的大德昌钱庄真的库存银两不足？"

蒋怀德说："大人您也知道，当初发行绺子时，库存银两足有百万两。前一阵因大德恒做茯砖茶、药材、木材生意，周转银两不足，抽取了一部分，出现了亏空。不知道哪个竞争对手知晓了这个机密，放出了口风，造成了今天挤兑银两的风潮。此风不刹住，后果难料啊。"

谭钟麟转过头问邵师爷："邵师爷，你看此事该如何处置？"

邵师爷眨巴了几下眼睛，说："这件事比较棘手，如果不及时应对，就会让蒋大人这些年攒下来的财富损失殆尽，信誉全无，以后想东山再起就很困难了。两位大人是至交，以我愚见，要想帮蒋大人渡过此劫，非谭大人出面不可。"

蒋怀德知道陕西商人历来以诚信为本，绝不欺诈客户，如果市场上传言他发行的绺子与白银价值不符，将会使他名誉扫地，今后确实在商场上无人敢信。想到此，蒋怀德觉得身上的冷汗就开始往下流了。他求谭钟麟说："仁兄，谭大人，您不可能见死不救吧？"

谭钟麟见事态确实严重，就问："邵师爷，你说非我出面不可，我该咋样出面才能化解这场危机？"

邵师爷说："命令陕西藩台打开省库，接济蒋大人。"

谭钟麟听完邵师爷的话，有些犹豫。这事说起来简单，其实有很大的风险。动用省库白银，就是动用皇上的家产，如果有人告发，他真的就该命赴黄泉了。转念间，谭钟麟觉得这个忙只有他能帮，别人根本指望不上。再说，他今天的这个陕甘总督也是蒋怀德当年赠银及费尽心机所得，如果不帮他，道义上也说不过去。想到此，谭钟麟说："贤弟啊，为兄就冒险救你一次。不过丑话说到前头，陕西藩台陈大人是否会听我的话，就看你的造化了。"

邵师爷微笑着说："谭大人多虑了。您是陕甘总督，管辖陕西、甘肃地方军政事务，属于朝廷九大总督之一。一个小小的陕西藩台岂敢驳您的面子。"

蒋怀德听邵师爷这么一分析，觉得非常有道理，就催促说："仁兄啊，您不便亲自出面，就劳烦您下道手谕吧。再晚一点，恐怕大德昌的门面就被民众掀翻了。"

谭钟麟说："这样吧，我写一道手谕，盖上陕甘总督大印，邵师爷和蒋大人带着手谕一起去见陕西藩台陈大人，让他打开省库，提100万两白银交给蒋大人救急。事后咋报答陈大人，蒋大人自己看着办。"

对谭钟麟的仗义，蒋怀德感激涕零，他对着谭钟麟深深地鞠了一躬。

时间不长，蒋怀德和邵师爷带着谭钟麟的手谕，直奔北院门陕西藩台府衙。衙役们见过这两位知名度很高的人物，未敢阻拦，一名衙役在前面带路，把他们领到了藩台陈大人的内衙。

正在休息的陈大人听说蒋怀德和总督衙门邵师爷来了，赶紧迎了出来。三个人寒暄过后，邵师爷双手把装在信封里的谭钟麟手谕呈给了陈大人。

陈大人接过信封，抽出手谕，仔细看了一遍，说："既然谭大人吩咐了，卑职全力以赴办好。"

这边正在交割手续，大德昌钱庄门前已经出现了危情。蒋继贤回到钱庄后，吩咐账房先生、伙计按照正常营业模式进行兑换。为了拖延时间，蒋继贤特意交代账房先生对每一个绺子进行严格检查。检查环节仔细了，就影响了兑换速度。兑换速度一慢，外面就有人起哄说，蒋家钱庄没银子啦，赶紧兑换吧，要不然就血本无归啦。

不明真相的民众谁不怕自己的血汗钱打了水漂，就使劲往前拥挤，一时间喊叫声、哭骂声响成了一片，局面眼看着就要失控了。

大德昌錢莊

蒋怀德从省库提出白银之后，请求陈大人派军队护送，以防发生不测。陈大人一想也对，就说："送佛送到西天，我就把好人做到底吧。"

等蒋怀德押送着银两的车辆走到大德昌钱庄附近时，人群骚动，与钱庄的伙计起了冲突，眼看着就要动手了。蒋怀德见状，老远就大声喊："众人息怒，我蒋家还没有到山穷水尽的时候。你们不用担心，我带着百万银两专门给你们兑付来了。"

民众们有人听到了蒋怀德的喊声，转头一看，藩台衙门的卫队押着几辆马车，个个上面都堆放着封着藩台衙署封条的大木箱子。等到马车走到大德昌钱庄门口，蒋怀德跳上马车，打开一个大木箱子，顿时白花花的银锭露了出来，众人一看这阵势，纷纷围了过来。

蒋怀德站在车辕上大声说："众人听着，我是大德昌钱庄老掌柜蒋怀德，黄河水利道台。你们受了别有用心之人的蛊惑，前来兑换白银，我不怪大家。请大家往这边看，我带来了足足百万银两，专门应对兑现事宜，请你们放心，蒋家绝对不会亏待大家，更做不出让你们血本无归之事。大家不要拥挤了，按照钱庄规矩来，今天兑换不完，明天继续，直到兑换完大德昌钱庄发行的所有绺子。"

有些人第一次听说大德昌钱庄的老掌柜是黄河水利道台，又看见几辆马车上装的全是白银，心中的疑虑一挥而散。一位老者看着穿着官服的蒋怀德说："道台大人，我们并不知道这是您的钱庄，看到别人挤兑，我们也担心绺子无法兑现，就参和进来了，您老见谅啊！"

蒋怀德点着头说："感谢老人家对大德昌的信任，如果大家还有疑虑，大德昌确保按原值加利息兑现完所有绺子。"

众人见蒋怀德底气十足，又看见几辆马车上装的白银，一下子放心了。刚才说话的老者继续说："大伙散了吧，别影响了人家做生意。"

这场在别人看来万劫不复的灾难，就这样被蒋怀德和谭钟麟联手化解了。风波过后，蒋怀德才知道蒋继贤做放贷生意时，因年轻气盛得罪了几个当铺老板，于是这几人联手发难，导演了这场危及蒋家声誉、信誉的闹剧。

静下心一想，蒋怀德觉得干啥事都要给别人留条活路，千万不可把事情做绝，让别人无生存之道。这样一想，他就拿出一些银两，送给藩台陈大人、邵师爷，表达感激之情。又拿出一大笔银两，修建了阳郭镇到渭南的尤河大桥，博得了义商的好名声。借此机会，他让蒋继贤把钱庄、当铺开到了渭南、泾阳、三原等地。至于在宝鸡、天水、兰州等地开当铺，那是许多年后的事情了。

钱庄生意日渐兴隆之后，一直在泾阳坐镇经营茯砖茶、药材、水烟等生意的大儿子蒋继英派人给蒋怀德捎来书信说，泾阳这几年茯砖茶、药材、水烟等生意红火，竞争激烈，尤其是茯砖茶生意，参与人数多，贩运数量大，利润相当丰厚。

看过蒋继英捎来的书信，蒋怀德想，自明政府实行“茶马交易”“食盐开中”政策以来，尤其是明万历二十三年之后，湖南安化黑茶一直就是西北茶叶交易的大宗物品，丰厚的利润催生了关中许多富商大户。自己作为暴发户，要想家族基业长青，务必对商业贸易要足够重视。前一阵经历的绺子兑换风波，如果没有谭大人的鼎力相助，很可能让蒋家颜面扫地，但这样的好事能维持多久呢？自古以来，就是铁打的衙门流水的官。谭大人上次不降反升，在大清历史上屈指可数。自己这个黄河水利道台，如果没有了谭大人的庇护，很可能也会马上丢掉乌纱帽。思来想去，蒋怀德决定支持蒋继英发展茯砖茶、药材、木材等生意，同时用富余的银两在渭南阳郭镇附近大量购置土地。财大气粗的蒋怀德做这样一个看似简单的决定，其实是借鉴了陕西商人的约定俗成。陕商中间流传着一句俗语，叫“生意钱几十年，庄家钱万万年”。做大生意和购置土地，使蒋家参与到了茯砖茶贸易行列，发生了许多被后人传说的故事。

第三章

制茯茶传承祖业
霸市场领袖群雄

被誉为茯砖茶之都的泾阳，有一个声名显赫的制茶世家——懋兴盛茶号邓家。明初实行“茶马交易”政策之后，邓家就从祖籍岐山到泾阳谋生，其祖上投到当时的泾阳茯砖茶通行领袖木士元门下，学习制作茯砖茶技术。由于刻苦用功，头脑灵活，很快就成为木士元手下的得力干将，为邓家以后在茯砖茶行业呼风唤雨、商海弄潮打下了坚实基础。

等到邓监堂懂事并参与到茯砖茶行业后，他才知道他们家人老几辈非常尊重的木士元是泾阳茯砖茶行业贤达和名见典籍的了不起人物。

有一次，邓监堂和父亲聊起了家常。邓老先生对邓监堂说，没有木士元当年的精心栽培，就没有现在邓家经营了400多年的茶号懋兴盛。邓监堂并不明白其中的缘由，就问：“木士元果真那么厉害？”

邓老先生说：“你还年轻，不知道茯砖茶这个行业的历史。就说现在畅销的泾阳茯砖茶，如果没有木士元的杰出贡献，估计还红火不到如今这程度。”

邓监堂疑惑地问：“这个木士元前辈都做了哪些贡献，让整个茯砖茶行业对他如此尊敬？”

邓老先生有点生气地说：“你个年轻娃娃，懂个屁。你去查一下我放在书桌上的茶叶典籍就知道了。”

邓监堂人生第一次受到父亲的呵斥，有点不服气地站起身走进了父亲的书房。翻完父亲经常放在案头的典籍，他终于明白了泾阳制茶人为啥对木士元奉若神明了。

木士元是甘肃武威郡人，出生于明万历四十三年，卒于清康熙十五年，其时正是安化茶在陕西兴起的时候。安化茶在陕西的兴起，有极其复杂的历史和社会原因，木士元在其中起到了推波助澜的作用。其一创建了陕甘茶商“住中间，拴两头”的经营方式。明末清初，经营茯砖茶的茶商一般都在兰州设有分号，在陕南、安化设有采购茶叶分号，总号一般设在西北茶叶总汇的泾阳，这种“住中间，拴两头”的陕甘官茶经营方式凝聚了木士元大量心血。其二区别定价，以质取胜。木士元总结自己经营茶叶经验时指出：“善为茶商者，须熟练掌握市场供求变化，以销定销，以销促销。于细微处发现商机，方能在激烈竞争中求利谋财。”为此，他发明了“甘引”“陕引”，形成了“茶关民食，商多陕籍”的西北茶叶市场特点。其三顺应供求，适时论价。木士元领导的陕西茶商采取“避其锋芒，出其不备”的策略，在产地收茶时，注意运用价格变异手段调节供求，“每日收购价格莫不呈先高后低再涨之现象……开秤先高价，借以招揽茶农前往求售，后低因茶农来者既多，不妨杀价，至快要收秤时再涨，乃留给一般茶农良好之印象。希望明日再来也”。在茯砖茶销售上，则讲究“贵极反贱，贱极则复贵”的价格反弹规律办事，不争眼前。

单就“住中间，拴两头”这种茶上经营方式而言，从明末清初到现在，已经200多年过去了，还没有人想出比这更先进的管理办法。对待收购茶叶和批发茯砖茶，几百年来一成不变，说明木士元老前辈的确聪慧过人，无人能及。对待客户的不同需求，用泾阳当地话说叫“看客下面”，啥样的顾客吃啥样的面，这在日常生活中经常使用，习以为常，但把这种习以为常、区别对待的办法应用到商业经营中，也是木士元首创。

看过了木士元老前辈总结的经验，邓监堂对这位西北茶叶行业当年的通行领袖肃然起敬，此后再也没有了不敬之言。

也就是从这次家常话开始，邓老先生有意识地培养邓监堂熟练掌握制作茯砖茶各个环节的技术和工艺要求。他的理由是不懂茶就别卖茶。只有掌握了过硬的制茶技术，才能在经营中保证茯砖茶质量，不受人蒙混欺骗。商海险恶，更不要在茯砖茶供应出现短缺时，因调用别家茶号的茶叶因质量问题砸了懋兴盛几百年的招牌。

老先生的话，其实也是经验之谈。老人家一辈子守着懋兴盛这块招牌，从来都是稳扎稳打，诚信经营，在茶叶行当口碑很好，被人尊重。他不愿意看到邓监堂因茯砖茶质量问题倒了牌子，被人踢出这个行当。

邓监堂此前跟着父亲学的都是迎来送往，账务管理，现在从头学习制作茯砖茶，也让他吃尽了苦头。茯砖茶加工是个技术活，经验占了很大成分。泾阳茯砖茶制作成功，畅销西北之后，许多精明的茶商都想节约成本，分别在陕南汉中、金州，四川保宁、雅安，湖北安化等地进行试制，都没有成功。据有经验的制茶师傅说，这得益于泾阳独特的地理环境、水质和制茶伙计的技术，于是在茯砖茶行业就流传下来了制作茯砖茶“三不离”的说法。

安化茶“船舱马背”地运到泾阳，其实还是原材料，必须在泾阳当地加工，才能制作成茯砖茶销往西北。邓监堂与制茶伙计们一起进行“簸、吊、锅、装、杂”等焙制整套过程，才算对制茶工艺加深了印象。茯砖茶制作的第一道工序是“簸”，就是将茶叶切碎，筛过，除去尘土和其他杂质。第二道工序是“吊”，就是用秤分成每包五斤四两。第三道工序是“锅”，就是炒茶，这道工序技术含量较高。炒茶时陆续在茶叶中倾注用茶梗、茶籽熬成的水，炒时不能过湿，以柔润合宜为度。第四道工序是“装”，就是将茶制成砖型，装成封子，每封五斤四两，需要较好的技术。第五道工序是“杂”，包括许多方面的零碎手续。首先是将茶从上到底穿一个孔便于通风；其次在茶砖封皮印上招牌名称重量，先在茶场楼上摆成单层，晾过两三天后，等茶砖比较干燥了，再将茶砖垒成三至五层，并要求注意通风；七天以后底面交互倒翻一次，隔半个月再倒翻一次。茶封晾至七八成干后，全部收集垛放，使其自行发花。花初显白绿色，七天后变成黄色，在封皮包上发出黄点，俗称“菜籽花”，亦称“金花菌”。花出现以后，打开堆垛分放，再晾一至两月，茶封发出芬芳香味，即可打包发售。茶砖上金花的多少是衡量制茶技术成败的关键。

邓监堂并不笨，经过一段时间的亲自动手，很快成长为制茶行业的高手，赢得了懋兴盛制茶伙计的尊重。少掌柜亲自干这些脏活累活，也让全茶号伙计对他刮目相看。

百年基业，讲究的是后继有人。为了把邓监堂培养成独当一面的未来掌柜，邓老先生先后安排他到兰州、安化增长见识。

去兰州是按照茯砖茶运往丝绸之路的陆路行走的。先从泾阳出发，坐船沿泾河上行，到邠州下船，过平凉，翻六盘山，越会宁、静宁，然后抵达兰州。这一路分为十八马站，就是说要走十八天，每天晓行夜宿，鸡声茅店，一点都不能耽搁，否则就会错过歇店的机会，苦不堪言。到兰州山子石官茶库，补纳课税，验印入库，然后凭票提茶，自由贸易。

懋兴盛多年来做的都是茯砖茶批发贸易，对零售业很少涉及。邓监堂在兰州分号转悠了几天，增长了不少见识。对牧区民众喜欢茯砖茶有了感性认识。

在兰州分号与刘掌柜交谈时，刘掌柜说：“少掌柜，茯砖茶汤色如琥珀，红得喜庆，除了消食健胃，杀腥解腻，降脂减肥，降压降糖，生津御寒，消食化滞，通便利尿，调节人体新陈代谢这些人们都知道的作用外，牧区民众喜欢茯砖茶还有另外的原因。”

邓监堂问道：“茯砖茶对牧区民众缺少蔬菜，主食牛羊肉，有很好的保健和预防疾病作用。”

刘掌柜笑着说：“你说的也对，但没说到点子上。”

邓监堂问：“难道还有别的说法？”

刘掌柜点头说：“是的。看你好奇，我就把其中的原因说给你听吧。”

刘掌柜说，茯砖茶色浓味重，熬制后呈红色，更为牧区民众喜爱。因为红色代表着生命和爱情。草原民众结婚要“敬茶”，红艳艳的茶水象征着爱情的甜蜜；小孩满月要“理茶”，红艳艳的茶水象征着生命的美好；晚上拜佛要“献茶”，红艳艳的茶水象征着吉祥如意。除了陇藏牧区民众喜欢茯砖茶，就连新疆民众也喜欢购买茯砖茶。你知道本朝大学士纪晓岚曾经被贬往新疆，他就说过迪化人的饮茶习惯是“佳茗不易致，士人唯饮副茶，云此地水寒伤胃惟副茶性暖，能解之。”纪晓岚说的“副茶”，其实就是茯砖茶。可见，除了陇藏牧区民众，新疆民众也喜欢茯砖茶。

说完这段话，刘掌柜接着说：“我估计你是第一次听说敬茶、理茶、献茶之说，只要咱们懋兴盛的茯砖茶品质过硬，就不愁销路。”

邓监堂说：“我真的是第一次听说这些故事。刘掌柜，你放心，懋兴盛不会做欺诈顾客之事。对了，我第一次到兰州来，想看一下兰州的陕西会馆。你如果忙，派个精明的伙计给我领路就行。”

刘掌柜说：“咱们做的是批发生意，只要确定了价格，有二掌柜照看店面就行，还是我陪你去吧。”

在往会馆走的路上，刘掌柜问：“少掌柜，咱们是去山陕会馆，还是去陕西会馆？”

邓监堂说：“这有啥区别？”

刘掌柜说：“山陕会馆是陕西、山西两个省在兰州的商贾合建的会馆，位于会馆巷，是兰州最大最早的会馆。陕西会馆是陕西商贾独自修建的会馆，更有特色一些。”

邓监堂说：“那就去陕西会馆，见识一下咱们陕西商贾的实力和水平。”

陕西会馆坐北朝南，位于贡元巷中部。邓监堂一行到达会馆门口，发现这座会馆还真的有点特殊。它改变了传统的“四合院布局”，融入了兰州“一进两院”的习俗，正面有一个大门和两个小门，青砖雕刻的“陕西会馆”四个正楷大字的匾额镶嵌在牌楼式的正门上方，四周是镂空的砖雕花鸟，门呈拱形，照壁上面“五洲通衢”四个大字格外醒目，奇怪的是照壁前没有右道，只能左行。对这种建筑布局，邓监堂是第一次见到，他好奇地问：“刘掌柜，这种布局有啥说法？”

刘掌柜笑着说：“这就叫咋进咋出。”

进入会馆大门，石木结构的建筑令邓监堂眼前豁然一亮。会馆背靠大门的是戏楼，左右两侧是两层厦房，上层厦房高于戏楼，设有四个大包间。从木楼梯上去，进入大包间，光线充足，一张八仙桌，配上几把太师椅，显得简洁大方。刘掌柜说，“这里是专门为有身份的商号掌柜和贵宾看戏设置的，会馆每年都举行秦腔戏演唱，借此联络同乡之谊，教育大家不要忘本。”

站在包间窗口，戏台近在咫尺，立柱上悬挂的对联一清二楚。邓监堂打量了一眼戏楼，纯木结构，雕梁画栋，台口立柱上悬挂着一副对联：“悲欢离合演往事；愚贤忠佞认当场”。虽然戏台上空无一人，但他的耳边仿佛响起了熟悉的乐器旋律，高亢激昂之声好像也随之而来。他回头一看，刘掌柜也在观望戏台，摇头晃脑地嘟囔着说不清的音调。

邓监堂问：“刘掌柜，会馆经常唱戏吗？”

刘掌柜愣了一下，这才说：“逢年过节必唱，遇有商号开张要唱，再就是有号召力的商号有喜事也唱戏。”

邓监堂问：“一般都唱些啥戏？”

刘掌柜说：“戏曲剧目多了，无非是奸臣害忠良，小伙缠姑娘。”

邓监堂笑着说：“刘掌柜高见，佩服！”

刘掌柜说：“你看戏台上的对联，‘悲欢离合演往事；愚贤忠佞认当场’，不就是说的这回事吗？悲欢离合的就是人世间才子佳人，也就是小伙姑娘，如《火焰驹》《三滴血》《柜中缘》《西厢记》等。贤愚忠佞看当场的戏有《周仁回府》《杨门女将》《斩黄袍》《韩琦杀庙》等，这些戏耐人寻味啊。”

邓监堂问：“秦商们看的这些戏，在家乡经常都能看到，而且更正宗，在这里还看这些戏有啥意思？”

刘掌柜说："少掌柜有所不知，西北的河西走廊、青海乃至新疆，都有大量的秦商，秦商走到哪里，就会把秦腔带到哪里，除了看古今人物在戏台上轮番登场，演绎悲欢离合、喜怒哀乐，感悟人生不易，世道艰难，另一个作用就是借演戏的机会，听乡音，论商道，续乡谊，促进团结，形成凝聚力，是一种难得的精神享受和乡情慰藉。少掌柜，你可不能小瞧了这看戏，一场大戏下来，或许多少年的恩怨就此罢休，重归于好了。"

邓监堂没有长期在外地待过，不知道这看戏还有这么多门道，只好闭嘴不再吭气。

从厦房包间出来，他们穿过大屋顶、双流水中拱结构的过厅，就进入了后院。邓监堂看到过厅的中间是商会议事大厅，两边各有厢房三间，专供来宾歇息用，后院两排客厅两大两小，小间里摆放的两把太师椅与门相对，中间摆放着一张八仙桌，侧面摆放着两对带扶手的木椅，两只茶几，显得很清爽。

两个人相跟着走到最北面，邓监堂发现这里是祖宗堂。把祖宗堂放在最北，邓监堂有些不解。

刘掌柜说："出门在外经商，谁也不敢保证每年都能回老家。修建会馆时，大伙提议修建了这个祖宗堂。各商号的掌柜大都将自己祖宗的牌位供奉于此。祖宗堂的两侧各修建了两间厢房，是供奉族谱的地方。每年腊月二十三晚上，各商号掌柜来此祭祖，汇报当年经营情况，祈求祖宗护佑来年生意兴隆，财源广进。"

看着整个会馆青砖砌墙、青砖铺地、青瓦盖顶，青砖雕刻的镇宅兽、各种图案，浏览着整个院落的粗壮松木，青石柱石，邓监堂有些好奇，这些建筑材料好像并非出自兰州，甚至甘肃。

刘掌柜解释说："你说对了。在兰州的所有会馆里，唯独陕西会馆被大家用两个字形容，一个是青字，一个是木字。你看会馆的大梁、檩条、墙上，全部用木板装饰，所有地板全是木板，连厕所的小便池都是木制的，除了青砖、青石、柱石，你能看到的地方全是木头。"

邓监堂好奇地问："这么多木头和青石柱石都是从哪里采购的？"

刘掌柜自豪地说："会馆里的东西除了土地和泥土是兰州的，其他的东西全是咱们陕西的。"

邓监堂真的感到吃惊了，他问："刘掌柜，你说的是真的吗？"

刘掌柜说："这还有假。整个会馆所用木材全是从咱们陕西华山采伐，马车运来的。所有柱子全部立在陕西富平青石雕刻的柱石上。这些东西，找遍甘肃你都找不到。"

邓监堂啧啧称赞说："了不起！当年修建这座会馆，陕商们吃苦了。"

刘掌柜说："说吃苦那可不假，你想，把这些东西从陕西运过来，遭老鼻子罪了。当年，各商号伙计新入号，掌柜的为了检验伙计能否吃苦，是否忠诚，就派他们回陕西运送木料、青石，而且要求按期到达。少数年轻伙计吃不了这个苦，半途而废，大多数伙计坚持下来了。实践证明，能坚持下来的伙计，最后都成了可用之才。"

邓监堂第一次听说用这种办法检验伙计吃苦精神和忠诚度，感到匪夷所思。但要修建会馆，好像这也是最节约的办法，一举两得。

从陕西会馆回来，邓监堂对刘掌柜无形中多了一分尊敬。刘掌柜是懋兴盛在兰州分号的大掌柜，对河西走廊及陇南藏区茯砖茶销售经验丰富，业绩不俗。于是他问起了懋兴盛茯砖茶在河西走廊的销售情况。

刘掌柜说："从兰州往西走甘州、凉州，道路艰险，气候恶劣，天野苍茫，异常辛苦。常走苏州、扬州的布商、盐商见惯了江南秀色、鱼米之乡，对'落霞与孤鹜齐飞，秋水共长天一色'的景观习以为常。但在甘凉道上，经常是朔风怒号，黄尘万斛，眼见的是'有时无行人，沙石乱飘扬。夜静天萧条，鬼哭道路旁'的荒凉景象。清代诗人李涣《甘泉道中》形容这一情景是'一渡黄河满石砂，只闻人语是中华。四时不改三冬服，五月飞出六月花。海兽满头番女饰，兽皮作屋野人家。胡笳听惯无凄婉，瞥见笙歌泪转赊。'出嘉峪关前往哈密，可谓沙石千里，风动沙移，地无水草，热毒鬼魅，时人称之为'过了嘉峪关，两眼泪不干。前看戈壁滩，后看鬼门关。'少掌柜，你问这些，该不会也想去体验一下吧？"

邓监堂说："我大让我来兰州，就是让我了解情况的。咱们不做零售生意，我就不去甘凉、嘉峪关和哈密了，但我得知道这条茶路的基本情况。听您这么一说，咱们这些经商的还是很辛苦的，吃的牛马苦，挣得血汗钱。"

刘掌柜说："是的。吃的牛马苦，挣得血汗钱，有时甚至是性命钱。为商的苦处也是常人无法理解的。"

邓监堂说："刘掌柜，您经商几十年，能说说您对经商苦处的看法吗？"

刘掌柜说："我才疏学浅，有苦难言啊。倒是昔日有一首古风，可谓道尽了经商者的苦衷。"

邓监堂催促说："那您赶紧说说吧。"

刘掌柜笑着说："那我就卖弄了。昔日的古风这样说经商的苦处：

人生最苦为行商，抛弃妻子离家乡。
餐风宿水多劳役，披星戴月时奔忙。
水路风波殊未稳，陆程鸡犬惊安寝。
平生豪气顿消磨，歌不发声酒不饮。
少资利薄多资累，匹夫怀璧将为罪。
偶染小恙卧床帏，乡关万里书谁寄？
一年三载不回程，梦魂颠倒妻孥惊。
灯花忽报行人至，阖门相庆如更生。
男儿远游虽得意，不如骨肉长相聚。
请看江上信天翁，拙守何曾阙生计？

吟诵完这段古风，刘掌柜有些凄然地问："少掌柜，你感觉这首古风如何？"

邓监堂沉默了半天没有吭声。

过了一会，邓监堂问："刘掌柜，您的记性真好。"

刘掌柜说："博闻强记是当掌柜的基本功。我虽然粗通文墨，但对商业贸易从来不敢马虎，除了记住日常价格变动，有时也喜欢熟记一些诗词，借此排遣寂寞。"

邓监堂见二人谈话愈发投机，就问："刘掌柜，那您说商场上有无常胜将军？"

刘掌柜笑着说："世上哪有常胜将军？难道你没听说过'瓦罐不离井边破，将军难免阵上亡。自古美人与名将，不许人间见白头'这几句民间流传的俗语？所谓的常胜将军，只不过失败的次数少，损失小而已，即用最小的代价获得最大的成功。商场如战场，波诡云谲，错综复杂，瞬息万变，要做到常胜甚至不败，就得练就火眼金睛，洞悉规律，关心政治，别无他法，你自己仔细琢磨吧。"

邓监堂笑着说："看来在商场上做一名常胜将军也是梦想啊！当今社会，政府软弱，社会动荡，士农工商的等级已延续了几千年，不知道商人的地位何时能得到提升啊。"

刘掌柜叹息着说："自从汉武帝把士农工商排序后，近千年来就没有变过。商贾虽然凭借体力、智力挣了点血汗钱，但社会地位一直低下，实在让人汗颜啊！"

邓监堂也有些郁闷，就问："刘掌柜，您如何看待商贾这个行当？"

刘掌柜说："世俗看不起商人，殊不知大家都是商人，只是有些人不愿意承认罢了。"

邓监堂问："这话咋讲？"

刘掌柜说："我认为世俗之人可以分为这么几类，有出卖智力者，有出卖体力者，有出卖自身者。既然是出卖，就是商业行为，你说对吧？"

邓监堂无法反驳，就说："请您详细解释一下。"

刘掌柜继续说道："好的。出卖智力者，至尊者就是贵为皇帝之人，他们或者开启一个朝代，或者继承祖宗皇位。皇帝经营着全国，民众、赋税、土地、边关和各级官吏，这些内容与商人经营贸易没有本质上的区别。一般出卖智力者，就是那些通过科举进入仕途之人，十年寒窗苦读，学得所谓的满腹经纶，卖给谁呢？卖于帝王家，我认为这也是商人行为。出卖体力者，也分为两类，农夫出卖体力，有田者耕其田，打下的粮食除了自给自足，多余的就会用来出售，换取生活所用的东西，虽说这个周期有点长，但仍没有脱离商业行为。其他出卖体力者，或兵士、或苦工、或官差，哪个不是通过出卖体力获取报酬，养家糊口？出卖自身者，也分为两类，一类是上无片瓦、下无立锥之地的赤贫之人，卖身为奴，获取生存的权利，譬如官宦人家、大户人家的男佣女仆。还有一种出卖自身者，就是操皮肉生意的妓女，她们用青春和美貌取悦嫖客，换取奢靡的生活，把妓女称之为商人不难理解吧？"

邓监堂听完这番话，觉得很有意思。看看时间不早了，就说："刘掌柜见多识广，让我佩服，以后有机会再向您请教。今天一席话，胜读十年书。您早点休息吧，我明天就准备返程了。"

刘掌柜说："请教谈不上，可以互相探讨。你早点休息，明天早上再说你咋返程吧。"

第二天早上，曙光初露，万里晴空。邓监堂早早起来，叫起来随他一起来兰州的伙计王昌珉，一起等候刘掌柜。

刘掌柜从家里到茶号后，发现邓监堂已在客厅等候，就走过来说："少掌柜，从兰州回泾阳有三条路，不知道少掌柜是按原路返回，还是走其他另外两条路中的一条？”

邓监堂说：“原路返回没意思，其他两条路都经过哪里？是否好走？”

刘掌柜说：“少掌柜来的时候走的路就是经常说的陕甘驿道，共18站，走18天，原路返回也一样。偏南的路过金县、安定、平襄、略阳，越陇山，过陇县，进入关中平原，直达泾阳。还有一条中间之路经临洮、天水，过陇关，沿渭河往东，走宝鸡、岐山、乾县、礼泉到泾阳。这两条路，偏南的路比较远，中间的路较近，一般人回陕西如果不走陕甘驿道，经常走中间道路。我建议少掌柜走中间之路，可以到天水转转。”

邓监堂说：“那就按照刘掌柜的安排，我们走中间道路返程。王相，你去准备，咱们早点出发。”

刘掌柜说：“少掌柜，少安勿躁。就你们两个人万不可返程。此路虽然是商贾经常走的路，有些地方还是比较凶险的，商贾们通常是结伴而行，确保安全。”说完话，刘掌柜对茶号一个伙计说：“罗相，你到马合盛茶号走一趟，看他们今天是否有去泾阳的驼队。”

罗相答应了一声就出了门。

邓监堂问：“这条道路果真有凶险？”

刘掌柜说：“过天水之后，就进入了陇山山脉，其中灵宝峡一段两山相夹，道路宽不足二尺，窄仅容一人通过。如果在此地遇上劫匪，那才叫上天无路，入地无门。随着商队通过，人多势众，加上商队一般都雇有保镖，三五个劫匪不敢轻易动手，这样更安全。”

说话间，罗相返回来了，他对刘掌柜说：“马合盛茶号今天没有商队去泾阳，明天才有。”

刘掌柜笑着说：“少掌柜，这就叫天意。我不留你天留你。你在兰州再待一天吧，反正也没有啥急事，没必要非得今天走。”

邓监堂说：“只能如此了。”

刘掌柜见邓监堂同意了第二天再走，就说：“到客厅坐一下，我把事情安排完，咱们再好好拉呱[①]几句。”

邓监堂说：“恭敬不如从命，我正好有事请想教刘掌柜。”

时间不长，刘掌柜回到了客厅，邓监堂给刘掌柜倒了一杯茶，递给刘掌柜说：“你为啥让罗相去找马合盛茶号商队？这个马合盛到底是啥来

① 拉呱：关中人对说闲话的称谓。

路？”

刘掌柜笑着说：“我就知道你会问这个事。这样吧，反正你今天不走，我就跟你说一下兰州茶叶市场的竞争情况和马合盛的事，让你心里有个数。”

邓监堂说：“求之不得，感谢刘掌柜。”

刘掌柜说：“一家人不说两家话。你在泾阳总号，肯定听说过‘东刘西孟社树姚，不及王桥一撮毛’这句民谚。在兰州茶叶市场，这些泾阳当地的富商大户跟我们没有直接的竞争，但在陇南、川北，社树姚家的天增公，王桥于家的恒盛泰都是咱们的主要竞争对手。兰州当地，和咱们竞争的，一是泾阳安吴堡吴家裕兴重，二是渭北蒋家大德恒，另一个就是刚才你问的马合盛。”

邓监堂说：“社树姚家、王桥于家都在四川雅安，他们主要经营川藏茯茶贸易，虽说在陇南、川北和咱们有竞争，我还不太担心。你把安吴堡吴家、渭北蒋家，还有马合盛的情况具体给我说一下，好让我心里有数。”

刘掌柜说：“安吴堡吴家、渭北蒋家都是有官方背景的商贾，但他们的主要贸易不在茯砖茶。吴家现在东家是吴蔚文，其父当年官拜议叙布政使，是朝廷正三品官员。吴蔚文接手安吴堡经营大权之后，同治皇帝赐给他四品官衔，他的主要经营有两宗，一个是盐，有淮扬盐场、山西运城盐场，这是吴家的主业，也是其利润的主要来源。第二个就是茶叶经营，在兰州设有分号。渭北蒋家属于暴发户，老掌柜蒋怀德官居黄河水利道台，与陕甘总督谭钟麟是患难之交，旗下有大德恒、大德昌两个总号。其中大德昌由二儿子蒋继贤任大掌柜，在西安主要经营钱庄、当铺生意。位于泾阳二条街的大德恒由大儿子蒋继英任大掌柜，主要经营茯砖茶、水烟、丝绸生意，兼营钱庄、当铺，在兰州有茶叶分号、钱庄、当铺生意。这两家，都有官方背景，财大气粗，畅行天下，难以与其正面竞争。真正与邓家竞争的，我看可能是马合盛。”

邓监堂知道安吴堡吴家在泾阳设有裕兴重茶号，蒋继英在泾阳开有大德恒商号，唯独对马合盛不了解，于是问：“这个马合盛是个啥来路？”

刘掌柜说：“要说马合盛，其实也不简单。其祖上虽然有过辉煌，但到他这一辈时已经家徒四壁，无隔夜之粮。马合盛从学徒做起，以小生意起家，现在已经在兰州开设了马合盛号茶号，在镇番大量养殖骆驼，有自己的驼队运输。前几天，听说马合盛准备到泾阳开设茶号。此人精明睿智，眼

光长远，办事果断，是个难得的经商奇才，不可小觑。”

邓监堂听完刘掌柜一番话，心里也吃了一惊。他早听说过泾阳县城东边骆驼巷的骆驼大都是马家的驼队，没想到马合盛并不满足，还要到泾阳开设茶号。这岂不是把生意做到了自家门口？

见邓监堂不语，刘掌柜说：“少掌柜，虽说从同治年间开始，懋兴盛一直独占茯砖茶行业龙头地位，但没有一人不想取而代之。你回去后一定要慎重对待，千万不可马虎大意，丢失了老掌柜打下的江山啊！”

邓监堂说：“兵来将挡，水来土掩，千古一理。今天从您这里听说了这么多，我一定认真对待，绝不丢先人的脸。”

刘掌柜宽慰地说：“我知道少掌柜的心性。有你这句话，也不枉我唠叨这么多了。”

第二天随马合盛茶号驼队出发时，的确让邓监堂见识了一次啥叫纪律严明、商规严谨的茶马驼队。

镇番驼队由驼户—连子—房子—帮—马王社组成，驼户是驼队的最基本单位，俗称驼把式。一个驼户管理12—18峰骆驼组成的一连骆驼的饮水放牧、疾病和装卸货物。按照镇番驼队行规，驼队中的驼户分为几等，有领房子、骑马先生、锅头、水头、拉连子等，他们各负其责，按部就班。邓监堂看到的这个驼队，有5个连子，每个连子有18峰骆驼。

听驼队首领就是领房子讲，他总管驼队的一切事务，如行程中探寻道路，寻找水源地，检查骆驼身体状况等。只有他不拉骆驼，旅途中骑马而行，走在驼队中间，以便前后照料驼队。骑马先生就是驼队的账房先生，负责路途记账，驼队断后事宜。其余如锅头、水头等角色，也就是伙夫和杂役的代称，他们通常不拉连子，比驼户的活计清闲一些。而驼户也分等级，一般把拉自养骆驼挣钱的人称为驼户，把没有骆驼而单靠受雇驼队的人称为驮夫。

邓监堂看着严谨有序的驼队，好奇地问领房子：“驼队所有人员各有职责，你的主要工作是干啥的？”

领房子说：“白天行走，我可以放松一些，偷闲片刻。一到晚上，我就得分外用心，既怕骆驼丢失，又怕路上遇到土匪强盗，同时还得担心错过水源地，给驼队带来缺水的危险。实话说，走兰州到泾阳这一路还好一些，走河西走廊到新疆，稍有失误，性命难保啊。”

邓监堂无言以对。自己出生以来，往西走就这次跑得最远，才到兰州，还没有去过凉州、肃州、嘉峪关，更不用说敦煌、哈密、迪化了。看到这支整装待发的驼队，他对未来这个竞争对手心中有了一分尊敬。县城东门外的骆驼巷、麻布巷，是茶商经常光顾的地方，这里面的许多玄机自己并不知道。他庆幸的是到兰州既长了见识，又感到了压力。往后的路该如何走，让他感到既兴奋又茫然。

第四章

马合盛泾阳开张
邓监堂登门拜访

马合盛随着自己的驼队到达泾阳后,他发现泾阳确实是个好地方。泾阳地处八百里秦川中部,峨仲耸于北,泾水环其南,村落相连,有河渠之绕,禾麦盈阡,水陆交通发达,城内百货云集,商贾络绎不绝,是湖茶、兰烟、甘宁皮货聚集之地,是沟通南北货物装制转运的枢纽。街道两旁林立的商铺,川流不息的人群,让泾阳变得异常繁华。马合盛想不到一个关中富裕之县城,足可与兰州东关商贸区相媲美。

围着泾阳县城转了一天,马合盛弄明白了泾阳县城的大概情况。泾阳县城有东西南北四个城门,其中东门、西门都修建有比较大的瓮城,南门、北门的瓮城相对比较小。高大的城墙,宽阔的护城河把县城打造得固若金汤。东门里的郭公祠、昭忠祠,北门附近的味经书院、崇实书院,把县城点缀得既崇尚儒教文化教育,又不忘前贤对泾阳做出的贡献。东西大街、县前街、二条街、常家巷、水洞巷、三门角、盐店街等商铺林立,茯砖茶字号琳琅满目。秀水巷左侧是考院,右侧是县衙、捕署,西部的泾干书院、瀛洲书院闻名关中。这种文化鼎盛、商业繁荣的景象使其他州县难以望其项背,也使泾阳成了西部经济中心、贸易中心、文化中心。

马合盛感慨了一番之后,决定先拜会懋兴盛老掌柜、泾阳茯砖茶商会会长邓老先生,也就是俗语说的先拜码头。

二条街中段懋兴盛茶号,邓老先生坐在茶号二堂的太师椅上,正在专心地看陆羽的《茶经》,柜面掌柜王玉龙进来说:“老掌柜,有一位兰州茶商马合盛想拜见您,不知道您是否方便?”

邓老先生放下手里的书,微笑着说:“这会儿没事,你让他进来吧。”

时间不长,就听见一阵脚步声响,进来了一位二十多岁身穿黑色长袍、头戴瓜皮帽的壮实汉子。来人走到邓老先生几步远的地方,面带微笑,双手抱拳，冲着邓老先生作揖，并说："兰州茶商马合盛冒昧登门拜见邓掌柜。"

邓老先生打量了一眼马合盛，只见他气宇轩昂，眉清目秀，脸色红润，显得很精干，就说："马掌柜，请坐。玉龙啊，给马掌柜上茶。"

马合盛刚在邓老先生坐的八仙桌对面的太师椅上坐下，王玉龙就给他递上了一杯泛着红色的茯砖茶水。马合盛冲着王玉龙点头表示感谢，然后欠着身子说："晚辈马合盛在兰州做茶叶生意，想到泾阳来发展，希望能得到邓会长提携。"

邓老先生客气地说："谈不上提携，年轻人想干事不是坏事，应该支持。"

马合盛见邓老先生没有反对自己在泾阳发展，感激地说："今后还希望得到邓会长指点。"

邓老先生说："俗话说同行是冤家，你想在泾阳发展是好事，但能否生存，把生意做大，就看你的造化了。我听兰州刘掌柜说，你在兰州的茶号生意兴隆，为啥想到泾阳来发展啊？"

马合盛说："在兰州，我做的是小生意。到泾阳来，是想在这里开茶店，最好能在泾阳当地加工茯砖茶。这样的话，我就能把加工茶叶、驼队运输衔接起来，前景可能会更好一些。"

泾阳茯砖茶销往西北，多年来都是茶号雇用骡马或驼队运输，还没有人想到自己养活骡马或驼队搞运输。马合盛的想法，既赚了茶叶钱，也挣了运输费，可谓聪明至极。邓老先生听完马合盛的话，赞叹地说："想法不错，可以尝试一下。"

为了取得邓老先生的支持，马合盛故意和邓老先生套起了近乎。他说："邓会长的制茶技术闻名西域，懋兴盛茶号的大名牧区人人皆知。其实，我家祖上在明朝就一直在咱泾阳定居，也是做茶叶生意，兼营皮货、药材。不知道您老是否听说过？"

邓老先生沉思了一下说道："我听老辈人说过。当年有一个从山西洪洞县来的马家商人，在泾阳做生意，而且做得很大。后来马家去了凉州镇番，继续做茶叶生意，还养了很多骆驼。小伙子，你是马家后人？"

马合盛说："晚辈正是镇番马家后人。当年马家到镇番后，人老几辈从没有离开过经营茶叶这个行当。大清初年，祖上因用驼队给年羹尧、岳钟琪征剿大军供应粮草，受过雍正皇帝的御封。同治年间因给左宗棠大人收复新疆的大军运送军需，受到过左大人的嘉勉。到了我这一辈，祖上的基业已经荡然无存了。我自己从学徒做起，现在刚开始创业。”

邓老先生听了这番话，有点吃惊。马合盛把祖上的功绩历数了一遍，对自己的商业经营轻描淡写，由此可见，此人并非凡夫俗子，心中装着百万雄兵。

邓老先生感慨地说：“有志气，好好干。对了，你想在泾阳开设茶号，先要找到开茶号的场地，找好掌柜和伙计之后，尚需要到县衙办理开办茶号的批准文书。这些事情办完后，就可以开张了。说起来，咱们300年前还是乡党，茶号开张时候，我让泾阳县城的同行们去给你庆贺。”

马合盛激动地说：“感谢邓会长，晚辈一定不会让你失望。等我把茶号开张的事情办妥，再来邀请您。”

寻找合适的茶号掌柜和制茶技术过硬的伙计，不是一件简单的事。马合盛初到泾阳，没有熟悉的人脉，只有通过以前给兰州马合盛茶号供应茯砖茶的茶号寻找。几番下来，他通过提高柜面掌柜和制茶技术伙计待遇的办法，从别的茶号挖过来了几个人。经过考察，马合盛觉得这几个人忠诚可靠，于是租赁场地，向县衙递交了开设马合盛茶号的文书。

等邓监堂从兰州返回泾阳时，马合盛在泾阳县城二条街靠近东门的马合盛茶号已经开张了。邓监堂向父亲汇报了旅途见闻及兰州茶叶市场竞争情况后，问了一句：“大，听说二条街东头又新开张了一家茶号，名字叫马合盛茶号？”

邓老先生说：“是的，一个从兰州来的年轻人开的。此人祖上曾经很风光，到他手里，几乎是从白手起家。小伙子不容易，也很有志向，弄不好将来就是你的主要竞争对手，你可要当心啊。”

邓监堂不以为然地说：“泾阳制作茯砖茶的茶号有几十家，出售茯砖茶的茶号上百家，但没有一个茶号能与懋兴盛比肩，更不要说超越了。他一个新来乍到之人，缺人缺技术，凭啥会成为我的主要竞争对手？”

邓老先生冷笑了一声，加重语气说：“你别自以为是，夜郎自大。我看此人志向不小，不是久居人下之人。如果你不相信，抽空去马合盛茶号看一下，自己去了解。”

邓监堂虽然心里不服气，嘴上却说：“大，你放心，过两天我就去拜访一下这个马合盛。”

一个秋阳高照的午后，穿着长袍、戴着瓜皮帽的邓监堂来到了马合盛茶号。柜面掌柜刘福生见懋兴盛少掌柜邓监堂大驾光临，笑着问：“少掌柜，啥风把您吹来了？”

邓监堂一看是老熟人，微笑着说：“旋风。你们东家马合盛在吗？”

刘福生说：“少掌柜真会开玩笑，还是旋风把您吹来了，我今生第一次听说旋风还能吹动人。对了，我们东家在二堂，我带您进去。”

邓监堂说：“前面领路，我去拜会一下马大掌柜的。”

刘福生走在前面，邓监堂紧跟其后，二人穿过茶店大堂，直往后走。这个新开张的茶店，内外粉饰一新，屋檐下的廊柱全部用红色油漆重刷了一遍，显得很喜庆。到了二堂门口，刘福生转身对邓监堂说：“少掌柜稍等，我进去通报一声。”

邓监堂停下脚步，四处打量这个院落，猛然记起这里原来也是一家茶号，掌柜的经营不善倒闭了，有些人嫌晦气，好长时间没人接手，没想到马合盛初来泾阳，就盘下了这里作为新开张的茶号。没等他多思量，就听见有人走了出来，抬头一看，一个二十多岁的年轻人，穿着黑色长袍，头戴瓜皮帽，疾步迎了上来，并说：“不知懋兴盛少掌柜大驾光临，有失远迎，还望见谅啊！”

邓监堂笑着说：“冒昧打扰，请马掌柜见谅。”

马合盛转身一指二堂屋内，说：“请少掌柜屋里说话。”

邓监堂跟着马合盛进了二堂。这是一个三间面阔、进深两间的单檐歇山顶建筑，屋内左右被分割成了东西两个独立的房间，中间是堂屋，靠北面的山墙处放着一张楸木八仙桌，两边放着两把太师椅，八仙桌上方悬挂着一幅山水中堂，两边贴着一副对联：“坐上珠玑昭日月，堂前黼黻焕烟霞”。邓监堂知道这副对联是《红楼梦》里荣府的中堂对联，是对荣府“钟鸣鼎食”之家的形象描绘。

邓监堂在左边太师椅上坐下，笑着说：“马掌柜志向非凡啊！”

马合盛不知道邓监堂此话是何用意，感到一头雾水，就说：“少掌柜，请用茶。我与少掌柜素昧平生，初次见面，不知道少掌柜刚才的话从何说起？”

邓监堂微笑着说：“从你张贴的这副对联呀！”

马合盛不好意思地说：“伙计们不知道深浅，从书上找了一副对联贴

坐上珠璣昭日月

在这里，我也没有在意。少掌柜，这副对联有啥说法？”

邓监堂说：“这是《红楼梦》里荣府的中堂对联，被你搬到了这里，很有气势啊！”

马合盛笑着说：“我粗通文墨，不知道这是荣府的中堂对联。让少掌柜见笑了。”

喝了一口茶，邓监堂问：“马掌柜到泾阳来，准备扎根落户，不知道你对茶叶方面的东西是否了解？”

马合盛虚心地说：“我以前在兰州是做茯砖茶零售的，只管销售茶叶，再就是在河西走廊铺设茶叶店，对茶叶其他方面的东西知之不多，请少掌柜赐教。”

邓监堂见马合盛说话客气，笑着说：“赐教谈不上，可以相互交流。”

马合盛是想把茶叶加工当作目前的重点，但他对安化茶叶如何运到泾阳的确不太了解，于是说：“少掌柜，您在茶叶行业多年，懋兴盛又是泾阳茯砖茶龙头，在安化开设有茶叶收购分号，不知道您是否能把安化茶叶采购运输情况给我介绍一下？”

邓监堂听完马合盛的话，明白了面前这个比自己年龄稍长的马掌柜，连安化茶叶如何运输到泾阳这档子事都不知道，就笑着说：“要想知道安化茶如何运输到泾阳，你先得知道为啥会出现这档子事才对。”

马合盛一想也对，就说：“请少掌柜赐教。”

邓监堂说：“茶马交易或者说茶马互市这个事，不是当朝才有的，早在两宋期间就有。北宋战事多，战马紧缺，而在西北地区唯有茶叶才可以换马。朝廷就派专门军队到安化收茶，再押送西北，换成战马。这种实施茶马政策的军队，被叫作‘茶商军’。”

马合盛插话问：“你是说军队参与茶叶交易？”

邓监堂说：“是啊，北宋的茶商军在史籍中有记载。《宋史·郑清之传》说：‘湖北茶商，群聚暴横。清之白总领何炳曰：‘此辈精悍，宜籍为兵，缓急可用。’炳亟下招募之令，趣者云集，号曰茶商军，后多赖其用。’你难道不知道？”

马合盛不好意思地说：“你不说，我还真不知道。以前学的都是如何做好生意，对茶叶方面的故事还真是擀面杖吹火——一窍不通，让少掌柜见笑了。”

邓监堂说：“除了茶商军，明代为茶叶销售问题，明政府与北方蒙古曾经大打出手，发生过三年的战争，这个事你知道吗？”

马合盛摇头说：“不知道，请少掌柜拉呱一下。”

邓监堂说：“明万历三年，北方蒙古与明朝终于结束了一场历时三年的清河堡战争，这是一场典型的北方游牧民族攻击中原边境军事要塞的战争。进攻方是蒙古汗图们札萨克图率领的蒙古各部，以及女真族的建州部，就是当今满族的祖先。引发这场战争的，就是今天商业贸易的安化黑茶。明万历二十三年，安化黑茶成为官茶。从明至清，茶叶都属于朝廷的专门供应商品，四川茶、汉中茶在明代是朝廷的定点生产商品，利厚畅销的安化黑茶很快让汉茶和川茶市场冷落，产销萧条。当年，大明户部裁定，报请皇帝批准：自后销西北的引茶，以汉、川茶为主，湖南茶为辅，至此，安化茶才算成了官茶。清康熙年间，允许安化茶进行商业贸易，安化茶才作为商品进入了流通领域。”

马合盛像听故事一样，等邓监堂说完，他又殷勤地给邓监堂续上茶水，接着问：“少掌柜还没说安化茶叶的运输情况哩。”

邓监堂说：“马掌柜，性急吃不了热豆腐。既然你想知道，我就告诉你。安化茶叶的运输线路一般是这样的：从安化收购好茶叶，沿资江过益阳进入洞庭湖，转进长江到汉口，入汉江，过襄樊、赊旗，到老河口进丹江，抵达丹凤龙驹寨，然后走陆路，翻商州西面麻界岭十八盘，经蓝田到泾阳。”

马合盛又问：“这一路下来，耗时肯定不少。我听说，晋商和陕商在安化都设有茶号，肯定也会有竞争。茶叶采购完成后，晋商是在啥地方与陕商分道扬镳的？”

邓监堂说：“在赊旗店。晋商在赊旗店开始走陆路，过孟津、泽州、祁县，经太原、忻州、雁门关到黄花梁，一路走张家口、兴和、二连浩特，到乌兰巴托、恰克图、莫斯科，直到圣彼得堡。另一路走杀虎口、呼和浩特、塞尔乌苏、德伦，在乌兰巴托与前面一路会合，继续往西北，直到莫斯科，甚至圣彼得堡。”

马合盛吃惊地说：“按路程，晋商比陕商的茶路要远得多啊。”

邓监堂笑着说：“陕商也想跑得更远，可惜没有这个福分啊。”

马合盛问：“为啥？”

邓监堂说：“这个问题，你应该去问晋商，或者查看历史。”

马合盛知道邓监堂不想告诉自己真相，再问下去又怕邓监堂瞧不起自己，就说：“多谢少掌柜赐教。今后有啥问题，还希望少掌柜多多指点。”

邓监堂说：“事在人为。我们都是做茶叶生意的，今后免不了要打交道，希望大家能公平竞争，维护陕商的名誉。”

马合盛说：“自‘同治之乱’以来，渭北富商大户受到了严重冲击，财产损失严重，许多大户人家甚至被灭户，在经济实力上很难和晋商抗衡。如果再不团结，可能西北的茶叶贸易市场也会受到晋商冲击。少掌柜讲陕商要团结，我赞同。”

邓监堂心里想，面前这个马掌柜对茶叶贸易还是个一知半解，再交流下去，只会浪费时间。

邓监堂说：“打扰马掌柜做生意了。来日方长，有啥问题以后再说，本人告辞。”说完话，邓监堂站起身，就准备往外走。

马合盛站起身，送邓监堂出了茶号大门，笑着说：“欢迎少掌柜有空再来。”

邓监堂头也没回直往西而去。在回家的路上，邓监堂心里还在嘀咕，就这么个愣头青，还想在泾阳和自己争天下？老爷子的担心是否有些过早了。这样一想，他就没把马合盛放在心里。

马合盛转身回到茶号，二掌柜刘福生问：“马掌柜，你刚才和少掌柜邓监堂谈得如何？”

马合盛说：“此人学识渊博，但有些心高气傲，盛气凌人。我觉得他此番登门，是想摸清我的虚实，好对症下药。”

刘福生说：“邓监堂其人见多识广，制茶技术过硬，这在茯砖茶行业人所共知。至于心高气傲，我想懋兴盛茶号多年来一直是行业龙头老大，时间久了，难免会眼中无人。马掌柜说得对，他此番前来，可能就是想摸清你的底细。那你准备咋办？”

马合盛说：“风水轮流转，没有一成不变的事情。古语说皇上还轮流坐哩，何况一个行业的龙头老大？”

刚到马合盛茶号不久的刘福生听马合盛这么一说，心里感到有些吃惊。常言道，一山不容二虎。马掌柜有了这个心思，今后马合盛茶号和懋兴盛茶号肯定会有一场大的竞争。刘福生问：“马掌柜，你准备如何应对？”

马合盛说：“走着瞧吧。对了，刘掌柜，你能不能给我找一些茶叶方面的资料，让我好好研究一下。”

刘福生问：“不知道马掌柜想要哪方面的资料？”

马合盛说："除了销售方面的暂时不要，其他方面的你尽可能都给我找来。对了，刚才邓监堂说陕西茶商也想跑得更远，但没有那个福分，不知道是啥原因。你知道吗？"

刘福生沉思了一下，这才说："马掌柜真的想知道？"

马合盛说："不想知道还问你干啥？"

刘福生说："我怕你知道了之后，再与晋商打交道心里会不舒服。"

马合盛笑着说："我的祖上明初就是山西洪洞人，但到了我这一辈，早就变成凉州镇番人了。有啥你就说，没事。"

刘福生说："明朝在萨尔许等战役失败后对清转为守势，企图通过经济封锁削弱女真人的实力。以范永斗、王登科、靳良玉、王大宇、梁嘉宾、田生兰、翟堂、黄云发八家山西商人为主体的部分晋商凭借商人灵敏的嗅觉很快和女真贵族们结成了利益联合体。他们以张家口为基地，从全国各地采集商品，从事走私活动，为清大量输送粮食、铁器、火药等战略物资，清在关内抢劫的各种物资以及东北特产，都交给他们处理。大清入关后，顺治皇帝召见范永斗、王登库等晋商八大家，封他们为内务府皇商，史称'八大皇商'。为了表彰晋商对大清建国的贡献，清政府把北方边境贸易经营权全部给予了晋商，不许他人染指。功劳最大的范永斗被钦命为主持边关贸易事务，并'赐产张家口为世业'。清嘉庆之后，朝廷卖官鬻爵成风，晋商票号贷款给各地士子买官，然后通过官员手中权力获得高额回报，同时晋商参与朝廷税收事务，名声大噪，红极一时。对于这段历史，晋商都不愿提及，怕落下汉奸的骂名。马掌柜今后和晋商打交道，千万不能提及此事，否则根本无法和晋商合作。"

马合盛第一次听说还有这么一段历史，不由得大吃一惊，怪不得邓监堂不愿提及此事。他说："车走车道，马走马路，难道咱们非得和晋商合作？"

刘福生笑着说："马掌柜有所不知，在安化茶叶船舱马背式运输过程中，陕商和晋商一直是互相合作的，万里茶道上修建的许多秦晋会馆，就是明证。如果你今后去安化，免不了和晋商打交道，不可能是车走车道，马走马路。"

马合盛说："和晋商打交道，咱只说合作，不去揭人家的伤疤，这总行吧？"

刘福生说："马掌柜记着就行，我这就去给你找东西。"说完话，刘福生转身出了二堂。

马合盛从刘福生送来的资料中，不但知道了蒙古各部落与大明政府因茶叶发生战争的真相，而且弄清了左宗棠改革西北边茶贸易的具体内容和安化茶叶的贸易量。清同治十二年，左宗棠收复新疆后成为陕甘总督，他苦思冥想的问题是靠什么安边？在安化小淹待过七年的左宗棠灵机一动，想到了安化茯砖黑茶。作为清末封疆大吏，左宗棠上书朝廷对安化黑茶采取“政府采购”，此举使蒙古、俄罗斯和西北地区更加感受到了安化黑茶的神奇。1873 年，由时任陕甘总督左宗棠将“茶引”改为票茶制，“以票代引”。1875 年发行第一案票，凭票到安化采办黑茶，计 73540 担。至 1882 年才发行第二案，以后每三年发票一次，年均输出黑茶 86000 担。这些茶叶通过船舱马背式运输，受到了牧区民众的欢迎，带动了很多商人发财致富，成为富甲一方的富商大户。

和邓监堂的对话，让马合盛感到做茯砖茶生意，在某种程度上也是在做文化生意，古人对茶文化情有独钟，留下了大量的诗词歌赋，也引起了他的极大兴趣。

对于泾阳出产的茯砖茶，在迪化(乌鲁木齐)生活了两年的纪晓岚，对其情有独钟，所作《饮茶(原作第 57)》诗云：“闽海迢迢道路难，西人谁识小龙团？向来只说官茶暖，消得山泉沁骨寒。”纪晓岚的这首诗，说明了早年间新疆人对茯砖茶的热爱，比起在内地流行的闽茶，还是茯砖茶喝起来暖和抗寒。

马合盛看完刘福生送来的资料，感到了一丝压力。继而他又想，每个人在人世上都会走出一条路，或崎岖坎坷，最终修成了正果，成就了一番事业；或平淡无奇，一生碌碌无为；或慷慨悲壮，做了名垂青史的悲剧英雄。他认为前人走出的路是无法复制的，时事变化，造就了许多成名人物，但死搬硬套，或许会一事无成。对于他来说，眼下的路必须自己走下去，别无选择。也许这是一条失败的路，也可能是一条成功的路，如果连试一下的勇气都没有，要想干成一番事业，无异于痴人说梦。

对于陕甘茶商每年到安化采购茶叶的巨额数量，马合盛自忖凭自己带来的银两，无法与其他茶商相提并论，更不具备独占鳌头的实力。要想取得更多的茶票，必须要有足够的银两，于是想到了钱庄。他想从钱庄借钱，在来年春季亲自到安化走一趟，实地考察安化茶叶收购情况，把茯砖茶加工生意做扎实。但对于选择哪家钱庄借钱，马合盛一时还拿不定主意。

马合盛把刘福生叫到二堂,说出了他的想法。

刘福生见马合盛真的要大干,心里也很高兴。他说:“在泾阳开钱庄的为数不少,但真正有实力的非大德昌钱庄莫属。这个大德昌钱庄总号在西安，老掌柜就是黄河水利道台蒋怀德，他的二儿子蒋继贤是大德昌的掌柜。大儿子蒋继英在泾阳设有大德恒总号,坐镇泾阳,主要经营茶叶、药材、皮货、水烟等生意。因泾阳商贸繁荣,货币流通量很大,蒋继英就让他弟弟在泾阳设了分号,并由他做主经营。马掌柜如果想借贷银两,我建议您去会一会蒋继英大掌柜。”

马合盛点头说:“多谢刘掌柜提醒,改天我一定登门拜访这位财神爷,争取他的支持。”

过了几天,马合盛把自己掴饬[①]得精神了一些,然后让一个青年相公王三槐带路,直奔县城中心北面的华尔街大德昌钱庄。

大德昌钱庄门面是一座五开间单檐歇山顶建筑,里面有三进院落。门面进去就是柜台,分为记账、放贷、兑银等几个窗口。一个精干的柜面伙计见马合盛装扮不俗,就知道有贵客上门,热情地说:“不知道掌柜的大驾光临,有啥事情?”

跟在马合盛后面的王三槐冲着接待者说:“于德贵，你不要狗眼看人低,这位是二条街开张不久的马合盛茶号马掌柜,今天想登门拜访你们蒋掌柜。”

于德贵见说话者是自己认识的王三槐,笑着说:“三槐,几天不见,你小子就狗仗人势了。你说马掌柜想见蒋掌柜,好说,我进去通报一声,你们二位稍等。”

于德贵走后,马合盛打量了一下店面,人来人往,络绎不绝,柜台里面的相公们井井有条地办理着各种业务，屋子里不时响起来的算盘珠子声清脆悦耳,相公们报出的数字一清二楚,口齿清晰。

时间不长,于德贵来到马合盛跟面,恭敬地说:“马掌柜,我家蒋掌柜请您到二院正堂说话。”

---

① 掴饬:关中方言,指收拾、打扮一下之意。

穿过店面，走到第一进院落，马合盛看到这是一座典型的关中四合院建筑，砖木结构的单檐歇山顶建筑比普通民房要高出很多，显得高大巍峨，院子中间栽着一棵桂树，虽时已深秋，仍有淡淡的花香味弥漫在空中，沁人心脾。两边的厢房安装着厚实的松木门，窗户全是透雕花卉、狮子、麒麟等图案，丝毫不影响屋内采光。青砖墁地的院落，干净整洁，行人稀少，愈发显得幽静。

到了二院，两边是面对的五间厢房，正对的就是三间面阔的正堂，屋檐下的立柱上悬挂着一副对联："化智为利化利入义贾之根；审时度势诚信至上商之本。"

进入厅堂，马合盛一眼发现与门正对的前方，摆放着一张核桃木方桌，墙上挂着一幅武财神关羽的工笔画像，两边悬挂着一副对联："商道无形商道即人道；商品有形商品即人品。"没等他缓过神，就见一位40多岁穿着丝绸长袍、头戴瓜皮帽、手里端着一个白铜水烟袋的儒雅男子从后面走进客厅，他微笑着问："你就是马掌柜，不知道大驾光临有何指教啊？"

马合盛赶紧上前作揖说："蒋掌柜好雅兴。本人马合盛，前不久在二条街开了一家用自己名字命名的茶号。今天登门拜访，是想请教一些钱庄贷款之事，还望蒋掌柜赐教。"

蒋继英放下手中端着的白铜水烟袋，指着方桌另一边的太师椅说："请坐，站客难打发。"

等马合盛坐下后，蒋继英对于德贵说："三掌柜，给马掌柜上茶。这里没你啥事了，你去前面招呼吧。"

于德贵上完茶，顺手牵走了王三槐。

安静下来后，蒋继英问："马掌柜，有何贵干？"

马合盛说："我的茶号刚开张不久，没有名气，蒋掌柜可能还不知道。我到泾阳来开茶号，是想把茶叶加工和我已有的驼队联合起来经营，无奈资本有限，就想到贵号来打听一下贵号都从事哪些业务。"

蒋继英说："这个钱庄是大德昌在泾阳的分号，我弟弟全权委托我做主。要说这钱庄嘛，无非就是发行绺子，就是俗话说的自家钱庄的庄票，还有洋厘和银拆，经营存放汇、贴现、兑换及其他信用业务。不知道马掌柜想干些啥？"

马合盛说："我想明年初春在贵号借贷银两收购安化茶叶，不知道贵号都需要哪些手续？”

蒋继英说：“好事啊。要借贷银两可以，你得有抵押才行。如果是熟人，可用信誉做担保，可惜的是你初来乍到，我们并无深交，我不得不防啊。”

马合盛说：“这个可以理解。我新开张的茶号就在二条街，你可以派人去估算。另外，我在骆驼巷常年有驼队搞运输，你也可以派人去打听。不知道这两项加在一起，蒋掌柜能借给我多少银两？”

蒋继英端起白铜水烟袋，“呼噜呼噜”地吸了一阵，说：“两项加在一起，我能借贷给你的银两不超过3万两，而且要在年底前归还。”

马合盛一听这话，心里感到十分满意。他不露声色地问：“蒋掌柜，不知道这利息该咋算？”

蒋继英说：“一般来说，由钱庄和借贷者协商确定利息，也可以随行就市。眼下的行情是纯粹借贷，按照借贷银两收取一分二厘至一分七厘的利息。如果是抵押借贷，按照抵押物品的价值、品相的九成至七成给予放款，这两项借贷期都是一年。抵押借贷到期按照抵押物品原值赎当，其中价差算利息。对于大额周转借贷，大德昌一般是和借贷者商定利息。不知道马掌柜可否满意？”

马合盛说：“我同意双方协商利息。听说大德昌自己也发行绺子，不知道在陕商中是否通行？”

蒋继英见马合盛对大德昌的信誉一无所知，笑着说：“大德昌的信誉你可以去打听。早年在西安总号就发生过挤兑风潮，大德昌毫不犹豫地承诺可以兑现自己发行的绺子，民众见大德昌财力雄厚，挤兑风潮才得到平息。从那时开始，大德昌所发绺子，可以通行陕西、河南、湖南、甘肃、青海、宁夏等省份。我们虽不能与晋商钱庄票号可通行18省相比，但信誉绝不会比他们差。”

马合盛说：“蒋掌柜多虑了。我如果怀疑贵号的信誉就不会来了。我是担心，届时我去安化采购茶叶，能否一下子拿到自己所需要的银子。”

蒋继英一听这话，就知道马合盛已经知晓自己在泾阳还有大德恒总号，经营着茶叶、水烟、药材等生意，他怕自己会趁机勒索，或者故意拖延付钱时间影响他的生意。想到此，蒋继英说：“马掌柜多虑了。你到钱庄来，就是想借贷银两，我是钱庄掌柜，咱们事情不成仁义在，好说好散。如果说定的事情，到时候不能兑现，我这钱庄可能早关门大吉了。”

马合盛脸色微微一红，笑着说：“我与钱庄是借贷关系，咱们可以商定利息，到时候我拿钱还钱没有二话。就怕您蒋掌柜因借钱培养了一个竞争对手，传出去不太好听啊。”

蒋继英哈哈一笑，说：“市场竞争，古来有之。坐在这里，我就是大德昌钱庄的掌柜，咱们按照关老爷画像旁边的对联说的办事。回到大德恒，我是总掌柜，咱们再说经营茶叶、水烟和药材的事。世上做生意的人多了，谁也不能把生意做绝。要想赢得商机，做大生意，我看最后玩的都是人品。人品不好，无人愿意跟你打交道，生意还能做下去吗？”

马合盛钦佩地说：“蒋掌柜此话乃是真知灼见啊，一语道破了做生意的真谛，让马某佩服。我马合盛经商十多年来，受到过不少高人的指点，受益无穷。今天和蒋掌柜一席话，更让我终生难忘啊。”

蒋继英说：“马掌柜过誉了。其实不管从事哪个行当，人品都是最重要的。有感于此，我才让人写了这副对联挂在关老爷像旁边，时刻提醒自己，商道即人道，商品即人品。正因如此，大德昌才有了今天的局面。”

马合盛见言语投机，又怕大德昌利息过高，自己遭受无所谓的损失，就说：“蒋掌柜，咱们一回生二回熟，今后可能会经常打交道，您老兄迟早会了解我的为人。过两天我再来，咱们把借贷银两的利息商定一下如何？”

蒋继英知道马合盛心里的小九九，笑着说：“欢迎马掌柜随时光顾。”

从大德昌钱庄出来，马合盛心里又多了一分底气。蒋继英的豪爽，丝毫让人没觉得钱庄掌柜阴险狡诈、唯利是图，反而让他多了一分亲近感。扶持一个将来与他竞争的对手，这需要的是勇气和肚量，不是一时头脑发热的轻率之举。

往回走的路上，王三槐见马掌柜喜形于色，问：“马掌柜，事情谈妥了？”

马合盛说：“八九不离十了。三槐，明年春天，我想到安化茶区去，你愿意随我一同前去吗？”

王三槐在几个茶叶店当过杂役、相公，跟着刘福生到了马合盛茶号之后，职位才得到了提升。现在听说马掌柜准备明年带他到安化茶区，从未出过远门的他兴奋地说：“好呀，只要掌柜的带我去，我一定遵从掌柜的安排。”

马合盛见王三槐有些激动，就说：“我给你一个任务，在去安化之前，你到别的茶行打听一下他们在安化茶区是咋样收购茶叶的，回来之后如实汇报。如果你把这事办妥了，我肯定带你去。”

王三槐说：“没问题。我一定弄仔细了，决不让掌柜的失望。”

马合盛又说：“顺便打听一下还有谁想跳槽，咱们茶号需要制茶师傅，现有的人远远不够。如果有人愿意来，咱们给他的薪酬比别人高一成。这些事也要在去安化之前办妥，否则茶叶采购回来，无人制作茯砖茶，岂不惹同行笑话。”

王三槐说：“请马掌柜放心，这点小事就交给我。”

马合盛和王三槐走后，于德贵进来问：“蒋掌柜，那个马合盛马掌柜是不是来借贷银两？”

蒋继英说：“一个新开张的茶号掌柜，能到钱庄来，不是想借贷还能干啥。”

于德贵说：“咱们大德恒也做茶叶贸易，蒋掌柜把钱借给他，岂不是扶植了一个竞争对手？”

蒋继英说：“世上谁都不能把生意做完，咱们不借给他银两，别的钱庄或者当铺也会拆借给他，送上门的生意我能不做吗？马掌柜其实并不缺银子，只是把资金都投入到了各分号铺设和养驼队上了，暂时出现了周转困难。这个忙，我帮。再说，大德恒虽然也经营茶叶贸易，但咱们基本上和懋兴盛一样，都是做批发生意的。我听说马合盛在甘肃、青海、新疆主要做零售生意，说不定哪天咱们还会和他联手，借着他的零售分号，把大德恒的茶叶生意做大哩。”

于德贵不得不佩服蒋继英的胸襟和眼光。他说：“蒋掌柜，还是您想得长远。这样的话，大德恒今后也可以借用马家驼队长途贩运药材、水烟，甚至皮货。您帮过马掌柜，他在运输费用上肯定会给您优惠，大德恒每年能节省不少费用哩。”

蒋继英哈哈一笑，说：“你总算开窍了。你的想法不错，我也正有此意。刚才，马掌柜说他明年春天想到安化采购茶叶，我也把赊旗店咱们木材行孙掌柜的地址告诉了他，希望他在经过赊旗店时顺便拜访一下，看有没有合作的可能。但愿马合盛能旗开得胜，马到功成，也让大德恒沾点光。”

第五章

走丹江增长见识
看会馆心有梦想

来年春天，马合盛怀揣在大德恒借来的银票，带上王三槐，先到西安府按照票引制缴纳了税款，取得了采购茶叶的茶票。

回到泾阳之后，马合盛委托二掌柜刘福生经管生意，自己带着几峰骆驼和行李就出发了。他们过蓝田，翻越麻界岭十八盘，进入了秦岭山区的商州地界。

春天的秦岭，山色碧翠，鸟语花香，空气中弥漫着清新的味道，与泾阳街头到处飘散着的茯砖茶味道迥然不同。绵延起伏的大山，像一条条绿色的巨龙，把自然界分割成了山峦险峰、沟壑川道，溪流从山的深处流淌出来，清冷而透明见底，随着蜿蜒的河道一直向东。悠扬的驼铃声，与山野间的鸟鸣声组成了带有伴奏的交响乐，令人心旷神怡。

过商州之后，丹江变得越发宽阔起来，两边的山势向后退去，川道随之敞亮。不时出现的骡马队、人群，使得并不宽阔的道路有些拥挤。马合盛感到这里山水秀美、植被丰茂，之前去的河西走廊与眼前的景致相比简直不可相提并论。

夕阳西下时，天空出现了颜色艳丽的晚霞，鱼肚纹的云朵被夕阳一照，绚丽多彩，变化无穷。王三槐第一次出远门，看到天上奇异的景观，高兴地对马合盛说："马掌柜，这种天气您也很少见吧。"

马合盛说："此地可谓百步一景，景景不同，各有妙处。如果你有机会去河西走廊，见识一下'大漠孤烟直，长河落日圆'的奇妙景观，就会感到各地有各地的独特景观，大自然的神奇造化，不是我们能够想象得到的。快点走，等天黑时，一定要赶到龙驹寨船帮码头，否则就会误了行程。"

王三槐调皮地吐了一下舌头，不再回头向西边的天空瞭望，招呼着一同前来的几个伙计加快了脚步。

等马合盛一行看到巍峨高大的龙驹寨船帮会馆时，沿丹江两岸早已点亮了红灯笼。江水被红光映衬，波光粼粼，近处的客栈、人影、骡马和骆驼的身形倒映在江水中，形成了一幅流动的画面。街道上，人声鼎沸，熙熙攘攘，喊吃饭的，喊住店的，此起彼伏，不绝于耳。

马合盛他们穿过货栈区时，发现了懋兴盛、裕兴重、大德恒等商号的专用货栈区，这既让他感到兴奋，同时又有些失落。自己在甘肃，虽被人称为财东，但与这些自己亲眼见过的商号相比，简直不值一提。幸亏自己走出来了，否则还以为自己是天下第一。

龙驹寨自古就是“北通秦晋，南结吴楚”的交通要冲，丹江航道自春秋战国开始就是“贡道”，是唐代以前历朝都城的主要补给线，龙驹寨船帮会馆恰好处在水陆换载的码头上。

船帮会馆坐北朝南，面临丹江，北靠凤冠山，整个建筑都是土木结构，大门上方镶嵌着“明王宫”竖匾，大门形似一座三开间的牌坊，重檐翘角，巍峨壮观。

马合盛无心欣赏墙上雕刻的大禹耕田、文王访贤、囊萤映雪、赤壁怀古等图案，直奔会馆二堂。在和船老大订好船只之后，他的心才算放回了肚子里。

出会馆大门后，马合盛让王三槐找了一家客栈。吃过晚饭后，马合盛说：“从明天开始，我们就要坐船前往安化，从泾阳出来给我们运送行李的骆驼就没有用处了。三槐，你辛苦一下，看一下附近货栈有没有运送回泾阳的货物，让驼队顺便捎带些货物回去，免得空跑一趟。”

王三槐答应了一声，出门找货物去了。

第二天，曙光初现，龙驹寨就已经热闹起来了。人欢马叫，人头攒动，一派繁忙景象。马合盛叫起王三槐和几个伙计，简单吃了点干粮，喝了点茶水，就直奔码头。等到上了船，船老大说：“这一路到老河口水道湾多风大，你们要做好心理准备。”

马合盛、王三槐一行是第一次坐船，新鲜感十足，对船老大的话也没人在意。船开出码头，驶向丹江江心向东顺流而下时，水清云碧，千帆竞渡，两岸群峰嵌错，削壁摩立，令人心旷神怡。

船老大看马合盛一行新鲜感十足，对马合盛说：“从龙驹寨船帮码头上船，经过丹凤县、商南县，于紫荆关出陕西，进入河南淅川，然后向南，在湖北丹江口与汉江交汇，顺汉江进长江。你们要去湖南安化，可以从长江

入洞庭湖，转道资江，过益阳可达安化黄沙坪茶叶市场。这一路多为水路，你们需要当心晕船。如果碰上恶劣天气，遇上大风，就算倒霉了。”

马合盛问：“船老大，这丹江有多长？我们要行走多少天才能抵达赊旗店？”

船老大说：“丹江从发源地秦岭凤凰山南麓到丹江口，总长近850里水路，沿途有多条河流汇入，越往下走，水流越大，两岸高山绵延不绝，风景优美，被历代文人墨客吟诵。从龙驹寨到丹江口，如果顺利的话大概需要十天左右。”

马合盛笑着说：“船老大常年在丹江行走，也是过着神仙般的日子，令人羡慕啊。”

船老大苦笑着说：“掌柜的有所不知，行走在丹江水道，那是与阎王爷做买卖，远没有你想的那么舒坦。龙驹寨到紫荆关这一段，被船帮称为寨河，仙娥溪、竹林关、老君峪被称为鬼门关。下游的云岭峡、太白峡、雁口峡被称为丹江小三峡，山重水复，山险水碧，烟波浩渺，水天一色。人们大都是欣赏丹江沿途风景，没几个人知道船工的心酸啊。”

马合盛见闲着没事，就故意问：“丹江河道宽阔，水流也大，在江上行船顺流而下，只要把好舵就行，我看不出船工有多么辛苦。”

船老大说：“你坐的是顺流而下的船，如果是逆流运输货物咋办？”

马合盛一想也对，逆流而上肯定没有顺流而下省力，许多地方肯定得用人力拉纤，才能使船上行。装载了货物的木船很重，逆流而上肯定会很辛苦。这人啊，在世上走一遭，谁都无法确定自己该干些啥。船老大提起的辛苦，勾起了马合盛的好奇心，他问：“船老大，能把你们经常唱的船工号子给我们唱一段吗？”

船老大说：“从龙驹寨出发到竹林关这一段，被船帮称为流岭峡，也叫月日峡。你现在看江面情况就知道有多险了。”

马合盛刚才只顾着和船老大说话，并没在意丹江的变化情况。经船老大一提醒，他再看江面，只见谷底狭窄，乱山夹峙，奔流若沸，木船在江流上上下颠簸，时而前冲，时而盘旋，如无缰的野马飘荡在江面上，让初次坐船出行的马合盛一行感觉心都跳到了嗓子眼，一张口随时都会吐出来。王三槐等几个伙计吓得脸色铁青，紧抓着船帮或者桅杆，再也没有了刚出发时的大呼小叫。

过了竹林关，船老大问：“掌柜的，感觉如何？”

马合盛心惊胆战地说：“领教了。江水湍急，河道狭窄，运输货物肯定会更加艰难。你们船工也不容易呀！”

船老大说：“过了竹林关，江水平缓了，咱们能走一段舒服路。掌柜的想听船工号子，我就给你来一段如何？”

马合盛说：“多谢船老大，让我们听几句船工号子，长点见识。”

船老大清了清嗓子，说：“我给你们来一段《没奈何，走寨河》吧。”

马合盛和几个伙计同声说：“行，你就来一段吧。”

船老大清了清嗓子，高声唱道：“没奈何，走寨河，手把舵，腿哆嗦。四百里水路三百滩，龙王争来阎王夺。没奈何，走寨河，纤锯身，石割脚。厘局船霸催命鬼，捐税更比石头多。没奈何，走寨河，眼泪流，口唱歌。水贼绑票抛深潭，要寻尸首鱼剖腹。”

唱完这一段，船老大问：“掌柜的，你看船工讨生活如何呀，不会是你想象的那么潇洒吧？”

马合盛此前听人说过嘉陵江船工号子，与船老大唱的非常相似。干啥事情都不容易，船帮有船帮的规矩，水道上遇上水贼，如同陆路上遇到土匪，再加上船霸敲诈勒索，厘局每月收取份子钱，船工的生活更加艰难。马合盛叹息了一声，说：“世道艰难啊，在江面上混生活也不容易啊。”

船老大说：“如果不是生活所迫，谁愿意过这天天与阎王爷打交道的苦日子啊。”

马合盛问：“船工的生活大多如此。船老大，你听说过嘉陵江船工号子吗？”

船老大说：“听说过，和丹江船工号子差不多，也是一把辛酸泪。”

马合盛问：“你会唱吗？”

船老大笑着说：“会几句，我这就给掌柜的唱一下。”

于是江面上又响起了船老大悲怆的歌声：“嘉陵江上啊，求碗饭哦。身背纤索走广元！要问路程有多远呐，祖祖辈辈走不完！寒冬腊月睡木板，光着屁股去推船。吃饱又怕挣断肠，饿肚拉船打偏偏。爬滩脚杆打闪闪，下滩脚在浪里钻！哟—嗬—嗬，哟—嗬—嗬。”

船老大悲凉的歌声，久久在江面上回荡，让马合盛一行唏嘘不已，感慨万千。为了打破这种心酸的局面，马合盛说：“船老大，咱就别唱那些心酸的号子了，说点高兴的事吧。”

船老大说：“我是一个粗人，除了会唱这些船工号子，还真不会别的了。看掌柜的也是识文断字之人，看着两岸的景色，你给咱来一段诗文如何？”

马合盛笑着说：“你弄错对象了。我是一个经商的生意人，对诗文一窍不通。脑子里的几首诗，还是临出发时才勉强记住的，而且都与丹江有关。”

船老大说：“那不正好派上用场了嘛。说实在的，常年在江面上混饭吃，有时也会碰上文人乘船下湖北等地，听见过他们文绉绉的吟诵诗文，虽听不明白，但却知道他们在赞美丹江两岸的风景。掌柜的有雅兴，就给咱来一段如何，权当给船工们加油鼓劲。”

马合盛说：“丹江自古就是官道，是南方往长安运输货物的水路交通要道。从这条水路上经过的文人墨客难计其数。既然在丹江上走，我就吟诵一段北宋诗人王禹的《丹水》吧。哈哈，你看，咱们也正好要过仙娥溪，这首《丹水》也很应景哩。”

船老大笑着说：“掌柜的赶快吟诵吧，让我等粗人也体会一下常年经过的仙娥溪，在文人的眼里会是啥样子。”

马合盛见船老大催促，就吟诵道：“瑟瑟复潺潺，朝宗去不还。和云归汉浦，喷雪下商山。影浸仙娥面，波涵织女鬟。饮猿清满掬，渡鹿冷浸斑。北润深通洛，东奔险叩关。灌园萦似带，漕艎曲如环。夜枕惊幽梦，秋汀照病颜。玉膏分地脉，银汉落人寰。漱石藏青鲤，崩沙聚白鹇。村桥微雨后，岸树夕阳间。翠涨新萍绿，红浮败叶殷，贰车时濯足，来伴钓翁闲。”

船老大听完之后，哈哈大笑着说：“的确有点文绉绉的，我只听懂了一句，就是赞美丹江的青鲤。我说掌柜的，等船到码头，我给你们弄条丹江的青鲤尝尝，保证你吃过之后，终生难忘。”

就这样，一行人说说笑笑，消遣着旅途的寂寞。几天后，他们陆续过了紫荆关、丹江三峡，到了老河口。船老大真的弄了条丹江青鲤，让马合盛一行尝到了鲜味。

船过赊旗店时，马合盛一行特意下船。他想去拜访一下蒋继英给他介绍的孙掌柜，顺便到赊旗店的山陕会馆看一下实际情况，毕竟赊旗店是南茶北运的水陆码头和中转站。

大德恒在赊旗店的木材行位于山陕会馆东面的永庆街中部，名气很大，很容易打听到。马合盛安排别的伙计在山陕会馆南面的瓷器街找了一家客栈住下后，带着王三槐亲自去拜访大德恒木材行的孙掌柜。

这一天，孙掌柜正在二堂正厅给工头、领工安排活路，看见柜面账房王先生匆匆走了过来。孙掌柜以为有啥急事，问："王先生，有事吗？"

王先生说："也没啥急事，店面来了一位客人，自称是泾阳马合盛茶号掌柜，他拿着一封大掌柜的亲笔书信，说是要见你。"

此前，孙掌柜接到过蒋继英的来信，说是泾阳新开张了一家马合盛茶号，掌柜马合盛在大德昌借贷3万两白银准备到安化收购茶叶，经过赊旗店时让他招待一下，一来看马合盛是否真的去安化收购茶叶，二来看一下今后有没有合作的可能。现在听账房王先生一说，孙掌柜说："人在哪里？快请进来，到二堂客厅说话。"

王先生说："就在临街店面，我这就去请。"

等王先生走后，孙掌柜对几个工头、领工说："大家赶紧按照我刚才说的办理去吧，千万不能误了行程。"说完话，他就进了客厅，准备接待马合盛。

时间不长，马合盛跟着账房王先生进了二堂客房。马合盛看见在靠墙的一张方桌旁坐着一位40多岁的中年人，一袭黑色长袍，头戴瓜皮帽，穿着圆口布鞋，棱角分明的脸上，双目炯炯有神，正在打量着自己。马合盛知道自己要拜访的孙掌柜就是眼前之人。他问："您就是大德恒木材行孙掌柜吧？"

孙掌柜欠着身子说："正是本人，马掌柜一路辛苦了。请坐下说话。"

马合盛刚坐下，就听孙掌柜说："王先生，你带这位相公到前边客厅，我和马掌柜有话要说。"

等二人离开之后，孙掌柜给马合盛倒上茶水，问："马掌柜此行是要到安化去采购茶叶？"

马合盛说："每年春季到安化采购茶叶，这是陕甘晋茶商的共同做法。我去年在泾阳二条街新开了一个茶店，加工茯砖茶也需要大量安化黑茶，就向蒋掌柜借贷银两，此次去安化就是专门为采购茶叶之事。出发前，我跟蒋掌柜说想到赊旗店停留一下，他让我顺便给你带封信。"说完话，马合盛从长袍兜里取出一封信，双手递给了孙掌柜。

孙掌柜把信打开，快速浏览了一遍，笑着说："马掌柜好气魄！赊旗店是南茶北运的中转站，晋商采购的安化茶在此地开始走陆路，陕甘茶商采购的安化茶还要继续走水路到龙驹寨。你一个新开张的茶号第一次去安化采购茶叶就是大手笔，连我们蒋掌柜都佩服。马掌柜需要我做些啥，尽管说。”

马合盛说：“我也是第一次去安化，真不知道还需要孙掌柜帮些啥忙。我专门在此停留，一来是替蒋掌柜捎封信给你，二来是想看看赊旗店的山陕会馆。”

孙掌柜笑着说：“这个简单。会馆就在对面，我抽空陪你去见识一下。如果需要拜见哪位掌柜的，你就直说，我去打招呼。”

马合盛没想到孙掌柜如此爽快，感激地说：“拜访哪位掌柜的，我还没有想好，到会馆看一下即可。我想问一句，孙掌柜，你这木材行开了多少年了？”

孙掌柜说：“怕有二十多年了。马掌柜，你问这个干吗？”

马合盛说：“我看木材行场地不小，生意兴隆，顺口问一下，别无他意，你别见怪。”

孙掌柜说：“你初到泾阳，可能还不知道，蒋家最早就是靠木材行发家致富的，后来才转行在泾阳开设了大德恒，主要经营药材、皮货、水烟、茯茶等生意。在西安开设了大德昌，主要经营钱庄、当铺生意。到目前为止，赊旗店木材行还是蒋家主要的财富来源。”

马合盛原本就不是个爱打听别人发财致富之道的人，听孙掌柜这么一说，突然来了兴趣，他问：“你说蒋家是从这里发财致富的？”

孙掌柜说：“也对也不完全对。说也对，是蒋家经营的木材从这里发往湖北、湖南及江南各地。说不对，是因为蒋家的木材都来自陕西秦巴山区。”

马合盛以为蒋家在此倒卖木材，没想到他们的木材来自秦巴山区，就问：“孙掌柜，你能说说蒋家从何时开始经营木材吗？”

孙掌柜笑着说：“从蒋怀德老爷子当上黄河水利道台之后。他把家里的一部分银子拿出来，在秦巴山区包了三座大山，募请工人伐木，做木箱、枋板，迅速成了陕西著名的木材商。随后，每年把伐的木头扎成木排，放入汉江顺流而下，一直漂到湖北汉口后被工人拉上岸，晾干后发往江南各地，每根木头上都刻有‘渭南蒋家木’字样作为标记。在汉口卖完木头，用卖木头的银子买成棉布、茶叶、药材等贩往西安、泾阳、兰州，从不空手而返。我在这里主要收集各路消息，调度汉口木材销售。”

马合盛以为自己把驼队运输和茶叶加工连接起来是一个创举，没想到蒋家这样做生意，也非常值得称道。他问："你们每次放木排数量大吗？"

孙掌柜说："每次放木排基本上是上千根，工人有百十人。这个行当放排人分为工头、领工、攮头、书办，大家各负其责，绝对不会乱套。"

马合盛说："还是孙掌柜管理有方啊。对了，孙掌柜，说个不怕丢人的事，你刚才说到了钱庄、当铺，我也见过晋商的钱庄、当铺，同样的行当，为啥陕商把伙计叫相公，晋商把伙计叫相与？这有啥说法吗？"

孙掌柜笑着说："说起这个，话就有些多了，就拿当今两大钱庄徽商和晋商来说吧。徽商主要发源地在徽州，此地多唐宋旧族，徽州方言中称富人为朝奉，所以一般将钱庄老板称为朝奉，这个称呼据说还与宋太祖赵匡胤有关。当年，赵匡胤拥兵南下，平定歙州（徽州）时，徽州人箪食壶浆，夹道相迎，场面十分热烈。赵匡胤见了很受感动，就停车对大家说：多谢汝等朝奉！意思是说多谢你们的朝拜与奉献礼物，但徽州人以为皇上亲口封他们为朝奉，于是一个个喜不自禁，纷纷以朝奉大夫自居，后来就用朝奉来称呼钱庄、当铺的管事人。晋商的当铺、钱庄一般称投资人为相与，这个相与是山西方言中的一个词语，最初的意思是来往朋友。对晋商来说，这个词就是指生意伙伴和合伙人。他们把经理人、业董者称作当家，就是当家之人、主事之人，有时也叫当家的。只有咱们陕西的这个掌柜的，说起来还真有些意思哩。"

马合盛说："你不说我还真不知道还有这么多讲究。孙掌柜，请你再说一下陕西掌柜的由来吧。"

孙掌柜说："陕西商人开办当铺、钱庄、银楼，一般称投资人为财东，这个你知道，是从东西制这种管理模式之下东家是出资人演变而来的。称经理人为掌柜，这个掌柜也是陕西方言。大明时期，陕西商人到各地做生意，携带大量银两，为了安全起见，特制巨型板柜，里面放银两，柜面为床铺，晚上就睡在银柜上，这些人就被称为掌柜，一般的伙计被称为相公。哈哈，马掌柜，你是不是也这样啊？"

马合盛嘿嘿一笑说："受教了。以前在兰州，知道钱庄药业，秦人居多，也听说过四川有句民谣叫'豆腐老陕狗，走遍天下有'。我笨想是陕西人在四川开的当铺、钱庄像豆腐和狗一样多，没想到陕西人的掌柜还是这么一回事。"

孙掌柜说："各地方言不同，称呼各异，今后你如果与徽商、晋商打交道注意点称呼就行了。到了赊旗店，去看一下秦晋商人修建的山陕会馆，你就会增长不少见识，尤其是《同行商贾公议戥星定规矩》《公议杂货行规》《创建春秋楼碑记》《南阳赊旗镇山陕会馆铁旗杆碑记》等几块碑文，你一定要好好看一下，对你今后经营茶叶、皮货、药材等生意肯定有好处。”

马合盛见时间不早了，起身告辞说：“多谢孙掌柜了。以后如用得上兄弟之处，尽管直言。”

孙掌柜说：“祝福马掌柜旗开得胜，生意兴隆。”

第二天，马合盛带着王三槐及随行的几个伙计参观了赊旗店山陕会馆。他想见识一下这个在赊旗店十多家会馆中最牛逼的会馆，看一下人们对它的评价是否真实靠谱。

赊旗店山陕会馆位于商业闹市中心，原名山陕同乡会馆，又名山陕庙、关公祠，曾称鼎元社。会馆坐北朝南，南对最繁华的瓷器街，北靠五魁场街，东临永庆街，西挽绿布市场街，可谓闹中取静，别树一帜。

马合盛一行看到的会馆主体建筑呈前窄后宽之势，东西宽 62 米，南北长 165 米，占地总面积 12885 平方米，分前、中、后三进院落。位于中轴线上的主要建筑有琉璃照壁、悬鉴楼、石牌坊、大拜殿、春秋楼。两侧相陪的主要建筑有铁旗杆、东西辕门、东西马厩、钟鼓楼、东西长廊、腰楼、药王殿、马王殿、道坊院等。

站在会馆门前，仔细欣赏完雕刻精细、图案栩栩如生的琉璃照壁、影壁、辕门、钟鼓楼，尤其是陕西会馆门前独有的铁旗杆，马合盛一行惊叹不已，王三槐和几个年轻伙计更是叽叽喳喳议论不休。说实话，马合盛也是第一次见到如此精美的建筑。

马合盛见几个人还在指手画脚地议论，就说了一声：“咱们进去吧，看看里面到底如何。”

掌柜的发话了，王三槐等人就跟在马合盛后面走进了会馆正门。

会馆的正门其实是悬鉴楼的南面。在正门外有马良、廖化的塑像，这二人曾在关羽手下为将。马良、廖化站在会馆门前，加上东西辕门，显得会馆更像关帝庙。

悬鉴楼又名八卦楼，是会馆的戏楼。楼高 18.36 米，长 20 米，宽 18 米，分上中下三层。正脊两侧装饰有行龙、牡丹图案，中间置琉璃楼，内刻“天五尺”三字，楼门两边悬挂着一副对联：“此地即是普陀山，何必远求到南海。”楼内竖 24 根合抱大柱，下有三层柱础，上层多为鼓形，下层为正方形鼓座，四面雕刻麒麟、狮子、牛、马等图案。楼北面为戏台，上挂清道光二十四年(1844)浩生社立“悬鉴楼”匾额。两侧石柱上分别刻着“还将旧事重新演，聊借俳优作古人”“幻既是真世态人情描写得淋漓尽致，今亦犹昔新闻旧事扮演来毫发无差”的对联。舞台上方悬挂“既和且平”的匾额。戏台上下布满木雕、石雕图案，内容多与戏曲有关。

穿过戏楼就进入了万人庭院，即会馆的中心大院。院内全部用一尺见方的青石铺地，中铺甬道，甬道两侧用条石，有柱洞可以搭棚。甬道左右庭院和两厢分别为男女观众场地，院内可供万人看戏，故又称万人庭院。厢房东西相向，单檐歇山顶，面阔13间，进深一间，分楼上楼下两层，据说上层楼上还有包厢，是专供大商贾和达官贵人看戏用的。

如此大的戏院，讲究的包厢设计，马合盛还是第一次见到。都说山陕商贾比较抠门，但从这些设施看来，世人可能误会了他们。除了建筑豪华，设施齐全之外，经常上演家乡戏剧，既联络了感情、愉悦了心情，也彰显了财气、宣泄了郁闷。唱大戏和自乐班不同，人员要求齐整，乐器要求配套，戏装要求高档，打赏要求阔绰，哪一项离开了银子都弄不成。马合盛无缘见识这里唱戏的场面，站在这里，他仍然感到了不少压力。如果让他请戏班子唱一台大戏，自己能做到吗？更遑论修建这样精致豪华的宅邸。

转过身，他看到在庭院后方建有一座高大的石牌坊，坐落在大拜殿前三米高的月台上，共有左中右三个独立单元，牌坊通体满布匾额、对联、人物、禽兽图案。中间牌坊位于月台前《重建山陕会馆碑记》与《重兴山陕会馆碑记》之间，为三间四柱式，须弥座，方柱的两侧附以抱鼓石，中间两侧鼓面雕刻“俞伯牙爱琴”“孟浩然爱梅”“林和靖爱鹤”“周敦颐爱莲”“米元章爱石”“嵇康爱竹”“王羲之爱鹅”“陶渊明爱菊”等八爱图。

穿过石牌坊，就是会馆的主体建筑大拜殿了。大拜殿由大殿和拜殿组成，长40米，宽20米，高34米，是会馆主体建筑。它同石牌坊、东西腰楼、东西厢房、萧鼓二楼、东西辕门及琉璃照壁，历时25年，耗费白银87788两，当时可买大米950万斤，约合58000农民一年的口粮。殿前两侧立两块石室式单檐硬山顶石雕，高两米，宽一米，左侧雕刻“十八学士登瀛洲”图案，右侧雕刻“渔、樵、耕、读”图案。图中山水、树木、飞禽、走兽、房屋等采用浅浮雕、深浮雕、透雕、线雕等多种手法，使十八学士和渔樵耕读形态各异，栩栩如生，耐人寻味。

春秋楼为赊旗山陕会馆主院最后一进建筑，因其内供奉关羽夜读《春秋》塑像而得名。马合盛仔细看了一下清乾隆四十七年(1782)《创建春秋楼碑记》,知道了该楼为山陕商贾募资创立会馆时首建。建成后的春秋楼巍峨壮观,碑文称之为:“第见洛洛巩固,迥出霄汉,金碧辉煌,光映日星。试置身其上,凭照宇内,皆在远眺旷览中。而翘首南向,又若可俯视焉。巍巍乎极登岳之峻,初不知身向碧云也。”正因为有了春秋楼,这才有了“赊店有个春秋楼,半截还在天里头”的民谣。可惜的是,清咸丰七年(1857),捻军过此地,赊旗镇豪绅躲入春秋楼内抵抗,被捻军焚烧了。

参观完会馆的主体建筑,马合盛带着王三槐一行专门去看了孙掌柜说的那几块碑刻。仔细阅读完《同行商贾公议戥星定规矩》《公议杂货行规》《创建春秋楼碑记》《南阳赊旗镇山陕会馆铁旗杆碑记》等几块碑文,马合盛明白了山陕商贾修建该会馆的良苦用心,这里处处显示的“忠义”和“诚信”文化内涵,让他感到了震惊。

赊旗山陕会馆在马合盛眼里,不仅是一座宏伟的建筑,更是一个精神财富的宝库,前辈商贾通过总结经验,共同协商,在行业自律、公平竞争、官商沟通等方面形成了比较完善的自我约束机制,并用碑刻把这些经验流传下来,就是教育后辈一定要规范商业经营,促进共同发展。在所有建筑物上,通过木刻、石雕、彩绘、刺绣等方式,渲染吉祥和神圣氛围,着意强化“诚信”这一道德准则,时刻警示商贾不得贪得无厌,要以诚待客,义中取利,不可逾越“诚信”的经商底线,否则就可能会掉入万丈深渊。

马合盛默默走出山陕会馆时,王三槐等几人还在会馆里到处转悠。也难怪,年轻人没出过远门,更没见到过如此富丽堂皇、精雕细刻的建筑,他们感到新鲜、好奇,连马合盛自己也不例外。但这“忠义”和“诚信”自己能做到吗?马合盛心里确实没底。

看着日头有点偏西了,马合盛才感到肚子早饿得咕咕叫了,他回身大声喊:“三槐,赶紧往回走,明天一大早坐船去安化。”

听见马合盛的叫声,王三槐对几个同伴说:“赶紧走吧,千万别惹马掌柜生气。”

吃晚饭时,马合盛问:“三槐,你们几个人参观完赊旗山陕会馆,感觉如何?”

王三槐说:“赊旗山陕会馆选材精良,木雕、石雕、砖雕布局合理,雕工精细,图案栩栩如生,把中国传统文化精髓集于一身,既有观赏性,又具有教化作用,设计者传统文化功底很深厚,令人震撼。马掌柜,你是不是想按照会馆模式在泾阳建造一座府邸呀？”

马合盛笑着说：“我倒是想按照会馆模式建造一院住宅，可惜现在还没有这个能力。希望大家共同努力，尽早实现茶号加工运输销售一条龙模式，创造出咱们自己的品牌。”

王三槐说：“马掌柜发了财，肯定不会忘记我们。兄弟们，给马掌柜敬一杯酒，祝愿马掌柜早日成家立业！”

马合盛说：“此行虽说还未到安化，我已经领教了秦商商贾文化的博大精深。只要咱们能够心往一处想，劲往一处使，我想几年之后，咱们都能实现自己的梦想。”

王三槐等几个伙计闻听此言，欢呼雀跃，仿佛看到了无数的财富就堆在眼前不远处。

第六章

到安化茶叶飘香
门道玄商机暗藏

从赊旗店启程，马合盛带着王三槐等几个伙计，过襄阳、汉口，沿长江而下，然后转洞庭湖，遥观岳阳楼之后，在甘溪港进入资江流域。

过益阳之后，新换的船老大操着南方口音告诉马合盛一行说："眼前水道就是前往安化的资江航道，再有一两天，你们就可以到达安化黄沙坪码头了。"

乘坐着毛板船逆流而上，马合盛看见资江像一条碧色的玉带穿梭于奇山峻岭之间，一种船在江上走，人在画中游的感觉油然而生。抬眼望去，两岸奇峰突兀，怪石嶙峋，云烟缥渺，竹木葱茏，山花烂漫，水鸟低飞，莺啼婉转。近处竹篱茅舍俨然，鸡犬之声相闻，他觉得人间仙境也不过如此。

欣赏了一会资江两岸的风景，马合盛看着瘦小精干的船老大，好奇地问："船老大贵姓？你常年在资江上行船，都运送些啥货物呀？"

船老大抬起头说："免贵姓张。要说运送的货物，那就多了。我们这毛板船常年运出木材、楠竹、桐油、毛皮、茶叶、药材、竹器等货物，运回铁器、百货、布草、食盐等用品，整年就没有清闲的时候。"

马合盛又问："这资江从益阳到安化，沿途都有些啥景点或者传说？"

张老大说："整条资江两岸有景点 60 多处，稀奇古怪，传说很多。有名的就有风帆石、神像饮水、火炬山、将军骑马镇天门、资江大佛等。看你像是陕西客商，安化黄沙坪还有山陕茶商修建的关帝庙，很值得一看哩。"

时间不长，资江呈现了一个 U 字形弯道，就见左侧山峦上一块巨石兀然高耸，像船上悬挂的风帆。并不厚实的风帆石，高约十余丈，像插在山峦上的一片刀片，陡壁刀削，光滑如磨，丹光隐隐，威风凛凛，看上去整座山就像一艘大帆船，岸边的山峰就是它的船帮，整座山体正乘风破浪地行驶在资江上。

看着这离奇的山峰，马合盛问："张老大，这就是你说的风帆石吗？"

张老大说："掌柜的好眼力，我们正在绕着风帆石转。你看山峦上那块巨石像风帆吗？"

马合盛又瞅了一眼风帆石，说："的确像船上的风帆。张老大，这块风帆石有啥说法吗？"

张老大笑着说："当然有了。传说古时候资江水道上时常发生翻船事故，常常造成船损人亡的悲剧，让人对行船心生畏惧，后来寿佛爷云游到此，他发现了这个问题，看到船工们又苦又累，就想为船工们排忧解难。寿佛爷发现水里有河妖和水怪在作祟，因而经常发生翻船事故，他就把打钱纸的铁锉用力一甩，铁锉被甩到江边上，把河妖和水怪镇住了。从那以后，在资江上行船也不翻了，船工们拉纤的时候也一帆风顺。后人为了纪念寿佛爷的功德，就把铁锉变换成的那块石头叫风帆石了。"

马合盛想古人对大自然很敬畏，经常编出一些神话故事，祈求上苍的保佑，希望逢凶化吉，遇难呈祥。张老大讲的故事，可能在船工中已经流传了好多年，他们常年行船在资江水道上，心中有神灵护佑，就有了战胜激流险滩的勇气。看着逐渐远去的风帆石，马合盛在心里也祈祷自己能够平平安安地到达安化，顺利完成采购茶叶这项工作。

沿着资江继续往上，激流险滩，飞瀑奔泻，高峡深林随处可见，吊脚楼、木板墙、杉皮瓦、木水车到处都是，这种江南的景致与北方截然不同。一段江水，一段风景，使马合盛一行充满了好奇。

太阳偏西时，阳光洒在资江两岸，幻化出了许多难以名状的景色。正在欣赏两岸风景的马合盛发现江面突然变得笔直了，两座巨大的石山像两扇大门耸立在江两岸，左边的山峰上隐隐约约的画着一位骑马的大将军，坐骑昂首，虎虎生威，马上的大将军戴盔披甲，威风凛凛，与传说中的二郎神杨戬极为相似。不敢相信自己判断的马合盛问："张老大，前面是不是就是传说中的将军骑马镇天门？"

正在忙活的张老大抬头一看远方，说："就是。你们当心了，这段水道水流湍急，漩涡很多，逆流而上，很不容易。掌柜的让伙计们站好了，手抓船帮，注意脚下，别四处张望了。"

马合盛按照张老大的要求吩咐伙计们之后，又问："张老大，这个将军骑马镇天门惟妙惟肖，是谁画到悬崖峭壁上的？"

张老大笑着说："是孙悟空。"

马合盛知道张老大在和自己开玩笑，认真地说："你别糊弄我这个北方人了，还孙悟空画上去的，你咋不说是神笔马良画上去的哩。”

张老大说：“看看，我就知道你不相信。西游记的故事你听说吧？传说当年孙悟空大闹天宫，被天兵天将追杀，逃出了天庭，玉皇大帝龙颜大怒，命二郎神杨戬继续追剿。杨戬一路追赶孙悟空来到了资江边上，两人恶战三天三夜，直打得日月无光，天昏地暗，资水失色，但仍没有分出胜负。有一天，两人打到这里，只见三面石壁顶天，江水正好是一个回水塘，二郎神阻住出口，孙悟空眼看成了瓮中之鳖，一时猴性大起，大喝一声，手举金箍棒，朝着北面石壁奋力砸下，只听轰隆一声巨响，金箍棒所到之处的石壁顿时出现了一段五六丈宽的空隙，孙悟空从空隙中飞身而走。水塘里的水因突然出现裂开的空隙而暴发，以千军万马的奔腾之势向空隙中涌去。二郎神猝不及防，被洪水猛地冲向北面左边的石壁上，便连人带马永久地印在石壁上了。掌柜的，你说这将军骑马镇天门是不是孙悟空所为呀？”

马合盛听完张老大的话，一时之间竟无言以对。

当毛板船行进在平缓的江面上时，马合盛又想起了在丹江上听过的船工号子，他问：“张老大，在资江上行船，有船工号子吗？”

张老大说：“当然有了。常年在资江上行船，心里的心酸无处倾诉，就把沿途经过的激流险滩，随时可能去见阎王的心里话编成了船工号子。无聊时，吼上一阵，排泄愤懑的心情。掌柜的，你问这个干吗？”

马合盛说：“我们此行是从陕西丹凤龙驹寨沿丹江而下，在丹江上听到过船老大唱船工号子，想着你们和他们都在从事同样的职业，肯定也会有船工号子。张老大，现在江水平缓，江面开阔，也无啥危险了，能不能唱几句资江的船工号子，让我等开一下眼界。”

张老大说：“船工号子都是船工的辛酸泪，掌柜的愿意听，我就给你们唱上一段过滩谣。”

说完话，张老大清了一下嗓子，大声唱道：“哦嗬喂，资江水上一百零八滩哪，船拐子过滩像过鬼门关哪。闯过去的算你狠罗，死在滩上嗷，是条好汉哪！”

资江上来往的船只很多，张老大的一曲“过滩谣”赢得了所有船工的赞叹，一时间欢呼声四起，唿哨声不绝，江面上一下子变得热闹非凡。

第二天黄昏前，毛板船抵达安化黄沙坪茶市。张老大对马合盛说：“掌柜的，船到码头人到岸了。前面就是安化最大的茶市黄沙坪，这里茶号、茶行、客栈、酒楼、钱庄、当铺一应俱全,有的地方还有粉头[①]陪客人喝酒助兴,甚至陪睡。你们上岸后,先找地方住下,然后再四处转悠一下,等熟悉情况后,再说收购茶叶的事吧。”

马合盛见张老大善意提醒自己,感激地说:“多谢张老大提醒。咱们一回生二回熟,说不定以后还会经常找你运输茶叶哩。”

张老大说:“那敢情好啊! 但愿马掌柜不要忘记了我这个下苦人。”

黄沙坪背靠群山,前滨资水。靠山的南面基本上都是茶行、祠堂,多为高墙大院;傍水的北面多为店铺、会馆,临河大部分房屋都是吊脚楼。特别有意思的是临河的吊脚楼,屋挨屋,檐搭檐,低矮却有很大的屋檐。在这里,分布着茶号七八十家,人声鼎沸,熙熙攘攘,肩扛的,手提的,比比皆是。等马合盛一行上岸后,高低不同的吊脚楼屋檐下的灯笼已经亮起了灯光。

站在码头上,马合盛四处打量,他发现资江流到这里,在宽阔的河面上冲积出一个名叫鲶鱼洲的江心洲。洲上树木茂密,修竹万杆,岸边一叶小舟,恰是“野渡无人舟自横”的意境。鲶鱼洲中间还有一棵几百年的大枫树,高耸入云,白鹤成群栖息。山上郁郁葱葱,茶园遍布,江水清澈见底,夕阳的余晖一照,幻化出绚丽的色彩。

黄沙坪依山而建,狭窄而修长,如一条青色的长龙卧在江边,高低不同的木屋好像青龙身上起伏多变的龙甲。走进街道,他们发现脚下的青石板街道宽的地方一丈四五,窄的地方不足一丈。街道上分布着牌楼冲、花园冲、斐芙冲、白泡湾、杨家院、叶家院六条小巷。石板街像一条青龙蜿蜒,将小镇连成一幅优美的图画。街道两旁是一色的青石条台阶,屋接屋、檐接檐,既独立成栋,又阶基相连,街道两旁的一些店铺还用天桥相连。靠山的那边基本上是茶行、祠堂、高墙大院,雕梁画栋,气势恢宏。傍水的这边基本上是店铺、会馆、豪宅,后面临河大部分房屋都是吊脚楼,别具一格。街道两旁飞檐斗拱,到处都耸立着高挑的风火垛墙,排列着沧桑的木板门楼,鳞次栉比,错落有致,招牌林立,景象壮观。

按照商贾先拜访会馆的惯例,马合盛一行人打听到山陕会馆位于黄沙坪十三都桥口附近,于是一行人直奔会馆而去。

---

① 粉头:封建社会把妓女称作粉头。

到了会馆面前，马合盛感到黄沙坪山陕会馆不可能与赊旗山陕会馆相提并论，但据说在黄沙坪也是独占鳌头。大门口左右蹲着两个硕大的石狮子，不远处竖着两根铁旗杆。会馆大门呈八字形结构，屋顶为重檐歇山顶式建筑，重重叠叠，繁复无比，南北两小门的门框和门楣用整块青石制作，青石山浅雕卷云纹，门楣上方各嵌一方石质方匾，分别用楷书题写了“履中”和“蹈和”，南北两门的两侧是砖砌的八字形影壁，左书“精忠贯日”，右书“大义参天”，山门左右两边悬挂着阳刻楹联：“本是豪杰作为只此心无愧圣贤洵足配东国夫子；何必仙佛功德唯其气充塞天地早已成西方至人。”马合盛刚看完门口的景致，就见大门里出来了一个穿着长袍，头戴瓜皮帽的中年男子，他见有几个人在会馆门口四处张望，就问：“几位客官是从哪里来的，到此有啥事？”

马合盛闻听乡音，急忙上前说道：“我们几个是从陕西泾阳来的，想到会馆投宿问道。”

中年男子笑着说：“哎呀，来了几位乡党，快请进。”

马合盛问：“掌柜的贵姓？咋称呼？”

中年男子说：“本人姓孟，是泾阳二条街懋兴盛茶号驻安化茶行掌柜。请问客官咋称呼？”

马合盛说：“孟掌柜好。本人马合盛，是泾阳马合盛茶号掌柜。”

孟掌柜说：“听东家派来安化采购茶叶的相公说过，马掌柜的茶号是去年才开张的吧。咱们进去说话。”

孟掌柜在前面带路，一直把马合盛一行带到了会馆的会客厅，他让马合盛一行坐下之后，又给他们每人倒了一杯茶，这才问：“一路舟马劳顿，肯定辛苦了。这样吧，我去招呼人收拾客房，你们先住下，有事明天再说如何？”

马合盛说：“有劳孟掌柜了。我们初来乍到，有些问题免不了要请教您的。”

孟掌柜说：“乡里乡党的，说这话就见外了。先吃饱睡好，别的事明天再说吧。”

第二天早上，马合盛未见孟掌柜，就问会馆一个打杂的年轻伙计。伙计说：“孟掌柜是个大忙人，你想找他，出大门沿江边走，看见懋兴盛茶号，进去一问都知道。”

马合盛安排随行的几个伙计继续在会馆休息，他带上王三槐出了会馆大门，准备去找孟掌柜。

沿江边行走时，马合盛发现江对面的唐家观也是繁华的商埠码头，两边房屋倚江枕壁，一边倚于山脚，一边悬于江面，距水面约三四丈。房屋多为两层木板房，都是商铺店面。可以看到“千人拱手、万盏明灯”的热闹场面，来自陕甘、四川、江浙、湖北、江西、京师等地的客商幌子到处都是，载着粮食、茶叶、木材、楠竹、布匹、木炭的船只挤满了半边江。

走在黄沙坪街道上，规模宏大、风格独特、工艺精湛、建筑精美的茶号不断出现，天一香、天生福、天合龙、天合久、天来香、天生福、聚兴顺、裕通永等茶号幌子很是喜庆，招人喜欢。等走到码头附近时，马合盛终于发现了懋兴盛、裕兴重、大德恒等陕西茶商的幌子。

刚走到懋兴盛茶号门口，孟掌柜正急匆匆地往外走，抬头看见马合盛走了过来，抱歉地说：“马掌柜，我这正准备去会馆找你，没想到你已经过来了。既然来了，咱们就进茶号说话。”

进了懋兴盛茶号，只见人员进进出出，异常繁忙，伙计们见到孟掌柜点点头就算打了招呼。直到进到二堂客厅，孟掌柜招呼马合盛、王三槐坐下，这才说：“马上就要到收购茶叶的季节了，茶号得安排各种准备工作，怠慢你们了。”

马合盛见孟掌柜如此一说，有点不好意思地说：“打扰孟掌柜了。我们初来乍到，人生地不熟，只有仰仗乡党帮忙了。打扰之处，请您多担待。”

孟掌柜说：“咱们边喝茶边聊，你想知道些啥问题，尽管说，我保证知无不言，言无不尽。”

马合盛说：“孟掌柜，看懋兴盛茶号这气派，花了不少银子吧？”

孟掌柜说：“这个茶号是租赁的，不是懋兴盛茶号自建的。一般来说，在安化经营茶号的商家，很少有自己修建茶号的，大多是租赁当地茶行行主的房屋作为茶号经营的场所。有些是季节性租赁的，也有常年租赁的。你准备咋办？”

马合盛想自己携带的银两有限，如果为收购茶叶要在安化修建茶号，不但耽误了收购茶叶时机，很可能收购不了多少茶叶。听孟掌柜这么一说，他说：“请孟掌柜介绍一下安化的茶行吧，我去拜佛就能找到庙门了。”

孟掌柜说：“黄沙坪茶行行主以谌姓为多。茶行一般为木质两层结构，以天井为中心，四周设太平缸或修建水池，作为防火之用。一层除茶客住

房、伙计宿舍外，其余为拣茶工场及烘茶焙房。二层为毛茶仓库及精制工场。大的茶行有四个天井，建筑构图呈田字形，中等茶行有三个天井，构图为L形，小茶行也有两个天井，呈横日字形。茶行的占地面积大致分5000平方米、3000平方米、2000平方米。每家茶行的天井都是青石铺面，四周是砖砌白粉围墙，圆拱或方拱石砌大门，门楣上有石雕和名家题写的牌匾，门前有石墩、石狮和下马石。马掌柜，茶行的情况基本上就是这样，你看准备租赁一个啥样的场所？”

马合盛说：“我资本有限，就先租个小的吧。孟掌柜，茶行的租金咋样计算？”

孟掌柜说：“一般行情是按照场地大小计算，也可以和茶行行主协商。有些事情还可以请行主帮忙，譬如联系茶农、拣茶工、毛板船等，毕竟他们是当地人，人熟好办事。”

马合盛问：“我看黄沙坪资江两岸码头不少，你能把码头的情况给我介绍一下吗？”

孟掌柜笑着说：“马掌柜客气了。黄沙坪虽说只有几里长的街道，但有大小码头13处，其中装运茶叶的码头有九处，有源世昌码头、三德玉码头、聚兴顺码头、永泰福码头、天来香码头、懋兴盛码头、裕兴重码头等。据说兴盛时期，黄沙坪产的十多万箱红茶、两万多包引茶、三万多支千两茶，就是从这九个码头下河，通过资江这条黄金水道，进洞庭、入长江，分运到汉口和晋阳。这些专用码头，大部分是晋商、本地商的，只有两个码头是陕商的。你以后如果要运送茶叶，我们可以合作。”

马合盛欠了一下身子，又问：“孟掌柜，咱们在安化收购茶叶一般是如何操作的？”

孟掌柜说：“常年在安化收购茶叶的茶商一般在过年前后放款给茶农，清明前后收茶。因为预付了定金，茶叶数量有保证，价格相对较低。当地人说这是‘夷民持此御饥寒，贾客谁教半干没。冬前给本春收茶，利重逋多同攘夺。’其实，商人也是没办法呀，说咱们好像硬生生夺去了茶农的茶叶，这个说法不妥。”

马合盛听完这番话，心里有点吃惊。对于他这个初次出门收购茶叶的茶商来说，没有预付定金，手里的茶票能否完全兑现，心里根本没底。

见马合盛不语，孟掌柜问：“马掌柜还有啥难题吗？”

没等马合盛回应，王三槐插言说：“我们是初次来安化收购茶叶，还不知道有这么多规矩。马掌柜年前没想到要预付定金的事,现在我们已经到了安化,这咋办?”

孟掌柜一听马掌柜担忧此事,呵呵一笑说:“每年到安化做茶叶生意的人山人海,不一定每个人都预付了定金。你们先转一转,看一下这里的山川河流、人文景观,现在离收购茶叶还有几天,你们随机应变吧。”

马合盛知道该告辞了,就站起身说:“孟掌柜先忙吧。我们先到各处转转,熟悉一下情况。你提个建议,我们到何处去转好一些。”

孟掌柜说:“安化比较大的茶市有黄沙坪、唐家观、洞市、黄花溪等处,我建议你们去洞市、黄花溪、鹞子尖、麻溪、缘奇桥等处转一下。欣赏一下安化的茶马古道、风雨廊桥,了解一下当地的茶叶种植情况,风土人情,这对将来做茶叶生意有好处。”

马合盛双手抱拳,对着孟掌柜作了一个揖,然后说:“多谢老乡指点,今后有啥难事再来打扰你。告辞了。”

随后的几天,马合盛带着一同前来的几个伙计,逛遍了黄沙坪、唐家观、黄花溪、洞市等几个主要茶市,亲自走了一趟鹞子尖茶马古道,专程到麻溪看了永锡桥等风雨廊桥。江南的景致,群山绵延不绝,到处溪流小河,山披翠装,河有鱼虾,茶园点缀在碧绿的山野之间,木屋茅舍散落在半山腰,云雾起来,真有点“远上寒山石径斜,白云生处有人家”的美感。

对马合盛来说,这几天不但弄清了茶园分布情况,了解了当地的人文历史,还知道了推动西北茶叶改革的左宗棠与安化深厚的渊源。

据当地老人讲,宋时黄沙坪仅几户人家,并无名。后因茶业发展才逐渐由一个黄沙坡地,只长乌刺蓬的荒凉处所发展为繁华小镇,定名为黄沙坪,又称黄市。老人说,黄沙坪从东至西南近5里长的青石板街道修建于雍正三年(1725)。街正中挖了一条1.5米深,1米宽的下水道,上用1.2米长、0.5米宽、0.15米厚的青石板铺盖。一到雨季,两边屋檐水一直流下来,汇聚到各家各户阶基前的古钱状溢水孔,流入下水道,再通过涵孔注入资江。不管雨有多大,都不会积水。这些青石板共有4万多块、3000多立方,工程浩大,所费不菲。如果当时黄沙坪没有便利的交通优势、独特的辐射功能、重要的经济地位、雄厚的民间财力和晋陕甘等茶商的鼎力相助,根本无法想象。

在寻找茶行时,马合盛看到的情况更让他感到惊奇。茶行谌老板领着他查看了一个呈日字形的小茶行，这里一应俱全，尤其是茶行谌老板的住处让马合盛大开眼界。这个住处虽然不太宽敞，但宽敞明亮，雕花门窗，家具摆设也十分讲究，大厅有红木条桌、八仙桌、太师椅、四套茶几椅凳、名人字画、闹钟、瓷瓶等。卧室雕花床，柜箱配套。餐厅还有大理石面的雕花圆桌圆凳等。

看完茶行之后，马合盛笑着说："谌老板，你这布置，好像是居家过日子的所在，哪里像出门做生意呀？"

谌老板嘿嘿一笑说："不管是西客，还是南客，掌柜的大多是在茶叶采购季节单身来安化，有些人耐不住寂寞，经常让行主给他寻找年轻漂亮的粉头做露水夫妻，生意结束，各自走散，这样的人我见得多了。为了让掌柜的安心在此做生意，我就把茶行布置得和居家过日子一样。如果马掌柜不乐意，我可以让人撤掉屋里的家当。"

马合盛笑着说："既然布置了，就放在这儿吧。要说想得周全，还是你们南方人，我算是领教了。"

谌老板说："马掌柜初次来安化，对这里的情况不太了解，我置办这些家具有时也是投人所好。你可能不知道，安化籍两江总督陶澍早年说过，要想留得住全国各地的茶商，安化人就得在'重商、用商、便商、利商'方面下功夫。这么多年来，安化修建了 420 多座风雨廊桥，200 多个茶亭，开通和维修了茶马古道，保证了资江航道畅通无阻，这一切都是为了茶商、茶农方便。要不然，即使茶叶再好，没有便利的交通，像你这样的陕西茶商会到安化来吗？"

马合盛点头说："你说的有道理，酒香也怕巷子深嘛。你刚才说的那个陶澍是两江总督？是他提出的'重商、用商、便商、利商'吗？"

谌老板说："是啊，陶澍就是安化小淹人。你到黄花溪去的时候，没去过他家宗祠吗？"

马合盛说："我一个生意之人，关心的茶道、茶区、行情，没留神安化还出了两江总督这样的大人物。"

谌老板说："安化出了个陶澍，才影响了一代湖南士人，并把安化茶叶宣传到了全国各地乃至海外。可以说，没有陶澍，湖南士人和安化茶叶估计都会受到影响。"

见谌老板对陶澍如此尊崇，马合盛一下子对陶澍有了兴趣，于是说："如果谌老板不忙的话，能否把陶澍的情况给我介绍一下？"

谌老板说："马掌柜看中了我的茶行，给你介绍安化前贤，本人义不容辞。"

谌老板喝了一口茶水，说"陶澍的生平估计你也知道，我就不多言了，就说一下他对大清的主要影响吧。"

马合盛说："也行。"

谌老板于是说出了下面一段话：陶澍不但与好友林则徐、魏源、龚自珍共同开创了经世致用思潮，还培养了湘军四巨头曾国藩、左宗棠、彭玉麟、胡林翼等人。更难得的是陶澍自幼生长在茶乡，对采茶、制茶、品茶都是行家里手，对宣传安化茶叶不遗余力。他曾写过一首《芙蓉江竹枝词》，生动地描写了茶女采茶的欢乐场景："才交谷雨见旗枪，安排火炕打包厢。芙蓉山顶多女伴，采得仙茶带露香。身背竹篓上山岗，白云深处歌声昂。十指尖尖采茶叶，笑语阵阵比情郎。"陶澍一生对家乡茶叶感情至深，曾用一首五言长诗详细介绍了安化茶的特色、历史及生长培育，堪称安化茶的史诗。其诗云："尚忆茶始挈，时维六七月。山民历悬崖，挥汗走甇蕖。培根阅冬初，摘叶及春发。冻雷一夜鸣，蓓蕾颖欲脱。是名雨前香，采之日一撮。未几渐蒙茸，卓立针抽铁。是名谷雨尖，香气弥勃勃。毛尖如鹤毳，挨尖类雀舌。黄茶号晚出，味厚亦非劣。方其摘取时，篮筐偏山岜。晨穿苦雾深，晚焙薪火烈。茶成与商人，粗者留自啜。谁知盘中芽，多有肩上血。我本山中人，言之益凄切。"此诗一出，一时传遍京师，安化茶也跟着享誉京师和北方各省，北京、西安、武汉、长沙等地茶馆、茶行也纷纷挂起了"安化名茶"招牌。陶澍身居高位，心系家乡，值得我们效仿。

听完谌老板的一席长谈，马合盛对这位两江总督也钦佩不已。身为朝廷重臣，时刻不忘家乡，这样的人现在已是凤毛麟角了，尤其是他提出的"重商、用商、便商、利商"之策，不知道惠及了多少人？

马合盛自忖自己所带之人有限，很难在短期内收购好茶叶，就问："谌老板，不知道在茶叶收购方面，你能不能给我帮点忙？"

谌老板是个见多识广之人，以前经常有茶商让他帮忙收购茶叶。干这样的事情，一来可以解决熟悉之人无事可干的忧虑，二来还可以借机赢得茶商的好感，多给房租或者给自己辛苦费，来年还会租赁自己的茶行。听到马合盛问自己能否帮忙，他说："马掌柜，看你是个爽快人，咱们就把丑话说到前头。收购茶叶之事干系甚重，你可以派人检查茶叶质量、干湿程度、过秤、付银两等关键环节，我给你找人负责拣茶、焙干、装篾篓，甚至找船运送，你看这样分工如何？”

马合盛说：“这样最好，多谢谌老板了！”

谌老板说：“你就安心在茶行等着吧，再过十天就到谷雨了。谷雨前后就是采茶、收茶的大忙季节，你们养好精神，准备收茶吧。”

马合盛说：“咱们一言为定。”

临走前，谌老板笑着问：“马掌柜一表人才，年轻力壮，真的不需要一个江南佳丽陪你吗？”

马合盛羞红着脸说：“多谢谌老板美意。说实在的，这些年一直在外闯荡，我还没有成家。如果在安化包粉头之事传出去，以后兄弟就没法混了。”

谌老板一听马合盛还没有成家，嬉笑着说：“要不在安化给你找个漂亮的姑娘吧，既做了生意，又找了媳妇，一举两得，何乐而不为呢？”

马合盛说：“南方水多，空气湿润，姑娘灵秀，就怕以后跟着我到了北方不适应，那岂不害了人家？”

谌老板笑了笑，转身出了茶行。

当茶香、花香弥漫的时候，安化的山野里变得愈发青翠、碧绿，间或夹杂的野花点缀在碧绿之间，形成了万绿丛中山花烂漫的奇妙景观。采茶女身穿着颜色鲜艳的服装，头戴斗笠，面罩面纱，身背背篓，扭动着窈窕的身姿出现在了满山翠绿当中，有时还会从山野间飘荡出唱腔优美、韵律婉转的采茶歌。歌声袅袅，山谷回应，余音不绝，碰上白云缥渺之际，这采茶的场景简直妙不可言。没见过江南采茶场面的马合盛一行，终于亲眼看到了“丛丛茶树似琴弦，纤纤秀指嫩尖弹，三月日见腰肢廋，云鬓浸香贴玉颜”的采茶场面。

姑娘们、小伙们都上山野采茶去了，马合盛知道收购茶叶的日子即将来临，因为没有预付定金，他的心里随着收茶日子的临近，显得有些急躁和不安。

这一天早上，马合盛转悠到了懋兴盛茶行门口，看见孟掌柜正在指挥伙计们打扫卫生，收拾场地。孟掌柜看见马合盛站在门口往里面张望，招呼着说：“马掌柜，好悠闲啊！”

马合盛苦笑着说：“孟掌柜见笑了，我是心里发慌啊。”

孟掌柜说：“请马掌柜茶行说话。眼看就要收购新茶了，你心里发啥慌吗？拿着银两尽管收购就是了。”

马合盛跟着孟掌柜来到茶行客厅，刚坐下就说：“我不像你孟掌柜，初来乍到不说，还没有预付定金，能否收到茶叶我心里确实没底呀！”

孟掌柜一听这话，知道了马合盛的担忧。他说：“车到山前必有路。这几年安化茶叶销路很好，每年都会有像你一样的新茶商来此收购茶叶，每个人都能如愿而归。今年雨水充沛，茶叶肯定丰收，你怕啥嘛？”

马合盛微笑着说：“没弄过此事，肯定有些担忧，让你这个老江湖见笑了。对了，孟掌柜，每年收购茶叶有啥规矩没有？”

孟掌柜说：“没啥规矩，随行就市。你是聪明人，我不相信别人能干好的你干不好。”

停了一下，孟掌柜问：“听说你已经租赁了茶行，准备工作做得咋样了？”

马合盛说：“按照你的指点，准备工作已经到位了。孟掌柜，以你判断，新茶还有几天能够上市？”

孟掌柜说：“三两天时间吧。新茶上市，就该咱们忙碌了，你让伙计们打起精神，在干湿度、称重方面格外注意。”

真如孟掌柜所料，两天之后，谷雨前的高山新茶陆续上市了，黄沙坪出现了“茶市斯为盛，两岸人烟稠”的茶业销售奇观。刚开张的马合盛真的没有老茶行的茶商们幸运，茶农们纷纷把新茶送到了预付定金的茶行，等待茶商验收、称重、付款，马合盛的茶行门可罗雀，几乎无人问津。

谷雨当天，天气晴朗，风和日丽，黄沙坪街道、资江两岸到处弥漫着新茶的芳香，人头攒动的江边、街道上到处都是出售新茶的茶农，他们像一条流动的长龙，各自奔向了自己的目的地。看着自己茶行门前稀稀拉拉的几个人，马合盛心急如焚，不停地在茶行院子里转悠，额头上慢慢浸出了汗水。

一连几天，马合盛茶行门前都是稀稀落落的几个人，他们收购的新茶叶十分有限。马合盛心想，如果不能收购足够数量的谷雨前新茶，自己加工的茯茶品质就会受到影响，销售也会大打折扣。

情急之下，马合盛喊来王三槐，对他说：“三槐，你去把茶行门口收购新茶招牌的价格往高提升一成，否则，这哪里还有咱们的米汤馍嘛？”

王三槐吃惊地问：“马掌柜，咱们茶行的收购价格和别的茶行一样，价格提高一成，咱们不是吃亏了吗？”

马合盛说："正因为咱们茶行和别的老茶行价格一样，老茶行又预付了定金，你不提高价格，茶农谁愿意把新茶出售给你？按照我说的办，先收购新茶再说。"

修改了新茶收购价格不久，马合盛的新茶行门口慢慢地聚拢了不少茶农。他们见这个新茶行价格较高，一些没收到订金的茶农就把新茶卖给了马合盛。一天下来，虽说比别的茶行多付了不少银两，但也收到了意想不到的结果。

晚上，马合盛看着茶行里堆积的新茶，心里又开始琢磨今后该咋办？比别的茶行高出一成的价格传出去之后，明天肯定会有大量茶农来茶行卖茶叶。长此下去，不但自己吃不消，而且会增加采购成本，得不偿失，反而会害了自己。思前想后，马合盛终于想出了一条计策。

有点兴奋的马合盛，让王三槐招呼几个一同前来的伙计到他住的房间开会。等人到齐后，马合盛说："今天的情况大家都看到了，也辛苦了。从明天开始，咱们茶行实行价格变动制。就是早上刚开门，按照今天公布的价格收购新茶，等茶农聚集成堆时，负责检查新茶质量的伙计要开始挑三拣四，给茶叶质量挑问题，以别的茶行价格收购，这样咱们不吃亏，茶农也不吃亏。负责称重的伙计，要在新茶干湿度上挑问题，多减去水分，秤杆高扬，借此保证收购到的新茶足额。你们看，还有啥问题没有？"

王三槐抢着说："马掌柜，咱们这么办了，茶农不来了咋办？"

马合盛说："咱们早上把价格抬高一成，人多时压价，到后半天茶农比较少的时候，再把价格抬高一成，这样一来不愁没有茶农来咱们茶行卖新茶。"

有个年轻伙计问："马掌柜，你这价格一天三变，何苦来嘛。"

马合盛说："咱们是新茶行，年前没有预付定金，茶农到咱们茶行卖茶叶自然就少，前几天的情景你们也看到了。我之所以这么做，是想在早上用高价吸引茶农到咱们茶行卖新茶。中午压价，保持新茶质量，也不怕别的茶行说咱们哄抬价格。后半晌再次抬高价格，是为了第二天还会有足够数量的茶农来咱们茶行卖新茶。这个道理，你们明白吗？"

王三槐等几个伙计听马合盛这么一说，纷纷点头。王三槐说："马掌柜这一招高明。这样办，我们就不愁收购不到新茶了。"

道理虽然简单，但执行起来还是遇到了不少麻烦，甚至引起了茶农闹事。

第二天早上，一切按照马合盛预想的顺利进行，茶行门口聚集的茶农比昨天多了好几十人，他们背着背篓，装着新茶，按照茶行要求，排着队，等候茶行收购自己辛辛苦苦的成果，都希望能卖个好价钱，把生活过得好一些。茶农们叽叽喳喳地议论新茶产量、价格，言语中对这个新开张的茶行赞不绝口。

到了中午时分，马合盛见茶行门前聚集的茶农越来越多，就冲检查新茶质量、过秤的几个伙计使了个眼色，王三槐等人知道马合盛决定从此时开始变更收购新茶价格了。

王三槐到账房先生处，拿起一支毛笔，在墨盒里蘸了一下，转身走到茶行门口。看着手拿毛笔的王三槐走到张贴着收购新茶的价格跟前，所有茶农都瞪大了眼睛，刚才叽叽喳喳的说话声，瞬间变得鸦雀无声。王三槐提笔把原价格划掉，又重新写上了从现在开始的收购价格。等王三槐刚写完价格，人群顿时像热油锅里突然加了一瓢凉水，立马炸了起来。

看着汹汹而动的茶农，王三槐心里还有是有些胆怯，等他走进茶行大门后，外面响起了一片叫骂声。王三槐怕镇不住阵脚，惹出乱子，就去找马合盛，谁知道问了几个伙计，都不知道马合盛去了哪里。

门外的吵闹声影响了茶行里面正在进行的工作，眼看着所有工作就要停顿了，王三槐无奈地走到茶行门口大声喊道："各位父老乡亲，大家安静一下，听我说。"

等茶农安静后，王三槐大声说："各位乡亲们，我们马合盛茶行今年新开张，为了回报茶农，故意提高了早晚的茶叶收购价，给大家让利。但是此举引起了别的茶行的不满，因此马掌柜为了维护茶市公平交易，决定每天中午采取与其他茶行一样的收购价格，请大家谅解。如果大家觉得不公平，一者是每天早来，二者是可以把茶叶卖给其他茶行，大家看这样行不行？"

众茶农一听人家伙计说得有理，就不好意思再吵闹了。人群中随之出现了各种议论之声。时间不长，就有茶农往茶行大门里面走，继续把茶叶往里送。

马合盛其实并没走，他藏在了卧室的柜子后面，透过窗户雕花的缝隙观察着茶行发生的一切。当看到王三槐出面平息了闹哄哄的茶农之后，他的心才放在了肚子里。通过此事，马合盛觉得王三槐忠实心细，很有头脑，言语得当，是个收购茶叶的好材料。想到此，马合盛会心地一笑，心里说，今后在安化收购茶叶就由此人来担当了。

连续几天的茶农盈门之后，马合盛觉得自己带来的茶票数额已经用去了六七成，他自忖再不刹车，估计很快就会用完。制作好的茯砖茶，高山新茶一般占到七八成，子茶占到二三成，如果全部采用新茶制作茯砖茶，成本肯定会较高，影响利润。

这天晚上，马合盛把王三槐等几个伙计叫到一起，对他们说："我现在给大家透露一个实情，从泾阳出发时，我身上只带了十张茶票，每张茶票50引，就是5000斤，加上每票损耗70斤，我们在安化能收购的茶叶不到6万斤。经过这些天大家的辛苦努力，收购新茶已经基本完成。我想从明天起，与其他茶行价格一样，再收购少量新茶，等过一阵，子茶下来后，再用较低的价格完成剩余茶叶采购。三槐，从明天起，告诉谌老板开始拣茶，焙干所收新茶，减轻运输中重量。"

马合盛茶行门口虽然没有了往昔热闹的场面，但茶厂内部依然热火朝天。谌老板雇用了当地很多妇女拣茶，男子焙干，没几天就把马合盛收购的新茶整理完毕，只等子茶收购完成后，一起雇用毛板船从水路运往汉口，然后转道到泾阳。

暂时闲下来的马合盛出去转悠，无意间就晃悠到了懋兴盛茶行门口。这里人数不多的茶农闷着头排队，等候茶行收购新茶，茶行里面正在拣茶、焙干。穿过茶行场院，马合盛来到孟掌柜的住房前，听到里面隐隐约约地传出了一阵哼唱声，停下脚步，仔细一听，就听到孟掌柜唱道："（男声）谷雨采茶上山坡，梅山深处飘茶歌。心想和妹来讲话，筛子关门眼睛多。妹妹过江去采茶，江流弯处是郎家。（女声）莫到江心起波浪，浪花虽好只空花。好马不吃回头草，好客不吃路边茶。劝君记起奴此语，蜜蜂不采有糖花。哪有灯花会结果，心诚铁树也开花。好马不受两鞍辔，好女不吃两家茶。"

孟掌柜男女声换唱的歌声刚落地，马合盛鼓着掌就进了门。孟掌柜见马合盛来了，假装生气地说："来了也不打声招呼，吓人一大跳。"

马合盛笑着说："打了招呼，到哪去听男女声二重唱呀。孟掌柜，你好雅兴，也会唱安化的采茶歌了。"

孟掌柜不好意思地说："在此地多年，听着听着就记住了，让马掌柜见笑了。"

等马合盛坐下，孟掌柜关切地问："新茶收购的如何了？"

马合盛说:“我只有10张茶票,已经快用完了。今天开始少量收购新茶,等子茶下来再说。”

孟掌柜吃惊地看着马合盛，他不相信短短几天马合盛就收购了四五万斤新茶，远比他这个老茶行收购的还要多。于是他问:“马掌柜有何妙策,能在不到十天的时间就收购了四五万斤新茶？”

马合盛谈了自己的办法,然后说:“雕虫小技,不足挂齿,让老哥见笑了。”

孟掌柜像不认识似的打量了马合盛一眼，钦佩地说:“马掌柜手段高明呀!你这么一闹,我们往后的日子就难过了。茶农们得到了甜头,肯定会先给你送茶,其他茶行很难占到便宜了。”

马合盛说:“我是不得已而为之,并非是想和老茶行抢生意。其实此办法并非我所创,木士元老前辈早就用过了,我情急之下只好老曲新唱了。孟掌柜,懋兴盛茶号票引多,数量大,你们还要辛苦一段时间吧。”

孟掌柜说:“好一个老曲新唱啊,里面的门道还不少,我咋没想到哩。懋兴盛每年50票,40多万斤茶叶,基本上是新茶、子茶各半,有时老掌柜要求新茶占六成,子茶占四成。我每年的任务,就是按照总号指令完成收购,把茶叶运送回泾阳,其他的事一概不管。”

马合盛说:“我等收购完子茶之后就要回泾阳了，不知道何时才能与孟掌柜再相聚。”

孟掌柜说:“常年在外,没有人不想家的。关中人说,金窝银窝不如自己的狗窝,再干几年,我就向邓老掌柜提出辞职,回泾阳安度晚年了。”

马合盛说:“孟掌柜回到泾阳,兄弟一定给你接风洗尘。”

送走马合盛,孟掌柜心里犯了嘀咕,这个貌似憨厚的汉子,心里的花花肠子真不少,他这一招,不但抢了所有茶行的风头,短时间内收购到了好新茶,也在茶农心目中留下了好印象。看似正常的商业竞争,其中包含着大智慧。长此以往,此人肯定会成为懋兴盛最大的竞争对手。

马合盛往回走的时候也在想,自己区区十张茶票,跟懋兴盛50张茶票相比,简直不值得一提。要想在茯砖茶行业弄出点动静,当下只有在茶叶品质上下功夫。只有收到好的茶叶原料,提高茯砖茶品质才有可能。主意打定后,他决定把今年的10张茶票,按照新茶七八成、子茶二三成收购,一定要在茯砖茶品质上超越其他茶号,闯出自己独有的品牌。

第七章

制茯茶精心谋算
娶娇妻如鱼得水

两个多月后，马合盛带着王三槐一行满载而归后，在县城茶号当中引起了不小的轰动。

刘福生看见马合盛一行回来，更是激动不已："马掌柜，现在万事俱备，你这东风一来，咱们就可以大干一场了。"

马合盛笑着说："这只是个开端，从明天起，我和你们一起干，把咱马合盛茶号的招牌一定要打出去。"

刘福生说："马掌柜此行辛苦了，看你们一个个疲惫不堪的样子，还是先休息几天再说吧。"

马合盛说："原料已经到了，争取早日制作出茯砖茶，赶上销售的好季节。"

第二天，马合盛茶号就忙活起来了。刘福生把伙计们进行了分工，开包剁茶、打吊、端苛郎和畅锅、捶茶、检验、晾晒、堆垛等各道工序的伙计按照刘福生的安排全部到位。看着各工序精干的伙计，马合盛心里自然高兴，自己不在泾阳的这几个月，除了临走之前王三槐找的制茶工，刘福生又精心挑选了不少技术骨干。

为了一炮打响，闯出自己独特的品牌，马合盛对所有制茶工说："从今天开始，咱们茶号就要自己制作茯砖茶了。大家都知道，在甘肃、宁夏、青海、新疆等地，茯砖茶的品牌不少，泾阳比较大的茶号懋兴盛、裕兴重、大德恒在兰州都设有分号，专门从事茯砖茶批发贸易。我们要想在竞争中取胜，要靠啥？"

刘福生、王三槐等人听了马合盛一番话，不知道掌柜的葫芦里装的啥药，只好回应说："靠质量取胜。"

马合盛点了点头说："说得对，要靠质量取胜。你们都是泾阳制作茯砖茶的行家里手，按道理我不说你们也知道咋做。我今天把大家召集起来，就是想告诉大家，在马合盛茶号制作茯砖茶，咱们要打破常规，不惜代价，在茶叶质量上赢得先机。”

王三槐问：“马掌柜，你准备咋样打破常规呀？”

马合盛说：“我知道的几家大茶商在制作茯砖茶时，一般是新茶六成，子茶四成，有的还是新茶、子茶对半分。我想咱们为了提高茶叶质量，创出品牌，我决定咱们制作茯砖茶时，新茶占七成，子茶占三成。新茶占的比例大，茶叶质量自然比其他茶商要高，大家从今天起就按照我说的办。”

众位制茶工听完马合盛的话，开始分头工作。

回到二堂客厅，刘福生问：“马掌柜，你这么安排，咱们的茶叶成本肯定比别家要高出不少，茶号的利润肯定会受到影响呀。”

马合盛笑着说：“没事。等到创出了牌子，得到牧民认可，咱们再提高零售价格。商家唯利是图，但要有个手段。对了，在捶茶时，你让伙计们把砖茶分成五斤一包的。”

刘福生不解地问：“马掌柜，别的茶号制作的茯砖茶至少都是十斤一包的，咱为啥弄成五斤一包的？”

马合盛说：“你没去过牧区，自然不知道牧区民众生活的艰辛。牧区民众往往买不起十斤一包的茯砖茶，零售时还要剁开出售，既费时又费力，经常造成损失。咱们制作成五斤一包的茯砖茶，牧区民众能买得起，既好零售又少了麻烦。再说，五斤包装的茶叶也方便运输。”

听完此话，刘福生不得不佩服马合盛的精明。长期从事茶叶零售的马合盛对牧区民众的观察很细致，这种对症下药的办法，肯定是其他茶商无法想象得到的。刘福生说：“马掌柜妙计争天下，我们就跟着沾光啦。”

马合盛说：“安化一行，让我大开眼界。与懋兴盛、裕兴重、大德恒等茶号相比，我们在字号、实力、人脉、销售渠道等方面都不占优势。要想生存发展，除了出奇制胜，别无他法。牧区民众生活艰辛，茯砖茶又是生活必需品，他们希望茯砖茶能耐熬，多煮几道。咱们增加了新茶比重，肯定更能适合他们的需求。如果茶号牌子闯出去了，何愁没有利润？”

刘福生钦佩地说：“还是掌柜的思谋长远啊。不争眼前利，要图长远名。我估计按照掌柜的想法实施，咱们茶号很快就会在西域崛起，也很可能引来更多的竞争对手。”

马合盛笑着说：“商场如战场，历来如此。我不想让人瞧不起。只要是正当竞争，咱们不怕。”

刘福生说："只要掌柜的有信心，我们一帮人冲锋陷阵，义不容辞。"

等安排好制茶工作后，马合盛特意去了大德昌钱庄一次。

夏季的泾阳县城，酷热异常，北面的仲山、嵯峨山挡住了北面来风，南面的白蟒塬挡住了南面来风，除了泾河自西而东环绕而过，县城几乎就处在一个西窄东宽的盆地当中。三伏天一到，县城就变成一个热蒸笼，树叶打蔫，狗吐舌头，庄稼汉光着上身歇晌，牲口在圈里打盹，只有知了此起彼伏的鸣叫声才显得这片土地上还有生命的活力。

等太阳偏西时，马合盛穿着一件月白色府绸长袍，脑后甩着一条粗壮的黑色长辫，右手拿着一把折扇，左手提着一包礼物，出了茶号大门。顺着二条街往西走了一段，他又在一个店铺买了点水烟丝，这才继续往大德昌钱庄走去。

当天，蒋继英正好在大德昌总号午休。太阳偏西时，他从土炕上下来，刚泡好一壶茯砖茶，就听有人敲门，随口说了一声进来。

于德贵进屋后说："蒋掌柜，马合盛掌柜登门拜访。"

蒋继英说："几个月不见，还有点想他了。来了是好事，快请进。"

等于德贵出去后，蒋继英刚收拾完核桃木方桌上的杂物，就听见于德贵在门外说："马掌柜请进，蒋掌柜在屋内等候着你。"

马合盛进门之后，发现蒋继英一身湖蓝色府绸长袍，脑后也拖着一条长辫子，就笑着说："蒋掌柜，打扰了。这天气热得人恨不得蹲在水瓮里。"

蒋继英说："泾阳这地方四季分明，唯独这夏天酷热难耐，不动弹浑身上下都湿骨碌碌的，一动弹就是一身臭汗，但就是这种天气，是制茶人最喜欢的。"

马合盛把手里提的东西往方桌上一放，说："不管是啥天气，总是有人欢喜有人忧。还是蒋掌柜这里好，屋里很凉爽，干净整洁，像个掌柜的，哪像我，整天在茶场跑来跑去，浑身上下尽是汗泥，根本不像个掌柜的。"

蒋继英见马合盛提了一包东西，就说："马掌柜，来了就来了，带啥东西吗？这样显得生分，以后别这样了。"

马合盛说："出了趟远门，回来看看债主，应该的。"

蒋继英笑着说："那就多谢了。听说你此次去安化收获颇丰，成就斐然，很是让同行羡慕，不简单呀。"

马合盛说："正是因为这次亲自去了趟安化，才让我心里有了底气。等这批茶叶出手,我就还蒋掌柜的银两,保证做到言而有信。"

蒋继英好奇地问:"马掌柜,能把你安化之行的收获告知我一二吗?"

马合盛说:"没想到蒋掌柜还喜欢听故事。都是些普通事,蒋掌柜想听,我就给你唠叨唠叨。"

听完马合盛安化之行的所作所为,蒋继英多少还是有点吃惊。这个看起来并不精明的茶商,心思缜密,行事果断,手段老辣,是个经商的奇才。对于他能第一个把湖茶运回泾阳,蒋继英同样充满着好奇之心,他问:"马掌柜,你准备如何处置今年采购的近六万斤新茶呀?"

马合盛说:"当然在泾阳加工成茯砖茶,然后销往西部牧区。对了,蒋掌柜,大德恒如果有运送去兰州、西宁等地的货物,我的驼队可以给你帮忙,往回运送货物也一样。"

蒋继英说:"好!我知道马掌柜在镇番养殖了大量骆驼,今后往西部运送货物就交给你啦。还有,大德恒每年也往西部运送茯砖茶,如果用你的驼队,弄错了咋办?"

马合盛思索了片刻,信心十足地说:"请蒋掌柜放心。我看这样,今后马合盛茶号出产的茯砖茶都打上马合盛茶号的印记,大德恒茶号出产的茯砖茶都打上大德恒的印记,这样就不会弄错了。再说,运送你们大德恒的茯砖茶,你们不是还有跟随驼队的相公嘛,绝对不会出现差错之事。"

蒋继英见马合盛说得有道理,点头表示同意。对于和自己打了几次交道的马合盛,蒋继英还真有点看不透,他问:"马掌柜,你在兰州设有总号,在河西走廊有许多分号,加上了解牧区民众喜好,这些得天独厚的资源,很快就会帮助你发财致富,不知道马掌柜今后如何打算啊?"

马合盛见蒋继英已经摸清了自己的底牌,笑着说:"按陕商'以商致富,以农守之'的标准来衡量,我马合盛尚未起家哩。"

蒋继英笑着说:"马掌柜志向不小啊。安化之行,对南方人印象如何?"

马合盛说:"山民淳厚,村姑清纯。为了发展安化茶叶,他们制定了很多规矩,对违反规定者,除了处罚,还刻碑警示。这些做法与赊旗会馆中的碑刻有异曲同工之妙,让人钦佩啊。"

蒋继英说:"当朝的几位重臣与安化黑茶、泾阳茯砖茶都有不解之缘,左宗棠推行的'茶票法'和引入'南柜'的做法,冲击了固有的西部茶叶贸易,给湖南人带来了新的利润空间。林则徐流放新疆途中,曾得到过社树姚家老掌柜姚正元的资助,对泾阳茯砖茶赞不绝口。这些故事也是陕商能够在西部茶叶贸易中一直独领风骚的根本所在。这万里茶路，船舱马背式的运输条件，不但对每个经商者是一种体力的考验，也是对其精神的考验啊。”

马合盛附和着说：“除了体力、精神上的考验，还有一种是对生命的考验。西部沙漠常有劫匪抢劫商队，地方政府剿匪不力，商队经常被洗劫，这些事情让咱们这些当掌柜的头疼不已，也没有办法。”

蒋继英对马合盛轻描淡写地说自己完成新茶收购并提前回来，得益于借鉴木士元老前辈的做法，还是心存疑惑。他见马合盛没有继续往下说，就问：“马掌柜，你很快完成了新茶收购，难道仅仅是老曲新唱？”

马合盛知道蒋继英对自己在安化收购茶叶，打破茯砖茶惯常制作办法有看法，他又不好当面拒绝回答。正在愁着如何搪塞蒋继英时，突然想到了在安化听到的一首词。他笑着说：“请蒋掌柜放心，我马合盛一定会按照规矩出牌，绝不会坏了规矩。对了，我在安化听到过一首词，很有意思，不妨念给蒋掌柜听一下如何？”

蒋继英没想到半年不见，马合盛也开始琢磨诗词了，就说：“难得啊，我也洗耳恭听一次。”

马合盛说道：“这是一首《诉衷情·黄沙坪》，内容是这样的，‘当年黄市两岸稠。茶马戍九州，资水魂断何处？尘阴青石路。觅乡音，叩朱门，踏春秋。千年黑茶，黄沙漫漫，古道悠悠。’蒋掌柜，你感觉这首词如何？”

蒋继英鼓掌说：“好词，绝妙好词！”

送走马合盛之后，蒋继英觉得这个马合盛有些难捉摸了。他不回答自己的问题，却给自己吟诵了一首词，难道有啥不可告人的秘密？蒋继英通过此次长谈，对马合盛有了另外一种看法，此人不但想恢复马家曾经有过的辉煌，可能还有独占鳌头的心志。对于这个在西部贸易中正在崛起的人物，他不得不防。

马合盛走出大德昌钱庄，心里也在思考。通过这次畅谈，蒋继英如果怀疑自己一连串举动有野心，茶行会长邓老先生肯定也会有同样的想法，今后自己的路该咋走？这些问题在脑海里虽然仅是一闪而过，却让他出了一身冷汗，一种无形的压力随之而来。

回到茶号，马合盛思虑了半天，最后决定还是按照自己的想法办。懋兴盛、裕兴重、大德恒等老茶号在制作茯砖茶方面已经形成了固有模式，产品销售有固定的渠道，自己是新开张茶号，如果按照他们的模式照猫画虎，很可能会走入死胡同，发展空间极其有限。打定主意后，马合盛召集刘福生、王三槐和所有制茶工，又开了一次会议。

马合盛对大家说："经过大家的辛勤工作，茯砖茶加工基本上进入了后期阶段。根据我对陇、青、藏、蒙牧区民众生活习惯的了解，他们以奶酪为主食，因而更喜欢味重耐熬的茯砖茶。咱们制作茯砖茶，以五斤重量为一包，茶封醒目处要贴上马合盛茶号印记，方便与其他茶号区分。对陕西、陇右半农半牧的民众，他们要求茶叶能解渴生津，因此对采购回来的湖茶只需要经过炒制，不需要紧压制成茯砖茶，只需要制成散湖茶即可。对于西安、兰州、西宁、银川等地的达官贵人、士绅地主、文人墨客来说，他们把饮茶是作为人生享受和尊贵地位来显摆的，讲究的是所谓的茶文化，对此，咱们要选择质量优良的安化花卷茶和紫阳的细茶，制作针对这部分人的专供品种。这三个品种分销三个地方和档次，大家千万不要弄混了。刘掌柜、三槐，你们要盯住制茶的最后程序，分别堆放，等所有工序完成后，再告知我。另外，对咱们茶号分别制作茶叶之事，大家一定要严守机密，谁泄露消息我收拾谁。大家记住了没有？"

刘福生、王三槐和众茶工齐声回应说："记住了。"

世上没有不透风的墙。马合盛茶号的制茶工是从别的茶号挖过来的，他们在和同行交流时无意中说出了马合盛在茶叶制作方面的新要求，此事很快就传到了邓老先生的耳朵里。

有一天，邓老先生和邓监堂说起此事，有点忧心地说："监堂啊，马合盛这个年轻人是个精明的主，今后做茶叶贸易不得不防啊。"

邓监堂满不在乎地说："不就是把茶叶分成几个档次嘛，不必大惊小怪。咱们制作茯砖茶也不是三天两天了，这个行当没有他这么做的。分档次制作茶叶，成本肯定不一样，但是这百十年来茯砖茶都是批发给茶号零售的，我看他以啥价格批发给零售商。"

邓老先生说："你把事情想简单了。马合盛出生在镇番，对牧区民众所需比较熟悉，在兰州有自己的总店，在甘南、武威、张掖、酒泉、西宁、银川等地有自己的分号，他完全可以通过各地分号进行零售。如此一来，对咱们茶号和其他茶号就会带来冲击，甚至影响咱们的茶叶销售。我年纪大了，准备退出江湖了，今后懋兴盛茶号的事情就交给你打理，对这样一个竞争对手，你应该小心谨慎应对，千万不可马虎大意，砸了邓家百年老店的招牌啊。”

邓监堂说：“大，你放心。从今后，我会时刻关注马合盛的动态，必要时我联合裕兴重、大德恒等茶号共同想办法，绝不能让马合盛快速崛起，盖了咱家的风头。”

邓老先生说：“你好自为之吧。对了，你年纪也不小了，老家刘财主托人来说了几次，想把他家小姐许配给你，我看此事是好事。刘小姐知书达理，相貌端庄，你们如果能够成为夫妻，肯定对你有好处，你表个态，我让媒婆去提亲。”

邓监堂见老父亲几次三番在自己面前提起这个刘小姐，加上自己确实老大不小了，不好意思再推托，就说：“这婚姻讲究父母之命，媒妁之言，儿子听从父母安排。”

邓老先生说：“如果你没意见，刘家小姐同意，我看就在明年春天把你的婚事办了，这样我就没啥牵挂了。”

邓监堂说：“听说我未来的丈人还做过几任知县，人家能看得起咱们这经商之人吗？”

邓老先生说：“自汉武帝开始明确士农工商等级之后，商人的地位确实很低，士大夫阶层没有人愿意与商人联姻。自本朝嘉庆皇帝开始，商人可以通过捐银获得官职，原来的一些观念也就随之改变了。远的不说，就说安吴堡东院的吴蔚文吧。他父亲吴尊轩在甘肃凉州一带经商获利，用银子捐了个诰授武德骑尉卫守府的官衔，与左宗棠大人拉上了关系，财运亨通，官商两道通吃。吴蔚文也是通过捐官，获得过湖北候补道台、山西宁武县知县、议叙布政使等官职，承办了江苏、安徽、江西等省的盐业专卖，成为富甲一方的盖省财东，现在有好多当官的还想把姑娘嫁给他儿子吴聘哩。我看明白了，当今这个世道，只要你有钱了，谁还会在乎你是商人。”

邓监堂笑着说：“只要刘财主不在乎，我没意见。大，你就让媒人提亲吧。”

等秋高气爽的季节来临，马合盛茶号已经把安化收购的黑茶和紫阳收购的细茶加工完毕了。马合盛为了做到心中有数，他让刘福生继续镇守泾阳，安排王三槐随着第一拨驼队把茯砖茶送往兰州，自己随第二拨驼队前往兰州，把茶号制作的六万多斤茯砖茶全部运送到兰州等候他的指令。

20天后，马合盛随驼队到了兰州。兰州总号唐怀忠提前已经从王三槐嘴里知道马掌柜马上就要到兰州的消息，不但把茶号收拾得井井有条，也把自己拐饬得很精干。等马合盛到来之后，唐怀忠热情地招呼马合盛说："马掌柜到泾阳快一年了，茶号的伙计们想念马掌柜呀！"

马合盛笑着说："我也想念大家呀。这不，我把茶叶带回兰州了，唐掌柜看如何销售呀？"

唐怀忠说："掌柜的先到二堂稍事休息，我还有更重要的事情给掌柜的汇报哩。"

马合盛说："啥重要事情，现在就说。"

唐怀忠说："您先进屋。三槐，给掌柜的倒茶，然后让伙房给掌柜的准备吃的。"

等马合盛洗漱完毕，吃过饭之后，唐怀忠才说："掌柜的，一下弄回来这么多茶叶，该咋销售呀？"

马合盛说："你是总号掌柜，说说你的想法。"

唐怀忠说："掌柜的虽然不在兰州，但你的一举一动还是有人不断把消息传了过来。现在兰州的茶行会长是泾阳安吴堡裕兴重茶号掌柜的胡服九，他对你的举动格外关注。"

马合盛笑着说："没想到我这个年轻人，还会让一个老江湖如此费心。唐掌柜，我想听一下你的打算。"

唐怀忠说："马掌柜是行家里手，不知道有些话我该说不该说。"

马合盛说："我让你说你就说，就是说错了，我也不怪你，这样行吧。"

唐怀忠说："那我就斗胆说了。我看这样，现在茶号场地有限，只在兰州东关设有总号，不利于茶号进一步发展。我建议在西关、北关另设茶号，咱们把东关的茶号叫合盛东，把西关的茶号叫合盛西，把北关的茶号叫合盛谦，统一由总号合盛东来调遣。另外，对贸易渠道，我也想好了办法，分成西路、北路和东路三条线，不知道掌柜的意下如何？"

马合盛说："我同意你再设两家茶号的想法，快说你的西路、北路和东路咋安排，也让我心里有数才能决定。"

唐怀忠说："西路贸易要远赴新疆、伊犁、塔尔巴哈台；北路贸易以库伦、恰克图为主；东路则由张家口经多伦诺尔，通往漠南锡林郭勒、察哈尔、昭乌达、呼伦贝尔，漠北喀尔喀蒙古车臣汗土谢图汗部。如果有可能，还可以越过国界与俄罗斯贸易。"

听完唐怀忠的一番话，马合盛沉思了很长时间。他很赞赏唐怀忠的深谋远略，但从自己当前的实力来看，不可能三条线同时作战。他怕伤了唐怀忠的面子，就说："唐掌柜，你跟我想到一块去了，值得肯定。咱们茶号今年才开始把茶叶制作和驼队运输结合起来，我的意思是不宜于全面开花，一来人手不够，二来没有那么多茶叶可供销售。我看这样，咱们先开通西路、北路，至于东路，等时机成熟后再说，你觉得如何？"

唐怀忠见马合盛基本同意了自己的想法，高兴地说："掌柜的还是有远见啊。对于开通东路贸易，我认为是迟早的事，马掌柜还是先物色让谁去掌管合适吧。"

马合盛说："东路茶叶贸易一直是晋商茶商的天下，咱们要打进去绝非易事，只能等待时机。对了，你说有啥好事，不妨继续说。"

唐怀忠笑着说："肯定是好事啦。你在凉州时与药店冯掌柜多有来往，几个月前，冯掌柜托人捎来一封信，我这就去给您拿。不过听送信人说，冯掌柜想把他家小姐冯碧霞许配给掌柜的，你说这难道不是好事吗？"

马合盛笑着说："快去取信吧，等看完信再说。"

唐怀忠转身出去后，马合盛终于想起来了唐怀忠刚才说的冯碧霞。那还是在凉州时，有一次他去请教冯掌柜问题，其间跑过来一个扎着两条小辫的小姑娘，身上穿着月白色旗袍，脚上穿着一双圆口黑小布鞋，头上小辫的末梢扎有两个红色的蝴蝶结，人一跑动，两个蝴蝶像活的一样飞动。她从门外探着头进来，打量着冯掌柜问道："大，能要你一样东西吗？"

冯掌柜沉着脸说："碧霞，你也老大不小的了，没看见我正在和你马哥说话嘛，没规矩。"

马合盛看这个被冯掌柜称作碧霞的姑娘，充其量十一二岁，长得细皮嫩肉，脸色红润，柳叶眉，丹凤眼，一张小嘴巴红嘟嘟的惹人喜爱，就说："冯掌柜，没事，小姐要啥东西就让她进来吧。"

冯碧霞进了屋，在方桌的笔筒里抽了一支毛笔，冲着马合盛扮了一个鬼脸，就跑着离开了。

冯掌柜看着女儿离开的背影说："一个小姑娘，也不跟她妈学点女红，倒是对读书写字感兴趣。还有都十一二岁了，死活不缠脚，你说这样的女孩长大了咋嫁人吗？"

马合盛说："商户人家的女儿不缠脚也好，来回走动稳当。再说识文断字也好呀，长大了能给你当个帮手。"

冯掌柜笑着说："你们两个的心思倒一致，要不我把碧霞许配给你吧？"

马合盛羞红着脸说："我现在孤身一人，穷得叮当响，哪敢有这想法。"

冯掌柜说："看你们的缘分吧。说实在的，把碧霞嫁给你这样的人，我也放心。"

刚回忆到这儿，唐怀忠手里拿着一封信进来了。他把信双手递给马合盛，催促道："马掌柜赶紧打开看看，是不是冯掌柜来信提亲了？"

马合盛当着唐怀忠的面打开信件，一看信中所言，果然是冯掌柜亲自提亲的信件。冯掌柜在信中说，他们二人多年未见，但他听说了马合盛近年来事业有成，未曾婚配，女儿冯碧霞已是18岁的大姑娘了。有媒人上门提亲，碧霞均不应允，后来问得急了，才说她心中早就有了一个意中人。经再三催问，才知道她心中的意中人是你。女儿大了，由不得父母做主，故此厚着脸皮写信求亲，万望回复，等等。马合盛看完信，想起冯掌柜当年对自己有师傅之情，冯碧霞在自己心目中光彩照人，印象深刻。如今，冯掌柜已打听到自己孤身一人，这种好事看来是难以推辞了。这样想着，脸色就发生了变化。

唐怀忠一看马合盛脸色红润，喜上眉梢，就问："马掌柜，要不然你亲自去一趟凉州，把这门亲事定下来。我等就听候佳音，等着喝喜酒。"

马合盛说："等安排完兰州的事，我还真得回凉州一趟，一来感谢冯掌柜，征求家族长辈意见，二来看一下家族中还有谁可用。如果冯小姐不嫌弃，能把婚事定了最好。"

唐怀忠开心地笑着说："凭马掌柜的家当、人样，冯小姐肯定乐意，我们就在兰州给你布置新房，争取早日成婚。"

马合盛说："如果一切按照咱们设想的进行，把第一批茶叶销售出去，我马上成婚。如果第一炮打不响，那就明年成婚，唐掌柜，你看咋样？"

唐怀忠信心满满地说："放心吧，为了让掌柜的早日娶妻生子，我们一帮人豁出去了，一定会让掌柜的早日抱得美人归。"

有了唐怀忠一番话，马合盛决定回一趟凉州，准备亲自上门提亲。

从兰州到凉州这一路上，马合盛的心情都格外的好。时令已进入深秋，天高云淡，凉风习习，正好适宜长途跋涉。道路两旁的左公柳和不远处山野上的树叶已开始变得五颜六色，煞是好看。玉米已经成熟，发黑的胡须无力地垂在棒子的前端,好像玉米棒子插在玉米秆上似的。柿子挂在枝头上摇头晃脑,惹人喜欢。近处的水草开始发黄,有水的地方水波不兴,大小不一的水塘、湖泊像一面面镜子,把天上的一切都印在了它的表面,由不得使人多看几眼。道路上不时出现的马队、驼队,把悠扬的驼铃声由远而近带了过来,使人丝毫没有感到旅途的寂寞。

王三槐第一次行走在河西走廊的旅途上，眼前的景色使他感到了与江南不一样的体验。他打马跟上马合盛,兴奋地说:“马掌柜,我看这河西走廊没有你说的那么可怕嘛，景色宜人，湖光山色，几乎可与江南媲美嘛。”

马合盛笑着说:“那是你赶上了一年之中最好的季节。再过一两个月,大风一刮,飞沙走石,如果遇上沙尘暴,能否活着回来还不好说哩。人常说出了嘉峪关,两眼泪不干,远望戈壁滩,四处无人烟。你没有去过大漠戈壁,自然对丝绸之路的艰辛无法了解。三槐,给你个机会去一趟迪化(乌鲁木齐)咋样?”

王三槐听马合盛这么一说,吐着舌头说:“我没有走过沙漠戈壁,还是不去为好。”

马合盛说:“你想去我还不敢让你去哩。我此次回镇番,就想找几个经常穿越沙漠戈壁的伙计,让他们走西路。将来你还是给茶号到安化收购茶叶吧。”

王三槐说:“好，我跟着掌柜的去了一趟安化，对那里的情况比较熟悉。掌柜的放心,我一定把最好的茶叶用最低的价格给咱茶号收购回来。对了,马掌柜,听说你此次回凉州是要提亲的。凉州的提亲与关中道有啥不一样,你给我说道说道。”

马合盛说:“你小子也想成亲了?”

王三槐说:“我拿啥娶亲呀?听唐掌柜说你回凉州提亲,我就想知道一下凉州提亲的风俗。”

马合盛说:“凉州的婚娶,不外乎四个步骤,第一是合婚。让媒人要来女方生辰八字后,请阴阳先生合婚,就是看属相是否合适,当地人有青马怕白牛,鸡狗不到头的说法,就是属马的和属牛的不般配,属鸡的和属狗的不般配,不能结亲。第二是添箱。就是结婚前娘家人先摆酒席招待亲友,客人带上钱物上门祝贺,给陪嫁箱里增添嫁妆礼品。这些赴宴者就是第二天姑娘出嫁时的送亲客。第三是抱轿。这个风俗与关中道有很大的差别,结婚当天，男方用轿子车去接新娘，在凉州叫娶亲。新娘梳洗打扮后，用红丝绸盖头，有钱人家有的用凤冠霞帔，然后由一属相相近的中年男子把新娘抱上轿车。等新娘接到男方家后，再由此人把新娘抱下轿车送至新房，这种抱上抱下的过程，叫抱轿，但不是由新郎官抱新娘的。第四是闹房和铺床，这个习俗和关中差不多，唯一不同的是新郎的父辈和哥哥均要回避，不像关中新婚三天不论大小，老少爷们都可以闹洞房。”

王三槐听完之后笑着说：“掌柜的，你是怕我们几个年轻伙计闹洞房吧？”

马合盛说：“我不骗你，不信到时候你可以去问。”

王三槐说：“除了唐掌柜、账房先生，我们几个都比你年龄小，又不是亲兄弟，掌柜的新婚大喜，我们一定要闹活一下，给你留点印象。”

两天后的中午时分，马合盛一行到达凉州。马合盛先以徒弟之礼拜见了冯掌柜。几年不见，冯掌柜已明显变老了，看见马合盛提着礼物进门，冯掌柜笑呵呵地说：“合盛啊，几年不见，越发精神了啊。我以为一封书信把你吓得再也不敢回凉州了，没想到你还回来了。”

马合盛憨笑着说：“咋可能哩嘛，就是没有那一封书信，我也会回凉州的。回来肯定会来拜访您这位师傅。”

冯掌柜招呼马合盛坐下，然后说：“老朽那封书信你看了？意下如何呀？”

马合盛红着脸说：“仔细看了。我同意，不知道小姐是否愿意？”

冯掌柜说：“只要你同意，碧霞自然没说的。按照老规矩，我把碧霞的生辰八字给你，你回去找人算一下看是否合适。如果合适，我的意思是尽快成婚，否则我家的门槛就让媒人踢断了。”

马合盛说：“请您放心，我拿到小姐的生辰八字就去找人。至于何时成婚，咱们能否以阴阳先生说的日子为准？”

冯掌柜笑着说：“你看，我都老糊涂了，见了你高兴，就说出了糊涂话，你别介意啊。”

马合盛说：“您是长辈，您说啥我都不会介意的。”

找阴阳先生的事比较简单。阴阳先生看过马合盛和冯碧霞的生辰八字，高兴地说：“你们二人乃是天作之合，绝佳良缘。冯小姐有旺夫命，嫁给你可以给你带来滚滚财源，家业兴旺。不过依我看来，你们的婚期应该在

本月十六最佳。客官,你回去准备。”

当马合盛把阴阳先生的话告知冯掌柜后,冯掌柜说:“选日子不如撞日子,咱们就按照阴阳先生的话办吧。”

马合盛难为情地说:“我在镇番的老家,多年没人居住了,好赖也得抽空收拾一下吧。阴阳先生选的日子,我根本就来不及,这可咋办?”

冯掌柜说:“反正你家里也无父母了,我看这样,就在凉州我的药店成家,新房我给你收拾,到时候你把镇番的马氏宗亲长辈一起接来,咱们在凉州举办婚礼如何?”

马合盛不好意思地说:“不能这样。虽说我父母早亡,但我在凉州还有分号,我看就把新房放在凉州分号吧,否则会给人留下倒插门的话柄,对你我都不好。成婚之后,按照陕商坐中间、拴两头的经营模式,我还要回泾阳坐镇,我得把小姐带回泾阳去,您老放心吗?”

冯掌柜笑着说:“人常说嫁出去的女子犹如泼出去的水,又说嫁鸡随鸡、嫁狗随狗。既然你们成家了,把碧霞带到哪里你说了算。再说,泾阳是个好地方啊,碧霞跟你去了泾阳,说不定该有多高兴哩。”

马合盛见冯掌柜已经答应了自己的想法,站起身对着冯掌柜长长作了一个揖,然后大步流星地回到凉州分号准备婚礼的所有工作去了。

虽说马合盛也是凉州出去的小有名气的茶商,但他的婚礼办得并不太夸张。除了自己正在创业不敢铺张之外,马合盛认为自己的家好像并不在凉州。收拾好茶号里作为洞房的新房之后,马合盛又和岳丈冯掌柜商量了一次,冯掌柜同意了他的想法,这就没有给王三槐和凉州分号年轻伙计闹洞房的机会。

经过抱轿之后,马合盛穿着青色长袍,戴着礼帽,身上披着红色绸缎,热情地招呼冯掌柜及女方送亲客人,又把马氏宗亲长辈安排得妥妥当当。拜过天地之后,媒婆和陪嫁丫鬟小玉送冯碧霞到洞房,马合盛招呼所有亲朋好吃好喝,直到夜色降临,这场婚礼的喜宴才算结束。

马合盛回到新房,发现有一位中年妇女正在陪着冯碧霞说话,头顶着凤冠霞帔,身穿着红色丝绸长袍的冯碧霞坐在炕沿上,不停地点着头。看见马合盛进了门,中年妇女说:“掌柜的回来了,我这就给你们铺床。”

马合盛说:“辛苦你了。不过这铺床嘛,还是我们自己来吧,就不麻烦你了。”

中年妇女笑着说:“一看你就是个愣头青,哪有新婚夫妻自己铺床的。

你以为铺床就那么简单吗，这是有讲究的。”说完话，中年妇女把两床被子摞在一起铺开，被子四角夹着的核桃、花生、红枣、荔枝、桂圆等就滚了出来。中年妇女一边铺被子，一边撒着上述果品，嘴里还念叨着：“荔枝掺圆圆（桂圆），生下的娃娃穿蓝衫（意为读书做官）；圆圆加荔枝，生下的娃娃有志气。”

马合盛听着中年妇女念叨，看见冯碧霞头上的凤冠霞帔在动，就知道冯碧霞在偷偷笑。他对中年妇女说：“这铺床还真有讲究呀，怪不得要请人专门来做这件事。”

中年妇女说：“当然啦，这是老辈传下来的规矩。”她嘴里回应着马合盛的话，手里又把炕上的箱子、地上的柜子摆正，继续说道：“炕上放个箱箱，生下娃儿是双双儿；地下支个柜柜儿，生下娃儿是对对儿。对了，你们等会同房时，要摸着吃这些干果，祝福你们早生贵子。”

临走时，中年妇女微笑着悄悄对马合盛说：“掌柜的，新婚之夜能让女方怀孕，生下的儿女叫仰床儿女，预祝你旗开得胜，马到功成。”

马合盛看着中年妇女扭着身子出去了，一时间竟无言以对。等新房里安静下来，马合盛走近炕边，轻轻揭掉凤冠霞帔，冯碧霞乌黑的头发和一张俏脸就露了出来。看着冯碧霞低眉顺眼地端坐在炕沿上，马合盛冲动地说：“碧霞小姐，几年没见了，长得愈发俏丽动人啦。”

冯碧霞抬头一看，见马合盛正好站在自己对面。身材挺拔的马合盛，卧蚕眉，丹凤眼，鼻直口方，双耳垂伦，此刻正在打量着自己。冯碧霞抿着嘴小声说道：“多年未见，你也长出息了。”

马合盛近前把冯碧霞拥在怀里，低声在她耳边说：“没想到当年的那个小姑娘还一直惦记着一个身无分文的流浪汉，我马合盛三生有幸，一定会善待你的。”

冯碧霞扭动着身子说：“这么多年来我一直没有忘记你，这才挑三拣四的不愿嫁人。直到大逼得急了，我才说非你不嫁。没想到你也未曾婚配，这才有了今天的姻缘。”

马合盛喜悦地说：“千里姻缘一线牵，无人牵挂也枉然。想当年，我一直把你当小妹妹看的，没想到今后要在一个炕头上滚了，哈哈，老天有眼啊。”

冯碧霞娇羞地靠在马合盛身上，用手在他身上挠了一下，小声说道：“看把你美的。”

马合盛一把抱起冯碧霞，在她耳边说："等会躺进被窝，你就会知道啥叫美了。"

冯碧霞羞红着脸，用脚一踢马合盛，呼吸急促地说："先去把灯熄了再说吧。"

马合盛把冯碧霞放在炕上，关上房门，插上门闩，熄灭了屋子里的红灯笼，迫不及待地上了炕，用手一摸，冯碧霞已经躺进了被窝。

马合盛三下五除二地把自己扒光，就钻进了被窝。等他躺下后，才感觉到冯碧霞仍穿着胸衣和短裤。他把冯碧霞一把搂过来，一只手就开始在冯碧霞后背上游走，时间不长，冯碧霞娇喘连连，身体不断扭动。马合盛见时机已到，双手齐动，一会儿就把冯碧霞脱得精光。怀里拥着娇妻，手上摸着嫩乳，马合盛这才体验到了"洞房花烛夜"的妙处，他分开冯碧霞的双腿，腾身而上。冯碧霞一声轻轻地哎哟，浑身颤抖着迎接了一场暴风骤雨……

第二天，天刚蒙蒙亮，陪嫁丫鬟小玉就在门外小声喊道："小姐，该起床了。"

冯碧霞听见了门外的喊声，再看马合盛睡得正香，就悄悄坐起身准备穿衣服。看着自己赤身裸体，冯碧霞依然脸红耳赤，十八年守身如玉，一朝嫁做人妇，免不了要做夫妻之事，这在别人看来正常不过的事情，到了她这里，还是觉得有些突兀。就在冯碧霞沉思的时候，马合盛迷糊着伸手一摸，只摸着了两条修长的玉腿，一个机灵，睁眼一看，冯碧霞裸着上身，胸前一对双乳翘着，羞红着脸正低头看自己。马合盛伸手想把冯碧霞拉进被窝里，冯碧霞说："馋猫，天快亮了，别闹了，起床吧。"

马合盛不情愿地说："我还想再来一次，要不然，我不起床。"

冯碧霞伸出小手刮了一下马合盛的鼻子，小声说："赶紧起床，小玉刚才已经敲门了。你不害羞，我还嫌丢人哩。"

马合盛说："要起床也行，但你得答应我一个条件。"

冯碧霞昨晚已感受了马合盛的勇猛劲，再说小玉已经叫了他们，再不起床怕人说闲话，因此说："只要不再来一次，你说啥我都答应。"

马合盛嬉笑着说："你是读书人，那就把昨晚的经历写成一首诗给我看，这个不难吧。"

冯碧霞红着俏脸说："君子一言，驷马难追。起床吧。"

婚后第三天回门时，冯碧霞的嫂子笑嘻嘻地给马合盛端上来一碗饺子，并叮嘱说："新姑爷回门，必须吃完这碗饺子，这是咱凉州的讲究，不许耍赖。"

马合盛见碗里饺子不多，就说："放心吧，嫂子，我一定吃完。感谢嫂子费心了。"

嫂子笑着说："你赶快吃吧，我在这里等着拿碗回去哩。"

马合盛拿起筷子就开始吃，谁知道碗里一共只有八个饺子，其中五个里面包的东西就有酸、甜、麻、辣、咸五种味道，直把他吃得龇牙咧嘴，心里叫苦不堪。

嫂子笑着说："兄弟，知道这叫啥不？"

马合盛苦笑着说："不知道。"

嫂子一本正经地说："这叫捏嘴饺子，就是说你今后不许随便打骂我家碧霞，知道不？"

马合盛点头说："知道了。"

午饭过后，冯掌柜问："合盛，你准备啥时候回兰州呀？"

马合盛说："大，你不说我也知道，这新婚有站八天[①]、站对月[②]的习俗，但对我来说，这些可能都无法满足了，请您和我妈见谅。我回凉州时，在兰州安排了一摊子事情，也不知道落实得如何了，我心里着急呀。"

冯掌柜说："是啊。在你预料之外的成婚，已经消耗了半个月时间。我知道你时间金贵，要不你跟碧霞商量，看你们何时动身吧。"

马合盛感激地说："还是大体量人。等我们商量过后，再来告辞。"

当天晚上，冯碧霞问马合盛和她大都谈了些啥，马合盛正想回答，突然想起了让冯碧霞写诗的事情，就说："你把写的诗让我看一下，我就告诉你。"

冯碧霞羞红着脸说："我不会写，用别人的行吧？"

马合盛笑着说："你是读书人，我相信你选的诗跟你的体验差不多，你就拿出来吧。"

---

① 站八天：姑娘新婚后，即有亲戚（姑、姨、姐）或娘家人接回住上八天，以便休息，俗称站八天。

② 站对月：姑娘结婚一月后，由丈夫送其回娘家住一月，俗称站对月。

冯碧霞说:“就你坏,看我今后咋收拾你。”

马合盛说:“谁收拾谁还说不定哩,你赶快取东西吧。”

时间不长,冯碧霞从她陪嫁的首饰盒里取出了一张对半折叠的纸,红着脸递给了马合盛。马合盛打开纸一看,上面用蝇头小楷写着一首诗。诗曰:昨夜同君喜事从,芙蓉帐暖语从容。贴胸交股情偏好,拨雨撩云兴转浓。一枕凤鸾声细细,半窗花月影重重。晓来窥视鸳鸯枕,无数飞红扑绣绒。

看完这首诗,马合盛笑着说:“还是妹子水平高啊。”

冯碧霞用一双粉拳敲打着马合盛的胸部,假装生气地说:“就知道欺负人家,快说,你跟我大都说了些啥?”

马合盛说:“咱大已同意咱们赶紧回兰州了。我回凉州时安排了好多事,不知道现在情况会咋样了。现在婚已经结了,咱们就弄他个好事成双如何?”

冯碧霞闷闷不乐地说:“我自小就没离开过父母,这一去不知道啥时候才能回来。要不,咱们后天出发,我回娘家去,好好陪父母待两天如何?”

马合盛一想也对。冯碧霞自幼生长在凉州,很少离开父母。自己是商贾之人,走南闯北,行踪难定,啥时候再回凉州心里真没数。于是他说:“好吧,你陪父母再待两天,我们后天一大早出发。”

冯碧霞点了点头,算是同意了马合盛的安排。

第八章

马合盛异军突起
邓监堂陷入危机

马合盛在凉州结婚的消息传到兰州后，唐怀忠虽觉得此举有些仓促，但想到马合盛常年在外漂泊，能抽空完婚毕竟是一件好事。他把合盛东总号的客房布置一新，准备给马合盛当新房。

几天后，马合盛带着新婚的娇妻冯碧霞和陪嫁丫鬟小玉到了兰州合盛东总号。刚安排冯碧霞住下，唐怀忠就进门对马合盛说："掌柜的，请出来一下，有事要汇报。"

冯碧霞知道马合盛事情多，就说："你忙去吧，我这里有小玉陪着，没事。"

马合盛跟着唐怀忠刚进二堂客厅，唐怀忠就笑着说："恭喜掌柜的抱得美人归啊！兰州茶行同仁听说你在凉州成亲，都表示要给你庆贺，我无法做主，专门请教你看咋办为好？"

马合盛说："婚礼已在凉州举办过了，我咋好意思再打扰同行呀？"

唐怀忠说："茶行同行向来有逢喜事庆贺的习俗，老婆生日娃满月都要庆贺，何况这是你掌柜的新婚大喜。你没回来前，泾阳的几个茶号掌柜的都派相公来打听过，盛情难却，你还是准备办几桌酒宴招待一下大家，否则会留下把柄，让人说你闲话。"

马合盛见事已至此，不办不行，只好说："那就麻烦唐掌柜在东关馨悦楼置办几桌酒宴，我也好借此机会与泾阳几大茶商联络一下感情，看一下他们对咱们开展西路、北路茶叶贸易的态度。对了，我此次从镇番老家带过来几个同宗兄弟，你把他们先安排到合盛西、合盛谦茶号历练一下，看各人情况再说。"

唐怀忠说："我听王三槐说了，这样最好。刚好茶号需要人手。马合祥、马合利等人的到来，可以解咱们的燃眉之急，这下我就不愁没人用了。"

两天后的中午，马合盛一副新郎官打扮，站在馨悦楼大门口迎接兰州的茶商同行。魁泰通赵掌柜看着马合盛神清气爽的样子，恭喜着说："一日不见，如隔三秋。恭喜马掌柜新婚大喜啊！"

马合盛拉着赵掌柜的手说："多谢老兄当年的教诲，没有你的指引，哪有我马合盛的今天。"

赵掌柜谦逊地说："经过我指点的伙计多了，没有人能像你这样干出了一番事业，还娶了娇妻佳妇，令老兄我都羡慕啊。"

两个人正说着话，懋兴盛刘掌柜、大德恒贺掌柜、裕兴重胡服九掌柜陆续带着二掌柜或三掌柜来到了馨悦楼门口，尤其是胡服九的到来，让马合盛感到很有面子。他急忙把这些各茶号掌柜的往里面请，嘴里还说着："多谢赏光，招待不周，请海涵"等客气话。

马合盛拉着胡服九的手说："久仰胡掌柜大名，遗憾的是一直未当面请教，还请海涵。我在凉州仓促成婚，现在补请各位老乡和掌柜的，也希望您能见谅！"

胡服九虽说已年过五旬，但身板硬朗，双目炯炯有神，他看着马合盛笑着说："平时忙东忙西的，顾不上联络情谊，今天这个场合很好，咱们以庆贺你新婚为主，可以协商一下今年的茶叶生意该咋做。"

马合盛说："您先进里面坐下，我马上就到。"

等所有人到齐，坐了满满三桌。跑堂的上齐凉菜后问唐怀忠："唐掌柜，你们喝啥酒？"

唐怀忠说："喝西凤酒。在座的大都是泾阳人，西凤酒又是陕西名酒，听着吉祥，喝着顺口。"

原本以为就是一场答谢宴，谁知道酒过三巡之后，懋兴盛三掌柜党文龙首先叫了起来。他冲着马合盛说："马掌柜，今天是你的结婚答谢宴吧？"

马合盛说："是啊，有啥不对吗？"

党文龙笑着说："当然不对了。既然是新婚答谢宴，就应该把新娘子叫来。大家说，对不对？"

经党文龙一扇呼，几个年轻的掌柜齐声说："我们还没见过新娘子，请马掌柜把新娘子叫来一起热闹。"

马合盛看了看坐在身边的胡服九，他也正在笑眯眯地看着自己，于是马合盛说："胡掌柜，这样不好吧？"

胡服九说："有啥不好，关中道风俗，结婚三天不论大小。虽说你在凉州早已待过三天了，但大家未见新娘子。现在党文龙提出来要见新娘子，你就满足一下他们的好奇心吧。你看，党文龙带头叫喊，是因为懋兴盛少掌柜邓监堂最近在泾阳举办婚礼，刘掌柜脱不开身，让二掌柜回去贺喜了，他待在兰州心里发慌。今天你举办新婚答谢宴，他才趁机这么闹腾的。”

刘掌柜附和着说：“都是年轻人，又在酒楼里，他们不会闹出格的。再说，有我们几个年长者在，他们也不敢胡闹。”

马合盛知道无法推辞了，就让王三槐去请冯碧霞。

等冯碧霞穿着一身水红色旗袍，带着丫鬟小玉进门后，在座的见冯碧霞身材窈窕，面相端庄，顿时大声起哄。冯碧霞走到马合盛身边，对大家说：“承蒙各位掌柜的赏光，我和合盛感激不尽，民妇冯碧霞这厢有礼了。”说完话，她对着大家一个深深万福。

党文龙笑着说：“马掌柜好福气啊！听说新娘子是凉州人，能否请新婚夫妇给大家来一段花儿[①]呀？”

王三槐、马合祥、马合利等几人在凉州没闹成洞房，心里一直很憋屈，现在听见懋兴盛三掌柜党文龙起哄，一齐大叫：“好，欢迎掌柜的和新娘子来一段西部花儿，让我们开开眼界。”

马合盛不好意思地看了冯碧霞一眼，似乎在征求她的意见。冯碧霞爽快地说：“唱就唱，不能让大家扫了兴。”

胡服九见新娘子毫不忸怩作态，干脆利落，就鼓励马合盛说：“马掌柜，新娘子都答应了，你还害臊吗？”

马合盛说：“那就唱吧。我唱得不好，大家别见怪。”

马合盛话音刚落，冯碧霞婉转的歌声就响了起来，就听她唱了一首《小哥哥令》：“正月里冻冰里层消，二月里鱼娃儿水面漂；来吗，小哥哥！休吓！郎的哥，等等我。”歌声刚落，顿时想起了一片鼓掌声，几个年轻的伙计打起了呼哨，表示赞赏。

马合盛没办法了，只好硬着头皮唱了一首《扎刀令》，一阵浑厚的男中

① 花儿：生活在西北高原的青年男女经常以山歌作为表达爱情的手段。山歌对唱中，男方称女方为“花儿”，女方称男方为“少年”，久之用来称呼情人的名词就变成山歌的名称了。花儿的曲调叫“令”，常见的有河州令、脚户令、莲花令、扎刀令、小哥哥令等。

音唱道："兰州城里的紫葡萄，身子苗条心肠儿好；十三省里，挑不出来。"

马合盛歌声刚停，党文龙起哄说："马掌柜说他的新娘子是兰州城里的紫葡萄，大家看像不像呀！"

人群中一阵哄然大笑，闹得马合盛和冯碧霞很是难堪。

胡服九见状，劝大家说："大家别再闹了，适可而止吧。酒宴散了之后，几位掌柜的留下，咱们到会馆去商量一下今年的茯砖茶如何销售咋样？"

胡服九发话了，没人敢不遵从。

在兰州待了几天，马合盛交代唐怀忠紧盯西路、北路茶叶贸易情况，随时派人给泾阳传递信息。他带着王三槐骑马，冯碧霞和小玉坐着轿车，跟着马家驼队就回到了泾阳。

刚进茶号大门，刘福生就迎了上来。看见马合盛身后还有一辆轿车，就知道掌柜的新婚妻子随着来了。他说："马掌柜，快进屋，我这就安排人来接夫人。"

等安顿好冯碧霞、小玉之后，马合盛来到客厅，对刘福生说："近来茶号情况如何？"

刘福生说："一切都是按照掌柜的安排进行的，进展顺利。对了，十天前，懋兴盛少掌柜邓监堂新婚大喜，我看众多茶商上门道喜，就自作主张给掌柜的随了份子钱。"

马合盛说："应该的。邓老先生是泾阳茶行会长，以后有许多事情还需要他帮忙解决哩。"

刘福生说："马掌柜有所不知，在邓监堂的婚礼上，邓老先生当着客人的面提出他今后不再管懋兴盛茶号的事了，全部交给邓监堂打理。众茶商不好扫人家的兴，共推邓监堂当了泾阳茶行新的会长。"

马合盛听完此番话，许久没有吱声。邓监堂当上了茶行会长，这对他究竟是福还是祸，一时间他也拿不定主意。

刘福生见马合盛不吱声，继续说："邓监堂为人心高气傲，不像老会长那样好打交道，咱们今后需要谨慎从事了。"

马合盛点头说："我与邓监堂交往不多，了解更谈不上。大家都在做相同的生意，比的是商品、人品，我自忖他不会故意刁难咱们。按照先前安排的思路，放心大胆地干，出了事有我顶着。"

刘福生一听这话，心里就有了底。他一想马合盛带着新婚媳妇来到了泾阳，住在茶号多有不便，就说："马掌柜，茶号里人多嘴杂，夫人住在这里肯定不方便，最好还是想办法另购宅院吧。"

马合盛说："我也有此意，不知道有没有合适的地方？"

刘福生说："茶号后面的姚家巷正好有一院三进式四合院要出售。如果掌柜的有意，我这就去打听价格。"

马合盛问："这个宅院是谁家的？为啥要出售？"

刘福生说："姚家巷一带大多是社树姚家的产业。现在姚家主要生意在四川雅安，家族里没有人愿意到雅安去经营，整天坐吃山空。前几天，姚家堡墙里惠谦堂有人传出话来，要出售这所宅院。"

马合盛又问："社树姚家号称七大八小二十四个火葫芦，其中的七大商号[1]名扬天下，富甲一方，难道现在到了靠出售祖宗产业维持生活的地步了？"

刘福生说："马掌柜到泾阳时间不长，又经常外出，自然不了解其中的详情。你刚才说的七大商号，那已是老皇历了。现在社树姚家只有仁在堂的天增公还保留着雅安的茶号，其他的商号已经衰败了。即就是雅安的天增公，仁在堂也没有姚家人在经营，而是委托郭忠孝郭二爷在打理，每年进项有限。你不用担心，咱们买宅院，一个愿打，一个愿挨，不会留下后患。"

马合盛说："你去打听一下，如果价钱合适，就买下来。趁着气温还可以，尽快收拾，争取年前搬过去。"

当年冬月，兰州总号唐怀忠传来消息，马合盛运往兰州的十票茶叶已销售过半，远远高出其他茶号销量。他在信中请示马合盛看下一步咋办？

马合盛看了来信，心中一阵喜悦。他决定提升马合盛茶号茯砖茶零售价格，要把茶叶加工中多用新茶的成本收回来。当他就此事征询刘福生意见时，刘福生吃惊地说："这可能不妥吧。年关将近，正是茯砖茶销售旺季，咱们提高零售价格，万一茶叶滞销了咋办？"

马合盛信心十足地说："没事。目前牧区民众已接受了咱们茶号的茯砖茶，加上咱们零售网点众多，各县都有分号，我估计把价格提高一成没

---

① 七大商号：指社树姚家的恒昌堂、惠谦堂、居敬堂、燕翼堂、竹森堂、华萼堂、仁在堂等商号。

有问题。”

刘福生说：“掌柜的对牧区民众比较了解，你做出的决定，我们执行就是了。”

隔了一天，马合盛把王三槐叫到了二堂客厅，他笑着对王三槐说：“三槐啊，要辛苦你一趟了。”

王三槐问：“掌柜的你说啥事，我去办就行。”

马合盛说：“你去一趟安化，把明年收购茶叶的订金预付给茶农，这样就不会像今年一样被动了。”

王三槐跟着马合盛去过安化，知道今年的情形，但他不知道马合盛明年要收购多少茶叶。他问：“掌柜的，明年准备收购多少茶叶？”

马合盛说：“看今年咱们茶号茯砖茶销售的行情，我准备明年收购 20 票，你看咋样？”

王三槐说：“没问题。这样用不了几年，咱们茶号如果能采购 50 票茶叶，就与懋兴盛旗鼓相当了。”

马合盛说：“三槐，你记住，咱们茶号不准备以数量取胜，而要以质量取胜。我寻思着就是将来开辟了东路茶叶销售通道，也要以 30 票左右为宜，绝不在数量上跟别的茶号论短长。”

王三槐点头说：“明白了，我这就去收拾行李，等拿到银票就出发。”

一年之后，马合盛茶号的茯砖茶因为适销对路，赢得了牧区民众良好的口碑，销量直线上升，马合盛把原本第三年采购 30 票安化黑茶，提前到了这一年。

在茯砖茶畅销的好消息不断传来的同时，冯碧霞给马合盛生下了一个大胖小子。高兴之极的马合盛抱着儿子笑得合不上嘴，冯碧霞幸福地说：“看把你高兴的，给儿子起个啥名字呀？”

马合盛笑着说：“你是读书人，你给儿子起名字吧。”

冯碧霞说：“咱家生意也起步了，但要维持基业长青，必须得后继有人，我看就给儿子起名叫马长青吧。”

马合盛说：“还是夫人高见，就叫马长青。但愿马家生意基业长青，永不衰落，像老祖宗一样，做个马永盛号。”

当年年底，胡服九回到安吴堡向掌柜的吴蔚文述职。未见吴蔚文之前，胡服九和东院总管骆荣、总账房房中书聊起了兰州的茶叶贸易。

胡服九忧心地对这二人说："老哥哥呀，今年的茯砖茶贸易尤其难做。近两年迅速崛起的马合盛在西部茶叶贸易中独领风骚，牧区民众对他经销的马合盛号茯砖茶尤其喜欢，已经危及咱们的裕兴重茶号了。我这次回来，就是请示吴掌柜，看咱们该如何应对。"

房中书不相信地问："马合盛真的这么厉害？"

胡服九说："此人过去就在兰州开设有茶号，主要做茯砖茶零售生意，跟咱们也有过合作。这几年，他到泾阳开设了马合盛茶行，又到安化采购茶叶，形成了采购、加工、运输、零售一条龙，加上自己在老家镇番养殖骆驼，赚取运输费用，前途不可限量啊。"

骆荣说："这个马合盛的确很精明，他在制作茯砖茶时打破常规，提高新茶占比，看似加大了成本，却在牧区民众喜欢他的茶叶时，把零售价格提高了一成，算来算去，还是他销售最快，盈利最多。依我看，此人将来有可能会成为裕兴重乃至懋兴盛的最大竞争对手。胡掌柜，你打算如何跟吴掌柜提此事呀？"

胡服九挠着头说："我无法改变裕兴重加工茯砖茶的固有做法，正在闹心此事哩。如果不能在茶叶质量上与马合盛一较高下，裕兴重就可能落下风。二位老哥有何良策呀？"

骆荣和房中书相互对看了一眼，又都摇了摇头。

正在此时，吴家一个护院进来说："东家请骆总管、房总账和胡掌柜到客厅说话。"

三个人立即起身，随着护院来到了东院二堂客厅。吴家二堂客厅五间面阔，二间进深，靠近中门的红色廊柱上悬挂着一副对联："后农资商农商皆是本，重信守义信义全在人。"跟随吴蔚文创业多年的三个人都知道，吴蔚文悬挂这副对联，是要让家人和伙计们知道商人要农商兼顾，做生意不但要讲诚信，而且要兼顾国家和民族利益。看了一眼这副熟悉对联，三个人相跟着进了客厅。

客厅内，灯火通明，年过五旬的吴蔚文正坐在客厅的楸木方桌主位等候着这几位吴氏家族商业帝国干将的到来。见他们依次进了门，吴蔚文站起身笑着说："各位请坐。胡掌柜长途跋涉，一路上辛苦了。我让下人准备了一桌简单的饭菜，咱们边吃边聊。"

等三个人坐定之后，吴蔚文亲自给他们斟上酒，这才说："几样小菜，一壶西凤酒，不好意思了。胡掌柜常年在外，我今天就用家常菜招待你，不会有啥意见吧？”

胡服九眼睛扫了一眼放桌上的凉菜，酱牛肉、老醋花生、炝拌莲菜、泾阳穰馅，的确都是家常凉菜，就说：“东家，我是为生意上的难题回来请教的，不是为吃回来的。这四样凉菜最好，既有四季发财之意，也适合咱们的口味。”

吴蔚文笑着说：“你在兰州，虽比不上苏州、扬州、汉口等地的掌柜的，但也是不缺山珍海味。咱们用家常菜下酒，谈点家常事，再合适不过了。来，第一杯酒为胡掌柜接风洗尘。你们二位，大家一起来。”

酒过三巡之后，胡服九忍不住就说出了他的担忧。

吴蔚文听完胡服九的话，沉思了片刻，说：“马合盛是茶叶行当的后起之秀，他有得天独厚的资源，现在已形成了茶叶收购、加工、运输、零售一条龙模式，实在是难与其争锋啊！胡掌柜常年在兰州，了解当地情况，你有啥好办法？”

胡服九欠了一下身子说：“在马合盛未进入茶叶加工行当之前，兰州茯砖茶生意以邓家懋兴盛为老大，咱们排第二位。这几年，马合盛凭借着自身优势，异军突起，加上他在制作茯砖茶时不惜成本，制作的茯砖茶在质量上远远超过了我等几家老字号，赢得了牧区民众的喜欢。现在，马合盛的茯砖茶有了不错的口碑，已经对原有的茯砖茶市场格局造成了冲击。如果我们再不想法改变，不出几年，马合盛就会成为西部茯砖茶市场的龙头老大，前景堪忧啊！”

房中书见吴蔚文不说话，就插言说：“如果也像马合盛一样提升茯砖茶制作时新茶占比，成本肯定会加大，利润就会减少。咱们是跟风呢，还是保持原有制作工艺，还请东家定夺呀。”

骆荣接着说：“吴家在西部的茯砖茶贸易，包括皮货、食盐、药材、棉布等商品，都是依靠马家驼队运输，以我愚见，不能撕破脸皮。否则，吴家在短期内不可能组建自己的运输驼队，最终吃亏的还是吴家。”

吴蔚文见几个人都谈了自己的想法，这才说：“有人的地方就有竞争，商业贸易也一样。对于马合盛的做法，我们不能简单的过早下结论。但从其发展势头来看，我认为吴家不跟他争短期内的利益，应该与其合作。”

胡服九不明白吴蔚文的意思，就问：“东家是说咱们跟马合盛合作，不知道该咋合作？请东家明示。”

吴蔚文解释说：“我的意思是，适当提升茯砖茶制作时新茶占比，马合盛是三七开，裕兴重就四六开，在质量上接近马合盛，这是其一。其二是跟马家搞好关系，充分利用其驼队的运输能力，用好裕兴重多年的招牌，尽可能巩固裕兴重在兰州茶叶市场的地位，不能砸了吴家百年老店的牌子。”

吴蔚文话音刚落，胡服九就说：“这几年，裕兴重在兰州疲于应对，市场占比基本没有下降。东家这样安排，我就更有信心了。至于和马合盛合作，我看问题不大。马合盛虽然年轻，但人很仗义，守信用。我们不与其争锋，也是一个两全其美的好办法。”

吴蔚文说：“吴家的生意，东南在盐，西北在茶，但盐是主要业务，获利也丰。把盐业、丝绸、棉布、药材等生意做好，就保住了吴家根基。西部茶叶贸易，也是咱们的支柱产业，我想调整了茯砖茶制作比例，就可以与马合盛齐头并进，共同发展。商业竞争，和则共赢，争则俱伤，这个道理在座的都懂。我就怕咱们调整策略之后，还会有人不紧跟形势，闹得个名利俱损啊。”

骆荣问：“东家是担心邓监堂会跟马合盛硬上，一拼高下？”

吴蔚文点头说：“如果是邓老先生继续执掌懋兴盛大权，这种情况可能不会发生。现在邓监堂掌控着懋兴盛，以我对他的了解，肯定会咽不下这口气，一定会跟马合盛争个三长两短。不信的话，你们就等着看二虎相争吧。”

吴蔚文预测得不错，邓监堂近期确实感到心里窝火。

自从在自己与刘淑贞婚礼的当天，老掌柜把懋兴盛茶号经营大权移交之后，这两年他的日子就过得江河日下，有些艰难了。前几天，兰州分号刘掌柜回到泾阳述职，看见他正在逗弄刚过一岁的女儿邓玉蓉玩，远远就停下了脚步。邓玉蓉看见生人，直往邓监堂怀里钻，他这才发现刘掌柜就站在距离自己不远处。

邓监堂让仆人抱走邓玉蓉，把刘掌柜招呼进了二堂客厅。等倒上茶，落座之后，邓监堂问：“刘掌柜辛苦了！今年的情况如何呀？”

刘掌柜愁眉苦脸地说：“不瞒少东家，今年的生意还不如去年。”

邓监堂不相信地说：“不可能吧？今年咱们在茯砖茶加工方面特别注意，质量比往年也有提升，咋会不如往年哩？”

刘掌柜说："咱们的确是提升了质量，但那是在原有配比不变的基础上提升质量，无法跟马合盛茶号提升质量相提并论。现在马合盛茶号在兰州的茯砖茶已经销售过半，咱们的茶叶几乎未动，这样下去，可咋办呀？"

邓监堂吃惊地问："差距就这么大？"

刘掌柜说："确实如此。不但我们茶号碰到了销售不畅的问题，安吴堡吴家的裕兴重、渭北蒋家的大德恒等几个大的茶号也碰到了多年不遇的销售不畅。"

邓监堂问："裕兴重、大德恒茶号准备咋办？"

刘掌柜说："裕兴重胡掌柜、大德恒贺掌柜都回来了，他们也准备向东家请示看下一步该咋办。少东家，咱们该如何应对此事呀？"

邓监堂没有吭声，伸手拿过紫铜水烟袋，装上烟丝，划拉了一下火镰，点着烟丝，"呼噜呼噜"吸了几口，这才说："这个马合盛真是红萝卜调辣子，吃出没看出呀。才几年时间，他就蒸蒸日上，风头直逼懋兴盛。如果不采取办法，泾阳茶叶商会会长就该让他来做了。"

刘掌柜问："少东家准备采取啥策略？"

邓监堂说："通知兰州茶号，降价销售库存茶叶，我要与马合盛争个高下。我不相信，一个新开张的茶号能竞争过懋兴盛这个百年老店。"

刘掌柜沉思了一下，说："少东家，你要考虑好了再做决定。按你刚才说的降价销售兰州库存茶叶，懋兴盛起码要损失好几万两白银，而且这样做，未必能夺回市场话语权。"

邓监堂不悦地问："那你说该咋办？"

刘掌柜说："少东家，咱们能否在制作茯砖茶原料配比方面改变一下？如果进行改变，质量得到提升，咱们绝对可以与马合盛争个高下，否则，情况无法预料。"

邓监堂说："茯砖茶原料配比，那是老几辈传下来的规矩，岂可随便更改？再说，提高加工成本这种事，别人愿意做，我无法阻拦，懋兴盛绝对不会这么做。要占据龙头老大地位，不但质量要好，数量也要大。懋兴盛是驰名西部几百年的老字号，质量不容置疑。我想咱们就以数量占据市场，实在不行，降价销售，也要确保市场份额。我要让马合盛知道狼是麻的，不好惹！"

刘掌柜担忧地说："数量大是好事，关键是要能够销售出去。以今年 40 票茶叶而论，如果降价销售，茶号要损失好几万两银子，长此下去，如何得了？少东家，要不你与老东家商量一下，看具体如何应对。”

邓监堂铁青着脸色，不情愿地说：“我大早就把懋兴盛经营大权交给我了，他已不再管这种琐碎之事。难道我说话不算吗？”

刘掌柜见话不投机，急忙说：“少东家，别生气，我不是这个意思。老东家经商几十年，经验丰富，很少失手，这才有了懋兴盛的辉煌。我担心少东家这样决策，我们的损失更大。另外，有一件事不知道该讲不该讲？”

邓监堂对刘掌柜前半段话很不服气。老掌柜几十年打拼，确实在茶叶行业独占鳌头，无人能比。自己接手这几年也在积极努力，谁知道出现了新情况，造成了茯砖茶滞销，茶号利润下降，但他并不认为这是他的过错。就在他正想反驳刘掌柜时，又听到刘掌柜说了后一句话，于是说：“刘掌柜执掌兰州茶号多年，我大对你一直很信任，我也从来没有怀疑过你的人品和能力。有啥话你就直说吧，不必吞吞吐吐的。”

刘掌柜说：“我准备启程回来时，专门到兰州合盛东总号去了一趟，一来想看一下他们的销售情况，二来想打听一下明年他们准备咋干。与合盛东唐怀忠掌柜的闲聊之后，我得知马合盛有把总号搬迁到泾阳的想法。另外，马合盛准备明年在安化采购新茶 35 票。果真如此的话，马合盛茶号的产量就与懋兴盛旗鼓相当了。少东家刚才说咱们以数量取胜，恐怕就没那么容易了。”

邓监堂听完这话，大吃一惊，他问：“此话当真？”

刘掌柜说：“唐掌柜是这样说的，估计八九不离十吧。如果少东家有疑问，可以到西安府打听一下他们缴纳茶税的情况，也可以让安化孟掌柜打听一下他们今年预付定金的情况。把这二者一对比，就知道他们明年茯砖茶的产量了。”

送走了刘掌柜，邓监堂想了许久。老掌柜现在卧病在炕，他不能再去打扰老人家，更不想给老人家添堵。思前想后，他一时拿不出制约马合盛的办法，最后决定还是在数量上压倒马合盛，决不能让马合盛占据茯砖茶贸易的头把交椅，让人耻笑自己无能。至于亏损，见机行事吧。商场上谁也无法保证每一笔生意只赚不赔。说不定数量上的优势会转化为利润上的优势，继续帮他把邓家百年老店的招牌擦得更亮。

蒋继英在大德恒总号也在与兰州分号贺掌柜密谈。听完贺掌柜汇报完兰州今年的茶叶销售情况后，蒋继英说：“没想到马合盛来势凶猛啊。咱不管别的茶号咋应对，咱们继续与马合盛合作，搭他的顺风船。”

贺掌柜点头说：“和一个发展势头很猛的茶号竞争，势必两败俱伤，得不偿失。掌柜的在银两借贷方面给了马合盛便利，他在货物运输方面给了大德恒优惠，这种合作方式如果不变的话，对两家都有好处。至于茶叶销售，咱们再跟马合盛协商，如果他的茶叶不够销，可否代销咱们的茶叶？”

蒋继英一想这个办法不错，就问：“咋个代销法？”

贺掌柜说：“咱们在制作茶叶时，也制作成五斤一包的，方便零售。为了区分，像以前一样，贴上咱们茶号的标记。这样一来，马合盛碍于情面就会无话可说。”

蒋继英笑着说：“贺掌柜想得周全啊，就这么办。本来我想，大德恒的茶叶贸易就不是主要业务，我们在西部主要以水烟、皮货、药材为主，不会与马合盛有冲突。现在看来，这个想法可能有些简单了。保住每年茶叶销量，咱们争取在其他几个方面做得更好，把茶叶销售损失的利润弥补回来，保持总号整体盈利水平不下降就行。”

贺掌柜提醒说：“蒋掌柜可能也知道，马合盛的媳妇冯碧霞娘家就是一个中医世家。我担心马合盛把茶叶贸易做大之后，很可能也会介入药材生意，您不可不防啊！”

蒋继英说：“我找机会探一下他的口风。马合盛把大量银钱用在了养殖驼队方面，虽说他现在实力雄厚，但他的实力没有体现在银钱和土地上面，而是体现在了一个数量庞大的驼队方面，能够动用的银钱并不多。现在已经冬月了，按照传统做法，泾阳所有茶号都会派人去安化预付明年采购茶叶订金，我趁马合盛来借贷银两之际，打探一下他的想法。”

贺掌柜笑着说：“还是蒋掌柜老辣。商场如战场，做到知彼知己，方能百战不殆。”

蒋继英说：“战场也有朋友啊，要都是敌人，那就够呛了。”

对于预付明年茶叶订金银两之事，正是马合盛的短板。唐怀忠把合盛东总号销售过半的消息告诉他之后，马合盛就想趁着风头正劲之际，扩大生产规模。一想到采购茶叶银两不够，也让他感到头痛。

刘福生说：“掌柜的与大德昌蒋掌柜交情不错，我看还是向大德昌钱庄继续借贷。咱们销售情况好，利润空间大，蒋掌柜也不怕咱们还不上借款。我估计，大德恒贺掌柜已经向蒋掌柜汇报了兰州今年的茶叶市场情况，掌柜的趁热打铁，肯定会如愿以偿。”

马合盛问：“大德恒每年在兰州茶叶市场能够销售多少茯砖茶？”

刘福生说：“他们每年在兰州销售茯砖茶数量大约10票，与咱们第一年差不多。依我观察，大德恒主要在西部经营皮货、药材、水烟等生意，茶叶好像不是主要的。”

马合盛说：“如果是这样，咱们与大德恒就能和平相处。这几年，咱们驼队一直在为大德恒运送货物，关系融洽。几年前，为了区分两家茶叶，我就与蒋掌柜协商，在茶封上贴上各自标记，此后从未因运输茶叶发生过矛盾和失误。刘掌柜，依你对西部茶叶市场的了解，咱们明年制作多少茯砖茶才能满足需求啊。”

刘福生说：“咱们今年是25票，现在已经销售过半，估计明年三月份可以销售完毕。我看，明年制作30票或者35票，销售问题不大。”

马合盛微笑着问：“你这么有信心？”

刘福生说：“掌柜的也知道，咱们的分号已经延伸到了各县，这种销售网络其他茶号根本无法跟咱们相比，加上茶号制作的茯砖茶品质过硬，已经成了牧区民众的首选。有些牧区民众有了难题，还跑到茶号让咱们评理。有了这些有利条件，明年制作35票茯砖茶，不怕没有销路。”

马合盛说：“这还要感谢兰州分号唐掌柜管理有方啊！就这么办，明年制作35票茯砖茶。我这两天就去找蒋掌柜，看能否借贷一些银两，确保明年采购茶叶资金充足。”

两天后的中午时分，马合盛带着刘福生，提着礼物到大德昌钱庄拜访蒋继英。到了钱庄门口，正好迎面碰上了钱庄掌柜的于德贵。

于德贵笑着问：“看马掌柜春风满面的喜悦样子，准是有啥好事吧？”

马合盛说：“于掌柜说笑了。这都到冬月了，哪来的春风满面啊。我是来拜访蒋掌柜的，他在吗？”

于德贵说：“蒋掌柜今天在大德恒坐镇，我正好有事要请示他。要不这样，你们先在二堂客厅等候，我这就去请蒋掌柜过来如何？”

刘福生看了一眼马合盛，说：“要不我们跟你去大德恒吧，免得蒋掌柜来回跑。”

马合盛接着说：“就是啊，让蒋掌柜来回跑，多不好意思。”

于德贵说：“我这里也有事需要他回来处理，不存在来回跑这个事。”

马合盛笑着说："恭敬不如从命。那就辛苦于掌柜了。"

于德贵领着马合盛、刘福生到了二堂客厅，安排人给他们倒上茶水，说了声失陪，就转身出了门。

大约过了半个时辰，蒋继英脚步匆匆地走进了客厅。他双手抱拳冲着马合盛说："不知道马掌柜大驾光临，失敬了。"

马合盛起身说："蒋掌柜掌管着两大总号，是个大忙人啊。我们未曾预约，就登门拜访，有点冒失了。"

蒋继英坐下后说："都是老熟人了，不存在冒失不冒失。马掌柜有何贵干，就说吧。"

马合盛说："每年这个时候都一样，向财神爷求财来了。"

蒋继英说："没事。只要大德昌有能力，肯定先支持马掌柜。对了，你今年准备采购多少安化新茶？需要多少银两？"

马合盛说："我准备采购35票安化新茶，5票紫阳新茶，需要在蒋掌柜处借贷白银10万两。不知道蒋掌柜意下如何？"

蒋继英心里估算了一下这么多茶叶的收购价钱，感到了马合盛这几年实力大增。他笑着说："还是老规矩。你啥时候需要，来取银票就是。"

马合盛说："还是蒋掌柜仗义啊！"

蒋继英说："卖面的还怕吃八碗。只要钱庄有现钱，我肯定先支持马掌柜了。马掌柜，我听说你准备发展其他产业贸易，不知道是真是假？"

马合盛说："咱们做生意的，有几个不是做的来回生意？我想把茯砖茶生意做大后，再做皮货生意。你也知道，我在镇番养殖了大量骆驼，老家也不缺羊皮、驴皮、牛皮等资源，我就想顺便做些皮货生意。"

蒋继英说："这个想法不错，有眼光。不知道马掌柜准备把茶叶生意做到多大？"

马合盛说："我不敢贪求做多大，今后可能就以35票安化新茶为上限，把茯砖茶质量提升并保证了就行了。贪大风险就大，我冒不起这个风险。"

蒋继英又问："马掌柜不想在药材、水烟等行业闯荡一下吗？"

马合盛一听这话，就知道蒋继英对自己起了戒心，怕他很快介入水烟、药材生意，并与之发生竞争或冲突。马合盛立即说："请蒋掌柜放心，我暂时还没有介入水烟和药材行业的想法。如果时机成熟，很可能会介入丝绸、瓷器行业，但茶叶贸易永远是我的主业。"

蒋继英哈哈笑着说："还是马掌柜爽快。这样的话，我们两家，不对，是三家，就能够长期合作共存，不会发生利害冲突，何乐而不为哩？"

马合盛知道蒋继英已经对自己放心了，就说："我们都是凡人，都在做着平凡的事情。要想把事情做得出人头地，必须付出比别人更多的艰辛和努力。就像常人说的，看你的命运如何。其实，我们每个人都无法改变命，生在帝王家就是皇亲国戚，生在官宦家就是公子小姐，生在平民家就是普通百姓，这不是由本人决定的，是上天的安排。但运势可以通过后天的努力去尽可能改善或改变，这就要把握好天时、地利、人和。三者之中最起码的要把握住两个，否则难以成就大事。而天时、地利、人和又往往是冥冥之中不可捉摸的东西，常常会与你擦肩而过，而你浑然不觉。我想除了悟性，就只有靠经验去把握。历史上事业成功的人很多，他们走过的路虽不相同，但都走向了成功的终点，有些人甚至创造了辉煌，名垂青史。这些路，你能重复再走一遍吗？"

蒋继英第一次听马合盛的长篇大论，听完之后，对他的说法还真的是刮目相看。这几年，马合盛的确成熟了不少，志向愈发坚定。对有志向的人，谁也无法预料他会不会干出一番大事来。

蒋继英说："这几年，马掌柜的茶号发展迅猛，已经严重危及懋兴盛茶叶老大的地位，以邓监堂的性格，绝不会把龙头老大的地位拱手相让。你明年准备做35票安化新茶，邓监堂肯定会在数量上超越你。二虎相争，必有一伤，你如何对待此事呀？"

马合盛吭了一声，说："我知道邓监堂绝不会善罢甘休，也有思想准备。蒋掌柜，市场认的是茶叶质量，民众口碑，不是某个人的名头。这几年，邓监堂一直在跟我较劲，大家都心知肚明。说实话，我听说他准备降价销售今年的茯砖茶。如果这样的话，他的实力势必受损。如果明年他想在新茶采购量上超越我，肯定也会大量借贷。"

马合盛刚说到借贷之事，蒋继英就说："马掌柜放心，大德昌钱庄借贷给你10万两白银之后，周转银两就有限了，不会再给其他人放贷了。"

马合盛笑着说："我不是这个意思。在泾阳的钱庄之中，大德昌的实力最雄厚。邓监堂在你这里借贷不到银两，肯定会找舒聚源、广盛合等小一点的钱庄，借贷利息肯定会比你高，这样下来不划算。万一再有闪失，后果不堪设想。"

蒋继英说："还是马掌柜思虑周详啊。邓监堂憋着一股子劲跟你叫板，估计别人的话他不会听。听天由命吧。”

马合盛忧心地说：“我不想跟任何人对着干，也不想让一个百年老字号因为同业竞争受到比较大的伤害。就像你墙上挂的对联说的那样，商道就是人道，商品就是人品。说到底，同行竞争就是商品和人品的竞争，不是赌气，也不是数量。但愿老天保佑懋兴盛吧。”

蒋继英说：“没想到马掌柜宅心仁厚，这样关心同道，令我钦佩。”

马合盛说：“自‘同治之乱’以后，陕商受到了严重冲击，损失惨重。咱们再不抱团发展，互相提携，很可能会被晋商取代。我也不想让陕商的旗帜倒下，让其他商帮看笑话。”

蒋继英说：“那就老天保佑懋兴盛吧，但愿你的担心不会成为谶语。”

蒋继英看似一句玩笑的话，没想到半年之后在懋兴盛茶号上得到了应验。

第九章

马合盛陇山救人
邓监堂遇难破产

马合盛没有猜错。邓监堂为了在新茶数量上压过马合盛，在搜罗家当的基础上，尚有 20 万两白银的空缺。尽管已是冬季了，邓监堂仍然心急火燎。

看着邓监堂像热锅上的蚂蚁乱转，夫人刘淑贞劝说道："掌柜的，咱们尽力而为吧。眼下形势虽然不容乐观，但也不至于非得和马合盛争个高下，把自己弄得焦头烂额吧？"

邓监堂说："你个妇道人家，哪里懂我的心思。懋兴盛是个百年老店，我不能让它在我手里砸了牌子，被人耻笑。"

刘淑贞劝说道："三十年河东，三十年河西，风水轮流转的。如今马合盛风头正劲，零售分号又多，我们跟他硬上，最终吃亏的是自己。这几年，咱们商号进项减少，实力已不如当年了。如果举债经营，所得利润岂不是白白送给了钱庄，这是何苦哩嘛？"

邓监堂不愿意再听夫人婆婆妈妈的唠叨，沉着脸说："人活一口气，佛争一炷香。为了能在气势上压倒马合盛，就是倾家荡产，我也在所不惜。"

刘淑贞忧心地说："家中现有银钱不多了，你难道去借高利贷？"

邓监堂说："我正有此意。夫人不必忧虑，我不相信百年老字号的懋兴盛斗不过刚开张几年的马合盛茶号。"

邓监堂不顾夫人的劝说，随后就加紧了借贷行动。在问过泾阳最大的钱庄大德昌之后，他才知道此前马合盛已在大德昌借贷白银 10 万两。

蒋继英对上门借贷的邓监堂说："大德昌虽是泾阳最大的钱庄，但周转银两也是有限的。在借给马合盛 10 万两白银之后，大德昌还要拆借白银支持大德恒做药材、水烟、皮货等生意，实在是难以再拿出巨额银两借给邓掌柜了。如果你早来一步，我可能就借给了你，可惜你晚了一步。"

邓监堂苦笑着说："人倒霉了，放屁都砸脚后跟。不说了，蒋掌柜有难处，我到别的钱庄去借。就是借高利贷，我也要把采购新茶的银子弄到手。"

几经折腾之后，邓监堂与舒聚源贾掌柜、广盛合赵掌柜签署了借贷文书。令他心寒的是，这两个掌柜虽同意各借贷白银 10 万两，但要求高出大德昌借贷利息一成，并要邓监堂用懋兴盛茶号和各分号产业作抵押。如果届时还不了借款，懋兴盛所有产业归两家钱庄所有，不许反悔。邓监堂明知道这是一个陷阱，但箭在弦上，不得不发。他不相信，自己会一直倒霉下去。如果这一炮打响，他不但能稳固茶行老大的地位，而且在气势上会给马合盛以沉重打击。

春暖花开之际，马合盛正在姚家巷的宅院里逗马长青玩耍，小玉站在远处紧盯着这对父子的一举一动，脸上洋溢着灿烂的笑容。时间不长，腆着大肚子的冯碧霞慢慢地走了过来，小玉见夫人过来了，急忙上前搀扶着她坐在了院子里的一个长凳上。

马长青看见了母亲，丢下马合盛就跑到了母亲身边，马合盛走到冯碧霞跟前说："你现在已身怀六甲，还是注意点好，不要随意走动，免得伤了胎气。"

冯碧霞微笑着说："看你们在院子里玩得热闹，我在屋子里待不住，就出来随便走走。你放心，我会注意的，不会有啥闪失。"

小玉笑着说："掌柜的真是好福气！如果夫人再生一个公子，那就好了。"

马长青仰着头说："妈，你给我生个妹妹吧，我带着她一块玩，那才有意思。"

马合盛笑着说："你懂个屁，难道你不喜欢有个小弟弟？"

马长青低着头说："我也不知道。"

小玉说："看来长青是喜欢妹妹了。"

马合盛看了一眼小玉，才发现几年时间，小玉已出落成了一个大姑娘，体格丰满，五官端正，招人喜欢。他想到王三槐常年在外奔波，也没有对象，就想把小玉许配给王三槐。这个想法刚露头，他就觉得不妥。小玉是冯碧霞带来的陪嫁丫鬟，对她的安排，必须要征得夫人的同意。但他不想错过了解小玉想法的机会，就问："小玉，你看我们一家如何呀？"

小玉说："掌柜的和夫人相敬如宾，长青又乖巧听话，当然是一个令人羡慕的家庭呀。"

马合盛笑着问："那你想不想成家？我给你找个殷实人家如何？"

小玉红着脸没有吱声，扭转身子就跑回屋子里去了。

冯碧霞嗔怪地说："你个当家的，说话有个正经的时候没有啊？"

马合盛笑着说："我看小玉也老大不小了，就想问一下她的想法。"

冯碧霞说："就是小玉要成家，也得经过我的同意。你想把小玉嫁给谁？"

马合盛见夫人没有反对，知道有戏，就说："我看王三槐这小子不错，想把小玉许配给他。你看，三槐常年在安化、泾阳两头跑，也没时间相对象，我看他和小玉很合适。"

冯碧霞问："你还有别的想法吧？"

马合盛说："夫人聪明啊。三槐常年跑南方，灯红酒绿的场合见多了，难免不出问题。这小子人机灵，能干，是个难得的采购人才，我想把小玉许配给他，既能笼络住他，也不怕别人挖墙脚。"

冯碧霞想了想说："就是有这样的想法，你也不能当面问小玉。人家一个大姑娘，咋好意思回答你的问话。这事交给我，等有了准信再告诉你。"

转眼间就到了三月，也是王三槐带着伙计启程到安化采购新茶的时候了。

这一天早上，马合盛把刘福生、王三槐叫到茶号二堂客厅，安排王三槐出行的事情。

等所有事情安排妥当之后，马合盛笑着问王三槐："三槐，你长年走南闯北，年龄也不小了，有相好的吗？"

王三槐不好意思地说："我有没有相好的，掌柜的还不知道吗？整天走南闯北，谁能看上我呀？"

马合盛笑着说："你不会在江南野惯了，不想成家吧？"

王三槐说："说不想成家那是假的，可惜没有合适的。"

马合盛说："你看我们家小玉咋样？"

王三槐说："小玉姑娘长相好，心肠好，没说的。"

马合盛说："如果你愿意，我把小玉许配给你如何？"

王三槐不相信会有这样的好事，问："真的吗？"

刘福生看出了马合盛的心思，插言说："三槐啊，你见过掌柜的啥时候跟你开过玩笑？还不赶快感谢掌柜的。"

马合盛笑着说："三槐，我不跟你开玩笑。只要你愿意，其他的事包在我身上。"

王三槐激动地说："求之不得。掌柜的说话要算数。"

马合盛说："刘掌柜可以作证。我看这样吧，你先去安化收购新茶，我安排人给你们准备婚礼用品。如果你能比别的茶号提前一个月把新茶运回来，咱们今年就给你们举办婚礼。如果你和其他茶号一起把新茶运回来，那就明年春天举办婚礼。何去何从，你自己选咋样？"

王三槐说："放心吧，掌柜的。去安化这条路我已经走了好多次，不但轻车熟路，而且也认识了不少熟人。这几年在安化收购新茶，哪回都是咱们茶号最先完成任务。我想今年肯定能提前完成。"

刘福生讥笑着说："三槐这是想急着抱新媳妇哩吧？"

王三槐说："刘掌柜说这话就不对了。往年马掌柜没说这事，我还不是第一个把采购的新茶运回了泾阳？"

马合盛不想说破邓监堂有动作的事，就说："我期待着你早日安全归来，也希望你能早日完婚。"

马合盛有一次和刘福生闲聊，他随口说："现在咱们茶号有点树大招风，你能不能给驼队找几个保镖？"

刘福生知道不管是西路，还是北路，都是路途遥远，常常需要经过荒漠高原、峡谷平川，商队遇上劫匪经常发生。马合盛和他谈的事情，也是他正想和掌柜的说的事。

刘福生说："掌柜的所虑甚是啊。以前咱们茶号没有名气，劫匪或土匪不会把咱们的商队放在眼里。这几年情况发生了变化，有可能招来不必要的麻烦。要说保镖，泾阳县城北极宫有孙文成前辈开设的孙家武馆，三原县城有高鹞子前辈开设的高家武馆，这两个武馆的武师个个身手不凡。掌柜的需要请几个，我抽空去打听一下行情，回来再向你汇报定夺。"

马合盛说："俗话说，独木难成林，一个好汉三个帮。我看要请就得请三个，遇上重要物品运输，有了保镖押运，我才能放心。"

刘福生连着跑了几天，最后向马合盛推荐了三原县城高家武馆一名中年武师，泾阳县城孙家武馆两名青年武师。

马合盛看着三名身材结实、打扮精干的武师，分别问过他们的姓名，知道了中年武师叫高海峰，是高鹞子前辈的同门侄子。两个青年武师，年长者是泾阳东乡人，叫邵振山，自幼习武。年轻者是泾阳口镇人，叫董二虎，也是一个练家子。

马合盛满意地说："你们三个从今往后就是马合盛茶号的伙计了，薪酬待遇自然比一般伙计要高。平时没事，在茶号转悠一下，防范小偷小摸。驼队运送贵重物品时，随驼队一起出发，给驼队保驾护航。你们看，这样行不行？"

高海峰说："我等是习武之人，不懂商号经营，掌柜的说咋办就咋办。"

邵振山和董二虎接着齐声说："我二人愿意听从掌柜的调遣。"

马合盛说："平时干些啥，刘掌柜给你们安排。如果需要，我亲自找你们。"

等新茶上市并运送回来，是一个漫长而让人揪心的事情。马合盛觉得整天在泾阳县城转悠不是个事，就决定到兰州去一趟，核实一下唐怀忠年前述职时说的话是否真实。当他把这个打算告知冯碧霞后，冯碧霞说："你去吧，我不反对。估计孩子可能一个月后就要出生，你估摸着时间能赶回来最好。"

马合盛一听这话，有点担忧地说："俗话说，人生人，吓死人。你生孩子，我不在身边，还是有点不放心啊。"

冯碧霞说："生小孩其实就是过鬼门关。不过，你放心，我已经走过一次鬼门关了，没啥可怕的。就是你在家里，一个大老爷们，也帮不上忙。你该忙啥就去忙吧。有啥情况，我让小玉去找刘掌柜。"

马合盛说："小玉很精灵，靠得住，把你交给她我放心。对了，你跟小玉名义上是主仆，实际上情同姊妹。你抽空问一下她，如果成家了，他们住哪里呀？"

冯碧霞说："我问过了，小玉说她不想离开我，即使成家，也不离家。"

马合盛笑着说："那就这样吧，这个宅院总共三进，咱也住不完，就让三槐和小玉住前院。这样你们能经常见面，孩子也有人帮你带。"

冯碧霞说："就你会精打细算，你把人家两口子当成看门的啦？"

马合盛眨巴了一下眼睛说："还真有这方面的嫌疑。要不，你征求小玉意见吧，别强求。"

冯碧霞说:“你放心去吧,我会安排好的。”

四月初的兰州,空气清新,气候宜人,虽然温度比泾阳低了不少,但大街上依然能见到身穿单薄旗袍的富家贵妇,或者打扮得花枝招展的粉头。随着马合盛一起来的高海峰、董二虎第一次到兰州,心里充满着好奇,不时四处张望。

马合盛到了合盛东总号,正好马合祥来总号办完事正要出门。他见马合盛带着两位壮实精干的伙计拉着马正要进门,赶紧说:“掌柜的回来了,快请进”,然后回头向茶号里大声喊:“唐掌柜,东家回来了。”

唐怀忠听见喊声,疾步走了出来,一看马合盛已经进门,忙不迭地说:“掌柜的回来,也不派人捎个信来。”

马合盛说:“没啥重要事,我就是回来看看。”

招呼一行人洗漱过后,马合盛跟唐怀忠在客厅坐下,他问:“去年的茯砖茶都销售完了吧?”

唐怀忠说:“三月份就已经销售完了。现在茶号正在代销大德恒的茶叶,估计到新茶下来,大德恒的茶叶也能销售一空。”

马合盛欣慰地说:“这样最好,既落了蒋掌柜的人情,也让伙计们有事可干,还给茶号赚取了相应的利润。”

唐怀忠说:“这叫一举三得。要说这事,还是你马掌柜高明啊。”

马合盛笑着说:“你就别拍马屁了。年前,蒋掌柜很关心咱们下一步的做法,尤其是关心咱们有没有介入水烟、药材行业的可能。我想问一下,兰州水烟的情况到底如何?”

唐怀忠说:“兰州产水烟的历史很悠久,有‘皋兰五泉山下产者特佳’的说法。明末清初,水烟主要种植在兰州、榆中、皋兰、靖远、永登、永靖等方圆数百里范围内,每年可产两万余担,畅销四川、陕西、上海、牛庄、营口、苏州、杭州等地,利润相当可观。为此官府专门成立了烟税局,专司征稽烟叶、烟丝税。”

马合盛说:“水烟利润如此巨大,怪不得蒋掌柜很担心咱们是否会介入水烟行业哩。唐掌柜,我看泾阳也有加工水烟的工人,销量也很大,这是咋回事?”

唐怀忠说:“据我所知,销往泾阳的水烟,经过富平工人推成的烟丝,大都销往江浙一带,很受欢迎。”

马合盛问:“你是说水烟加工成最好的烟丝在泾阳?”

唐怀忠说:“是的。兰州虽然也加工烟丝,但技术工人也是聘请富平人。为了迎合江浙一带人的口味,提前进入市场,兰州的水烟叶就被陕商大量运往泾阳、富平,在当地加工成烟丝,销往江浙。”

马合盛说:“怪不得多处都能见到吸水烟的人。我看这个行当不错,你多留心,有机会了咱们再介入。”

唐怀忠问:“掌柜的不是跟蒋掌柜说咱们不介入吗?”

马合盛说:“我是说短期内不会介入,没有说永远不会介入。水烟这个行当好啊,咱们放着现成的资源不用,可惜了。”

随后几天里,马合盛巡视了合盛东、合盛西、合盛谦三大茶号,对他们出现的问题一一进行了指正。等忙完这一切,已经五月中旬了,他在兰州附近几个县城的分号转了转,确实像唐怀忠给他汇报的一样,当地民众对马合盛茶号很信任,大多在他的茶号购买茯砖茶。

临回泾阳时,马合盛专门到懋兴盛兰州分号去了一趟。

刘掌柜见马合盛进了茶店大门,把他迎进了客厅。二人坐定之后,刘掌柜问:“马掌柜是来巡视销售情况的吧?你马合盛茶号早已将茶叶销售一空,你还不放心?”

马合盛说:“不是不放心,我是出来散心的,顺便了解一下市场行情。懋兴盛今年生意咋样?”

刘掌柜愁眉苦脸地说:“刚刚销售了六成,还有四成积压在库房。再有几个月,新茶就下来了,这可咋办呀?”

马合盛说:“邓掌柜不是让你降价销售吗?这个办法难道不灵?”

刘掌柜说:“市场总是有限的,谁赢得了先机,谁就占据了主动。现在你们茶号口碑很好,让我们眼红呀。”

马合盛说:“邓掌柜如果不改变策略,结局不可预料。对了,我近期就要回泾阳了,需要帮你捎信吗?”

刘掌柜说:“茶号有茶号的规矩,就不麻烦马掌柜了。我听说近来陇山一带常有劫匪打劫商帮,马掌柜回泾阳还是小心为上。”

马合盛说:“多谢提醒。没有别的事,我就告辞了。”

从懋兴盛茶号回来,马合盛就劫匪之事专门问了唐怀忠。唐怀忠说:“我也是近两天才听说有劫匪在陇山一带打家劫舍,掌柜的回泾阳应该多加小心。要不我多派几个年轻的伙计一同送你回去？”

马合盛笑着说：“没有那么严重吧？我不是带着高海峰、董二虎嘛，有他们二人在，不会出现啥问题。唐掌柜，销售完大德恒的茶叶，你让伙计们好好休息几天，给他们打打牙祭，收拾好茶号场地，准备今年下半年销售新茶。”

唐怀忠说：“这事不劳掌柜的操心了，我一定办好。”

马合盛带着高海峰、董二虎等人踏上返程之路后，经过榆中、会宁、静宁就进入了陇山地界。

陇山位于陕甘宁三省交界处，南北走向，长约480里，东西宽40至120里不等，是从长安沿丝绸之路西行遇见的第一座大山，史书称“陇山，北连沙漠，南带汧渭，关中四塞，此为西面之险”，唐代于峰顶置关，因古道盘旋有六始达其顶峰，故名六盘关。

顺着古道盘旋而上，一路上山花烂漫，鸟语花香，溪流潺潺，空气清新，令人心旷神怡。到达峰顶，马合盛又一次放眼望去，只见陇山蜿蜒起伏，如苍翠的巨龙，在蓝天白云下愈发浑厚雄壮。纵横交错的沟壑，如刻画在大地上的犁沟，从山顶曲里拐弯绵延向下，望不到尽头。山峦起伏多变，似无尽的波涛向主峰汹涌而来，拔高了主峰的气势，凸显出主峰的高大巍峨，呈现出黄土高原皱褶多变的色彩。绿色植被覆盖下的陇山山脉，如巨龙奔腾，似海浪呼啸，雄踞在陕甘宁三省交界处，孕育了许多神话传奇，见证了人间的沧海桑田。天上白云飘过，耳旁微风吹过，绿色山峦上的松涛似乎正在吟诵着一首诗：“虎牙龙脊自嶙峋，绝巘排空扼陇秦。堑道崎岖通一线，征车迢递转双轮。云封远隔蚕丛月，风劲横飞马足尘。汉史络盘搜旧迹，东衔锁钥镇兰岷。”

就在马合盛出神地远望之际，高海峰走到他跟前说：“掌柜的，时候不早了，咱们抓紧时间下山吧，要不然天黑之前赶不到平凉，麻烦就大了。”

马合盛笑着说：“这里风景如画，让人陶醉，我一下子入迷了。咱们这就走。”

马合盛一行走到下山的第三个弯道时真的遇到了麻烦。顺道而下的盘山路坡度较大，道路狭窄，两边树木葱茏，遮天蔽日，阳光从树叶中穿过，在路上洒下了斑驳的光影，显得有些光怪陆离。突然，寂静的山道不远处响起了人的哭叫声、兵器的撞击声。高海峰、董二虎知道前面行人可能

遇上了劫匪，立马从马背上的行李中取出了各自的兵器，跑到了马合盛的前面。

高海峰手握宝剑，董二虎手拿三节棍，沿着山道往前走，刚转过弯道，就见四五个蒙面之人，正在抢劫一个行旅之家。这个行旅之家一家三口，中年男子手持木棍正在和劫匪对峙，毛驴背上一位中年妇女抱着一个四五岁的男孩瑟瑟发抖，脸色苍白，小男孩正在大声哭闹。高海峰、董二虎见状，不等马合盛发话，手持兵器就冲了上去。

众劫匪看见对面来了三匹马，几匹骆驼，只有两个人手中有家伙，完全没把他们放眼里。一个中年劫匪大声喊："兄弟们，又来财了。脚放麻利，手放镳火，速战速决。"

四五个劫匪一拥而上，手中的各式兵器乱舞着就往高海峰、董二虎二人身上招呼。这二人毕竟不是吃素的，几个回合下来，就有三个劫匪身负重伤，鬼哭狼嚎。中年劫匪一见这阵势，知道碰上了硬茬，右手伸向嘴里，一声刺耳的唿哨声顿时响了起来。众劫匪明白这是让撤退的信号，立即转身跑进了深山老林之中。

高海峰、董二虎见劫匪窜进了山林，手握兵器想继续追赶，马合盛大声喊："穷寇莫追，赶快回来"。

马合盛走到中年男子身旁，关心地问："没事吧？老哥贵姓，啥地方人？"

中年男子惊魂未定地说："本人姓于，祖籍泾阳三渠斗口于村，在三原做小本生意。这是内人赵氏，儿子伯循。多谢几位仗义相救，还请告知一下尊姓大名。"

马合盛说："我是泾阳马合盛茶号掌柜马合盛。这里道路狭窄，行人稀少，是拦路打劫的好地方。在兰州时我就听说最近陇山有劫匪出没，没想到还真的碰上了。于掌柜，咱们赶紧下山，边走边聊，万一劫匪有同伙，凭咱们这几个人恐怕难以应对。"

于掌柜说："就是，赶紧离开这个是非之地。"说完话，于掌柜就去牵毛驴。

马合盛看见瘦小的毛驴驮着赵氏母子，不堪重负，就对高海峰说："高相，你把后面的骆驼拉过来，让赵氏母子骑骆驼，于掌柜骑毛驴，咱们一起走。"

走完剩下的盘山道，到了川道上，看到没有劫匪出现，马合盛估计这伙劫匪可能就这么几个人，这才放心了。对于掌柜没有与商队结伴而行，马合盛感到有些不可思议，就问："于掌柜，你咋不同其他商队结伴而行呢？如果今天不是碰上我们，后果难以预料啊。"

于掌柜说："我祖上一直在三原做生意，我也是常年在外，后来在静宁与赵氏结为伉俪，带着儿子伯循一起生活。前不久，老家来信说三原商号出了点事情，让我们赶紧回去，于是我们变卖了静宁家中的物什，买了一头毛驴作为脚程。这人啊，心里一着急，就把别的事忘了，真是怕怕处见鬼，谁知道就让我们这贫苦之家遇上了劫匪，真是的。"

马合盛见于伯循天庭饱满，鼻直口方，很机灵，故意问："小伙子，叫啥名字啊？"

于伯循说："我叫于伯循，字右任。"

马合盛说："那你就是于右任了？"

于伯循说："就是，我大就是这么叫我的。"

马合盛问："右任啊，刚才你怕吗？"

于掌柜说："他才是一个五岁的孩子，你没看见刚才他吓得吱哩哇啦哭叫吗？"

马合盛说："正是他的哭叫声，才引起了我们的警觉，加快了脚步。要不然，凭你老哥这身板，很快就会被劫匪制服，后果不得而知。"

于掌柜对马合盛的判断没有吱声反驳。

一行人搭伙行走，直到进了泾阳地界，马合盛问："于掌柜，要不我再送你一程？"

于掌柜说："一路上多蒙马掌柜照顾，多谢了。咋还好意思让你再送。"

马合盛回头对高海峰说："高相，你骑马，带着驮右任母子的骆驼，把于掌柜他们一家护送到三原，顺便回家看看。如果没啥事，两天之后回来就行。"

高海峰说："没问题，多谢掌柜的照顾。"

马合盛招了招手，等高海峰骑马走近时，悄声说："我看于掌柜也是个好面子的人，你到三原后，到他家里看一下，有啥需要帮忙的，你做主。咱们也算患难一场，能照顾的尽可能照顾一下。"

高海峰说："掌柜的真是心善啊。放心吧，我会按照掌柜的交代做好这件事。"

两天后，高海峰回到茶号，他对马合盛说："于家在三原只有两间老宅，我帮于掌柜收拾了房子，给他们买了一些烧柴和食物，于家上下对你感激不尽哩。”

马合盛说：“人在难处帮一把，这叫雪中送炭。我看他家右任那孩子很聪明，说不定将来会有大出息。说到帮忙，还不知道将来谁帮谁哩。”

高海峰猜不透马合盛话里的意思，只有一笑了之。

马合盛感到这一年的夏天特别难熬，除了像往年一样酷热难耐之外，他对王三槐能否完成 35 票新茶采购任务也煎熬得吃不好，睡不香。二儿子马长民出生后，小家伙白天能睡一天，到夜晚整宿不睡，闹得马合盛也无法休息，使他原本就焦虑不安的心情变得更加糟糕，丝毫没有感到家里添人加丁给他带来的喜悦。

无聊之下，马合盛招呼高海峰、邵振山、董二虎几个精壮伙计，把前院的厦房收拾干净，布置停当，准备给王三槐做洞房用。他不管王三槐能否提前把新茶运回来，自己说的事，必须办到。为了让王三槐无话可说，他时不时把小玉叫过去，看她对新房的满意程度，弄得小玉面红耳赤，甚至到冯碧霞面前告饶。

冯碧霞知道马合盛的心病害在啥地方，就劝他说：“你是掌柜的，得有定力。现在才是啥时候嘛，你能指望三槐把新茶运回来？你为小玉他们着想，我赞成，但你不能三天两头让人家一个大姑娘去看洞房吧，你说这都是些啥事吗？”

马合盛笑嘻嘻地说：“我这不是着急嘛。”

冯碧霞说：“再着急也得看时候。要不然你亲自去安化看看吧，这样你就放心了。”

马合盛说：“安化就不去了，免得三槐起疑心，说我对他不放心。”

当年八月初，王三槐从安化传来消息说，估计八月中旬能把 35 票新茶船运到丹凤龙驹寨码头，他让马合盛提前准备好驼队，全部运送回泾阳。

马合盛看完王三槐的信件，高兴得一蹦三尺高。他心想只要新茶到了龙驹寨码头，凭着自家 1000 多峰骆驼，不出一个月，准能把新茶全部运回来，这样就能抢在所有茶号前面制作新茶，赢得先机。

王三槐是随着最后一批新茶回到泾阳的。当看到马合盛心花怒放似的笑容时，王三槐知道自己圆满地完成了任务，让掌柜的感到了舒坦和高兴。

在给王三槐举办的洗尘酒宴上，马合盛听说邓监堂今年把总管张继魁派到安化亲自监督新茶收购时，一颗放下的心又悬了起来。

其实，揪心今年新茶收购的远不止马合盛，其中的主要竞争对手邓监堂比他更闹心。

去年年底，邓监堂让安化茶号孟掌柜预付完订金，就一直在为收购新茶的资金闹心。年后，为了筹措银两，他不顾妻子的劝阻，背着老掌柜，向舒聚源、广盛合钱庄借了高利贷，把自家的身家性命全都压在了今年的新茶收购上。为了确保万无一失，他把多年来不再轻易走动的总管张继魁派到安化，协助孟掌柜尽快完成新茶采购。张继魁走后，他就一直忧心忡忡，寝食难安，一颗心经常悬在空里，七上八下的让他头疼不已。

张继魁是个办事干练、认真的人，跟随老东家邓老先生多年，养成了建言献策的好习惯。对邓监堂和马合盛在数量上竞争，张继魁并不同意，曾几次劝说过邓监堂，但少东家有自己的打算，根本不听。张继魁本想辞职回家养老，谁知道邓监堂却央求他到安化一趟，协助孟掌柜收购新茶。看在与老东家多年深交的面子上，张继魁答应了邓监堂的要求，但也提出了采购完今年的新茶，他要颐养晚年的条件。

邓监堂说："张总管，只要你协助孟掌柜完成今年新茶采购，不管情况如何，我都会厚礼相赠，确保您退出后衣食无忧。"

张继魁说："那我就为少东家再尽一次力吧，但愿我们彼此都不要食言即可。"

邓监堂说："张叔，您放心，我一定信守诺言。"

张继魁风尘仆仆地赶到安化后，新茶收购也即将开始。看到年过五旬的懋兴盛总管张继魁亲临安化督战，孟掌柜心里也不是滋味。

当弄清张总管的来意后，孟掌柜忧心地说："老哥啊，这几年与以往不同了。马合盛联手几家茶行以早晚涨价，午间压价收购新茶，已经司空见惯了。更可怕的是晋商几大茶行、南商几大茶行也都跟着这么干，弄得咱们很被动。今年，听说安化红茶在广州口岸、泉州口岸很畅销，要想用原来的价格采购新茶办不到了，你看这可咋整呀？"

张继魁听完这番话，更加忧心。他说："咱们骑驴看唱本，别人咋做，咱们咋做，尽可能完成新茶收购任务。”

孟掌柜说：“老哥，你是气糊涂了吧？如果新茶涨价，咱们咋能完成新茶收购任务呀？”

张继魁嗯了一声，说：“做好准备工作，见机行事吧。”

谷雨前后新茶下来后，各大茶号按照去年年底预付定金情况开始收购新茶，懋兴盛张总管、孟掌柜等人心里虽说有准备，但现实情况还是让他们大跌眼镜。

陕商王三槐首先利用去年年底预付定金多的优势，大量收购新茶，在新茶涨价后，随机应变，向当地晋商钱庄借贷弥补收购资金的缺口，随行就市，很快完成了收购任务。等其他茶行反应过来，新茶价格一日三涨，要想用原有价格收购基本上成了痴人说梦。张总管、孟掌柜苦无良策，只能先收购部分新茶，不足部分用子茶弥补。等忙完收购任务，听说王三槐十天前就押运茶叶返程了，这两位江湖老手叫苦不迭，赶忙找船装运，准备一起回泾阳当面向邓监堂解释。

八月初，河南北部和陕西南部就进入了雨季，经常是狂风大作，大雨瓢泼，给行船造成了很大困难。张继魁、孟掌柜分别押着两艘大船，满载茶叶，经资江进入洞庭湖，转入长江上行，一路还算顺利。但进入丹江后，他们发现情况有了变化：丹江水势比往年更加汹涌，风高浪急，很难快速行船。这二位与几个船老大商谈，都说要提高运输费用。没办法，只要能用最短的时间把茶叶运送到龙驹寨码头，他们自作主张，认可了提高船运费的要求。

沿丹江一路上行，到淅川丹江三峡江面，张继魁见识了啥叫 40 余里丹江三峡“河身如带势环弯，一线中流两岸山”了。白天，船队行走在丹江面上，两岸群山对峙，岩耸江畔，峭壁空悬，嶙峋百仞，绵延不绝。江中水流湍急，奔流滚滚，如腾如沸，满载着茶叶的商船上行尤其艰难。尽管拉纤的船工们使足了吃奶的力气，但商船依然慢吞吞上行，与其他年份在此江面行船的速度简直无法相比。张继魁、孟掌柜虽然心里发急，但却无能为力。他俩在心里祷告只要平安到达龙驹寨，就算到菩萨面前多烧几炷高香也不为过。

让这两位担心的事终于在当天夜里发生了。

船队经过雁口峡之后，天色已经变得昏暗下来了。此时天上乌云翻滚，狂风渐起，看样子要下大雨了。船老大忧心地问坐在头船的张继魁："掌柜的，看这鬼天气，好像要下雨，您看是继续前行，还是靠岸休息？"

张继魁看着江水两岸，说："船老大，你看这附近有能靠岸的地方吗？江边怪石嶙峋，水流湍急，没有一块地方可供靠岸呀。你让兄弟们再辛苦一下，过了太白峡和云岭峡再说吧。"

船老大四处张望了一阵，见确实没有可以靠岸的地方，就硬着头皮让所有船工继续加劲划船、拉纤，他也想尽快过了这段鬼门关。

等船队刚进云岭峡，天上下起了瓢泼大雨，江面上狂风大作，平时无风也起浪的云岭峡江面顿时变得桀骜不驯，白浪滔天。狂风卷起的恶浪不断扑打着商船，情势有些危急了。船老大正在向张继魁求情，让商船靠在江边，等风小一些再说，没等张继魁表态，只见江面上一阵旋风卷着巨浪冲着商船就扑了过来。一瞬间，在江面上行走的几艘商船东倒西歪，慢慢地倾斜，随后沉进了江水之中……

孟掌柜在沉船的一刹那间，抱着一块木头冲进了江水，奋力向岸边划去。懋兴盛茶号几个伙计见商船确实无法挽救了，紧跟着孟掌柜冲向了江水。

等孟掌柜几个人划到江边，爬上江边的怪石，再看江面，丹江水依然波涛汹涌，风高浪急，原先行走在江面的商船全都失去了踪影。孟掌柜仰天长啸，随之号啕大哭……

马合盛没有食言。王三槐把新茶全部运送回泾阳茶号后，马合盛做主给王三槐举办了婚礼。婚宴上，王三槐的父母及宗亲对马合盛一家感激不尽，直说马掌柜不但培养了王三槐，还给他娶妻成家，让王家宗亲感到万分荣幸。

闹洞房时，刘福生、高海峰、邵振山、孟二虎以及王三槐当年聘请的制茶工对他毫不留情。一方面是嫉妒王三槐，另一方面也是按照泾阳当地闹洞房的风俗。一个多时辰下来，不说折腾新娘子小玉，新郎官王三槐也是吃尽了苦头。

马合盛的小儿子马长民，平时很能折腾，睡觉很晚，这天晚上奇怪了，前面闹洞房开始不久，他就闭上了眼睛，"呼噜呼噜"睡着了。

冯碧霞怕小玉吃亏，就劝说马合盛："你去前面看一下，让他们别过分了。三槐刚从安化回来，还没缓过劲，再闹腾下去，怕他吃不消。"

马合盛笑道："你是怕小玉吃亏，就拿三槐说事。好吧，我去劝一下，让他们早点散伙，明天还有要紧事。"

马合盛进洞房门的时候，几个人硬推着王三槐往仰面躺在炕上的小玉身上爬，高海峰大声叫喊："三槐，快点上，老哥哥们这是给你教方法哩。再不上，小心笤帚疙瘩伺候。"

身穿红色旗袍的小玉仰面躺在炕上，被几个制茶工压住双手，面红耳赤，呼吸急促，动弹不得。她眼睁睁地看着笤帚疙瘩就要往王三槐背上敲打，一扭头，看见马合盛正好走进房门，害羞地闭上了双眼。

董二虎摇着手里的笤帚，笑着说："三槐，快上，要不然兄弟们真不客气了。"

马合盛看见这阵势，大声说："众位闹够了吧。俗话说，春宵一刻值千金，你们也不体谅一下人家两口子，使劲在这闹这些不打粮食的事有啥意思？刘掌柜、高相是过来人就不说了，你们几个没结婚的，难道不怕三槐到时候报复你们。"

正在闹洞房的众人见马合盛开口说话，全都变得规矩起来了。小玉挣脱紧抓自己的几双大手，站起身，拉平旗袍，羞红着脸，扭身跑出了洞房。

马合盛说："大家散了吧，明天还有重要事情要做。你们几个年轻的，谁今后对茶号有贡献，我马合盛按照王三槐的标准对待，决不食言。"

众人虽感到有些不尽兴，也只能嘻嘻哈哈地陆续离开。马合盛对走在后面的刘福生说："你关注一下懋兴盛茶号的动态，有啥消息及时告知我。"

刘福生说："知道了。"

大约五天后的一个中午，马合盛正在茶号二堂客厅打盹，刘福生急急忙忙地跑了进来。急促的脚步声，惊醒了马合盛，等他睁开眼睛，刘福生已经冲到他面前。

马合盛从未见过刘福生如此失态，就问："刘掌柜，有啥事，该不会是天塌下来了吧？"

刘福生说："懋兴盛的天塌了。"

马合盛吃惊地问："咋回事？你坐下说。"

刘福生坐下之后，把他听到懋兴盛茶船碰到旋风在丹江云岭峡沉没的消息告诉了马合盛。

马合盛问："人没事吧？"

刘福生说："听说只有安化孟掌柜带着几个伙计回来了，其他人包括总管张继魁全都没了。"

马合盛脸色铁青，半天无语。

懋兴盛茶号二堂客厅里，死气沉沉。孟掌柜圪蹴[1]在客厅靠近方桌的地上，双手抱着头，一直在抽泣，既就是邓监堂进来，他的姿势都没有变。

邓监堂见几个伙计脸色灰暗，无精打采，又见孟掌柜圪蹴在地上抽泣，大声问："这是咋啦？回来报丧来啦？茶叶呢？"

孟掌柜哭丧着脸着说："少掌柜，真的出大事啦！茶船在丹江云岭峡遇到大雨天气，又碰上了多年不遇的旋风，全部沉江啦。除了我和这几个伙计，张总管和其他伙计全没啦。"

邓监堂听完此话，顿时觉得天旋地转，眼冒金星，一下子瘫坐在了椅子上。片刻之后，邓监堂吩咐众人说："此事绝对不能外传，要保密。"

孟掌柜抬头说："少掌柜，纸包不住火呀！两艘商船没了，船工没了，龙驹寨船帮会馆肯定会上门来要说法。茶号张总管和伙计们也没啦，你总得给人家一个交代吧？"

邓监堂痛苦地说："这个事你等放心，我邓监堂就是砸锅卖铁，也绝对不会亏待大家。我是怕此事让两家钱庄知道，上门逼债，会气死我大。"

孟掌柜说："少掌柜就是变卖家产也应该提前安排，否则钱庄逼债、船帮赔付一起来，你就是想变卖家产也卖不上个好价钱呀！"

邓监堂点头说："孟掌柜提醒得对。你们下去吧，让我一个人好好静一静，看如何收拾局面。"

众人走后，邓监堂仰天大嚎："苍天哪，你不公道啊，为啥让我遭此劫难啊？"

福不双至，祸不单行。不出两天，懋兴盛遭遇沉船的事就传遍了整个县城，邓老先生无意间听见下人们议论此事，一口浓痰堵在嗓子眼里，一命归天了。

遭受如此沉重打击，邓监堂只有变卖了所有家产，赔付了船帮损失，

---

① 圪蹴：关中方言，两腿向前弯，屁股向下与膝盖齐，这种不立不坐的姿势叫作圪蹴。陕西民俗说，站着累，坐着窝，圪蹴哈最舒服。

抚恤了张总管和命丧丹江的伙计们家属，偿付了舒聚源、广盛合钱庄的高利贷。心灰意冷的邓监堂决定从此退出茶叶行当，带着父亲的灵柩和一家老小一起回岐山老家去了。

失去了主要竞争对手，马合盛心里并不舒坦。对邓老先生，他还是很钦佩的。邓监堂心高气傲，不愿服输，又突遇天灾，导致了突然之间的倾家荡产。这究竟是天意，还是人祸，他一时间猜不透，也不想再去追究。对邓监堂如此处理后事，马合盛也感到震惊。他打心眼里敬佩邓监堂是一条汉子，既能站得起，也能圪蹴下，这样的人，其实才是最可怕的人。

在舒聚源、广盛合两个钱庄变卖懋兴盛茶号资产时，马合盛出手收购了懋兴盛茶号总号。他想把懋兴盛总号改头换面之后，把兰州总号搬到泾阳来，同时借此提醒自己以邓监堂为鉴，努力做好自己的事。

第十章

俏寡妇吴家掌权
康百万花池烧棉

光绪十一年(1885)二月中旬,就是邓监堂离开泾阳的第二年,马合盛接到了安吴堡吴家要给东院公子吴聘娶妻的请柬。已经成为泾阳茶叶行业龙头老大的马合盛,多年来与吴家裕兴重和平相处,合作共赢,他没想到这场在泾阳、三原、高陵、礼泉、乾州等地面引起轰动的一场婚礼,给他多年后的商业贸易带来了灾难。

泾阳裕兴重茶号掌柜王福禄把大红的请柬送给马合盛时,马合盛对安吴堡吴家的认识还停留在吴蔚文创造的辉煌之中,对吴家东院大公子吴聘几乎是一无所知。

看着请柬上写明的三月初九婚礼吉日,马合盛问:"王掌柜,我在泾阳已经有些年头了,咋没听说过吴聘公子的相关情况哩?此次吴聘公子大婚,又是娶的谁家小姐?"

王掌柜说:"吴聘公子是吴家东院的大公子。说起来,我们东家吴蔚文也是有点不幸,他其实有二儿一女,小公子九岁时骑马打猎掉下山崖一命呜呼,就剩下了吴聘一个宝贝疙瘩。谁知这吴聘生来是个病秧子,整天离不开汤药。听说最近病情加重,东家想借用冲喜为吴家保留血脉,更希望吴聘成婚后有个一儿半女,继承吴家的祖业。至于新娘子嘛,就是鲁桥孟店村周家大院的千金小姐周莹。"

马合盛说:"鲁桥周家也曾是关中道的官宦之家,富商大户。要不是'同治之乱'时遭到兵匪报复性洗劫,人财损失惨重,估计不会把周莹嫁给病秧子吴聘吧?"

王掌柜悄声说:"谁说不是呢!周家在周梅村时期,在孟店村一连修建了十七院高大宅院,一时威震关中,让无数人羡慕不已。'同治之乱'时,被兵匪一下子烧毁了十六院,仅剩的一院也早已破旧不堪。周莹父亲周海潮去世得早,她随母亲周胡氏一起生活,日子过得有些恓惶。周胡氏为了丰厚的聘礼，就答应把女儿周莹许配吴家了。”

马合盛说：“原来是这么回事。吴家多年来没有大动静了，此次吴聘大婚，邀请的人肯定不少吧？”

王福禄说：“那当然了。我听说凡是与吴家有关系的各地官宦名儒、士农工商，吴家都发了请柬，泾阳、三原、高陵、乾州、咸阳等地的知县已答应出席吴聘公子的婚礼。马掌柜，说不定在婚宴上，你也能结识一些头面人物哩。”

马合盛笑着说：“你们东家吴蔚文是同治皇帝御赐的四品命官，这么多地方官宦齐聚吴家，他哪里还瞧得上我这个平头草民。不过，请王掌柜放心，我一定前去庆贺吴聘公子大婚。你们东家能看得起我，我也不能给脸不要脸吧，至于能否结识头面人物就不重要了。”

王福禄见马合盛答应了参加婚礼，借坡下驴地说：“那我届时恭候马掌柜大驾光临了。”

农历三月初九一大早，马合盛带着二掌柜刘福生，一起去云阳镇安吴堡恭贺吴家公子吴聘新婚。走在前往安吴堡的路上，随处可见各地络绎不绝的贺喜人群，骑马的、坐轿的、骑驴的、走路的，大都在谈论着这场即将举办的婚礼。

安吴堡北依嵯峨山麓作屏障，东临红塬卫侍，西傍泾河润田，南有渭水浇地，高大的青砖墙把堡子变成一座军事堡垒，堡内分布着东西南北中吴家五个大院。等马合盛一行到达安吴堡后，王福禄远远地看见了他们。

进了堡门，马合盛见街道宽阔，秩序井然，道路两旁的树木上披红挂彩，喜气洋洋。来到吴家东院大门口，只见大门飞檐斗拱，左右悬挂着红色宫灯，两边蹲着石狮子镇守，左有下马石，右有拴马桩，门前青石条铺地，厚达五寸的红色松木大门上卯着六十四颗圆鼓铁钉，庄严大气。门口的空地上搭着十座席棚，里面摆着八仙桌，上面放着花生、红枣、糖果、瓜子等零食。

马合盛一看这阵势，就对王福禄说：“我就在这儿坐一会吧，里面全是达官贵人、名流大儒，我就不进去了。”

王福禄说：“马掌柜见外了。已经到了门口，哪怕进去转一下也行。要不东家怪罪下来说我没有招呼好你，我可吃罪不起呀！”

马合盛笑着说：“说真的，我还没有进过吴府。既然王掌柜盛情邀请，咱就当刘姥姥进大观园，好好参观一下。”

马合盛跟着王福禄进了吴府大门。行走不远，一座碑亭式建筑挡在了眼前，王福禄说：“这是吴府二门，穿过二门就是三门，即内宅门。如果你不想进内宅门，咱们就在二门礼房坐一下，然后再出去如何？”

马合盛说：“行。我看吴府到处都是贺喜的人群，我就不打扰了。”说完话，马合盛打量了一眼二门，觉得这座碑亭式建筑古色古香，飞檐翘角，雕梁画栋，左右门脚附近各植一株紫藤，院中空地上摆设了十张圆桌，上面摆放着与门前席棚中同样的四样小吃。唯一不同的是，在四样小吃的中间，蹲放着一个紫砂香炉，此刻正在冒着香气浓郁的袅袅细烟，连空气中都弥漫着喜庆的气氛。

进了礼房，总管房中书正在忙碌，看见马合盛进门，房中书放下手中的毛笔，微笑着说：“马掌柜大驾光临，蓬荜生辉呀！”

马合盛说：“房总管辛苦了！”说完话，他把一张100两的银票递给了房中书。

房中书接过银票，对王福禄说：“招呼马掌柜到内宅去吧，东家正在客厅招呼客人哩。”

马合盛笑着说：“房总管，你忙吧。今天贵客较多，吴掌柜是大忙人，我就不打搅了。”

房中书说：“这咋行！你今天也是贵客嘛，不要客气了，跟王掌柜一起进去吧，东家在内宅等候你哩。”

没办法，马合盛只好跟着王福禄进了内宅。吴府内宅是一座充满南方韵味的花园式庭院，马合盛猜想吴蔚文经常去南方，就把南方的建筑样式搬了过来。占地面积巨大的内宅，正堂是一座面阔五间的飞檐硬山顶式建筑，院内有一个占地二亩多的池塘，东西南北各有一个小码头，池塘边松柏、冬青、红柳点缀，石鼓、石条、石凳分布在树荫下，池塘中间的假山上修建有一座八角亭。没等马合盛欣赏完毕，吴蔚文从张灯结彩的正堂走了出来。

马合盛急忙上前，双手抱拳，笑着说：“恭喜吴掌柜！”

吴蔚文说：“感谢马掌柜。我这就出去迎接泾阳知县，等会咱们再聊。”

马合盛见吴蔚文确实很忙，就说：“喜事是乱事，你先忙吧。咱们随后再说。”

吴蔚文对王福禄说：“王掌柜，照顾好马掌柜。”

王福禄说："请东家放心，我今天专门照顾马掌柜。"

马合盛因为吴家达官贵人太多，就坐在大门外的席棚里，跟着一伙生意人闲聊。不久，就听见鼓乐声、唢呐声四起，紧接着鞭炮齐鸣，身穿红色薄棉袍、头戴凤冠霞帔的周莹被人搀着进了吴家大门，但里面发生了些啥他并不知晓。

从安吴堡参加婚礼回来，马合盛感到了啥叫家大业大，财大气粗。与吴家相比，自己充其量才算起步，没啥值得骄傲的。后来，他听说吴聘婚礼当天，西安知府、乾州知府、关中关学名儒百里先生都大驾光临了，更感到这是一场前无古人、鲜有来者的旷世婚礼。

一年之后，忽然传来了吴蔚文巡视江南商号时在黄河风陵渡遭遇沉船、命丧黄河的消息。紧跟着就发生了吴聘因父亲突然去世，病情加重，随父而去的噩耗。吴家东院两位主人相隔不到十天时间相继离世，使 18 岁的周莹成了吴家庞大商业集团的唯一合法继承人，从此被人称为安吴寡妇。

接手吴家商业集团的寡妇周莹，面临着内忧外患。吴家东西南北中五大院，东院吴蔚文作为老大，从父亲手中继承了在扬州开设的裕隆全盐业总号和设在泾阳的裕兴重茶业总号，历经 20 余载的励精图治，财富年年递增，分号遍布长江南北。年轻时，吴蔚文每两年一次巡视全国各地的商号，当面下达经营指令，平时则通过书信来往下达指示，各地分号每年将银两源源不断地运送回安吴堡，其他分院每年都能得到相当可观的分红，日子过得令渭北一带的富商大户都羡慕。近年来，吴蔚文年老体衰，很少能像年轻时说走就走，除了体力不支的因素，吴聘的婚姻一直是他的心头病。经过近一年的考察，他决定在他出巡各地分号时，把家庭大权交给周莹主管，管家骆荣、总账房房中书协助，可确保万无一失，谁知道老天爷偏偏在他出巡的路上要了他的命。绳在细处断的吴家东院，病秧子吴聘听到他父亲命丧黄河的消息之后，一命呜呼。这些突发事件之后，虽说有吴蔚文、吴聘的遗书，但其他四院对寡妇周莹掌管吴氏商业集团还是不服气，蠢蠢欲动地想闹事。这就是周莹急需面对的内忧。

近几年，吴蔚文在家没有出巡，仅靠来往书信发出指令，每年运送回安吴堡的银两大打折扣，加上五家奢华消费，人口众多，迎来送往，家中银两已经捉襟见肘。更令人震惊的是，成都川花山货药材总号、扬州裕隆全盐业总号，甚至上海丝绸总号都传递回来消息说，这几个总号的掌柜的见吴蔚文几年没去巡视，知道吴家即将衰败，都想趁机侵吞吴家资产，独立单干。这是周莹要面对的外患。

一个 18 岁的年轻寡妇，面对内忧外患，伤透了脑筋。好在有骆荣、房中书两个经验丰富的老人相帮，他们出主意让周莹先除内忧，再安外患，一定要打起精神继续吴家的生意，决不能辜负吴蔚文、吴聘对她寄予的厚望。

周莹虽说成长于商贾之家，经受过周海潮、吴蔚文的耳提面命，但对掌握整个吴氏产业的运营还是感到心智不足，势单力孤。面对与公公同父同母的二叔父，与公公同父异母的三叔父、四叔父、五叔父以分家过日子相逼，周莹曾经仔细观察过这四位叔父，他们无一人有能力承担起吴氏产业发展的重任，只想着分光钱财，图眼前快活，谁也没想把吴氏产业发扬光大。周莹按照骆荣、房中书的指点，对各打小算盘的四位叔父采取各个击破的办法，让他们无机可乘，最终她邀请泾阳县知县作为见证人，把吴氏产业一分为五，顺利地完成了分家立业，从此作为吴家东院的掌门人登上了商业舞台。

解除了内忧之后，周莹不顾世俗看法，决定到四川、汉口、扬州、上海等地巡视吴家各分号。

临走前，她对骆荣、房中书说："两位老叔，周莹不顾脸面，此次去南方巡视，只带护院王健、贴身丫鬟红玉等人，因山高路远，骑马换船，估计需要半年以上时间。家里的事情需要您两位多担待，遇到难缠的家事，随时派人给我送信。"

骆荣说："少夫人，你放心去吧。"

房中书说："老爷在世时，三十年中七下江南，六次进川，十次赴甘肃，九次进京，才使得吴家成为富甲一方的盖省财东，名门望族。现在少夫人初掌家事，也亲力亲为，着实令人钦佩。但愿少夫人旗开得胜，平息祸患，确保东院家业兴旺。"

骆荣担心地说："少夫人一介女流，与官府打交道少不了银钱开路，你还是多带些银票，见机行事吧。"

房中书说："当今这官府，只认银钱，哪里还有公理可讲。骆总管说得对，我这就去给你准备银票。"

临出门时，骆荣悄悄对王健说："王相，少夫人年轻美貌，新婚守寡，打她主意的人肯定不少。你路上要多加小心，决不能给人留下话柄。否则，吴家的颜面就无法保全了。”

王健说：“请骆总管放心，我一定保护好少夫人，绝对不会让她受到伤害，更不会传出流言蜚语。”

骆荣说：“有你这句话，我就放心了。路途遥远，小心为上。”

周莹带着人马踏上入川之路后，她分家的消息就在泾阳大地传开了。马合盛听到周莹分家的消息后，感到这个年轻寡妇确实有魄力，有手段，够坚决。与众人的看法一样，周莹如果到南方巡视一圈，能把吴氏几大分号掌柜的想私分总号资产、独立单干的美梦打碎，收回经营权，那么吴家东院东山再起的日子就不会太遥远了。当然，也有人想看这个年轻寡妇的笑话，不相信一个年轻寡妇，与几个江湖老手打交道，能轻易得手。

半年之后，周莹巡视了成都、重庆、汉口、扬州、上海等地，顺利回来了。据随同她一起出巡的王健讲，周莹先后撤换了川花总号、扬州总号、上海总号的大掌柜，重新聘任罗天增、杨茂亭、王子绪、王幼农等人执掌各地分号，提高伙计薪酬二成，增加年终奖励。对几位掌柜的，她一改过去“银六人四”的做法，实行“银四人六”的新办法。这些举措，使川花总号、裕隆全及各地分号全体伙计薪俸大幅度提高，尤其是几大掌柜的，积极性空前高涨。

周莹江南之行的做法在泾阳传开后，令许多同行目瞪口呆。在原有东西制老规矩下，从来都是财东出资占六成，掌柜的（经理人）出智占四成，周莹此举不但打破了故有传统，也让许多比她年长者感到一个新的分配机制时代已经来临。如果说，周莹的经商智慧大家都没有亲眼见识的话，随后发生在泾阳当地的收购皮棉[1]风波，确实让同行们见识了她的手段。

关中种植棉花大约起自于宋元时期，到了明末，泾阳、三原、高陵、富平、临潼、咸阳等地已开始大量种植，但由于纺织技术不发达，每年由客商

① 皮棉：由棉农直接从棉株上采摘，棉纤维还没有与棉籽分离，没有经过任何加工的是“籽棉”。把籽棉进行轧花，脱离了棉籽的棉纤维叫作“皮棉”。关中道一般意义上说的棉花就是指皮棉。

把关中棉花收购,运往河南、湖北等地加工成“府布”,取代了以前运往江南的“标布”。到清代中期,河北、山东、河南三省每年输入西北的棉布不下300万匹。因为棉布生意利润空间大,收购皮棉运送到湖北德安、应城、云梦、汉阳、汉口及河南孟县、唐县、南阳等地加工,就成为资本雄厚者追逐的对象。河南巩县(今巩义)的河洛康家就是其中的佼佼者。

说起这河洛康家,在中原一带久负盛名,号称康百万。明洪武年间,康家先祖康守信随母亲赵氏从山西洪洞县迁至巩县洛河边落脚。到了康氏家族第六代传人康绍敬时期,读书致仕,后任山东东昌府大吏,管理地方盐业和水陆交通。康绍敬以官府督办、官商兼备为基础,为康家后来经商山东打下了非常重要的基础。到第九代康兴隆时,因与明皇族后裔联姻,获得了丰厚的经济基础,实力大增。到第十二代康大勇时(清朝初年),康熙皇帝非常重视漕运,康大勇紧抓机遇,毅然改变传统仕不经商的世俗观念,建立了自家的船队,在山东和河南之间贩盐贩粮,获利颇丰,拥有土地数千亩,遂成为中原富户大家。到十四代康应魁时,他利用清廷镇压白莲教之机,贿通清廷大将勒保,供应全军十年的粮食、棉花、布匹,大发横财,开辟了泾阳、三原、富平等棉花基地,家族生意遍及豫、陕、鲁三省18县,船行洛、黄、沂、泾、渭、运六河,土地达18万亩,家产达到鼎盛时期,两次悬挂“良田千顷”匾额。这个时期,康家家业之大被形容为“头枕泾阳、西安,脚踏临沂、济南,马跑千里不吃别家草,人行千里尽是康家田。”兴盛时期的康家,没想到会在泾阳栽倒在寡妇周莹脚下。

周莹关注皮棉收购时,吴家东院每年在泾阳一带收购的皮棉才3000多担,康家在泾阳一带每年收购皮棉10万担。与康家的大手笔相比,周莹经营皮棉收购简直可以说是微不足道,根本无法撼动康家在皮棉领域的龙头老大地位。周莹见收购皮棉利润空间大,就让骆荣关注康家在陕西的经营情况,并及时向她汇报。

骆荣知道少夫人的心思,就对王健说:“王相,你辛苦一趟,到泾河边和西安府打探一下河洛康家的经营情况,回来后及时向少夫人汇报,供她决策。”

王健说:“小事一桩,不出十天,我保证回来交差。”

十天后,王健返回了安吴堡。骆荣、房中书、王健一起到吴家二堂客厅向周莹汇报。

周莹看着这三个人进来，面带笑容，热情地招呼大家就座，然后让丫鬟红玉给每个人倒上茯砖茶水，这才问王健："都打探清楚了？"

王健说："我把这两个地方的地理位置、经营品种都打探清楚了。"

周莹满意地点了点头，说："今天骆叔、房叔都在，王健啊，你就把打探的具体情况介绍一下，我们共同商议一下，看咱们该咋做。"

王健说："骆总管、房总账都知道，泾阳泾河段由东到西分布着宋村渡、花池渡、修石渡、张村渡、临泾渡、狄道渡等几大渡口，河洛康家的运棉栈房就在花池渡。这个栈房的铺面几乎连成了半条街，在康家属于中级栈房，经营有花行、布行、粮行、糕点行、旅店、茶楼、酒肆等，修建有大型仓库。主要是把陕西的棉花、布匹、粮食、药材、木材等特产通过泾河运往各地，据说与当地驻军还有关系。西安府的货栈位于西大街，占地 11 亩多，属于康家的高级栈房，是管理康家在陕西各地栈房的总号，除了进行接待高官显贵外，还负责本地各栈房的棉花、粮食等货物的交接、收购以及调配发放，其功能集账房、库房、钱庄、理财室、车马院、马帮中转站、棉花收购站、验级站、过秤站、核秤站、木材站、布行、花行、染坊、作坊、清军衣服被褥制造厂、漆行、茶行和高级客房为一体。规模庞大，功能齐全，实力雄厚。"

骆荣听完王健一番叙说，有点吃惊地说："康家的确是实力雄厚啊！与这样的对手竞争，应该小心为上，切不可疏忽大意。"

房中书说："康家不但实力雄厚，而且又有军方背景，船运马队等运输工具齐全，加上有销售渠道，少夫人应该谨慎从事。"

周莹沉思了一会，微笑着说："骆叔、房叔担心得对，但你们忘记了最重要的一点。棉花产自陕西当地，泾阳、三原、高陵、富平为主要产棉区，咱们占有天时、地利、人和等优势。如果再把各地商号发动起来，以我之见，此事可为。"

骆荣说："我同意少夫人的想法。具体咋办，咱们得有一个切实可行的办法。"

房中书说："关中道棉花有三丰一歉双平年的说法，就是说连续三个丰收年之后，紧接着一年肯定歉收，随后两年是平产年。我建议咱们要把握好这个规律，见机行事，逐年提高棉花收购量，在六年一个轮回过程中，争取赶上河洛康家数量，把棉花生意做大。"

周莹见房中书分析得头头是道，赞同地说："就这么办。据我所知，康家每年在棉花收购季节，都是在各县设立收购站，让棉农到收购站交售棉花。逢丰年他们挑三拣四，故意压低棉花收购价格，棉农多有怨言。咱们能否反其道而行之？就是说在收购季节，咱们在大一点的集镇设立收购站，方便棉农交售。这样的话，咱们肯定会比康家收购到更多的好棉花。你们看，此法是否可行？”

骆荣说：“少夫人此法高明。只是收购季节咱们必须得派出很多人手，而且在棉花收购上必须严把质量关。”

王健说：“人手不是问题。咱们把往年收购棉花的伙计召集起来，再新招一部分伙计，让老伙计给新伙计进行培训，就解决了人手问题。”

周莹说：“看不出来，王师也是一个懂得经营之道的人才啊。我原以为你就会舞刀弄棒，没想到你这一个主意还真有见地。要不这样，今年就把收购棉花之事交给你办理咋样？”

王健说：“只要少夫人放心，我全力以赴办好此事，绝不给吴家丢脸。”

房中书问：“少夫人打算今年收购多少？我得准备银两，以备不时之需。”

周莹说：“今年咱们先从一万担起步，估计需要银两 12000 两。银钱不是问题，关键是先要锻炼伙计们验棉的能力。对了，刚才房叔说棉花有三丰一歉双平年的说法，那这丰年、歉年、平年的价格肯定不一样，这咋办？”

骆荣问：“少夫人有啥打算？”

周莹说：“我有一个不成熟的想法，说出来大家协商一下。丰年棉花价格肯定低一些，歉年可能会提高，平年就不说了。我想在丰年咱们按照平年和歉年的价格大量收购皮棉，逢歉年提高收购价格，持续大量收购。这样的话，就能保证每年都有一个稳定的收购量，也好跟布商交代。你们看我的想法如何？”

房中书说：“好倒是好，咱们可能会支出更多的银两。如果你这种办法被棉农知道，棉农肯定会把你当作财神娘娘对待的。你想嘛，平年和歉年棉花能卖上高价，棉农还能不喜欢吗？”

骆荣说：“你这一招肯定能受到棉农欢迎，增加皮棉收购量，但问题也就随之而来了。”

周莹问：“啥问题会随之而来？”

骆荣说：“存放皮棉的仓库。”

周莹笑着说：“你不提醒我倒忘记了。说得对，收购皮棉量大之后，安

吴堡是放不下了。我看这样，王健随骆叔去一趟县城买地。我上次去县衙找知县让他作为吴氏家族分家证人时，看见北极宫到三门角一带有大量空地，如果把这些地皮购置下来，咱们还愁没地方存放皮棉吗？”

房中书点头说：“少夫人眼光长远，那就辛苦骆总管了。等谈妥价格，签订购地契约后，咱们动手盖房。”

这一年秋季，恰逢泾阳等附近县区棉花丰产。洁白的棉花像白云一样绽放在田间地头，但棉农们可谓喜忧参半。棉花丰产，对棉农来说，本来是件高兴的事，但丰年棉花价格低廉也让棉农有苦难言。收购商挑三拣四，在秤上捣鬼，随意克扣棉花水分重量，更让棉农吃尽了苦头。

位于花池渡的康家栈房院子里，掌柜的康国柱正在给前往各地收购棉花的伙计们安排活路。他对着站在院子里黑压压的一群伙计说：“今年泾阳附近各地棉花普遍丰收，是个好兆头。河洛总号和西安府总栈房要求咱们今年收购十万担上好皮棉，运往南阳、汉口等地织布，已经签订了契约。现在总号也把银两寄存在县城大德昌钱庄。咱们今年还是老办法，管验级的伙计要再精明点，把好验级关，不能随意提升棉花等级。管掌秤的伙计，一定要看好棉花的干湿度，在不引起争吵甚至打闹的情况下，尽量多扣除水分重量。收购好棉花后，尽快运送回来。大家听明白没有？”

几十号人几乎是同声回应说“听明白了。”

康国柱微笑着说：“从今天起，大家分头行动，我在花池渡等候大家的好消息。完成今年皮棉收购任务后，我给大家摆庆功宴。”

众伙计四五个人一组，带着马车、杆秤分赴泾阳周围各大乡镇。康家历年来形成的规矩是，在各大乡镇设点收购皮棉，让棉农把晾晒干燥的棉花交到收购点，等达到一定数量后，统一运送到花池渡栈房，然后从泾河入渭河，进黄河到巩县，再发往南阳、汉口或者山东、河北。花池渡康家栈房的伙计们这些年一直在泾阳等地收购棉花，已经养成了等候棉农上门售卖皮棉的习惯，他们谁都不知道，今年会有一个周莹在半道上杀了出来，将他们弄得狼狈不堪，难以交差。

半个月后，康国柱还没有看到一车棉花运送回来，有点着急了。按照往年收购进度，每隔三五天，就有棉花运送回来，今年都半个月了，还没见到棉花的踪影。他真坐不住了，骑上马，带着账房先生就去了永乐镇巡视。

花池渡距离永乐镇大约十多里路程，康国柱带着账房先生没有从官道走，而是沿泾河到宋村渡再向北直达永乐镇。在宋村渡，康国柱看见有大船往泾阳运茶叶、布匹、食盐等货物，唯独没有发现向下游运送棉花的船只，他这才放心了。到了永乐镇北街棉花收购点，往年排成长队交售棉花的棉农只有稀稀拉拉几个人，收购站里的棉花也不多。

康国柱问伙计："今年交售棉花的棉农咋这么少？"

伙计愁眉苦脸地说："听棉农们说，大部分人都到三原、云阳、县城交售棉花去了，今年永乐镇交售棉花的棉农还不到去年的一成。这都半个月了，我们才收购了几十担皮棉，照这样下去，永乐镇收购点肯定完不成任务。"

康国柱出了收购点，问一位正准备交售棉花的棉农："老乡，今年棉花丰收了，咋没见多少人来交售棉花呀？"

棉农看着穿着长袍，头戴瓜皮帽，像掌柜的模样的人问他，没好气地说："你们收购点太坑人，随意加大棉花水分重量，过秤时也要秤杆扬起来老高才报数。"

康国柱说："棉花不干，自然得刨去水分，多年的老规矩了，买卖双方都接受啦。今年咋啦，都不愿意了？"

棉农说："今年安吴堡吴家也在收购棉花，人家把伙计都派到了乡村，价格公道，秤上不捣鬼。掌柜的，你们再这样下去，恐怕今年的好棉花都让吴家收购去了，没有你的米汤馍了。"

康国柱一听这话，心里有点毛了。他问："那你们几个咋还愿意到这里交售棉花？"

棉农面无表情地说："我们几个都是永乐镇附近的棉农，年纪大了，跑不动远路，就到你们这里来了。吴家今年主要收购县城北面的棉花，还没有把收购点设过来，要不然，谁愿意受你伙计的窝囊气。"

康国柱二话没说，叫上账房先生，快马加鞭直奔泾阳县城。半个时辰之后，康国柱他们赶到了泾阳县城棉花收购点。与永乐镇棉花收购点一样，县城收购点交售棉花的棉农同样是稀稀拉拉，这情景一下子让康国柱头上冒出了冷汗。

康国柱知道安吴堡吴家原来以食盐、茶叶为主，兼做布匹、药材、粮食生意，对棉花生意兴趣不大，多年来一直维持在3000担左右，根本无法撼动自己棉花行业老大的地位。对安吴堡新东家寡妇周莹，他了解的并不多，听说年轻美貌，身材窈窕，能打会算。一年前快刀斩乱麻地处理了川花总号、扬州裕隆全总号想侵吞吴家产业、闹独立的几个掌柜,没想到她今年竟然把棉花生意当作了头等大事。如果让寡妇周莹把第一茬好棉花基本上都收购了,他今年既无法向河洛康家交代,可能还会受到军方的处罚,损失将难以预料。想到此,康国柱的头比老笼还大。

康国柱心里着急,顾不上吃午饭,让伙计买了几个肉夹馍,就带着账房先生骑马直奔云阳镇。他想亲眼看一看,吴家到底采用了些啥办法,把棉农都吸引了过去。

出泾阳县城北门,过宝丰寺,田野里的棉花开得正盛,白花花的刺得眼睛难受。康国柱狼吞虎咽了两个肉夹馍,突然感到有些口渴,就到燕王乡一家棉农家里讨水喝。棉农看来人像个掌柜的,就给他们二人各倒了一碗白开水,不好意思地说:"掌柜的,穷家寒舍,拿不出茶水招待你们,请多见谅啊。"

康国柱微笑着说:"能有一口热水喝,我等感激不尽了。老乡,今年棉花是个丰年,你们应该高兴啊。"

棉农说:"确实应该高兴。今年安吴堡大量收购棉花,把收购点设到大一点的村镇,棉农交售棉花方便多了,不像往年拉着架子车,赶着牛车、驴车跑十几里路。还有就是,吴家收购点上的人都很客气,就是棉花不干,他们也会跟棉农商量扣除水分,不像康家伙计自己说了算。"

康国柱猜想棉农不知道自己是谁,否则,就不会说出这样令他难堪的话。在打听完吴家收购棉花价格后,康国柱放下碗,对棉农说:"听老哥一席话,在下受教了。农忙季节,就不打扰了,告辞。"

从棉农简陋的家里出来,康国柱调转马头,折回了泾阳县城方向。账房先生不解地问:"掌柜的,不去云阳啦?"

康国柱脸色难看地说:"还去个屌!你刚才没听见棉农说的话吗?看人家收购点前人山人海,只会让我更闹心。咱们回去吧,想想办法看如何应对。"

令周莹没有想到的是,刚到十月中旬,王健他们就收购了 10 万担棉花,并且是第一茬、第二茬好棉花占据七八成,棉花像山一样把北极宫到三门角新修建的房舍堆得满满的。骆荣、房中书听到此消息,亲自到县城去了一趟,回来告诉周莹,没看出来,王健这人的确有能力。周莹喜得合不拢嘴,一排洁白的牙齿就露了出来。

周莹对他们说："骆叔、房叔，棉花是收购回来了，但得有销路。以吴家以往的销售渠道，咱们能销售出去多少？"

骆荣说："撑死了最多五万担。"

周莹问："那咋办呀？收了这么多棉花，销售不出去，占用银钱不说，还要占用大量仓库，不划算。"

房中书笑着说："少夫人少安勿躁。河洛康家今年完不成棉花收购任务，肯定会上门来求吴家，到时候你加价卖给他即可。手中有好东西，何愁没有买主？"

周莹说："如果康掌柜求上门来，此事就由你们二位做主处理，我就不出面了。"

骆荣说："少夫人放心，些许小事，不劳少夫人大驾了，我跟房总账处理就行，保证稳赚一大笔。"

像房中书预测的一样，刚到十月底，康国柱果然上门求救来了。

康国柱对骆荣、房中书说："骆管家，房总账，本人无能，未完成今年总号下达的棉花收购任务。我听说吴家在县城有五万担上好的皮棉，拜托二位向少夫人请示一下，看能否转让给康家？"

骆荣说："大家都是生意之人，有事好商量。此前，少夫人已按照吴家和南阳、汉口等地布商议定的合同文书，把今年的五万担皮棉全部发送，县城仓库确实还存有五万担上好皮棉。康掌柜，你准备以啥价格收购呀？"

康国柱说："只要吴家肯出手，你们说个价格吧。"

房中书说："吴家收购皮棉花费了大量人力、物力、时间，加上仓储费用，每担棉花在原有收购成本的基础上增加二成。如果康掌柜同意，此事可成交。如果不同意，那就请康掌柜另寻别处吧。"

康国柱一听房中书的话，就觉得吴家有点乘人之危，狮子大张口，心里感到很不舒服。但一想到康家与军方的合约，他只有打掉牙往肚子里咽。见没有商量余地，他说："房总账说得有道理。我知道吴家在皮棉收购方面花费了不少，肯定得补偿。商业交易，既允许卖家漫天要价，也要允许买家坐地还钱。二位，能否在收购成本基础上增加一成价钱？"

房中书笑着说："康掌柜，增加二成价钱是少夫人定下的底线，我二人无法做主。鉴于咱们是多年的老熟人，还是刚才的话，你同意，咱们成交。你不同意，咱们好说好散。"

骆荣说："康家做的是大生意，多支付万把两白银事小，耽误了合同文书的交货日期事大，尤其是康家还承担着官府军队的棉布供应，一旦官府怪罪下来，损失巨大。何去何从，康掌柜酌定。"

康国柱听完骆荣的话，知道这二位拿住了自己的死穴。放眼附近几个大的棉花商，谁家都没有吴家的库存量大。如果因为价格问题谈不拢，事情泡汤，他还真没法向总栈房交代。想到此，康国柱咬着牙说："就依房总账所言价格，咱们尽快成交。"

骆荣说："康掌柜是个爽快人。等我们征得少夫人同意后，尽快成交。"

就这样，在第一个棉花丰年期，吴家转售给康家五万担皮棉。随后的第二个、第三个丰年期，分别转售给康家三万担、两万担皮棉。吴家不但在转售过程中受益，而且在棉农中树立了很高的威望。康国柱看着每年从吴家购买的加价棉花逐渐减少，心想不出两年，他一定会重新掌控泾阳等地的棉花收购主动权，到时候他也会让吴家难堪。

人算不如天算的康国柱没想到一场更大的灾难正在向他悄悄逼近。

当年新制作的茯砖茶下来后，裕兴重泾阳总号掌柜王福禄带着刚出来的新茶回到了安吴堡。周莹让丫鬟红玉请来了骆荣、房中书一起品尝新制作的茯砖茶。在品茶之际，周莹突然想起了一件事，她问："骆叔，明年是不是棉花的歉收年了？"

骆荣说："按照棉花生长三丰一歉双平年的说法，明年将是棉花歉收年。少夫人问这个干啥？"

周莹说："这几年康家从吴家加价收购棉花，心里肯定不舒服，而且咱们每年转售给康家的棉花数量逐年减少，康掌柜可能会想着恢复几年前康家独霸一方的荣耀。明年棉花歉收，咱们该如何做才能继续掌握主动？"

房中书说："棉花歉收，价格肯定会涨。如果吴家和康家竞争，收购价格可能还会高，代价有点大啊。"

周莹盯着手里茶杯中橙红色的茯砖茶汤液，忽然想到了安化茶叶收购预付定金的事。她扭头对站在自己身边的红玉说："红玉，你去前面把王健叫到这里来，我有事要安排。"

骆荣、房中书、王福禄三个人不知道周莹葫芦里装的啥药，一时间面面相觑，都没有说话。

时间不长，王健大步流星地走了进来，他问："少夫人叫我来，有啥事？”

周莹说：“你先坐下，我有件事要和大家商量。”

等王健坐下之后，周莹看着一干吴家的重臣，缓缓说：“明年棉花歉收，这是自然规律，谁也改变不了。刚才品茶时，我突然想到了咱们每年在安化收购茶叶预付定金的事。我看这样吧，房叔准备一部分银两，王健带几个忠实可靠的伙计，咱们照葫芦画瓢，也给棉农预付三成订金，把明年棉花收购之事谈妥，届时就不怕收购不到棉花了。你们看，这个办法是否可行？”

骆荣说：“这个办法当然好了。棉农手里有了钱，在播种、施肥、田间管理等方面就无后顾之忧了。如果少夫人能初步确定明年棉花收购价格，咱们肯定不愁收购不到足量的棉花。”

周莹说：“咱们还是以收购十万担好棉花为目标，再多了消化不了。明年棉花歉收，想收购十万担好棉花也非易事，王健要有心理准备。”

房中书说：“少夫人此招绝妙，可谓奇招。但是保密工作极其重要，如果风声一旦泄露，将会加剧竞争程度，弄不好会两败俱伤，得不偿失。”

王福禄说：“我看王健是个办事机敏之人，绝不会犯小儿科的过失。”

王健说：“请少夫人放心，我保证机密行事，在年前把所有预付订金之事办妥，同时要求棉农保守机密。”

周莹说：“棉花歉收，价格肯定会涨。王健，我看你给棉农可以承诺明年好棉花价格涨一成。”

众人商量了一些具体细节，一场棉花收购大战提前悄悄地拉开了序幕。

等到第二年棉花收购季节，康国柱也提前做好了准备。他向河洛康家总号和西安府总栈房汇报了今年棉花歉收的情况，建议总栈房提高棉花收购价格一成，得到了总栈房同意的明确答复。信心满满的康国柱，决心尽快完成收购任务，一洗近三年屡受总栈房批评的耻辱。

让康国柱感到闹心的不仅是这几年收购任务没有很好完成，收购支出加大，最主要的是自己栈房收购的棉花等级太差，已经受到了官府的呵斥。西安府今年明确提出，如果棉花质量下降，今后将不再跟河洛康家合作。这要命的通牒，把他逼上了绝路。不拼死一搏，他将无颜回河洛康家交差。

让康国柱寒心的是，收购季节到来之后，康家栈房收购点门前依然人烟稀少，门可罗雀。心急如焚的康国柱经多方打听，才知道安吴堡吴家去年冬季已经给棉农预付了三成收购订金，把棉农全部笼络过去了。

整个收购季节，康家栈房没有收购到一半好棉花，就是霜降后的次等棉花，他们也没有完成总号下达的任务。康国柱傻眼了，看着堆放在花池渡栈房的棉花，想死的心都有了。

直到进了冬月，康国柱还没有运出去一船棉花。西安府总栈房、河洛康家总号一连来信或派人催促尽快发货，康国柱意识到了问题的严重性。他把花池渡栈房的棉花不分好坏，全部打包，运往渡口码头，准备起运，谁知道又遇到了多年不遇的怪事。

每年冬月之后，泾河就进入了枯水季节，承载量较大的大船根本无法顺利通航。刺骨的寒风一刮，河道就变成了风道，河水冰冷刺骨，船工不愿出行。康国柱发动所有栈房伙计寻找船工，甚至许诺提升运价，但还是没有船工愿意开船运货。自家大船没办法上行，泾阳小船无人愿意下行，运输棉花走进了死胡同。

雪上加霜的是，一场突降的鹅毛大雪把堆放在码头的棉花包全部覆盖了，远远望去，犹如一个不大的雪山。飘飘洒洒的积雪不断落在棉花包上，使毫无生气的雪山逐渐增大。

这天午后，暴风雪稍停，天上依然彤云密布，寒风刺骨，没有转晴的迹象。康国柱心情糟糕地在花池渡码头上转悠，看着眼前的棉花垛发呆。他知道即使现在发运，也已经误了合约文书约定的日期，使向来遵守承诺的河洛康家就要栽在泾河滩上了。怒火攻心的康国柱索性一不做、二不休，把抽水烟用的火纸点燃，顺手扔向了棉花垛。

风助火势，火借风力，一时间堆放在花池渡泾河滩上的五六万担棉花燃起了大火，把半个天空映得通红。

这天在总号闲着无事的马合盛听见伙计们大声议论，走出客厅一看，只见县城东南方向黑云滚滚，遮天蔽日，好像发生了火灾。他急忙对刘福生说：“快派人出去打探一下，看究竟发生了啥事。”

一个时辰过后，王三槐回来了。他对马合盛说：“花池渡康家栈房掌柜的康国柱一把火把堆放在泾河滩码头上的棉花全烧了。”

马合盛吃惊地问：“这不是疯了吗？到底是啥原因？”

王三槐说："我也是道听途说，只打听到了只言片语。"

马合盛说："你就快点说吧，别婆婆妈妈的卖关子了。"

听完王三槐打听到康家和吴家因收购棉花竞争的事后，马合盛感到脊背一阵阵发凉。早听说周莹才智过人，手段特殊，没想到她用不到四年的时间，就把曾经辉煌无比的河洛康家打得落花流水，财产损失，信誉尽丧。他预感到，曾经标称"德㴔河洛光风霁月四百年，富甲神州帆影物流三千里"的河洛康家在泾阳棉花市场上叱咤风云的日子一去不复返了。接下来，周莹会把矛头对准谁呢？

马合盛自参加周莹婚礼时只见过她一个背影之后，多年来并未见过其人，只听说周莹年轻美貌、聪慧机敏，从她执掌吴家东院裕隆全、裕兴重大权以来，各种传说就没断过。虽说他与吴蔚文曾经有过多年井水不犯河水的合作，但这种合作在周莹咄咄逼人的态势下，还能坚持多久？

马合盛思前想后，心里没谱，惆怅之心油然而生。遇上这样一个商界的女豪杰，他真不知道是祸是福？

第十一章

甲午年朝廷战败
吴马家捐银获赏

光绪二十年(1894)甲午海战爆发之前,大清帝国内部还算平静,洋务运动以“富国强兵”为目标,使国人大开眼界,商业贸易也算正常。

马合盛原先担忧周莹会在西部茶叶贸易方面跟自己较量的局面没有出现，吴家继续保持了吴蔚文在世时与马合盛和平相处、合作共赢的态势。泾阳这个西部茶叶贸易中心比较大的茶商就剩下了马合盛茶号、裕兴重茶号、大德恒茶号。难得的和平相处,使三个大茶商带领着几十个小茶号都把品牌制胜放在了首位。

马合盛现在是儿女双全了。大儿子马长青已经进入距离住宅不远的县城北门附近的味经书院读书，二儿子马长民像个跟屁虫似的跟着马合盛跑东跑西,女儿马香梅也已经三岁多了,整天缠着冯碧霞。去年,马合盛终于做出了开设东路茶叶贸易的决定,在北京、张家口等地设立了分号,从兰州抽调马合祥到北京,把泾阳的王三槐派驻张家口。多年的心愿完成后,马合盛茶号正式走入了发展的兴盛期。

三月上旬的一天上午,马合盛带着二儿子出家门,准备到二条街总号去办点事。到了总号,掌柜的刘福生见东家来了,后面还跟着二少爷,就开玩笑地说:“掌柜的这是在培养少掌柜呀！”

马合盛扭头一看,只见马长民背着双手,正在学自己走路的样子,他拉过马长民拍了一下他的头,呵斥道:“以后不许学老子走路,知道吗？”

马长民仰着头问:“为啥呀？”

马合盛说:“不为啥,就是不能学。”

马长民低下头,嘟囔着嘴说:“知道了。”

进了二堂客厅,刘福生说:“掌柜的,近年来咱们茶号人员得手,生意兴隆,你就放心吧。没事的时候,带着嫂夫人和孩子游山玩水,适当放松一下吧。”

马合盛笑着说："茶号能有今天，全都仰仗各地掌柜的操心。说实在的，我也得感谢周莹哩。她首先实行了'银四人六'的经营方式，开创了陕商经营管理模式的先河。咱们紧接着也实行'银四人六'，这才有了今天的气象。说句心里话，我也想出去转转，可就是放不下心，总觉得哪里有些别扭，不知道问题出在了哪里，弄得人心神难以安宁。"

刘福生说："听说大少爷就读的味经书院授课老师叫刘古愚[1]，是一位博古通今的关学大儒，掌柜的有啥疑惑可以找他聊聊，或许刘先生能给你指点迷津。"

真是一句话惊醒梦中人。马合盛说："放着眼前的菩萨不拜，我倒想去求佛，真是的。不坐了，我这就去味经书院拜会刘古愚先生，顺便打问一下长青的学业。"

一听说要到书院去见哥哥，马长民高兴得一蹦三尺高，喊叫说："大，我也要去。"

马合盛说："要去可以，不许捣乱，更不能乱说乱动。"

马长民说："行。只要大带我去，说啥我都答应。"

马合盛拉着马长民顺着二条街往东，拐进往北的水洞巷，经过新街口，就到了粮集路。味经书院在靠近北城墙不远处，坐北朝南，面阔五间，进深三间，单檐硬山顶建筑。书院门口立着一通功德碑，碑文显示味经书院为陕西学政许振祎于清同治十二年(1873)奏建，邑绅吴建勋捐址，书院宽 12 丈，长 51 丈，雕梁画栋的屋檐正中下面悬挂着"味经书院"四字横匾。

进了书院大门后，只见宽阔的院落里树木参天，东西两侧修建有带前廊的舍房 33 间，舍房前修建有三架三间的二门房，舍房两侧有斋房，东斋房上书"日新"横匾，西斋房上书"时敏"横匾。院子里除了后面讲堂不时传来琅琅的读书声外，显得很安静。马合盛带着马长民轻手轻脚地穿过二门，看见讲堂东侧修建有藏书楼，楼前有一池叫清白池，还有一座高台叫通儒台。通儒台前面的照壁左右修建有石牌坊，东牌坊上书"英俊之域"，西牌坊上书"礼乐所流"。

---

① 刘古愚(1843—1904)，本名光贲，字焕唐，号古愚，以号行。晚清咸阳县(今咸阳市秦都区)马庄镇天阁村人，近代著名思想家、教育家，关中大儒。

没等马合盛再张望，就见一个30多岁身穿青色长袍，头戴小圆帽的男子走过来问："掌柜的，您找谁呀？"

马合盛微笑着对中年男子说："鄙人马合盛，想拜访一下刘古愚先生。"

中年男子说："刘先生正在给学生们上课，马掌柜稍等片刻。"

马合盛说："犬子马长青也在味经书院读书，不知道先生是否知道其学业如何？"

中年男子说："哦，马长青是您的公子，很聪明，刘先生比较喜欢他。"

两个人站在讲堂外面还没说几句话，就见一位身穿青色长袍，头戴小圆帽，颌下留着山羊胡子，年约五旬的长者走出了讲堂大门。中年男子赶紧喊："刘先生，有人找您。"

马合盛知道这位刚从讲堂出来之人就是大名鼎鼎的刘古愚，赶紧上前，双手抱拳，冲着刘古愚作揖，并说："鄙人马合盛茶号掌柜马合盛，冒昧拜访刘先生。"

刘古愚停下脚步，一双炯炯有神的眼睛打量着马合盛，随后问："马掌柜有何要事，该不会是来问贵公子学业如何吧？"

马合盛微笑着说："还有比打听犬子学业更重要的事情想请教先生，不知道方便不？"

刘古愚说："那就到我的宿舍一叙。哎，这个小孩是你的公子吧？"

马合盛把马长民从身后拉到前面，吩咐他说："向刘先生问好。"

马长民学着马合盛刚才的样子，一双小手并在一起，对着刘古愚作揖，并大声说："刘先生好。"

刘古愚看着马长民有模有样的作揖动作，笑着说："这小子很机灵，学东西很快啊。"

马长民听见刘古愚夸奖，含羞地一扭头，恰好发现刚从讲堂里面出来的哥哥马长青，一下子挣脱马合盛的手，冲着马长青喊："哥，我跟大来看你来啦。"

马合盛对刘古愚说："小孩子不懂事，请刘先生别见怪。"

刘古愚笑着说："孩子天性如此，我已见多不怪了。这样也好，现在课间休息，让他跟他哥玩一会，咱们正好到我的屋里说话。"

马合盛跟着刘古愚进了刘古愚的宿舍，发现这位关中大儒的房间极其寒酸。一张方桌摆在靠墙处，上面都堆满了各种书籍。墙上悬挂着一张孔圣人的画像，两边贴着一副常见的对联“书山有路勤为径，学海无涯苦作舟”。不宽的土炕上，只有一床被褥，一条手工织的棉床单。

刘古愚招呼马合盛坐在方桌旁的椅子上，笑着说：“教书人寒碜，让马掌柜见笑了。”

马合盛说：“刘先生虽然物质生活清贫，但精神生活丰富，非我等凡夫俗子能比啊。对了，刘先生执教味经书院多年，有出息的学生肯定不少吧？”

刘古愚说：“是啊，从建立书院至光绪十九年的21年间，书院登第的进士有18人，举人72人，这些举人里面不包括已晋升的进士。其他登科为副贡，优贡者22人。这就是味经书院被称为关中四大书院，能够声名远扬的主要原因。”

马合盛没想到看着不起眼的味经书院，在21年里培养了这么多人才，就好奇地问：“刘先生作为书院山长，肯定有不同于其他书院的教学办法，可否告知一二？”

刘古愚说：“味经书院不以八股文为考核学生的标准，而是制定了‘厉耻、习勤、求实、观时、广识、乐群’六条学规，引导学生学习西方自然科学，特列算学为必修课，在书院修建观象台，购置经纬仪，让学生观察测算。我所倡导的废八股，习算术，立新学，举实业，培养新型人才的做法，已经被人称之为与南方的改革派人物康有为遥相呼应，学界称之为南康北刘。对这一称谓，我还是有点汗颜啊。”

马合盛对教学一事一窍不通，但对刘古愚刚才说的“废八股、立新学”等还是记住了。他不解地问：“当朝科举取士以八股文为主，您废八股，就会让孩子们失去了通过科举进入仕途的机会了。再说立新学吧，当朝好像也没有提倡吧。孩子们学习新学，将来咋办哩？”

刘古愚面色沉重地说：“你的话不无道理。我当年中举之后，从省城到京城，亲眼看到清政府和西方列强签订了许多丧权辱国的条约，深感中国以后与英德美日等国相周旋，专求旧学，不足以维护中国之局，深感中国唯变法才能图存。你看西人之学，皆归实用，故而国富民强。中国之学，虚而不实，故而国势贫弱。国家要富强，就必须痛改故习，讲求实用，学以致用。对于当朝仍沿用的八股文取士，我们在讲授经史之外，以讲求史学，培养实用人才为主，并不妨碍学生们考取功名。”

马合盛说：“以刘先生观察，中国还能和平多少年？”

刘古愚笑着说："马掌柜是生意人，当然希望国家太平无事。但这可能是你和国人的一厢情愿而已呀。"

马合盛一听这话，有点吃惊地问："刘先生预测不久之后就会发生战乱？"

刘古愚心情沉重地说："中国虽然经历了所谓的'同治中兴'，除了军力有所增强外，整个国力还比较羸弱，尤其让人痛心的是帝后不和。光绪皇帝深信以他的老师翁同龢为首的清流派，打压以李鸿章为首的洋务派及其淮军，两派关系日益恶化。反观东临日本，自'明治维新'之后，国力日盛，经常实施扩军备战，等待时机侵略中国。有识之士如两江总督沈葆桢、台湾巡抚刘铭传等人看出'倭人不可轻视'，屡次上奏提醒，但朝廷和大部分政要认为日本是'蕞尔小邦'，很不在意。朝廷派系斗争，内部不和，令人堪忧。我听说慈禧太后为了过好她的六十大寿，大量裁减军费，使军队装备不足。这样下去，如果日本对中国开战，咱们的胜算有多少？"

马合盛想，如果中国和日本开战，就会像太平天国运动和"同治之乱"一样，闹得全国乱哄哄的，商业贸易肯定会受到严重打击。于是他问："刘先生预测啥时候中日之间会发生战争？"

刘古愚沉思了一会，忧心地说："以我掌握的情况判断，时间不会久了。少则一二年，多则三五年。战端一起，老百姓就要遭殃了。"

马合盛附和着说："谁说不是哩！不管是内战外战，遭殃的都是贫苦大众。"

刘古愚说："马掌柜，国家国家，先有国，后有家。但愿像你这样的富商大贾能在国家危难之际出点力啊！"

马合盛说："只要国家用得上我等商人，我马某义不容辞。"

刘古愚说："如果所有的富商大贾都像你一样有这份善心就好了。国家不亡，中国就有希望。马掌柜，时间不早了，我等会还要上课，咱们今天就聊到这儿。以后有时间，欢迎马掌柜来书院做客。"

马合盛赶忙站起身，歉疚地说："打扰刘先生了。马某告辞，以后有疑惑之处，再来请教刘先生。"

从味经书院回来，马合盛想着刘古愚说过的话，也有些担心。万一中日之间发生战争，自己该咋办？回想到"同治之乱"时，关中回民洗劫富商大户的惨烈场景，他派人给北京分号马合祥、张家口分号王三槐捎信，叮嘱他们万一发生战争，让他们以保全性命为主，千万别吝啬各分号的资产。

刘古愚先生的话就像谶语一样。

第二年，就是清光绪二十年(1894)七月爆发了甲午中日战争(日本史学界称之为日清战争)。这场战争导致北洋水师全军覆没；清政府被迫接受把辽东半岛、台湾岛及所有附属各岛屿(包括钓鱼岛)、澎湖列岛割让给日本；赔偿日本军费白银两亿两(后追加三千万两赎回辽东半岛)；开放沙市、重庆、苏州、杭州四地为通商口岸等苛刻条件。李鸿章代表清政府与日本签订《马关条约》(又称《春帆楼条约》)的消息传回国内，引起了一片哗然。

甲午战争带给全国民众和富商大贾的最直接灾难，就是清政府向民众摊派战争赔款。此令一下，可谓是怨声载道，民众苦不堪言。

甲午战争时候的泾阳，仍然是西北贸易中心，当地依然流传着“天下县、泾三原”“宁要泾阳县，不要西安府”的俗语。这些俗语其实反映出当时的陕西，政治中心在西安，经济中心在泾阳。朝廷加派战争赔款的指令下来后，即使泾阳与西安有一段距离，但这丝毫不会影响到各级官吏搜刮民财向上司交代。

对于朝廷向商贾的摊派银两，各级官府执行力度不一样，富商大户的表现也有差别。泾阳县王知县看到西安府把泾阳作为富裕县，摊派的银两远远高出附近的其他各县，无力抗争，就让胡县丞带着人挨个到富商大户中催款，自己躲在县衙静观事态发展。

安吴堡东家周莹听说朝廷在甲午战争中失败，把沙市、重庆、苏州、杭州作为通商口岸，就意识到了朝廷这一举措，势必会影响到安吴堡的生意。这几年，经过她和手下一帮干将的苦心经营，吴家裕隆全、裕兴重两大商号刚恢复了元气，就碰到了朝廷摊派战争赔款的事。听到这消息的周莹心里极不舒坦，可作为大清子民，又该如何呢？

这天中午时分，心绪不佳的周莹一个人坐在二堂客厅发呆，就见总管骆荣、总账房中书相跟着走了进来。周莹知道他们肯定有要事相商，否则，一般情况下，自己不派红玉去请，这二人不会主动进入吴宅二堂的。

见骆荣、房中书已走进客厅，周莹说：“骆叔，房叔，请坐。我知道您二位是无事不登三宝殿，今天来，肯定有啥为难之事。”

骆荣坐下后说:“夫人,王县令三番五次派胡县丞来府上催缴摊派款,不知道啥时候是个尽头?”

房中书接着说:“关键是每次来的理由都不一样。昨天来说是县上摊派的,今天来是说府上摊派的,弄不好明天来就会说是巡抚衙门摊派的。如此下去,这日子还咋过呀?”

周莹正在为这些叵烦事没有良策,一听他们唠叨,心绪更糟。她问:“以前有过这样的事吗?”

骆荣说:“我记得鸦片战争失败后有过一次,但数量不大。以前老爷在世时,经常捐款,也买过官,但那是主动的。夫人前些年不是也主动捐款修建过泾阳文庙,有人给你摊派吗?当年你捐款修建县城文庙,县令涂官俊亲自表彰过你,并在县志上记录你的善举。可如今,这是朝廷摊派,咱既不能抗争,也无法满足他们欲壑难填的欲望啊!我们两个商量来商量去,没有好主意,就来找夫人拿主意来了。”

周莹苦笑着说:“两位老叔啊,我也正为此事揪心哩。你说这朝廷无能,自己把仗打败了,却让咱们这些富商大户承担战争赔款,我也有些想不通哩。”

房中书说:“富商大户的银钱来得也不容易啊。关键是这小刀子割人让人每天都难受,苦不堪言。不给吧,朝廷和各级官府会给你罗织罪名,甚至让你倾家荡产。给吧,又不知何时是个尽头。”

周莹心想与其长痛不如短痛,反正要拿出大把银两应对各级官府摊派,还不如拿出一大笔银两一次性了断,或许还能博个好名望。想到此,她对在座的两位长者说:“骆叔,房叔,我有一个想法,想征求一下你二位的意见,如果能行,或许就能了断此事。”

骆荣、房中书听完这话,就知道周莹心里已经有了主意,他们一齐催促说:“请夫人明说。”

周莹说:“我打算一次性向朝廷捐款10万两白银,彻底了断摊派这件事,你们看如何?”

这回轮到骆荣、房中书傻眼了。他们没想到周莹出手会如此阔绰。10万两白银,不是个小数字,即使慢慢应对各级官府无休止的巧立名目摊派,估计也花不了10万两。

房中书吃惊地问:“夫人已决定了吗?”

周莹说:“决定了。你们看是否可行?”

骆荣说："可行是可行，关键还是要通过相关渠道直接向户部捐款，不能把这笔巨款捐给县衙、西安府，甚至陕西巡抚衙门。万一这些官吏隐瞒不报，甚至侵吞，继续向咱们摊派，那就无法收场了。"

周莹觉得骆荣的担忧有一定道理，就问："吴家世代经商，虽说公公在世时被同治皇帝赐封过四品官职，但那是虚职，且他从来没有在官场里面混过。现在要把捐银直接交给户部，必须有熟人牵线，否则难以办到。"

房中书说："夫人言之有理。你这么一说，我倒想起一个人来，通过他，肯定能办成此事。"

骆荣会意地一笑说："你说的是宋伯鲁[1]。"

房中书说："就是宋伯鲁。此人是礼泉人，也算是咱们乡党。宋伯鲁很受当今皇上器重，现任皇帝的掌印御史，为官清正廉洁，敢仗义执言，听说连李莲英侄子行凶之事都敢弹劾。如果找到此人给户部说话，肯定能把夫人捐款之事办妥，说不定还会受到朝廷嘉奖。"

周莹说："嘉奖就算了，只要能不被各级官府不断骚扰就烧高香了。"

骆荣说："依我之见，咱们还应该联络几个富商大户，一起向户部捐银，把声势弄得大一些，这样才会引起朝廷的重视，或许会产生好的效应。"

周莹说："我是迫不得已才想出了这个办法。咱们破财免灾就行了，还要拉上别人垫背吗？"

骆荣说："秦商向来有以商事国的传统，虽然朝廷战败了，必经还是正统。我想别人是否同意捐银不好说，有一人肯定会响应。"

周莹问："你是说马合盛？"

骆荣笑着说："夫人高见。马家也有帮国家分忧解难的传统。我听说鸦片战争失败后和左宗棠大人发兵西征收复新疆时，马家各捐银 10 万两，博得过道光皇帝的嘉奖，左公也曾为马家写下过一副对联，并盖有左公大印。虽说到了马合盛手里，家道中落。但马合盛这些年把生意做得风生水起，财源滚滚，实力大增，早已具备了捐银的实力。再说，他可能也正在为这没完没了的捐款头痛哩。如果把夫人的想法给他一说，我估计马合盛肯

---

① 宋伯鲁(1854—1932)，字芝栋，一字芝田，亦署芝钝，陕西礼泉人。清光绪十一年(1885)中举，翌年中进士，曾任都察院山东道监察御史、掌印御史，支持康梁变法，是康梁维新运动骨干之一。戊戌变法失败后被贬。民国时期，关心地方事务，留下了许多佳话。

定会答应的。"

周莹笑着说："此事我出面去说不合适，就麻烦骆叔当一回说客如何？"

骆荣说："小事一桩。我明天就去县城找马合盛。"

自从朝廷的摊派款下来后，马合盛也没安生过，十天半月之内就会有县衙的胡县丞或者差役上门来催收各级府署的款项，弄得他心情极为瞀乱[①]。

有点苦闷的马合盛就转悠到了味经书院去找刘古愚。

刘古愚见马合盛来了，就在书院的院落里热情地接待了他。两个人坐在树荫底下的石桌旁，倒上茶水就开始闲聊。两个人说了一阵天气、收成之事，又说了马长青的学业情况，刘古愚见马合盛仍然心不在焉，就问："马掌柜不会真的是来谝闲传[②]的吧？"

马合盛说："刘先生，你说这朝廷战败，不断向民间摊派战争赔款啥时候是个尽头啊？"

刘古愚忧愁地说："李鸿章今年四月份签订的《马关条约》，可谓丧权辱国至极。两亿三千万两白银，摊到每个国人身上，平均每人半两多，简直是奇耻大辱！朝廷无能，国人遭殃。马掌柜，听说各级官府也不断向富商大户摊派银两了，这事属实吗？"

马合盛苦笑着说："刘先生不是个闭门只读圣贤书之人，肯定早知道了官府摊派战争捐款之事。我也是疲于应付，苦无良策呀。"

刘古愚说："我早就预料到了会有这一天，没想到会来得这么早，输得这么惨！马掌柜，朝廷摊派战争赔款之事，自鸦片战争以来就形成了惯例，富商大户虽有怨言，但无人敢跟朝廷作对，抗捐不交。你打算咋办？"

马合盛说："刘先生前年曾对我说过，国家国家，先有国，后有家。如今这国将不国了，家何以堪！我此番前来，就是想请教刘先生，看有没有个了断此事的好办法。"

刘古愚说："是啊，你一个经商之人，经常被三天两头的催款打扰，哪里有心思谋划事情。对于没完没了的催款，我建议你长痛不如短痛，一下捐出一大笔捐款，赶快了断此事。要不然，你的生意还咋做？"

---

① 瞀乱(mao luan)：关中方言读 mu luan，不舒服、不适、思绪烦乱之意。
② 谝闲传：关中方言，指聊天。

陕西商帮格言
帮规
行规
店规

马合盛想了一下说："依先生之见，捐多少合适？"

刘古愚说："朝廷虽然无能，但我们毕竟不能没有这个国。你家祖上曾经在鸦片战争、左公西征时义捐白银10万两，我看这次捐款，就以10万两白银为上限，不知道马掌柜意下如何？"

马合盛听说要义捐10万两白银，心里还是大吃一惊。他不解地问："刘先生，必须得义捐10万两白银吗？"

刘古愚说："义捐少了，不会引起重视，各级官府还会照样找你摊派。像你祖上一样，一次义捐10万两。如果引起朝廷震动，博得皇上嘉奖，就无人敢找你的麻烦了。"

马合盛一想也对，不能再这么没完没了下去了。他说："多谢刘先生指点迷津！但我一介经商之人，如何才能把义捐的白银交给政府并让皇上知道啊？"

刘古愚说："你如果真的义捐10万两白银，我给你想办法，让你直接捐给户部，避免让各级官府克扣。"

马合盛问："刘先生有关系？"

刘古愚笑着说："我认识几个人，他们有关系。"

马合盛说："请刘先生说一下这几个人的来历。"

刘古愚闻听此言，知道马合盛不放心，就说："我认识光绪皇帝的掌印御史宋伯鲁、刑部侍郎赵舒翘[①]。"

马合盛说："恕我眼拙。还真没看出来，刘先生才是神通广大之人啊，连皇上的掌印御史都认识。"

刘古愚不好意思地说："宋伯鲁是礼泉人，当年我们同年中举，他后来中了进士，被选为庶吉士，出任过山东乡试副考官，任过都察院山东道监察御史，现任皇上的掌印御史。如果派人去找他说你义捐之事，他肯定会在皇上面前为你美言。皇上一高兴，说不定也会赏你个顶戴花翎。"

马合盛笑着说："为国出力，既是朝廷的摊派，也是草民的义务，我还没想得到皇帝的赏赐。当然，能赏赐最好，就当义捐十万两白银听到了响

---

① 赵舒翘(1847—1901)，清末大臣，陕西长安(今西安市)人。清穆宗同治十二年(1873)中举，翌年中进士，授刑部主事。此后十年间，先后在刑部任提牢厅主事、直隶司主事等职，官至刑部尚书。光绪二十五年(1899)升任总理各国事务衙门大臣、军机大臣兼管顺天府尹事。1901年，被慈禧"赐令自尽"。

声。”

刘古愚叮嘱说：“你准备好银票，我给宋伯鲁写封书信，把你的义举说清楚，这样效果会更好一些。”

马合盛说：“那就麻烦刘先生了，我这就回去准备银票，希望刘先生的妙策能了断我的烦恼。”

刘古愚朝马合盛伸出了大拇指，说：“有秦商的忠义之气，了不起！”

在马合盛把银票基本上凑齐之际，刘福生找到正在二堂忙碌的马合盛说：“东家，安吴堡总管骆荣登门求见。”

马合盛不知道骆荣有啥事找他，就说：“赶紧请骆总管进来，看他有何要事。”

时间不长，刘福生领着骆荣来到了二堂客厅。马合盛笑着说：“快请坐。骆总管大驾光临，蓬荜生辉呀！好久不见了，您老身体可好？”

骆荣坐下之后，说：“骆某上了年纪了，和马掌柜无法相比。此次前来，是受我家夫人之托与你商量一件事。”

马合盛以为是要协商每年茶叶运输的事，就说：“骆总管，你可以告知你家夫人，咱们两家多年来合作共赢，我马家驼队多年来从未给安吴堡涨过运费。今年还是按照老办法，不知道骆总管是否满意？”

骆荣一听这话，就知道马合盛猜错了他的真实来意。不过能顺便把运费之事确定下来，也是好事一桩。

骆荣说：“还是马掌柜仗义。不过老朽此次前来，并非为运费之事，而是有大事要和马掌柜商量。”

马合盛等着骆荣的下文，谁知道骆荣说完此话，没有继续往下说。马合盛明白了，骆荣见刘福生在当场，恐怕有些不方便。于是他说：“刘掌柜不是外人，骆总管有话请直言。”

骆荣不好意思地说：“我知道刘掌柜不是外人。马掌柜近来是否经常受到官府摊派银两的骚扰？”

马合盛说：“瞀乱至极。难道吴家没有受到官府摊派银两的骚扰？”

骆荣说：“像吴家、马家这样的富商大户，肯定是官府骚扰的主要对象。我家夫人是也不厌其烦，这就派我到贵号来和你商量办法来了。”

马合盛问：“你们东家可有良策？”

骆荣说：“我家夫人思前想后，觉得长痛不如短痛，准备一次性义捐白银10万两给户部,打消这没完没了的巨烦[1]。不知道马掌柜能否响应?”

马合盛一听这话,和自己与刘古愚所谈的不谋而合,心里想这个在商场上叱咤风云的俏寡妇,能有如此大手笔,远远超过了许多男子。马合盛猜想这是骆荣在试探自己的底线,也不愿意过早暴露自己的真实意图,就笑着说:“你们东家胆识不凡,让马某钦佩。吴家家大业大,周莹出手阔绰,岂是我等小商人效仿的对象?”

骆荣没想到马合盛是这种态度,就问:“马掌柜准备如何应对当今这局面呀?”

马合盛说:“我准备细水长流,慢慢应付。政府跟日本在战争上吃了败仗,巨额赔付银两,造成国库空虚,却把灾难转嫁到老百姓头上,我还有些没想通哩。”

骆荣语重心长地说:“任何社会动荡,政权更迭,受害最重的都是社会底层的劳苦大众,商家也是其中的一分子。咱们陕西商人大都深受关学的熏陶,基本上都能‘以商事国’,博取善名。商人虽然有钱,但无人能瞧得起,甚至不受人待见或歧视。要想活得有尊严,就只有进入仕途,这样才能受人尊敬。”

在骆荣说话间隙喝茶时,马合盛插言说:“骆总管说了这么多云里雾里的话,是盐里有我,还是醋里有我。对我等无权无势的商人来说,不知道骆总管说这一番话有何用意?”

骆荣放下茶杯,继续说:“人常说,有权有势,你见过谁说过有财有势?现在这世道,即使你再有钱,人家有权,可以让你一夜之间变得人财两尽,生不如死。所以,有钱的人,都想办法捐官,哪怕是虚职,好歹也算有了名分,脱离了商人低下的社会地位,进入了官场。如果捐得多了,机缘巧合,获得实职,就有了权,有了势。有权有势的人,有几个发愁没有取财之道?如今朝廷为了应对战争造成的国库空虚,已经开始卖官鬻爵了。这给一些商人提供了晋身之路,你不妨想一下可否花钱买官?”

马合盛终于听明白了,骆荣绕了一个大圈子,还是把话题引导了捐钱买官上面。他正准备用啥话回应骆荣时,就听刘福生说:“骆总管,你家东家义捐10万两白银,是想买个啥官当当?”

骆荣说:“当朝还没有女人当官的。吴家见国家困难,想通过义捐减轻

---

① 巨烦:泾阳方言,指不耐烦,纠结。

普通民众经济负担。”

刘福生笑着说：“当朝慈禧太后不是掌控实权，当着一个天下最大的官吗？”

骆荣听刘福生之言胡搅蛮缠，有讥讽之意，生气地说：“慈禧乃是当朝皇太后，有何人能比？我今天来就是想听听马掌柜的真实想法。如果马掌柜想小打小闹，让人钝刀子割肉，老朽就告辞了。”说完话，骆荣真的站了起来。

马合盛见时机已到，急忙走过去，把骆荣按在椅子上，笑着说：“骆总管少安勿躁，毕竟10万两白银不是个小数字。您得容我考虑一下嘛。”

骆荣说：“10万两的确不是个小数字，但你马家祖上不是在鸦片战争和左宗棠征西收复新疆时都义捐过10万两吗？轮到你马合盛，认怂啦？”

马合盛没想到骆荣真的生气了，赔着笑脸说：“骆总管，千万别生气，有话好好说。不就是10万两白银嘛，我马合盛再小气也不会在这事上认怂。您刚才把老马家的老底都抖搂出来了，我再不答应，今后有啥面目在商界混？好啦，现在就明白告诉您，我也准备义捐10万两，您看如何？”

骆荣看马合盛一脸怪笑，知道上了马合盛的当。他说：“你小子现在财大气粗，竟敢耍弄老朽了？”

马合盛说：“您总得让我知道周莹的真实想法吧？官府摊派，民不敢抗争，这已经成了不争的事实。我同意长痛不如短痛，也想传承秦商以商事国的传统，但官府腐败，贪官污吏横行，谁敢保证义捐的银子能交到国库里？您刚才说，要把义捐的银子交到户部，不知道有啥办法可以帮助咱们实现这个愿望？”

骆荣说：“我们商量了一下，可以找礼泉的宋伯鲁。他现任皇上的掌印御史，可以帮咱们实现这个愿望。”

马合盛想进一步核实情况，就问：“谁认识宋伯鲁？能肯定他愿意帮这个忙吗？”

骆荣说：“我家老爷在世时，经常在京城走动，留下了一些人脉关系。我们想通过陕西在朝为官者接近宋伯鲁，托他办此事，估计问题不大。”

话说到这个份上了，马合盛就把自己和刘古愚协商好的事和盘托出。骆荣听完马合盛的叙说，高兴地说：“如果有刘先生鼎力相助，可保万无一失。我说，马掌柜啊，还是你办法稠，点子多，老朽领教了。”

马合盛笑着说：“我是在焦头烂额之际，求教刘先生，才得到了这一良策。凭我这脑袋，打死我也想不出这样的好主意。对了，为了减轻普通民众经济压力，我想在泾阳茶叶商会倡导一下义捐之事，咱们不规定义捐数量，让茶商们主动义捐，您看如何？”

骆荣说：“这个办法好。如果茶商们愿意义捐，估计摊派到泾阳的赔款就能完成，王县令就该请你吃饭喝酒了。”

马合盛说：“官家的饭还是不吃为好。”

骆荣说：“那就这么办。我回去后告诉我家夫人，咱们两家直接把银票送到京城，其他商户义捐的银两送到泾阳县衙，你看如何?”

马合盛说：“一言为定。我去找刘先生讨要书信。”

县城茶商们一听说会长马合盛倡议义捐，没人愿意整天被官府骚扰，都积极响应。几天下来，义捐银两就超过了西安府摊派给泾阳县的数量。王县令顺利交了差，还真的派胡县丞来请马合盛。

马合盛对胡县丞说：“我等一介草民只是在做自己的本分，何况县老爷也不富裕，吃饭就免了吧。”

胡县丞原本就是来探马合盛口风的，一听这话，借坡下驴地说：“义捐之事，让马掌柜费心了。”

马合盛说：“为县老爷分忧，也是分内之事。”

再说马合盛派出刘福生，周莹派出王健，二人携带银票，在安吴堡护院的护送下就去了京城。这两家在京城都有分号，而且距离很近。半个多月后，刘福生、王健等人安全到达京城，刘福生和王健约定，先休息一天，然后派人打听宋伯鲁住处，他们一起拿着刘古愚的书信和银票前去拜见宋伯鲁。

对于已经在京城扎根的马合祥来说，刘福生的到来，让他喜出望外。等弄清刘福生的来意后，他笑着说：“我堂兄现在财大气粗了，一下子就义捐 10 万两，气度丝毫不亚于马家祖上。打听宋伯鲁住处的事好办，我明天到京城陕西会馆一问便知。宋大人虽贵为皇上的掌印御史，但有空时也经常来会馆，与陕西老乡关系融洽，很好打交道。你明天休息，我明天把准信弄回来。”

刘福生听马合祥这么一讲，笑着说：“等此事办妥，老哥请你喝酒。”

马合祥说：“你到京城来了，我就是东家，哪有客人请东家喝酒的道理？”

刘福生说：“就依你。我现在只想简单洗漱一下，赶快睡个好觉。”

马合祥随即招呼伙计给刘福生一行准备饭菜，打扫客房，安顿他们的吃住。

打听宋伯鲁住处之事，果然像马合祥说的那样，比较顺利。刘福生把宋伯鲁在崇文门附近的住处告诉王健时，王健笑着说：“没想到马家分号开到北京没几年，消息如此灵通。我看这样，宋大人白天在朝里忙公务，咱们还是晚上到他府上去拜见合适，你看咋样？”

刘福生说：“我看今晚就去登门拜访，咱们在京城待的时间越长，两位东家在家里就越操心。”

王健说：“那就捯饬一下，天擦黑就出发。”

在吴家伙计的带领下，王健、刘福生带着一些泾阳土特产和刘古愚的亲笔信，早早就来到了崇文门附近宋伯鲁的住宅外面。宋宅管家赵良听看门的说门外来了几个说着陕西话的人找宋大人，就走到了大门口。

刘福生见宋宅门口出来了一个40多岁穿着长袍马褂之人，估计是宋宅管家，立刻走上前说：“我等是陕西泾阳马合盛茶号、安吴堡裕兴重茶号派到京城来找宋大人的，不知道宋大人退朝了没有？请您引见一下。”

赵良一听乡音，就感到亲切，又听说是泾阳两个大茶商派来的人，客气地说：“我是宋府管家赵良。请几位乡党屋里说话，宋大人近日公务繁忙，尚未回府。不过看时间，估计也快回来了。”

王健说：“我们贸然打搅宋大人，已经不礼貌了，如果再进府恭候，宋大人岂不怪罪？”

赵良笑着说：“这是你们对宋大人不了解。他如果见乡党亲自登门拜访，说不定多高兴哩。再说啦，站客难打发，咱们不能就这样站在门口等吧。你们站在门口，手里又提着东西，此事如果被宋大人的对头看见，说不定会给宋大人造成啥影响哩。”

刘福生、王健一听这话有道理，就说：“还是赵总管想得周全，我们这就进屋。”

这二人进了大门，发现宋伯鲁在京城的府邸仅是一个不大的四合院，院内栽着一棵青槐，屋舍也非雕梁画栋，显得朴素自然。坐定之后，赵良给二人及随从倒上茶水，就问起了家乡的情况。当这二人说起朝廷摊派甲午战争赔款之事时，赵良苦笑着说：“宋大人整天也为此事忙碌，听说光绪皇上也很不开心，动不动就发脾气。”

赵良刚说完话，就听客厅外有人说：“谁在屋里叨咕朝廷之事哩？”

赵良一听声音，对刘福生、王健说：“宋老爷回来了。”说完话，他就疾步走出了客厅大门。

时间不长，一位40多岁，身上穿着大清朝服的中年男子急匆匆地走进了客厅，刘福生、王健赶紧起身，对着来人抱拳作揖。来人说道：“我就是乡党宋伯鲁，你们二位到京城来找我有何要事？”

王健说：“我和刘掌柜分别受裕兴重茶号东家周莹、马合盛茶号东家马合盛委托，专程到京城找您办理两大茶号东家义捐之事。”

宋伯鲁一听说是义捐，不是来托人说情或者求官之类他所不齿之事，就说：“咱们坐下说话。”

王健临坐下时，对京城分号伙计使了个眼色，伙计站起身就出了客厅。等宋伯鲁坐定之后，刘福生从怀里取出刘古愚的亲笔信，双手呈给了宋伯鲁。

宋伯鲁一看信封上自己熟悉的笔迹，笑着说：“义捐是好事呀，咋还搬出了我这个老朋友？”说完话，他抽出信纸，借着灯光就认真看了起来。等看完信，宋伯鲁说：“这寡妇周莹和马合盛都是大手笔呀，令宋某佩服。这样愿意为国分忧的富商大户应该多一些才好，皇上也就不用焦头烂额了。”

王健、刘福生相对一视，没敢应声。两个人各自从怀里取出一大沓银票，呈给了宋伯鲁。

宋伯鲁接过银票掂了掂，顺手放在了八仙桌上，继续说：“此事交给我，我明天就把书信和银票当面呈给皇上，你们回去等候消息。”

王健、刘福生站起身，齐声说：“有劳宋大人了。”

宋伯鲁高兴地说：“家乡出了两位为国义捐的富商，我高兴还来不及哩。说实在的，我不是在帮你们，是在帮皇上，帮国家。”

送王健、刘福生出门时，赵良喜悦地说：“好久没见宋大人如此开心了。你们回去等候消息，说不定会有你们预想不到的好消息。”

两天后，赵良兴冲冲地来到马合盛茶号北京分号，高兴地对刘福生说：“我没说错，你们得到了意想不到的好消息。刘掌柜，赶快派人去请王掌柜。等他来了之后，我再告知你们结果。”

马合祥二话没说,立刻派了一个精干的伙计去请王健。

不到半个时辰,王健大步流星地来到了二堂客厅,等他刚坐下,赵良欣喜地说:“恭喜你们二位的东家了!宋大人把刘古愚先生的书信和你们两家义捐的20万两银票呈给光绪皇帝时,皇帝龙颜大悦,敕封周莹为二品诰命夫人,敕封马合盛为护国员外郎,诰封四品资政大夫。”

王健、刘福生一听这话,非常高兴。短暂的高兴过后,刘福生问:“赵管家,您刚才说周莹被封为二品诰命夫人,我家东家被封为四品资政大夫?”

赵良不解地说:“是啊,一个二品诰命夫人,一个四品资政大夫,没错呀!”

刘福生说:“都是义捐10万两白银,为啥周莹被敕封的品级比我们东家要高呢?”

赵良笑着说:“是这样,你听我慢慢给你说。昨天早朝之后,宋大人准备把刘古愚先生的书信和你们义捐的银票面呈皇上,谁知道眨眼工夫,皇上退朝后到慈禧老佛爷后宫里去了。宋大人情急之下就赶到了后宫,老佛爷本来对宋大人支持康梁维新运动有看法,但碍于皇上对他非常器重,也有些无可奈何。尤其是见宋大人手里拿着东西到后宫来面见皇上,有点不高兴。于是老佛爷问宋御史有何要紧事情急着要办,宋大人没办法,就将实情告知了老佛爷。老佛爷接过书信一看,高兴地说,大清能有如此关心国家大事的臣民,乃是国家的洪福。光绪皇帝更为高兴,就想对周莹、马合盛进行赏赐。但在如何赏赐这件小事上,老佛爷和皇上发生了分歧,你们猜,这对母子是如何说的?”

王健、刘福生正听到紧要关头,没想到赵良来了这么一出,一时间摇着头齐声说:“赵管家,您就别卖关子了,赶紧说吧,急死人了。”

赵良接着说:“自嘉庆皇帝之后,朝廷就开了卖官鬻爵的先例。按道理说,10万两白银可以捐个四品官职,皇上就说御赐周莹和马合盛都为四品,但老佛爷说周莹一介女流,又是寡妇,实在不容易,要求皇上御赐周莹为二品诰命夫人。刘掌柜,你别眼红,要是你们东家也是寡妇,宋大人肯定会当场力争。你们都知道,老佛爷也是一个寡妇,寡妇偏向寡妇,自有她的道理,诰封这事连皇上都无法反驳,更遑论宋大人了。”

刘福生红着脸说:“听你这么一讲,我就明白了。要不回去之后,东家问起这事,我无法交代呀?别人肯定也会说我不会办事。”

赵良说:“你们放心回去,朝廷会派专人把皇上御赐的东西给你们送上门的，弄不好还会大张旗鼓地进行表彰。希望这二位的义捐能带动全国的富商大户义捐，帮助国家渡过难关。”

刘福生、王健齐声说：“多谢宋大人，多谢赵管家。”

赵良笑着说：“多谢个屁，我就来回跑了个腿，谈不上感谢。”

王健、刘福生送走赵良后，决定第二天就起程，快马加鞭赶回泾阳，把这个好消息分别告知周莹、马合盛，好让二位东家放心。

半个月后，西安知府带着一帮随从来到泾阳县衙，让王县令告知周莹、马合盛准备迎接光绪皇帝御赐封号。此消息一时间传遍了关中大地，引起了长时间的议论。

马合盛在隆重接待西安知府等人上门祝贺之后，把皇上御赐的宫廷之物供奉在自家宅院的正堂之上。随后，他决定整顿泾阳茯砖茶市场秩序，严厉打击制假掺假行为。他之所以在此时才做出这样的决定，是因为看到了皇上诰封的四品资政大夫圣旨。这个圣旨上写明的官衔与西安知府同级别。有了这样的官衔，即使是虚职，在泾阳地面乃至西安府管辖范围内，他就有了话语权。

马合盛准备整顿茯砖茶市场的消息传出后，县城众茶商尤其是大德恒、裕兴重等大茶商们格外关注，蒋继英和王福禄更是拭目以待，他们都想看一下这个刚被敕封为四品资政大夫的茶叶商会会长马合盛会玩出啥花样。

马合盛想整顿泾阳茯砖茶市场秩序，绝非心血来潮。这几年，随着茯砖茶的畅销，尤其是他开辟了东路茶叶贸易之后，在泾阳的茶商们有些人也想扩大贸易，就出现了制假掺假现象，严重危及秦商的声誉。多年前，马合盛曾经在赊旗山陕会馆和安化看见过好多规定和处罚办法，他因此想借鉴他们的做法，规范泾阳茶商，修订和完善符合泾阳茶商的《店规》《行规》《会规》。等把这一套办法考虑成熟之后，马合盛首先想到的是与裕兴重、大德恒几大掌柜的沟通，达成共识之后，再进一步实施。

这天早上，马合盛叫来刘福生，对他说：“刘掌柜，你去把裕兴重王福禄掌柜、大德恒蒋继英掌柜请到咱们茶号来，我有重要事情与他们协商。”

刘福生回应道：“没问题，我这就去请。”

半个时辰之后，蒋继英首先到了马合盛茶号总号，看着今非昔比的马合盛，蒋继英笑着说：“恭喜马掌柜呀！”

马合盛站起身请蒋继英坐下，笑着说道："有啥可恭喜的，本想义捐了断没完没了的骚扰，没想到皇上一高兴，敕封了一个四品虚职，把我弄得有点骑虎难下了。蒋掌柜，今天请你和裕兴重王福禄掌柜过来，是想和你们协商一件重要事情。"

蒋继英说："早就听说你准备整顿茯砖茶市场秩序了，咋光听见打雷，没见下雨呢？"

马合盛说："你老兄也知道，我这个会长是因为我的茶号每年制作和销售茯砖茶数量巨大而得来的，并非众茶商公推出来的，号召力相当有限。现在，皇上敕封了咱一个虚职的四品资政大夫，再不为茶商们办点实事，就会被人说三道四。整顿茯砖茶市场秩序这事，大家都知道了，但从何处下手，总得有个比较周全的办法吧。我借鉴了赊旗山陕会馆和安化茶叶管理的办法，准备修订和完善泾阳茶商《店规》《行规》《会规》，你看这样如何？"

没等蒋继英说话，刚进客厅的王福禄抢着说："没有规矩，不成方圆。我赞同马掌柜修订这些办法。"

蒋继英笑着说："你们两家财大气粗，又受过当今皇上敕封，你们说咋办就咋办如何？"

马合盛明白为义捐之事，蒋继英曾抱怨马合盛没给他透露消息，害得他很被动。虽然大德恒、大德昌两大总号随后也进行了义捐，但没有得到光绪皇帝的敕封，这件事让蒋继英对马合盛耿耿于怀。见蒋继英还在为过去的事纠结，马合盛笑着说："蒋掌柜说笑了。咱们是在协商茶行管理制度，不是官府发布公告，没有你蒋掌柜的支持，这事很难弄成。"

王福禄说："就是。蒋掌柜你也看到了茯砖茶市场已经出现了一些乱象，如果不加以制止，受到伤害最大的就是咱们三家。"

蒋继英说："朝廷摊派战争赔款加重了茶商的负担，有些茶商就想在茯砖茶制作上日鬼捣棒槌，如果不加制止，肯定会坏了陕西茶商的名声。马掌柜，你现在是朝廷四品大员，职级比泾阳县令这个六品官还高，加上又是茶叶商会的会长，你做决定，我支持。"

马合盛不好意思地笑着说："我这个虚职的四品还没有王县令实职的六品管用，你老兄一口一个几品大员，弄得我都不好说话了。"

蒋继英也觉得自己有点过分，就说："你马掌柜就是朝廷四品的资政大夫嘛。这样，你把想法说出来，咱们商量着办，如何？"

王福禄接着说:“就是。马掌柜有想法我等支持，但也要有办法才行啊。”

马合盛说:“我已经弄出了个草案,马上拿给你们审阅。如果你们认为办法可行,咱们召开茶商大会通过后执行,今后有人胆敢违反有关约定,再按照管理办法严厉惩处。”说完话,马合盛转身进了客厅东边他经常处理事务的屋子里,片刻工夫,只见他手里拿着三本书籍一样的资料走了出来。马合盛把手中的资料分别递给蒋继英、王福禄,这才说:“这是我的初步意见,二位仔细阅读一下,多提宝贵意见。”

蒋继英翻开资料一看，马合盛用工整的小楷把拟修订的管理制度分成了《陕西商帮格言》《帮规》《行规》《店规》四大部分。看到马合盛如此用心,他就认真阅读起来了。

经过大约一个时辰的研读，蒋继英和王福禄才把凝聚着马合盛心血的管理制度看完。蒋继英放下手中的资料,说:“马掌柜辛苦了。你在陕商东西制管理的基础上,明确提出了伙计入股经营的理念,不简单。这对增强伙计关心经营成果作用巨大。前些年,寡妇周莹就提出了‘银四人六’的管理办法,随后马掌柜跟进,促成了你们两家长足发展。现在如果在整个行业都倡导‘东家既立基业,伙友岂无本银;彼此都存此心,生意再无不兴’这种做法,我估计大家都会同意。对于同行之间的竞争,我认为马掌柜提出的办法可行,完全同意。”

王福禄有点为难地说:“两位东家,我研读了这四个管理办法,本人没意见,也完全同意。但两位东家也知道,这事我做不了主,还需要请示东家。我看这样,我后半晌就回安吴堡,把这四个管理办法带上,让东家再看一下。如果东家没意见,咱们就可以召开茶商大会,公布实施。你们看如何?”

马合盛说:“那就辛苦王掌柜了。有啥不同意见尽快提出来,还可以修改完善。”

王福禄说:“我这就回茶号,你们等候消息。”说完话,王福禄就起身告辞。

蒋继英见王福禄走了,自己也起身准备回去。马合盛拉住蒋继英的手说:“蒋掌柜就不必走了,你这个财神好不容易到我的茶号来一次,就留下来一起吃顿饭。”

蒋继英见马合盛态度诚恳,不好意思推辞,就留了下来。两个人吃午饭时,又叨咕了一阵。

第二天早上,王福禄拿着资料来到马合盛茶号总号,他对马合盛说:“我家东家已经看过了,完全同意。临走时,东家让我问你,你弄的这些东西是否得到过高人指点。”

马合盛微笑着说:“还是周莹眼光老辣啊!说实话,我把这些东西弄出来后,心里也没谱,找过味经书院的刘古愚先生。刘先生仔细看过之后,对有些地方进行了修改。”

王福禄说:“原来是这样。刘先生是关中大儒,很受人尊敬。经他改过的东西,估计没人敢反驳。马掌柜,你看咱们何时召开茶商大会合适,我也可以帮着刘掌柜告知其他茶商做准备。”

马合盛说:“就这三五天吧。”

在泾阳茶商大会上, 马合盛把四个管理制度散发给所有参加会议的茶商,大家叽叽喳喳的议论了半天,最终全部同意按照这四个管理制度实施,互相监督。

马合盛忙完这件大事,认为该轻松几天了,没想到西部商道上却发生了让他头痛的大事。

第十二章

西域路劫匪频繁
马合盛悬赏剿匪

在常人的眼里,河西走廊是一个神奇的地方。它是古丝绸之路的必经之地,也是茯砖茶、丝绸、瓷器等货物进入新疆的交通要道。这里地广人稀,沙漠遍地,茫茫戈壁,充满了肃杀和荒凉,甚至恐怖,远没有唐代诗人王维所写的"大漠孤烟直,长河落日圆"那么浪漫,倒是有"劝君更尽一杯酒,西出阳关无故人"的苍凉悲壮。在这条通往古西域的交通要道上,只要有驼队经过,就会留下一串悠扬的驼铃声。只要有驼队的踪迹,就会书写出一曲商队不畏艰难的慷慨悲歌。

马家驼队常年行走在河西走廊上,雇用的驮工基本上都是镇番人。这些驮工在长期的贩运货物中,形成了自己独特的行业习俗,每天的旅程都有一定的规律。靠着约定成俗的习惯,马家驼队常年驰骋在沙漠戈壁上,把茯砖茶等货物运送到了新疆等地。马合盛没有想到在西路茶叶贸易上会发生他意想不到劫难。

马家驼队在西域商道上遇到劫匪抢劫之事是唐怀忠和马合利两个人联名写信报告的。这二人在信中说,马家西路茶叶等贸易一般都是经过额济纳至哈密,中间要翻越马鬃山,经过滚坡泉。上个月,马合利带着 30 多峰骆驼和保镖,往哈密运送茶叶、丝绸等货物时,在滚坡泉遇到了持枪的团伙劫匪,所有货物被抢劫一空,死了两名驮工,还伤了几名驮工。他们二人联名请求马合盛速到兰州商议处置办法。

马合盛看完快马送来的书信,心情变得极其沮丧。聚集成伙的土匪抢劫商队,在西部经常发生,已经成为西路茶叶、丝绸等货物运输的天敌。出生在镇番的马合盛知道,驼户行里有个规矩,驮夫在半路上死亡,通常要把死者的尸体运回老家,而且要有掌柜家的人和同路的一二名驮夫到死者家里做交代说明情况,进行安慰抚恤。

马家近年来在西部贸易中声名鹊起,尤其是马合盛被光绪皇帝敕封为四品资政大夫的消息传到兰州、凉州之后，马合盛就成了河西走廊上名闻遐迩的富商大户。土匪把抢劫目标对准马家驼队，既想让马家破财，也想通过抢劫马家驼队，给其他商队颜色看。如果马家商队屈服于土匪的淫威，其他商队不用抢劫，就会乖乖交上保护费。马合盛自忖，凭自家商队和镖师的能力，不足与持枪的团伙土匪较量，但一时又没有好办法。这些烦心事弄得他心急上火，脾气无形中就大了。

刘福生听送信伙计说西路商队遇到劫匪之事后，也是忧心忡忡。西路贸易天苍苍，野茫茫，“有时无行人，沙石乱飞扬。夜静天萧条，鬼哭夹道旁”。民族杂居，风俗不纯，使这里“荒郡村烟少，频年寇骑多”，持货负银的商队常常成为土匪劫掠追杀的对象。刘福生常年坐镇泾阳，帮东家调度各分号货物，没有过风餐露宿、甚或遇见土匪的经历，如今出了西路土匪抢劫之事，他觉得自己有义务替东家分忧解难。在如何帮东家处理这种事情上，他也苦无良策，就准备找东家协商。

马合盛自从看到兰州分号送来的信函，心情一直比较沉重，一个人枯坐在总号二堂客厅发呆。见刘福生进来，说了声：“坐吧。”就没了下文。

刘福生坐下后，小心地问：“东家，听说西路贸易商队遭遇土匪抢劫，兰州分号请东家回去处理此事，不知东家是如何考虑的？有没有良策？”

马合盛忧虑地说：“我能有个屁良策！自从接到这封信件，心里一直很瞀乱。朝廷给咱敕封了一个不打粮食的四品资政大夫，真可谓树大招风啊！以前只听说商队遇见过三五个劫匪拦路抢劫，因有保镖护卫，商队安全没事。现在马家商队却碰上了持枪的团伙土匪劫掠伤人，官府对待团伙土匪都没有办法，让咱一个商家如何应对这事？难道这大清王朝真的到了末代，任由劫匪横行？”

刘福生说：“东家现在是朝廷敕封的四品资政大夫，也是泾阳茯砖茶的通行领袖，在家里发一下牢骚可以，这样的话千万不能在外面说，否则会引来麻烦。泾阳现在有丰庆镖局、宏泰镖局、永清镖局、宏发镖局等四大镖局，要不然咱们今后往西路运送货物，就请四大镖局给咱们保镖吧。”

马合盛说：“我知道泾阳有四大镖局。据说滚坡泉的土匪仗着有洋枪才肆无忌惮地抢掠，泾阳四大镖局都是传统的大刀长矛，如何与洋枪对抗？”

刘福生第一次听说西路土匪有洋枪，一时也无言以对。武艺再高强的镖师，也敌不过洋枪，这个简单的道理他懂。无意间，他想到了刘古愚，就说:“东家，刘古愚先生几次为你出谋划策，这次为啥不去找刘先生讨主意？”

马合盛拍了一下脑门，说道:“真是人到事中迷呀！我咋忘记了这茬哩。”说完话,马合盛起身就走出了客厅,把刘福生晾在了客厅里。

刘古愚这天没课,一个人坐在屋里正聚精会神地看司马迁的《史记》。马合盛敲了敲门,没等刘古愚吭声就走进屋内。刘古愚诧异地看了一眼马合盛,问:“马掌柜有何要事呀？我还没见过你这么日急三慌的？”

马合盛知道自己打搅了刘古愚的雅兴和清静，不好意思地说:“我来找刘先生讨主意来了。”

刘古愚放下手中的书,说:“坐吧,有话就说。”

等马合盛说完西路商队遭土匪抢劫之事后,刘古愚说:“乱世出盗贼,看来这天下难以太平了。马掌柜,你准备咋应对？”

马合盛说:“我思来想去,苦无良策,这才找您来了。”

刘古愚说:“现在地方政府无能，也无力剿匪。你刚才说土匪拥有洋枪,那就更难对付了。”

马合盛说:“以前商队在西域运送货物，我们雇用几个镖师就可以保证安全,现在出现了这种新情况,我还真想不出有啥办法对付。折点钱财倒还罢了,关键是这帮土匪还伤人性命。如果不清除他们,今后就会没有商队敢去哈密了。”

刘古愚问:“绕道不行吗？”

马合盛说:“绕道就更远了。西部经常是荒漠戈壁,飞沙走石,人烟稀少,商队穿越这些地方,水就是生命。翻越马鬃山,经过滚坡泉,这是几代商人探索出来的最佳路径。现在土匪聚集在滚坡泉,等于是卡住了咽喉要道。”

刘古愚沉思了一会,说:“如此看来,只有把这伙土匪剿灭了,商队才能安全通行。地方政府靠不上,你又无力独家剿匪,你准备咋办？”

马合盛苦笑着说:“好我的刘先生哩,我要有办法就不来骚扰你啦！”

刘古愚说:“地方政府指望不上,但并不是一无用处。依我之见,要剿灭这伙土匪,你还得依靠地方政府。”

马合盛问:“咋个依靠法？”

刘古愚说:“你出钱财,让地方政府剿匪,成绩算地方政府的。”

马合盛说:“我咋没想到这个办法哩。那地方政府不同意咋办？”

刘古愚笑着说:“你不是还有一个四品资政大夫的官衔嘛。地方知县充其量是个六品或者七品官吏,你把四品官衔搬出来,加上出资剿匪,他再不作为,就难以交代。你看这样如何?”

马合盛说:“我从昨天接到书信开始就熬煎这事咋办,一直苦无良策。经您这么一说,真是醍醐灌顶,茅塞顿开。马家出点钱不算啥,打通了商队去往哈密的通道,对所有商家都有好处。我明天就去兰州,准备处理善后事宜。”

刘古愚说:“听说张之洞在汉阳开设了兵工厂,制造枪支弹药。我建议你通过官方渠道购买一点枪支弹药,带上保镖一起去。这样才有把握,免得有过多人员伤亡。”

马合盛说:“马合盛谨遵刘先生教诲。”

回到总号之后,马合盛把购买枪支弹药之事安排给了刘福生,他带着高海峰、董二虎、邵振山等人先行去了兰州。

一行人快马加鞭、风尘仆仆地赶到兰州合盛东分号,唐怀忠、马合利早已等得心急如焚了。

马合盛简单梳洗过后,就把唐怀忠、马合利叫到客厅询问当时遇到劫匪的详细情况。

马合利说,以前绥新(绥远到新疆)道上并无成伙的土匪,四五个劫匪一般看见马家驼队有镖师护卫,轻易不敢动手。今年年初,从蒙古流窜过来一个喇嘛,带着 70 多人在滚坡泉南面的小山中凿山砌石,修建了一座坚固的堡城,专门劫持过往驼队。四月初,马合利带着驼队从凉州分号出发,过酒泉,经马鬃山去镇西。出发后不久,发现有人跟踪,当时他们也没在意,跟踪之人也没对驼队下手。领房子命令驼队加速前进,等走到一个叫岌岌井的地方,突然从山梁上窜出了四五个骑马的人,他们穿着蒙古牧人的服装,手里拿着洋枪,威风凛凛地站在山梁上一动不动。领房子知道遇上了劫匪,赶紧上前跟他们搭话,先用汉语搭话,后用蒙古语搭话,想给他们一些银两,放驼队通行,人家一直不予理睬。直到跟踪他们的那几个人赶了上来,土匪们汇集在一处,用马匹组成了一道墙,挡住了他们的去路。其中一个首领样的人物把手里的洋枪往背上一背,大声说:既然你们是镇番的私驼商队,留下银子就放你们通过,骆驼就不领了。土匪说的不领,其实就是不要的意思。当领房子双手奉上银两之后,那个首领又问:你们驮的啥？领房子说：10驮盐，10驮茶，20驮杂货。首领又问：有没有捎带烟土？领房子说：没有，我们驼队从来不带违禁货物。首领嬉笑着说：既然没有烟土，就把其余货物留下，骆驼也留下，允许你们拉两峰骆驼，驮上你们的口粮和行李赶紧滚蛋。领房子一听急了，哭着求告首领说，骆驼驮的都是马家茶号的货，我们只是一群穷驼户，丢了东西我们卖了老婆孩子都赔不起，请好汉爷放我们一条生路吧。其他驼户也跟着求情，一时间这片洼地哭声四起。首领不耐烦地听了一阵，说了声：我们不管你们是马家驼队还是牛家驼队，老子们也要生活。说完话，调转马头，吹着口哨离开了，顿时十几个匪徒像听到命令似的催马就向驼队冲了过来，拉上驼队连子就往山上走。领房子一看急了，上前去阻拦，被匪徒一枪托砸翻在地，护队的镖师冲了上去与他们打斗，被几个匪徒围在中间打了个半死。混战中，几个驼户受了重伤，匪徒们鸣枪大喊，要命的，乖乖蹲在地上，惹恼了老子，一律格杀勿论。就这样，驼队被匪徒拉走，只留下了两峰骆驼，两具尸体。

听完马合利的叙说，马合盛感到很气愤。匪徒的嚣张，驼户的惨状，仿佛就在眼前。对待这样一群毫无人性的东西，看来只能用剿灭之法才能让他们在河西走廊消失，否则会贻害无穷。

马合盛问了领房子、镖师和受伤驼户的善后事宜之后，对他们说："既然我回来了，大家一起想办法。咱们明天就回镇番，去找知县大人，想办法剿灭这伙匪徒，以绝后患。"

唐怀忠问："东家有办法了？"

马合盛摇着头说："陕商中间有一句俗语，叫天上下雨地上滑，自己跌倒自己爬。剿匪这事，既不能完全依靠官府，也不能脱离官府，咱们也得想办法。"

马合利说："镇番朱知县人很聪明，也想干点事，但手下无能之辈太多，根本指望不上。东家刚才说，咱们也得想办法，咱们能想出啥好办法？"

马合盛说："既然朱知县也想干点事，咱们出钱出枪，让他组织人员去剿匪，这样总行吧！"

唐怀忠说："对于这些唯上级之命是从的各级官吏，东家也不能抱太大希望。如果有甘肃巡抚的命令，加上咱们出钱出枪，我想事情会更好办一些。"

马合盛问："现在甘肃主政的是谁？"

唐怀忠说:“是甘肃提督董福祥。”

马合盛对这位出生在甘肃环县(当时属宁夏固原)的老乡多少还是知道一些的。此人 1864 年组织汉民民团反清,后在陕北被左宗棠部刘松山击败,投降清军,所部改编为董字三营,先后从刘松山、刘锦棠平定陕西、甘肃、西宁(今属青海)等地回民起义,升为甘肃提督。对这样一个乱世枭雄,马合盛不知道需要花费多少银钱才能换来一纸令地方政府剿匪的命令。既然马合利说镇番朱知县人很聪明,也想干点事请,倒不如先从朱知县处下手。如果朱知县同意剿匪,所花银两肯定比动用董祥福要少得多。

马合盛说:“我看还是先不动巡抚、提督之类的官员为好,否则花费更大。唐掌柜留在兰州等候泾阳运送过来的枪支弹药,我明天带马合利回镇番,先跟朱知县接触一下。如果他有心剿匪,万事大吉。如果推三阻四,我再想办法。还有,此事一定要保密,千万不能透露出一点风声。”

唐怀忠说:“我等听从东家安排。泾阳采购的枪支弹药一到,我马上送到镇番。”

马合盛说:“但愿心想事成,能够除掉西路上的毒瘤。”

第二天黎明,马合盛带着马合利、高海峰、董二虎、邵振山一行快马加鞭直奔镇番。一行人赶到镇番时,夕阳已经西下,斜阳把天上的云彩映照得绚丽多彩,潺潺的石羊河,四处游荡的骆驼,让马合盛居然想起了清代彭汝翼写的《登镇番城感赋》:“暮天断雁白亭飞,云树苍茫合四围。鸡犬桑麻今亦古,人民城郭是耶非。使君苏武悲空老,败将李陵去不归。勿谓承平无所事,从头改拾旧疆圻。”骑在马上的马合盛看着眼前熟悉的景色,却发出了长长的叹息。自己此行会说服朱知县剿匪吗?他心里感到空落落的。

在见到朱知县之前,马合盛心里一直没谱。等见到这位 40 多岁的朝廷命官,看着朱知县一副精明干练的模样,马合盛的心情才好了一些。

常规的礼节之后,马合盛说:“镇番草民马合盛冒昧来拜访知县大人,实乃万不得已。想必知县大人也听说过了西部商道上出现了聚伙土匪,他们杀人越货,无恶不作,导致商道不通,商旅之人闻之胆寒。我此番回来,就是想协助知县大人剿匪。还望知县大人劳神费心,倾力支持。”

朱知县微笑着说:“马掌柜过奖了。您是当今皇上敕封的四品资政大夫,官阶比我这个小小的七品县令要高,咋还自称是镇番草民?我主政镇番这几年,时常听说通往哈密的商道上有小股土匪出没,劫掠钱财,伤人性命，无奈县署财力有限，人员不足，无法征剿。今年又听说从蒙古流窜来一个以喇嘛为首的劫匪团伙，经常抢劫商队，弄得人心惶惶。前不久，听说这伙劫匪洗劫了马家驼队，造成了一定的财产损失和人员伤亡，镇番的驼队都不敢前往哈密和新疆运送货物了。作为本地父母官，真的有点汗颜啊！”

听完朱知县一番唠叨，马合盛问：“知县大人准备咋办？”

朱知县为难地说：“镇番地广人稀，财力有限，征剿这伙土匪真的是心有余而力不足啊。马掌柜此番回来，肯定是想打通绥新通道，方便驼队运输。你说吧，需要本县做些啥，只要能做到，本县理当义不容辞。”

马合盛见朱知县说的也有道理，就说：“我想资助知县大人剿匪，不知道您意下如何？”

朱知县一听这话，急忙问：“咋个资助法？”

马合盛说：“请知县大人预算一下，剿灭这股土匪，大约需要多少人力、银两？”

朱知县说：“兵法云：‘十则围之，五则攻之，倍则战之，敌则能分之，少则能守之，不若则能避之。’我听说这股土匪有百十号人，而且有洋枪。如果要剿灭他们，人员估计需要最少300人左右，粮饷估计需要5000两白银。”

马合盛问：“如果这些条件都能满足，知县大人是否有决心剿灭这股土匪？”

朱知县说：“本县并非不想剿匪，苦于人力、财力有限，一直没有作为，百姓叫苦连天。如果马掌柜能够资助，本县焉敢推辞？”

马合盛说：“那马某就感谢知县大人了。这样吧，我让人在汉阳购买枪支弹药，再资助县署一万两白银，务求剿灭这股土匪，为民除害。至于人员，我可以发动镇番马氏宗亲，受害者家属，甚至凉州、酒泉分号伙计，加上县署衙役、捕快，估计300人不成问题。从明天起，咱们就开始招兵买马，训练人员，等枪支弹药一到，咱们共同前往剿匪如何？”

朱知县欣喜地说：“有了马掌柜仗义相助，估计这伙土匪的小命就不长了，我也能对得起镇番民众了。”

马合盛说：“我回镇番和训练民众剿匪之事，万望朱知县保密。”

朱知县会心一笑说：“这个自然，不用叮嘱。”

镇番民众听说县衙准备剿灭滚坡泉土匪，除了马氏宗亲，一些受过土匪伤害的民众纷纷报名，踊跃参加。马合盛让高海峰、董二虎、邵振山三人精心挑选，剔除掉老弱病残，把300余名精壮劳力组织起来，在县城外寻找了一个秘密所在，对外严密封锁消息，对内则严格训练，进行纪律约束。

一个月后，刘福生把枪支弹药藏在运输的货物里悄悄进了镇番县城，随后直奔马合盛隐居的马氏庄园。

马合盛听说刘福生带着驼队来了，急忙迎了出来。刘福生远远看见马合盛，发现东家有些憔悴，就知道他在担心自己能否把枪支弹药弄来。上前刚要汇报，马合盛看见随后进入庄园的驼队，就知道他要求刘福生办的事已经办妥了。

马合盛拉着刘福生的手说："刘掌柜辛苦了！咱们进屋说话。"

等进了二堂坐下，马合盛让高海峰给刘福生倒茶水，又让一个杂役把马合利、董二虎、邵振山等人全请了过来。董二虎等人见到刘福生，赶紧过来打招呼。

等大家寒暄过后，马合盛问："刘掌柜，事情办妥了？"

刘福生说："东家，事情办妥了。全部运送过来了。"

高海峰说："刘掌柜本事大呀，连朝廷禁运的东西都能弄来，让我等佩服！"

董二虎问："刘掌柜费了不少周折吧？"

刘福生说："费周折是肯定的。虽说朝廷腐败得一塌糊涂，可也有一点好处，就是有钱能使鬼推磨。只要钱到位了，啥东西都能弄到手。东家临走时交代让我不惜一切代价弄枪支弹药，我想此事还必须经过官府牵线搭桥，就去找泾阳知县。王知县以剿匪为由出具了一纸公函，我带上公函和银票去了汉阳。谁知到了汉阳之后，兵工厂并不买账。负责管理枪械的军官说一个县衙的公函算个屁，一文不值。要想购买朝廷管辖的枪支弹药，必须由陕西巡抚衙门出具公函。我看到这个军官说话口气不坚决，就托关系把他请了出来，胡吃海喝之后，承诺给他好处，这才把东西弄到手。"

邵振山问："那个军官就不怕私自把枪支弹药卖给你被人告发？"

刘福生说："你说的事情那个军官肯定知道。我当时给他送了一张面值很大的银票，军官笑着说，刘掌柜，当初不是我不卖给你，实在是一个县衙的公函分量太轻了。如今，有了这些银子在手，再多的枪支弹药我都敢卖给你。我当时说，你爱钱也不早说，害得我吃不好，睡不好，熬煎的头发都掉了好几根，更怕耽误了东家所托之事。军官说，关键是我爱钱，钱也要爱我呀。如今有了这张银票，你尽管来取货，其他的事你就别操心了。就这样，我花了大价钱，把东西弄到了手。”

马合盛听完刘福生的叙说，笑着说：“刘掌柜说得轻巧，肯定受了不少窝囊气吧？”

刘福生苦笑着说：“咱们办的就是违法的事，不求人看脸色肯定办不成。只是办成了此事，让东家花了不少冤枉钱。”

马合盛说：“只要把枪支弹药买回来，花多大的代价都值得。有了这些枪支弹药，更增加了我们剿灭土匪的底气。合利、海峰、二虎、振山，你们几个人今天晚上好好招待刘掌柜。枪支弹药到了，我们就万事俱备了。”

高海峰笑着说：“不用东家交代，我们几个一定会好好招待刘掌柜这个功臣的。”

第二天，马合盛让马合利到县衙告知朱知县，从汉阳采购的枪支弹药已经运到了镇番县城，催他趁早行事，尽快安排剿匪的具体事宜。

朱知县见队伍训练已经成形，武器弹药已经齐备，就让县丞找来马合盛商议何时进剿。

马合盛在县署二堂的椅子上坐下后说：“朱知县叫我来，肯定是商议何时进剿之事。以知县大人的判断，您认为何时进剿合适？”

朱知县说：“马掌柜猜得没错，我就是请你来商议何时进剿的。”

马合盛说：“我近期闲着没事，就找了一些受过滚坡泉土匪伤害的驮户，仔细打听过滚坡泉南面那个城堡的情况。据说土匪在那里修建了哨所和碉堡，易守难攻。如果我们贸然去进攻，必然伤亡惨重。要想彻底剿灭这股土匪，还需另谋良策，尽量减少伤亡。”

朱知县说：“攻打这样坚固的城堡，要有大炮就好了。”

马合盛笑着说：“你以为咱们是左大人当年收复新疆哩。对付这帮土匪，我也是好不容易才弄来了枪支弹药，想要大炮那就是白日做梦了。没有大炮，你看咱们能否这样？”

朱知县还在等着马合盛继续往下说，谁知道他就此打住了。朱知县沉思了片刻，哈哈大笑说：“我知道该咋办了。”

马合盛笑着说：“看朱知县也懂兵法，就不用我再絮叨了。以我之见，让大家练一下枪法，过几天就动手。”

朱知县对县丞说："吩咐衙役、捕快连同兵民，抓紧时间练枪，随时等候剿匪命令。"

这天黎明时分，镇番县城走出了20个连子的驼队，随后又走出了一个约百十号人的队伍。除了悠扬的驼铃声之外，人群静悄悄地，一齐向马鬃山进发。

中午时分，驼队刚翻越过马鬃山就停了下来。马合盛知道这是驼队的规矩。中午时分休息，避免太阳直射造成的伤害和水分流失过多。借此机会，马合盛找到朱知县并和他进行了分工。由朱知县带着董二虎、邵振山及少部分衙役、捕快等人携带枪支弹药绕道进攻滚坡泉堡城，马合盛带领高海峰、马合利及大部分衙役、捕快和驼队在正面吸引大股土匪注意力。等进攻城堡的枪声响起，两队人马共同向土匪发起总攻。

这是一个阳光明媚的夏日，土匪的哨骑在马鬃山附近发现了有大队驼队经过，赶紧回堡城向首领喇嘛汇报。喇嘛年约五旬，体形魁梧，十分彪悍。平时他腰间挂着一把绿色套鞘的大刀，头戴一顶普通的带护耳的牧人帽子，只有他走进城堡里的蒙古包，脱掉外衣时，才露出刮得干干净净的脸，手持珊瑚念珠的喇嘛形象，故此匪徒们称他为大喇嘛，当地人称他为假喇嘛。

大喇嘛一听说来了20个连子的大驼队，喜出望外。自从他的手下劫掠了镇番马家驼队之后，绥新道上的商队近乎绝迹，无人敢存侥幸心理走这条道。俗话说，死水也怕勺舀。近期城堡里生活用品日渐紧张，没想到佛祖就给他送来了货物。大喇嘛激动地说："告知弟兄们抄家伙，收拾这个大商队，过咱们的快乐日子。"

不一会，城堡里的土匪全部聚集在了院落里。大喇嘛说："来了一个大单，城堡里留下十个兄弟看门，其他兄弟随我出城堡。等收拾了商队，大家好好庆贺一番。"随后，大喇嘛让一个小头目带着十个土匪守城堡，自己亲率百十人的土匪向马鬃山方向而去。

马合盛领着驼队走到岌岌井附近时，马合利提醒说："上次马家驼队就是在这里遇到了劫掠。"

马合盛一看四周，只有来路一条道路还算平坦，其他三面沙峰环绕，确实是个打伏击、抢劫的好地方。马合盛对大家说："就地休息。海峰、合利，你们让衙役和捕快把长枪隐藏在骆驼身下，等会儿劫匪来了，让大家千万别慌张，一切行动听从指挥。”

再说朱知县带着董二虎、邵振山等人悄悄摸到城堡跟前时，看见城堡大门敞开，里面隐隐约约地传来了嬉闹声。朱知县回头示意了一下，就见董二虎、邵振山带着人冲了进去。经过仔细搜查，城堡里仅有十个匪徒。这伙土匪以为大喇嘛亲自上阵，再大的商队都不在话下，就放心地在城堡内喝酒作乐，全然没有意识到会有灾祸降临到他们头上。等董二虎、邵振山率领衙役端着长枪，拿着大刀进了屋，这才慌慌张张地寻找刀枪。

董二虎大喊一声：“想活命的，乖乖双手抱头蹲在地上，要不然，老子就不客气了。”

随后涌进来的衙役、捕快赶上去，对着每个人的腿部狠踹，这伙匪徒一个个龇牙咧嘴地蹲在了地上，一动不敢动。受到过劫匪伤害的驼户进来后，对劫匪拳打脚踢，毫不留情，劫匪们很快就鬼哭狼嚎起来。

朱知县知道这些匪徒作恶多端，罪该万死，就让捕快把他们拉到院子里，就地砍了他们的头颅。随后，他对众人说：“县丞带 20 个人守在这里，紧闭城堡大门，把贵重物品整理好，没用的东西放火烧掉，给匪徒造成心理恐慌。其余人等，快随我赶往岌岌井去救马掌柜。”说完话，朱知县跨上马，带头冲出了城堡大门。

马合盛等人在岌岌井附近等了半个多时辰，就看见滚坡泉方向沙尘四起，马嘶长鸣，一大队土匪骑着马直奔岌岌井方向而来。到了近处，马合盛他们发现，小部分土匪拿着枪，大部分土匪拿着大刀、长矛呼喊着围了上来。不一会，土匪们按照以前劫掠的习惯，把马合盛及驼队围在了岌岌井附近。等土匪们完成包围之后，马合盛发现大喇嘛骑着高头大马正好站在自己的正前方。他小声对领房子说：“你前去和大喇嘛搭话，尽量拖延时间。如果听见土匪背后有枪声或者发现有烟雾起来，赶紧往回跑。”

领房子刚走，马合盛对高海峰说：“海峰，枪法练得咋样了？”

高海峰小声说：“还行，八九不离十。这么近的距离，准头应该有。东家，你说先打谁？”

马合盛小声说：“俗话说，射人先射马，擒贼先擒王。等会你看到领房子往回跑，就开枪先打戴着护耳牧人帽子的大喇嘛。咱们前后夹击，打他们一个措手不及。”

高海峰点了点头。

这时候，领房子已经离开驼队十丈远了，他停下脚步分别用汉话、蒙古话大喊了一通，意思是说驼队都是些贫苦驼户，是给商号运送货物的，他们愿意留下一些银两，请好汉们行个方便，放驼队通过滚坡泉西行。

大喇嘛看着领房子毕恭毕敬的样子，笑着说："银两全部放下，货物也留下。想活命的赶紧离开，省得老子们动手。"

领房子大声说："这是马家商号的货物，我们赔不起啊。请好汉们给我们一条生路吧。"

大喇嘛哈哈大笑，大声说："你们别他妈的总用马家商号这块烂牌子吓唬老子。俗话说，天高皇帝远，拳头是县官，马家又咋啦？不就是掌柜的马合盛被敕封了个四品虚职嘛，在滚坡泉，老子连皇上都不认，还会认他这个不打粮食的屌官。废话少说，赶紧留下货物走人，否则，老子让人动手了。"

领房子装出一副为难的样子，絮叨着继续求情。马合盛对大喇嘛刚才气人的话正想发作，无意间看见滚坡泉方向有黑烟冉冉升起。他知道朱知县他们已经得手，就回头看了一下高海峰。

高海峰一直关注着领房子和大喇嘛的对话，眼睛始终盯着大喇嘛。在马合盛发现黑烟的同时，他也发现了土匪背后升起的浓烟。

高海峰刚在骆驼肚子底下抽出长枪，就看到了马合盛示意开枪的眼神。在高海峰举枪准备射击的同时，有一个土匪发现了城堡方向着火，正在向大喇嘛汇报。大喇嘛一扭头，把整个背部完全暴露在了高海峰的枪口下。高海峰瞄准大喇嘛背部扣动了扳机，一声枪响，大喇嘛栽下了高头大马。衙役、捕快们听见枪声，纷纷举枪向土匪们射击。这伙土匪没想到商队有枪，更没想到背后也响起了枪声，顿时一片混乱。

马合盛见时机一到，大声喊："有仇的报仇啊！"喊完话，他拿起大刀就向土匪们冲了过去。其他人一看马掌柜带头冲锋，纷纷拿起手中的武器，跟了上去。

土匪们见大喇嘛已经死去，无心恋战，但此时他们已经陷入了两面夹击之中。有些想活命的土匪放下手中武器投降，少部分抵抗的土匪很快被衙役、捕快的乱枪击毙。半个时辰之后，岌岌井附近恢复了常态。

朱知县骑马在大喇嘛身边转了一圈，有个捕快下马把大喇嘛的身子翻了过来，只见大喇嘛口鼻流血，早已气绝身亡。朱知县大声喊："清理战

场，把土匪们全部捆绑，押回县衙等候审理。”

马合盛走到朱知县跟前说：“恭喜知县大人为民除害！”

朱知县说：“如果没有马掌柜的银两和枪支弹药支持，我朱某想都不敢想能剿灭这伙作恶多端的土匪。”

马合盛说：“请朱知县安排人清点土匪人数。对了，顺便清点一下驼户的伤亡情况。”

朱知县说：“这点小事，不劳马掌柜操心了。走，咱们一起回去喝庆功酒。”

在县衙的庆功宴上，朱知县借着酒劲对马合盛说：“马掌柜，镇番以西常有土匪出没，剿灭了大喇嘛，并不代表今后西部不会再出现土匪。我看，马掌柜就把这些枪支弹药留在镇番吧。万一有啥情况，我也好派人继续剿匪啊。”

马合盛明白朱知县的心思，再说自己的商队也要不了这么多枪支，于是痛快地说：“朱知县考虑长远，未雨绸缪，让马某钦佩。这样吧，我留下十杆长枪给商队镖师用，其他的全部送给镇番县署，你看咋样？”

朱知县笑着说：“马掌柜真是个痛快人，就这么办。”

酒酣之际，朱知县悄悄对马合盛说：“听说凉州知府陈才芳①是陕西汉中人，马掌柜能否在陈大人面前替本县美言几句呀？”

马合盛说：“请朱知县放心，我过两天要到凉州城看望老丈人，如有幸见到陈知府一定替你美言。对了，你也可以把此次剿匪情况写成奏章呈报陈大人，说不定咱们在凉州城还能再见面。”

朱知县拉着马合盛的手感激地说：“马掌柜不愧是高人。我明天就将此次剿匪情况向知府大人汇报。”

返回凉州的路上，董二虎对马合盛说：“东家，滚坡泉那个土匪城堡里堆积着不少东西，也有咱们马家标记的茶叶、布匹等物，您咋不向朱知县要回来哩？”

---

① 陈才芳：（1843—1902），字春亭，号梅峰，陕西汉中宁强板仓坝人。同治十二年（1873）中举，翌年登进士第。光绪二年（1876）由庶吉士散官授翰林院编修。在凉州从政七年（1885—1893），建树良多，政声卓著。

马合盛苦笑着说："朱知县也是个穷知县。好在他还有为民做事的良知，那些东西就送给他了，权当支助他一些经费，好让他继续做事。"

唐怀忠说："东家此次回来，一直没露声色。现在土匪已剿灭，估计您得到凉州看望老丈人了吧，否则，夫人不会饶了您。"

马合盛笑着说："说起来我这个老丈人还是我的师傅哩。此前未敢前去打扰，是怕土匪知道我回来。现在大喇嘛已命归西天，我还真得去看望一下他了。多年不见了，不知道他老人家情况咋样？"

高海峰笑着说："东家去看望一下，啥都知道了。"

在凉州逗留了半个月，马合盛发现冯掌柜确实变老了，昔日的硬朗干练已荡然无存，说话也有些絮叨。与冯掌柜的交谈中，马合盛才弄明白了陈才芳的有关情况。

陈才芳于光绪九年（1883）任凉州知府，勤政为民，署政廉明。他言出法随，重兴学育人，劝农桑，减徭役，兴水利，亲自教农民植桑养蚕，招徕苏杭工匠设机于官署，教民以缫丝纺织之法，整顿书院学规，使凉州人文蔚起。面对这样一位不多见的能吏，马合盛也不知道该如何为朱知县求情，心情就变得有些郁闷。

好在朱知县为了弄清土匪的所有情况，还要审判投降土匪，向陈知府汇报详细情况一直拖到了马合盛准备返回兰州之际。

这一天，马合盛在凉州分号处理事情，马合利进来说："镇番朱知县求见。"

马合盛说："你弄错了，人家朱知县可不是来求见的。人在哪里？快请进来。"

时间不长，朱知县跟着马合利进了分号二堂客厅，马合盛站起身说："朱知县公务繁忙啊！你要再不来，我可要回兰州了。"

朱知县歉意地说："审理这些土匪费了时日，请马掌柜多担待。"

马合盛问道："全部审理完毕了？"

朱知县说："全部审理完毕了。该杀的杀，该判的判。说实在的，我也想早来。事情没弄清楚，我不敢来啊。陈知府是个精明之人，办事干练，洞察秋毫，没法糊弄。这不，刚审完案件，我就急着跑来凉州了。"

马合盛说："有啥样的知府，就有啥样的知县。"

朱知县嘿嘿笑了一下，紧接着问："马掌柜见过陈知府没有？"

马合盛说：“我抽空特意前往知府衙门拜访过陈大人。从陈大人的语气中，能听出来他对你的才干还是很欣赏的。在听了此次剿匪的全部过程后，陈大人更是对你进行了夸奖。他说你为民除害，保证了镇番商队运输安全，劳苦功高啊。”

朱知县红着脸问：“马掌柜没提赃物处理情况吧？”

马合盛笑着说：“朱知县放心，我咋会提这种事。衙役、捕快们冒着生命危险剿匪，实在难得，就当犒赏他们了。”

朱知县感激地说：“马掌柜仗义！以后镇番有啥事，尽管来找我，本县义不容辞。”

马合盛笑着说：“恐怕以后您就不是镇番知县了。不管您在啥位置，我有麻烦肯定还会找您，但愿您不嫌叵烦就行。”

朱知县知道马合盛在陈知府面前替自己说了好话，随即说：“只要马掌柜有用得上兄弟之处，当仁不让。”

马合盛说：“希望早点听到朱知县高升的好消息。”

送走了朱知县，马合盛对马合利等人说：“现在滚坡泉土匪已经剿灭了，我正好放心地回去处理商号的事情。你们去收拾行囊，明天回兰州。”

马合盛一行刚回到兰州，就听提前回兰州的唐怀忠对马合盛说：“东家，大德昌钱庄出大事了。”

第十三章

连环案蒋家遭殃
马合盛仗义相帮

这年夏季，关中富商大户们租种给佃户的土地上迎来了小麦大丰收，在关中东府朝邑县富商大户李财东家的晾晒场上却发生了一出与丰收喜悦截然相反的传闻，随之也把渭南县蒋家牵连了进去。

李财东名叫李富贵，已经人到中年了，长相富态，凭着祖上大江南北做生意积累的巨额资产，成了闻名东府的大财东。当时，关中已开始种鸦片，朝廷于咸丰十年（1860）开始征收鸦片税，鸦片种植和吸食就公开化、合法化了，一些富商大户接待亲朋用鸦片招待成了时尚。李富贵除了把祖上积累的巨额银两存在大德昌钱庄放高利贷之外，平时把吃喝嫖赌当成了正业，东府一带流传着李富贵一夜之间来回奔波上过七个粉头的炕。传言归传言，谁都没亲眼见过，就成了传说。没想到这年的夏季晾晒场上，李富贵却让佃户们大开了眼界。

晾晒小麦需要过一段时间就用木锨搅动，以便很快干燥，好装袋或入仓。这天正午时分，抽足了鸦片，养好了精神的李富贵躺在树荫底下的躺椅上乘凉，看着满场畔金黄色小麦不由得喜上眉梢，嘴里就开始哼唱起关中民谣《半截瓮》来。只听他唱道："半截瓮，栽蒜薹，娘让出门做买卖。临行前，娘安咐，回头看看你媳妇。搽的油，戴的花，看着看着放不下，不如在家做庄稼。"刚哼唱完，李富贵看着来回用木锨搅动小麦的佃户赵二狗媳妇春妮就瞪直了眼球。

20多岁的春妮，生育过一个男孩，身材丰满，性格泼辣。此刻春妮身着单衣，头戴草帽，正在和几个中年妇女用木锨来回搅动晾晒在场畔的小麦。李富贵看着春妮丰满的身子来回在面前走动，突然萌发了想看她裸体的念头。这个念头一出现，就让他兴奋不已。粉头们的身子他看过的难计其数，但很少见一个庄户人家年轻少妇的身子，尤其是在光天化日之下。如果能让春妮脱掉衣服，裸着身子在场畔跑上三圈，让自己一饱眼福，付出啥样的代价都值得。

当春泥大汗淋漓地搅动完小麦走过李富贵身边时，李富贵说："春妮，有一桩生意不知道你愿不愿意做？"

春妮取下头上的草帽，一头乌黑的头发就像黑色的瀑布一样散了开来，把红扑扑的脸庞映衬得越发惹人喜爱。春妮不明白东家话里的意思，就说："东家，我不会做生意。要是会做生意，我跟二狗一块早出去了，说不定几年之后也会像东家一样躺在树荫底下看别人干活哩。"

李富贵嬉笑着说："我知道你不会做正经的生意，但眼前有一桩简单的生意，不知道你愿不愿意做？"

听说东家要和春妮做生意，几个中年妇女都围了过来。李富贵看了她们几个一眼，觉得还是春妮年轻、漂亮，于是他说："春妮，你如果把衣服脱光在场畔跑上三圈，这一场畔的小麦归你，你看咋样？"

春妮一听这话，摇着头说："这种事情你看她们谁愿意做吧，丢人现眼的羞死人了。"

几个中年妇女叽叽喳喳地说："春妮，你笨死啦，这一场畔小麦最少也有几千斤，你跟二狗啥时候才能挣这么多粮食呀？再说啦，不就是脱光衣服跑三圈嘛，又不是让你陪他上炕睡觉，怕啥嘛？"

春妮没好气地说："那你们咋不上？"

一个中年妇女嬉笑着说："人家东家看不上我，要不然，我脱光衣服跑六圈都行。"

李富贵说："就你那样子，脱光了衣服白跑我还未必看哩。春妮，你想一下，就是这几个人，而且就我一个男人，脱光了衣服跑三圈又不会损失啥嘛，何必呢？"

几个中年妇女跟着起哄说："就是嘛，只让二狗看你的身子又换来了小麦。"

春妮在她们的起哄声中心里有了些动摇。她和二狗一年辛苦下来也挣不了多少粮食，这一场畔小麦足够他们夫妻几年的口粮了。想到此，她扭动着身子，但还是迟迟开不了口。

几个中年妇女见春妮忸怩作态的样子，就知道她心里已经认可，想看热闹的妇女们一起围上来七手八脚地开始解春妮的衣服。春妮红着脸说："我提两个条件，一是东家说话要算数，二是今天在场的人谁都不许把此事说出去。如果有一条不答应，我就不应允。"

李富贵见春妮已经动心，就爽快地说："今天你们几个娘们作证，春妮脱光衣服跑完三圈，下午就来场畔装小麦，这事我做主，李家有谁敢不同意，我收拾谁，咱们说一不二。另外，你们几个娘们如果谁把春妮脱光衣服在场畔跑的事说出去，小心我撕烂谁的嶐屄，听见了没有？"

几个中年妇女齐声应道："听见了。"

已经被逼到悬崖边上的春妮没办法了，一件件脱光了衣服，一具丰满的裸体就暴露在了光天化日之下。害羞的春妮赶忙在场畔跑了起来。看着春妮洁白丰满的裸体出现在场畔上，一对硕大的乳房在胸前左右晃动，丰满的翘臀扭动着奔跑，李富贵心里感到十分惬意。粉头们的裸体大多娇弱无力，与体格健壮的春妮简直无法相比。他心想，如果能再把春妮弄上炕舒坦一回，不知道是啥滋味。没等李富贵畅想完毕，春妮已跑完三圈，回到原地开始穿衣服了。

李富贵笑着说："咱一个大老爷们说话算话，后半晌你让二狗来场畔装粮食。"说完话，他右手摇着扇子，左手背在身后走开了。

几个中年妇女眼红地说："春妮，你可占了大便宜了。跑了三圈，挣了一场畔小麦，值了。"

春妮羞红着脸，没有搭理说话的几个人。虽说挣下了一场畔小麦，但她心里还是担心此事如果传扬出去，她就无脸活在世上了。这几个中年妇女虽说经常和她在一起干活，但谁能保证她们能守口如瓶？

赵二狗和兄弟赵三牛把几千斤小麦拉回家后，一下子在李家庄附近引起了轰动，随后就流传出了那些小麦是赵二狗媳妇春妮脱光身子挣来的传闻。传闻到了赵二狗耳朵之后，赵二狗一想也对，春妮去给李财东晾晒小麦，凭啥挣回来那么多粮食？

这天吃过晚饭，赵二狗把春妮堵在屋子里问道："你凭啥挣回了那么多粮食？是不是做下了丢人现眼的事？"

春妮这两天也听到了一些风言风语，知道赵二狗肯定知道了那天中午发生在场畔上的事情，于是说："李财东打赌说让我脱光衣服，光着身子在场畔跑三圈，就把一场畔小麦给咱。我想咱家是佃户，一年也挣不下多少粮食，加上一起干活的几个人起哄，就裸着身子跑了三圈。事已至此，掌柜的说咋办就咋办吧！"

赵二狗一听确实与传言一样，气得破口大骂："你他妈的还光着身子挣小麦哩，咋不卖屄挣银子哩？你不要脸，我还嫌肮脏哩。赵家咋出了你这个丢人现眼的东西。”

春妮被赵二狗一顿讄攉[1]，羞愤地转身跑出了屋子。赵二狗见春妮跑了，继续大骂：“你他妈的羞先人哩，用这种办法挣回来粮食，那粮食还能吃吗？做下这丢人丧德之事，还不敢说啦？”

还没等赵二狗气消，他儿子赵小山哭着跑了进来说：“大，我妈在后院柴房上吊了，你快去看吧。”

赵二狗愣了一下，赶紧到后院柴房，只见春妮悬在房梁上的躯体已经变直了，脚上穿的布鞋一只掉在地上，一只挂在脚后跟上。他急忙上前把春妮放了下来，用手在她鼻子底下探了探，春妮已经没有了呼吸。

赵二狗没想到春妮性子这么刚烈，他本想教训一下春妮，没想到春妮想不开上吊了。气愤不过的赵二狗认为春妮死亡的罪魁祸首就是李富贵，他回到前院，拿上一把铁锨急匆匆地就往李富贵家跑去。

这两天，李富贵也听到了不少风言风语，把春妮裸体在场畔跑的事传得活色生香，活灵活现。高兴过后，李富贵感到了后怕。他知道赵二狗虽然人穷，但秉性刚烈，听说此事后，肯定会找上门来闹事。

吃过晚饭后，李富贵把管家宋耀祖和几个护院叫来，对他们说：“场畔上春妮光着身子跑的事你们肯定也听说了，怪我一时糊涂。这几天有不少风言风语在流传，如果赵二狗胆敢上门闹事，你们就给我赶出去。一个穷佃户，估计也翻不起大浪。”

宋耀祖说：“东家放心，这件事是周瑜打黄盖，一个愿打，一个愿挨。赵二狗也未必会找上门来，他得了那么多小麦，说不定还在偷偷乐哩。”

一个青年护院说：“就是。东家取乐的时候，也没说叫上我们，也让我们开一下眼界。”

李富贵说：“我那天是临时有了那个念头，没想到春妮还真敢跑。事情虽然过去了，但我觉得损失那么多小麦还是有点可惜。”

宋耀祖知道赵二狗的为人，他担心风言风语一传，赵二狗面子挂不住闹事，于是他说：“东家，一场畔小麦事小，万一赵二狗闹事咋办？”

李富贵说：“如果赵二狗胆敢上门闹事，你们几个就给我收拾他。媳妇光了一下身子轻松挣下一场畔小麦，他还有啥说的？”

---

① 讄攉(shijue)：关中方言，训斥人之意。

这边正在说话，大门外就发生了冲突，赵二狗大声地叫骂声传进了内宅。李富贵听见了赵二狗的叫骂声，招呼宋耀祖和家丁带上趁手的家伙就出了门。

大门外，赵二狗手拿铁锨，冲着李家大门正在高声叫骂："李富贵，我日你先人，你想看光着身子的女人，为啥不让你老婆女儿在场畔上跑呢？仗着有些钱财，就知道欺负穷人，你他妈的活叵烦了？"

李富贵站在大门口，喊道："二狗，春妮是自愿光着身子跑的，我没有强迫她，有几个乡邻可以作证。我正在为损失一场畔小麦心疼哩。你再这样胡闹，小心我不客气！"

赵二狗喊叫："春妮已经没了，要那些小麦有屎用？老子今天就是来跟你拼命的。"说完话，赵二狗抡着铁锨直向李富贵扑来。

宋耀祖听说春妮没了，再一看赵二狗拼命的架势，赶紧大声说："你们几个拦住他，千万别让他伤害了东家。"

李富贵乍一听春妮没了，也是一愣。估计正因为如此，赵二狗才来跟自己拼命。仗着人多势众，李富贵说："让他过来，老子不相信这个穷小子还真敢伤我。"

或许是李富贵的话刺激了赵二狗，他抡着铁锨就冲李富贵头部砸去，几个家丁见状，急忙用手中的家伙阻拦赵二狗。急红了眼的赵二狗见有人阻拦，抡着铁锨见谁打谁，场面一下子陷入了混乱。李富贵见赵二狗如此嚣张，顺手操起了一根靠在大门口的顶门杠子，照着赵二狗肩部砸去。赵二狗看见顶门杠子即将落下，转身躲避时刚好被一个家丁手中的梭镖一逼，身子一动，李富贵手中的顶门杠子就落在头上，只听咚的一声，赵二狗随之俯身倒地，鲜血像蚯蚓一样流了出来。

李富贵见赵二狗躺在地上一动不动，知道自己闯了大祸，但他认为身强力壮的赵二狗在耍死狗，借此讹诈自己。片刻之后，李富贵觉得不对劲，示意宋耀祖上前查看。

宋耀祖走到赵二狗跟前，用脚踢了一下赵二狗，发现赵二狗没有反应，这才放心地把赵二狗翻了过来。借着门口灯笼发出的光亮仔细一瞧，赵二狗已气绝身亡了。

李富贵一看事情弄大了，一方面让一个家丁赶紧去告知赵二狗的弟弟赵三牛，一面把宋耀祖等人叫到了二堂客厅。李富贵对他们说："没想到一场畔小麦死了两条人命，李家惹上官司在所难免。宋管家，你连夜到渭南大德昌钱庄去取 3000 两银票,明天早上必须赶回来。我明天一大早就去朝邑县衙找刘知县通融此事。弄不好还要去同州府去找裴知府。你们几个时刻关注赵三牛动态,有啥事及时向我汇报。”

众人齐声说:“知道了。”

赵三牛听说哥哥死在了李富贵家门口,知道自己势单力薄,无法与李家来硬的,就把赵二狗的尸首拉回了家,随后一张状纸把李富贵告上了朝邑县署大堂。

这场官司因李富贵大肆贿赂朝邑刘知县、同州府裴知府,被县、府二级官署判定赵二狗无理取闹,死有余辜,李富贵正当防卫,无罪开释。

赵三牛气愤不过,心想父母早亡,只有他们兄弟二人相依为命,哥哥赵二狗几年前好不容易娶妻生子,自己依然是光棍一条。突然降临的灾祸,一下子让他失去了兄嫂,又留下了一个不足三岁的侄子,这日子还咋过。等同州府的判决下来后,乡邻们鼓动赵三牛到西安陕西藩司衙门继续上告。一帮老实的庄稼人给赵三牛凑足了盘缠,鼓励他直接到陕西藩司司徒空大人府署击鼓鸣冤。

司徒空大人此时正在为省官钱局的事头疼不已。不久前,朝廷严令彻查官钱局、铁钱局和西安五家私人钱庄历年账目。结果查出官钱局委员郭廷椿、李应诏等人,司徒空家人黄君任,大德昌钱庄、义源坤等五家钱庄,将官钱运往各处售卖,引起了朝野震惊。在事关自己前途命运的大事尚未有眉目之前,司徒空大人哪里还有心思审理同州府已经定性的官司。

赵三牛把诉状递上去之后,司徒空看了一下状纸,简单问过师爷案情审理情况,威严地说:“民妇春妮自愿脱光衣服挣得了一场畔小麦,后来被丈夫赵二狗责骂羞愧上吊而亡,赵二狗无理取闹,被财东李富贵失手打死,案卷已说得一清二楚,你还击鼓鸣冤,这不是胡闹吗?”

赵三牛争辩说:“李富贵仗势欺人,亲手打死我哥,咋说是失手打死人命?既就是让我嫂子光着身子裸跑挣一场畔小麦,也有失风化,大人不可不察。”

司徒空冷笑说:“本官为官多年,用不着你一介草民来提醒我。此案维持原判,退堂。”

赵三牛回到朝邑县老家,知道自己已无力为兄嫂申冤,心情愈发沉闷。恰在此时,传来了慈禧老佛爷为江南杨乃武、小白菜一案平反昭雪的传闻,乡邻们又鼓动赵三牛进京到刑部去申冤。

朝邑发生民妇春妮裸身挣下一场畔小麦的传闻不久，接着传来了赵二狗和春妮死亡、赵三牛到省城告状的消息。一连串的传闻，让坐镇泾阳的蒋继英坐卧不安，心绪不宁。自谭钟麟进京任职之后，蒋家的大德昌、大德恒两大商号就失去了靠山。原任黄河水利道台的父亲蒋怀德已经卸任，大德昌钱庄由弟弟蒋继贤全权打理。大德昌在渭南、西安、兰州等地都设有分号，据说与朝邑李家来往密切。此案一出，让蒋继英对弟弟蒋继贤万分忧心。

蒋继英放心不下，带着泾阳掌柜于德贵就来到了西安城里的大德昌钱庄总号。看到轻易不离开泾阳大德恒总号的哥哥进了大德昌钱庄，蒋继贤还是有点吃惊，心里发虚的他头上沁出了汗水。

蒋继英在客厅坐下后问："兄弟，咱们钱庄跟李富贵有无来往？跟朝廷正在彻查的官钱局之事有无瓜葛？"

蒋继贤说："朝邑李富贵是个败家子，吃喝嫖赌抽样样俱全，他把祖上积攒的银钱放在了渭南大德昌钱庄分号，这些年已快挥霍完了。上次为打官司之事，李富贵派管家宋耀祖到渭南钱庄支取银票 3000 两，其中 2000 两是钱庄借给的。为了赢得陕西藩司审理案件胜诉，李富贵又在渭南钱庄借银一万两，听说藩司的官司也打赢了。至于朝廷彻查官钱局之事，除了官钱局、铁钱局，还牵扯到五家私人钱庄，咱们大德昌钱庄只是其中之一。"

蒋继英不安地问："这么多年来，都是你在掌控钱庄。依你之见，咱们会惹上麻烦吗？"

蒋继贤说："要说麻烦，官钱局、铁钱局，还有五家钱庄可能都会有。哥，你放心，牵扯面这么大，司徒空大人的家人黄君任也在其中，你怕啥呀？"

蒋继英说："朝廷命令严查，估计谁都挡不住。依我看，彻查官钱局之事，朝廷肯定要处理一大帮人。兄弟，你要足够重视才对。"

蒋继贤说："贩运官钱到处售卖，在陕西已成了公开的秘密。五大钱庄能参与此事，也都给了黄君任不少好处，司徒空大人那里更不用说。查处一个陕西藩司，恐怕不会那么简单吧？"

蒋继英说："你把事情想简单了。自太平天国运动之后，慈禧老佛爷就对湘军、淮军抱有戒备之心。甲午海战失败之后，她和皇上打击汉人权力集团一直没有停止过。杨乃武小白菜一案，处理了多少朝廷大员，你应该知道。陕西官钱局之事已引起了朝野震动，我担心大德昌钱庄难逃被惩罚的命运啊。兄弟，渭南大德昌钱庄支付给李富贵的银票之中，有没有官钱？”

蒋继贤说：“具体情况我还不知道，我马上派人去查。”

蒋继英说：“本来李富贵跟咱们就有瓜葛，如果渭南钱庄再有私贩的官钱，前景就越发堪忧了。兄弟啊，你也是聪明人，咋办了些糊涂事！”

蒋继贤不以为然地说：“查遍西安城所有钱庄，可能都有私贩的官钱，并非大德昌钱庄一家。再说，李富贵借钱打官司，不在大德昌钱庄借，也会去别家钱庄去借。咱们做咱们的生意，挣咱们应得的那份钱，谁能说个啥？”

蒋继英担忧地说：“你想挣钱没错，关键是不该与官钱局搅和到一起呀！做生意赚钱天经地义，但有些生意是不能做的。现在到处都在传朝廷要彻查陕西官钱局之事，我担心你弄不好会惹火烧身，毁了蒋家的基业呀！”

蒋继贤说：“我与官钱局合作，也是想把事情弄大，多挣些银钱。现在这世道，谁怕钱多烫手？俗话说，有钱的王八都大三辈哩，何况人哩！有了钱，谁不对你高看一眼？”

蒋继英见弟弟因为搭上了官钱局的关系，一心想发财，全然不顾即将到来的灾祸，生气地说：“你真是人心不足蛇吞象，蛇心不足吞月亮！你要清楚，一旦朝廷彻查官钱局贩卖官钱之事，后果不堪设想。”

蒋继贤听了哥哥的话，心里也有些后怕。但他毕竟在西安经营钱庄多年，人脉颇广，想着官钱局又归陕西藩司管辖，司徒空大人与朝廷要员有着千丝万缕的关系，不会说风就是雨，经不起朝廷严查。想到此，蒋继贤说：“哥，你放心，就是大德昌与官钱局有瓜葛，也不会有事的。”

蒋继英说：“但愿能没事。我还是先前的话，你要有思想准备。”

蒋继英与兄弟蒋继贤话不投机，就回了一趟渭南老家去看望父亲蒋怀德。

蒋怀德见大儿子蒋继英进门，担忧地说：“继英啊，你总算回来了。快坐下，把你听到的事情给大拉呱一下。”

蒋继英发现父亲已明显变老了，佝偻着身子，拿着水烟袋，眼光也有些恍惚,从语气当中,他已经感到老父亲也在为官钱局引发的事情担忧。

蒋继英扶父亲坐下后,把他听到的、与兄弟蒋继贤交谈的话全部告诉了蒋怀德。蒋怀德听完大儿子的叙说,忧心地说:“俗话说,人(嚣)张没好事,狗(嚣)张挨砖头。继贤这是让财迷心窍了,有点过于张狂了。事情都到了这种地步,还看不来三向,这可咋办呀?”

蒋继英问:“如果此事朝廷追着不放,要严查严办,您能否通过谭钟麟谭大人通融一下?”

蒋怀德说:“谭大人进京时间不长,已转任两江总督去了。依我看,自己没本事,谁都靠不上。都怪我,没有教育好继贤,他可能会给咱家惹下大祸呀!”

蒋继英不解地问:“大,您这话是从何说起呀?”

蒋怀德说:“谭大人对咱家照顾那是有原因的,但他确实是一个好官。现在他已转任职两江总督,就是想帮咱们,也是鞭长莫及了。何况私贩官钱之事乃是朝廷督办的大案,谁敢往枪口上撞?咱也就别给谭大人添麻烦了。再说李富贵这个案子吧,这小子吃饱了撑的,调戏民妇,使其因羞愤而死,后来又打死赵二狗,再糊涂的官员也不会判他无罪。我听说李家庄乡民气愤不过,鼓动赵三牛进京告御状。如果皇上知道这事,肯定会让刑部审理此案。刑部侍郎赵舒翘虽说是西安人,但却是一个秉公执法之人,弄不好就像杨乃武、小白菜案件一样,罢免一大批官员。私贩官钱,借官钱给李富贵贿赂官员打官司,两个案件都与蒋家有关,你说这日子还咋过?继贤这小子,能把我活活气死!”

蒋继英听父亲这么一说,顿时感到有些悲凉。蒋家两代人的心血,可能会因蒋继贤参与私贩官钱,借款给李富贵而荡然无存。他安慰了老父亲几句,吃过午饭,就和于德贵返回了泾阳大德恒总号。

马合盛从兰州返回泾阳后,参与西部茶叶贸易的茶商们对他仗义疏财,支持镇番县署剿灭滚坡泉土匪赞不绝口。

令马合盛奇怪的是,这两天一直没见到蒋继英。他问过刘福生,刘福生说他也不知道蒋继英去了哪里。在汇报完最近一个时期总号的工作之后,刘福生说:“东家,听说安吴堡寡妇周莹早年过继了吴家中院两岁的侄子吴玉成做养子,改名怀先,字念昔,还请了王知县前去作证。周莹过继养子之事,一直很保密,最近吴怀先到味经书院读书,此事才被发觉。”

马合盛想，过继不过继养子继承周莹的事业，那是周莹自己的事，谁也无权干涉。吴怀先已浮出了水面，今后可能就是马长青、马长民哥俩的竞争对手。将来的事情咋样，就全凭后辈们的本事了，他现在还无法预料。

对于吴怀先在味经书院读书之事，马合盛在刘古愚先生处得到了确认。刘古愚说："周莹亲自把吴怀先送到了味经书院，特意交代要严格要求。还有于右任也来了。听说于右任早年在陇山被你救过，于家一直念念不忘哩。"

马合盛想起了陇山救于家的事，关心地问："于家现在可好？"

刘古愚说："于右任的父母已经过世了，他被大妈收养，现在书院读书。这几个小子都很聪明，学习也用功，将来有可能成为栋梁之材啊。"

马合盛歉疚地说："自从陇山一别，就没再见过于掌柜，没想到于掌柜这么早就过世了。于右任在求学期间有何难处，我会尽力相帮的。"

刘古愚说："这小子很有志气，你明着帮，估计他不会接受。实在想帮的话，就资助书院，由书院以学业成绩优秀奖励他。"

马合盛笑着说："还是刘先生高见。就这么办。"

从味经书院回来后，马合盛对蒋继英还是有点担心。几个月不见，有些话也想与蒋继英在一起唠叨一下，突然发现这个能在一起唠叨之人不知去向，让他心里感到空落落的。马合盛预感到蒋继英家可能出现了不测之事，就决定亲自登门拜访。

第二天一大早，马合盛提了点小礼物就去找蒋继英。刚到大德恒总号门口，马合盛正好看见于德贵往外走，就问："于掌柜，你们东家在吗？"

于德贵看见是马合盛，急忙说："马掌柜好。东家昨晚才从渭南赶回来。你啥时候回来的？"

马合盛说："刚回来两三天，一直没见到蒋掌柜，这就亲自登门拜访来了。你说蒋掌柜回渭南了，有啥事吗？"

于德贵不好意思地说："蒋掌柜先是到了西安，后来到了渭南，他与家人谈的都是机密事，跟班并未在场。看东家脸色阴沉，估计是家里出了大事。马掌柜等会见了东家，自然就知道了。"说完话，于德贵前面带路，把马合盛领到了大德恒总号二堂的客厅，先安排马合盛坐下，然后到后堂去请蒋继英。

时间不长，蒋继英一脸困倦之态出现在了马合盛面前，他打着哈欠，歉意地说："昨晚一晚上翻来覆去睡不着，天都快亮了，才迷糊了一阵，让马掌柜见笑了。"

马合盛笑着说："才离开泾阳几天，夜里就和嫂夫人折腾了半夜。还是蒋掌柜精神头好，身体棒啊，令兄弟羡慕！"

蒋继英明白马合盛不知道原因误会了自己，就解嘲地说："兄弟误会了。最近大德昌钱庄出了点不好的苗头，让我很是担忧，食不甘味，夜不能寐啊。"

马合盛说："你也是经过大风大浪之人了，大德昌钱庄才出现了一点不好的苗头，你就烦成这样了。如果出现大的变故，还不知道你会变成啥样？"

蒋继英脸色难看地说："我在和你说正事，不是开玩笑。"

马合盛见蒋继英倏然变脸，意识到了事情的严重性。他关心地问："蒋家真的出现了有不好苗头的大事？"

蒋继英坐下，慢慢地对马合盛讲了朝廷严令彻查官钱局及五家钱庄私贩官钱之事，随后又把朝邑县李富贵向大德昌钱庄借钱打官司之事产生的担忧全部说给马合盛听。

马合盛听完蒋继英的话，感到脊背上起了一层鸡皮疙瘩。这两件事，放在谁身上，都可能倾家荡产，甚至有性命之忧，难怪蒋继英寝食难安。马合盛劝说道："蒋掌柜，事已至此，听天由命吧，希望能有一个好的结局。"

蒋继英说："现在谁也没办法挽救此事了，骑驴看唱本，走着瞧吧。蒋家两代人创立的基业，可能就毁在继贤贪图小利上了。"

马合盛安慰说："蒋掌柜，令弟在省城结交的人太多、太杂，良莠不齐是难免的。令尊大人为蒋家开创的基业，肯定会引起某些人的嫉妒，弄不好是陷入了别人的圈套。现在，你再烦恼，于事无补，还是等候结果吧。我想就是令弟参与了这两件事，也断不至于使蒋家财产尽失吧？"

蒋继英苦笑着说："但愿老天保佑，帮助蒋家渡过劫难。"

半年之后，朝廷派专人查清了陕西官钱局、铁钱局私贩官钱之事，陕西官钱局委员郭廷椿、李应诏等人伙开私铺，亏欠银钱巨万，按大清律法，属于监守自盗，被朝廷以从重处罚，即行处斩。陕西藩司司徒空被革职发往新疆充当苦差，黄君任等人照额赔款，期限一年，逾期不完，即行送刑部追责。对参与官钱局私贩官钱的五家钱庄，一律查封，掌柜的收监待判，资产没收。陕西官钱局舞弊大案，是户部亲查，皇上钦定，在全国官钱界引起了很大反响，一时间街谈巷议都在谈论此事。

听到此消息，蒋继英痛心疾首，随后传来的消息更令他肝胆欲裂。蒋怀德听到大德昌钱庄被查封，资产没收，蒋继贤被收监待判，一时胸口疼痛难忍，撒手人寰。

蒋继英赶回渭南，刚料理完老父亲的丧事，赵二狗一案经刑部派人亲赴朝邑调查，报请皇上批准，也做出了判决。李富贵故意伤害人命被判斩立决，赔偿赵三牛白银1000两，用来抚养赵二狗儿子赵小山。朝邑县刘知县、同州府裴知府被撤职查办，永不录用。陕西藩司司徒空罪加一等，滞留新疆。赵二狗一案被陕西人称之为当朝十大冤案，一时间成了人们谈论的热门话题。

受赵二狗一案的影响，渭南蒋家被追责。老掌柜蒋怀德已经亡故，蒋继贤也被收监，蒋继英就成了被追责的唯一对象。西安府按照刑部判决，把蒋继英收监。大德昌随之彻底倒闭，大德恒也受到了严重牵连。

马合盛听到此消息，一下子惊得目瞪口呆。缓过神后，他让刘福生赶紧去叫于德贵。

于德贵没想到在东家陷入牢狱之灾后，马合盛会让刘福生来叫自己，就跟着刘福生到了马合盛茶号总号。等于德贵进了二堂客厅，见马合盛坐在太师椅上等候自己，他急忙上前说："马掌柜，感谢您还能在此时想起蒋掌柜。不知道马掌柜让我来有何用意？"

马合盛说："先坐下，咱们慢慢聊。蒋家出了这么大的事，作为蒋掌柜的老朋友，我不能袖手旁观。麻烦于掌柜去一趟省城，打探赵二狗一案的详细情况，尤其要注意与蒋掌柜有啥瓜葛，然后咱们再见机行事如何？"

于德贵说："赵二狗一案经皇上御批，已成铁案。蒋掌柜受此牵连，估计难以逃脱干系了。咱们再去打探有啥意义？"

马合盛说："于掌柜，你这样说就不对了。官钱局一案蒋继贤参与私贩官钱，已经查实，他无话可说。赵二狗一案，大德昌钱庄涉嫌借款给李富贵，并牵扯到私贩官钱之事，但这些都与蒋继英无关，他现在被收入监，无非是受弟弟牵连背黑锅而已。如果你能打探出蒋继英罪责不大，花钱可以赎出，我建议你应该不惜血本把蒋掌柜赎出来，否则，蒋家真的是家破人亡了。"

于德贵听马合盛这么一说，觉得言之有理，说："就依马掌柜所言。蒋东家交了你这个朋友，值了！”

马合盛说：“我了解蒋掌柜的为人，这才不避利害。打探清楚之后，如果需要银票，请于掌柜直言。”

于德贵感激地说：“马掌柜确实心细啊。蒋东家入狱后，蒋家的资产已被查封，动弹不得了，要赎人肯定得用银票。我明天就去省城打探，并设法到狱中见蒋东家一面，把你的想法告知他。蒋家自老东家开始，就在西安城经营，我想还是有办法打探到确切消息的。您就等候准信吧。”

三天后，于德贵从省城西安回来了，他没有进大德恒总号，就直奔马合盛总号而来，不巧的是马合盛去了味经书院。于德贵和刘古愚先生不熟悉，只好耐着性子在二堂客厅等候马合盛回来。

一个多时辰之后，马合盛迈着小步回到了总号。他刚进客厅，就看见于德贵坐在椅子上打盹，知道于德贵很辛苦，不好意思叫醒他，自己悄悄坐在了方桌另一侧的椅子上，顺手倒了一杯茶。

马合盛刚端起茶杯，于德贵打了个激灵，醒了。他看见马合盛坐在自己对面，不好意思地说：“这几天忙得马不停蹄，刚才坐在椅子上迷瞪了，请马掌柜海涵。”

马合盛说：“没事。赶快说打听到的情况。”

于德贵说：“我到省城之后，先花了点小钱在狱中见到了东家，说了您的打算。蒋东家对您此举感激涕零，他说就是砸锅卖铁也要把他弄出去。后来我请人做东把西安府知府的徐师爷请了出来。酒酣之际，徐师爷说，赵二狗一案把蒋东家关进监狱，理由并不充分。如果蒋家想赎人，至少得出一万两银票。中间人使劲给我递眼色，我就答应了徐师爷。马掌柜，您看此事接下来咋办？”

马合盛说：“还能咋办？这是好事，只要徐师爷给了明码标价，咱们就赶紧准备银两赎人。这样，于掌柜，你明天再来茶号，我把银票交给你，让镖师邵振山陪你一同到省城接蒋掌柜回来。”

于德贵站起身，冲着马合盛连忙作揖，并说：“那就麻烦马掌柜了。”

马合盛说：“只要能把蒋掌柜救出来，花费点银钱不值得一提。”

过了三天，蒋继英回到了泾阳。邵振山回来一说蒋继英回来了，马合盛立即赶了过去。

十多天不见，蒋继英明显的憔悴不堪。原本壮实的身材变得有些单薄，气色萎靡不振，见马合盛来看望自己，蒋继英晃悠悠地站起身，说："蒋某大难不死，全仰仗马掌柜仗义相救，蒋某在此致谢了。"说完话，他双手抱拳，冲着马合盛就是长长的一揖。

马合盛赶紧走过去，搀扶着他说："蒋兄受苦了。咱们坐下说话。"

等蒋继英坐下后，马合盛问："蒋兄受罪了。赵二狗一案具体情况如何呀？"

蒋继英叹了一口气，说："据西安府刑名师爷说，赵二狗一案与蒋家牵连不大，但因为皇上有御批，蒋家只能跟着倒霉。我被保释后，才知道西安府和陕西藩司有人主张继续查封大德恒总号，就通过掮客分别拜见了藩司衙门和知府衙门主管刑名的师爷，求他们网开一面，给蒋家留下一点活命家产。"

马合盛问："结果如何？"

蒋继英说："差强人意吧。两位刑名师爷答应替我求情，但最多只能保住大德恒总号不被查封。"

马合盛问："能有此结果，蒋兄破费了不少吧？"

蒋继英无奈地说："如今的官府犹如虎狼之窟，不破费恐怕连性命都保不住。于掌柜为了见我，一路打点。为了见知府衙门、藩司衙门的刑名师爷，把我多年收集的古玩字画全部做了见面礼。要想让西安府、陕西藩司赦免大德恒，估计还要继续奉送，真是个无底洞呀！"

马合盛疑惑地问："皇上不是下旨查处了陕西藩司、同州知府等一大批官员，他们还敢索要？"

蒋继英说："朝廷的各级官吏中，有好多人是捐官得到的实职，他们不贪腐，咋能还上为捐官所借的银两？官场现在已是'前腐后继'，连皇上也心知肚明，束手无策了。"

马合盛长叹了一声，说："蒋兄准备咋办？"

蒋继英说："还能咋办？砸锅卖铁也要保住大德恒这个字号，否则，蒋家两代人的心血就会全部付之东流，还要落下被人指点的坏名声。弟弟不争气，贪图小利，与官钱局绑锅，给蒋家惹下了滔天大祸，他被收监判刑，老爷子被气死，我再不想点办法，蒋家就会退出秦商的舞台，成为一个人们饭后的谈资。"

马合盛说："只要蒋兄还有心劲，蒋家的字号就不会倒。今后有需要我帮忙之处，尽管开口。"

蒋继英说："商家也不易呀！劳神费力地折腾了几十年，积攒的财富一下子被官府一网打尽，真是悲哀啊！"

马合盛劝说道："这就是所谓的破财免灾。自古以来，还没有听说过商家能斗过官家的。说难听一点，商家就像老鼠，官府就像猫。商家积攒财富，就像老鼠吃肥了自己，一旦官家抓住了商家的把柄，就会像猫一样把你吃掉，民间俗语说这是老鼠给猫攒。你是开过钱庄的，也可以叫零存整取，但取的是官家不是你。"

蒋继英苦笑着说："兄弟言之有理。蒋家现在与御批案件有牵连，只能任人宰割了。对了，听于掌柜说，你此前还拜会过刘古愚先生，赎我之事是不是刘先生的主意？"

马合盛说："这倒不是，赎你是我的主意。最近到处都在流传维新变法，我弄不清楚这个世道会咋变，就去找刘先生讨教去了。"

蒋继英问："那刘先生咋说？"

马合盛说："刘先生对此也很担忧。现在康有为、梁启超等人被皇上召见，并提出了维新变法的主张，得到了皇上的支持，慈禧老佛爷好像对此不感冒，这娘儿俩可能还有矛盾。维新变法的结果到底如何，还是未知数。"

蒋继英问："在维新变法之事上，世人流传有南康北刘之说。如果维新变法受阻或失败，刘先生岂不是有性命之忧？"

马合盛忧虑地说："维新变法是大势所趋，只有变法，中国才有希望，商家才能平安地做生意。据刘先生说，光绪皇帝的掌印御史宋伯鲁大人也是维新派主将，有了这些实权派人物支持，估计问题不大。让人担忧的是，慈禧老佛爷树老根多，一旦变法冲撞了老佛爷，结果还真难预料。"

蒋继英看着马合盛一副忧国忧民的样子，说："看来兄弟对政治开始关心了？"

马合盛不好意思地说："商家可以不参与政治，但不能不关心政治。局势动荡，战争赔款，哪一项都牵扯商家的利益。我请教刘先生次数多了，受的影响自然就多了，言语之间可能就牵扯了政治，让蒋兄见笑了。"

蒋继英赞同地说："你做得对。如果维新变法能够实施，咱们跟着沾光。我就等候这一天早点来到，也好让蒋家咸鱼翻身。"

两个月后，赵二狗一案后续审理全部完结，蒋家大德昌总号及各分号全部被查封，资产没收充公，蒋继贤被判刑五年，大德恒被处罚白银5万两。蒋继英听到此噩耗，欲哭无泪。此前，为了保住蒋家现有的大德恒总号及各分号，他四处借贷，打通关节，花费了巨额银两，几乎让大德恒资不抵债。这样的结果，虽然保住了蒋继英不受牢狱之灾，但却失去了继续经营大德恒的资本。思前想后，蒋继英决定再和马合盛沟通一次，商量一下大德恒今后的经营方向。

马合盛听完蒋继英的难处，问："蒋掌柜，依目前的状况，你如何打算？"

蒋继英忧愁地说："为赵二狗一案的后续审理，我是四处借债，眼下已家徒四壁，没有能力继续经营大德恒总号的所有业务了。我想把大德恒总号的业务范围缩小，把一些分号处置掉还债。"

马合盛看着蒋继英伤心的样子，也不知道他想放弃掉哪些业务，就问："蒋掌柜准备放弃哪些业务，有啥打算？"

蒋继英说："我思前想后，准备放弃西部茶叶、皮货等贸易，只经营兰州水烟一项。这样一来，流动资金也好周转。说句汗颜的话，不知道马掌柜是否愿意接手蒋家的茶叶、皮货生意啊？"

马合盛原以为蒋继英会放弃兰州水烟业务，没想到他只愿意放弃茶叶、皮货业务。不过这样也好，这两项生意也是自己的长处。他说："蒋掌柜，你的一番好意我领了。如果我现在接手蒋家茶叶、皮货业务，会给人留下乘人之危的口实，我想你老哥不会想陷我于不义之地吧？"

蒋继英急忙辩解说："你弄错了，我没有这个意思。为了打官司，马掌柜出手相助，我在你那里也借了不少银两，要让我还你银两，还不知道要等到猴年马月。我想把这两项业务和各分号转让给你，一来还债，二来也算报答你的一番情谊。希望马掌柜就不要瞎想了。"

马合盛说："这个主意倒是不错，可以化解你的资金周转问题。蒋掌柜执意要这样做，我就勉为其难了。你派人把茶叶、皮货各分号资产盘点一下，咱们做到心里有数。不足的部分，我再用银票补齐。"

蒋继英说："我这里先感谢马掌柜了，后续问题好说。"

从蒋继英的大德恒总号出来，马合盛长长出了一口气。自己兼并了大德恒的茶叶、皮货业务，今后的贸易范围就会扩大，贸易数量就会急剧上升，这对他来说，真可谓因祸得福。这样一想，马合盛觉得能帮人处还是要多帮人，积点阴德，老天爷也不会亏待自己。

回到家里，马合盛兴奋地对冯碧霞说起此事时，冯碧霞提醒说："你应该吸取西路贸易遭劫匪抢掠的教训，别弄得树大招风，再起祸端。"

马合盛被迎头泼了一瓢凉水，心里打了个寒战。他说："我已答应蒋掌柜接手他的茶叶、皮货业务，现在不想不接手也没办法了。今后慎重一点就是了。"

冯碧霞说："家中大事还是你做主，但愿老天爷保佑马家生意继续兴隆吧。"

马合盛说："人在做，天在看。只要行得端，走得正，咱怕啥呀！"

第十四章

庚子年帝后西狩
众陕商捐资救难

清光绪二十四年(1898 年,戊戌狗年)新年期间,刘古愚听说天狗吞太阳(日全食)从西藏向东北一直延续到内蒙古才结束,就预感到这一年可能不太顺当。狗年发生天狗吞太阳之异象,说不定又会有血光之灾。

该年四月下旬,光绪皇帝召见康有为,康有为历陈八股之弊端。第二天,康有为、宋伯鲁又上疏请改八股为策论。到了五月初,光绪皇帝终于发布"上谕":自下科始,乡会试及生童岁科各试,一律废八股,改试策论。刘古愚听到此消息后,精神为之一振。自己多年来一直在味经书院倡导废八股,习算术,立新学,举实业,培养新型人才,皇上的"上谕"正好肯定了自己的做法,让他大感欣慰。

令刘古愚没想到的是,该年六月,光绪皇帝颁布了"明定国是"诏书,拉开了变法的序幕。身在陕西泾阳的刘古愚时刻关注着事态的发展,更关心他的老学友宋伯鲁、主张变法的康有为等人的命运。

让他感到振奋的还有, 就是看到了光绪皇帝在京师大学堂开学典礼上的讲话。刘古愚仔细琢磨了光绪皇帝的讲话,他认为如果京师大学堂能起到示范作用,全国各地的书院必将效仿,整个国家的教育体制就会发生变革。这与他多年来的心愿不谋而合。刘古愚期待着变法运动更加深入,在洋务运动倡导的"师夷制夷""中体西用"的基础上实现"求强""求富"的愿望。

处在兴奋之中的刘古愚,没想到他期盼已久的维新变法,很快就出现了重大转折。当年九月下旬,慈禧太后发动宫廷政变,将光绪皇帝囚禁在中南海瀛台,维新派康有为、梁启超分别逃往法国、日本,谭嗣同、康广仁、林旭、杨深秀、杨锐、刘光第共六人被绑缚菜市口斩杀,百日维新运动以失败告终了。刘古愚作为南康北刘的代表人物,也受到了朝廷通缉。

马合盛听到消息后,很为刘古愚的性命担忧。听到消息的当天晚上,马合盛一个人带上酒菜直奔味经书院，他既想让刘古愚借酒浇愁，也想知道刘古愚下一步的打算。

马合盛到达味经书院后，发现整个书院静悄悄的，只有刘古愚的房间还亮着灯光。马合盛用手敲了敲门，就听里面说："进来，没必要惺惺作态，我早就在此等候你们了。"

一头雾水的马合盛进屋之后，发现只有刘古愚和一个学生坐在屋里。刘古愚抬头见马合盛提着酒菜进来，不好意思地说："没想到是马掌柜来了，我还以为是朝廷派人缉拿我来了。马掌柜，这位是我的学生梁海峰，你请坐。"

马合盛知道刘古愚弄误会了，他放下手中的酒菜，担忧地问："刘先生，听说康梁变法失败，已逃到了国外，谭嗣同等六君子在菜市口被斩首示众，朝廷正在通缉康梁余党，弄得全国风声鹤唳。您老先生曾经支持康有为变法，外界盛传有南康北刘之说，现在都啥时候了，您还有心稳坐钓鱼台，不知道先生如何打算？"

刘古愚说："谭嗣同等六君子等被斩，让我痛心疾首。中国历代变化，没有不付出代价的，六君子死得其所。我听说谭嗣同在狱中留下了一首绝命诗，可谓慷慨悲壮，豪气冲天，发人深省啊。"

梁海峰插言说："先生能否吟诵一下，让我增长点见识？"

刘古愚低声吟诵道："望门投止思张俭，忍死须臾待杜根。我自横刀向天笑，去留肝胆两昆仑。"见马合盛等人不说话，刘古愚又说："谭嗣同在变法失败后曾说，'各国变法，无不从流血而成，今中国未闻有因变法流血者，此国所以不昌也，有之，请自嗣同始。'33岁的谭嗣同尚能如此，老夫就不能吗？"

马合盛听完这一番话，就知晓刘古愚有为变法慷慨赴义的想法，于是劝说道："朝廷的实权掌握在慈禧老佛爷手中，康梁变法没有根底，您老应该从长计议才对呀！"

刘古愚反问："马掌柜的意思是让我躲避？"

没等马合盛回应，梁海峰插言说："在维新变法轰轰烈烈之际，刘先生曾与在北京的康梁写过信探讨政事和学术，鼓励他们变法。康有为看过书信，很钦佩先生的真知灼见，回信称先生为'海内耆儒，为时领袖'，梁启超也赞誉先生为'关学后镇'。这虽是变法之际南康北刘之间互相探讨政事的佳话，现在却成了朝廷通缉先生的口实。从目前形势看，先生确实有性命之忧啊！”

马合盛见气氛有些沉闷，打开了带来的酒菜，放在方桌上，随后说：“刘先生关心国家前途命运，浸淫着关学的血脉，有秦人敢于担当的勇气和责任，令我钦佩。我一介商人，为有这样的良师益友感到欣慰和高兴。咱们边吃边聊，看看有啥办法能保住先生性命。”

刘古愚说：“秦人自商鞅变法开始，有谁怕过死？听说支持康梁变法的许多大臣已被革职，就连皇上的掌印御史宋伯鲁也被革职回西安了。国事如此，吾死国难，幸何如之，何言逃也。”

马合盛见劝说无效，只好悻悻地离开。

好在时间不长，陕甘总督以“保全善类”之名没有开罪于刘古愚，仅免去了他味经书院、崇实书院山长（校长）职务。刘古愚得此消息，知道自己无法在泾阳待下去了，就收拾东西隐居在礼泉烟霞草堂继续授课。马合盛从此失去了一个随时可以请教的良师益友。

刘古愚离开泾阳的消息是吴怀先告诉周莹的。周莹起先也从各分号传回来的消息中，知道了康梁变法失败的音讯，对刘古愚的性命很是担忧。听吴怀先说刘古愚已到礼泉烟霞草堂隐居，就让吴怀先去三原宏道书院继续求学。吴怀先说：“妈，我也正有此意。在味经书院求学的同学中，于右任、李仪祉等人都准备转学去宏道书院了。听说三原宏道书院也倡导新学，注重经世致用，引领着西北教育的新潮，省学衙署设在三原，府考也在宏道书院举行。”

周莹微笑着说：“你知道得还不少。既然于右任、李仪祉都转学宏道书院了，你也去宏道书院吧。有他们这些品学兼优的学长领着你们，妈就放心了。”

吴怀先高兴地说：“请妈放心，我一定会跟着学长们刻苦学习，不辜负您的希望。”

周莹问：“听说马合盛茶号掌柜的两个儿子都在味经书院读书，他们是如何打算的？”

吴怀先说：“马掌柜的大儿子马长青已经弃学经商了，老二马长民学业比较优秀，还在味经书院继续读书。”

周莹说：“你去准备吧，过两天我让王健送你去宏道书院。听说于右任、李仪祉等人已考中秀才，妈也希望你能够考取功名，光宗耀祖。”

吴怀先说:“孩儿谨记妈的教诲。”

时光荏苒,岁月如梭,转眼间就到了光绪二十六年(1900 年,庚子年,鼠年)。该年 6 月,王三槐从张家口让伙计送信给马合盛,说五月下旬直隶中部的涿州府被义和团占领,大量山东拳民涌入直隶,在天津至涿州、保定都有拳民起坛请神、烧教堂、杀洋人、杀清军,并到处毁坏铁路及电线杆等洋物,局势已无法控制。

不久,北京分号马合祥也派人送回急件,说义和团已进入北京内城,6 月 16 日前门一带约千家商铺因老德记西药房大火而被烧成废墟,正阳门楼、北京 24 家铸银厂也遭烧毁。让他担忧的是,京城中义和团、京师禁军和奉调入京的甘军董福祥所部肆意奸杀妇女,掳掠洗劫商户平民,公开拍卖赃物。就连礼部尚书孙家鼐、大学士徐桐的家都被抢掠了,80 岁的徐桐还被拳民拖到大街上批斗、羞辱。马合祥在信中请求马合盛明示,看北京分号下一步该咋办?

马合盛接连收到张家口、北京城寄来的告急信件,心里很为两个分号人员及财产安全担忧。义和团在直隶一带和京城的活动,严重影响了东路商业贸易,他不知道这种局面还会延续多久。烧教堂、杀洋人,这种事情如果不能得到很快控制,西方列强就会找到理由大肆侵略中国,商家的命运就会更惨。他连夜写好信函,交代王三槐、马合祥把现银运送回泾阳,如遇到拳民打砸商号,以保全性命要紧,不必吝啬商号的资产。等高海峰、董二虎分头出发后,马合盛才略微宽心了一点。

时局的变化出乎马合盛的意料。该年 6 月 21 日,清政府以光绪皇帝的名义向英、美、法、德、日、俄、西、比、荷、奥等西方列强同时宣战,结果到了 8 月 16 日晚,八国联军(日、俄、英、美、法、奥、意、德)基本占领北京全城。慈禧、光绪及皇室成员在日落时分仓皇离开北京,先逃到太原,后又逃亡西安,史称慈禧和朝廷西狩。

慈禧和光绪皇帝逃亡到西安城的消息,通过各种渠道四处传扬,安吴堡周莹也从山西运城分号得到了慈禧一行从风陵渡过黄河、入潼关,到达西安城的确切消息。对于慈禧一行达到西安城,周莹心里也起了波澜。北京被八国联军攻破,圆明园被焚毁,无数珍宝落入了列强之手,老佛爷带着没有权力的光绪皇帝一路狼狈不堪地到达西安城,住在陕西巡抚衙门,肯定用度紧张,有许多不便之处。

周莹派王健把吴怀先从三原宏道书院接回家，对他说：“怀先啊，慈禧老佛爷和光绪皇帝逃难到西安城了，咱们吴家作为渭北有名的富商大户，看来又得给朝廷义捐了。我打算派你去西安城，代表我先给老佛爷送去六头关中奶牛，外加陕西土特产，不知道你敢不敢前去？”

吴怀先说：“宏道书院的学子们也在议论帝后西狩之事。堂堂一个大清帝国，自鸦片战争以来屡次受西方列强羞辱，割地赔款，丧权辱国，这次竟然把都城都丢了。这样的政府也值得咱们义捐？”

周莹没想到吴怀先会说出这样的话，一时间也无法反驳，就说：“朝廷再腐败无能，也代表着国家。如果朝廷没了，国家也就没了。没有了国，哪里还会有家？秦商自古就有以商事国的传统，甲午海战失败后，妈向朝廷义捐白银10万两，获得过皇上敕封的二品诰命夫人称号，吴家的生意才能做得风生水起，恢复了你爷爷在世时的风光和荣耀。现在朝廷危难，咱不出手相助谁相助？你先把东西送去，妈随后就到西安城，想办法拜见老佛爷。”

吴怀先嘟囔着嘴说：“好吧，孩儿明天就带着奶牛和礼物去西安城。”

打发走吴怀先之后，周莹心想，老佛爷仓皇出走，好多东西肯定无法携带，就连睡觉的东西恐怕也难以如愿。想到此，她让红玉把骆荣、房中书、王健等人请到二堂客厅，共同商议给老佛爷和皇上送点啥东西，才能博得老佛爷的欢心。

骆荣听完东家周莹的苦恼，说：“慈禧手段毒辣，权谋多变，两次垂帘听政，足见其为人处世异于常人。对于这个在皇宫中养尊处优，独断专行之人，我一时间还想不出送她些啥东西才能讨得她的欢心。”

房中书说：“在京城时，慈禧过惯了花天酒地的日子，听说为了祝贺她的六十大寿，连海军经费都被挪用了，这才造成了甲午海战失败。此次慈禧匆忙出逃，肯定是穷得叮当响。夫人要想博得她的欢心，我看还是送银票合适。”

王健跟着说：“国破了，家还未亡。慈禧要想收拾烂摊子，肯定需要大量银子。我同意房总账的意见，给皇上和老佛爷送银票。”

周莹说：“你们就知道送银票，我不怪你们。慈禧老佛爷虽贵为皇太后，但也是女人。人常说女人的心性是相通的，你们几个老爷们可能无法理解。我准备搜集一些吴家留下来的好物件，准备连银票一起送给老佛爷。”

骆荣问："夫人想送些啥宝贝东西？我让人去准备。"

周莹思虑了一下说："哮珠手串一件，象牙凉席两件，金佛像一尊，景泰蓝香炉一个，楠木卧床一张，楠木小圆瓶八个，金猴一个，景泰蓝食盒一对。这些东西都是现成的，骆叔你安排人把这些东西打包，王健准备车马，咱们明天就去西安城。"

慈禧太后和光绪皇帝西狩西安的消息不胫而走，马合盛也从各地分号传回来的信息和西安府、泾阳县等地方政府人员口中得到了证实。整个朝廷大员齐聚西安，陕商为朝廷又要承担粮饷了。马合盛吸取了甲午海战失败后义捐的教训，决定和蒋继英商量一下该咋办。

在大德恒总号二堂客厅，马合盛、蒋继英相对而坐。马合盛看着蒋继英憔悴的样子，说："蒋掌柜，慈禧皇太后和光绪皇帝西狩西安城，听说是受到了某些人的蛊惑。我听人说，大太监李莲英就曾对慈禧皇太后说，关中有四险之固，沃野千里，渭北一带富商遍地。慈禧皇太后听李莲英这么一说，也知道西安城是汉唐国都，比较安全，又有大批富商，就奔西安来了。这些朝廷大员到了陕西，吃喝都是问题。赊旗会馆传来消息说，湖广总督张之洞正在湖北征集粮草，准备通过丹江运往西安救急。不知道蒋掌柜有何打算？"

蒋继英叹息着说："皇太后和皇上政见不合，弄得国家屡遭劫难，实在是令人痛心疾首啊！你也知道，蒋家自陕西官钱局私贩官钱之事被惩处后，元气大伤，不再是富商大户了。如今朝廷到了西安，我是有心报国，却无实力了。你刚才说，张之洞大人在湖北征集粮饷，准备运往西安救急，那马家的驼队就派上用场了。"

马合盛说："老佛爷带着千军万马在西安，粮饷肯定是问题。我想与其以后让官府征调，还不如自己主动作为。因此，我决定抽调马家驼队为朝廷从龙驹寨到西安运粮饷，帮朝廷一把。"

蒋继英问："就这些吗？"

马合盛说："看来渭北一带的富商大户又得义捐了。除了驼队运送粮饷外，我准备了10万两银票，看时机捐给朝廷吧。只要朝廷还在，咱们做生意就有希望。蒋掌柜，你准备咋办？"

蒋继英苦笑着说："我不像马掌柜财大气粗啊。不过这两年水烟生意还不错，我就咬牙义捐5万两吧。"

马合盛赞许地说:“尽点心意,咱不能让朝廷说咱陕商没良心是吧。”

蒋继英说:“陕商在朝廷历次摊派中啥时候落后过?谁要说陕商没良心,他自己才是真正的没良心。朝廷给了陕商啥好处?晋商票号与户部来往密切,朝廷又让晋商垄断了与俄罗斯、蒙古的茶叶贸易,这些好处朝廷都有明文规定,或者已成定例。国破了,遭难了,就逃到了西安,还让陕商出资纾困,你说这都是些啥事嘛?”

马合盛知道蒋继英心中有怨气,就劝说道:“陕商自古以来就有家国一体的传统,朝廷有难了,尽最大能力相帮,也算以商事国。如果国家不存在了,商家还能存在吗?”

蒋继英说:“马掌柜,你放心,怨气归怨气,但事情还是按照刚才说的办。”

马合盛说:“那我就告辞了。等会我去骆驼巷,安排调集驼队的事。”

蒋继英送马合盛出门时说:“听说皇上的掌印御史宋伯鲁大人被革职后住在西安桥梓口什字向南不远的土地庙附近,你到西安城之后,可以抽空去拜访一下他,或许还能通过熟人见到皇上。”

马合盛说:“多谢提醒。宋大人和刘古愚先生是故交,在甲午海战失败后的义捐活动中帮过我,应该去拜访一下,顺便了解一点宫廷的礼仪。咱们虽是一介商贾,但不能让人瞧不起。”

慈禧一行狼狈逃到西安,把行宫设在了北院门陕西巡抚衙门。这里的一切在当地虽说是一流的,但与北京的紫禁城和颐和园相比,还是有天壤之别。年过六旬的慈禧,经过一路颠簸,昔日在紫禁城、圆明园或颐和园形成的养尊处优的环境早已不存在了,华贵的服饰、各种保健品都留在了紫禁城中,成了八国联军的战利品。此时的慈禧,装扮甚至比不上高官的家眷,好在她可以睡个安稳觉了。

到西安城的第三天一大早,李莲英亲自给慈禧奉上了一小碗热气腾腾的鲜牛奶。慈禧接过冒着热气,鲜香扑鼻的牛奶,喝了一口,觉得这真是人间美味,好像她从来未曾品尝过似的。几大口喝完鲜牛奶之后,慈禧问:“小李子,在西安能喝上一碗鲜牛奶,真是难得啊!多亏了陕西代理巡抚端方还有这份孝心。”

李莲英尖着嗓音说:“老佛爷,您误会了。您刚才喝的鲜牛奶是泾阳安吴堡寡妇周莹派儿子吴怀先专程送来的六头奶牛刚挤的。陕西代理巡抚端方正在为运输粮饷发愁，哪还顾得上您老人家的日常起居呀！”

慈禧听说是安吴堡周莹派儿子吴怀先送来了六头奶牛，一下子想起来甲午海战失败后她要求光绪皇帝敕封周莹为二品夫人之事。她问：“你说的安吴堡周莹，是不是前些年皇上敕封过的二品诰命夫人？”

李莲英说：“就是渭北富商大贾，安吴寡妇周莹。”

慈禧接连听到李莲英称周莹为寡妇，就没好气地说：“难得周莹想得如此周全。小李子，你别一口一个寡妇周莹了，听着‘寡妇’这两个字，有点让人感到刺耳，心里更不舒服！”

李莲英知道自己犯了大忌，急忙用手在嘴上扇了一巴掌，说：“奴才知错了，请老佛爷饶恕。”

慈禧说：“刚渡过劫难，我就不怪罪你了。今后别在我面前提‘寡妇’二字，否则，严刑伺候。要说这周莹，也不容易啊，有机会倒可以见一下。”

李莲英说：“老佛爷想见谁还不容易，我让西安知府胡延去安吴堡宣周莹来觐见就是了。”

慈禧说：“如此甚好，你就去办吧。”

李莲英“喳”了一声，就小心翼翼地退了出去。

等屋子里安静下来后，慈禧看着简陋的住处，不由得伤心落泪。

功夫不大，李莲英又回来了。他给慈禧请过安，说：“老佛爷真是想啥来啥，西安知府胡延奉命去安吴堡宣周莹来觐见，没想到还没出北门，周莹已带着小队人马到西安来了，听说还给老佛爷带了不少好东西。”

慈禧闻听说周莹已到西安，又给自己带了不少好东西，高兴地催促道：“那还不赶快请周莹进来。”

李莲英说：“奴才这就去请周莹进来。”

时间不长，慈禧看见一位年约30出头，身穿二品诰命夫人凤冠霞帔的少妇走了进来，她知道来人就是周莹。

周莹进屋后，上前几步跪倒在地，口称：“民女安吴堡周莹给老佛爷请安。”

慈禧微笑着说：“周莹，平身吧！早就听说你是一位聪明睿智的女商人，没想到今日一见，发现你还是一个漂亮端庄的女强人。”

周莹起身后说：“老佛爷，初到西安，生活还不习惯吧？民女也想早点来觐见老佛爷，没想到在北门附近正好碰上西安知府，这就随着他来了。”

慈禧说：“这就叫心有灵犀一点通，你来了就好。没想到你会派儿子送来几头关中奶牛，让我喝上了热牛奶，真是难得呀！”

周莹说：“我还给老佛爷带来了一些东西，就在外面。我让他们把东西抬进来吧。”

慈禧也想知道周莹给她带了些啥东西，就说：“让他们抬进来，我瞧瞧。”

周莹刚想起身，站在旁边的李莲英说：“周掌柜，不麻烦你了，我去喊他们抬进来吧。”

慈禧说：“你大老远地从泾阳赶过来，就坐下休息吧。这点小事，让小李子去办。”

片刻工夫，王健等人把周莹送给慈禧的礼物抬了进来，然后轻手轻脚地出去了。周莹把礼物一一打开，慈禧越看越高兴，喜得合不拢嘴。

等慈禧看完礼物之后，周莹在礼物中取出一块泾阳茯砖茶，亲自倒水泡制，不一会橙红色的茶汁就弥漫出了扑鼻的芳香。周莹双手把茶水递给慈禧，说：“请老佛爷品尝一下我家裕兴重茶号制作的茯茶。”

慈禧接过茶杯，小口尝了一下，只觉得杯中茶水气味似茯苓，香气纯正；汤色橙黄沉红，清澈透亮；入口滋味醇厚，甘润顺爽，回味悠长，她不由得赞叹说：“好茶，好茶。对了，周莹，你刚才说你家这茶是什么茶？”

周莹说：“泾阳茯茶。”

关中人说话语音较重，茯和福发音基本一样，使慈禧误以为茯茶是福茶。她高兴地说：“福茶好，这个名字喜庆。福茶，福茶，只有有福之人才能品尝得到啊。”

周莹知道慈禧弄错了，但又不敢当面纠正。她觉得把茯茶叫福茶更好，就顺口说：“如果老佛爷喜欢这福茶，我让伙计们再送一批过来供您品尝，也可以赏给辛苦操劳的大臣们品尝。”

慈禧笑着说：“这样最好。你让人再送一点过来，我让小李子也给皇上他们送一点品尝。没想到在西安还能喝到如此好的福茶，真是老天不亏待我啊。”

等慈禧发完感慨，周莹又从身上取出一沓银票，双手呈给慈禧，并说：“国家危难，粮饷紧张，民女自愿义捐 20 万两白银帮朝廷渡过难关。”

慈禧没想到周莹如此慷慨，感叹地说：“人常说陕商有以商事国，家国一体的传统，今天我总算亲眼见到了。说到底，还是陕商和朝廷一心啊。”慈禧把银票放在八仙桌上，又说：“国家危难，如果全国的富商大户都能像你一样慷慨解囊，鼎力相助，何愁不能恢复中华神威。周莹啊，老身要有你这么一个女儿该多好啊！”

周莹一听这话，心情无比激动，能跟皇太后攀上亲戚，既是前世修来的福分，更是求之不得之事。她赶紧跪倒在地，叩头谢恩，并说：“民女周莹能得到老佛爷垂青，三生有幸。多谢额娘！”

慈禧拉着周莹的手说：“既然咱们是母女，就坐下来说话。小李子，传我的懿旨，封周莹为一品护国夫人。”

慈禧话音刚落，恭候在门外的几个朝中大臣一起进来向慈禧贺喜，并恭喜周莹。陕西代理巡抚端方说：“周莹不但是大商人，而且是少有的义商。如今被老佛爷收为干女儿，又敕封一品护国夫人，今后我们这些巡抚级别的官员见了你都要给你请安了。”

周莹笑着说：“那是我沾了老佛爷的光。至于今后见面请安之事就免了，我承受不起。”

慈禧说：“你就别跟这些官僚客气了。今后你们谁跟周莹过意不去，就是跟我过意不去。周莹有话就直接给他们讲，谁敢不听话，我拿谁开刀。对了，你们不是专门来恭喜我的吧？有话就说。”

端方说：“老佛爷西狩，粮饷是个大问题，湖广总督张之洞大人在湖北筹集了10万担粮食，正在通过丹江运往龙驹寨码头，泾阳茶商马合盛调集了他家1000峰骆驼前往转运。我怕老佛爷担忧，特此来禀告。”

慈禧听说马合盛调集了驼队转运粮饷，心情格外高兴。她说：“我女儿周莹刚为陕商做出了榜样，现在又有马合盛替国家分忧，实乃商人楷模。朝廷应该嘉奖，以此带动全国富商大户义捐，让国家尽快回复常态。端方啊，你明天把马合盛叫来，我想见一下他。”

端方说：“请老佛爷放心，卑职明天早上带马合盛来觐见老佛爷。”

慈禧说：“没事的话你们下去吧，我们娘俩还有话说。”

等所有人都走后，屋子里只剩下了慈禧和周莹。慈禧叹息着说：“我和皇上刚到西安，就听到了不少讥讽、嘲骂朝廷的语言，此风不刹，恐怕难得安宁啊！”

周莹小心翼翼地问：“听说老佛爷派出李鸿章李大人与八国联军谈判，不知道情况如何了？”

慈禧说：“我在山西境内就指定李鸿章为与列强议和的全权代表，发布了彻底铲除义和团的命令。据李鸿章电报请示，列强们除了要求赔付巨额军费，还要求处死12名朝廷大员，其中就有西安人、军机大臣赵舒翘。”

周莹知道赵舒翘其人。刘古愚先生曾在她面前多次提到过赵舒翘为人刚正，为官清廉，没想到却成了朝廷战败的牺牲品。周莹不安地问：“赵大人真的该被处决吗？”

慈禧有点气愤地说：“西方列强欺人太甚。说实在的，赵舒翘罪不该死，我意先判他个革职留任，看将来形势发展再说吧。”

周莹问完了赵舒翘的事，突然想起了刘古愚的境况，就说：“当年康梁维新变法，很多人受到了牵连，关中名儒刘古愚先生就是其中之一。事情过去多年了，不知道额娘如何处置此事？”

慈禧说：“康梁蛊惑皇上变法，我起先是同意的，后来他们闹得实在不像话，才逼我痛下杀手。刘古愚在北方影响很大，当年陕甘总督以‘保全善类’为名，没有开罪于他，我知道后就睁只眼闭只眼过去了。还有礼泉人、皇上的掌印御史宋伯鲁，我也仅是革去他的官职，没有再追究。想起这些事，让额娘痛心啊。”

周莹说：“额娘以一个女人操心着全国事务，确实不容易啊。”

慈禧说：“有些人不知道事情的真实情况，到处疯传额娘心狠手辣，权力欲极重，大有顺我者昌、逆我者亡的霸道之气，其实他们无人知道额娘的苦楚。刚到西安几天，讥讽朝廷者比比皆是，听说有一个光绪二十一年的秀才于右任还写信鼓动端方刺杀我，真是气死我了。”

周莹听到于右任鼓动端方刺杀慈禧，心里暗吃一惊，心想还是早点把消息传出去，让于右任赶快逃离陕西，免得有性命之忧。周莹说：“额娘，于右任是一介书生，您不必为此大动肝火。巡抚端方大人对您忠心耿耿，断然不会行刺您的。咱们说说家常话吧，免得您老人家生气。”

慈禧说：“还是你会体谅额娘。好吧，给额娘说说这些年你是咋过来的。”

周莹把自己处理分家、下四川、去江南、与康百万相斗的往事一件件都告诉了慈禧。慈禧听完之后，感慨地说：“做商人不易，一个寡妇领着这么庞大的商业集团更不容易啊。女儿呀，你要多保重，只有性命才是自己的，其他的都是过眼烟云。对了，你儿子吴怀先送奶牛有功，额娘就封他个四品坐家道[1]吧，将来也好继承你的事业。”

① 坐家道：即坐在家里当道台，属于虚职，只领俸禄，没有实职。

周莹感激地说："吴怀先是我多年前过继的养子，现在已经长大成人了，额娘这是爱屋及乌呀。女儿被敕封一品护国夫人，养子被封为四品坐家道，这在大清的历史上可谓开了先河，我代表儿子再次感谢额娘。"

慈禧说："世人没几个人能懂我等爱子之心的。当年我就为同治皇帝呕心沥血，曾给他说世间爹妈情最真，泪血融入儿女身。殚竭心力终为子，可怜天下父母心。可惜他英年早逝，令我中年丧子，苦不堪言。光绪帝年轻无知，受康梁蛊惑，急于变法，弄得朝廷上下怨声载道。大清帝国何时才能恢复康乾盛世呀！"

周莹心想大清现在千疮百孔，政府无能，官员腐败，西方列强早已把大清当作了砧板上的肥肉，任意宰割。鸦片战争、甲午海战之后，大量白银外流，国内百业凋零，民不聊生。当下，八国联军已攻陷都城，大肆劫掠，不知道国家又要损失多少白银。在西狩之际，慈禧还想着恢复康乾盛世，多少有点痴人说梦。周莹不敢反驳慈禧，只好说："额娘有力挽狂澜的雄心，大清帝国就有崛起的希望。有额娘在，我们就不会沦为亡国奴，吴家的生意就会继续兴盛，就能为国家出更多的力。"

慈禧欣慰地说："还是你会说话，时间不早了，咱们一起去用膳。"

李莲英早已恭候在屋外，听见慈禧说要用膳，赶紧让御膳房把饭菜端了上来。周莹一看端上来的只有几样简单的饭菜，连自己的日常饮食都不如，顿时觉得面前的慈禧真的有些寒酸和悲凉。

周莹陪着慈禧简单吃过饭，操心着告知于右任外逃之事，就说："额娘公务繁多，我就不打搅了，过几天再来看您。对了，您的寝室太简陋了，我回到安吴堡就让人着手给您打造屏风，等屏风打造好，我亲自给您送来。"

慈禧说："不着急，我现在就只是等候李鸿章和洋人商谈的结果。你好不容易来一趟，咱娘俩还没聊够，今天不妨彻夜长谈，你明天再回去。"

听见慈禧如此安排，周莹只好说："女儿听您的安排。"

当天晚上，两个寡妇到底聊了些啥，就成了人们街谈巷议的话题，谁也无法猜透她们闲聊的具体内容。

再说马合盛到了西安城，按照蒋继英的提醒，沿着西大街桥梓口什字往南，在土地庙附近终于找到了宋伯鲁的住处。宋宅是一座关中建筑风格的二进四合院建筑，当马合盛走近宋宅时，管家赵良正好从外面回来。赵良见一身穿长袍马褂的中年男子正在大门口张望，就问："这位先生，你在

找啥呀？”

马合盛看见来人也正向大门走来，就说：“我是泾阳茶商马合盛，想拜访宋伯鲁先生。”

赵良笑着说：“原来是大名鼎鼎的马合盛掌柜，我是宋宅管家赵良。在京城时与你堂弟马合祥相识，就是没见过你这个大东家。既然来了，快请进。”

马合盛说：“不知道宋先生忙不？这样贸然打搅有失礼仪，不好吧？”

赵良说：“康梁变法失败后，宋大人受到牵连，早已被罢官赋闲了。他现在整天除了研究关学，几乎是不出大门了。”

马合盛跟着赵良走进宋宅，确实发现宋伯鲁正在客厅的椅子上借着夕阳的余晖看着一本书。见赵良领人进来，宋伯鲁不悦地说：“赵良啊，给你说了多少次了，不要把生人随便往家领，你难道忘记了吗？”

赵良急忙解释说：“大人，这位是甲午海战失败后托您给朝廷义捐过10万两白银的泾阳茶商马合盛。您虽没见过他，但却帮他办过事，您忘记了？”

宋伯鲁放下手中的书，说：“马掌柜是秦商翘楚，当年被皇上敕封为四品资政大夫，我咋能忘记？马掌柜，老夫现在赋闲在家，啥事都帮不上你了。”

马合盛见宋伯鲁身材中等，精神矍铄，一开口就说自己当年被皇上敕封过四品资政大夫，心里就清楚他还在关心着国家的前途和命运。在宋伯鲁对面坐下，马合盛说：“我知道宋先生一直忧国忧民，就贸然来访，想就一点事情请教宋先生。”

宋伯鲁说：“眼下八国联军攻破了北京城，慈禧皇太后和光绪皇帝都逃到了西安，国家陷入了严重危亡时刻。我一个赋闲之人，既无能力上阵杀敌，也无法见到皇上替他分忧解难。你来找我，是不是找错对象了？”

马合盛见宋伯鲁说话生冷，就直接说：“国家危难，人人着急。我虽是一介商人，也想为国出力。像甲午海战失败后义捐一样，我准备向朝廷义捐，同时提供驼队为朝廷运输粮饷。虽说当年在宋先生帮助下，皇上敕封了我一个四品资政大夫，但朝廷的礼仪我不懂，找何人去向皇上禀告此事也不知道，就只好厚着脸皮来找您了，请宋先生见谅！”

听完马合盛一通话，宋伯鲁说：“没想到马掌柜如此仗义，我还以为你让我帮啥忙哩。这个好办，我给你写一封书信，你拿着去找陕西代理巡抚端方。他现在是慈禧太后面前的红人,你为他运输粮饷分忧解难,他感激你还来不及哩,说不定还会在慈禧面前替你美言几句。嗯,你准备让驼队为朝廷运输粮饷之事还有谁知道?”

马合盛说:“我在泾阳时和大德恒掌柜蒋继英说过,估计风声早传出去了。”

宋伯鲁说:“这样也好。本朝从丹江往西安城调运粮饷几乎就没断过。商家贩运粮食就不说了,我记得朝廷大量调运湖北粮食就有两次。第一次是康熙三十二年,关中饥荒,朝廷将襄阳仓米20万担由汉江经丹水之龙驹寨转运西安。第二次是康熙五十九年,又将湖广荆襄仓米10万担,历程2600里水路至龙驹寨转运西安。现在张之洞在湖北筹集粮饷,正在通过丹江运往龙驹寨,你能让驼队运输,那是解了端方的燃眉之急,说不定端方也正在派人找你哩。看在你为国家分忧解难的分上,这忙我帮。”说完话,宋伯鲁让赵良取来文房四宝,不一会就写好了一封书信。

马合盛原以为宋伯鲁会把书信交给他,没想到宋伯鲁把书信又看了一遍之后说:“马掌柜,书信暂放在我这里。你明天一大早过来,我让赵良领着你去见端方,这样办事效率会更高一些。”

马合盛说:“多谢宋先生了,我明天一大早就来府上。对了,听说您和刘古愚先生是故交,不知道你们二位最近有无来往?”

宋伯鲁惋惜地说:“刘古愚乃是关中大儒,无心于功名,一直在教书育人。维新变法失败后,他也受到了牵连,现在礼泉烟霞草堂继续教书。上半年,我回礼泉老家时见过他一次,精神状态还不错,老毛病还是身在草野,关心国家。”

马合盛说:“您和刘先生浸淫关学多年,加上陕西人的秉性,嘴上虽说对朝廷有意见,但关键时刻无不挺身而出,这种精神值得晚辈学习和效仿啊。”

宋伯鲁说:“我们这些人都是江山易改,本性难移,没救了。别的不多说了,你回去做准备吧。”

第二天一大早,马合盛刚到宋宅门口,赵良已拿着信件在门口等候了。见马合盛急匆匆赶来,赵良没说二话,就让马合盛跟着自己直奔北院门巡抚衙门。两个人刚到巡抚衙门,就见代理巡抚端方穿着官服往外走,赵良急忙上前大声喊:“端方大人,我是宋伯鲁先生管家。宋先生有重要信件让我交给您。”

端方闻听声音，抬头一看，只见赵良领着一个身穿长袍马褂，头戴瓜皮帽，年约四旬的中年人正在向自己走来。宋伯鲁被革职后，端方曾到宋宅看望过宋伯鲁，认识宋宅管家赵良，现在听说赵良拿着宋伯鲁的书信来找自己，就知道有要事。端方停下脚步，对赵良说：“赵管家，昨天我觐见老佛爷时提到了泾阳茶商马合盛调集驼队为朝廷运输粮饷之事，老佛爷一高兴要见马合盛，我此刻正在发愁在啥地方去找马合盛哩。你有啥要事赶紧说吧，误了老佛爷交办的事我可吃罪不起啊。”

赵良一听端方正在为寻找马合盛着急，笑着说：“大人，好事不用急，我把马合盛给您送上门来了。”说完话，赵良指着马合盛对端方说：“大人，这位就是您要找的泾阳茶商马合盛。”

马合盛赶紧上前见礼，并说：“草民马合盛拜见巡抚大人。”

端方打量了一下马合盛，笑着说：“没想到瞌睡借着枕头了。我正在为在啥地方找你发愁哩，没想到赵管家带着你上门了。闲话少说，你这就跟我进去觐见老佛爷吧。”

马合盛听说要去觐见慈禧皇太后，心里还有点忐忑。端方见马合盛面有迟疑之色，就说：“等会见到老佛爷，她问啥你回答啥，不要乱说就行。”

进了巡抚衙门，赵良就知趣地停下了脚步，找了个地方等候马合盛。马合盛低头跟着端方往后走，时间不长就到了第三进原来巡抚衙门的后堂，也就是慈禧的临时行宫。快要进后堂时，端方突然停下了脚步，回身对马合盛说：“稍等一下，我都忙糊涂了，只顾着领你去觐见老佛爷，连宋先生的书信都没看。等我看完宋先生书信之后，咱们再进去觐见老佛爷。”

在端方阅读书信的同时，马合盛悄悄往四周一瞧，院落里假山流水，花园亭阁，小桥曲径，贵重花木到处都是，不时还有宫廷侍卫四处巡逻。若不是端方领着自己进来，他就是进来了，也难以辨别方位。怪不得坊间传说，巡抚端方为了迎接皇太后、皇上圣驾西狩，花费了几万两银子收拾巡抚衙门，看来这马屁正好拍到了向上。

端方看过信件后，对肃立在自己不远处的马合盛说：“感谢宋先生把马家祖上和你义捐之事都写在书信里了。要不然老佛爷问起马家的事我还真的说不上个一二来哩。这下好了，既找着了你，又了解了马家历史，就不怕老佛爷询问了。马掌柜，端方感谢你在危急时刻仗义相助啊！”

马合盛说：“国家有难，我理当相助，不用客气了。”

端方继续领路，不一会就到了慈禧的临时寝宫。站在门口的李莲英见端方领着一个中年男子过来，问：“巡抚大人有何要事呀？这么早就过来了？”

端方指着马合盛说：“老佛爷昨天说要见泾阳茶商马合盛。这不，我把人领来了。”

李莲英说：“巡抚大人办事速度很快呀！老佛爷刚用完早膳，正在屋里和昨天认的义女周莹说话，我这就进去禀报。”

马合盛听说慈禧昨天收周莹为义女，心里大吃一惊。他想不到周莹这么厉害，慈禧刚到西安才几天，就收她为义女，这在大清历史上是绝无仅有的。这样一想，心里就酸溜溜地有了几分嫉妒。

李莲英片刻之间就出来了，他对端方说：“老佛爷让你带着马合盛一起觐见。”

马合盛跟着端方进了慈禧的临时行宫，端方咋做他咋做。慈禧看着眼前一个不熟悉的人跪在面前，问：“你就是马合盛？”

马合盛明白慈禧是在问自己，急忙应声说：“草民马合盛能觐见天颜，实乃三生有幸。”

慈禧微笑着说：“你们二位平身吧。马家历代对朝廷忠心耿耿，做出了不少贡献。我大清能有你和周莹这样忠心不二的子民，实乃大清的福分。马家的事情，周莹昨天晚上已经给我说过了，我很赞赏你等秦商的义举啊！”

马合盛起身站在一旁，眼睛余光一扫周莹，恰好看见这位端庄俏丽的少妇也正在看自己，他说：“国家危难，太后西狩，秦商义不容辞帮助国家化解危难，周掌柜就是我等秦商的楷模。”

慈禧问：“马掌柜准备如何帮助朝廷啊？”

马合盛说：“我来西安之前，已调集骆驼 1000 峰，现在正赶往丹凤龙驹寨，准备运送张之洞大人在湖北筹集的粮饷。另有 10 万两银票义捐给朝廷。”说完话，马合盛从身上摸出一沓银票，双手奉上。李莲英接过银票，转手奉送给了慈禧。

慈禧接过银票，笑着说：“我昨天就对周莹说过还是秦商和朝廷是一心的话，没想到马合盛今天紧接着就义捐。马掌柜，你这个茶商近年来生意如何呀？”

马合盛说：“托老佛爷洪福。马合盛茶号每年制作茯砖茶 35 票，有东路、北路、西路三条销售线路，自养骆驼 2000 多峰。”

慈禧说：“没想到马掌柜还是个大引茶商啊！对了，你与我女儿周莹在茶叶贸易上没有冲突吧？”

周莹插言说：“额娘，吴家茶叶、棉花、皮货贸易一直借助马家驼队运输，我们向来和平相处，抱团发展，没有矛盾。请额娘放心，周莹还会与马掌柜互相提携，守望相助的。”

慈禧笑道：“秦商重义舍利，恪守贾道，群附党援，其心也忠，其行有道，其人也勇，诚实经营，以商事国，我算是见识了。马掌柜，你的家庭情况如何？”

马合盛不知道慈禧是何用意，如实回答说：“草民育有两儿一女，大儿子马长青已弃学经商，二儿子马长民在三原宏道书院读书，与周掌柜的儿子吴怀先是同窗学友。”

慈禧想她昨天已敕封吴怀先为四品坐家道了，如今马合盛调集了千峰骆驼为朝廷运输粮饷，又义捐白银 10 万两，不给人家封个官说不过去，就说：“小李子，传我的懿旨，敕封马合盛为大引茶商，封他的二儿子马长民为七品官衔，等有空缺了再行递补。”

马合盛心里一阵激动，赶紧趴在地上叩头谢恩。

慈禧说：“小李子，你等会过去给皇上说，我今天早上心情好，给周莹亲书了‘护国夫人’四个字，刚才又敕封了马合盛，让皇上发布圣旨，对周莹、马合盛进行嘉奖。对了，让皇上敕封周莹为一品诰命夫人。”

李莲英说：“老佛爷放心，奴才这就去找皇上，今天就办妥这些事。”

端方献媚地说：“皇上圣旨一下，我安排西安知府亲自到泾阳表彰他们，同时号召所有秦商效仿他们义捐。”

慈禧微笑着说：“端方啊，还是你考虑得周全，我没看错人。等忙过了这一阵，我想调你到河南任布政使，不知道你意下如何？”

端方现在才是代理陕西巡抚，一下子升任河南布政使，心里非常激动，赶忙叩头谢恩。

慈禧忙完这些事，对端方等人说：“你们都下去吧，我再和周莹说几句话，就要处理大事了。”

端方和马合盛一起往外走时，端方对马合盛说：“马掌柜，我今天沾你的光了。今后在河南有啥事，尽可以来找我。”

与端方分手后，赵良对马合盛说：“马掌柜从现在起，就是太后金口玉

大引茶商

牙敕封的大引茶商了,以后的日子肯定会‘生意兴隆通四海,财源茂盛达三江’了。”

马合盛笑着说:“我这个敕封算个屁呀!胡雪岩也是太后敕封的红顶商人,赏穿黄马褂,结果如何呢?商人希望国泰民安,有生意做就行。看看现在,国家屡受欺辱,割地赔款,没完没了,前景堪忧啊。”

赵良说:“说这话今后要当心点,朝廷耳目众多,鹰犬遍布,弄不好要掉脑袋的。”

马合盛小声说:“朝廷每次战败,都向富商大户摊派,他们以为商人的钱财来得很容易,完全不体谅商人的艰辛。”

赵良说:“那你还积极义捐?”

马合盛苦笑着说:“碰上这样的朝廷,你能有啥办法?再说了,咱不能因为破费钱财,丢了秦商的传统。”

赵良说:“正是有你和周莹这样的人义捐,朝廷才会苟延残喘,继续腐败,毫不顾及国计民生,宋先生对此深感痛心。你今天也看见了,慈禧太后的起居环境较差,穿戴也不奢华,等各省粮饷一到,情况就会发生变化。等李鸿章与洋人谈判结束,朝廷回北京时,你就会知道现在的朝廷绝非你想象的朝廷。”

马合盛说:“俗语说‘覆巢之下安有完卵’,朝廷再无能,毕竟代表着正统,代表着国家。在国家需要的时候,我等商贾只有尽点绵薄之力。希望朝廷经此劫难,能够奋发图强,让国人过上太平的日子。”

赵良说:“但愿如此。希望马掌柜生意兴隆。”

马合盛说:“我答应了驼队运输粮饷之事,头绪较多,就不去打搅宋先生了,咱们后会有期。”

赵良知道马合盛的苦衷,就说:“欢迎以后到西安时来宋宅做客。”

马合盛与赵良告别后,心想一定要利用慈禧敕封的大引茶商招牌大干一番,借势扬帆起航,至于前途如何,他已经不愿去想了。

马合盛安排妥当驼队从龙驹寨往西安运输粮饷所有事情之后,西安知府胡延亲临泾阳隆重嘉奖了周莹、马合盛、蒋继英等人,并把慈禧御笔亲书的“护国夫人”四个字做成了金字匾牌赠送给了周莹。这些人义捐之事被当成了佳话在当地流传。

朝廷嘉奖周莹、马合盛之后,关中渭北一带富商大户群起效仿,积极向朝廷义捐，有十多位义捐5万两白银以上的富商被光绪皇帝敕封为四品、五品资政大夫，带动了全国富商义捐，缓解了朝廷西狩的经济危机。皇太后慈禧一高兴，命令各县署把富商们的义举记入县志，以示嘉奖。

第十五章

马合盛奉旨运茶
安吴堡遇上麻烦

周莹随口说给慈禧要送屏风这件事，让她伤透了脑筋。制作啥样的屏风才能赢得慈禧的喜欢，真让她心里没底。没办法，她让红玉找来骆荣、房中书一起商量。

骆荣说："慈禧贵为皇太后，久居大位，啥样的珍奇古玩都见过，给她制作屏风，必须讲究寓意，而且材质要好。"

房中书说："夫人前些年从南方收购回来了一批金丝楠木，极其珍贵。如果要博得慈禧喜欢，我建议用这批金丝楠木制作屏风，请南方木工精雕细刻，可保无虞。"

周莹说："我到西安皇太后行宫，看她的寝宫异常简陋，就随口说了一句送她一套屏风遮挡床铺，没想到这事办起来并不简单啊。皇太后跟我一样是个寡妇，她希望福如东海，吉祥如意，万寿无疆，我看咱们可以从这些方面考虑。"

骆荣说："金丝楠木是现成的，雕刻啥图案咱们可以商议，眼下最关键的是赶紧给苏州、扬州等地分号传信，让他们寻找雕刻高手。等这些人到了安吴堡，一切事情就好办了。"

周莹一想也对，就说："让王健派护院连夜启程去苏州、扬州，多找一些雕刻高手，安排他们尽快赶回来。老佛爷和皇上现在西安等候奕劻、李鸿章和洋人商谈结果，如果签订了合约，他们肯定会返回京城。咱们尽可能早点完工，争取赶在老佛爷回京城之前送到西安。否则就是把屏风制作得再精良，回到京城的皇太后都不会稀罕了。"

在周莹赶工期即将把屏风打造完毕之际，从西安传来了慈禧下令处死赵舒翘的消息。周莹感到吃惊，老佛爷曾经当面对她说过将赵舒翘革职留任的，为啥会出现这种情况。为了弄清事情原因，她让王健亲自到西安打探消息。

王健骑马赶往西安时，关中大地上年味正浓，人们都沉浸在过年的氛围之中。生逢乱世，不管如何，能与家人在一起过年都是喜悦之事。王健没办法，他对周莹安排的事，向来是言听计从，丝毫不敢违拗。冒着寒风，快马加鞭，王健在光绪二十七年农历正月初二后半晌终于进了西安城北门。到了裕兴重西安分号，掌柜赵福海见王健年关之际来到西安，就知道有要事。

赵福海把王健让到客厅坐下，赶忙沏上一杯热茶，让他暖和一下。等王健喝了一口茶水之后，赵福海问："正在过年，你咋跑到西安来了？"

王健搓着冻僵的双手说："夫人听说朝廷要斩赵舒翘赵大人，就让我到西安城打听一下详细情况。"

赵福海说："此事说来话长了。东家当面听慈禧太后说过对赵大人革职留任，这事不假。坊间传说，奕劻、李鸿章与洋人谈判时，洋人说赵大人是支持义和团的祸首，要求必须严惩首祸诸臣，否则联军统帅瓦德西就率领八国联军西进。当时大学士刚毅主张利用义和团对付洋人，军机大臣赵舒翘只能服从。刚毅在西逃的路上已死，洋人就要求严惩赵大人。慈禧皇太后迫于洋人淫威，就改'革职留任'为'交部严处'，再改'斩监候'，洋人还是不同意，慈禧又改为'斩立决'。消息传出后，今天上午，西安城内绅民300余人到鼓楼附近为赵大人请命，聚集者一度接近万人。听说请愿者还喊出了'不赦赵舒翘，老佛爷请回北京去，陕西人不养你'等口号，群情激昂，局面几乎失控了。你来晚了一步，要不然就会看到绅民为赵大人请命的悲壮场面。"

王健气愤地说："朝廷软弱，朝令夕改，全都要看洋人的脸色行事，真不知道东家为啥还要对朝廷抱有希望？"

赵福海说："东家是感激慈禧对她的敕封之情，加上她又是皇太后义女，肯定知道的内情要比咱们多。她在过年之际派你来西安城，估计是出于对赵大人的敬重。这样吧，我让留守的伙计给你准备饭菜，先吃饱了肚子睡觉，明天咱们一起去南郊看事态咋样发展如何？"

王健说："只能这样了。"

第二天，就是光绪二十七年正月初三。这天北风怒号，彤云密布，风卷着黄土落叶，遮天蔽日。赵福海和王健一看这鬼天气，顿时觉得心寒。两个人穿上棉袄，系紧腰带，相跟着往城南大雁塔附近的刑场走去。

一路上他们见到许多人手里拿着祭祀用品，嘴里唠叨着怨言，慨叹赵舒翘一生为国出力，没想到落了个被“斩立决”的悲惨下场，有些人甚至高声讥讽朝廷无能，残害忠良。

大雁塔南面不远处，就是处斩赵舒翘的刑场。当王健、赵福海到达这里时，已经是人山人海了。刑场北面是一个临时搭建的监斩台，东面是一个供刽子手休息和等候命令的窝棚。王健抬头向监斩台上望去，看见台上坐着一群官衔大小不等的官吏，众人议论说监斩官是新任陕西巡抚岑春煊，但岑春煊并没到现场。近万人的观刑人群议论着赵舒翘的人生，把刑场变成了一个嘈杂的集市，到处都是惋惜声、谩骂声、叹息声。

王健和赵福海找了一个地方停住脚步，打算目送赵舒翘最后一程。没想到快近午时之际，巡抚衙门旗牌官快马来到现场，对坐在监斩台上的副监斩官嘀咕了几句。这位官员站起身，大声喊：“众位乡亲，巡抚岑春煊大人也知道赵大人有些冤枉，现在正向老佛爷求情。今天的行刑暂时取消，请大家回去等候消息！”

众人听副监斩官这样一说，都把希望寄托在了岑春煊大人身上。既然不斩首了，大家就不约而同地逐渐散去。往回走的路上，王健问赵福海：“老佛爷真的能网开一面，留赵大人一条生路吗？”

赵福海担忧地说：“老佛爷几次三番改变命令，都是出于洋人的压力。今天不斩了，说不定哪天还会问斩。”

王健气愤地说：“国弱无外交啊！这叫啥事嘛？”

王健、赵福海想不到，就在他们往回走的时候，赵舒翘的人生已经快走到头了。

原来，慈禧怕西安绅民会有人劫法场，无法向联军司令瓦德西交代，又改“斩立决”为“赐令自尽”，并让新任陕西巡抚岑春煊前往甜水井赵家监刑。赵舒翘一直期待着慈禧皇太后能改变主意，放他一条生路，谁知道一直到午后毫无音讯。岑春煊知道再无旨意，再三催逼赵舒翘自尽。赵舒翘的妻子拿出少许金子，服侍赵舒翘吞下，谁料想吞金之后赵舒翘没死，还交代了自己的后事。岑春煊又令赵舒翘吞服鸦片，结果还是没死。岑春煊知道赵舒翘冤枉，但他也没有办法，看着赵舒翘难受的样子，又令赵舒翘吃砒霜。吃了砒霜的赵舒翘大喊难受，倒地呻吟，一直到后半夜仍未气绝。不耐烦的岑春煊根据左右的建议，要赵家人拿来棉纸放在赵舒翘面部，在上面浇灌烧酒，使其堵住七窍，一层一层反复糊，直到糊到第七层，赵舒翘终于毙命。赵妻不堪其悲，自尽殉葬。正月初四早上，从甜水井赵家

传出了赵舒翘已自尽的消息，

王健听说赵舒翘已死，只好回泾阳安吴堡向周莹复命。周莹听完王健的汇报，惋惜地说：“国弱无外交啊！一个堂堂的大清帝国主权，硬是让一帮洋人给操纵了，真是颜面无存，丧权辱国啊！”

经过几个月的精心打造，周莹供奉给慈禧的金丝楠木屏风终于完工了。虽说赵舒翘之死给周莹留下了心理阴影，但她还是想知道内情，于是让王健等人套上几辆马车，她要把屏风送到西安，亲自交给慈禧皇太后。

这是一个阳春三月的早上，周莹带着红玉坐轿，王健领着几个伙计每人赶着一辆马车，车上装着包裹严实的金丝楠木屏风。一行人出安吴堡之后向南，准备渡过泾河、渭河，前往西安。

此时田野里的麦苗一扫冬日的萎靡，泛着绿油油的光泽，杨柳树早已吐牙，嫩绿色的枝叶把山川道路打扮得朝气蓬勃，一路上都能看到迎春花和四处开放的野花，让不再轻易出门的周莹感到整个原野里充满了春天的气息。

周莹隔着轿车的纱窗，往外面张望了一阵，就想到了初次见到慈禧的场景。几个月时间转瞬即过，不知道慈禧现在的日子过得咋样，她见到自己精心制作的屏风会喜欢吗？

红玉见东家的脸色刚才还像春天的阳光一样灿烂，不一会就变得阴沉起来了。她以为东家是因为刚才离开安吴堡时东家的义女秀翘闹着要跟着到西安，东家嫌叵烦没有答应，此刻可能是东家想起了秀翘哭闹的样子，心里有些担忧。红玉说：“夫人，秀翘年幼不懂事，不知道您这是去办大事。如果夫人惦念秀翘，我回去把她接来。”

周莹说：“秀翘已经六七岁了，应该懂事了，哭闹一阵就没事了。我是担心此次去见老佛爷，不知道会是啥结果。”

红玉说：“夫人带了那么多珍奇古玩、金银玉器，还有制作精良的金丝楠木屏风，还怕老佛爷不高兴吗？”

周莹说：“见了好东西谁都高兴。我是怕问起赵舒翘的事情惹老佛爷不高兴。”

红玉说：“那夫人就别问了。”

周莹说：“你跟了我多年，应该知道我的性格，那就是打破砂锅问到底。老佛爷曾经对我说把赵舒翘革职留任，没想到最后弄成了赐令自尽，让陕西民众对朝廷颇有怨言，有损朝廷威望。此事我不说，估计无人敢在老佛爷面前提及。”

红玉听周莹这么一说，对东家可能冒犯慈禧有些担忧。她说：“东家还是谨慎为上吧。现在老佛爷已经不是刚到西安的老佛爷了，朝廷的军国大事都是老佛爷做主，说话不注意，很可能得罪她。”

周莹见红玉为自己担忧，微笑着说：“你放心，既然老佛爷把我认成了义女，我就以娘俩的口气打探情况，我想她不至于大动肝火吧。”

慈禧听说周莹亲自送来了屏风，很是高兴。她吩咐李莲英赶紧请周莹一行到巡抚衙门的行宫里来，也想趁此机会与义女周莹说说心里话。

周莹带着珍奇古玩、金银玉器、金丝楠木屏风等礼品刚到慈禧行宫门口，就见慈禧穿着华贵的服饰站在台阶上打量着自己。慈禧笑着说：“周莹啊，你还真是陕西人说的吐口唾沫砸个坑啊，我以为你把这事都忘了。”

周莹疾步上前给慈禧请安，然后说：“答应额娘的事，女儿咋敢忘记？这不今天就给您送来了。”

慈禧欣慰地说：“那就打开屏风，让额娘开开眼界。”

周莹让王健等人打开了屏风。慈禧看到这是一组由 12 个屏面连接成的屏风，每个屏面高达 3.5 米，每条屏之间用铁挂钩紧凑相连，屏风正面上半部镶嵌精美的手工湘绣，大背景为朝阳初升映东海，紫气祥瑞拂面来。精雕细刻的屏风上部，鹿（禄）、羊（吉祥）等瑞兽地上走，凤、燕等灵鸟枝头飞，全部都栩栩如生，色彩艳丽，活灵活现，呼之欲出。

慈禧高兴地走到屏风跟前，仔细观看，又拉着周莹的手赞不绝口。周莹指着屏风下半部说：“额娘，我特意交代雕工在下半部雕刻了民间福禄吉祥的各种传说。您看这上一层从内向外依次相对称，雕着（象）大象九贡，寓意博物多财，麒麟祥瑞；（鹿）加官封禄；（猴）加官封侯；（狮）太师少师；（羊）三阳开泰。下一层则是老子出关、紫气东来、天台圣灵、人间仙境。这屏风两侧基柱是头向外大张口的两个小狮子。为了祝愿额娘健康长寿，万寿无疆，我找了关中有名的书法家，在屏风背面用小楷书写了成百上千个红色的福字。不知道额娘是否喜欢？”

周莹话音刚落，慈禧高兴得合不拢嘴，一个劲地说：“喜欢，喜欢，难得你这么有孝心。”随后，慈禧吩咐李莲英把这组屏风摆放在她的寝宫。

等进了慈禧行宫，周莹发现这里的一切全部变了模样，原先的小煤油灯全部换成了大保险灯和洋蜡烛，把行宫照得金碧辉煌。行宫的书架上摆放着许多古玩字画、珠宝玉器，床上更是绫罗绸缎、锦绣成堆。看着眼前的景象，周莹心里暗吃一惊，难道几个月不见的老佛爷真的变了？

不一会，李莲英让一名小太监呈上了荤局、素局、饭局、菜局、酪局、点心局等 100 余种菜单让慈禧点菜，慈禧随意地点了三四十种她喜欢吃的菜肴，这种奢华气派看得周莹目瞪口呆。

慈禧说："还是西安好啊。我来这里半年多，发现西安好吃的太多了，酱牛肉、腊汁羊肉、羊肉泡馍、葫芦鸡、水盆羊肉、蓼花糖、柿子饼、德懋恭点心、金线油塔，应有尽有，多不胜数，让我百吃不厌。"

周莹感到眼前这个慈禧确实不是刚来西安的慈禧了，行宫里的奢华是她这辈子所仅见的，一顿饭三四十种饭菜也让她匪夷所思，难道一个人真的能吃这么多吗？她心想，这就是所谓的排场，就是慈禧想恢复自己在故宫、圆明园或颐和园时日常生活的做派。周莹想到此，有点寒心。国家残破，民不聊生，八国联军占着北京提出了谈判条件，慈禧却依然过着锦衣玉食的奢华日子。民间说朝廷根本就不关心百姓疾苦，原来她不相信，但眼前的一切，印证了传言不虚。

陪着慈禧吃过饭，周莹给慈禧倒了一杯茯茶，慈禧接过茶杯后，笑着说："周莹啊，自从你送福茶进宫，大臣们对你家福茶是赞不绝口，西安知府胡延还为此闹出了笑话。"

周莹诧异地问："为福茶闹出笑话，不可能吧？"

慈禧笑着说："有一次，我看西安知府胡延很辛苦，就赐了他一杯福茶，胡延视同得了一杯甘露，感激不已。又偶然遇到了光绪皇帝，得到劳问，更是喜出望外，随后作了一首诗大肆张扬，其诗云：'赐茶小憩曲房隈，抵得金茎露几杯。铃索无声花院寂，揭帘忽报圣上来。'写完这首诗，他又自注云：'某月某日，延与升巡抚、李布政三人，同入内带匠。时太后初起，知延辈早至，特命在东院小房内憩息，各赐茶一杯。忽皇上揭帘入，延三人亟长跪请安。上劳问数语而出。上盖闲步偶入，初不知延三人在内也。'胡延的诗和自注传开后，一些老夫子对其诗点评颇多，认为胡延的诗狗屁不通，糟蹋了你的福茶。"

周莹笑着说："胡延大人乃是感激您的恩德哩。至于他作的诗嘛，水平一般。我记得泾阳当地流传有一首诗是这样赞美泾阳茯砖茶的：'湖茶入泾得地气，能工巧匠制天珍。茶发金花味更醇，克食利水提精神。丝绸之路传美誉，上贡天庭留佳音。茶圣诗仙若得饮，乐而忘蜀也销魂。’额娘，您觉得这首诗如何？”

慈禧说：“不错，把福茶的来龙去脉讲清楚了，也把它的特点说清楚了，尤其‘丝绸之路传美誉，上贡天庭留佳音’一句真可谓传神，比胡延的诗好多了。”

两个人说了一会茯茶的事，周莹想起了赵舒翘的事。她见慈禧心情极好，就小心地问：“额娘，我有一句话不知该问不该问？”

慈禧微笑着说：“周莹啊，你今天送来这么多好东西，额娘高兴，刚才还多吃了几口饭菜哩。你想问啥尽管问。”

周莹得到了慈禧的允许，就问：“额娘原先对我说，对赵舒翘只是革职留任，最后咋改判成赐令自尽了？”

慈禧听见周莹问起了赵舒翘的事，脸色顿时变得有些尴尬，她说：“我这还不是让洋人给逼的吗？说起来啊，赵舒翘并未附和拳民，他也不是载漪、载勋、刚毅等一派，死得甚为可怜。”说到此，慈禧眼圈发红，声音有些哽咽。

周莹见状，趁势说：“孔子曾说，天下有五种不吉祥之事，‘损人而自益，身之不祥也。弃老而取幼，家之不祥也。释贤而用不肖，国之不祥也。老者不教，幼者不学，(风)俗之不祥也。圣人伏匿，愚者弄权，天下不祥也。’好在额娘能及时警觉，惩奸除恶，国家才会有中兴的希望。”

慈禧说：“你们陕西人的秉性啥时候才能改呀！你以为你说的这番话我听不懂吗？国难思忠臣，战场用良将，堂堂大清朝在危急关头几乎无人可用，让额娘殚精竭虑也选不出几个人才来。周莹啊，弱国无外交，赵舒翘的死，只能把账算到洋人头上。对了，还有那个宋伯鲁，也有些冤枉。前一阵，我想起此事，还御笔亲书了一个‘宋宅’派西安知府胡延送给了他，算是道歉。”

周莹知道再谈下去也无啥结果，只能听慈禧发牢骚，就说：“额娘公务繁多，周莹就不打搅了。”

慈禧伸了伸懒腰说：“你那一摊子事情也不比额娘轻松，早点回去休息吧。有啥事随时可以进宫来找额娘。”

周莹给慈禧请过安，就离开了巡抚衙门慈禧的行宫。

过了三月份，就到了去安化收购新茶的季节了。马合盛决定自己制作

"大引茶商"旗帜一面,制作"奉旨运茶"旗帜多面,让马长青去安化收茶。在运送茶叶回来的路上,把这些旗帜插在船头上,借此宣传皇太后对马家茶号的嘉奖,同时避免各地官府寻机滋事,多收茶税。

马长青自从接受了父亲马合盛的命令之后，就带着大队人马到了安化采购新茶。对于马长青来说,这么多年在父亲的耳提面命之下,经商的才干日渐增长,几乎与他叔父马合利不相上下,这才有了此次独挑大梁采购新茶的机会。

等收购完新茶之后,马长青让伙计们把马合盛在泾阳制作的"大引茶商"和"奉旨运茶"旗帜拿出来,插在运输茶叶的船头上。船在水中走,旗在空中飘,水面上还有船工号子在飘荡,这种气势,让资江、洞庭湖、汉江、丹江等各水路的船帮羡慕不已,令山陕茶商顿感惭愧。慈禧皇太后在西狩之地西安敕封"大引茶商"马合盛茶号之事,早已传遍了陕、豫及两湖各地,不要说茶商们眼红,就是各级官府见了马长青带领的船队,也避让三分,不敢无故去招惹。

等马长青安全顺利地把新茶运回泾阳，得意地说了他一路上的见闻之后,马合盛心想,自己这一招可谓别出心裁。既然运输茶叶能打"大引茶商"的旗号,为啥不在茶叶销售方面也打上"大引茶商"的金字招牌?

马合盛叫来刘福生、马长青等人商议当年茶叶包装时,就把他的想法说了出来。

刘福生说:"大引茶商是慈禧皇太后金口玉牙亲封的,这还有假?大少爷此番去安化采购新茶回来,一路上各级官府退避三舍,就是明证,他们谁敢惹咱们?东家说在茶封上印上新字号,我建议就用大引茶商马合盛,一来表明马家茶号是皇太后敕封的,二来还代表马家茶号有官茶的意思,这种包装肯定能起到意想不到的效果。"

马长青说:"甘肃、青海、蒙古等地民风淳朴,尤其是甘肃河西走廊一带,对朝廷奉若神明。咱们在茶封上打上大引茶商马合盛印记,肯定会得到民众信任,销售前景也会更好。"

马合盛微笑着说:"既然你们都同意,咱们从今年起,一律在茶封上印上'大引茶商马合盛'七个字,以示与别家茶号的区别。"

等马合盛茶号把当年茯砖茶制作完毕,准备发往西路、北路、东路大量销售时,从西安传来消息说,朝廷已于当年(光绪二十七年)农历七月二十五日(阳历 9 月 7 日)与西方列强签订了《辛丑条约》。马合盛想知道《辛丑条约》的具体内容,就让马长青赶紧去找。

刘福生听见街谈巷议《辛丑条约》,就到茶号二堂来找东家马合盛。刘福生见马合盛愁眉苦脸的样子,就问:“东家,你是不是在为朝廷签订的《辛丑条约》发愁呀?”

马合盛说:“商家关心国家大事也是应该的。今天这个条约,明天那个合约,我就怕朝廷在赔款的同时,也把咱们商家的财路都断了。真是这样的话,咱们就只有喝西北风了。”

刘福生说:“朝廷还要靠商家给它义捐哩,不会让商家无路可走吧?”

马合盛苦笑了一声,说:“自甲午海战失败以来,朝廷向日本开放了四个通商口岸,对咱们虽说影响并不大,听说已影响到了安吴堡在江南的业务。此次帝后西狩,安吴堡寡妇周莹贡献最大,吴家流动资金损失也不小,这个新签订的《辛丑条约》肯定会涉及商家利益。刘掌柜也知道,咱们在北路、东路都与俄罗斯茶叶贸易有关,这几年俄罗斯方面对茶叶质量横挑鼻子竖挑眼,压低价格,让咱们也吃了不少苦头。在甘南及西藏茶叶贸易中,印度茶叶冲击市场,前景也不容乐观啊。”

刘福生明白东家的担忧之心,就说:“东家,现在咱们有了皇太后的敕封,情况肯定会好起来。茶叶贸易是咱们的大宗贸易,质量是取胜的关键。虽说这几年与俄罗斯茶叶贸易不太顺当,但咱们还是占了上风。”

马合盛说:“那是咱们的茶叶品质过硬,也是他们的生活必需品。国家战败了,咱们不能在商业贸易中再失败,一定要为中国茶叶争光。”

两个人有一搭没一搭地说着话,就等着马长青打探消息回来。

中午时分,马长青手里拿着一张纸回来了。进了客厅,马长青说:“大,《辛丑条约》的事打探清楚了,我把主要的内容抄在了纸上,您自己看吧。”说着,就把手中的纸张递给了马合盛。

马合盛接过纸张,只见上面主要写了四条,他知道刘福生也想知道条约内容,于是把纸张上的文字念了出来:“一是清政府向各国赔款 4.5 亿两,以关税、盐税和常关税作担保,分 39 年还清,年息 4 厘,本息共计 9.8 亿两。二是划定北京东交民巷为使馆界,允许各国驻兵保护,不准中国人在界内居住。三是清政府保证严禁人民参加反帝运动。四是清政府拆毁天津大沽口到北京沿线设防的炮台,允许列强各国派驻兵驻扎北京到山海关铁路沿线要地。”念完纸上文字,马合盛把纸张撕成了两半,扔在了地上。

刘福生说："这是个屎条约嘛。除了赔款，还允许各国在北京城驻兵。古人讲'卧榻之侧岂容他人鼾睡'，现在各国在北京城驻兵，随时可以要挟朝廷。天下都没有的先例让朝廷开了先河，真是把人丢大了。"

马长青说："最可气的是赔款4.5亿两，摊到全国人均一两，这不是在羞辱全国人吗？听说还有一条，凡是发生过反对西方列强的城镇，一律停止科考五年。"

马合盛说："科考取士，从隋朝就开始了。大清从嘉庆时开始卖官鬻爵，只要有银子，就可以当官。帝后西狩，照样卖官鬻爵，现在关中道被慈禧、光绪敕封的四品官员还少吗？依我看，停止科考也好，让学子们学点经世致用的东西比八股文强。"

马长青说："大，我弟弟长民也被皇太后敕封为七品官员了，说不定长民还真能任个实职哩。"

马合盛叹息了一声，说道："但愿长民当官之后，能为老百姓办点实事，不要让人辱骂祖宗八辈就行。不说这些窝囊事了，咱们还是按照原先定的策略，做咱的生意吧。"

周莹几乎与马合盛同时知道了《辛丑条约》的具体内容，心里顿时感到很郁闷。慈禧当初对她讲，还想恢复康乾盛世的荣耀，看条约的内容，简直是在卖国，哪里还有一个大国的尊严可言？

随后，西安商号掌柜赵福海派伙计送信回来说，慈禧和光绪皇帝一行准备于十月初起驾回北京了。他在信中问东家周莹，是否要给慈禧送行？周莹看完书信，心情越发糟糕。在一旁侍候周莹的红玉见东家脸色难看，说："夫人，您与老佛爷是母女关系，老佛爷要走了，您还是抽空去看一下吧，权当为老佛爷送行。"

周莹说："把国家弄成了这个样子，我都嫌丢人。再去西安给她送行，我怕陕西人戳我的脊梁骨。"

红玉说："那您都知道了老佛爷要回北京，不去的话，总得找了理由吧？"

周莹说："你去前面把骆总管、房总账请来，让他们替我想想办法。"

红玉听完周莹的话，转身走了出去。

时间不长，骆荣、房中书相跟着来到了内宅二堂客厅，他们二人听完周莹的苦恼，也是唉声叹气。

过了一会，骆荣怕冷场，就说：“慈禧光绪西狩，不但坑苦了陕西人，而且遥控指挥奕劻、李鸿章签订了《辛丑条约》。现在全国民众都知道了这个丧权辱国的条约，真的是群情愤慨，骂声响遍全国。夫人不去送行，是怕陕西民众在骂老佛爷的同时也骂您。但不去送行，总得有个能说得过去的理由呀！”

周莹苦笑着说：“我就是找不出个合适理由，才把您二位请来讨教的。”

房中书说：“不想去送行也行，但人情上还要过得去。我看这样，夫人给赵福海写封信，就说您去庆阳棉花行巡查业务去了，不知道老佛爷启程的时间，现在往回赶怕来不及。同时，您挑选几件贵重物品，让赵福海送给老佛爷。不知道此法是否可行？”

骆荣听完房中书的话，赞同地说：“我看此法可行。不过，夫人既然在信中说了去庆阳巡查棉花行生意，就得真的去一趟庆阳了。朝廷耳目遍地，您如果不去庆阳，被别有用心之人密告老佛爷，咱可吃罪不起啊！”

周莹说：“那就按照房叔的意见办，我正好去庆阳散散心。不过，叮嘱赵福海，注意老佛爷的行程。”

周莹带着红玉、王健去庆阳之后，慈禧、光绪一行在十月初六带着浩浩荡荡的人马离开了西安。据赵福海陆续传回来的消息说，慈禧离开西安时，带着3000辆大车的财物，坐着八抬大轿，耀武扬威，场面壮观。慈禧出潼关，经河南、直隶回京城，路过巩县时又骚扰了河洛康家，使康家为迎接圣驾花费了上百万银两。

周莹知晓这些情况后，感到今后指望朝廷能为商家做点事情已经泡汤了。国家千疮百孔，老百姓苦不堪言，老佛爷依然如故地铺排张扬，极尽奢华之能事，这个国家还有希望吗？自己和大批陕商义捐，原指望能帮国家化解危机，谁知道老佛爷只顾着自己享受了，照样卖官鬻爵，就连西安行宫的御膳房也有各类厨师上百人，这是一个流亡朝廷笼络人心的做派吗？对赵福海说慈禧嫌她送的那组金丝楠木屏风太大没有带走，她一笑了之。当听说河洛康家为迎接圣驾花费上百万两白银之事后，她觉得河洛康家今后将无法在棉花贸易上与自己竞争了。义捐使大量商家流动资金减少，今后这生意可咋做呀！

与周莹的担忧截然相反的是，马合盛借助慈禧敕封的“大引茶商”封

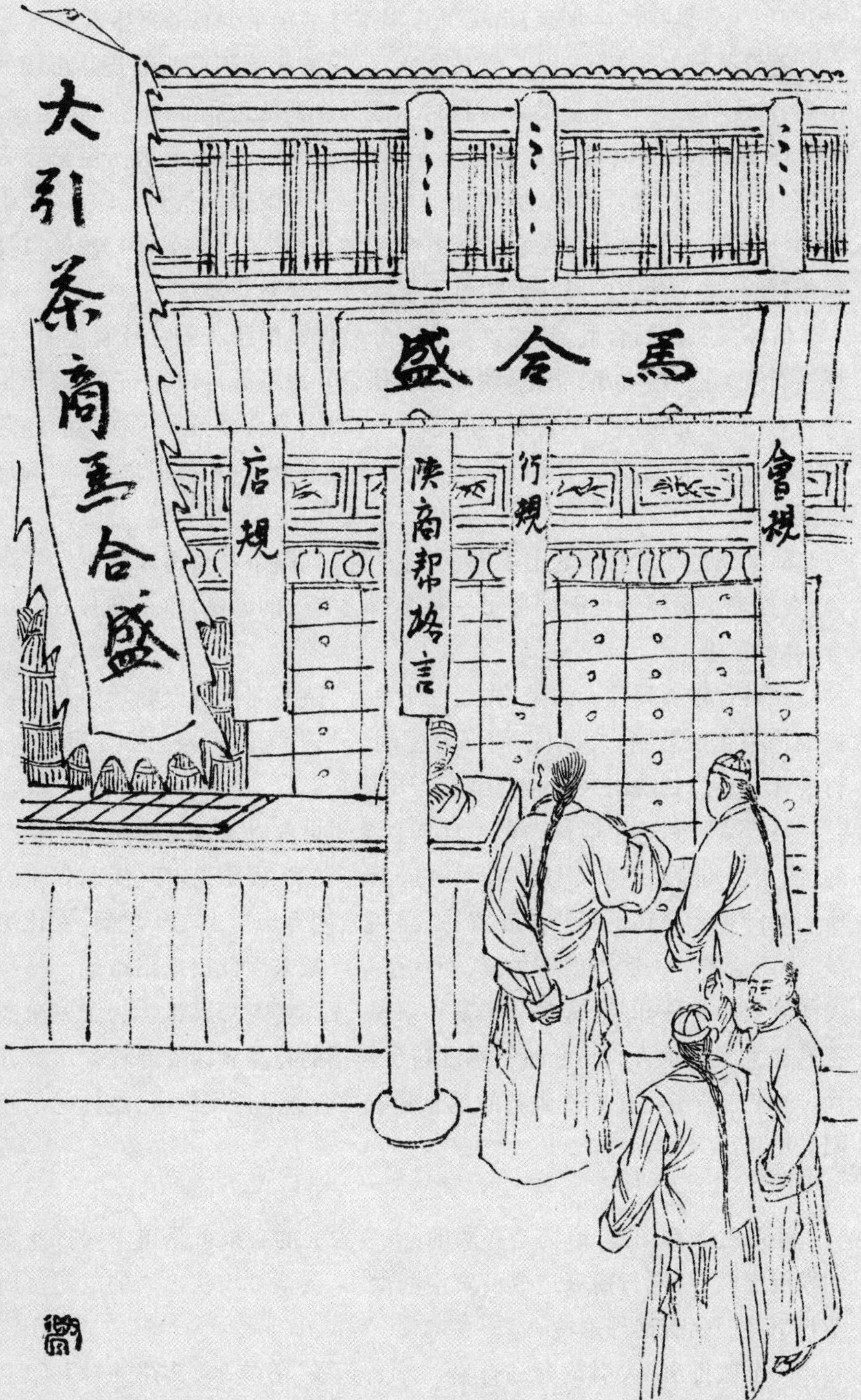
大引茶商馬合盛
馬合盛
店規
陝商幫路言
行規
會規

号，却把生意做得风生水起，出现了马家茶号多年来少有的兴盛气象。

随着茶封上印有“大引茶商马合盛”标识的茯砖茶在西部茶叶市场的出现，加上各分号伙计把皇太后敕封东家马合盛的过程演绎得活灵活现，淳朴厚重的牧民们本就喜欢马合盛茶号的茯砖茶，现在又有了慈禧皇太后“金口玉牙封下的”传说，更增加了马合盛茶号畅销的气势。印有“大引茶商马合盛”标识的茯砖茶在牧区各分号的热销，甘宁蒙等地牧民的口耳相传，使一些小地方的民众也知道了茶叶行当有个马合盛。

借风扬帆的马合盛，趁此要求所有分号严格按照泾阳总号制定的《店规》《行规》《会规》办事，牢记《陕西商帮格言》，决不允许以次充好，短斤少两。对西路、北路两大销售渠道的各分号掌柜，马合盛给予了适当的经营决策权。伙计们看到东家细化管理，允许入股经营，红利按股均摊，都铆足了干劲。

马家茶号经过两年的上下同欲，在西路、北路茶叶贸易区域享有了声誉，在处理买卖纠纷方面创造了一整套行之有效的办法，整个茶号日进斗金，高歌猛进。

令马合盛感到惊喜的是，光绪二十九年，陕西巡抚升允突然想起了慈禧老佛爷曾经敕封过大引茶商马合盛的二儿子马长民为七品官职一事，行文让马长民到陕南兴安府安康县任知县。

马合盛听到这个消息，喜不自禁。金州自古以来就是陕南茶叶主产地，明初金州紫阳茶叶是陕甘茶马古道上的官茶，汉中、紫阳、川北保宁府所产茶叶曾经独霸了西北茶叶贸易。虽说自明万历二十三年之后，安化黑茶“多而值下”，一度占据了主流，但陕南茶叶从未因此而退出市场。马长民能到安康县任知县，这对马家茶号来说，无异于天降喜讯。为了感激巡抚升允大人的垂青，马合盛特意准备了丰厚的礼品到西安专程拜访了升允。马家二公子将任职安康县的消息随着马合盛从西安回来，就传遍了泾阳县城。

经商之人都知道，市场是有限的，一家独大的后果就是挤压同行商家的发展空间，给同行商家造成商贸空间变小，甚至被淘汰出局的厄运。周莹当下就面临着这种困境。

马合盛打出“大引茶商马合盛”“奉旨运茶”等旗号，又在茶封上印上“大引茶商马合盛”标识之后，马家的茶叶贸易逐渐蚕食了其他茶号的领域，受损害最大的就是周莹旗下的裕兴重总号。

这年九、十月份，裕兴重总号在兰州、西宁、银川、甘南等各地分号纷纷写信向周莹汇报，裕兴重茶号茯砖茶销售遇到了严重危机，即使降价销售，牧区民众也不买账，只认马合盛茶号的茯砖茶，茶叶销量一落千丈，库存积压严重。他们请求东家周莹赶快明确下一步该咋办？

周莹自从执掌安吴堡裕隆全、裕兴重两大商业总号以来，第一次遇见这种事，一时之间也想不出好办法，就让红玉把骆荣、房中书、王健等人一起请来，共同商议对策。

这几个人听完周莹通报的情况，也觉得事情难办。周莹说："事情再难办，总得有个办法才行。我执掌安吴堡大权之后，朝廷接连在甲午海战、庚子之乱中失败，吴家义捐数额巨大，周转资金捉襟见肘，日子过得已不像过去那样顺当了。眼下西部茶叶贸易出现了降价都难销的困局，这种局面不打破，吴家的日子就会更艰难。骆叔、房叔，你们倒是说话呀！"

骆荣唉声叹气地说："我到吴家40多年了，跟了老爷一辈子，从来没有碰到过茶叶降价难销这种怪事。处理这种事，我看关键是要找到茶叶滞销的根本原因，否则，头痛医头，脚痛医脚，解决不了问题。"

房中书接着说："从各分号反馈的情况看，马家商号在各地销售势头很猛，与吴家茶号滞销的情况截然不同。我认为，马合盛很好地利用了慈禧敕封他'大引茶商'封号这块金字招牌，起到了出人意料的宣传效果，增强了牧区民众对马家茶叶品质的信任。即使人家的茶叶售价比咱们茶叶售价还高出一成，销售情况依然火爆，供不应求。此种局面不改变，裕兴重茶号的市场可能就会被马合盛蚕食殆尽了。"

周莹听完骆荣和房中书的话，感到他们除了担忧，并没有提出切实可行的办法，就有点生气。转眼再一看这两位有点老态龙钟的长辈，她觉得两位老人帮扶了自己20多年之后，早已失去了对市场把握的灵敏性。庚子之乱以后，西方各国列强凭借着坚船利炮打开了中国闭关锁国的大门，西方工业文明随之严重冲击了中国传统的农业文明，价廉物美的商品使中国手工业者大批失业，国内商业贸易日渐凋零。自己能看到的，两位老人未必能看得一清二楚。如果再像以前遇到难题让他们出主意，想办法，看来是不可能了。

王健看见东家周莹长时间不语，也感到骆荣、房中书只看到了问题的表面，表示了担忧，并没有办法解决这些问题。为了不伤两位长辈的面子，他开口说："夫人，骆总管、房总账说得都对，我认为裕兴重各分号茶叶滞销仅是表面现象，要想起死回生，就得仔细弄清滞销的根本原因。房总账说马合盛很好地利用了老佛爷敕封的'大引茶商'金字招牌，这个观点我同意。问题是裕兴重各分号降价销售也抵挡不住马合盛茶号，这里面肯定还有更深的原因。因此，我建议把泾阳掌柜王福禄叫回来，问一下他掌握的详细情况，然后再做决策。"

周莹见这几个人都无良策，再议论下去于事无益，就说："那就先这样吧，大家先回去，有啥好办法随时告诉我。"

骆荣、房中书慢慢起身，相跟着走出了客厅。王健看了一眼周莹，发现周莹正低头想心事，就知趣地跟着两位长辈一起走了。

第二天一大早，王福禄急匆匆地赶回了安吴堡。刚到堡门口，就看见王健把手臂抱在胸前在堡门口来回转悠，他知道这是在等候他。王福禄刚跳下马，王健就说："王掌柜一路辛苦啊！"

王福禄笑着说："牙长一点路，辛苦个屁。东家把我叫回来，有啥急事呀？"

王健说："西部各分号茶叶滞销的告急书信接连送进了安吴堡，东家能不着急吗？昨天后半晌，东家把骆总管、房总账和我叫去商量对策，商议了老半天也没有好办法，这才把你叫回来，想进一步了解情况。王掌柜，依你之见，此事该咋办呀？"

王福禄说："各分号给东家告急的同时，也给泾阳总号抄送了告急信件，我这几天头比老笼都大，也在为此事伤脑筋哩。东家是啥意思？"

王健说："东家尚未表态，估计是想听一下你的想法。"

王福禄说："我要有好办法早就回来禀告东家了，还用得着把我叫回来吗？"

王健试探着问："这么大的事情你没主见，你不怕东家把你撤换掉？"

王福禄说："咱没金刚钻，也揽不了这瓷器活。说实在的，像今年这种情况，我在茶叶行业几十年了都没碰到过，也确实没有良策，东家要换人理所应当，我绝对服从。"

王健不好意思地说："王掌柜，开个玩笑。至于东家是啥意见，等会就知分晓。"说完话，王健领着王福禄直接到了内宅二堂客厅。

红玉见王健、王福禄来了，就说："我这就去请夫人出来。"

王健说："先别着急请夫人，麻烦你先去把骆总管、房总账请来吧。"

红玉说："你们二位稍等，我这就去。"

时间不长，骆荣、房中书就来了，随后红玉把周莹也请了出来。等众人都坐定，周莹说："王掌柜，你把掌握的情况给大家通报一下，然后咱们再说下一步该咋办。"

王福禄随后说的情况与昨天后半晌他们议论前通报的情况几乎相同。周莹听完王福禄的絮叨，不由得皱起了眉头。

见周莹愁眉苦脸的样子，王健知道再不说话不行了，就说："夫人、两位前辈、王掌柜，我有一个建议，不知道该说不该说？"

周莹着急地说："有话就说，有屁就放。都火烧眉毛了，还扭扭捏捏的像个老娘们似的。"

王健第一次听周莹说粗话，就知道事情已到紧要关头了，再不说出自己的想法，估计会让周莹小瞧了自己。尽管他刚才与王福禄做了简单的交流，他的主意很可能还会引起骆荣、房中书，甚至王福禄的反对。正在忐忑之际，他见周莹一双凤目紧盯着自己，就斗胆说："我建议请邓监堂出山。"

骆荣一听王健说请邓监堂出山，急忙说："邓监堂是马合盛手下败将，请他出山，能收拾眼下这个局面？"

房中书接着不屑地说："败军之将，何以言勇？"

周莹知道邓监堂当年因啥败在了马合盛手下。王健提出请邓监堂出山之事，几乎与她不谋而合。她昨晚也把请邓监堂出山之事思前想后，马合盛现在西部茶叶贸易中已势不可当，几乎没有对手可以阻挡他继续发展。要保住裕兴重总号茶叶贸易，只有另请高人。想来想去，她也觉得只有邓监堂可当此大任。问题是，请邓监堂出山，就明摆着与马合盛较劲，过去十几年和睦相处、共同发展的局面就不复存在了。经过权衡，她倾向于请邓监堂出山，没想到今天却让王健道出了她的心思。

周莹见两位长辈既无良策，又反对请邓监堂出山，就问王福禄："王掌柜，如果请邓监堂出山，你意下如何？"

王福禄说："邓监堂虽心高气傲，但却是茶叶行业的一把好手。经过与马合盛较量失败的打击，估计会变得更加稳重。问题是邓监堂隐居多年，他能否出山还是个问题。"

王健见王福禄基本同意请邓监堂出山，就说："只要心诚，不怕他不出山。在茶叶行当混了半辈子，莫名其妙地输在马合盛手下，我相信邓监堂绝对不会甘心。夫人放心，我明天就去岐山邓监堂老家请他。"

周莹说:“好！你先去请,看一下结果。”

骆荣、房中书见周莹支持王健的想法,知道再说也无益,就失落地站起身往外走。

周莹叮嘱了王健几句,也回卧室去了。

骆荣看了一眼跟在自己身后的房中书,郁郁寡欢地说:“房总账,咱们老了,不服不行啦。”

房中书说:“咱哥俩现在是腿不灵动,脑子也不灵光了。东家的事情还是东家做主,出水才看两腿泥哩。”

骆荣抬头看着正在升起的太阳,感慨地说:“俗话说‘江山代有才人出,各领风骚数百年’。咱哥俩等着看好戏吧。”

第十六章

邓监堂重新出山
马合盛茶战败北

第二天早上，王健按照周莹的叮嘱，打马如飞，不到两个时辰就赶了百十里路程。当他急匆匆赶到岐山邓监堂老家时，没想到连邓监堂的人影都没见到。

邓监堂在岐山的家是一座关中风俗的独院二进四合院，大门外有两株高大的洋槐树，其他三面栽植着白杨树、松树、梧桐树，这些树把整个宅院笼罩其中。王健下马，看到邓家门口两株高大的洋槐树在太阳照耀下，有些苍凉和落寞，就联想到了邓监堂的人生。拴好马，王健上前敲门，不一会一个十多岁的男孩开了门，并问："先生来找谁呀？"

王健看着开门男孩机灵的样子，就说："我是泾阳安吴堡棉花行掌柜王健，奉东家周莹之命来拜见邓监堂先生。你是谁呀？"

男孩说："我是邓家老二，名叫邓承盛。我大不在家。"

王健问："邓先生去哪里了，能告诉我吗？"

邓承盛说："我不知道，得去问我妈。"

王健说："能让我进去拜见邓夫人吗？"

邓承盛点了点头，把大门再开了一点，让王健进了门。进到院子里，王健发现这座坐北朝南的院落东西两边全是厢房，北面是一座五开间单檐歇山顶建筑，院子里青砖铺地，不见泥土，中间种植着一棵玉兰树。刚进院落，就听见北面正房里传出了隐隐约约哼唱秦腔的声音。王健示意邓承盛停下脚步，仔细一听，一阵凄婉的《三娘教子》片段就传进了他的耳朵。只听女声唱道：

王春娥坐机房自思自叹，思夫君想薛郎不能团圆。
在家中嫌争吵镇江游玩，谁料想把相公命丧外边。
又多亏老薛保不避遥远，千般苦从镇江搬尸回还。

一家人见灵柩肝肠裂断，在家中设灵堂门挂纸钱。
恨张刘二妇人良心大变，抛孤儿离乡井各自嫁男。
丢春娥好似一失群孤雁，老薛保又好比浪里舟船。
薛乙哥年纪幼无人照管，老的老小的小有谁可怜？
将冤家送南学去把书念，盼的是龙虎榜得中魁元。
但愿得老天爷遂了心愿，即就是死九泉我也心甘。

邓承盛知道这是他妈最喜欢的唱词，唱到这里就结束了。他回头看了一眼王健，就向正房边跑边喊："妈，有人来找我大了。"

不一会，一个穿着朴素的中年妇人就出现在了正屋门口。她见院子里站着一位穿着长袍马褂、头戴瓜皮帽，年纪三旬以上的中年男子，就说："邓监堂外出游逛去了，不在家。先生请回吧。"

王健知道眼前这位就是邓监堂夫人刘淑贞，急忙上前说："邓夫人好！我是安吴堡棉花行掌柜王健，奉东家周莹之命来拜见邓监堂先生，想请他出山掌管安吴堡裕兴重茶号。"

刘淑贞说："邓监堂已经赋闲十多年了，早已不问茶叶行当之事了，你们找错人了吧？"

王健说："我们要找的就是邓先生。既然邓先生不在家，就请夫人告知我邓先生的去向，我自己去寻找。"

刘淑贞说："半个月前，他就外出了，据说是沿着秦岭山一路向东而去。你如果不甘心，就沿着秦岭往东去找吧。刚才你说，你是奉周莹之命请监堂出山？估计你可能白跑了。"

王健说："见到邓先生，就知道我是否白跑了。"

刘淑贞说的是实话，邓监堂确实不在家，而且就是在半月前出去游逛了。自从与马合盛茶叶大战败北后，邓监堂就领着妻子女儿回到了岐山老家，过起了隐居生活。这么多年来，邓监堂一直在思索着他失败的原因。当年年轻气盛，心高气傲，完全不把同行放在眼里，使他在泾阳茯砖茶行业口碑不好。与马合盛相斗失败，老父亲气绝身亡，更让他一度心灰意冷。

在悠闲的生活之中，夫人刘淑贞又相继给他生养了二子一女，大女儿邓玉蓉已出嫁，大儿子邓承兴、二儿子邓承盛、小女儿邓芙蓉也都陆续长大。在二儿子出生后给儿子起名时，夫人刘淑贞跟他开玩笑说："承兴、承盛两个名字都不错，可惜你这辈子很难翻身了。"

邓监堂叹了一口气说："世道轮回，难以捉摸。我这辈子就吃亏在想以量取胜上了，砸了邓家几百年的懋兴盛金字招牌不说，还让你们母子跟着我受罪。"

刘淑贞坦然地说："这样也好，一家人经常在一起，其乐融融，总比在商海中钩心斗角强。你要觉得郁闷，就顺着秦岭转悠吧。秦岭一带寺庙众多，到寺庙中烧香拜佛，或许能解开你的心结。"

邓监堂说："这个主意不错，现在儿女大了，也不用过多操心了。我这几天就沿秦岭向东去转悠，你在家让承兴、承盛抓紧学业，千万不敢荒废了学业。"

刘淑贞说："你就放心地去吧，家里有我照顾，他们两个还敢不听话？"

第二天，邓监堂就带着行囊和盘缠，骑着一头关中驴，沿着秦岭向东开始了他赋闲之后难得的漫游。漫无目的地转悠，使他的心情逐渐变得舒坦，心胸也变得开阔起来。在游览过周至仙游寺、楼观台，户县草堂寺之后，他觉得人生就如一杯清茶，可以看见沉浮，只有保持一颗静心，就能看透这清凉世界。

从户县草堂寺出来，沿着秦岭山脚下的土路继续往东，就到了长安县凤凰岭下罗汉洞村，古观音禅寺就坐落在这片幽静的山脚下。邓监堂到达寺院时，太阳西下，路旁的柿子树上果实繁茂，红色的树叶已经落了大半，夕阳的余晖一照，红红的柿子就像挂在枝头的小红灯笼，很招人喜爱。占地 300 多亩的古寺，山门、大殿、寮房一应俱全，更以千年银杏和观音神泉声名远扬。

邓监堂来到山门口，一个小沙弥问："施主来本寺有何贵干？"

邓监堂笑着说："来寺院无非是烧香拜佛了。请问小长老，方丈释法大师在寺院吗？"

小沙弥说："大师在寺院里。请问施主与他相识吗？"

邓监堂说："并不相识。但我久闻释法大师大名，今天特来拜会。请小长老引见一下如何？"

小沙弥说："你随我来吧。"

邓监堂拉着驴，不好意思把驴也拉进古寺。小沙弥回头一看，笑着说："你先把驴拴在山门前的树上，我让同伴来帮施主把驴牵到寺后面的院子里。放心吧,丢不了的。”

邓监堂把驴拴好后,跟着小沙弥穿过山门进到了寺院里。这个院落很大,东侧是一片桃树林,现在已是深秋,树叶早已落光了,只有凭树干和树枝的形态才可以断定是桃树。西边是一排走廊,旁边种植着一排排碗莲,大有“秋阴不散霜飞晚,留得枯荷听雨声”的韵味,南边坪台上菊花怒放,呈现着“盛开时妖艳醉人,凋落时气象万千”的意境。邓监堂发现寺院里水缸甚多,陶瓷缸、大石缸比比皆是,尤其是大石缸,个个都精雕细琢着各种图案,非常雅致。

经过大雄宝殿时,隐隐约约传出了和尚诵经的声音,几片金黄色的银杏叶无声地飘落下来,与其他早已飘落的银杏叶一起铺满了大雄宝殿的地面,金黄灿烂,使得大雄宝殿愈发庄严。小沙弥转头把食指放在嘴上示意邓监堂别出声,邓监堂笑着点了点头。

时间不长,小沙弥在一座禅房前停下了脚步。邓监堂知道释法大师的禅房就在眼前,随即停下了脚步。

小沙弥进了禅房,不一会儿一位身披黄色袈裟、面相庄严的老年禅师走了出来,他看了一眼邓监堂,问:“施主是来找老衲的吗?”

邓监堂赶忙双手合十,说:“草民邓监堂特意来拜见释法大师。”

释法大师说了声请,随后就进了禅房。邓监堂跟着进禅房后,发现禅房的布置很简单,除了正位上供奉着一尊檀香木雕刻的观音菩萨雕像外,屋子里几乎摆满了各种经卷。释法大师请邓监堂坐在一个黄色的蒲团上,吩咐小沙弥给邓监堂倒了一杯清茶,这才说:“施主早些年闻名西域,是制茶的高手,请品尝一下观音禅寺的清茶吧。”

邓监堂端起茶杯,只觉得一股清香之气扑鼻而来,小口品尝了一下,感觉一股茶香直达颅门,清爽之气顿生,不由得感慨说:“好茶,好茶啊。”

释法大师笑着说:“邓施主品尝的是本寺的禅茶,自然与你当年制作的茯砖茶有不一样的感受。”

邓监堂说:“茶祖吴理真在西汉时期首创了‘佛茶一家’,被尊称为甘露禅师。茶圣陆羽三岁时被禅师收养,从小练得一手制茶、煮茶的高超技艺,他撰写的《茶经》至今还被制茶人奉为神明。观音禅寺乃千年古寺,自古以来就有‘禅茶一味’的传统,草民领教了。”

释法大师微笑着说:“邓施主是制茶高手,当然知道‘禅茶一味’之说,但你知道它的真实含义吗?”

邓监堂说:“请大师指教。”

释法大师说:“禅茶发展到现在,已经形成了一种文化,其精神就是正、清、和、雅。所谓正就是正八道,清就是清净心,和就是六和敬,雅就是脱俗。佛法讲四大皆空,就是要人们认清宇宙人生的真相,以解除身心的束缚,获得解脱和自在。能积极进取,淡泊名利,乐于助人,不图回报,既利于社会,又体现自己的人生价值。有些人因不了解‘有’的空性本质,过分执着‘有’,把‘有’当作一种永恒不变的存在,这是一种贪欲的人生。一个人对‘有’看得太重,贪得无厌,欲壑难填,那么他就会烦恼痛苦。佛法就用四大皆空,万有性空来破除他们对世间假‘有’的常见。世间还有一些人,他们虽能看出‘有’的虚幻实质,但因不了解缘起事物的作用不空,相续不空,认为世界一切万物既然是虚幻的,那么生存还有啥意义呢?于是他们不顾家庭伦理、社会道德,放纵自己、为所欲为。还有的人则是消极厌世、颓废悲观。这两种人生态度才是虚无主义,佛法就以‘性空妙有’‘相续不空’来破除他们执着‘空’的短见。邓施主,老衲见你印堂灰暗,就借说禅茶多言了。”

邓监堂听完释法大师一番话,觉得释法大师好像在劝说自己不应该消极厌世、颓废悲观,还应该淡泊名利、乐于助人。他笑着说:“大师乃是世外高人,一语就道破了我的苦恼。经过与马合盛竞争失败后,我确实已心灰意冷,不想再涉足茶叶行当了。”

释法大师说:“人这一生,不可能一辈子都顺风顺水,总有些起伏或坎坷,就像潮水一样,有潮起,就会有潮落。潮水还可以往复,人生却不可逆转。过去的时光,就是走过的人生之路,想再走一遍很难。在人生这个舞台上,我们每天都在演戏,每一个人都是演员,有时候得自己为自己喝彩,自己为自己加油,自己为自己壮胆,没有人想把戏演砸。这就是俗世间所说的戏如人生,人生如戏。”

邓监堂说:“大师看透了人世间的一切,真乃世外高人。您的话容我再思量一下。”

释法大师说:“邓施主不妨在本寺住下,看一看本寺的千年银杏和观音神泉,自己琢磨一下今后的道路。”

邓监堂说:“那我就在宝刹打扰几天,也好趁机向大师讨教。”

第二天太阳初升之际,邓监堂来到了千年银杏树下。初冬季节的银杏叶，单叶金黄无瑕，个个柔顺如绸，拾起来惊艳，落地上高贵。连成一片的银杏叶仿佛一张金色圆形的地毯，层层叠叠，没有章法，围绕着树干，肆意铺排在冠盖之下，虽然薄厚不匀，反倒增加了层次感。这其中有枝干疏密的原因，朔风的作用，也有自然造化的神奇，或者还有些许禅意。季节变化，岁月轮回，李世民手植的古银杏也经历了草木荣枯的一岁，春天的嫩绿，夏天的翠绿，深秋及初冬的金黄，颜色的变化昭示着生命的绵延相连，从不间断。这些银杏叶既接受了大自然赋予的阳光雨露、风霜雪雨，也回馈人世间爽心悦目、感慨万千。如今像黄色一样的地毯，惊艳了初冬，形成了视觉的饕餮盛宴，既增添了寺院的宁静，又给人无穷的遐想和留恋。

银杏树下不远处就是观音神泉，清澈凛冽，常年不歇，不论晴天阴雨，泉水不涨不落，水位永远不变。神泉上的银杏树得此养护，采天地之灵气，吸日月之精华，相得益彰，互为古刹宝物。

在邓监堂盯着神泉若有所思之际，释法大师来到了他跟前，微笑着说："邓施主可能早就听说过这个神泉的来历了。你说泾河龙王犯了天条被斩之后，为啥还不甘心？"

邓监堂说："邓某愚钝，请大师明示。"

释法大师微笑着说："神泉来历虽是传说，但也说明众生内心都有贪、嗔、痴、慢、疑等无名烦恼，即使神仙也不例外，而且因果不昧，善恶昭彰，丝毫不错。唯有学习观音菩萨的大慈大悲精神对人待事，才能化解烦恼和怨恨，得到内心的清净和安详。"

邓监堂略有所悟地说："感谢大师教诲，监堂虽是一个俗人，但知道自己该咋做了。"

这时候，昨天领邓监堂进寺院的小沙弥跑过来说："邓施主，寺外有一个中年男子找您。"

邓监堂没想到还有人到寺院来找他，就对释法大师说："大师，监堂告辞了。今后有时间再来请教。"

释法大师说："邓施主，老衲夜观天象，发现三年之内东南方向必有天灾。你俗心未了，办事不要违背自然规律，千万不要急于求成。"

邓监堂双手合十，向释法大师施礼之后，感激地说："监堂谨记大师教诲。"说完话，他就向山门走去。

王健看见邓监堂走出了山门，急忙上前打招呼说："安吴堡王健专程到此求见邓先生。"

邓监堂仔细一看果然是王健，笑着说："十多年不见，听说你早就成了安吴堡棉花行掌柜了，人变得成熟了，气色也不错。王掌柜咋知道我在观音禅寺？"

王健说："我到岐山你家里没找到你，听你夫人说你沿着秦岭往东游逛，就沿路寻找来了。这两天跑遍了仙游寺、楼观台、草堂寺，直到这里，让我一番好找。"

邓监堂问："王掌柜找我有啥事？"

王健说："安吴堡东家周莹诚意邀请你出山执掌裕兴重总号。"

邓监堂乍听此言，心里一阵激动，转瞬间就想，这么大的事情，指派原来的护院、现在的棉花行掌柜王健来跟自己来说，显得有点不伦不类。他仅凭王健的一句话无法弄清周莹的真实用意，就冷着脸色说："感谢你们东家一番好意！到了我这个年龄，贪欢已老，谈死还早，随遇而安吧。看惯了人间悲喜、贫富转换、世态炎凉、功名利禄，记住该记住的事，不要忘记有恩必报。忘记该忘记的事，不要企求有所回报。我早已想通了，在中年之后，已经没必要讨谁欢心了，只要自己舒心就行。因此，宁可孤独，也不将就。"

王健原以为邓监堂听了他的话，会立即答应重新出山的，没想到邓监堂却说了一段无关痛痒之言，但最后一句"宁可孤独，也不将就"还是让他看到了希望。他估计邓监堂不会轻易出山的，就讥讽他说："邓先生游逛了几座寺院，莫非就变成了世外高人？当年你一着不慎，满盘皆输，难道就不想报仇吗？"

邓监堂说："自己种下的祸根，自作自受，咋还能叫报仇？要想出山，我早就出山了，何必等到现在？王掌柜，你回去告诉你们东家，要想振兴裕兴重，还是另请高明吧。"

王健不甘心就这样回去交差，又说："邓先生是制茶高手，浸淫茶叶行当多年，难道你甘心就此罢手？"

邓监堂笑着说："不就此罢手还能如何？马合盛现在把西部茶叶贸易做成了一家独大，垄断了市场，要想改变几乎不可能了。我没有金刚钻，也不敢揽这瓷器活。王掌柜，咱们就此别过，我要回家去了。"说完话，邓监堂丢下王健一个人发呆，转身走了。

王健看着邓监堂离去的身影，这才感到请邓监堂出山并非一件容易之事。

邓监堂骑着毛驴回岐山时，也在想王健刚才传来的信息。马合盛这几年借着慈禧敕封的“大引茶商”封号，把茶叶贸易已经做到了极致，自己出山能打败马合盛吗？要想在茶叶市场上与马合盛一较高下，周莹会给自己哪些权力，其他人又会咋看？如果周莹给了自己绝对权力，自己又该从何做起？这些问题让邓监堂想了一路，也没有个眉目。

周莹这几天心里也很叵烦。自从决定请邓监堂出山以来，王健到岐山已经三天过去了，毫无音讯，弄得她坐卧不宁，寝食难安。请邓监堂出山执掌裕兴重总号，只是自己的一厢情愿，过惯了赋闲生活的邓监堂还愿意蹚这个浑水吗？如果自己是邓监堂，会这么轻易出山吗？王健去请邓监堂，虽然是自己的主意，但邓监堂会咋看？就在周莹为这些问题纠结的时候，王健急匆匆地赶回来了。

当王健向周莹详细汇报了寻找邓监堂及谈话内容之后，周莹微笑着说：“俗话说好言一句三冬暖，恶语伤人六月寒。说话还是要讲究技巧的，尤其是和不熟悉的人打交道，更应该注意。我们是生意人，讲究和气生财，千万不要因为言语不和，闹得对方下不来台，因小失大。虽说你以前与邓监堂也相识，但毕竟不熟悉。你的话他可能难以接受，就索性不再与你唠叨了。”

王健歉意地说：“夫人，怪我把事情想简单了，把事情办砸了。请不来邓监堂，咱们下一步该咋办？”

周莹说：“一回请不来，继续请啊，还能咋办？你想，邓监堂原本是泾阳茯砖茶行业叱咤风云的人物，虽说与马合盛竞争失败，但傲气尚在，绝对不会一请就出山。这么多年了，他对马合盛的情况一清二楚，说明了啥？还是不甘心。这几天，我也在想，让你去请邓监堂可能是一个失误，这么大的事情，我应该亲自出马才对。邓监堂如果有啥要求，我可以当场拍板。我看这样，你下去休息，咱们明天再去岐山，心诚则灵，我不相信还请不动一个邓监堂。”

第二天，周莹带着礼物，坐着轿车，王健骑着马陪着，又踏上了去岐山邓监堂老家的路。

邓监堂回到家后，就和刘淑贞说起了王健代表周莹请他出山的事。刘淑贞说：“我知道这么多年了，你还是不愿舍弃制茶技术，不愿意离开茶叶行当，更为当年的失败不甘心。咱家现在没实力再打懋兴盛的招牌了，如果你不愿服输，可以去裕兴重。”

邓监堂说：“多谢夫人理解。这么多年了，我嘴上说赋闲了，啥也不想了，其实心里还是很纠结。这次到观音禅寺，与释法大师几次长谈，又激发了我做点事情的愿望。老实说，裕兴重现在危机重重，如果周莹不给生杀予夺的大权，我就是去了，也难有作为。王健来找我，可能是投石问路，我拒绝了。如果周莹有诚意，估计这几天还会来的。”

刘淑贞说：“你想好了再做决定。”

邓监堂说：“如果我出山，你以后就别总唱《三娘教子》了，这出戏虽然你喜欢，但你每次唱，都让我感到恓惶、内疚。要唱就唱喜庆点的吧。”

刘淑贞说：“我唱《三娘教子》是在教育孩子哩，你不喜欢听，我今后就不唱这出戏了。”

邓监堂说：“周莹这个寡妇不简单啊，听说掌管安吴堡大权之后，经历过分家，到过四川、汉口、苏州、上海等地，撤换过川花总号、苏州裕隆全总号掌柜，还进行过‘银四人六’的管理改革，一度把安吴堡的生意做得热火朝天。庚子年帝后西狩，又得到过慈禧敕封护国夫人，皇上敕封一品诰命夫人，足见其才能。跟这样的人打交道，还是要小心谨慎为上啊！”

刘淑贞说：“你也是经过风浪之人，肯定能应对。如果你想出山，是不是已经有办法了？”

邓监堂笑了笑，没有吭声。

邓监堂猜得没错，第二天后半晌，就听见大门外传来了马的长嘶声，随后就听到了有人敲门。

邓监堂快步走到前院，打开大门，正好看见周莹穿着华贵的服饰下车。邓监堂笑着说：“啥风把当朝一品诰命夫人给吹来了？”

周莹自主政安吴堡以来，第一次见到邓监堂。她见邓监堂直呼自己为一品诰命夫人，就知道仅是从衣着打扮上判断。周莹笑着说：“我是请神来了，邓先生不欢迎吗？”

邓监堂把周莹、王健让进正屋客厅，一个仆人过来给每个人倒上茶水就退了出去。邓监堂问：“夫人是来请我出山的？”

周莹点头说：“是的。裕兴重茶号今年在西部茶叶贸易中出现了多年未见的滞销现象，困难重重，周莹特意请邓先生出山，助周莹一臂之力。”

邓监堂说:“安吴堡人才济济,精英众多,兰州分号胡服九就是茶叶行当的高手。放着现成的人不用,你还来岐山请我?”

周莹听完这话，说:“胡服九前辈几年前就病退了。如果他在兰州掌舵,估计还不会出现当下的危局。”

邓监堂听说胡服九已病退,就知道周莹确实是抱着诚意来请自己的。为了摸清周莹的底细，他说:“我邓某人曾经在与马合盛的茶叶大战中一败涂地,灰溜溜地离开泾阳十多年了,对茶叶贸易早就不关心了。夫人难道想请一个孤陋寡闻的败军之将?”

周莹明白邓监堂心有顾虑,更清楚他在探自己的底细,就说:“商场上难有常胜将军。有些人一战而失去斗志,有些人再败再战,直至成功,这样的故事不胜枚举,我就不在邓先生面前卖弄了。但我不希望邓先生是一个一战就退出战场的弱者。”

邓监堂笑着说:“我现在是历尽沧桑身犹在,重过黄粱梦已无啊。不在茶叶行当了,自然就不关心商业竞争之事了。”

周莹说:“邓先生与我家公公颇有交情，在西部茶叶贸易上一直合作得很好,难道你就忍心看着周莹被马合盛蚕食殆尽?”

周莹突然提起了她公公吴蔚文,一下子把邓监堂给呛住了。当年吴邓两家在西部茶叶市场上并驾齐驱,平分秋色,都赚了大把的银钱,结下了深厚的友谊。现在周莹把这些陈年烂谷子翻出来,看来确实是诚意邀请他出山,重整裕兴重茶号局面。

在邓监堂沉思之际,周莹使了个眼色,王健就把带来的礼物放在了邓监堂身旁的楸木方桌上,并打开了包袱。转眼间一尊镶嵌着各色宝石的和田玉观音菩萨就出现在了邓监堂眼前。

邓监堂打量了一眼这尊观音菩萨,知道这是吴蔚文当年的心爱之物,周莹把这件宝物给自己带来,说明了请他出山的决心。联想到在观音禅寺时释法大师对自己说的话,加上早年间与吴蔚文的交情,他觉得不能再推三阻四了。

邓监堂说:“你的心意我领了,但东西不能收。”

周莹见邓监堂已松口,急忙说:“邓先生如能出山,有啥要求尽管提。周莹能做主的,竭尽全力支持你。”

邓监堂说:“马合盛经过这么多年的苦心经营，在西部茶叶贸易中已是根深叶茂,网点遍布,口碑很好,要和他竞争,必须从长计议,不能争一时之短长,计较暂时之得失。如果东家执意要我出山,必须答应我几个条件。”

周莹高兴地说:“这么说,邓先生愿意出山了?”

邓监堂说:“俗话说,神都怕三请,何况我是个凡夫俗子哩。”

周莹说:“你还说对了,如果今天你不答应我出山,我还真想效仿刘备三顾茅庐哩。”

邓监堂说:“刘备三顾茅庐请了一尊神,可是你请的却是一个马合盛手下的败将啊。”

周莹说:“不说过去了。你说都有啥条件,说出来让我听听。”

邓监堂说:“裕兴重茶号现在面临困境,形势不容乐观。要与马合盛竞争,我与东家必须约法三章,才有希望战胜马合盛。”

周莹问:“哪三章?”

邓监堂说:“第一,东家必须授权我全面掌管裕兴重,有经营决策权。第二,对裕兴重日常管理不要插手。第三,对各分号掌柜,我有撤换权力。如果这三条东家都答应,邓某愿意出山为吴家效力。如果东家不答应,就另请高明。”

周莹听完邓监堂提出的三个条件,觉得有点意外。如果全部答应邓监堂提出的三个条件,她对裕兴重就失去了管控权,只能凭邓监堂任意作为,后果难以预料。如果不答应,邓监堂不会出山,裕兴重这个烂摊子该咋收拾?片刻的思虑之后,周莹微笑着说:“邓先生所提的三个条件我都答应,你还有啥顾虑吗?”

邓监堂说:“我没顾虑了,倒是东家有了顾虑。”

周莹问:“邓先生这话是啥意思?”

邓监堂说:“东家答应了我提的三个条件,就等于失去了对裕兴重的管控权。难道东家不担心我把裕兴重也葬送了吗?”

周莹虽为此事担忧,但她不想在邓监堂面前流露出丝毫痕迹,依然微笑着说:“俗话说用人不疑,疑人不用。我亲自登门请邓先生出山,早已把后果看得不重要了。人活一口气,佛争一炷香,我不想在我手里把裕兴重弄砸了。邓先生既然能提出约法三章,我就知道邓先生心里已经有了打算。”

邓监堂见周莹如此爽快,第一次亲眼见识了这个传说中女商人的气度和豁达,这种巾帼不让须眉的豪气和大胆的决策,使他认识到机不可失，时不再来。有这样的东家，再不出山，恐怕这辈子就窝在家里了。

邓监堂有点激动地说："请东家给我三年时间，裕兴重将与马合盛在西部茶叶贸易上一决高下。"

周莹听了邓监堂的话，高兴地说："那咱就以三年为期。只要能在西部茶叶贸易中保持住裕兴重茶号原来的份额，我重赏邓先生和各分号掌柜、伙计。"

邓监堂说："那咱们一言为定。我明天就动身去泾阳总号，料理茶号事务。"

周莹说："我在泾阳裕兴重总号等你，同时向各分号宣布你接任王福禄执掌裕兴重总号。"

邓监堂出任裕兴重茶号总掌柜的消息不胫而走，在泾阳众茶商中引起了一阵轰动。马合盛听到此消息后，更觉得震撼。邓监堂自从与他竞争失败后，十多年来杳无音讯，现在自己在西部茶叶贸易中一家独大，每年销售茯砖茶早已突破了自己当年承诺的35票，达到了100票。这个时候周莹把邓监堂请出来，明显是冲着他来的。马合盛意识到，安吴堡请邓监堂出山，意味着马吴两家大茶商已经度过了合作共赢的蜜月期，从此将走上互相竞争的舞台。

马合盛明白邓监堂当年败在自己手下的原因。此番邓监堂能够在裕兴重陷入危机之际出山，肯定会改掉他当年的毛病，利用他精湛的制茶技艺和管理办法，在生意场上与自己一较高下，洗雪前耻。为了保住当前西部茶叶贸易绝对垄断的地位，马合盛把大儿子马长青、泾阳掌柜刘福生叫来，一起商量看如何应对邓监堂出山后的局势。

等马合盛说完自己的顾虑之后，刘福生说："邓监堂出任裕兴重总号掌柜之后，一直没有大的动作。他要求各分号掌柜严格执行他的命令，不得降价抛售茶叶。据说现在各分号掌柜已经怨言四起了。"

马长青说："囤积茶叶，只能积压更多的周转资金，还影响了各分号掌柜和伙计的分红，我认为这个办法不是上策。长此以往，既让东家承受资金压力，也会让所有伙计对他失去信心。"

马合盛忧虑地说："茯砖茶不比其他茶叶，放得越久，价格越高，这个道理你们都懂。现在咱们茶号在兼并了大德恒茶号之后，利用大引茶商的名号，把茶叶贸易做得如日中天，茯砖茶供不应求，几乎没有库存。长此下去,会不会有啥隐患啊!"

刘福生笑着说:"没有库存是每个商家梦寐以求之事,买进卖出,很快赚钱,难道东家还不乐意?"

马合盛说:"商家当然希望日进斗金了。我担忧邓监堂不跟进、不抛售的后面有没有啥玄机?"

马长青说:"裕兴重茶叶质量比不上咱家,在西部茶叶贸易中也没有咱们网点多,口碑好。大,这些硬伤估计邓监堂也一时没办法扭转,你怕啥呀?"

马合盛虽然认同他们的观点,但还是叮嘱刘福生说:"刘掌柜,我总觉得邓监堂出山,对咱们茶号来说不是好事,你一定要盯紧邓监堂的一举一动,有啥情况及时向我汇报,以便采取对策。"

刘福生不在意地说:"邓监堂是东家手下败将,怕啥呀。虽说周莹把他请了出来,但看他发布的命令,就知道他翻不起大浪。"

马合盛说:"商战中没有常胜将军,咱们千万不敢忘乎所以,弄砸了当前难得的好光景。"

邓监堂在泾阳总号发号施令,严禁抛售,等待时机的消息传进了安吴堡,总管骆荣、总账房中书也很担忧。两个安吴堡的两朝元老曾经私下议论过邓监堂的决定。

骆荣说:"邓监堂其人很精明,但严禁降价抛售茶叶,只会让裕兴重失去更多的市场份额,退出民众的视线,更助长了马合盛的气势,这样下去如何得了啊?"

房中书说:"严禁降价抛售,增大了库存,使得周转资金严重短缺,我这个总账房的日子就更难过了。"

骆荣说:"咱们两个老家伙要不要出面提醒一下东家,让她出面干预一下?"

房中书说:"听说东家早已与邓监堂约法三章,把裕兴重总号的经营大权全部交给邓监堂了。她再出面干预,恐怕不是东家的作风。"

房中书说的没错,周莹也正为邓监堂的举措担心哩。降价抛售茶叶,只会让安吴堡损失更多,但不抛售又会激起各分号反对,丧失裕兴重仅有的市场份额。面对此种局面,周莹虽然很焦虑,但她不想在短期内干预邓监堂做出的决定。约法三章,言犹在耳,她不想做一个说话不算数的东家。

尽管她知道骆荣、房中书和各地分号掌柜、伙计都对邓监堂有怨言,她还是想再观察一阵再说。

翻过年,到了采购新茶的季节,从安化传回来的消息说,安化遭遇了大旱,雨水不足,新茶产量大幅度下降,价格猛涨。邓监堂决定按照往年新茶采购量继续收购新茶,他为此专门到安吴堡向周莹做了汇报。

邓监堂说:“安化新茶价格猛涨,势必会带动销售价格上涨,我建议东家挤出流动资金,继续按照老规矩收茶。只要有了茶叶,就不怕没有机会翻身。”

周莹苦笑着说:“邓掌柜,现在裕兴重库存较多,再大量收购新茶,恐怕吃不消吧?”

邓监堂知道周莹有顾虑,就说:“如果东家相信邓某,就继续按老规矩收购新茶。东家也知道,茯砖茶存放的时间越长越贵重,价格也越高。我决定从今年起再改变茯砖茶制作工艺,提升新茶占比,提高茶叶质量,并在茶封上打上生产茯砖茶年号。请东家放心,只要时机一到,裕兴重肯定会东山再起,独领风骚。”

周莹见邓监堂信心满满,只好说:“这几年棉布生意不太景气,我让房总账把收购棉花的资金转移过来,全力以赴支持你收购新茶如何?”

邓监堂说:“多谢东家支持。此事若成,我会给东家一个圆满的交代。”

周莹无奈地说:“但愿如此吧。”

安化茶区遭旱灾的事,马合盛也知道了。从马长青到安化收购新茶之后,就有新茶价格猛涨的消息不断传来,马合盛为此也感到了一些担忧。多年来,马合盛茶号在西路、北路茶叶贸易中已经形成了比较稳定的价格优势,新茶价格猛涨,马合盛茶号价格上涨的空间有限。如果随行就市,势必会影响马家的声誉。但保持原有价格,肯定会使茶号丧失许多利润空间,弄不好会打个平手。马合盛思来想去,为了保住自己在西路、北路茶叶贸易中的声誉,决定今年仍然收购新茶 100 票。

当年茯砖茶上市后,马合盛并未得到意外的惊喜。按原来价格销售,他保住了西部茶叶贸易市场的垄断地位,但也没赚到多少利润。反倒是邓监堂奇怪的举动让他感到匪夷所思。

在马合盛继续大量销售茯砖茶的时候,邓监堂除了制作茯砖茶,严令各分号一律只允许销售经过他签字批准的数量,决不允许多销一两。邓监堂每天在泾阳裕兴重总号不是抽水烟、喝酒，就是下象棋，看《茶经》，完全一副事不关己高高挂起的姿态，这下更把裕兴重总号上下惹火了，告状的书信雪片般飞进了安吴堡。

周莹也弄不清邓监堂何以如此。按道理说，新茶价格猛涨，茯砖茶价格随之上涨，裕兴重是可以维持原有局面，甚至能小赚一笔的，为啥邓监堂还是现在这种做派？周莹一度想，邓监堂怕是因为曾经败在马合盛手下，早已失去了斗志。再一想，似乎不对，邓监堂曾经在茶叶市场上叱咤风云，翻云覆雨，在西部茶叶市场上留有威名，不可能看见对手攻城略地无动于衷。她想不通邓监堂为啥要这么做？

邓监堂也怕东家朝令夕改，就到安吴堡劝说周莹："今年安化茶区遭遇干旱，新茶数量剧减，价格猛涨，但茯砖茶价格几乎没变。如果降价跟风销售，咱们损失必然增大。与其降价跟风销售，不如囤库待机。东家也知道任何商品都遵循贵极反贱、贱极复贵的道理，我就不多说了。另外，自然规律显示，一般干旱不会一年就结束，会持续几年，如果咱们能顶住压力，肯定会否极泰来，大赚一把。"

周莹无法反驳邓监堂，就说："我还是那句话，把裕兴重总号交给你了，一切均由你做主决策，我不干预。"

邓监堂离开安吴堡时，对周莹的魄力又多了一层钦佩。之前，他也听说过不断有人向周莹告状，虽说自己决心坚定，但他也怕周莹改变主意。经过了近一年的蛰伏，他对囤库待机充满了信心。如果东家在这个时候撤换掉自己，恐怕这辈子就无法翻身了。

马合盛听说邓监堂还像原来一样，整天除了转悠，就是吸水烟、下象棋、喝酒，对西部各分号掌柜请求他销售茶叶的急件一律不批准。马合盛原以为邓监堂对真刀实枪跟自己竞争还有点胆怯，到了年底，他发现情况有点不对劲了。马家西路、北路各分号因为没有裕兴重各分号的竞争，茶叶几乎销售了一大半。从反馈回来的信息看，各分号库存茶叶最多能支持到来年四月底。茯砖茶是牧区民众的生活必需品，是西北少数民族的生命之茶，如果在茯砖茶销售上出现了断货，后果不堪设想。马合盛决定各分号从年底起，限量销售，确保库存茯砖茶销售到来年新茶下来。

像邓监堂预期的一样，安化茶区第二年依然干旱，新茶数量在去年基础上还在下降。邓监堂因为早料到有这一天，就让安化茶区分号提前动手，在马家茶号之前完成了当年30票新茶采购。等马长青想继续采购时，当年新茶已基本没有了。马长青采购的新茶数量基本跟裕兴重相当。

马合盛为了衔接上青黄不接的销售，把赶制的茯砖茶全部运送到西路、北路各分号，按照原价继续销售。谁知道到了八月底，马家茶号茯砖茶因数量剧减，被牧区民众抢购一空。西部茯砖茶市场上出现了一块茯砖茶难求的局面。

邓监堂接连收到兰州、西宁、银川、迪化等分号传递回来的消息，但他并没有立即出手，还在等待时机。到了九月份，西部茯砖茶市场上传来了茯砖茶价格一日三涨的消息，邓监堂长舒了一口气，命令各地茶号把两年来囤积的库存随行就市，大量出售。同时，他让泾阳总号把囤积在三门角一带原存放在棉花仓库里的印有生产年份的茯砖茶加紧运往各分号，并要求按照不同生产年份，加价销售。

在马合盛茶号无茶可销的黄金季节里，邓监堂终于出手了，而且当年制作的茯砖茶销售价格高出马合盛茶号两成，带有年份的茯砖茶则更高。裕兴重茶号捷报频传的时候，马合盛感到了悲哀。

这一年，邓监堂把裕兴重茶号历年库存销售一空，带有生产年份的茯砖茶更加走俏。裕兴重不但重新占领了西部茶叶市场，而且为周莹赚回了足足400万两白银。

在安吴堡年终各地掌柜述职见面会上，裕兴重总号当年所赚利润高出了川花总号、裕隆全总号之和，高居各总号之首。邓监堂终于扬眉吐气了，周莹也在这两年的茶叶暗战中苦尽甘来，喜上眉梢。

为了兑现自己的诺言，周莹在各分号掌柜述职见面会上宣布，对当年赚钱的各分号掌柜都进行了奖励，破格奖励邓监堂在县城县前街一院二进四合院，奖银3万两。

邓监堂重新坐上了泾阳茯砖茶贸易头把交椅，拥有了西部茶叶贸易六成以上的市场份额，在裕兴重总号成了名副其实的一把手。风光了十多年的马合盛在苦思冥想为啥会败在邓监堂手里的时候，又传来了马长民遭人弹劾丢官的噩耗。

第十七章

马长民主政安康
遇天灾违命放粮

俗话说福无双至，祸不单行。马合盛一家现在面临的就是这样的局面。

马合盛在与邓监堂的较量中，莫名其妙地丢失了保持了十多年的西北茶叶贸易龙头老大地位，经济上损失惨重。二儿子马长民在安康县任知县也因无朝廷旨意放粮赈济灾民遭人弹劾，面临着生死存亡。

马长民于光绪二十八年刚考上举人，就被陕西巡抚升允举荐到安康县任知县。马长民知道这是升允看在当年慈禧敕封他七品官衔的面子上让其递补实职，更主要的原因是他父亲马合盛这几年在西部茶叶贸易中一支独大，给巡抚衙门交了更多的茶税。他觉得自己比其他人幸运，却不知道他踏上的几乎是一条艰难的辛酸路。

年轻气盛、建功心切的马长民到安康后，才发现安康的情况与他的想象出入很大。

“楚尾秦头”，两山夹一江（秦岭、巴山和汉江）的地理条件，使得安康县城只能龟缩在汉江边上，上至江北许家台、七里沟，下至东关外丁字街，是这座县城横跨东西的唯一一条道路，也是连接东西南北的交通枢纽和热闹繁华的街市。七里沟渡口、中渡台、石梯渡三大渡口组成了安康南北运输的要道。

这座不大的县城，依山面江，街巷幽深，商铺林立，小商小贩络绎不绝，桅林帆影首尾相连，商业氛围相当浓厚。对于出生在经商之家的马长民来说，这里的气息让他感到熟悉、亲切，甚至还有些激动。尤其是临走时，父亲马合盛让他了解紫阳茶区的茶叶情况，也让他觉得终于可以为马家茶号做点事情了。

与前任阮知县交接完工作，阮知县让刘县丞前来拜见之后，就准备离开安康回西安述职。

阮知县临走前，马长民谦虚地问："阮知县，安康县城虽然憋屈，但还是个不错的地方。今后在安康主政，不知道前辈对晚辈还有些啥要交代？"

阮知县微笑着说："安康地处偏远，南北高山加峙，河谷盆地居中，巴蜀文化、荆楚文化、秦陇文化、中原文化在这里交汇，客籍商贾五方杂处，结商帮，建会馆，互相提携，组织竞争，商业贸易因汉江水道而兴盛，这就是你看到的繁荣景象，感到安康不错的表面。但有一点你应该铭记，这里冬季寒冷少雨，夏季多雨多有伏旱，春暖干燥，秋凉湿润多连阴雨。近几十年来，汉江平均每三年泛滥一次，每次都会造成人员伤亡，百姓流离失所，苦不堪言。作为父母官，我们不应该只注意表面的繁荣景象，要有足够的能力去应对灾难性事件。"

刚走上仕途的马长民，很感激前任知县对他的提醒，但他更想知道阮知县在安康主政时遇到的情况。他问："前辈在主政安康期间遇到过汉江泛滥吗？"

阮知县说："承蒙老天爷眷顾。我很幸运，没遇到汉江泛滥，但从县志记载中了解到了许多惨绝人寰的记载。你刚高中举人就任职安康，还是好自为之吧。"

送走阮知县后，马长民又与刘县丞交谈了一些地方上的风土人情，知道了安康地方虽小，情况却很复杂。刘县丞说："阮知县到安康不足两年，很幸运没有碰上汉江发水灾，政绩不错，并因此高升。但愿他能够把这份幸运传递给你。"

马长民问："汉江发水灾很恐怖吗？"

刘县丞说："我亲历过几次汉江发水灾，见过水漫县城的悲惨场面。汉江是长江的最大支流，发源于汉中府宁强县的北嶓冢山，与长江、淮河、黄河合称江淮河汉。汉江从发源地到安康1000多里，如果到了夏季，汉中、安康区域连下几天暴雨，就可能造成汉江泛滥，江水四溢，冲毁堤坝，给民众带来家破人亡、妻离子散的灾难。"

马长民没想到看起来山清水秀的安康每隔几年就会出现这种悲惨局面，不相信地说："刘县丞，诗佛王维《汉江临泛》言：'楚塞三湘接，荆门九派通。江流天地外，山色有无中。郡邑浮前浦，波澜动远空。襄阳好风日，留醉与山翁。'这难道是假的？"

刘县丞说："大人不愧是熟读诗书之人，可惜王维描写的是汉江平缓之时的美景，不是江水泛滥时的惨景。"

马长民因为阮县令、刘县丞的提醒，从此对汉江水势就多了一份观察。让他料想不到的是当年八月就遇到了汉江发大水。

时令进入八月初，安康的夏季再过一个月就结束了。青山绿水，鸟语花香，码头上熙熙攘攘，街道上交易繁忙，宁静有序的生活，使得马长青觉得夏季的安康唯一与关中不同的就是潮热，总不能让人大汗淋漓，舒适痛快。他以为这个夏季就会这样平安度过，没想到刚进入八月中旬，天气突然起了变化。

这天早上起来，马长民发现天上乌云翻滚，江风呼啸，一种"黑云压城城欲摧"的感觉油然而生。他急忙让衙役叫来刘县丞，不安地问："刘县丞，是不是要下大雨了？"

刘县丞抬头望着天空，忧虑地说："看样子马上要下大雨，估计会接连下几天。马大人，你要做好防范水灾的心理准备。"

说话间，天空电闪雷鸣，下起了瓢泼大雨。雷声轰隆隆地在乌云里滚来滚去，由远而近，突然在耳边炸响，震得人头昏脑涨。闪电像一把带光剪刀，不时把乌云剪开一个口子，那道光线随着乌云厚度的不同曲里拐弯，不规则变化。大雨从开始的细线变成了粗线，唰唰地砸在地上，溅起了水花。时间不长，县署的院子里就被雨水全部覆盖了，水面上不断落下的雨柱让人感到恐怖。

刘县丞说："马县令，看这阵势，估计今年安康又要遭水灾了。"

马长民第一次见到这么凶猛的大雨，因雷声大作，没有听见刘县丞的话，脑海里却泛出了苏轼的诗句："黑云翻墨未遮山，白雨跳珠乱入船。卷地风来忽吹散，望湖楼下水如天。"他发现刘县丞站在自己身后，面色阴沉，情绪不佳，就知道刘县丞在为这场大雨何时结束担忧。

看着县衙地面上逐渐升高的水面，刘县丞说："这场大雨来得不是时候。现在秋收在望，很可能因这场大雨弄得庄户人家颗粒无收啊。"

马长民把刘县丞让到县衙二堂，坐下后问："依你之见，这场大雨会下几天？"

刘县丞说："估计两三天不会结束。安康下大雨，如果汉中也下大雨，很可能就会发生水灾。"

马长民一听这话，有点着急，他说："让衙役们现在就去告知民众注意防水，提高警惕。"

刘县丞说："等午后再说吧。如果江水猛涨，说明上游的汉中、勉县、宁强等地也下了暴雨，到时候告知民众也来得及。现在就去告知，我怕引起民众恐慌，反倒坏了事。”

马长民觉得刘县丞言之有理，就问：“往年汉江发大水，县衙都做了哪些事情？”

刘县丞说：“汉江发大水，每次发水情况不一样。就说这县衙吧，位于汉江边上，虽然高出江面很多，也有几次被江水冲毁。马大人刚来不久，如果你到江边转转，就会发现有些商铺的墙面上还残留有江水侵蚀过的痕迹。水灾来临时，县衙虽说是朝廷一级政府，能做的事情非常有限，查勘灾情，统计受灾人口、财产损失，然后向兴安府上报，请求朝廷减免赋税，仅此而已。”

马长民问：“县署不赈济灾民吗？”

刘县丞说：“赈济灾民的权力不在县署一级，要逐层上报，只有朝廷恩准了，咱们才能赈济。擅自赈济灾民，按大清律例，朝廷是要问责的。”

两个人在县署二堂有一搭没一搭地闲聊，临近午饭时，只见一位身穿蓑衣的衙役蹚着雨水跑进县署二堂，着急地说：“马县令，不好了。汉江江水猛涨，看来是要发大水了，咋办呀？”

马长民一听这话，就说：“刘县丞，穿上蓑衣，咱们一起到江边看看再说。”

刘县丞点了点头。不一会，马长民、刘县丞穿戴停当，在衙役的带领下直奔汉江而去。

未到江边，远远就听见了江水的咆哮声。透过雨雾，只见江面比平常更加宽阔，浑浊的江水汹涌着不停地拍打江岸，卷起的浪花中夹带着野草、枯木。到了江边，汉江早已变得桀骜不驯，如一条粗壮的水龙肆意扭动着身躯，仿佛要吞噬两岸的一切。水龙不断抬高身躯，江边码头的石台阶逐渐隐没在江水之中。码头上运送货物的大船随着江水的上涨，也在大幅度晃动，一副要挣脱船锚和缆绳束缚随波而下之势。江边上船工的呼喊声、风雨声、江水声混成了一片，嘈杂无序。从呼喊声中，马长民听出了船工的无奈和恐慌。

马长民震撼了、害怕了、胆怯了。这种阵势，以前他只在书本里见过，亲眼看到江水肆虐的样子，让他感到了一种无助。“万年丰乐，安宁康泰”的安康，或许只是人们的美好愿望，或者是一厢情愿。

这场大雨一连下了五天，汉江流域洪水泛滥，淹没了两岸大量农田，许多庄户人家颗粒无收，倾家荡产。就连位居县城高处的安康县署，也几乎被洪水淹没。

看着大雨过后满目疮痍的惨景，马长民第一次感到了当知县的难处。作为安康县的主政官员，马长民根据刘县丞的建议，亲赴灾区，认真查看安康县所属区域的受灾情况，把财产损失、人员伤亡、道路冲毁等情况一一登记在册，然后通过兴安府上报陕西巡抚衙门、朝廷户部，等候朝廷下旨赈济灾民。

一直等到腊月了，朝廷仍没有下令赈济灾民的旨意，马长民感到犯难了。县城大街上随处可见沿街乞讨的灾民，他们个个衣衫褴褛，面黄肌瘦，有气无力，可怜巴巴的样子让马长民感到心酸。这难道就是他治下民众的模样？

马长民没有朝廷的旨意，不敢开仓赈济灾民，他又不忍心让灾民这样过新年，就带着刘县丞亲自到兴安府去求助。

兴安府高知府年约40开外，方面大耳，身材粗壮，是一个官场的老油条。他听衙役说安康知县马长民求见，还以为马长民是来给自己拜年来了，马上让衙役把马长民、刘县丞请到了知府二堂。

见马长民、刘县丞二人两手空空而来，高知府原来微笑的脸马上就沉了下来。等二人落座后，高知府冷着脸问："马知县，年关将近了，你不在安康县准备过年，跑到兴安府干啥来了？"

马长民说："今年安康遭遇特大洪水袭击，民众受灾者甚众。卑职早已将灾情上报，不知道朝廷是否下旨赈灾？"

高知府说："今年汉江洪水使汉中府、兴安府大面积受灾，损失惨重。就说兴安府吧，也不是你安康县一家受灾，汉阴县、石泉县受灾也很严重。我于九月初就向朝廷申报希望赈灾，可朝廷到现在也无旨意，我不敢让你开仓赈灾啊。"

马长民一听这话，担忧地说："灾民甚众，衣不蔽体，食不果腹，苦不堪言啊。这年关马上就到了，朝廷再不赈济，该如何是好？"

高知府一副悲天悯人的样子说："朝廷也有难处啊。这几年，全国各地江河泛滥，到处都需要赈济，朝廷都快顾不过来了。兴安府各县虽然都有官仓，存有赈灾粮饷，可没有朝廷旨意，擅自动用，那就是杀头之罪啊。本府官职卑微，可不敢应允你等请求。我的意思是各县的灾民各县自己想办法吧。"

马长民苦笑说:“各县有啥办法可想?就是我把朝廷的俸禄拿出来,也赈济不了几个灾民。恳请高知府催问一下巡抚衙门吧。”

高知府突然想到了马长民之父马合盛是慈禧皇太后敕封的大引茶商,就说:“马家财大气粗,要不然马知县向你父亲求助,解决灾民过年困难吧。”

马长民有点生气地说:“受灾民众乃是朝廷的子民,不是马家的伙计,这事应该朝廷想办法,咋能让马家出钱赈灾?再说了,马家就是赈济了安康县灾民,也顾不了兴安府、汉中府的灾民啊。”

高知府见这个官场上的生瓜蛋子不开窍,悻悻地说:“你们请回吧。朝廷一旦有开仓赈济灾民的旨意,我会尽快告知你们。当务之急是稳定灾民,不能发生民变。”

马长民见得不到任何有用消息,只好告辞。

年关将近时,马长民也没有得到兴安府任何消息。看着满大街灾民恓惶的样子,马长民决定拿出自己的俸禄买米,在县署附近支起了粥棚向没有饭吃的灾民施粥,帮他们勉强过年。

在马长民郁闷之际,泾阳传来了好消息,哥哥马长青要成家了,娶的妻子是泾阳东乡富商大户刘家的大小姐刘娴芝。马长民在父亲写给他的信中,知道了马家当年生意兴隆,几乎垄断了西部茶叶贸易市场,可谓日进斗金,财源广进。哥哥马长青为马家生意开疆拓土立下了汗马功劳,而且早已到了婚配年龄。遗憾的是,自己身在安康,无法当面向哥嫂道喜。为了弥补缺憾,马长民托人给哥嫂带去了安康特产,并预祝他们早生贵子。

尽管马长民不让衙役们说年关施粥是用了他的俸禄,灾民还是知道了马知县拿出自己俸禄赈济灾民之事。消息传开后,安康县民众对这个娃娃知县无不敬重,都说他们遇到了一个难得的好知县。马长民不在乎自己那点可怜的俸禄,能够赢得民心,他就有了把安康县治理好的底气。

转过年,汉水流域出现了旱情。从三月份起滴雨未下,庄稼无法下种,汉江水位下降,原来能够借助汉水浇灌的土地陆续开裂。安康的土地虽不像关中的黄土地,遇到干旱尘土飞扬,但仍使春种愆期,令人心里发慌。民众自发组织祈神求雨,但丝毫不起作用。旱情延续到夏季,庄稼收成不足往年二成,饥荒之年已露出了端倪。

马长民原想，往年哥哥马长青都带人去安化收购新茶，途经汉口，就写信邀请马长青到安康游览，想尽一下地主之谊，好好款待一下马家茶号的功臣，顺便补偿一下未参加哥嫂婚礼的缺憾。谁知道马长青途经汉口返回泾阳时，托人捎信给他说，今年安化发生了大旱，新茶产量剧减，他采购的新茶数量才是去年的三成。为了确保西部茶叶贸易正常，马长青带着船帮经老河口进丹江，已经返回泾阳了。对马长民的盛情邀请，马长青表示感谢，并叮嘱他一定要为当地百姓做好事，不能丢了马家的脸，让人唾骂。

马长民接到马长青书信之后，心情一直很郁闷。他没想到自己刚履职安康，就碰上了这种倒霉事。去年汉江发洪水造成水灾，今年遇天旱即将成旱灾，再这样下去该如何是好。

八月份的一天，马长民看着烈日当空，空气中热浪袭人，身上热汗直流，担忧地对刘县丞说："这鬼天气，今年以来滴雨未下，夏粮收成只有二成，秋季庄稼才长出二寸不足，再不下雨，估计秋粮就会颗粒无收了。"

刘县丞忧愁地说："像这种去年水灾，今年旱灾的情况，安康也是多年不遇。如今大半年过去了，老天爷滴雨未下，汉江水位下降，老百姓已经开始吃草根树皮了。再不下雨，老百姓的日子该咋过呀？"

马长民说："人常说靠山吃山，靠水吃水，难道真的没办法了？"

刘县丞说："安康县不比其他县。就说这靠山吃山吧，安康北边的秦岭，南边的大巴山，都是以松林为主，但这些松木又不能拿来当饭吃。再说靠水吃水，去年汉江发大水，江里的鱼虾绝大部分被冲到了下游，老百姓下江捕鱼几乎没有收获。马大人，咱们现在是山也靠不上，水也靠不住了。"

马长民突然想起了官仓，就问："刘县丞，官仓历年来积攒下来的粮食有多少？"

刘县丞见马长民问起了官仓粮食，有点吃惊地说："官仓粮食足够全县民众吃一年，但没有朝廷旨意，谁敢动呀！擅自动官仓粮食，按照大清律例，那是掉脑袋的事情，马大人要三思而后行啊。"

马长民说："我仅是问一下。不到万不得已，我绝对不动官仓之粮。"

刘县丞说："我知道马大人操心民众疾苦，但从目前情况看，还不能操之过急。但愿老天爷普降甘霖，让老百姓渡过难关吧。"

马长民说："老天爷指望不上，朝廷指望不上，你说咱们这些地方官吏该咋办？范仲淹曾说‘历代之政，久皆有弊。弊而不救，祸乱必生’。天灾人祸，历代皆有，关键是看如何安抚百姓。高知府既不让开仓赈济，又想不激起民变，这事恐怕难做到啊。”

刘县丞说：“马大人，要不咱们立刻向兴安府行公文上报灾情，恳请兴安府向陕西巡抚衙门、朝廷户部行文，请求朝廷恩准开仓赈济灾民。”

马长民说：“这样也好，咱们早做打算。”

安康县随即向兴安府行文禀报灾情，谁知公文如泥牛入海，杳无音讯。

到了十月份，秋季庄稼果真颗粒无收，安康县域内饿殍载道，哀鸿遍野，死者日众，老百姓被迫卖儿鬻女，惨状空前。更让马长民担忧的是，有难民扬言要冲击官府。

看着灾情日益严重，老百姓流离失所，马长民也担忧在这个四方文化汇集之处，如果有人领头闹事，很可能形成星火燎原之势，在短时间内爆发大规模民变。

忧心如焚的马长民带着刘县丞再次来到兴安府求见高知府。

高知府见马长民来了，知道他是为赈灾之事而来，就问：“马知县不在安康县保境安民，为啥又跑到知府衙门来了？”

马长民焦虑地说：“现在安康灾情严重，百姓饿殍载道，苦不堪言。我专程到知府衙门来，就是想问一下朝廷是否有开仓赈济灾民的旨意？”

高知府说：“兴安府所有县都遭了旱灾，不是安康县一家。作为知府，我也向陕西巡抚衙门、户部上报了灾情，可朝廷至今未下旨意，你说咱们该咋办？”

马长民说：“老百姓盼望朝廷赈济，就如半夜三更盼天明，寒冬腊月盼春风。朝廷再不下旨赈济灾民，我怕激起民变，到时候就无法向朝廷交代了。”

高知府说：“大清的律例你是知道的。私自开仓赈济灾民，罪当死。马知县，别以为就你自己关心灾民，本府也时刻关注着灾民哩。俗话说，谁的娃谁抱着，谁惹下祸谁背着。如果你是为赈济灾民之事而来，我劝你赶紧回去，紧盯灾民动态，千万不能出现灾民群起闹事。如果出现大规模民变，你我头上乌纱帽难保，就连性命能否保住都难说了。”

从兴安府回安康县的路上，沿途灾民的惨状令马长民触目惊心。回到县衙,马长民对刘县丞说:“我决定开仓赈济灾民,再晚几天,不但灾民死亡更多,激起民变更无法交代。”

刘县丞说:“马大人,你可要搞清楚,私自开仓赈济灾民,那是掉脑袋的事啊。”

马长民脸色凝重,语气坚决地说:“如果只掉我一个人的脑袋,能救活更多的灾民也算值了。”

刘县丞自从跟马长民共事一年多来,逐渐发现这个年轻知县的确有一颗为民之心,他认定的事情非要干到底。作为知县的下属,估计自己无法阻拦马长民的举动。他担心朝廷一旦问罪下来,自己性命不保不说,一家老小今后该咋办啊。

马长民见刘县丞半天不表态,也知道开仓赈济灾民事关衙署每个人的身家性命。为了打消刘县丞的顾虑,支持自己的行动,马长民说:“刘县丞,你不用怕。为了避免牵连众人,我这就写下一纸文书,声明开仓赈济灾民是我独自决定,与县署众人无关。如果朝廷要追究责任,也是由我独自承担罪责。”

刘县丞没想到马长民能把话说到这分上,羞愧地说:“马大人,不是卑职不愿与您共担罪责,实在是卑职家中上有父母,下有妻儿啊。”

马长民说:“我要求你不反对就行。马长民为民请命不成,就冒死为灾民做一件事情。至于后果,自有公论。”

第二天,马长民召集县署全体人员,当众宣布了他决心开仓赈济灾民的决定,并出示了他写下的此举与众人无关的文书。县署各级官员听完马长民的决定,都为之动容,唏嘘不已。马知县过年时拿出自己的俸禄开设粥场,帮灾民渡过了难关。现在又豁出自家的身家性命,开仓赈济灾民,这让县署当地的官员羞愧难当,无地自容。

安康县开仓赈济灾民的消息不久就传到了兴安府。高知府听到安康县擅自开仓赈济灾民,一下子愣了。他认为马长民这个愣头青,官场经验不足,二杆子劲冲天,如果兴安府各县群起效应,后果不堪设想。他一方面向陕西巡抚衙门、户部上报紧急文书汇报此事,一方面严令兴安府其他各县不许效仿,等候朝廷旨意。

到十一月初,朝廷下文严令彻查擅自开仓赈济灾民之事,并明令把马长民打入死牢,等候按大清律例判决。

彻查知县马长民的消息一时间传遍了安康县,受到赈济的灾民才明

米行

白马知县是在没有朝廷旨意的情况下擅自开仓放粮，拯救了他们的生命，却把自己逼上了绝路。灾民们对马长民感激不尽，也不想让这样一个好知县丢了性命，随即自发组织起来，聚集到兴安府衙门为马长民请愿，要求官府网开一面，放马知县一条生路。

高知府知道兴安府各县的灾情，不想让民怨沸腾，更怕激起民变，在安抚了灾民之后，行文陕西巡抚衙门，替马长民求情。兴安府的告急文书到了陕西巡抚衙门，陕西巡抚也没权决定马长民的生死存亡，就把灾民请愿情况报到了户部、刑部。

十一月底，户部、刑部看在马长民为了灾民开仓放粮，在情理上虽可原谅，但违反了大清律例，要求陕西巡抚衙门严加惩办，以儆效尤。巡抚大人正在为陕南灾情严重，灾民群情激昂，随时可能发生民变伤透了脑筋，也想借马长民擅自开仓放粮整治吏治，就按照朝廷的旨意，罢免了马长民安康县知县职务，把他押送回西安，关入死囚大牢，等候朝廷旨意一到，即刻开刀问斩。

马合盛听到马长民因擅自开仓放粮、赈济灾民之事，被关入死囚大牢以后，急得如坐针毡。

马长青知道弟弟闯下了弥天大祸，同样心急如焚。他见父亲吃不好，睡不着，就劝父亲说："大，长民也是为百姓苍生着想，怪就怪朝廷和各级官员见死不救。如今，长民身陷囹圄，我看只有破财免灾这一条路可走了。"

马合盛觉得马长青说得有道理，就说："朝廷腐败，民不聊生，生意难做。马家刚在与邓监堂的较量中败北，就遇上了长民被关入死牢这种大事，可真应了祸不单行的说法。当务之急，是筹集银两，赶紧到巡抚衙门去打点，好赖得保住长民的性命啊。"

马长青说："大，当初长民任安康县知县，是陕西巡抚升允大人举荐，您与升允大人也有交情，此事还是您出面比较妥当。需要多少银两，马家就是砸锅卖铁也要保住长民的性命。"

马合盛一拍脑袋，随即说："升允大人现在已荣升陕甘总督，权力更大了。你去准备五万两银票，我明天就去西安城找升允大人。朝廷卖官鬻爵都成惯例了，我想花费银两赎条性命应该不难。"

马长青为难地说："大啊，今年咱们在茶叶大战中败北，损失惨重，估计一下子拿不出那么多银票啊！”

马合盛生气地说：“刚才你不是说马家就是砸锅卖铁也要保住长民的性命吗？这会一说拿银票就怂了。拿不出5万两银票，你最少给我准备4万两银票，我再凑一点金银玉器、字画古玩。人常说有钱能使鬼推磨，我明天就去西安城用这些东西换你弟弟一条性命。”

马长青按照父亲的要求，东凑西拼弄够了4万两银票，马合盛怀里揣着银票，箱子里提了一些金银玉器、古玩字画就去了西安城。

马合盛前脚走，蒋继英后脚就到了马合盛茶号。马长青见蒋继英来了，热情地把他请到了茶号二堂客厅。马长青问：“蒋叔，您一大早到茶号来有啥事情？”

蒋继英落座后，问：“你大在不？”

马长青说：“我大一大早就到西安城去找陕甘总督升允大人去了。”

蒋继英又问：“是为你弟弟长民之事吗？”

马长青说：“是的。长民任安康知县时，接连发生了水灾、旱灾，他见饿殍遍野，民不聊生，在久等朝廷开仓赈济灾民旨意未到的情况下，打开官仓赈济灾民，后来遭人弹劾，被关入了西安城巡抚衙门死牢。我大心急如焚，一心想救长民，就到西安城打点去了。”

蒋继英说：“我刚听到了一些风声，想来核实一下，听你一说，长民被关入死牢是真的了。唉，你说这朝廷还讲不讲理啊，让一个小小的知县在水灾旱灾接连发生之后保境安民，又不给任何权力，还要不发生民变，这咋可能吗？”

马长青说：“长民把灾情报告逐级上报，还到兴安府催问过几次，毫无音讯。他不忍心灾民继续饿死，就擅自决定开仓赈济灾民，现在各级官府追责，他可能难辞其咎。好在我大跟总督升允大人有点交情，就看此去能否保住长民性命了。”

蒋继英说：“如今的官府更加黑暗、贪腐，我是进过西安府大牢的人，遭过罪，也受过白眼。但愿总督大人看在长民不是为了自己的分上，能网开一面，放他一条生路。”

马长青对蒋继英关心弟弟之事感激不尽，说：“让蒋叔费心了。马家流年不利，倒霉的事接二连三，这日子可咋过呀？”

蒋继英说：“自从庚子之乱后，朝廷割地赔款，开放口岸，增加盐税、关税，商家的日子就难过了。不说你们马家茶号了，就是我的水烟生意，也受到了很大影响。再这样下去，我估计大部分商家要关门倒闭了。”

马长青感慨地说：“自汉口对外通商之后，西方列强就畅通无阻地进入了中国腹地，大量掠夺中国的资源。今年，安化茶叶就有一部分通过广州口岸外销，中原一带传统的棉布市场也受到了西方纺织品的冲击，咱们这些商家的路是越走越窄了。”

蒋继英关切地问：“马家与吴家在西部茶叶贸易中竞争败北之后，下一步咋打算？”

马长青说：“眼下的当务之急是救出长民，等长民安然无恙之后，再说西部茶叶贸易的事。受此打击，我大情绪低落，我想请蒋叔好好劝一劝我大。”

蒋继英说：“等你大回来后，我找机会同他好好聊一下，探一下他的想法。”

马长青说：“晚辈先谢过蒋叔了。”

蒋继英说：“你大对蒋家有恩，这点小事何足挂齿。”

马合盛到西安后，想方设法到监狱去看了一下马长民。关押在巡抚衙门牢房的马长民精神委顿，面黄肌瘦。看见父亲到监牢看自己，马长民有点泣不成声地说：“大，儿子无能，让您老人家受牵连了。”

马合盛怕儿子伤心，宽慰他说：“你做的事没错，关键是没有朝廷旨意。你违法开仓赈济灾民，朝廷也在调查。在这里再待几天，我去找总督升允大人，看能否解救你出去。”

马长民说：“各级官府死搬硬套朝廷律例，根本不管老百姓死活，我算是看透了这一帮无能之辈的嘴脸。”

马合盛说：“别发牢骚了。出去之后你就回家吧，如今这官场，不是你混的地方。”

马长民说：“如果能出去，请我去当官，我都不会去了。”

马合盛带着礼物和银票拜见升允之后，才知道升允也在为陕南旱情着急。对于吏部、刑部派人核实马长民擅自开仓赈济灾民之事，他也说了好话，并催促户部赶紧向慈禧老佛爷、皇上呈报陕南灾情，争取早日开仓放粮，赈济灾民，否则还真有激起民变的可能。

升允见马合盛亲自登门拜访，开口就说：“马掌柜啊，长民惹大祸了。”

马合盛强扮笑脸说:“我知道犬子闯了大祸，这不就来府上求总督大人来了嘛。”说完话,马合盛把手中的提箱放在了靠近升允不远的地方。

升允知道马合盛是来通融的,依然打着官腔说:“马掌柜,长民擅自开仓放粮,遭人弹劾,引起了朝廷关注,如今已被打入死牢,等候朝廷判决。此事关注的人太多,事情有点难办呀。”

马合盛说:“长民少不更事,也是看在灾民饿殍遍地,不想激起民变,才做出了违反朝廷律例之事。大人是朝廷一品大员,主管陕甘军政事务,可谓封疆大吏。求大人看在长民也怕激起民变的分上,对他网开一面吧。”

升允说:“长民这个七品的安康知县是我当年举荐的，他犯下如此大罪,我也难脱干系。念在你马家屡次为朝廷义捐的分上,我会替他开脱的。马掌柜也知道,现在求人办事也难啊,长民的事情到底能办到何种程度,我心里也没谱啊。”

马合盛见升允把话没有说死,急忙从怀中掏出一沓银票,双手递给升允,并说:“犬子的身家性命全在总督大人的掌控之中,些许银两奉送给大人打点之用,不够了再说。”

升允接过银票,捏了捏厚度,知道数额不少。他微笑着说:“马掌柜,咱们是老熟人,按理说我不应该收你的银票,可你也知道,要想让长民活命,我也要上下打点的。”

马合盛说:“我知道大人的难处,只要能保住长民的性命,我马家对大人感激不尽。”

升允说:“马掌柜回去等候消息吧。我明天就去找吏部、刑部调查此案的官员通融。”

马合盛听升允这么一说,知道马长民已无性命之忧,激动地说:“总督大人救命之情,容马合盛以后报答。”

马合盛走后,升允打开了马合盛刚才放在自己不远处的箱子,里面放满了金银珠宝、古玩字画,依他估算,少说也值上万两白银。再把银票一数,刚好4万两。本来马长民开仓放粮赈济灾民之事,经过吏部、刑部官员调查，马长民虽无朝廷旨意擅自决定开仓放粮，但确实拯救了不少老百姓。吏部、刑部官员在安康调查时,老百姓为马长民请愿者难计其数,刘县丞等县署各级官员也向调查官员陈情,吏部、刑部官员根据案情,已向陕甘总督衙门呈上了无罪开释马长民的公文。不知道情况的马合盛救子心切,又给升允送上了一份大礼。

三天后，升允派人给马合盛捎话，让他到西安巡抚衙门监狱接马长民出狱。马合盛以为自己送给升允的礼物和银票起了作用，对升允能打通关节，放马长民一条生路心生感激。

马长民被解救回泾阳，马合盛让夫人冯碧霞、女儿马香梅悉心照料。冯碧霞看着儿子面黄肌瘦、弱不禁风的样子，眼泪直流。马香梅知道二哥受了不少罪，气愤地说："哥，你仅是被革职，咋还被糟践成这样了，这大清还有王法吗？"

马长民有气无力地说："被革职收监，我问心无愧。但你不知道，狱卒们见你无权无势，听说即将被判死罪，下场就不会好了。"

冯碧霞说："你大亲自去找陕甘总督升允大人，这才保住了你一条性命。娃啊，这朝廷的命官看来也不是你这种直性子人能当的。"

马长民说："老百姓遭灾，急需救济，各级官府抱着朝廷律例，互相推委，视老百姓生命如草芥，凡是良心未泯之人都不会坐视不管。我冒犯了朝廷律例被革职问罪，正好解脱了。"

马香梅说："你就别再想官场那些龌龊事了，赶紧把身体养好才是正事。"

马长民惭愧地说："别人当官是光宗耀祖，我这当官，害得全家提心吊胆，不得安宁，传出去就成了笑谈。"

冯碧霞说："你这是说的啥话？人在做，天在看，公道自在民心。嘴是人家的，谁想说啥就让说吧。"

马香梅说："过去的就让过去吧，关键是要走好今后的路。哥，你不想当官了，正好帮家里经营茶号，一家人在一起比啥都好。"

马长民说："我今后就跟大、哥一起，学着做点生意，不再受官场的窝囊气，"

听说马长民被无罪开释，蒋继英就过来打听情况。

马合盛对蒋继英叙说了解救马长民的一些过程，并说："如今这官场，真是蝇营狗苟，龌龊不堪，几乎看不到为民请命的好官啊。长民年轻，不懂官场的显规则、潜规则，弄了个革职问罪。好在总督升允大人帮忙，总算保住了一条性命。官场生态发生了变化，我看他也不适合再当官了，还是安心做个小生意为好。"

蒋继英说："官场的黑暗，我也亲身体验过了，一言难尽。就说这做生意吧，也不容易了。庚子年战败，盐税、关税增加，生意也难做了。"

马合盛说："去年与邓监堂茶叶大战失败，加上营救长民，马家损失惨重，让我心灰意冷，真不知道今后该咋办？"

蒋继英知道马合盛还沉浸在失败的阴影里无法自拔，就劝说道："商场如战场，难免有不如意。就说你与邓监堂吧，十多年前，邓监堂想以数量取胜，高息借贷，却遭遇了莫名其妙的江风，损失惨重，退出了西部茶叶市场。去年，你在安化茶区遭受大旱、新茶数量剧减的情况下，为了保住西部茶叶市场垄断地位和马家的声誉，以原价销售茯砖茶，丢了市场老大地位。这些表面情况的背后，其实有很大的玄机。我不敢说这是风水轮流转，至少可以说明人算不如天算。"

马合盛说："做人要有底线，经商更是如此。童叟不欺，价格公道，以诚相待，才能做永久的生意。你可能也看见了，每天都有新店铺开张，也有老店铺关门。这一开一关之间，门道很大。马家在西路、北路的信誉，是十多年逐步建立的，我不想为新茶数量剧减就抬高价格，结果你都看到了。邓监堂通过此战，帮吴家重新占领了市场主导地位，马家的日子就难过了。"

蒋继英说："泾阳现有茶号六七十家，哪一家都有它的生存之道。这么说吧，现在的茶叶贸易，就像是春秋战国，当年邓家、吴家、蒋家，还有你马家，各自独领过风骚，犹如春秋时期的盟主或霸主。现在马家刚经历过惨败，吴家独大，但泾阳有实力的茶商还有七八家，就像战国七雄。西部茶叶贸易大战才重新洗牌，马掌柜千万不能丧失了信心啊。"

马合盛苦笑着说："七雄争霸，凭的是资源、实力和雄心。现在安化茶区的茶叶有一部分已销往广州口岸，资源减少了。马家去年在茶叶贸易中损失惨重，实力已大打折扣，无法与吴家直面竞争了。再说雄心吧，我已身心俱疲，不复有当年的斗志了。我想把马家茶号交给长子长青打理，自己做个逍遥人，等长青有了子女，含饴弄孙吧。"

蒋继英见劝说不动马合盛，只好悻悻地告辞。

半个月后，马长民身体恢复了正常，气色变得像从前一样，唯一的缺憾就是精神萎靡不振，闷闷不乐。

这一天，马合盛把马长青、马长民、刘福生等人叫在一起，准备告知他们自己的决定。

当马合盛说完自己的想法后，马长青赶紧说："大，现在洋人插手安化茶区茶叶贸易，泾阳茯砖茶在西部茶叶市场上肯定会受到影响，此时您退出，让我们就失去了主心骨。再说与邓监堂的茶叶之战，马家在两回合较量中，充其量是打了个平手，您还不至于丧失斗志吧？"

刘福生听马合盛要把茶号的经营大权交给马长青，他担心马长青掌控不好西部茶叶市场，担忧地说："东家此时退出时机不合适，给别人的感觉好像您真的怕了邓监堂。其实生意场上的事，谁坐头把交椅都很正常，只要瞅准机会，肯定能东山再起的。东家，我建议您最好再等一两年，等马家茶号恢复了元气再退出不迟。"

马长民说："我现在已被革职，今后也不会涉足官场了。如果父亲没有丧失斗志，有我们兄弟鼎力相助，我不相信马家茶号不会东山再起。"

马合盛说："我不是丧失了斗志，是想让你们多历练一下。如果你们执意要让我留下来也行，我把泾阳茯砖茶商会会长让出去，咱们专心干自己的事如何？"

刘福生说："让出了茯砖茶商会会长，就等于承认了马家失去了头把交椅，东家要三思而行啊。"

马合盛说："现实是马家已不再是泾阳茯砖茶老大了，我再赖着不让位，会给人留下话把子。其实让出去了就省心了，让邓监堂领着大家干吧。"

马长民说："世人皆说'为官须看曾国藩，为商必读胡雪岩'，我看这就是一句屁话。不说为官了，就说经商吧。慈禧老佛爷亲赏过胡雪岩黄马褂，这在大清历史上是第一人，可最后的结局如何呢？李鸿章为了打击左宗棠，首先打击胡雪岩，使其一夜之间倾家荡产。究其原因，就是商家和政治权力勾结太深。我看马家今后尽可能远离政治，做好自己的事就行了。"

刘福生说："我同意二少爷的说法，不要跟政治走得太近。陕商自古以来就有不群不党的传统，有秉性耿直、性刚气硬、豁达开通、忍辱负重、知恩图报的民风，只要咱们看准了时机，保证能恢复前些年的辉煌。"

马合盛见大家议论纷纷，都是对马家茶号充满了希望，就说："大多数人的一生，都是极其平凡的，只有少数人可以做到把平凡演绎成不平凡乃至伟大。看那些不平凡的人，其实用不着仰视，追寻他的成长经历就知道他不平凡的原因了。不平凡的人，基本上都有一个共同点，比别人聪明一点，用功一点，能抓住时势造英雄的机遇，最后这一点尤其重要。对商人而言，不能审时度势，看不见发财机遇，就会失去致富的机会。既然众位对茶号重新崛起有信心，那就心往一处想，劲往一处使，等待时机吧。”

刘福生见马合盛又恢复了信心，趁机说：“从去年安化茶区受灾情况看，估计今年新茶情况也不会好。东家，咱们应该提前做好准备。”

马合盛问：“刘掌柜听到啥风声了？”

刘福生说：“安化茶区新茶数量剧减，洋人在广州口岸、汉口口岸跟中国茶商竞争，今后能运到泾阳的安化茶叶只减不增，已成定势。我听说安吴堡周莹准备支持邓监堂试用陕南茶叶加工茯砖茶，如果情况属实，不得不防，或者齐头并进。否则，马家茶号的日子就更难过了。”

马氏父子听刘福生这么一说，顿时惊得目瞪口呆。

第十八章

邓监堂独辟蹊径
周寡妇胆战心惊

邓监堂用库存茯砖茶打败马合盛之后，也知道安化茶叶进入泾阳越发艰难了。为了保持裕兴重茶号在西部茶叶贸易中长久不衰，就必须另辟蹊径。思来想去，他决定把开发陕南紫阳、汉中茶区茶叶作为保持西部茶叶贸易龙头地位的主要途径

邓监堂浸淫制茶行业多年，他知道陕南茶叶的兴衰历史。陕南从汉唐以来就形成了以金州（今安康）为中心，包括紫阳、汉阴、石泉、西乡、城固、汉中及四川保宁府部分茶区在内的秦巴茶区，其中紫阳更是中国北部著名的茶叶产区。秦巴茶早在两宋时期就销往陕西关中、甘宁青新和楚豫地区，有很好的口碑。但秦巴茶属于散装绿茶，鲜叶焙炒后用麻袋装运，踏压松软，既不容易运输，又容易发霉变质，不易储存。大明万历二十三年之后，湖茶以茶枝之粗蔓制成，“多而值下”，代替了秦巴细茶，被山陕茶商大量销往西部，逐步形成了垄断地位。如今湖茶采购数量受阻，要想利用秦巴茶制作茯砖茶，必须创新传统的安化茶制作茯砖茶工艺。邓监堂自忖在制作工艺上，只要大胆尝试，就能解决制茶工艺问题，关键是必须说服东家周莹支持自己的想法。

这一天早上，邓监堂出了裕兴重总号，坐着轿车前往安吴堡。一路上，他都在盘算着如何让周莹支持自己。

邓监堂刚进安吴堡，就看见总管骆荣、总账房中书在前院的客厅中闲聊，赶忙上前打招呼。

骆荣问：“邓掌柜一大早到安吴堡，肯定有要事吧？”

邓监堂说：“您老说对了，我专程回安吴堡，是向东家请示一个重要问题。要不您二位也一起参谋一下？”

房中书说：“邓掌柜去年在与马合盛的竞争中高唱凯歌，现在是东家面前的红人，你想做的事情，东家肯定会支持，用不着我们两个老骨头多

言了吧？”

邓监堂知道眼前这两位曾经反对过东家周莹请自己出山，在与马合盛的较量中对自己的做法也颇有微词，但吴家的重大决策没有这二人的鼎力支持，肯定不会太顺当。邓监堂想争取这二位吴家的重臣支持自己，就说：“房总账言重了。东家请监堂出山，就是想保住吴家在西部茶叶贸易中的地位，监堂侥幸做到了。要说这红人嘛，我看只有您二位，才是东家倚重的左膀右臂。”

骆荣笑着说：“邓掌柜说侥幸取胜，我看未必吧。”

邓监堂明白他们对自己战胜马合盛心存疑虑，就说：“侥幸之言纯属托词。我出山前曾到观音禅寺拜访过释法大师，他曾对我说南方三年之内必有天灾，监堂听了释法大师的话，这才有了去年战胜马合盛的业绩。不是监堂有多大能耐，纯属仗着天意，侥幸取胜。我今天来，是想让东家做出一个重要决定，请您二位帮着参谋一下如何？”

骆荣、房中书见邓监堂诚意邀请，就跟着邓监堂来到了内宅。

周莹听说邓监堂来了，知道他有重要事情向自己汇报，忙让红玉把邓监堂一行请到了内宅二堂客厅。

等邓监堂、骆荣、房中书落座之后，周莹问：“邓掌柜大清早到安吴堡来找我，肯定有要事，你就说吧。”

邓监堂说：“还真让东家说对了，我是无事不登三宝殿啊。东家，去年裕兴重用库存茶叶战胜了马合盛，但这并不能说明裕兴重就能持续保持西部茶叶市场的龙头地位。要想继续占有西部茶叶市场六成的份额，必须另辟蹊径，增加茶叶来源。”

周莹听完邓监堂的话，感到事情重大，同时她也想知道邓监堂的真实想法。周莹问：“邓掌柜有啥想法尽管说，我能做到的，全力以赴支持你。”

邓监堂说：“东家也知道，自从庚子之乱以来，安化茶区就成了洋人掠夺茶叶资源的对象，裕兴重、马合盛等泾阳茶号近年来在安化茶区采购新茶都受到了严重影响。我想尝试用秦巴茶区茶叶加工茯砖茶，不知道东家意下如何？”

骆荣听邓监堂说要用秦巴茶叶制作茯砖茶，心里大吃一惊，他说：“邓掌柜，泾阳茯砖茶自大明万历以来，都是用安化黑茶制作的，还没有听说过谁用秦巴茶叶制作过茯砖茶，你觉得此事可能吗？”

邓监堂说：“安化黑茶虽好，无奈每年能运送回泾阳的数量在减少。秦巴茶区地处秦岭、巴山，符合《茶经》所言的地理条件，所产茶叶品质上乘。而且，秦巴茶区距离泾阳较近，在运输成本上低于从安化茶区采购茶叶。为了保持裕兴重茶号在西部茶叶市场上的龙头地位，邓某愿意冒险一试。”

房中书说：“秦巴茶区距离泾阳较近，在运输成本方面肯定比安化茶区要低，符合商家的利益。但秦巴茶区茶叶价格远远高于安化茶区，这个问题不知道邓掌柜考虑过没有？”

周莹见骆荣、房中书基本上都是反对意见，沉思了一下才说：“秦巴茶叶早在唐代就闻名天下，茶圣陆羽的《茶经》也是以秦巴茶叶为基础书写而成的。自明代万历以来，山陕茶商在西部的茶叶贸易中一直采用安化黑茶制作茯砖茶，你想用秦巴茶叶制作茯砖茶，弥补安化茶叶来源不足，这个想法不错。邓掌柜，依你对秦巴茶叶的了解，用它制作茯砖茶的把握有多大？需要多少费用？”

邓监堂见周莹没有顾及骆荣、房中书的反对意见，知道她想知道自己的真实想法，就说：“前辈制茶高手中曾经有人试过用秦巴茶叶制作茯砖茶，没有成功的原因是无法去掉秦巴茶叶中的苦涩味，品质无法与安化黑茶制作的茯砖茶相提并论。我想前辈能做的，我也能做，而且可能做得更好。至于费用嘛，东家不妨先投入一万两银子，我到紫阳去寻找茶园。如果能找到适合的茶园，东家再加大投入如何？”

周莹微笑着说：“邓掌柜有此决心，我很高兴。去年咱们在西部茶叶销售中赚了不少钱，我就先给你 10 万两白银，你去紫阳找合适茶园。如果能用秦巴茶叶试制成功茯砖茶，我另外奖赏。”

邓监堂见周莹大力支持自己，高兴地说：“有了东家的鼎力支持，邓监堂一定不辜负东家的希望。”

骆荣不放心地问：“邓掌柜真有把握用秦巴茶叶制作茯砖茶？”

邓监堂说：“我不敢妄称有十足的把握，最起码心里有底，这回绝不再抱侥幸心理。”

房中书说：“秦商素有富贵险中求的传统，但也别忘记了侥幸只能赢得一时，不可能赢得一世。以我之见，还是稳妥为好。”

周莹说：“商家就是要争朝夕之利，不能抱残守缺、墨守成规。如今像邓掌柜这样敢于大胆尝试之人已经不多了，这可能也是秦商被边缘化的主要原因。”

邓监堂听周莹夸奖自己，有点不好意思地说："东家对我有知遇之恩，做这点事情，是我这个掌柜的应该做的。东家刚才说秦商被边缘化了，这是事实，但主要原因还是与朝廷有关。'同治之乱'使关中富商大户惨遭洗劫，元气大伤。随后的鸦片战争、甲午战争、庚子之乱，哪一次都让秦商苦不堪言。如今再不想办法开拓新的茶叶来源，我估计泾阳所有茶商都会陷入几乎无茶可卖的困境。"

骆荣、房中书见周莹、邓监堂一唱一和，就知道再说无益，只好不再说话。

周莹看了看骆荣、房中书，也知道自己刚才明确表态支持邓监堂可能伤了二位老臣的颜面，但在发展壮大吴家生意方面，她不可能面面俱到，于是她问："邓掌柜走了之后，裕兴重总号咋办？"

邓监堂说："裕兴重总号仍然让王福禄管理吧。今年总号继续从安化采购新茶 50 票，我估计马合盛只能采购 30 票了，这样咱们在数量上就压过了马合盛，不会丢失市场份额。"

周莹说："就按照你的想法办。何时动身，告知我一下，我为你饯行。"

邓监堂说："我回去准备一下，过几天就动身。"

周莹忽然想起了吴怀先的婚事，笑着说："邓掌柜，你先别忙走，等我给怀先办完婚事再走吧。"

邓监堂听说吴怀先要成婚，就问："东家准备何时给少爷成婚？新娘子是哪家的千金小姐？"

周莹微笑着说："我打算下月初九给怀先成婚。新媳妇是三原城关刘家的闺女。"

邓监堂说："我参加完少爷的婚礼之后就出发，恭喜东家找了个好儿媳啊！"

从内宅往外走时，邓监堂问："骆总管，东家真的要为少爷成婚了？"

骆荣说："这还有假？我最近和房总账一直在张罗此事。东家去年赚了大钱，想在少爷婚礼上大肆铺张，我和房总账劝说无效，正在为把少爷的婚事办到啥程度熬煎哩。"

邓监堂笑着说："东家为儿子婚事铺排张扬，也说得过去，您二位就多操点心。参加完少爷的婚礼，我就去紫阳，咱们见面的机会就少了。"

送走了邓监堂，骆荣有点气馁地说："房兄弟啊，这人老了，思想就跟不上趟了。等办完少爷的婚礼，我准备辞职回家颐养天年了，你准备咋办？”

房中书说：“我与老哥有同样的想法。在吴家40多年了，整天为吴家的生意操心，从来没有想过自己的日子咋过。现在东家倚重邓监堂、王健，对咱哥俩的意见不再言听计从了，再赖着不走，颜面何存？我本来就想等少爷大婚之后再提出辞职的，你今天一说，正好与我不谋而合。”

骆荣说：“东家才走出生意的低谷，就这样大肆铺张，真不知道她是咋想的？这与以前的东家截然不同了。”

房中书说：“你我都老了，还是省点心吧。这个世界本来就是年轻人的，何况东家还是一个寡妇。她挣那么多钱干啥呀？”

骆荣点了点头，没再吱声。

在吴怀先大婚过后，骆荣、房中书这两位帮过吴蔚文，扶持过年轻寡妇周莹的老人一起向周莹提出了辞职。面对把多半生精力奉献给吴家的两位老人，周莹唏嘘不已。

对于他们的去留，周莹原想过两年再说，没想到吴怀先刚结婚，他们都提出了辞职。看着有点老态龙钟的老人，周莹也没办法再相劝。对她的一些重大决策，两位老人完全是按照老思想、老套路来应对，基本上无法适应已经变化了的形势。反过来一想，周莹也觉得两位老人退出了，正好可以安度晚年，好好享受一下人生。对他们的离去，周莹感激的话说了一箩筐，临走时又给每人奉送了3万两银票。

骆荣、房中书走后，周莹考虑再三，决定让王健担任安吴堡总管兼任泾阳棉花行掌柜，新婚不久的养子吴怀先担任总账，掌管安吴堡财政大权。

邓监堂参加完周莹为养子吴怀先举办的盛大婚礼后，就带着四五个裕兴重总号的伙计沿傥骆道到汉中，然后沿汉江抵达紫阳县城。

紫阳县位于汉江两岸。这里层峦叠嶂，云雾缭绕，冬暖夏凉，花岗岩和片麻岩发育而成的黄沙土和薄层黄沙土，呈酸性或微酸性，矿物质丰富，土质疏松，通透性良好，是茶树生长的合适地带。

邓监堂一行到达紫阳时，谷雨已过，但满山遍野的翠绿仍然让他感到爽心悦目，茶园上空弥漫着茶叶的芳香，茶树上生长着嫩绿的嫩芽，姑娘们身背背篓的身影，歌声、笑声飘荡在半山腰的茶园，这一切与安化茶区采茶季节毫无二致。邓监堂熟知自明代《茶法》制定之后，朝廷实行以茶易马，巩固边防，极大地刺激和促进了紫阳茶叶的生产和发展，当地一度出现过“其民昼夜沼茶不休，男废耕，女废织”的繁忙景象，前兴安知府叶世卓曾留下“自昔岭南春独早，清明已煮紫阳茶”的诗句，当地人也经常吟诵“齐焙白毫先入贡，香风吹出野人家”来赞美其茶。

在紫阳茶区转悠了半个月后，邓监堂发现紫阳所产名茶毛尖、翠峰、银针、香毫等都属于绿茶，价格较高，而且不适合用来加工成茯砖茶，只有晒青、炒青两种茶叶可以作为加工茯砖茶的原料。晒青茶耐冲泡，汤色呈黄棕色，入口清爽。炒青茶酽醇馥郁，汤色翠绿，易冲泡，耐冲泡。紫阳茶农对茶园独特的管理办法，也让邓监堂大开眼界。他们对老茶园改造中的佃蔸（即砍去老蔸发出的枝条），蓄蘖子，直播茶籽的洞播法，幼苗管理中的“荒两三年不耕锄”等做法，与安化茶区都有很大的不同。

邓监堂带着伙计们在紫阳、西乡茶区转悠了一个多月，终于选定了几处茶园，他向茶农预付了订金之后，把几个伙计留在了紫阳、西乡，自己独自带着晒青、炒青样品返回了泾阳。

邓监堂看着带回来的晒青、炒青茶叶，没有立即动手，而是取出自己珍藏很久的《茶经》仔细阅读，尤其对茶圣陆羽在采茶、制茶方面的文字记述格外关注。他仔细玩味《茶经》中陆羽的话，又找来宋代蔡襄的《茶录》、宋徽宗赵佶《大观茶论》、明代钱椿年《茶谱》及清代刘源长《茶史》等仔细阅读，互相印证。在当年三伏天，邓监堂终于决定开始用晒青、炒青茶叶制作茯砖茶了。

自从知道邓监堂准备用秦巴茶区茶叶制作茯砖茶之后，马合盛一直关注着邓监堂的动态。在去年的茶叶贸易败北之后，马合盛就将茶号在安化茶区采购新茶从100票调整到了30票。他明白，采购新茶数量的减少，使他基本上失去了和裕兴重竞争的本钱，但在茯砖茶制作方面，他还是沿用了新茶占六七成，籽茶占两三成的传统。马合盛想用马家茶号十多年过硬的茯砖茶品质保住“大引茶商”的招牌。

马长民有一次和马长青谈起与邓监堂的茶叶之战时，遗憾地说：“我当年在安康当知县，临走时大就让我关注紫阳茶叶，可惜接连碰上水灾、旱灾，不但被革职问罪，还没顾得上去紫阳茶区。现在邓监堂准备用秦巴茶叶制作茯砖茶，我们茶号就失去先机了。”

马长青说：“邓监堂是制作茯砖茶的高手，他敢做的，我们未必敢做。这么多年来，咱们茶号一直用安化茶叶制作茯砖茶，用质量在西路、北路茶叶贸易中树立了口碑，赢得了信任。莫名其妙地输给邓监堂之后，大的心劲在消散，好像已没有了与那家茶商争长论短的心思了。我看这样吧，还是把好30票新茶制作茯砖茶的质量关，尽可能去争取更多的市场份额，让大少操点心就行了。”

马长民说：“现在泾阳茶商有六七十号，大多数茶商每年制作茯砖茶数量在10票到20票之间，我们茶号虽说已不再是居于垄断地位的龙头老大，但仍可以利用过去的销售渠道与其他茶号竞争。”

马长青说：“只要你没有丧失斗志，我看此事可干。咱们时刻关注邓监堂用秦巴茶区茶叶制作茯砖茶的动态，如果他能试制成功，咱们再聘请制茶高手跟进。”

马长民说：“只能如此了。现在除了裕兴重没有明显的竞争对手，其他茶商都把苗头对准了马家茶号，咱们不得不防啊。”

马长青安慰弟弟说：“人常说瘦死的骆驼比马大，马家茶号输给了邓监堂，未必还会输给其他茶商。对了，你对放弃仕途开始经商咋看？”

马长民说：“虽说士农工商的传统观念把商人作为最低等，但我们身处商海，绝对不能看低了自己。干啥事都要对得起良心，心里迟早要装着一杆秤，不能为赚钱昧了良心，让人戳脊梁骨，甚至咒骂祖宗三代。”

马长青赞同地说：“是的，只要没做亏心事，不怕半夜鬼叫门。自己心里踏实，才能说话硬气。从事商业贸易，赚的也是辛苦钱，不敢说无愧于天地，最起码得对得起良心。”

沉默了一阵，马长青说：“我看你对马家茶号信心十足，也劝咱大东山再起，难道你真是这么想的？”

马长民说：“俗话说的人活一口气，其实就是活的一股子心劲。人要是没有了心劲，精神很快就会垮。咱家接连遭遇重创，损失惨重，咱大的心劲正在消散。这个时候，如果不鼓励他，估计他就会一蹶不振。”

马长青问：“那你对重振咱家茶号有信心吗？”

马长民说：“哥，说实在的，我没有十足的把握。这几年朝廷不断对西方列强开放口岸，西方的棉纱、煤油、火柴等工业品不断冲击国内市场，朝廷又不断向富商大贾摊派苛捐杂税，国内商家基本上可以说是举步维艰，惨淡经营。马家茶号和裕兴重茶号竞争失败之后，短时间内很难改变裕兴重一家独大的格局。时势异也，要想东山再起谈何容易。”

马长青问：“那你说咱们咋办？”

马长民说："大的心劲可能散了，你的心劲千万不能散。只要你还想争一口气，马家茶号就不会消失。说实话，我经历过官场劫难之后，对当今朝廷已不再抱有希望了。只要你想干一番大事，兄弟全力以赴支持。"

马长青知道兄弟把马家茶号生存的希望全部寄托在了自己身上，再说无益。他叹了一口气，没有说话。

邓监堂用秦巴茶区晒青茶、炒青茶制作茯砖茶并不顺利，像他对东家周莹说的一样，不管是用晒青茶、还是用炒青茶制作出来的茯砖茶都带有一种苦涩味，他用多种方法也无法去掉。对制茶人来说，不能让新制作的茯砖茶与原有的茯砖茶口感一样就是一种失败。邓监堂翻来覆去地试验，还是没有成功，他猜想问题可能出在了茶叶采摘上面了。

翻过年，邓监堂安排完安化茶区新茶采购之后，又在五月份回到了紫阳、西乡茶区。原先留在紫阳、西乡的王相、李相等人见邓监堂重返茶区，心里也感到了一些轻松。

王相、李相分别向邓监堂汇报了紫阳、西乡茶区的冬春两季管理情况。王相说："邓掌柜，现在谷雨已过，紫阳新茶已经上市，咱们茶号啥时候开始收购茶叶呀？"

邓监堂说："谷雨至清明，是紫阳、西乡新茶上市的好季节，但却不是晒青茶、炒青茶收购的好时机。去年，我带回去了一部分当地产的晒青茶、炒青茶，在制作茯砖茶过程中，虽然在每道程序上严格把关，但无法去掉茶叶中的苦涩味。我怀疑在采茶环节上出了问题。"

李相说："咱们收购的茶叶都是按照当地采摘方式进行的，不会出错呀。"

邓监堂说："明前茶属于细茶、绿茶，价值高而且不适合制作茯砖茶，咱们要收购籽茶。我看这样，等到六七月份大量籽茶上市后，把收购的籽茶用麻袋包装，用脚踏实。我今年亲自在茶区监督收购、包装、运输等事宜。"

王相说："有了邓掌柜亲自指导，我们对采购符合要求的茶叶就更有把握了。"

邓监堂说："凡事都要精心。东家把 10 万两银子交给我们到陕南寻找适合制作茯砖茶的茶园，我们不能空手而归。现在泾阳茶商都知道裕兴重在陕南开辟了秦巴茶区，收购秦巴茶叶制作茯砖茶，一些人还在等着看咱们的笑话哩。”

李相说：“泾阳茶商没有人用秦巴茶区所产茶叶制作成功过茯砖茶，因此才对邓掌柜的尝试抱有看热闹的心理。我想，既然邓掌柜认为紫阳、西乡茶区所产茶叶符合制作茯砖茶的要求，就一定能制作成功。”

邓监堂问：“你们对我这么有信心？”

王相说：“在泾阳茯砖茶制作高手中，邓掌柜是一等一的拔尖人才，东家对你都很信任，何况我们几个。”

邓监堂微笑着说：“信任是做成事的前提，关键还要看我们能否把事情做好。只有把事情做好了，才能对得起东家的信任。”

王相、李相等人表示一切听从邓监堂的安排。

邓监堂交代完收茶注意事项之后，说：“陕南茶区可真是春到茶山一片新啊，到处都是青山绿水，茶叶飘香，姑娘们采茶时不时还会唱山歌，这与关中地区截然不同。这里山好、水好，空气好，人更美，我担心你们几个长期在这里待下去，就不想回关中了。”

王相说：“邓掌柜说得没错。这里让我们几个感到新鲜，尤其是谷雨前后开始采茶的时候，大姑娘、小媳妇穿着花花绿绿的衣裳在茶园中穿梭，就像一群花蝴蝶在翠绿之中飘荡，灵巧的双手在茶树上上下翻飞，看得人眼花缭乱。一些青年男子在采茶时唱的山歌更让人浮想联翩。”

邓监堂微笑着说：“没看出王相口才真不错啊。紫阳、西乡这些地方，自两湖填陕西之后，就变得人口杂居，民风豪放，山民们唱山歌是他们发泄感情的一种方式，就像陕北人唱陕北民歌一样，看见啥唱啥。小伙子看见大姑娘，唱点求情求爱的山歌也很正常。”

王相笑着说：“邓掌柜不愧是走南闯北之人，见识跟我们就是不一样。我们几个听了这里的山歌，还有些不好意思哩。”

邓监堂说：“谁都年轻过。关中自古受儒家文化影响深厚，民风不像安化、陕南这样开放。年轻人听几句山歌不要紧，关键还是要自己把握住。山里的大姑娘热情、开朗，但与她们交往一定要把握好度，千万不要拈花惹草，惹下麻烦。”

李相趁机说：“王相不但跟那些大姑娘、小媳妇有来往，还学会了一首《十爱姐》的山歌，没事的时候自己一个人哼唱得有滋有味的。”

王相见李相在邓监堂面前揭自己的短处，不好意思当面发作，他红着脸说：“我只是好奇，没有啥想法。”

邓监堂说："了解民风民俗，和茶农搞好关系，我不反对，但拈花惹草的事绝对不能做。"

李相见邓监堂如此豁达，就想听王相唱一次完整的《十爱姐》。他起哄说："邓掌柜，要不让王相把他学会的《十爱姐》给您唱一遍，我们几个也好饱饱耳福。"

邓监堂说："好，王相给大家来一段。过了这几天，咱们就开始忙乎了，你就想唱，我也没工夫听了。"

王相见邓监堂说话了，只好开始清唱。只听唱道："一爱姐呀好人才，十个那看见九人爱，月亮溜溜圆，赛过当年女俊才。二爱姐的好头发，梳子那个梳来篦子刮，月亮溜溜圆，梳成盘龙插鲜花。三爱姐呀好眉毛，眉毛那个弯弯一脸笑，月亮溜溜圆，笑起样来像朵花。四爱姐呀好白脸，香脂那个水粉搽脸面，月亮溜溜圆，金丝耳环缀两边。五爱姐呀好银牙，银牙那个板板一样大，月亮溜溜圆，说起话来斗鹦哥。六爱姐的好白手，十指那个尖尖像杨柳，月亮溜溜圆，做起针线好麻溜。七爱姐的好白胸，两个奶子那个鼓墩墩，月亮溜溜圆，好像蒸馍才出笼。八爱姐的好细腰，姐的那个腰身像面条，月亮溜溜圆，不得相思病才怪了。九爱姐的好罗裙，罗裙那个四角吊响铃，月亮溜溜圆，走起路来像风送云。十爱姐的好鲜花，罗裙那个底下就是她，月亮溜溜圆，世间英雄都爱她。"

直到王相唱完，邓监堂等人才缓过神。邓监堂笑着说："不瞒你们说，我是第一次听到这样风骚的紫阳山歌。你看人家把一个大姑娘从头到脚全说了一遍，风骚到位，却不露骨，很有意思。从现在开始，李相回西乡，咱们从六月份开始大量收购籽茶，我不相信用秦巴茶叶就制作不出茯砖茶。"

王相、李相等几个伙计见好就收，都忙着准备收购茶叶的事情去了。

邓监堂带着当年收购的籽茶回到泾阳后，按照茯砖茶制作工艺，对簸、杂、吊、锅、装等五道工序进行了适当调整，严格工艺要求。真可谓功夫不负有人，当年八月中旬，邓监堂终于看到了用晒青茶、炒青茶制作出了发花的茯砖茶，激动得泪流满面。

第二天早上，邓监堂带着制作成功的茯砖茶直奔安吴堡，周莹按照惯例在内宅二堂客厅接待了邓监堂。

邓监堂从包里取出两块茯砖茶，双手递给周莹，激动地说："东家，经过一年多反复试验，终于用秦巴茶区晒青茶、炒青茶制作出了茯砖茶，请东家品尝并命名吧。”

周莹让红玉烧了开水，分别在两块茶砖上取了少许，用铁壶当场熬煮，不一会，茶叶的芳香就开始在客厅弥漫开来了。倒出茶水，只见茶汁泛着橙红色光泽，馨香扑鼻，入口清香，回味悠长，丝毫没有骆荣原先预料的苦涩味。

周莹品尝完两杯茶，心里异常高兴，微笑着说：“宋代诗人林逋曾赋诗说‘石碾轻飞瑟瑟尘，乳香烹出建溪春。世间绝品人难识，闲对茶经忆古人’。邓掌柜，你仔细研读《茶经》，终于用秦巴茶叶制作出了茯砖茶，真可谓劳苦功高啊！”

邓监堂谦逊地说：“邓某能有今天的成就，全赖东家的鼎力支持。没有东家的支持，估计不会有今天的成功。”

周莹说：“干啥都要有天分，否则事倍功半，甚至劳而无获。当年你提出用秦巴茶叶制作茯砖茶，我心里也没底，有些人也反对，但我相信你的能力，也知道你不干无把握之事，这才敢放手一搏。邓掌柜，用秦巴茶叶试制茯砖茶取得成功，在某种程度上代表着完全依靠安化茶叶制作茯砖茶的时代已经结束，裕兴重将来就不会单纯依靠安化茶叶来维持西部茶叶贸易了。对了，对新制作的茯砖茶你准备给它们起个啥名字？”

邓监堂说：“这起名之事还是东家定吧。”

周莹说：“依你之见，起个啥名合适？”

邓监堂说：“东家，说实在的，咱们能打败马合盛，试制成功茯砖茶，得益于观音禅寺释法大师当年对我的指点，也可谓是老天保佑，否极泰来。依我之见，给新制作的茯砖茶起名叫天泰牌，不知道东家意下如何？”

周莹想天泰二字暗合了天道，蕴含着人道，又是在泾阳试制成功，可谓天时、地利、人和皆有。她笑着说：“就依邓掌柜所言，把秦巴茶区茶叶制作的茯砖茶叫天泰牌，以示与安化茶叶制作的茯砖茶的区别。如果天泰牌茯砖茶能受到甘宁青新等牧区民众的喜欢，我将重赏你等有功之人。”

邓监堂说：“用秦巴茶叶试制茯砖茶是我的一个心愿，如今大功告成，应该是东家吉星高照，财运亨通。我看重赏就免了吧。”

周莹说：“邓掌柜，我执掌安吴堡大权以来，还没有过说话不算数之事。你用秦巴茶叶研制出了茯砖茶，不但对吴家，就是对整个泾阳茶商都是一个巨大贡献，我不可能不重赏。新开辟的生财之道对吴家来说，节约了大量成本，也打破了受制于安化茶叶来源不足的困境，我想泾阳茶商都会感激你。作为东家，我更为你自豪哩。”

邓监堂说：“如果东家没啥要交代的，我这就回县城，准备大批量生产，最好赶上今年销售旺季。”

周莹说：“你回去吧。我这里正在和怀先闹别扭哩。”

邓监堂听说东家和吴怀先闹别扭，一时也不知道到底为了啥。他吃惊地问：“少爷接替房中书当了总账，应该和东家是一条心的。我看少爷也是精明能干之人，不会无故和东家闹别扭吧。”

周莹说：“这几年你一直忙着试制茯砖茶，对社会了解得较少，基本上是两耳不闻窗外事，一心研制茯砖茶。你也知道，怀先和于右任是三原宏道书院的同学，于右任当年写信给陕西巡抚让他刺杀慈禧老佛爷，这事多亏我得到了消息为他开脱。前一阵，于右任在三原印行了一本《半哭半笑楼诗草》，受到了陕西巡抚衙门通缉。怀先背着我让护院到河南开封去告知于右任，还送给他大量银票，支持于右任的反清活动。我是朝廷敕封的一品诰命夫人，儿子是一个四品的坐家道台，但他却支持一个反清人士，你说这都是些啥事嘛！如果传出去如何得了？”

邓监堂听说于右任反清，丝毫不觉得奇怪。他知道于右任在味经书院受过刘古愚先生的教诲，到三原宏道书院后，一直对清政府的腐败无能不满，令他感到惊奇的是吴怀先这个慈禧敕封的四品坐家道台竟然支持学长反清，看来这世事他也看不懂了。邓监堂劝说道：“东家，您就别为这些事情操心了，我抽空问一下少爷，千万不敢惹火烧身就是了。”

周莹说：“那就拜托邓掌柜了。我不是稀罕他给于右任那点钱，是担心一旦风声透露出去，朝廷追责，吴家承担不起啊。”

邓监堂说：“请东家放心，我会好好跟少爷谈的。”

邓监堂回到泾阳县城，把裕兴重茶号所有制茶师傅集中起来，给他们详细介绍了用秦巴茶区晒青茶、炒青茶制作茯砖茶的要点，要求所有人必须按照他的要求严格加工。

一个多月后，裕兴重制作的天泰牌茯砖茶隆重上市，随后发往甘宁青新等地。到十月份，从甘宁青新等地传回来了好消息，牧区民众对天泰牌茯砖茶在汤色、口感、耐煮等方面赞不绝口。邓监堂趁势而进，又把天泰牌茯砖茶销往甘南藏区、四川、蒙古，在原马合盛茶号所属区域内遍地开花，当地民众为了区分天泰牌茯砖茶与马合盛茶号茯砖茶，给天泰牌茯砖茶起了个地域性很强的名字叫泾砖茶。

泾砖茶的迅速崛起，打破了原来由马合盛茶号垄断西路、北路茶叶贸易的格局，占据了市场主动，裕兴重从此走上了彻底垄断西部茶叶贸易之路。

马合盛在一连串的打击下，精神萎靡不振，情绪低落，自己十多年辛苦创建的马合盛号茶叶销售垄断王国被邓监堂彻底打碎了。他自忖凭借当下自己的实力，很难再绝地反击了。

有些苦闷的马合盛找到了蒋继英，准备和他好好闲聊一番。

蒋继英知道这些年马合盛与邓监堂在茶叶贸易上争斗之事，听完马合盛的一番感慨，他由衷地劝说道："马掌柜，俗话说世事轮流转，没想到邓监堂开发的泾砖茶不但解决了安化茶叶供应不足的问题，而且在西部茶叶贸易中占据了绝对主导地位。你不能怨天尤人，可能是时运不济。或许再过几年，时来运转了，你的茶号又会东山再起的。"

马合盛长叹了一口气，说："我的茶号当年能够崛起，有幸运的成分，也创出了马合盛茶号的品牌。现在时代变了，怨天尤人有啥用？周莹请邓监堂出山，我没有足够重视，也无法预知安化茶区天旱减产，留下了隐患。天灾人祸削弱了马家茶号实力，加上邓监堂以其精湛的制茶技术用秦巴茶区晒青茶、炒青茶制作泾阳砖成功，马家茶号就无法与其竞争了。说实话，在选人用人方面，我与周莹相比，自愧不如啊！"

蒋继英问："你难道就甘心退出西部茶叶贸易市场？"

马合盛说："我想回兰州去静观其变。马家茶号不能退出茶叶贸易市场，要不然会留下商界笑谈的。"

蒋继英问："你走后，马家茶号由谁来继续掌管？"

马合盛忧愁地说："我也正在为此事熬煎哩。"

蒋继英知道再劝说无益，就说："流年逝水，老了容颜，也丧失了斗志，这就是你我共同的现状。人这一辈子说长也不长，一晃眼几十年就嗖地一下就过去了，现在慨叹李广难封，冯唐易老，已经没有意义了。做好当下，为商号选好掌柜的，把希望寄托在年轻人身上，这才是正理啊。"

马合盛说："是啊。我准备让大儿子长青在泾阳掌控马家茶叶总号，我带着夫人回兰州。"

蒋继英问："马掌柜何时动身，我给你送行。"

马合盛说："二儿子长民、女儿香梅都已订婚，我等给他们完婚之后就走。老兄弟啊，这次离开泾阳不知道啥时候才能回来，再想跟你拉呱就难了。"

蒋继英说："人生就像天气，虽然能看见，但却无法预料突变。你我相交几十年了，生意也做了大半辈子，也该颐养天年了。"

马合盛说："难道蒋掌柜也想退出商界？"

蒋继英说："人常说商场如战场，一个人没有了斗志，就如同行尸走肉，就是想守住已有的阵地也是不可能的。现在朝廷到处开放口岸，对内提高各种税收，我的水烟生意也是惨淡经营，难以为继。你走了，我想找个说闲话的人到没有了，还不如回渭南老家去。"

马合盛苦笑着说："你准备也把大德恒总号交给儿子？"

蒋继英说："交给儿子，让他去折腾吧。水烟生意好歹也算是个营生，干好干坏是他的事。"

马合盛说："周莹这些年逆势而上，可谓商界奇迹。听说她也在把权力逐渐移交，我们这一代人眼看着就要退出江湖了。"

蒋继英说："这就叫'江山代有才人出，各领风骚几十年'。国家多难，商家难做。我担忧年轻人未必能在乱世做好生意啊。"

马合盛说："虽然世道在变，人也在变，但生意这个行当也得有人继续做。我们都老了，不用年轻人，难道自己继续干？我们不掌舵了，麻烦就会少一些，也不用操闲心，管闲事了。"

蒋继英说："无事一身轻，我就等着喝马掌柜儿女的喜酒了。"

马合盛说："届时一定恭请蒋掌柜登门喝酒。"

茯砖茶销售旺季一过，安吴堡赚了个钵满盆满，到处都洋溢着喜庆的气氛，裕兴重总号及各地分号掌柜的、伙计更是喜上眉梢，周莹更是按捺不住内心的喜悦，一个劲地说邓监堂是个人才，多亏她当年顶着压力大胆启用。对于邓监堂研制成功的泾砖茶，周莹没有忘记自己当时的承诺，在各分号掌柜回安吴堡述职的大会上，她当众奖赏邓监堂白银5万两，引发了众掌柜对邓监堂的羡慕。

邓监堂在看到泾砖茶彻底打败马合盛之后，突然想起了自己曾经对东家承诺过要与总账吴怀先谈一谈之事，就想借回安吴堡述职之机，找到吴怀先了解一下详情。让邓监堂感到意外的是，平时不出门的吴怀先到县城办事时来到了裕兴重总号。

听王福禄说少东家吴怀先来了，邓监堂赶忙让王福禄请吴怀先进了总号二堂客厅。等吴怀先坐下后，邓监堂问："今天啥风把少东家吹来了？"

吴怀先说："家母让我到县城来办事，我顺便到裕兴重总号来看望一下安吴堡的功臣。"

邓监堂问："事情办完了吗？"

吴怀先说："已经办完了。邓掌柜，您不愧是泾阳茯砖茶制作高手啊，能把秦巴茶区的茶叶加工成泾阳砖，可谓创造了奇迹，超越了前辈，泾阳制茶人一定会铭记您的功绩的。"

邓监堂说："前辈制茶人进行过尝试，但都半途而废。我是碰上了东家鼎力支持才完成了前辈制茶人的愿望，属于机缘巧合。对了，我有一件事不知道该问不该问？"

吴怀先说："邓掌柜，您是前辈，有啥话您就问吧。"

邓监堂说："听东家说你与于右任来往过密，还在资金上大力支持他进行反清活动，不知道此事是真是假？"

吴怀先说："我与于右任是三原宏道书院的同学，也是泾阳乡党，在学校时关系就很密切。说我支持他进行反清活动，可能是个误会。"

邓监堂问："此话咋讲？"

吴怀先说："于右任有反清思想，这个大家可能都知道。当年帝后西狩时，他写信给当时的陕西巡抚让他刺杀老佛爷，这事连老佛爷都知道。我妈听说此事后也很担心，从巡抚衙门慈禧的行宫回来后就让我告知于右任躲避。去年，于右任在三原出版了《半哭半笑楼诗草》，引起了官府恐慌，陕西巡抚衙门命令三原知县缉拿于右任，我知道消息后，连夜让吴家护院骑快马到河南开封去告知于右任。考虑到于右任孑孓一身，没有分文，我就让护院给他带去了一些银票。邓掌柜，您今天咋想起来问这事？"

邓监堂说："东家对你此举可谓是胆战心惊啊。"

吴怀先说："这有啥担惊受怕的。当年我妈也让我告知过于右任躲避，现在却为我让于右任躲避胆战心惊，至于吗？"

邓监堂说："少东家是不理解东家的一片心意啊。你想一下，你妈是朝廷敕封的一品诰命夫人，是老佛爷的干女儿，你也是朝廷敕封的四品坐家道台，你资助于右任之事如果传扬出去，朝廷一旦知晓，那还不是满门抄斩的罪名？"

吴怀先听邓监堂这么一分析，吃惊地说："多谢邓掌柜提醒，是我把事情想简单了。我只想着让于右任能够生活无忧，还真没想到有这么严重的后果。"

邓监堂问："于右任现在情况如何了？"

吴怀先说："他从开封逃走后，到了上海，化名刘学裕，在上海震旦学院读书。不过，我听说他很快就要东渡日本求学了。"

邓监堂说："于右任离开中国也好，去日本求学，离得远了，官府就无法追究了。少东家，以后办这些事情，一定要机密一些，千万不能露出一点风声，更不能让你妈知道，免得她操心。"

吴怀先说："知道了。"

邓监堂又问："少东家到县城来，都办些啥事情？"

吴怀先说："我妈让我到县衙去找知县大人，她准备在蒋路吴家土地上大兴土木，修建占地几百亩地的寇家花园。"

邓监堂听说要修建这么大的花园，感到有些吃惊。他问："修建花园之事定了吗？"

吴怀先说："已经基本确定。等图纸修改完成后，准备明年开春动工。"

邓监堂预感到周莹此举必有名堂。他想不通一直精打细算、勤俭持家的周莹，为啥搞起了铺排张扬、显露财富的不明智之举。

第十九章

周寡妇驾鹤西游
邓监堂整顿茶商

邓监堂知道周莹执掌安吴堡大权以来，一直乐善好施，为当地百姓办了不少好事，如在县城修建文庙、倡导青少年入学，在蒋路、云阳一带打了20多眼深水井，解决了老百姓吃水灌溉等问题，但她对自己要求很严，几乎没见到过她大肆讲排场，过奢华生活的时候。如今在蒋路修建几百亩地的私家花园，这对邓监堂来说，简直是匪夷所思，无法理解。

这一天上午，邓监堂忙完裕兴重总号的重要事务之后，就坐上轿车直奔安吴堡，他想弄清东家周莹修建豪华花园的真实想法。

轿车刚进安吴堡，迎面就碰上了总管王健。邓监堂看见王健手里拿着一卷纸，就问："王总管，近来忙啥哩？"

王健看见邓监堂来了，高兴地说："邓掌柜来了。我正想出去哩，你来了，就算了。咱们到客厅再说。"

邓监堂下了轿车，跟着王健来到外宅客厅，一个精干的护院给他们倒上茶水就退了出去，客厅里就剩下了他们二人。王健说："我最近一直在忙寇家花园设计图纸的事，东家对整体设计要求很高，弄得我是狼狈不堪。"

邓监堂问："你刚才拿的图纸就是寇家花园整体设计图吗？"

王健说："就是。"

邓监堂说："能否打开来让我欣赏一下？"

王健说："小事一桩。正好你也可以提点建议。"说完话，王健就把刚才放在客厅方桌上的图纸打开了，邓监堂看见整体设计图纸上密密麻麻地标注着曲径回廊、假山假水、楼台亭阁等建筑位置，而且几乎都是南方建筑风格。浏览了设计图纸，邓监堂心里盘算按照图纸所标注的建筑风格完全修建，没有几百万两白银是无法完成的。如果寇家花园按图纸建成，不要说关中道上无人能比，就是全陕西，乃至西部估计也找不出来第二家。

见邓监堂看完图纸不说话，王健问："邓掌柜，你看这设计图纸咋样？"

邓监堂说:“图纸上的建筑完全是江南式样,看来要花不少银两啦。”

王健说:“东家要求寇家花园占地200多亩,专门请了南方的设计师设计。据设计师说按照图纸修建完工,最少需要花费白银400万两。”

邓监堂听完王健的话,倒吸了一口凉气。占地200多亩,花费400万两白银,这是何等的气魄呀!可吴家现在才几个人,能享受得过来吗?对于周莹大张旗鼓地修建寇家花园,邓监堂还是不明白她为啥要这样做。

邓监堂说:“东家几十年来勤俭持家,仗义疏财,赢得了女善人、女菩萨的美名,从来没有想过自己要享受。现在要修建如此气派、奢华的花园,到底是出于啥想法?”

王健说:“自从你研制泾阳砖成功后,这几年裕兴重总号为东家挣回了巨额财富。东家曾在陕西巡抚衙门慈禧行宫里见识过老佛爷奢华的生活,就想效仿老佛爷重修颐和园供自己享乐之举,要大兴土木修建寇家花园,享受人生。”

邓监堂说:“即使东家要享受人生,也没必要花费这么多银两呀!王健,你是总管,应该建言献策才对啊。”

王健一听这话,知道邓监堂有埋怨自己之意。其实在修建寇家花园之事上,王健也曾劝过东家周莹,但周莹坚持要聘请南方设计师设计,并且不断改动。现在图纸已基本完成了,自己再说可能还会引起周莹的反感。想到此,王健说:“邓掌柜也知道东家要做的事啥时候反悔过,我只是一个总管,咋能让东家按照我的意图办事呀?”

邓监堂知道王健在安吴堡的分量,见他为自己开脱,就说:“东家向来勤俭持家,从不乱花一两白银,现在弄出这么大的动静,我怀疑有人在推波助澜,也想跟着享受。”

听话听音,王健明白邓监堂在说自己。这么多年来,自己在周莹面前鞍前马后地效力,早就引起了很多人的误会,没想到邓监堂也这样看自己。王健不想辩解,就说:“既然邓掌柜来了,不妨与东家交谈一下,看邓掌柜能否说通东家放弃修建寇家花园之事。”

邓监堂说:“我就是为此事而来,肯定要拜见东家。”

王健说:“我陪你一起去,看一下东家的态度有啥变化。”

周莹听说邓监堂来到安吴堡了,就在内宅二堂客厅等候。时间不长,红玉领着邓监堂、王健一起来到了客厅。等二人落座之后,周莹问:“邓掌柜回安吴堡有啥大事吗？”

邓监堂说：“听说东家要大兴土木修建寇家花园，我就是为此事而来。”

周莹说：“修建花园之事，我早就谋划了，现在设计图纸已基本定型，管家王健正在着手准备，等江南工匠到位后就开工。邓掌柜对此事有啥看法？”

邓监堂说：“东家在生意上大胆开拓，知人善用，使裕兴重、裕隆全两大总号财源广进，生意兴隆，人所共知。在慈善方面，修文庙、打深井、修桥补路，使东家赢得了慈善商人的美名，被记入了县志，青史有名。但据我所知，东家对自己个人生活要求简单，每年还和安吴堡所有仆人、杂役共进年夜饭，被人传颂。现在东家大兴土木修建寇家花园，铺排张扬，不知是出于啥目的？”

周莹微笑着说：“没有啥目的。我觉得自己辛苦了大半辈子，把心血都用在了商业经营上面，付出的太多了，想犒劳一下自己，享受一下人生。”

邓监堂说：“东家想犒劳自己，享受人生，无可厚非。但大肆兴建寇家花园，很可能会遭人嫉妒，一些别有用心之人也会借此贬损东家的好名望，请东家三思而后行。”

周莹说：“我不在乎这些年民众送给我的活菩萨、活财神等虚名。人活一世，草木一秋，总得有些念想吧？”

邓监堂问：“难道东家的念想就是修建一个西北独一无二的私家花园？”

周莹说：“邓掌柜，安吴堡的情况你也知道。虽说吴家五门早已分家，但你看除了东院现在依然生意兴盛，财源滚滚，其余四院谁干出了名堂？我在东院生活了20多年，现在怀先也成家了，难道还让我待在东院，直至终老？”

邓监堂知道周莹主意已定，没法劝说了。自从周莹分家以来，吴家西、南、北、中等四院确实在生意上无法同东院相提并论，但他们对周莹的私生活却格外关注。人常说寡妇门前是非多，何况年轻貌美的周莹不但获得了朝廷敕封的一品诰命夫人，还把生意做得比其公公吴蔚文在世时更加壮大。周莹仗义疏财，乐于慈善，在公益问题上从不吝啬，也引起了吴家其他四院的不满。财大气粗的周莹想修建寇家花园，给自己留下一个私密空间，不允许别人再对自己说三道四就不奇怪了。邓监堂自忖，就是骆荣、房中书还在安吴堡，估计都无法阻止周莹，更何况自己。

想到此，邓监堂说：“关中自‘同治之乱’以来，富商大户多被洗劫，还没有人修建如此大的私家花园，东家就不怕树大招风吗？”

周莹说：“泾阳、三原、高陵一带，受吴家东院恩惠颇多，我不相信他们会恩将仇报。邓掌柜，修建花园之事我意已决，你也不用再说了。”

邓监堂见周莹脸色阴沉，就知趣地起身走出了客厅。

走出内宅大院之后，王健说：“邓掌柜，没想到你也碰钉子了吧？”

邓监堂说：“我是怕东院修建如此奢华的私家花园，会引起灾祸才赶来劝说的。既然东家态度坚决，不听他人之言，谁也没办法了。”

王健说：“安吴堡现在戒备森严，一般的小股土匪根本奈何不了。修建寇家花园时，我会留心的。”

邓监堂问：“王总管，修建这么大的私家花园，都谁住呀？”

王健说：“东家义女秀翘明年正月出嫁之后，估计将来的寇家花园常年居住的就只有东家和红玉了。”

邓监堂担忧地说：“王总管今后就更加繁忙了。寇家花园建成后，安全问题就成了头等大事，你可要多费心了。”

王健说：“看家护院是我的老本行，请邓掌柜放心。”

邓监堂没有说服周莹放弃修建寇家花园，感到很失落。反过来一想，他对周莹也抱有一种同情心。作为一个守寡 20 多年的寡妇，独立支撑着吴家东院两大商号和川花总号，赚回了无数白银，引起了吴家其他四院的嫉妒。生活在其他四院包围之中，周莹心里肯定不舒坦。或许换个环境，住在自己设计的花园里，既能放松心情，又能远离监督，未尝不是一件好事。这人啊，有钱了，该咋花，有时完全由着自己的心性，别人很难干涉。回想着刚才谈话时周莹略显憔悴的面容，邓监堂也觉得这个年近四旬的寡妇也该享受自己的人生了。

邓监堂没想到他刚回到县城裕兴重总号，现在的二掌柜王福禄就告知了他一件更闹心的事。

王福禄说：“邓掌柜，自从你用秦巴茶区茶叶研制成功泾阳砖之后，泾阳茶商先后效仿，有些茶号以次充好，严重影响了泾阳茯砖茶的声誉，裕兴重茶号也受到了牵连，这可如何是好呀？”

邓监堂一听这话，暗自吃了一惊。作为茶叶商会会长，他也是忐忑难安。泾阳有些茶商为了降低茯砖茶加工运输成本，竟然不顾商道，大量采购秦巴茶区八九月份以后的籽茶。更有甚者，竟然用南山棠棣枝叶冒充茯砖茶加工原料。此风如果不杀，势必会影响到整个行业信誉，有着明清以来几百年茯砖茶加工基地美誉的泾阳茶商命运就更加堪忧。

邓监堂思前想后，决定即使得罪同行，也必须整顿和规范茯砖茶加工工艺。他对王福禄说："你去告知泾阳所有茶商，后天上午到裕兴重总号来开会，共同商议如何整顿泾阳茯砖茶市场事宜，不得无故缺席。"

王福禄说："我这就去，保证把会长的意思全部转告他们，最好让各茶号掌柜都参加。"

王福禄走后，邓监堂找出了由马合盛任会长时所制定的《店规》《行规》《会规》《陕西商帮格言》，对这些规章制度仔细研究之后，他发现随着时代的变化，尤其是西方列强要求清政府开放广州、汉口、上海等地口岸后，安化黑茶进入泾阳数量逐年在减少，有些茶商为了一己之私利，不顾《行规》《会规》和《陕西商帮格言》的要求，干起了既损害民众利益又损害茶商利益的勾当，这种小聪明的短视行为将很可能葬送所有茶商的前程。

在泾阳茶商大会上，邓监堂开门见山地说："作为茶商商会的会长，我有权力和责任告知大家，有些茶商用南山棠棣枝叶制作茯砖茶已严重损害了所有茶商的信誉，造成了严重的后果，现按照商会制定并经所有茶商通过的《行规》《会规》等制度，对涉嫌违规的茶号进行处罚，大家有啥意见？"

马长青是第一次代表马合盛茶号参加茶商商会大会。此前他也知道有个别茶商用南山棠棣枝叶制作茯砖茶之事，今天见会长邓监堂专门为此事召开会议，有些人嘀嘀咕咕私下议论，但无人开口发言，他就说："古人讲天道酬勤、地道酬善、人道酬诚、商道酬信、业道酬精，这都要求我们商家做事要对得起良心，不能让人戳脊梁骨，骂祖宗八代。作为商家，赚钱无可厚非，但赚昧良心之钱，马合盛茶号坚决不做，同时支持商会对害群之马严加惩处。"

随后恒春益、恒泰盛、得泰和、德厚堂、义兴茶庄等几位掌柜的分别发言，都支持会长邓监堂对制假造假等违规者严加处罚，保护泾阳茶商整体利益。

看到几位稍逊于裕兴重总号的茶商都支持自己处罚制假造假茶号，

邓监堂说："人常说，卖葱的怕遇见卖蒜的，卖石灰的怕遇见卖白面的。这说明啥？有竞争！我认为，卖葱和卖蒜是正当竞争。卖石灰和卖白面就是恶意竞争，是没有商业道德的竞争。我知道泾阳五六十家茶商字号都有自己的销售渠道，但制假造假只能糊弄一时，不可能糊弄一世。商会也不允许因个别商家的行为，让一个老鼠害了一锅汤，把大家都逼上绝路。我记得大德恒掌柜蒋继英的客厅里挂着一副对联，叫'商道无形商道即人道，商品有形商品即人品'，大家几十年来和平共处，各自赚钱，难道进货渠道发生了变化，就没有人道、人品了吗？"

王福禄见个别茶商掌柜低着头不说话，就说："要说这用秦巴茶区茶叶制作泾阳砖，邓掌柜也是几经折腾才算大功告成，并把制作方法告知了所有同行。如今有人还在继续折腾，但折腾的方向不对。要想在折腾中得到收获，必须要有反思总结的能力，要能够从折腾中找到努力的方向，在实力的基础上得到结果。如果你没有实力，折腾的方向有误，又无法超越前人或自己，我劝大家还是老老实实地按照传统的制茶工艺去做，抱团发展，实现共赢。"

马长青接着说："我同意王掌柜的意见。马合盛茶号制作茯砖茶有自己的质量标准，一直都是以安化黑茶作为原料，今后也不会改变，我不想在我手里砸了先人创下的品牌。"

邓监堂说："裕兴重茶号为了保证茯砖茶质量，决定从现在起用安化黑茶占七成，秦巴茶区茶叶占三成制作泾阳砖，并且在茶包上贴上裕兴重茶号标记。希望所有茶商都在自己生产的茯砖茶上贴上茶号标记，以示区别。"

马长青说："我提议所有茶号把制作销售的茯砖茶提供一份，交给商会保存，以后在市场上销售的茯砖茶质量必须与样品质量保持一致。俗话说没有规矩，不能成方圆，咱们要整顿茯砖茶销售市场，就得下茬立势，否则难以收到效果。"

邓监堂觉得马长青的提议虽然很好，但却把检查茯砖茶质量这项繁重的工作交给了裕兴重茶号。考虑到为了所有茶商共同的利益，邓监堂说："马掌柜的提议很好，我同意，不知道众位茶商意下如何？"

恒春益等茶号掌柜见邓监堂、马长青都是出于公心，都附和着说："没有意见。"

邓监堂说："既然大家都同意，希望大家都能遵守商会约定，自觉履行职责。”

散会后，邓监堂拉着马长青的手说：“马掌柜，多谢你不计前嫌，大力支持啊！”

马长青说：“邓会长，你说这话就错了。商海沉浮，荣辱兴衰，冥冥之中自有定数，谈不上恩怨。在整顿茯砖茶市场这个大是大非上，马合盛茶号义不容辞支持你。”

邓监堂说：“有了马合盛、恒春益、恒泰盛、得泰和、德厚堂、义兴茶庄等茶号支持，我对整顿茯砖茶市场就有了信心。有些人唯利是图，伤害顾客利益，这种龌龊之事向来为秦商所不齿。作为会长，我愿意得罪小人，维护绝大多数茶号的利益，就是被小人唾骂，也敢正常面对。”

马长青说：“今天召开这个会议，就是给大家敲响了警钟，但愿从此后制假销假之事能得到遏制。邓会长今后有啥需要配合的，尽管说。”

邓监堂笑着说：“我跟你大斗了半辈子，互有胜负。没想到你掌管马合盛茶号之后，仍能按照你大原先制定的制茶工艺制作茯砖茶，保持了马合盛茶号的口碑，令人钦佩啊！”

马长青说：“茶叶对牧区民众来说不可或缺，咱不能在茶叶质量上出问题，否则就是伤天害理。”

邓监堂说：“人在做，天在看。只有抛弃贪念，才能把事情做长久。”

虽说在会议上众茶商都同意打击制假销假，但邓监堂并没有掉以轻心。他让王福禄收集了所有茶商制作和销售的茯砖茶，存放到裕兴重总号库房中备案，又让各分号注意收集制假销假信息。个别茶商见会长邓监堂动真格了，就立即收敛了自己的违规做法。

对于邓监堂专程到安吴堡来劝说自己，周莹心里也不舒坦。前些年，她一直把振兴吴家东院陷入危机的商业帝国作为自己的头等大事，不惜抛头露面，接触各级官府人员，虽说在生意上取得了令所有秦商震撼的业绩，但也受到了一些固守封建伦理纲常之人的诟病。俗话说寡妇门前是非多，何况自己还是一个新婚不久未曾生育的俏寡妇。这么多年来，东院经过励精图治，重用人才，广结善缘，大胆创新，积累了巨额财富，但这些对她来说，只能证明自己有过人的经商才能，显示了巾帼不让须眉的智慧。在当年的陪嫁丫鬟红玉成婚并生儿育女之后，周莹才感到了自己人生的悲哀。丈夫吴聘的过早离去，使她失去了做一个母亲的机会。随着年龄的增长，她愈发感到了孤单、凄凉。近年来，身体状况愈来愈差，也让她感到了人生苦短，世事无常。

在决定修建寇家花园这件事情上，周莹也是几经煎熬才下定了决心。当年在陕西巡抚衙门见过慈禧皇太后奢侈豪华的生活一幕，近年来一直在脑海里闪现，人生到底是为了啥，让她也很苦恼。多年来，她主动义捐无数，不管是朝廷，还是百姓，对她都赞不绝口，留下了活财神、活菩萨等美誉，但这些东西对她来说真的有意义吗？鸦片战争之后，陕西巡抚衙门对种植鸦片开始征税，在一定程度上承认了种植、吸食鸦片的合法性。关中富商大户这么多年来用鸦片招待客人已经成为惯例，也成了显示财富实力和地位的一种做派。男人可以通过吸食鸦片提神，出入酒楼妓院，作为一个寡妇，她再有钱，也不能这样做。无处发泄郁闷，无人诉说衷肠，造成了她精神极度空虚、压抑。想到自己大半生都在商海中打拼，她决定修建寇家花园，让自己远离安吴堡，过一阵自己想要过的生活。

对修建寇家花园，也不是没人反对。红玉劝说过她，总管王健开始也反对，但经过与她交谈，全都变成了支持。尤其是王健转变态度，使她更坚定了自己的决定。她知道修建寇家花园会招来非议，让安吴堡其他四院对她修建寇建花园的目的充满猜测，但她仍义无反顾。她想在有生之年给自己寻找一块清净的地方，不受别人的打扰，远离是非的眼线，用自己创造的财富很好地为自己服务，过几天自己舒心的日子，享受一下财富带来的自由和快乐。

寇家花园动工后，确实惊动了十里八乡，一些受过她资助的农民，主动在空闲时间赶到工地帮忙，有些人甚至撂下了自己的营生，到工地来尽一份义务。对工地上出现的情况，总管王健曾当面向周莹汇报过。

王健激动地说："没想到工地上出现了很多义工。有了这部分人参加施工，工期肯定会缩短，东家就能早一天搬进花园居住了。"

周莹说："不管是哪一种义工，你还是按照用工标准发给他们薪酬，管好他们吃饭，我不想欠大家一个人情。"

王健说："能到工地来帮忙的人都曾受过东家恩惠，他们是来报恩的，不存在欠人情之事。"

周莹说："人生不足百年，匆匆之间几十年已过，世态炎凉，荣华富贵真的是过眼烟云。经历了商海的波诡云谲，钩心斗角，我才体会到了唐代诗人李白在《将进酒·君不见》中抒发的感慨。李白说'人生得意须尽欢，莫使金樽空对月。天生我材必有用,千金散尽还复来。烹羊宰牛且为乐,会须一饮三百杯'。这些诗句可谓人生真谛。王健,你跟了我几十年,亲眼见过我曾经青丝如黛,肤如白玉,动作灵敏,可如今我已是早生华发,气血不足,再不享受人生,恐怕就没机会了。"

对于周莹所发的感慨,王健有着同样的感受。20多年来,王健一直在周莹身边事无巨细地效力,亲眼看着一个18岁的俏寡妇变成了人到中年的寡妇,商界和民间对他们两个的关系说三道四,严重伤害了周莹。现在,周莹决意要修建寇家花园,就是为了远离是非之地,过一阵自己想要的舒心日子。

王健说:"请东家放心,王健一定会认真把关,按照设计图纸完成花园修建工作,决不让东家失望。"

周莹微笑着说:"我还能对你不放心吗?你放心去做,花费多少银两我都在所不惜。"

翻过年,周莹选择了良辰吉日,把义女秀翘嫁了出去。秀翘出嫁之日,西安府、乾州府、泾阳、三原、高陵、礼泉等地与安吴堡有商业往来的富商大户齐聚安吴堡,目睹了一场20多年前东家周莹大婚之日之后从未出现的盛况。周莹陪嫁给秀翘的嫁妆、金银玉器、绫罗绸缎装了十几辆大车,在当地引起了长时间的议论,也让普通人见识了一品诰命夫人嫁女的阔气和实力。

寇家花园经过王健等人精心监督,历时两年完工。等周莹和红玉入住寇家花园之后,有传言说,花园里修建有密道、暗室,储藏了周莹喜欢的奇珍异宝、古玩字画、黄金白银,一时间,寇家花园就成了周莹财富的象征。

马合盛在给二儿子马长民娶亲之后,又把女儿马香梅嫁人,大儿子马长青给他生了一个孙子马琨。现在的马合盛虽说不上心满意得,也算是一家人其乐融融。马合盛见识过周莹嫁女时的排场和气派,也听说过寇家花园的奢华和宏伟,但对他来说,这些东西有点遥不可及,凭自己当下的实力根本无法做到。经历过商海沉浮的马合盛早就领悟了人比人气死人的真谛。他想找机会与马长青谈一次,然后把马合盛茶号交给马长青经营,自己回到兰州去享清福。

对于离开20多年经商和生活过的泾阳,马合盛虽有不舍,却也无可奈何。在泾阳，他创建了马合盛茶号，曾经垄断西部茶叶市场十多年，受到过当朝光绪皇帝和慈禧皇太后的敕封，积累过许多财富。如今，朝廷陆续开放汉口、广州、上海等口岸，安化茶叶进入泾阳的数量逐年减少，马合盛茶号在与邓监堂较量中败北，多年来仅维持 30 票左右的数量，要想恢复昔日 100 票的数量已不可能。据各地分号传回来的消息说，全国各地反清势力不断壮大，大清留学生已在日本成立了反对清政府的同盟会，提出了“驱除鞑虏，恢复中华”的口号。对于推翻清政府，马合盛不想过多评论，虽说清政府给了他头衔和声望，但也让他付出了代价。马合盛现在把自己当成了一个真正的秦商，按照贾道做生意，可眼下的局势愈发糟糕，他不想再为生意上的事情劳神费力了。支持邓监堂打败自己的周莹都已在享清福了，自己何必继续留在商海打拼呢？两个儿子早已成人了，自己完全可以放手让他们去干了。

马长青得知父亲准备离开泾阳回兰州的心思后，与弟弟马长民有过一次交流。

马长青说：“大在几十年的商海打拼中，身心俱疲。如今他想回兰州颐养天年，对此你有啥看法？”

马长民说：“大可以走，但马合盛茶号的招牌不能倒。咱们兄弟二人，你是兄长，又有经商经验，现在又是茶号掌柜。我的想法是，你接替大继续经营茶号，需要我干啥，尽管安排。”

马长青说：“泾阳这个地方，是大成就事业之地，也是他伤心的地方。回到兰州，虽说各方面条件不如泾阳，但总算没有脱离商海。茶号现在的贸易量没有前些年大了，但路线很长，庞大的驼队既是马家茶号的运输工具，也是马家茶号的财富。以我之见，在茯砖茶贸易量维持当前水平的情况下，咱们应该在西部运输方面想办法，把茯砖茶贸易失去的利润从运输上挣回来。”

马长民说：“驼队是马家几代人借以发财的根本，目前还没有一个商号在货物运输方面和马家匹敌。我们自然要用好这个资源，等待时机。”

马长青叹息着说：“自从和邓监堂在茶叶贸易竞争中失败后，咱大只看到了茶叶贸易中丢失的市场份额，损失了银钱，就有些灰心丧气，一蹶不振。其实，我觉得马家的财产大部分都在驼队，这个庞大的流动运输队才是马家财富的象征。这些年来，大凭借着不断发展壮大的驼队，为马家茶号呕心沥血，挣下了许多财富，曾经与安吴寡妇周莹齐名，是秦商中知名的风云人物。就是现在，放眼泾阳所有商号，有几家和马家驼队没有关联？我担心的是，大回到兰州，可能也不会安心啊。”

马长民听哥哥这么一说，就问：“哥的意思是让我陪伴咱大一起回兰州？”

马长青说：“你回不回兰州，这事得大说了算。”

马长民说：“秦商的经营方式是住中间，拴两头。如果我陪着大回兰州，意味着马家茶号的重心就转移到了兰州，你在泾阳商号中的地位就会下降，此事关系到马家茶号声誉，你要三思啊。”

马长青说：“马家茶号虽说不再是茯砖茶行业的龙头老大，但至少还排在前十名。依目前形势看，还不至于让人瞧不起。”

马长民见哥哥决心已定，就说：“那就让咱大决定吧。是留在泾阳，还是回兰州，我都没有意见。”

马长青微笑着说：“我知道你不会有意见，但要回兰州，你必须征求弟妹的意见。弟妹是土生土长的关中人，娘家人和亲戚都在关中，如果去兰州，她是否愿意，生活上是否习惯等都要考虑。”

马长民说：“还是大哥考虑得比较周全。我回家后就征求她的意见，尽快给你一个答复。”

与马合盛交谈时，马长青把他和弟弟马长民的谈话和盘告诉了父亲，并征求父亲的意见。

马合盛说：“何去何从由长民选择。他能回兰州，我就少操一份心。但你要记住，只有泾阳才是马家茶号的重心，任何时候都不能变。如果人手不够，你可以把张家口分号、北京分号的掌柜撤回来。”

马长青说：“是否撤回张家口、北京分号掌柜，要看市场行情发展情况，现在说这事为时过早。”

马合盛说：“你是在泾阳出生之人，自小受的是关中文化熏陶，我希望你凡事都要顾大局，要维护整个商帮的利益，不能为了赚钱让人戳脊梁骨。”

马长青点了点头，说：“请父亲大人放心，儿子谨记教诲。您还有啥要交代的吗？”

马合盛说：“我临走之时，想去拜访一下邓监堂。”

马长青以为父亲放心不下自己，要替他在会长邓监堂面前说些违心的话，就劝说道：“你们两个斗了十多年，现在邓会长声望如日中天，您有必要去拜会他吗？”

马合盛明白儿子的心思，微笑着说：“当年我初来乍到，邓监堂就曾登门拜访，虽说在生意上败给了他，但咱不能在礼数上再让人说三道四。我去拜会他，只是想弄明白他为啥会知道安化会发生旱灾。”

马长青知道父亲这几年一直为输给邓监堂很苦恼，又怕两个人话不投机，撕破了脸皮，闹得都不痛快，就劝说道：“听说大德恒蒋掌柜也要回渭南老家了，您不妨与蒋掌柜一起去拜访一下邓会长，几个老哥在生意场上相识了几十年，就算是告别吧。”

马合盛说：“这个主意不错，我就去邀请蒋继英。”

当邓监堂听说马合盛、蒋继英一起来拜访自己时，感到很吃惊。他让王福禄把两位老朋友请到二堂客厅，热情地招待了他们。

邓监堂虽说脸上挂着笑容，但心里依然没底。见两位贵客都已落座，就问：“不知两位掌柜大驾光临有何要事？”

马合盛说：“我们准备告老还乡了，来给会长打声招呼。”

邓监堂一听这话，吃惊地问：“真的要告老还乡了？”

蒋继英说：“这还有假？商海沉浮了大半辈子，把心思都用在了挣钱上面，从来没有想过自己的日子该咋过。现在生意也不景气，就让晚辈们继续苦心经营吧，我们回老家颐养天年了。”

邓监堂说：“人生一世，如白驹过隙。转眼间你们二位仁兄已年过半百了，也到了含饴弄孙的年纪。二位请放心，不管是马合盛茶号，还是大德恒商号，有啥事就让侄儿们来找我，我保证公平处理一切事情。”

蒋继英笑着说：“我们来拜访你的目的不是要你的承诺。咱们打交道几十年了，每个人的脾性还是都了解的。我知道你这个会长会秉公办事，否则就不会推举你来当这个会长。哎，听说你们东家修建的寇家花园是西北绝无仅有的，能否给我们哥俩说道说道。”

邓监堂说：“要说这寇家花园，也真是西北地区独此一家。花园建成后，我因为汇报工作去过一次。整个花园占地200多亩，全是江南建筑风格，曲径回廊，楼台亭阁，假山假水，名贵花草等到处都是。就说东家的住所吧，也是独出心裁，令人叹为观止。”

马合盛听邓监堂这么一说，还是没明白这座花园到底有啥独特之处，就说：“请邓会长把你们东家的住所给我们介绍一下吧。”

邓监堂说:“东家的住所靠近花园的东面,在一座假山之前,是一座三进四合院建筑,屋脊上装饰着双层宝相花砖雕,屋内的木雕大量运用蝙蝠纹饰,每一根柱子下面的柱石上都雕刻着与主人身份相符的图案,屋檐、房门和窗框上雕满了造型各异的蝙蝠,彩绘、窗棂、穿枋和椽头上随处可见到蝙蝠的形象。按照东家的说法,她是在打造一个万福之地。”

蒋继英问:“还有其他独特之处吗?”

邓监堂说:“要说独特之处,或许就在整座建筑的柱石上。东家以儒商自居,柱石上雕刻的也是琴棋书画、梅兰竹菊等图案,尤其是住所大门口的柱石上还雕刻着多幅茶壶、茶碗组成的画面,显示了东家没有忘记吴家发财致富的根源。刚才说到雕刻的各种造型的蝙蝠,其实也很有用意。有蝙蝠口衔铜钱寓意福在眼前,有仙鹤和蝙蝠在一起寓意福足长寿,有蝙蝠和如意在一起组成的福寿如意,还有蝙蝠和寿桃组成的福寿双全等图案。我当时看得眼花缭乱,也不知道一共有多少图案了。据总管王健说,东家住处的蝙蝠图案可以与北京王府花园相媲美。”

马合盛说:“你们东家在修建这座花园上可谓是用心良苦啊。说到福寿双全一事,听说你们东家近年来身体情况不如从前了,她能福足长寿吗?”

邓监堂说:“自从搬进寇家花园之后,东家的生活就发生了巨变,以前勤俭的影子早已找不见了,眼见的全是奢华和气派。我见到东家时,见她形容憔悴,一副病态,也怪可怜的。”

蒋继英说:“你们东家近年来讲究排场,生活奢华。不过吴家有花不完的钱财,她享受一下生活也无所谓。”

邓监堂说:“二位掌柜可能也听说过,东家把除了安吴堡附近的 600 亩水浇地留作自家种粮自用以外,把其他土地全部无偿分给了佃户耕种,而且 20 年不变。现在各地生意不景气,东家也撤回了江南商号,缩小了商业经营范围。由此观之,东家也失去了当年的斗志,想做一个守成之人了。”

马合盛说:“创业难,守成也难。依你们东家目前的状况,估计只能如此了。”

蒋继英说:“你们东家虽说有义子、义女,但毕竟不是亲生,一个年轻能干的俏寡妇如今到了体弱多病的中年,也着实让人同情。听说吴家其他四院对她颇有微词,不知道此事是否真实?”

邓监堂说："吴家其他四院没少受过东家接济，他们对东家仗义疏财、大量义捐是有看法。但钱财不是他们挣的，有怨言也没办法。我倒是想东家最后的结局可能不会太好。"

马合盛问："邓会长此话咋讲？"

邓监堂说："我听有人说，吴家其他四院有人说东家无后，即使她再咋折腾，百年之后也无法进入吴家祖坟。"

蒋继英叹了一口气，说："吴家是一个大家族，深受儒家文化影响。你们东家无后，估计要进入吴家祖坟难度很大，这可能也是她担忧的。以我之见，你们东家能否进入吴家祖坟，关键还要看吴怀先的能力。"

邓监堂说："少东家虽说过继给了东家，但在吴氏家族威望不够，估计难有作为。"

马合盛说："人生就是如此，哪有十全十美。周莹一生风光无限，创造了无数神奇，即使身后无法进入吴家祖坟，也会青史有名的。我们今天就不要再说这种丧气话了，说点别的吧。"

蒋继英说："我们二人即将退出江湖，就不要耽搁邓会长时间了。几十年混在一起，难道还有说不完的话？"

马合盛本来想问一下邓监堂如何知道有天灾，又如何利用天灾打败了自己，现在听蒋继英这么一说，不好意思当面再问，就和蒋继英一起告辞了。马合盛与邓监堂一别，到死也没弄明白他失败的真正原因。

过了几天，马合盛带着二儿子马长民等人回到了兰州，蒋继英把大德恒总号交给儿子蒋青云之后，也离开了泾阳。这两个在生意场上互相提携的老搭档，从此天各一方，再也没有见过面。

周莹搬进寇家花园之后没多久，就传来了光绪皇帝、慈禧太后先后于光绪三十四年(1908)冬月去世的消息。据坊间传说，她的干娘慈禧太后临死之际，因光绪皇帝没有子嗣，下令让摄政王载沣之子溥仪继承皇统，并定年号为宣统。听到此消息，周莹心里感到很难受。贵为皇帝，没有子嗣，只能让别人的孩子来继承皇统，她一个女富商、寡妇，又有谁来继承她的衣钵呢？怀先虽然已经成家，做事看起来中规中矩，但私下里仍然与于右任来往密切，如今慈禧太后去世了，自己的靠山也没了，今后的日子该咋过？周莹再三思考，对自己的前途命运仍然感到迷茫。

清宣统二年(1910)深秋，周莹感到自己大限已到，终于做出了一项让后人感到震惊的举动。她把所有商号掌柜召集到寇家花园，对他们的将来做了妥善安置。

憔悴不堪、弱不禁风的周莹看着客厅里坐着的各分号掌柜，有气无力地说："今天把大家召集来，是想告知大家，我已病入膏肓，将不久于人世。俗语说'人之将死，其言也善'，天下没有不散的筵席，大家和我周莹在商海中闯荡多年，付出了心血和艰辛，也赚下了无数财富。既然财富是大家共同创造的，我今天就让财富各归其主吧。"

吴怀先听母亲这么一说，大吃一惊。他不等周莹继续往下说，就急忙问："妈，吴家现有三四十家商号，难道你想把这些商号都送人？"

王健也觉得周莹此举不可思议，接着问："东家是吴家所有商号的掌舵人，也是秦商中第一个实行银四人六的东家，各分号掌柜跟着东家打拼，东家也没有亏待大家，我不明白东家此举是何用意？"

周莹看了看众人，强装笑脸说道："钱财乃身外之物，生不带来，死不带去，多了反而会害了后代。我思来想去，决定把县城三门角一带的房产捐给泾阳县署，把原来租种给无地百姓的土地永不收回，裕兴重总号交给邓监堂继续经营，其他粮行、布行、盐行、皮货行、棉花行等由现任掌柜自主经营，不再向安吴堡上缴利润。"

邓监堂听完周莹的话，又瞧了一眼周莹，发现坐在上首的东家昔日的光彩全无，气色暗淡，骨瘦如柴，说话底气不足，身上的衣服像挂在衣架上一样。此情此景，他心里觉得东家实在太可怜了。几十年商海沉浮，风光无限，到头来落下了一身病。东家凄凉的晚景，让他唏嘘不已。如今东家要把吴家经营了几百年的老字号裕兴重交给自己经营，而且不再向安吴堡上缴利润，这份恩德如何让他消受得起。

邓监堂说："东家言重了。自古道吉人自有天相，东家被人称作活财神、活菩萨，自然有老天保佑，长命百岁，一点疾病奈何不了东家。现在说义捐房产，划分各商号归现任掌柜经营，未免为时过早吧。"

周莹看了一眼邓监堂，说："我的身子骨我自己知道。没有其他事情的话，你们就按照我说的办吧。"

众掌柜见东家周莹心意已决，无不感恩戴德，冲着周莹叩头谢恩，然后默默离去。

等众人的脚步声逐渐远去之后，周莹发现吴怀先、王健依然站在客厅之中，丝毫没有离去的意思。

周莹说:“怀先,你别担心,你虽是我的养子,但我从来都把你当作亲儿子看待的。各商号归现任掌柜经营,义捐县城三门角房产之后,东院仍有巨额家产确保你们一家生活无忧。妈要叮嘱你的是,不管世道如何变化,一定要记住首先学会做人,其次才是做事。我听说革命党在广州发生了暴动,死伤惨重,你今后与于右任等人来往,要谨慎小心,切勿让安吴堡遭受灭门之灾。另外,对东院杂役、护院发放银两,让他们各自散去。对于我安葬在何处,我已请风水大师看过了。东院人丁不旺,与祖坟风水有关系。我故去后,你把我安葬在祖坟陵园外面东北角两百米之处,借此护佑东院人丁兴旺,财运亨通。另外还要记住一点,丧事从简,我不想让盗墓贼打扰我的安静。”

吴怀先听完养母周莹的一番话,早已泪流满面,泣不成声,他哽咽着表态说:“孩儿谨记妈的教诲,决不给安吴堡惹出乱子。”

周莹又对王健说:“王总管,你跟了我 20 多年,在吴家可谓劳苦功高,我给你留下了 20 万两银票,足够你娶妻生子,安居乐业。等忙完我的丧事后,你带着银票远走高飞,永远不要再回泾阳了。这些年,流言蜚语不断,让我寒心、伤心,我不想让你再受牵连。”

看着两人垂头丧气、满面哀痛之色,周莹又说:“你们都走吧,我累了,要休息了。”

半个月之后,驰骋商海 20 多年,创造了无数商业传奇的寡妇周莹走完了自己 42 岁的人生道路,散手人寰,驾鹤西游去了。

安吴寡妇周莹去世的消息传出后,吴家其他四院确实有反对把她葬入祖坟的声音,好在周莹提前安排好了自己的归宿地,就没有再引起争议。

周莹下葬时,泾阳、三原、高陵、礼泉等地受过她接济的民众几千人为她送葬。怪异的是,未进入冬天却下起了鹅毛大雪,田野里白茫茫的,一些对周莹生前说三道四者见到白皑皑的积雪,都闭上了嘴。

王健在周莹下葬三天后,悄然离开了安吴堡,此后杳无音讯,不知所踪。

周莹离去后,裕兴重总号正式归邓监堂主政。对此,邓监堂心里也很忐忑。裕兴重总号管理着西部茶叶贸易十多个分号,生意遍及陕甘宁青新五省区,有个别分号把茯砖茶贸易做到了西藏,这么庞大的商业集团就这样归了自己,这是他做梦都没有想到的。邓监堂思前想后,决定还是按照前东家周莹规定的银四人六照常向安吴堡上缴利润,没想到他这种想法却遭到了现任东家吴怀先的反对。

古人有君子爱财,取之有道之说。邓监堂不想凭着周莹生前一句话,无故占有裕兴重总号巨额资产。邓监堂为此专门到安吴堡,跟吴怀先说了他的想法,没想到吴怀先坚决不同意。

吴怀先说:“邓掌柜,我妈在世时就已明确裕兴重总号归你经营,不再向安吴堡上缴利润。现在,我妈尸骨未寒,你难道想陷我于不忠不孝之地吗?”

邓监堂说:“老东家当时有病,说出了裕兴重总号归我经营管理的话,但这话不能当真。裕兴重总号是吴家经营了几百年的老字号,也是当下安吴堡东院主要的财源,我不能凭着老东家病重时的一句话,把裕兴重据为己有。果真如此的话,我邓监堂今后如何做人?”

吴怀先说:“邓掌柜,你知道我不是一个善于经商之人。我妈临终之际,把裕兴重总号让你经营管理,实在是明智之举,你就不要再推辞了。”

邓监堂见无法说动吴怀先收回裕兴重经营大权,无奈地说:“裕兴重日常经营由我管理,少东家尽可放心。至于财产,仍归安吴堡东院所有。每年经营利润,我认为还是按照老东家生前对各总号实行的银四人六的管理办法。我不想陷少东家于不忠不孝之地,但少东家也不能让同行们说我把鸡毛当令箭,趁机侵占东家财产吧?”

吴怀先说:“邓掌柜,我看这样,裕兴重总号你先经营吧,至于是否继续向安吴堡东院上缴利润,咱们以后再说,总不能为这点小事弄得咱们都下不来台吧。”

邓监堂说:“少东家,这还是小事?”

吴怀先说:“就是天大的事情,今天也无法决定。你能把裕兴重总号继续经营下去,保证几百年的老招牌不倒,我妈就含笑九泉了。”

吴怀先没想到邓监堂刚走不久,于右任踏进了东院大门。

看见一个身材高大、浓眉大眼的壮汉进了院子,吴怀先起初还有点纳闷。来人既不通报姓名,也没有停下脚步的意思,直往自己跟前走来。等来人到了跟前,吴怀先仔细一打量,才发现竟然是多年未见的学长于右任。

吴怀先高兴地问:“老兄,啥风把你吹来了?”

于右任笑着说:“寒风把我吹来了。贸然登门,不会影响你吧?”

吴怀先知道于右任是革命党,走上前拉着他的手说:“赶紧进屋,有话慢慢说。”

二个人进屋后，吴怀先问："老兄还没吃饭吧？我让仆人赶紧给你准备饭菜。"

于右任说："到你这里了，我就实话实说了。我刚从三原赶过来，肚子确实饿了，有啥好东西尽管上，等我吃饱了咱们再说。"

等于右任狼吞虎咽地吃过饭之后，吴怀先这才问："老兄这么多年杳无音讯，突然出现在我面前，还有点不敢认了。快给我说一下，这么多年你都在干啥？这次回来有啥重要事情？"

于右任说："我在上海震旦学院读书期间，知道孙中山先生在日本成立了同盟会，积极联络革命党人，筹划武装起义，准备推翻清政府，建立民主革命政权。考虑到在国内受到通缉，隐姓埋名，日子也不好过，我就东渡日本，找到了孙中山先生，加入了同盟会。到日本后，我对孙中山先生提出的'驱除鞑虏，恢复中华，创立民国，平均地权'的政治纲领才有了进一步了解。此次回陕西，就是同盟会鉴于在东南武装起义屡次失败，想在西北举事，形成南北呼应局面，力图推翻清政府，共襄盛举。"

吴怀先问："你刚才说孙中山先生提出的政治纲领只有十六个字，到底是啥意思？"

于右任解释说："刚才说的政治纲领，是孙中山先生在日本同盟会成立时提出来的。孙先生把这一主张解释为三民主义。'驱除鞑虏，恢复中华'即民族主义，推翻清政府统治，推翻作为帝国主义统治工具的清王朝的统治。'创立民国'即民权主义，推翻封建君主专制，建立资产阶级共和国，是三民主义的核心。'平均地权'即民主主义，推翻封建土地所有制，是资本主义的土地纲领。"

吴怀先听完于右任的解释，似懂非懂，他知道眼前这位仁兄胸有大志，一直在从事反清活动，现在加入了同盟会，更是如虎添翼。对他刚才说的回陕西准备举事，吴怀先问："仁兄回陕西准备举事，咋没听见有啥动静？"

于右任说："同盟会所有活动都是秘密进行的，你当然不知道了。"

吴怀先问："你到三原就是做准备工作吗？"

于右任说："光绪三十一年春，我同井勿幕、柏筱馀、邹子良以及省内外其他有识之士在西安大雁塔歃血为盟，成立了陕西革命组织，名曰总揆。现在关中有七八个县成立了革命组织，同时联络有关帮会及渭北各县武士、刀客，等时机成熟准备起事。我这次回到三原，就是到设在三原的渭北革命秘密机关勤公社来督导工作的。”

吴怀先问：“你说的柏筱馀是咱县桥底镇柏家的柏筱馀吗？”

于右任知道吴怀先口风很紧，绝对不会泄露自己的行动，就说：“泾阳当地流传着这么一首民谣，叫‘泾阳县，西北乡，财东多，银钱广，大簸箕柏，镢铲把张，金银财宝堆满箱’。这个柏筱馀就是桥底大簸箕柏家的大公子。”

吴怀先说：“有了柏家财力的支持，你们就无后顾之忧了。仁兄，需要我帮啥忙，尽管说。”

于右任说：“你现在家大业大，一摊子事都指望着你做决定，我不敢指望你和我一起参加推翻清政府的活动，能在经费上给予帮助就足够了。”

吴怀先笑着说：“在你们推翻清政府之前，我还是当朝敕封的四品坐家道台哩。经费的事好说，需要多少，尽管开口。”

于右任说：“推翻了清政府，你这个四品坐家道台就不存在了。听说你妈在世时，把东院除了安吴堡附近的600亩土地留作自用外，其他土地全部分给了佃户，此事当真吗？”

吴怀先说：“我妈看着佃户怪可怜的，吴家又用不了那么多粮食，就让佃户耕种原来租用的土地，而且20年不向吴家交地租。”

于右任说：“你妈有眼光啊！三民主义中提出的‘平均地权’这一条，让老人家提前做到了，值得敬佩！”

吴怀先说：“我妈一辈子在商海中打拼，早已看开了许多世事，她不想给后人留下过多的财富，免得后人骄奢淫逸，不思进取。”

于右任说：“还是你妈有眼光。对了，我回陕西安排完事情，马上就要回上海。陕西的事情由井勿幕和其他人具体负责。等革命成功，我要好好感谢你这个为革命做出过贡献之人哩。”

吴怀先说：“你我是从私交开始结缘的，支持你的事情理所应当。至于感谢嘛，以后再说。”

第二十章

田玉杰主政泾阳
种罂粟祸及苍生

于右任离开陕西的第二年，就是清宣统三年（1911）10月10日晚，新军工程第八营的革命党人打响了武昌起义的第一枪，成立了湖北军政府，推举黎元洪为都督，改国号为中华民国，并号召各省民众起义响应，脱离清政府统治。

听到武昌起义成功的消息，陕西的革命党人不甘落后，按照南北呼应的既定策略，积极行动，加快了起义步伐。1911年10月22日，陕西同盟会会员井勿幕、钱鼎、景定成等人同陕西哥老会联合，发动会党和新军中以张凤翙为首的革命分子同时起义。经过两天激战，控制了西安，时任陕西巡抚钱能训藏匿于老百姓家中，陕甘总督升允逃往甘肃，西安将军文瑞投井自杀。10月27日，起义军成立秦陇复汉军政府，推举原日知会会员、新军队官张凤翙为都督。

陕西打响了辛亥革命的第二枪，也打乱了朝廷原来想凭借陕甘做基地向南方反扑的美梦。朝廷命令陕甘总督升允一定要剿灭陕西的革命军，确保大西北的安定。升允丢了西北重镇西安，感到颜面丧尽，现在朝廷敕令他尽快收复西安，使他铆足了劲要与革命军较量一番。

升允率领的甘军一路向东，接连攻破关中20余城，直逼乾州，一时气焰嚣张，大有夺取西安指日可待之势。陕西革命党人见升允来势汹汹，组织了关中武士、刀客、哥老会和新军力量顽强抗击，双方死伤惨重。升允率领的甘军始终未曾越过乾州，更不要说夺回西安城了。

在关中大地上发生的大规模战争，在1912年2月12日出现了转机。当日，宣统皇帝溥仪在北京颁布了退位诏书，时间不长，在乾州前线指挥甘军作战的升允就接到了宣统皇帝宣布退位的诏书。升允看过诏书，气得把诏书摔在了地上。一同与他指挥作战的副将弯腰拾起诏书，只见诏书上用楷书写满了密密麻麻的文字。

副将看过诏书，问升允：“总督大人，皇上退位了，又下令让袁世凯组织临时共和政府，我们该咋办？”

升允气哼哼地说：“我本来想率领甘军夺回西安，然后整顿兵马，进攻湖北。现在皇上颁布了退位诏书，我们还真不知道为谁而战了？”

副将问：“难道就这么算了？”

升允说：“皇上退位之事暂不宣布，看一下情况再说吧。”

虽然升允不让看到过宣统皇帝退位诏书的将领们把此事泄露出去，但世上没有不透风的墙。

第二天，甘军队伍中就开始疯传宣统皇帝已经退位的消息，大部分甘军士兵听说宣统皇帝退位了，都不愿意继续与陕西新军作战，纷纷放下了武器。军无战心，将无斗志，升允见大势已去，就到天津隐居去了。其他将领见总督升允走了，就开始谋划与陕西新军达成休战协议，西线战事于1912年3月8日正式停战，历时五个多月的陕西军政府保卫战随之结束。

后来，邓监堂在报纸上看到了宣统皇帝溥仪退位诏书的全文，知道了中国从此结束了封建帝制，开始走向共和。国家体制的重大变革，对茶叶贸易来说并没有多大影响。新成立的陕西省财政厅对采购和运输安化黑茶仍然实行官茶票管理办法，所有茶商必须凭借省财政厅颁发的官茶票采购运输茶叶。泾阳茶商终于看到了继续进行西部茶叶贸易的希望，但令邓监堂和众茶商没有想到的是，这种正常的日子没过多久，他们就一同遇上了灾星。

当年冬天，秦陇复汉军团长田玉杰率军进驻泾阳，拉开了他主政泾阳十年的序幕，也给泾阳所有商户和广大民众带来了灾难。

刀客出身的田玉杰是渭北富平人，早年投身到同盟会会员胡景翼所部，成了秦陇复汉军的一员。在枪林弹雨中摸爬滚打多年之后，以战功荣升为团长。此次换防，20岁出头的田玉杰给上司行贿，把他派往泾阳驻防。进驻泾阳县城之后，田玉杰看到县城商铺林立，各地商客不断，生意兴隆，感觉到自己发财的日子终于来了。

以团长身份主政泾阳的田玉杰，首先让副官、他的小舅子王无忌找来了泾阳商会会长邓监堂，他想通过邓监堂了解泾阳商业贸易情况，打开自己捞钱的通道。

在裕兴重总号坐班的邓监堂，看见一位穿着一身戎装的军官带着卫兵进了总号客厅，就预感到瘟神来了。

邓监堂站起身，微笑着问："军爷，不知道您大驾光临，邓某有失远迎，请见谅。"

副官看着面前这位50多岁的关中汉子，面无表情地问："你就是茶商商会邓监堂会长？"

邓监堂回应道："草民就是邓监堂，请军爷坐下说话。"

副官说："我是田团长的副官，叫王无忌。今天专程登门，想请邓会长跟我走一趟。"

邓监堂是老江湖了，知道以前有土匪冒充官府人员绑票勒索民众，自己没见过田团长，更不知道眼前这位王副官的来历。他问："王副官，让我跟您到啥地方去呀？"

王无忌瞪了一眼邓监堂，说："田团长请你到县政府走一趟，有话要问你。"

听说要去县政府，邓监堂还是不放心。为了防止发生意外，他对站在一旁的二掌柜王福禄说："王掌柜，麻烦你照看店面生意，我跟王副官去一趟县政府，面见田团长。如果有要事，可以派人到县政府来找我。"

王福禄听完邓监堂的话，就明白了邓监堂这番话的意思。他随即说："请邓会长放心，我会按照老规矩做的。"

王无忌沉着脸看他们交代完事情，就催促说："邓会长，咱们走吧，别让田团长等急了。"

邓监堂给王福禄使了个眼色，跟着王无忌就出了裕兴重总号大门，直奔秀水街县政府。

现在的泾阳县政府，是由清末的泾阳县衙改名而来。以前，邓监堂因商会的事情没少到县衙来求知县大人，辛亥革命之后，建立了中华民国，知县改称县长了，他也来过几次，但都是主动来的，还没有像今天这样被一个主政泾阳的团长请进了县政府。

穿过县政府大门，迎面是一堵一字形高大的照壁，上面浮雕着麒麟，使人感到了一种威严。绕过照壁，就是面阔五间的原县衙大堂，重檐歇山顶清中期建筑风格，褐瓦覆顶，红色立柱，朱色门窗，木质构件上雕有花鸟彩绘，姿态各异，栩栩如生。邓监堂打量了一眼大堂，感到有些别扭，总觉得缺少了点啥东西，再一看，发现正中两个立柱上悬挂的对联没有了。邓监堂清楚地记得，原来的对联内容是"欺人如欺天毋自欺也；负民即负国何忍负之。”抬头一看，大堂正中屋檐下悬挂的“泾阳县正堂”横匾也不知去向了。

进了大堂，邓监堂看见一个20多岁的年轻军官坐在靠北方桌旁的太师椅上，身后站着两个身背盒子炮的卫兵。他发现坐着的军官正在打量自己，赶紧上前，双手抱拳作了一揖，并说：“草民邓监堂见过田团长。”

田玉杰见邓监堂如此识相，微笑着说：“你就是大名鼎鼎的泾阳商会会长邓监堂？”

邓监堂说：“正是草民。”

田玉杰说：“请邓会长坐下说话。”

邓监堂在田玉杰下首的椅子上坐下后，不安地问：“不知田团长把草民叫到县政府有啥要事？”

田玉杰说：“本团奉上峰命令驻守泾阳，保境安民，但因官兵较多，上峰拨给的粮饷有限，日子过得颇为艰难。今天把你这位财神爷请来，就是想协商一下如何在当地筹措粮饷之事。”

邓监堂一听这话，心里暗吃一惊。泾阳虽说是西部商业贸易中心，曾经号称西部金融中心，但自民国以来，已呈式微之势。茶叶贸易虽说还算正常，但税收都上交给了省财政厅。现在田玉杰提出要在当地筹措官兵粮饷，并且把他这个商会会长叫来，还真让他犯难。

邓监堂脑海里闪过近些年泾阳商贸情况，说：“田团长有所不知，泾阳虽说是关中富庶之县，但情况已大不如从前了。现在，泾阳商业贸易的大宗物品是茯砖茶，但要获取采购安化黑茶的茶票，所有茶商都必须向省财政厅交税，因此茶叶贸易的税收从清末以来都在西安府，现在叫财政厅。其他物品贸易以粮食、布匹、药材、食盐、瓷器、杂货等为主，县政府每年都按照商户贸易量多寡收取。田团长带领一个整编团驻防泾阳，我怕泾阳的赋税无法承担得起呀。”

田玉杰听完邓监堂的一番诉说，有点不高兴地说：“依邓会长之见，是泾阳不需要军队驻守，还是弹嫌赋税过重？”

邓监堂小心翼翼地回应说：“田团长驻守泾阳，是政府的安排，草民不敢妄加非议。赋税问题，我刚才已经向田团长禀报过了。泾阳现有赋税确实无法保证一个整编团人马的粮饷供应啊。田团长如果不信，可以把财政局局长叫来询问。”

田玉杰铁青着脸说：“问谁不用你教我。我只想知道给商户加税，你这个商会会长有啥意见？”

邓监堂说：“我是泾阳商会会长不错，但对所有商户增加赋税，我做不了主。”

王无忌插言说：“本团驻守泾阳，是奉上峰的命令，也是保境安民，保护商家利益。如果所有商户不同意增加税赋，确保全团官兵粮饷，你让我们这些当兵的喝西北风吗？”

察言观色，听话听音。邓监堂见王副官狗仗人势地说出了这一番话，就知道田玉杰和王无忌在他面前一个唱红脸，一个唱白脸，逼着自己表态。邓监堂无奈地说：“当下各地军阀混战，民不聊生，生意难做，所有商户只能挣个辛苦钱，养家糊口。田团长主政泾阳，又是渭北人，应该了解泾阳的情况。我看这样吧，田团长给出个增长赋税的底线，容我回去和所有商户商量一下再回复如何？”

田玉杰笑着说：“养活全团1000多号人，让我也头痛啊。泾阳乃关中富庶之县，如果养活不了驻军，其他县就会效仿，这让省政府情何以堪？为了解决驻军粮饷问题，我看最少增加所有商户赋税二成。你回去和所有商户商量，尽快给我一个答复。否则，官兵饿着肚子驻防，如果发生了抢劫事件，甚至出现哗变，我也不好给上峰交代啊。”

邓监堂说：“请田团长放心，我这就回去通知所有商户开会，尽快给您回话。”

王无忌叮嘱说：“邓会长，你掂量清楚了，田团长要的是满意的答复，不是一个简单的回话。”

邓监堂走后，王无忌说：“姐夫，如果商会不同意增加赋税咋办？”

田玉杰笑着说：“我以团长身份主政泾阳，谅他们也不敢反对。哥这么多年枪林弹雨地出生入死，如今到了号称关中白菜心的泾阳，岂能放过这些发了财的商户。再说，不向他们摊派赋税，你们难道真想喝西北风？”

王无忌说：“据财政局局长说，泾阳商户都是遵纪守法之人，没人敢拖欠政府赋税，万一他们不同意，咱们咋办？”

田玉杰说：“借给他们两个胆，也没人敢不同意。我看泾阳这地方不错，土地平展，用水方便，我琢磨着在这里种植罂粟肯定能发大财。”

王无忌听说要在泾阳种植罂粟，一下子喜得眉开眼笑。他说：“还是姐夫高明！种植罂粟，出产鸦片，跟印钱差不多。咱们手里掌握着军队，任谁也不敢胡捣乱。等制成鸦片膏之后，在县城再开几家酒楼、妓院，钱财就会滚滚而来，姐夫发大财的日子就到了。”

田玉杰说：“种植罂粟之事先不要声张，等商户们有了回复再说。这几天，你抽空去一趟省城，弄一些罂粟种子回来。咱们双管齐下，确保明年开春就开始行动。”

王无忌说：“姐夫，这点小事你就放心交给我吧，保证让你满意。”

邓监堂心思沉重地回到裕兴重总号，不断地唉声叹气。

王福禄见邓掌柜去了一趟县政府，就变成了这样，关心地问：“邓掌柜，田团长叫你到县政府到底为了啥事？咋把你弄成了这样？”

邓监堂给王福禄说了去县政府的情况，随后叹息着说：“历朝历代官府的税赋都有定例，田玉杰刚主政泾阳，就借口驻军人数较多，要给所有商户在原有税赋基础上增加二成，这种事情让我如何向众商户交代呀？”

王福禄听完邓监堂的话，也感到有些吃惊。当下生意不景气，县政府却要求增加赋税，这让所有商户咋生存。面对以团长身份主政泾阳的田玉杰，他有兵有枪，不服从他的命令，肯定没有好果子吃。王福禄劝说道：“邓掌柜，这么大的事情，也不能由你一个人扛着。我看，你还是把所有商户掌柜的召集起来，通报一下田团长的要求，征求一下大家的意见。你自己苦思冥想，也不能解决问题呀。”

邓监堂说：“王掌柜，你去把马长青、蒋青云先叫来，我想听一下他们的想法。”

王福禄说：“马长青接手马合盛茶号已经多年，叫他来协商咋办还行。叫蒋青云来，他一个初涉商海的愣头青知道些啥呀？”

邓监堂说：“蒋青云虽然是个愣头青，但是他现在是大德恒的掌柜，咱不能小瞧了人家。”

王福禄无奈地说：“请邓掌柜稍等，我这就去叫他们到裕兴重总号来。”

时间不长，马长青、蒋青云先后到了裕兴重总号。

邓监堂见人到齐了，就让王福禄给两位年轻掌柜倒上茶水，然后说：“今天把二位掌柜请来，是有大事要协商。王掌柜你也坐下，俗话说三个臭皮匠赛过诸葛亮，就看咱们能否商议出个好办法。”

马长青、蒋青云不知道邓监堂葫芦里卖的啥药，不约而同地问：“邓会长有啥大事需要协商呀？”

邓监堂把田玉杰请他去县政府的事，又详细地叙说了一边，随后问：“二位掌柜，你们看这事该咋办？”

蒋青云抢先说：“现在全国各地军阀混战，商道不通，生意难做。县政府要求增加赋税二成，这不是把所有商户逼上绝路吗？”

马长青接着说：“民国以来，中央政府的各种税赋并没有减少。现在县政府强行增加税赋，估计有些商户就难以为继了。”

邓监堂说：“税赋的轻重关系到地方政府的财政收入，也与商户的利益密切相关。田团长带着一个整编团进驻泾阳，地方财政肯定负担不起，这才想出了向商户增加税赋的馊主意。不管这种要求是否合理，咱们都得有应对之策啊。”

蒋青云说：“在泾阳驻军，是省政府的决定，不是泾阳民众的要求。既然省政府派田团长驻军泾阳，省财政就会给他们拨付粮饷，为啥还要向商户加收二成税赋？”

马长青叹息着说：“田团长驻军泾阳，代理县长职能，其实就是一个军政府。邓会长，咱们商户和一个军政府做对，能有好下场吗？”

邓监堂明白马长青话里的意思，就问：“依马掌柜之见，只能同意县政府增加二成税赋了？”

马长青说：“田玉杰虽说是国民政府军的团长，但却是渭北刀客出身。这种人现在手握着黎民百姓的生死大权，肯定想巧取豪夺，趁机发财。如果我们反抗，恐怕性命难保啊。”

蒋青云说：“商家挣的也是辛苦钱，不能让他田玉杰一吓唬，就拱手相让。如果你们认怂也行，反正我不会认怂。”

王福禄说：“蒋掌柜，这不是认怂不认怂的事。你想一下，如果个别商户不同意增加税赋，田宇杰派几个持枪的大兵往你商号门口一站，谁还敢跟你做生意啊。”

邓监堂说：“既然咱们三家都说不到一起，我看还是赶紧召开商会大会，共同决策。田玉杰让我尽快给他回话，我总得有个说法吧？”

马长青说：“自古以来，民不跟官斗，蒋掌柜要三思而后行，不要把话说早了。”

蒋青云见邓监堂、马长青基本上同意增加税赋，只好说：“我同意召开商户大会，看一下大家的意见。”

邓监堂说：“既然这样，咱们明天早上就召开商会大会。王掌柜，你现在就去告知所有商户，让他们明天早上来开会，协商应对的办法。”

蒋青云跟着马长青出了裕兴重总号大门。临分手时，蒋青云愤愤不平地说：“这他妈的是个啥世道，粮饷不足，就向商户摊派，这让商户咋活呀？”

马长青劝说道：“兄弟，生逢乱世，这是商家的悲哀，你千万别做出头鸟。依我判断，估计增加商户税赋才是个开头，不知道田玉杰还会玩出啥花样来哩。咱们走着瞧吧。”

蒋青云说：“这帮军阀除了欺负普通民众，还能有啥本事？我倒想看看，他田玉杰能把泾阳折腾成啥样。”

马长青猜得没错，在泾阳众商户无奈同意增加税赋二成之后，田玉杰随后的做法更让人瞠目结舌，最糟糕的是，蒋青云也为此倾家荡产。

过完年，到了春耕之际，王无忌把驻守在县城东面姚坊附近的一营刘营长叫到县政府，让他派出一个排，在泾河滩赵家庄的土地上试种罂粟。

王无忌说：“刘营长，你跟随团座多年，可谓是团座的左膀右臂、心腹干将。现在，团座要把一件重要事情交给你去做，只许成功，不许失败。”

刘营长不知道让他干啥，但他知道田玉杰独断专行的秉性。多年的军旅生涯，早就使他对上峰的命令习惯了服从。刘营长说：“有啥任务，请王副官直说，卑职保证完成。”

王无忌笑着说：“这次的任务比较简单，不是让你上战场。团座见兄弟们辛苦，军饷较低，决定让你在泾河滩赵家庄的土地上试种罂粟，把采收的大烟膏出售，给兄弟们增加军饷。团座说了，此事只有交给你去办，才会万无一失。”

刘营长听说种植罂粟，笑着说：“当下这世道，只有鸦片生意来钱快，团座此法可谓英明啊。”

王无忌说：“年前，团座要求泾阳所有商户增加税赋二成，听说有个别商户不同意，我就让团部特务连的兄弟们荷枪实弹地在商户门口来回走动，顾客见有当兵的在商户门口晃悠，都不敢上门了。仅仅三四天时间，商会邓会长就到县政府，亲自向团座保证按照县政府要求，照章纳税。要不然，兄弟们能过个肥年吗？”

刘营长说：“还是团座点子稠啊。就说过年时的军饷比其他月份都高出了不少哩，原来还有这回事。请王副官放心，种植罂粟，收割烟膏这些事，一营绝对做好。”

王无忌说：“记住一点，绝对不能让士兵吸食鸦片。”

罂粟的原产地在西亚地区，早在六朝时期就已传入中国，唐朝时罂粟种子被阿拉伯商人携入中国，部分地区开始种植。关中种植罂粟，唐朝时就有记载，但大多作为观赏植物。

接受了种植罂粟的任务之后，刘营长喜不自禁。王无忌说不让士兵吸食鸦片，那是为了保证种植罂粟采割的鸦片膏都能如实上交到他的手里，然后由他出售，获取暴利。守着宝山，两手空空，这样的事傻子都不会干，何况自己堂堂一个营长。

当别的土地上小麦苗泛绿的时候，赵家庄附近的土地上却长出了另一种植物。这片几十亩地的田野里，生长着叶片碧绿，花朵五彩缤纷，茎株亭亭玉立，蒴果高高在上的东西。颜色鲜艳，香气扑鼻，让周围许多民众对其充满了好奇，一些上了年纪的老人说，那块土地上种植的就是鸦片，此物出现之后，一些人就要倾家荡产了。

到了当年六七月份，王无忌奉田玉杰之命，强行收购了县城北极宫两家商铺，并装修改成了一家酒楼，一家妓院。酒楼名曰十里香，妓院名曰醉春楼。这两个招牌挂出来后，泾阳附近各县吃喝嫖赌之徒趋之若鹜，生意兴隆的场面远远超过了进行传统贸易的商家。

田玉杰现在把原来的县衙变成自己享受的安乐窝，除了大堂接待上级要员、地方官吏之外，从二堂开始，就成了自己的宅院。原配王夫人过门之后，几年没有生育，田玉杰以“不孝有三，无后为大”为由，纳娶了醉春楼当红妓女红袖做了二房。

还没到年关，王无忌就来给田玉杰报喜。虽说十里香、醉春楼开业时间不长，但仗着有县政府的背景，有田玉杰撑腰，这两家商号可谓日进斗金，财源滚滚。同时也是艳名远播，名闻关中。

王无忌高兴地说：“姐夫，还是您的办法高明啊，今年这两个字号赚的银圆远远超过了上峰拨给咱们的军饷。再坚持几年，您就可以成为富甲一方的财东了。”

田玉杰嘿嘿一笑，说：“老子把头提在手上闹革命为的是啥？不就是图个人生快乐嘛。泾阳这个地方，土地肥沃，商户众多，号称是西北经济中心，咱们守着金山银山再不发财，岂不让人笑话？我看今年种植罂粟初见成效，明年可以扩大种植面积，增加财源。我要让弟兄们跟着我过上舒坦的好日子。”

王无忌担忧地说：“您如果倡导广种罂粟，就不怕当地士绅反对吗？”

田玉杰说：“怕个屌！老子在战场上都没怕过谁，难道还会怕当地的士绅？再说了，种植罂粟之事，政府又没明令禁止，有些地方还出台了征收鸦片税的政策，这就是默许可以种植罂粟，销售鸦片。依我看，还是鸦片这玩意好，利润丰厚，来钱快当，比他妈做啥生意都强。无忌啊，你多长个心眼吧。如果明年有当地农户要种植罂粟，县政府不要管，只说要征收鸦片税就行。其他的你就不用管了，姐夫我自有办法应对。”

由于县政府对种植罂粟、采割鸦片膏、贩卖鸦片放任自流，一时间泾阳大地上不少农户开始种植，吸食鸦片之人急剧增加，就连蒋青云也陷了进去。

这一天早上，马长青觉得无聊，就出门转悠到了大德恒总号的门前。日头已经三杆子高了，大德恒的大门依然紧闭。马长青感到有些奇怪，就上前拍打大门上的门环。

过了一阵，蒋青云铁青着脸，打着哈欠，流着鼻涕打开了门。

马长青见蒋青云这个样子，就问：“兄弟啊，这是咋啦？伤风感冒了？”

蒋青云说：“进来说话。”

马长青进了大门，看见商号里没有伙计，原来的掌柜于德贵也不见踪影，越发感到纳闷。

来到二堂客厅，原来摆放在这里的珍奇玉器、古玩字画也不知去向。马长青坐下之后，问：“兄弟，这才几天不见，你咋弄成了这光景？”

蒋青云苦着脸说：“马兄见笑了。从去年后半年开始，你就一直在忙茯砖茶生意，好长时间没到大德恒来了。兄弟现在弄成了这样，只能怪自己不争气，与他人无关。”

马长青没听说蒋青云在水烟贸易上有过闪失，对他现在的情况很难理解。他问：“兄弟除了水烟生意，难道还做了其他亏本生意？”

蒋青云说：“如今这光景，与做生意无关。马兄再不来，过几天可能我就要去找你了。”

马长青不解地问：“兄弟，出了啥情况？你咋像变了个人似的。”

蒋青云羞愧地说：“兄弟不争气，染上鸦片瘾了。”

醉春樓

原来，自去年醉春楼妓院开张之后，王无忌按照田玉杰的吩咐，把大烟膏送进了妓院，让妓女们招待嫖客时吸食鸦片。泾阳这地方属于五方杂处之地，来往商贾较多，清末民初时期，大户人家也经常用鸦片招待重要客人，也有少部分人吸食鸦片上瘾，荡尽了家产，落下了骂名。蒋青云因为生意上的事情，曾经接受过一个江浙客商牛掌柜的邀请，到过醉春楼潇洒过一次，谁知道就是这次潇洒让他丢了魂。

牛掌柜去年十月份来大德恒进货，生意谈妥之后，为了表达蒋家两代人对他经营兰州水烟的支持，非要请蒋青云去醉春楼吃花酒。自小受到爷爷蒋怀德严格教育的蒋青云，一向循规蹈矩，他虽然知道北极宫新开了一家妓院叫醉春楼，但却从没有去过，更不要说吃花酒是个啥玩意了。

牛掌柜见蒋掌柜连吃花酒都不懂，就讥笑着说："常年在生意场上奔波，啥新鲜玩意都应该尝试一下。吃花酒这个事情早就有了，唐朝时是文人墨客玩的把戏，到了两宋时期，商业贸易发达，商人借此联络感情。你们北方不开放，我们南方早就把吃花酒当成了生意场上的一种习惯，每当一笔生意谈成，客商都会请主人吃花酒的。我此番诚意相邀，蒋掌柜就不要推辞了。"

蒋青云感到盛情难却，就跟着牛掌柜来到了醉春楼。进了大门，几个打扮得花枝妖艳的妓女迎上前来，拉着牛掌柜的手说着亲昵的情话，牛掌柜豪爽地说："给大爷找个雅间，小翠、小荷，你们两个今晚陪大爷们玩个痛快。"

叫小翠、小荷的妓女见牛掌柜点了名，高兴地说："请客官放心，保证把你们侍候得舒舒服服的。"

来到二楼雅间，房子正中放着一张八仙桌，四把椅子，墙上悬挂着字画，靠近北面还放着两张罗汉床。没等蒋青云仔细打量完屋里的环境，小翠拉着牛掌柜，小荷拉着蒋青云就坐在了椅子上。

小翠娇滴滴地说："客官，您是这里的常客了，这位客官还是第一次见。您说，今天晚上想咋喝？"

牛掌柜说："老规矩，喝花酒，完了再抽烟。"

小翠爽快地说："好，我叫人安排上好菜，上好酒，等会客官想听曲了，我和小荷给你们唱曲解闷。"

牛掌柜嬉笑着说："唱曲没劲，等会弄个颠鸾倒凤，让这位兄弟开一下眼界。"

小翠用粉拳敲打着牛掌柜，善解人意地笑着说：“就你坏，说不定人家也是行家里手哩。”

蒋青云第一次来青楼，不知道他们说的暗语，只好干笑。

时间不长，一桌丰盛的佳肴就摆上了八仙桌，牛掌柜又特意要了一瓶西凤老酒。

蒋青云看了一眼八仙桌，见上面摆放着泡椒凤爪、油炸黄鱼、老醋花生、泾阳穰饸等几样精致下酒菜，又上了带把肘子、生氽丸子、葫芦鸡、红烧海参等几样热菜。蒋青云看着满桌子美味佳肴，笑着说：“牛掌柜真大方啊。其他菜肴都常见，唯独这泾阳穰饸只有泾阳当地才有，没想到牛掌柜对泾阳特产如此了解，让我佩服啊。”

牛掌柜说：“常年来往于泾阳和江浙之间，对各地特色菜肴略有了解，到啥地方吃啥地方的特色菜也是本人的爱好。听说这泾阳穰饸还有故事，不知道蒋掌柜可否告知一二，让我长长见识。”

蒋青云说：“牛掌柜既然是泾阳通，自然就知道泾阳有一句‘东刘西孟社树姚，不及王桥一撮毛’的民谣。据说，这泾阳穰饸就与王桥一撮毛于家有关系。当地传说于家有事请客，因天雨客人少，大量的饭菜剩了下来。为了不浪费，于家把馍掰开晾干，将馍揉成馍花，加上菜油、鸡蛋、瘦肉、赤红或赤黄，制成了穰饸。这种食品随后广泛流传，就是你见到的软硬适度、香飘四溢的美食。”

牛掌柜并不赞同蒋青云的说法，他说：“据我所知，泾阳穰饸与安吴堡寡妇周莹有关系，并不是王桥于家厨子创造发明的。”

蒋青云说：“我在泾阳多年，咋没听说过穰饸和周莹有关系？你有啥依据吗？”

牛掌柜说：“庚子年慈禧太后逃难到了西安，周莹因义捐 20 万两白银，被慈禧太后认作干女儿，并敕封为一品诰命夫人。周莹为了表达对慈禧太后的敬意，特意聘请了泾阳当地名厨到西安，为慈禧太后烹饪泾阳地方美食。慈禧太后觉得其中一位名叫杨贵财的厨子做的一道菜非常好吃，就问这道菜的菜名，杨师傅回答说这道菜叫穰饸。慈禧太后对这道菜非常满意，穰饸就由此得名了。”

小翠、小荷见两个客官为一道菜争论得不亦乐乎，又怕耽误了自己的营生，不约而同地端起酒杯走到自己客人面前，撒娇地说：“看着满桌子美味佳肴不吃，放着美酒不喝，为一道菜打嘴仗，图了个啥吗？来吧，咱们喝酒,边吃边聊。”

牛掌柜端起酒杯说:“对,放着美酒佳肴,借着良辰美景,又有两位如花似玉的姑娘相伴,我们一醉方休。”

在小翠、小荷的不断纠缠下,牛掌柜、蒋青云不一会酒喝得醉醺醺的了。这时小翠半拥着牛掌柜说:“客官,酒足饭饱了,我们姐妹侍候客官抽一口吧。”

牛掌柜拉着小翠的手,一双眼睛盯着她高耸的胸部,色眯眯地说:“好,等大爷我抽上一阵鸦片,养足了精神再收拾你这个小娇娘。”

小翠高兴地说:“先别说收拾我,等会谁收拾谁还不一定哩。小荷,搀着那位客官到罗汉床上准备抽烟。”

蒋青云在懵懂之际听说抽烟,以为是抽水烟,就跟着小荷躺在了罗汉床上。转眼间,小荷点上烟灯,又把一杆烟枪塞进了蒋青云手里。等烟雾从嘴里吐出来,蒋青云先是感到有些恶心,随后就觉得面皮发烫,浑身通泰,骨子里仿佛有无数蚂蚁在叮咬,就连裤裆里也支起了帐篷。

小荷见客官已经有了状态,就用丰满的胸部不停在蒋青云身上来回蹭,同时把一双小手伸向了蒋青云裆部……从未受到过如此刺激的蒋青云放下烟枪,一把将小荷揽进怀里,急不可耐地把小荷扑倒在了炕上……蒋青云事后得知,醉春楼的消费是按照所点妓女的名头计算费用的,就连所抽鸦片也是按照雅间档次收费的。

经过牛掌柜的引导,蒋青云忘不了小荷的风骚,就开始经常出入醉春楼。不到半年时间,蒋青云已吸食鸦片上瘾,就连大德恒的生意也无心经营了。在花钱如流水的日子里,二掌柜于德贵曾无数次劝说过蒋青云,后来蒋青云为图个清静,就给了于德贵一笔费用,让他回了老家渭南。无人约束的蒋青云与小荷打得火热,无奈老鸨爱钱,妓女爱俏,蒋青云在半年之后就开始囊中羞涩了。为了继续和小荷逍遥快活,蒋青云开始变卖商号资产,如今弄得身体羸弱,家徒四壁。

马长青听完蒋青云的叙说,气得直想大骂蒋青云。想到老辈们相交深厚,马长青把到了嘴边的脏话咽了回去。他说:“鸦片乃是害人之物,一旦上瘾,不可救药。当年林则徐林大人为了禁烟,冒了多大的风险,还落了个发配新疆的下场,你难道不知道?蒋家到你这一代已是三代经商,难道真应了富不过三代之说?”

蒋青云知道马长青是为了自己好,但现在说这些有啥用?马长青不吸食鸦片，自然不知道烟瘾上来时的难受劲。蒋青云打着哈欠说：“泾阳商户中像我这种人不是一两个，你到北极宫一带去转一下，就会发现许多像我一样的老熟人。”

马长青吃惊地问：“难道商户们都去醉春楼嫖娼吸烟了？”

蒋青云说：“不是所有商户都去了，像我一样图刺激的人不少。话说回来，如果没有富商大户到十里香、醉春楼送去大把银钱，田玉杰说不定还会想出别的办法哩。”

马长青问：“依你目前的样子，你准备下一步咋办？难道你忍心把大德恒的财产都送进妓院？”

蒋青云苦笑着说：“我这几天正想去找你，像我大一样，把大德恒的水烟生意转让给马合盛茶号。你给我些银圆，我准备回渭南老家去了。再待在泾阳，说不定连尸首都喂狗了。”

马长青说：“转让大德恒水烟生意之事，你要慎重考虑，我也要考虑一下，咱们过几天再说。”

从大德恒总号出来，马长青特意到他很少涉足的北极宫去了一趟。北极宫位于泾阳县城北部，靠近县城北门，因十里香、醉春楼开张，这条不足二里地的街道变成了烟花酒巷的繁华之地。马长青走在街道上，耳边不时听到从酒楼里传出来的划拳行令喊声，间或夹杂着男女调笑的声音。真像蒋青云说的那样，马长青在北极宫转悠了一会，就发现了几个熟人。这些熟人用一种怪异的眼光打量着马长青，把他弄得很别扭。

在泾阳生活了30多年的马长青，对他看到的一切感到很吃惊。这个商业繁荣、民风淳朴的西部商贸中心，难道就如此堕落了吗？心有不甘的马长青准备去找商会会长邓监堂讨个说法。

马长青从北极宫回来，就直奔裕兴重总号。

王福禄见马长青脸色阴沉地急匆匆而来，以为出了啥大事，他问：“马掌柜，有啥重要事情吗？”

马长青反问：“邓会长在吗？”

王福禄说：“在二堂客厅抽水烟哩。我这就带你进去。”

到了客厅，马长青看见邓监堂抱着水烟袋抽水烟，就说：“邓会长好悠闲啊。”

邓监堂抬头一看马长青来了，放下水烟袋说：“马掌柜，啥风把你吹来了？”

马长青在邓监堂对面的椅子上坐下之后，说：“泾阳现在烟馆、妓院四处泛滥，你这个当会长的难道就没想过管制一下吗？”

邓监堂说：“我知道北极宫一带到处都是烟花酒楼，但你知道这些字号的背景吗？我实话告诉你，这些字号的后台就是团长兼县长田玉杰。它们虽说是商号，但我这个商会会长管得了吗？”

马长青原以为这些烟花酒楼是刘营长的财产，最多有王无忌的股份，没想到后台老板却是田玉杰。

马长青见邓监堂也有些窝火，就知道他刚才说话太冲，戳到了他的隐痛之处，原先对邓监堂不管这些乱七八糟的烟花酒楼，并任其发展的成见就无形消散了。他说：“作为保境安民的军事长官，代行县长职能，却干出了让人不齿之事，这让后人如何评说他的功过呀？”

邓监堂说：“这些王八蛋就想凭着手中权力发眼前财，谁还会管后人如何评说。他们要能顾忌到这一点，就不会这么明目张胆地胡来了。”

马长青气愤地说：“这才半年多时间，泾阳县城已被搞得乌烟瘴气。长此以往，泾阳县城就成了吃喝嫖赌抽的逍遥窟了，绝对不再是让人向往的商贸重镇了。”

邓监堂说：“军阀当政，谁都想捞一把，有几个人管老百姓的死活？你说的情况我都知道，但做这种生意的字号我能管吗？我敢管吗？老话说，天作孽犹可恕，人作孽不可活。我倒想看看，他田玉杰能把泾阳折腾成啥样，自己会落个啥下场。”

马长青说：“邓会长，我今天去了一趟大德恒总号，掌柜的蒋青云已经吸食鸦片上瘾，几乎倾家荡产了。他想把大德恒总号的水烟生意转让给我，我看他可怜兮兮的样子，怕他没了大德恒的水烟生意，生活没有着落，就没答应。现在田玉杰的字号开张才半年，许多人就深受其害。我估计过不了多久，还会有人因好奇之心惹上鸦片瘾，咱们做正常生意之人想找几个壮实劳力都困难了。”

邓监堂说：“眼下这种情况，我们只能约束好自己的伙计不要去北极宫，更不要吸食鸦片。至于蒋青云转让大德恒总号之事，你们商量价钱，我没有意见。”

马长青接手大德恒总号水烟生意之后，就把张家口分号掌柜王三槐撤了回来，专门管理水烟生意。王三槐跟随老掌柜多年，深受老掌柜器重，现在张家口生意不景气，让王三槐回来，经常在兰州、泾阳之间走动，或许能给老掌柜排忧解闷。

王三槐拖家带口和张家口分号的伙计们回到泾阳之后，马长青发现王三槐又多了几分沧桑。这一行人常年在张家口经营马合盛号茯砖茶，为马家生意进入蒙古，乃至俄罗斯立下了汗马功劳，曾经风光无比。如今各地军阀混战，商道不通，就连昔日仰仗清王朝支持、享有茶叶食盐垄断特权的晋商八大号都已衰落，何况与如今政府少有瓜葛的马家字号。不过，王三槐回来也好，正好填补大德恒总号转让过来的水烟生意。

对于让自己经营水烟生意，王三槐说："少掌柜，现在各地军阀连年混战，商道不通，水烟行当看是个好生意，其实很难做。如果遇上散兵游勇拦路抢劫，可能就会血本无归。"

马长青见王三槐对经营水烟生意充满了忧虑，就说："你先安顿好家人和伙计，抽空去一趟兰州。你和我大也有好几年没见面了，你到兰州一是了解水烟生产情况，二是陪我大说说话，解解闷。这几年生意不景气，加上县政府增加税赋，总号的经营也颇为艰难啊。"

王三槐感慨地说："这人生说长不长，说短不短，一晃悠几十年就过去了。如今老掌柜年事已高，还是让他少操点心吧。"

马长青说："谁说不是哩。你跟随我大闯荡商海几十年，也很辛苦，银钱没挣下，担惊受怕倒不少。你到兰州之后看情况，水烟生意能做就做，做不成咱就放弃，反正这桩生意也不是咱们的老本行。"

王三槐有了少掌柜马长青这句话，心里的压力就少了许多。过了几天，他带着邵振山、董二虎、高海峰等几个老伙计一起去了兰州。

年过六旬的马合盛见王三槐带着几个老伙计到了兰州，高兴得合不拢嘴，他笑着说："三槐兄弟啊，咱哥几个有些年没见面了，你咋想到跑到兰州看我来了？"

王三槐见马合盛步履蹒跚、老态龙钟的样子，心痛地说："老东家，几年没见，你明显变老了。"

马合盛招呼几个人坐下，随后让伙计把马长民叫了过来。马合盛打量着这几个当年跟随他闯荡商海的老伙计，惋惜地说："咱们几个搭帮结伙几十年，走南闯北，出生入死，想起来就像在昨天。没想到一转眼，现在都已到了人生暮年。人这一辈子,只要不做亏心事,就能活着舒坦。”

等马合盛刚说完,马长民插言说:“大,我看你活得就不舒坦。”

马合盛瞪了一眼马长民,继续说:“你咋说话哩?大这一辈子,有你这几个叔父辈的帮衬,曾经也风光无限。可惜自从和邓监堂二次竞争失败,我到现在都没弄明白到底输在了何处。不说这些陈年烂谷子了,三槐,说说你到兰州来到底为了啥事?”

王三槐说:“大德恒掌柜蒋青云把总号水烟生意转让给了少东家。我这次到兰州来,一是看望老东家,二是想了解一下水烟生意的行情。”

马合盛问:“大德恒总号为啥要把水烟生意转让给咱们?水烟生意可是大德恒总号唯一的财源啊!”

邵振山说:“老东家有所不知,国民革命军团长田玉杰驻军泾阳之后,增加商户赋税不说,还允许种植罂粟,在北极宫开设了烟馆妓院,广敛钱财。大德恒总号掌柜蒋青云染上了鸦片瘾,几乎把大德恒的资产踢腾光了。无奈之下,蒋青云找到少东家,把大德恒的水烟生意转让给了咱们。”

马合盛听完这番话,遗憾地说:“蒋家与马家在生意上打交道几十年,相交甚厚,没想到蒋家出了这么个败家子,真让我为蒋继英感到汗颜啊。”

王三槐见老东家有些心酸,就想转移话题,他问:“二少爷近来可好?”

马长民说:“自从回到兰州后,我一直无事可干,就回到镇番县,把马家无人居住的房屋收拾了一下,开办了一所学校,当起了教书先生。”

王三槐说:“二少爷是前清举人出身,当个教书先生没问题。教书育人,才是正道啊。”

马合盛说:“长民不愿意做生意,他去当个教书先生也是发挥了特长。对此,我要求他一定要把秦商厚重质直、忠义仁勇的精神教给孩子们,不能让后代忘记了诚实守信的做人底线。”

王三槐说:“秦商的精神,其实也是从关中农业发展中总结出来的。老东家,你在泾阳生活了几十年,关中农民向来是不违农时,按节令播种和收获。关中人说,人误地一时,地误人一季。人亏地一季,地亏人一年。有了这种不误农时,不亏土地的传统习惯,才养成了经商时诚实守信、厚重质直的品性。”

马合盛笑着说:“还是三槐会总结啊。这样吧,你在兰州待几天,了解一下水烟的行情,最后再做决定。按农民的说法,这叫现在播种,啥时候收获还不知道。另外,我给长青写封信,让他给邵振山、董二虎、高海峰几个人发一笔安家费，回家颐养天年吧。兄弟们在一起打拼了几十年，很少顾家，也该休息了。”

邵振山等几人见马合盛如此仗义，感激万分。

在马长民代表父亲给王三槐一行送行的酒宴上，马长民对王三槐说：“秦商都是从农业文明闯荡出来的精英，但随着工业文明、海洋文明的到来，秦商因自身所处地域和传统文化的限制，在思想观念方面已经落伍，依靠自有资源发财致富的时代即将过去。王叔，你们跟随我大闯荡多年，对生意难做深有体会。我想，您回去后告诉我哥，在各地军阀混战，互相抢夺地盘，造成商路不畅的情况下，尽量远离政治集团，把现在的摊子守住就行，千万不敢率性而为。”

王三槐知道二少爷是个读书人，对时局有自己的看法和判断，虽然他对工业文明、海洋文明这些词不明白，但这些年他在张家口经商还真的增长了不少见识。外国的布匹、纺纱、火柴、煤油等日用品对传统农业及手工业产品冲击相当大，已经造成了部分农业手工业者失业。现在马家商号经营的茯砖茶、水烟、药材、皮货等都是所谓的特产，但价格仍然受到冲击，依靠这些特色产品想成为盖省财东的日子确实一去不复返了。

王三槐问：“二少爷现在真的教书育人了？”

马长民说：“当今军阀混战，官场险恶，我不想再去蹚这场浑水了。教书育人是一个好职业，我也想效仿先贤，做一个合格的教书匠。”

王三槐说：“听说你在镇番老家开办了新式学校，可谓心随所愿了。老掌柜回到兰州之后，身体状况似乎不太好啊。”

马长民说：“我大与邓监堂在茯砖茶贸易上竞争失败后，心情一直不太好，近年来身体情况更糟糕了。我在教学空闲时经常到兰州看望他，给他宽心。”

王三槐说：“人生其实就是世间的匆匆过客，对于功过得失没必要太计较。过去的就让它过去吧，只有心大了，看开了才能长命百岁。你看，周莹当年支持邓监堂打败了老掌柜，她又落下了些啥？年纪轻轻就走了，你说她能没有遗憾？人生不如意之事十有八九，只要平安就是福分。二少爷，你现在应该有后人了吧？”

马长民说：“有一个儿子叫马珏，现在已上小学了。”

王三槐说：“那就好。有了后代就有了念想。”

马长民说：“你们几位老叔，跟着我大出生入死，为马家商号立下了汗马功劳。回到泾阳之后，一定要照顾好自己，有啥困难尽管去找我哥。”

邵振山、董二虎、高海峰等几人刚才插不上话，现在听完马长民的话，感激地说：“二少爷宅心仁厚，善待我们，一定会得到老天保佑的。”

马长民笑着说：“还是自己保佑自己吧，老天爷有时也靠不住。”

在座的几个人都知道马长民在任安康知县时因天灾丢官还被弹劾，险些丢了性命，马家为此损失了大量银钱，现在听他这么一说，都不愿再提往事。

王三槐一行没想到他们与马合盛在兰州一别，从此就成了永诀。

第二十一章

镇嵩军围困泾阳
于右任兵临城下

田玉杰在泾阳过着作威作福的日子，泾阳商户深受其害，苦不堪言。因其倡种鸦片，民众吸食者甚众，普通百姓卖地卖儿女者难计其数。田玉杰梦想在泾阳继续当他的土皇上，谁料想随着北伐战争的开始，他的好日子走到了尽头。

1926 年 6 月 5 日，国民党中央执行委员会临时委员会全体会议通过迅速出师北伐案。北洋军阀吴佩孚、张作霖为了清除侧背隐患，委任刘镇华为陕甘剿匪总司令，纠集原镇嵩军旧部，以“打到西安去升官发财”为号召，收编豫西土匪、红枪会等地痞流氓，组成八个师号称十万之众，准备对支持北伐的陕西国民军开战。

邓监堂知道刘镇华要进攻西安的消息，是从西安分号掌柜赵福海派人送回来的信件中知晓的。对于刘镇华其人，邓监堂还是多少知道一些的。

刘镇华于清末出生在河南巩义神都山下，其父刘寿山乃开明人士，教他学习四书五经，后来刘镇华考中了秀才，又入保定北洋优级师范学堂、保定法政专门学堂学习。1908 年，刘镇华加入同盟会，开始在豫西一带从事反清活动。辛亥革命前夕，刘镇华到嵩县羊山动员由王天纵率领的一支“刀客”武装参加反清斗争，这支武装后来就成了他发家的资本。

1917 年冬，陕西革命党人郭坚、耿直、高峻等响应孙中山反皖号召，率靖国军围攻西安，讨伐投靠皖系军阀的陕西督军兼省长陈树藩。陈树藩兵力单薄，急电刘镇华求援，并许以省长之职。刘镇华率军西进，击退靖国军，解西安之围。1918 年 3 月，北京政府正式任命刘镇华为陕西省省长。在陕西主政的八年当中，刘镇华搜刮民财，祸害无尽，用陕西人的钱财安置了一大批落后文人，豢养了不少地方乡绅。1925 年 4 月初胡憨(胡景翼、憨玉琨)战争爆发后，刘镇华出逃陕西进入山西运城，被阎锡山收留。

邓监堂忧心的是，当年刘镇华因失败出逃陕西，现在奉吴佩孚、阎锡山之命围攻陕西国民军，肯定会进行疯狂报复。泾阳虽说距离西安还有一段路程，但西部经济中心的名号已传扬了几百年，刘镇华曾经主政过陕西，既然能喊出“打到西安去升官发财”的口号，又岂能放过泾阳这块近在咫尺的肥肉？

邓监堂拿不定主意，只是预感到一场大祸即将来临。

与邓监堂同样忧心的还有马长青。在即将开战之前，泾阳县城已是人心惶惶，那些不可一世的大兵们早就没有了昔日的嚣张气焰，听说他们将坚守泾阳县城，或者开拔到西安协助李虎臣守城。不管是驻守还是开拔，大兵们深知当下舒坦的日子就要结束了，战场上枪子不长眼睛，他们的生死存亡全部都是未知数。想到前途未卜，大兵们人心惶惶，飞扬跋扈、耀武扬威的架势就收敛了许多。

马长青感觉到心里没底，就想到裕兴重总号去找邓监堂商议办法。到了裕兴重总号二堂，他看见恒春益、恒泰盛、得泰和、德厚堂、义兴茶庄等几个掌柜都坐在椅子上等候邓监堂。

见马长青来了，恒春堂贾掌柜问：“马掌柜，现在兵荒马乱的，你不在商号待着，咋跑到邓会长这里来了？”

马长青说：“为啥到邓会长这里来，大家心知肚明，还不是想让邓会长给拿个主意吗？”

贾掌柜说：“我们几个刚到，听说邓会长病了，已经让大少爷去请了。”

说话间，邓承兴搀扶着邓监堂来到了客厅。邓监堂见六七个商号掌柜在坐等自己，难为情地说：“让各位久等了，不好意思。”

马长青见邓监堂病恹恹的，关切地问：“邓会长，身体欠安啊！”

邓监堂有气无力地说：“上了年纪，偶感风寒，觉得浑身无力。我知道大家今天来的目的，请问大家有啥想法？”

德厚堂刘掌柜说：“从各处传来消息说，刘镇华纠集镇嵩军十万人马将兵犯陕西。诸位在西安和关中道上商号不少，大兵压境，势必会造成商号损失惨重。我们想请教一下邓会长，碰上这种倒霉事情，我们该咋办？”

邓监堂说：“依我看，刘镇华兵犯陕西，有三层意思。其一，为找落脚地而来。国共合作北伐在即，此番兵事广州政府不是为了争地盘，而是为了国体一统，在气势和民意上占了上风。刘镇华善于投机钻营，知道狡兔三窟的道理，一旦战败退守西安，利用关中四塞之固的天然屏障，劫掠秦商财富，可保无后顾之忧。其二，为银钱而来。陕西商帮不同于晋商，主要服务于中下层手工业者和农桑耕织者，很少办理汇兑业务，聚集了大量钱财。陕西渭北富商大户多住在西安，刘镇华曾经长期在陕西主政，对此心知肚明，打下西安，就可获得无数财富，这就是他喊的打到西安去升官发财的真实目的。其三，陕西人不抱团。自张载关学问世之后，陕西人深受关学影响，形成了关中自古不党的传统，单打独斗都是好汉，但很少抱团发展，在政治经济上很少形成一股力量，这也是刘镇华兵犯陕西的原因。”

马长青听完邓监堂的一席长谈，说：“邓会长分析得头头是道，眼下的问题是我们这些商家该咋办？”

贾掌柜说：“刘镇华兵犯陕西，肯定不会放过泾阳、三原、高陵等富庶之地，泾阳遭受兵祸是肯定的。大家都知道，自从田玉杰主政泾阳以来，巧取豪夺，倡种罂粟，民众深受其害。难道让商家支持田玉杰守城？”

刘掌柜接着说：“田玉杰发了财，升了官，现在已是陕军第三师师长，我们不靠他还能靠谁呀？”

马长青说：“田玉杰口口声声说他进驻泾阳是为了保境安民，现在战祸即将来临，他不会夹着尾巴逃跑吧？”

邓监堂说：“我估计他没这个胆！俗话说覆巢之下安有完卵。田玉杰再坏，我们也只能支持他守护泾阳县城，确保城池不被攻破。问题是，镇嵩军围攻泾阳之后，不知道啥时候才能解围？有些商家可能会趁机对经营的粮食、油料等物品涨价，造成城内民众心理恐慌。如果内忧外患一起发生，泾阳县城能否保得住就难说啦。”

邓承兴插言说：“陕西国民革命军能打响辛亥革命的第二枪，说明陕军不是孬种。现在守卫西安城的李虎臣第十师、卫定一第四师所部虽说兵力不足 5000 人，但三原有杨虎城的第二师，泾阳有田玉杰的第三师，我想这些人肯定不会作壁上观。当下的问题，就是安抚好商家和民众，不要让大家外逃，一起和守军守卫县城。”

马长青说：“少掌柜说得有理，眼下咱们只能这么办了，看事态进展再想办法。”

商家在关心事态的发展，陕西国民军将领也没有闲着。3 月底，刘镇华趁驻守同州的麻九五、驻守蒲城的侯章保等部倒戈之机，率领镇嵩军轻易占领潼关要塞，然后长驱直入，一路借口“就地征发军饷”，烧杀抢掠，直扑西安。4 月初，刘镇华率领镇嵩军兵临西安城下，把指挥部驻扎在东郊十里铺,北伐战争期间时间最长、牵制北洋军阀军队最多、死伤极为惨烈的西安保卫战拉开了序幕。

刘镇华原以为借助他豢养的地方富绅宋联奎等人做内应，可以兵不血刃地拿下西安城。谁知道西安城在杨虎城、李虎臣、卫定一等人的顽强抵抗下,久攻不下。刘镇华异常恼怒,派出镇嵩军师长梅发奎等人直扑咸阳、泾阳、三原、高陵等富庶县城,准备洗劫富商大户,实现他的发财梦。

在镇嵩军师长梅发奎、旅长姜明玉率部驻扎到永乐镇磨子桥村时,田玉杰并没有下令陕军第三师出击攻击敌人，他命令部下张九才旅防守县城,自己带着刘营长、王无忌等亲信驻扎到了县城以西15里的许家堡,名义上是策应泾阳防卫,实际上是避战作壁上观,保存实力。

6月初,泾阳县城被镇嵩军包围,其时,正值小麦收割季节。关中平原一望无际的黄色麦浪,预示着丰收在望。镇嵩军把泾阳县城围了个密不透风,别说住在县城里的人无法出城,就是住在乡村里的普通百姓,也无法下地收割小麦。镇嵩军攻不下县城,就四处抢粮,洗劫住在城外的百姓,一时间,泾阳大地上到处都是奸淫抢掠的惨景。

围攻西安城的镇嵩军无法攻破西安城,为了断绝城里粮食供应,放火焚烧了西安郊区10多万亩就要收获的小麦。围攻泾阳县城的梅发奎所部也照葫芦画瓢,烧毁了泾阳、三原、高陵等地的小麦,关中大地上出现了“白天浓烟蔽日,入夜火光烛天”的奇异景观,乡亲们看着辛苦了一年即将到手赖以存活的粮食被毁,在痛骂镇嵩军惨无人性的同时,对田玉杰也极为愤恨。

到了7月底,梅发奎请求刘镇华给围困泾阳、三原的镇嵩军调拨了十多门大炮,准备首先强攻泾阳县城。守军旅长张九才在城墙上发现镇嵩军把大炮推上了前沿阵地,心里极为恐慌。可笑的是,这些刚调来的大炮,不是打不响,就是射程不够,根本无法完成破坚攻城任务。后来有知情者说,吴佩孚、阎锡山虽说让刘镇华进攻陕西革命军,但拨给他的枪炮全是些破旧不堪的烂玩意,这也是刘镇华率领的10万镇嵩军无法攻破泾阳、三原等县城的根本原因,更不用说攻破城墙厚实的西安城了。

被围困了一个多月的泾阳县城，整天枪炮声不断，城内物资日益短缺,人心惶惶。马长青十多岁的儿子马琨听见外面热闹非凡,就想出去看热闹。

马长青刚帮助守军守城回来,看见儿子想往外跑,就厉声呵斥道:“外面炮声不断,枪子乱飞,你跑出去想找死呀!"

马琨见父亲铁青着脸,乖乖地转身跟着父亲进了家门。简单吃过午饭后,马长青对夫人刘氏说:"现在外面很乱,一定要管好儿子,不要让他到外面去。最近几天,我连着做噩梦,不是梦见有血光之灾,就是梦见被人陷害,该不会有啥不好的事情吧?"

刘氏说:"做梦是疲劳所致,你就不要乱想了。儿子虽然调皮一些,但他知道好歹。今天你把他训斥了,肯定就不会乱跑了。"

马长青说:"妹子马香梅成家十多年了,一直来往较多。最近镇嵩军围攻泾阳县城,不知道她的情况咋样?"

刘氏说:"还能咋样,这帮龟孙子长期围攻县城,弄得物价飞涨,民众苦不堪言。但为了城池不被攻破,家破人亡,所有民众勒紧裤腰带帮着守军守护城池。不知道田师长躲到哪里去了,也不帮着张九才攻打镇嵩军。"

马长青说:"田玉杰欺负老百姓还行, 见了镇嵩军早就跑到许家堡去了。你刚才说县城现在物价飞涨,我估计这才是开始,镇嵩军要么攻破城池,要么城外另有援军支援,否则,苦日子还在后头哩。"

马琨见机说:"过这样的苦日子,还不如出去拼一下,说不定会出现转机。"

马长青苦笑着说:"屁大个孩子,你知道啥呀?老实说,如果我不在了,你能照顾好你妈和这个家吗?"

马琨说:"大,你放心,我肯定能照顾好的。"

刘氏说:"你今天咋啦?好端端的说这么倒霉的话干啥呀?"

马长青说:"我就是想问一问这小子有没有照顾好你和家的决心,没有其他的意思。"

马长青在闲聊的时候,说出了令人难以捉摸的话,与此同时邓监堂也在为城内物价飞涨熬煎。

泾阳这个关中的白菜心,原本属于产粮大县,每年外粜的粮食很多,但在田玉杰主政泾阳期间,因为倡导种植罂粟,一些农民把好端端的水浇地种了罂粟,谋取大烟膏带来的丰厚利润,种庄稼的农户不断减少,粮食产量也逐年递减,县城内几家粮行已开始到周围各县收购粮食。自镇嵩军围困泾阳县城以来,虽说商会与粮行约定不许乱涨价,但随着存粮不断减少,粮食涨价已没人能够制止了。邓监堂也在猜测,县城之围不解,粮食价格还会不断上涨,到时候拿着银钱买不到粮食的情况就可能发生。

镇嵩军围困西安和关中富庶县城的消息，传遍了全国，引起了广泛关注。9月初，国民党元老于右任、西北军首领冯玉祥先后从苏联回国。16日，冯玉祥在内蒙古五原向全国发表宣言，就任国民联军总司令，于右任为副总司令，史称五原誓师。17日，国民联军分两路由陇东、陕北驰援被围困在西安的杨虎城、李虎臣所部。消息传出之后，关中大地民情振奋，邓监堂、马长青等人更是喜出望外，希望国民联军早日到达关中，解救遭受苦难的关中和西安民众。

刘镇华从报纸上知道五原誓师的消息后，不甘心就此罢手，决心做最后一搏。在关中民众急切盼望国民联军到来之际，没想到马长青夫妇却因一场大火罹难。

时序进入九月中旬，镇嵩军师长梅发奎亲到泾阳县城督战，旅长姜明玉把手下几个团长叫到旅部，严加训斥，要求限期攻下泾阳县城，否则军法从事。

姜明玉指挥镇嵩军集中兵力，向泾阳县城东关发起了进攻。激烈的枪炮声、镇嵩军的呐喊声顿时在东关一带响成了一片。守军将领张九才见镇嵩军集中兵力猛攻东门，赶紧调集预备队增援东门。城墙上的守军和猛攻的镇嵩军不断有人倒下，没想到镇嵩军久攻不下，恼羞成怒，把大炮炮口抬高，向城内开炮，企图借轰击城内民众，造成恐慌，趁机夺取东门，进而攻占县城，劫掠城内富商大户财富。

县城内所有青壮劳力全部上了城墙，协助守军防守县城。

战斗持续到中午时分，马长青见镇嵩军三次冲锋全被守城军民击退，一时无法攻破东门，又感到腹中饥饿，就叮嘱马合盛茶号几位伙计继续留守城墙，他准备回家里给大家弄些食物充饥。

马长青从东门城墙上下来，穿过瓮城，走了不多远，就到了二条街靠近东城墙的家门口。刚回到家里，夫人刘氏见掌柜的回来了，赶紧端出饭菜让马长青充饥。就在这时，一发炮弹带着尖锐的呼啸声破空而至，穿透了二堂客厅的屋顶，在客厅中轰然炸响，顿时地动山摇，尘土飞扬，炙热的弹片引燃了屋子里摆放的家具，一瞬间就燃起了大火。

在后院玩耍的马琨见前院着火了，喊叫着跑到前院，他看到父母双双倒在了血泊之中，六神无主地摇晃着母亲的尸体放声大哭。

在原大德恒总号值班的王三槐听见靠近东城墙不远处响起了炮弹的爆炸声，急忙出门，他想知道哪家遭受了劫难。顺着二条街往东不远，看见东家马长青的宅院里火光熊熊，一个小孩子撕心裂肺的哭喊声破空而至。他急忙跑进院子里，只见马琨抱着浑身是血的刘氏大声哭叫，旁边的马长青也是浑身是血，一动不动，场面惨不忍睹。

王三槐走上前一看，马长青夫妇已经气绝身亡，院子里的大火仍在燃烧，浓烟不断升腾，噼噼啪啪的炸响声不断冲击着耳鼓。王三槐跑出大门，大声呼叫，求人来救火。

听到王三槐的呼喊声，附近民众拿着水桶、笤帚、铁锨等工具，赶忙过来扑救。众人齐心协力，终于将大火扑灭了。看着马长青一家的惨状，王三槐急忙派人去叫马香梅，请她拿主意。

马香梅听说大哥家里着火了，一路小跑着赶了过来，没想到进门之后发现哥哥嫂子都已被镇嵩军的炮弹炸死了，只剩下一个侄子马琨抱着嫂子的尸体死活不放手。马香梅从没见过这种惨状，不知道该咋办，只知道放声大哭。

马长青夫妻遇害之事传回兰州和镇番后，镇番民谣说："骆驼骆驼高高，马家园里烧烧。烧死了马大哥，哭死了马小姐。小姐小姐你不要哭，我给你杀羊点豆腐……"当然，这是后话。

王三槐招呼马家茶号几个伙计，给马长青夫妇擦掉血污，找出他们没穿过几次的衣裳，购买了棺木，进行装殓，等候县城解围之后再进行安葬。

马长青夫妻同时遇难的消息传出后，泾阳所有商号无不为之动容。邓监堂安抚完马琨、王三槐之后，无奈地说："王掌柜，马家茶号遭此大难，只有你辅助幼主马琨暂时掌管马家茶号了。等县城解围之后，你赶紧向兰州商号老掌柜马合盛捎信，看马家茶号下一步该咋办。"

王三槐痛心地说："原指望大少爷能撑起马家茶号的一片蓝天，领着伙计们养家糊口，没想到好人不长命啊！"

邓监堂劝说道："事已至此，再悲伤于事无补。我看当下之计，只有你能掌管马家茶号了。辅助幼主，继续经营，这才是正理。"

王三槐说："我代管一阵，等时局好转，马上向兰州的老掌柜请示下一步该咋办。"

当年 10 月初，国民联军副总司令于右任率领史可轩、许权中等人带领一路国民联军经榆林南下进入关中。10 月 20 日，于右任率联军进军三原，击溃围困三原的镇嵩军，解三原之围。21 日，联军马不停蹄地继续南下，击溃了围攻泾阳的镇嵩军，泾阳之围被解。

于右任率军进入泾阳县城，看到处处都是残垣断壁，饥民遍野，心情极其难受。

在泾阳县政府，于右任对赶回来的田玉杰严加训斥，痛骂他不顾大局，自顾保存实力，既不策应泾阳、三原、咸阳、西安等地反击镇嵩军，也不管民众死活，只图保全自己性命。对于于副总司令的训斥，田玉杰不敢反驳，羞愧难当，表示一定遵从于副总司令的调遣，配合国民联军行动。

泾阳之围被解后，邓监堂率领县城商户代表到县政府慰问。于右任见乡党们犒劳联军，大为感慨，他说："镇嵩军围困泾阳，祸害百姓，商家也无生意可做。现在，你们来劳军，让我等汗颜啊。"

邓监堂说："如果没有于司令率领联军解泾阳之围，还不知道镇嵩军会把泾阳民众祸害到啥时候。商家劳军，既是感谢于司令和联军劳苦功高，也庆幸民众少受镇嵩军祸害之苦啊。泾阳被围困了四个月，城内粮食欠缺，我们劳军的物资只有茯砖茶、布匹和药材等物，望于司令笑纳。"

于右任忽然发现商户代表中有一个十多岁的男孩，不解地问："邓会长，你咋把小孩带来了？"

邓监堂见于右任打量着马琨，就说："于司令有所不知，这个男孩名叫马琨，是马合盛茶号现在的少掌柜。"

于右任问："马家茶号掌柜不是马合盛吗？难道马家没人了，派马琨来劳军？"

邓监堂言简意赅地向于右任叙说了马家茶号近年来发生的变故，并对镇嵩军围攻泾阳向城内炮击，导致马长青夫妻遇难一事的惨况进行了汇报。

于右任听完邓监堂的叙说，唏嘘着说："马合盛当年救过我们一家的性命，没想到如今境况如此惨烈，让人痛心啊！马琨，你小小年纪就要继承父志，掌管马合盛茶号，一定要牢记马家茶号的传统，把你爷爷身上体现的秦商精神发扬光大。"

马琨对于右任所言的传统、精神之类的话不太了解，这样一个大人物给自己说了一通话，让他感到兴奋。他说："请于司令放心，我一定不会给我爷爷和我大抹黑的。"

就在这时，安吴堡吴怀先走了进来。老朋友相见，无比激动。于右任说："怀先，你咋跑到县城来了？"

吴怀先说："听说你率军解了三原之围，我就跑到三原去了。没想到你率军又到了泾阳，我就赶过来了。"

于右任问："你不会是专程来看我吧？"

吴怀先说："也是，也不全是。我到县城一是看望你，二是劳军，慰问劳苦功高的国民联军。"

于右任问："你带来了啥东西？"

吴怀先说："5000 担粮食，10000 现大洋。泾阳被镇嵩军围困，夏粮颗粒无收，城里肯定缺粮。你率领大军一路南下，粮食肯定成了问题。安吴堡没有遭受兵祸，我就把东院历年积攒下的粮食给你送来了 5000 担，以解燃眉之急。"

于右任说："还是学友了解我的难处啊！你这些粮食和大洋确实帮了我的大忙。大恩不言谢，我等只有尽快解了西安之围，才算大功告成。"

说话间，几个军官来到了县政府，要向于右任汇报军情。吴怀先、邓监堂等人见于右任军务繁忙，只好退了出来。

第二天早上，于右任在县城钟楼西边的空地上召开了万人大会。面对羸弱不堪的民众，于右任慷慨激昂地说："进入民国以来，军阀割据，连年混战，商道不通，民不聊生，这不是当年国民革命的目的。现在国民革命政府发起了北伐战争，就是要消除军阀割据的局面，实现全国军令政令统一，让全国民众过上太平的好日子。在三原、泾阳解围之后，我将率领国民联军继续进军，争取早日解高陵、咸阳之围，最后解西安之围，彻底打败北洋军阀豢养的刘镇华，实现陕西和平，支持北伐战争。吾辈顺乎潮流，讨逆救国，深得百姓支持拥护，捐钱捐粮，传递消息，国民联军才得以打败镇嵩军，其中，泾阳父老乡亲功不可没，我在这里代表国民联军谢谢大家了。希望诸位乡党今后继续支持我们，团结奋斗，取得革命的最后胜利。"

于右任讲完话，各界民众无不欢欣鼓舞，群情振奋。

邓监堂在大会之后见到于右任，拉着他的手说："于公为国民革命，舍家而奔走东西，不顾生死安危。国家兴亡，匹夫有责，我们也应尽绵薄之力。这次泾阳捐款，是商会组织的，以茶商捐款数额最大。"

于右任说："泾阳茶商是陕西商帮中的佼佼者，泾阳茯茶和砖茶，在我国茶叶史和茶文化中占有唯一的、不可替代的地位，有着卓越的贡献。早在宋、明时期，泾阳能工巧匠就制出了驰名丝绸之路的茯茶和砖茶，一直

馬合

为官府专买专卖，和西域进行茶马交易，以茶安民、安边，故当时称之为‘安边茶’。而今，茶商以茶叶收入，支持国民联军讨逆安国，堪称‘安国茶’也。”

邓监堂见于右任对众茶商捐款捐物给了如此高的评价，高兴得合不拢嘴。他说：“有了于公这样心系民众的革命党人，我们就看到了希望。期盼于公率军旗开得胜，尽快解西安之围，彻底打败刘镇华这个祸害民众的北洋军阀走狗。”

于右任说：“此次率军一路南下，看到老百姓疾苦，让我等寝食难安。解了泾阳之围，看到父老乡亲们自发劳军，让我感动，说真的，还是咱们泾阳人实在。昨天你们走后，我想了半天，无法报答泾阳人民对国民联军的厚爱，就给你写了一首北宋诗人黄庭坚的诗，权当略表心意。等会你随我到县政府去取一下，顺便转达我对商会同仁的问候。”

邓监堂知道于右任乃是书法大家，没想到他在戎马倥偬之际，还为自己写了一首诗，顿时感到异常兴奋。

到了县政府，于右任刚在办公桌上抽出一张宣纸递给邓监堂，就见许权中急匆匆地走了进来。邓监堂知道于右任军务繁忙，只好告辞。

回到裕兴重总号，邓监堂打开宣纸，只见上面写着：“甑有轻尘釜有鱼，汉庭日日召严徐。不嫌藜藿来同饭，更展芭蕉数尺阴。”伙计们看见于右任专为掌柜的赋诗，尤其是落款所书“监堂仁弟正之”的字样，更让他们感到无上荣光。

于右任送走邓监堂，立即派田玉杰所部张九才旅援助孙良诚进攻咸阳，配合友军作战，自己率领联军主力直扑西安。11 月 28 日，冯玉祥先遣部队在邓宝珊将军率领下进入西安，刘镇华撤兵临潼。11 月 30 日，邓宝珊所部沿泾河前进，占领同州（现大荔），刘镇华恐后路被袭，狼狈逃出陕西。12 月 1 日，于右任进入西安，在新城大院组成国民联军驻陕司令部，于右任、邓宝珊分别担任驻陕联军总司令、副总司令。12 月 22 日，冯玉祥进驻西安，北洋军阀势力从此结束了对西北的统治。

安葬完马长青夫妻之后，王三槐派了一个精壮伙计郭相，快马加鞭专程到兰州向老东家马合盛报告泾阳总号所发生的一切，并请示下一步该咋办。

当郭相人困马乏地进了兰州城，来到马合盛东关茶号之后，掌柜唐怀忠正好出门。见到泾阳总号派人过来,唐怀忠知道有重要事情汇报,就让伙计接过郭相的牵马缰绳,把郭相让进了茶号二堂客厅。

等郭相缓过气之后,唐怀忠问:“郭相一路鞍马劳顿辛苦了,不知道你此番到兰州来有啥重要事情?”

郭相喝了一口茶水,说:“我有重要事情向老东家汇报。”

唐怀忠问:“听说泾阳县城被镇嵩军围困了几个月，莫非发生了不测?”

郭相说:“唐掌柜猜得没错。大掌柜和夫人在镇嵩军围城期间遇难了,马家只剩下马琨小少爷一个人了。”

唐怀忠听完这话,无比震惊。他心里清楚,如果让郭相把这番话直接告诉老东家马合盛,可能又会引发一场灾难。老掌柜自回到兰州后,心绪一直不佳,老是闷闷不乐。前一阵,听商号伙计回来说泾阳县城被镇嵩军包围了，很担心大公子马长青一家的安危，嘴里不停地念叨着大孙子名字。现在,马长青夫妻都没了,这种白发人送黑发人的悲剧如果让老掌柜知晓,老掌柜能撑得住吗?

唐怀忠说:“郭相,你先不要去见老掌柜说此事,我让人赶紧去镇番请二少爷到兰州来,让二少爷拿主意吧。”

郭相说:“我想直接把此噩耗报告给老掌柜,怕他老人家承受不了。等二少爷回来拿主意最好,王掌柜在泾阳还等着兰州回话哩。”

唐怀忠说:“你先到商号客房住下,别的事情我来安排。”

郭相在兰州等候了两天,马长民就骑马赶到了。

等郭相如实把泾阳发生的事情给马长民汇报之后，马长民先是仰天长啸,随后号啕大哭,直骂苍天不公,让老实人受尽了磨难,而且不能善终。

唐怀忠和郭相陪着马长民流了不少眼泪。等马长民情绪稍微平静,唐怀忠问:“二少爷,此事到底该咋办呀,总不能隐瞒着不告诉老掌柜吧?”

马长民哽咽着说:“我大这一辈子真可谓命运多舛,少年丧父母,老年丧子,人生三大不幸就让他碰上了两个。现在不告诉他,他迟早都会知道,反而会埋怨我们。告诉他吧,我怕他承受不起啊。”

唐怀忠说:“老掌柜一辈子大风大浪见多了。依我之见，还是告诉他吧,免得老掌柜随后知道更伤心。”

几个人商量好如何把这一悲剧告诉马合盛之后，马长民领着郭相就到了茶号后边马合盛的住房。

马合盛见郭相进门，一种不祥的预感就涌上了心头，他强装笑脸问：“郭相，这不逢年不过节的，你咋跑到兰州来了？”

郭相说：“我受王三槐掌柜委托，到兰州向老掌柜汇报一些事情。”

马合盛疑惑地说：“我早都不管商号的所有事情了，这事三槐知道呀！再说，长青就在泾阳，你何必舍近求远哩？”

郭相低着头，还没来得及回答马合盛的问话，就听马合盛继续说：“最近一段时间，我一直心绪不宁，右眼皮老跳，该不会泾阳发生了不测吧？”

马长民见父亲一直追问个不停，只好说：“大，泾阳确实发生了天大的事情。我听到消息后，就赶紧赶过来，想把事情告诉您。”

马合盛听说泾阳发生了天大的事情，追着问：“该不会是老大长青出事了吧？”

马长民哭丧着脸说：“大，泾阳被镇嵩军围困期间，我哥和嫂子都已经遇难身亡了，只剩下了马琨一个人。”

听完马长民的话，马合盛浑身发颤，一口气没喘过来，身子就向后倒了下去。

马长民见状，急忙上前扶住了即将倒地的马合盛。郭相也赶紧过来帮忙，两个人联手把马合盛放在了炕上。

过了一会，马合盛睁开眼，气喘吁吁地说：“苍天无眼啊，为啥对马家子孙这么残酷呀？”

马长民劝说道：“世道混乱，老天爷早就瞎了眼，您老多保重吧。”

马合盛对马长民说：“把你妈叫来，我想休息一下，你们都出去吧。”

郭相跟着马长民出了马合盛的房间。

时间不长，冯老夫人在丫鬟的搀扶下，颤巍巍地走了过来。冯老夫人刚一进屋，就见躺在炕上的马合盛口吐鲜血，气绝身亡了。与马合盛生活了几十年的冯老夫人见老伴故去，一时也是悲从心中起，抱着马合盛的遗体号啕大哭。

随着母亲来到父亲屋外的马长民，原以为父亲会给母亲交代事情，没想到却听见母亲的哭声，抢进屋一看，父亲已经故去。马长民欲哭无泪，走上前搀扶着母亲坐下，安慰着说：“我大急火攻心故去，也算寿终正寝了。母亲千万要保重身体，您再有个三长两短，让儿孙们可咋活呀？”

冯老夫人看了一眼已经故去的马合盛，含着泪水说：“马家频遭大难，乃是天数。你大走了，把他安葬到镇番老家吧，让他陪着列祖列宗，说道说道这人间的不公平之事。”

装殓完马合盛之后，马长民对郭相说：“本来我想跟你回泾阳一趟，现在看来已不可能了。马琨年幼，不足以支撑起马家茶号，我写信让我叔父马合祥撤回北京分号，到泾阳帮助马琨。郭相，泾阳总号是马家几代人费尽心血打造的招牌，你们一定要帮助马琨，确保马家字号不倒，我这里先谢谢你们了。”说完话，马长民对着郭相作了一个长揖。

郭相接连看到马家发生的变故，悲痛地说：“请二东家放心，有马合祥掌柜和王三槐掌柜鼎力相助，小少爷马琨一定不会给马家丢脸的。”

马长民伤心地说：“我不是经商的料，也帮不上马琨的忙。陕西政局稳定之后，你们见机行事，凡事不可强求，命里有的注定会有，命里没有的，强求反倒会惹上灾祸。”

郭相告别马长民之后，快马如飞赶回泾阳。当王三槐知道老掌柜马合盛听到马长青夫妻遇难的消息，不堪打击，撒手人寰之后，不由得仰天长叹，泪流满面。

自镇嵩军被于右任率领的国民联军击败后，泾阳茶商中又增加了一个实力强劲之人。此人就是泾阳民谣所说的“东刘西孟社树姚，不及王桥一撮毛”中的社树姚家后裔姚铭义①。因姚家一直在四川雅安经营茶叶贸易，邓监堂等茶商并没有过多关注经营川藏茶叶贸易的姚铭义，直到姚铭义出资在北极宫开办天增公泾阳分号之后，邓监堂等茶商才开始了解姚铭义的详细情况。

这么多年来，泾阳茶商们已经习惯了哪家茶号倒闭，还没有听说过有新开张的茶号。远在四川雅安天增公总号的姚铭义委托堂叔姚崇贤找商会会长邓监堂时，邓监堂这才知道社树堡姚家后裔姚铭义早已在雅安把川藏茶叶贸易做得风生水起，其影响绝对不在西路茶叶贸易之下。

从姚崇贤口中得知，姚铭义早年在泾阳县城崇实书院读书，后来考上了北京大学。在伯父姚崇信病危之际，姚铭义弃学入川经商，不但夺回了由掌柜郭二爷掌控的天增公总号经营权，把泾阳茯砖茶加工技术引进到雅安，还在重庆制作出了闻名上海等地的“天增公牌”蜡烛。更让他钦佩的是，姚铭义力排众议，把丝绸生意做到了缅甸、泰国。多少年在泾阳商圈转

① 姚铭义：详细情况请参阅拙作《三秦儒商》。

圈圈的邓监堂，对泾阳出了个商界奇才感到由衷高兴。

姚崇贤在北极宫兴办天增公分号没费多大周折就开张了。当众茶商上门庆贺时才得知，姚家自明代初年就开始在四川雅安经商，姚铭义祖上曾经与前清重臣林则徐、左宗棠相交甚厚，他本人和于右任还是至交。众茶商虽说没有亲见姚铭义本人，但对其传奇故事都交口称赞。

邓监堂、姚崇贤都没想到，庆贺天增公分号开张的鞭炮声刚停息不久，县城外就响起了激烈的枪炮声，而且是昼夜不停，一连几个月。

1927 年 8 月初，甘肃地方部队黄德贵、韩有禄两个师因反对冯玉祥主政陕甘，并把杨虎城等地方部队调出陕西，起兵造反。冯玉祥派出劲旅宋哲元部在甘肃境内击溃了黄德贵、韩有禄，并追逃入陕西。黄德贵、韩有禄率领残兵败将窜入泾阳，向当地驻军张九才求援，泾阳又一次陷入了战乱。频繁的军阀混战，不要说做生意了，能否保住小命都成了问题。

8 月底，宋哲元所部第八师师长周永胜以“田等收容黄、韩巨匪，危害党国”为由出师讨伐，进驻泾阳县城以西许家堡一带。田玉杰从三原率兵到泾阳增援张九才、黄德贵和韩有禄，抗击周永胜所部。经过激烈的白刃战，田玉杰所部被击溃，周永胜率军包围了泾阳县城。

在县城陷入四面楚歌之际，邓监堂等人真有点谈兵色变的惶恐。泾阳众茶商刚把今年的茯砖茶发送完毕，没想到又碰上了战争，关键是谁也不知道这场战争又会持续多久。

城外的枪炮声，打断了商业贸易的道路，泾阳商业贸易又停滞下来了。对于无法预知的灾难，马琨幼小的心里极为恐惧。已经回到泾阳的马合祥，连同原来的掌柜刘福生、王三槐一起陪着马琨，生怕再出现意外。

10 月初，周永胜为了震慑县城守军，把俘获的田玉杰部下 200 多士兵在县城西面蒙家桥一口水井旁斩杀。据目击者说，行刑者对准俘虏的后脑勺，一人一刀。然后把无头的尸首推入水井。行刑现场，鬼哭狼嚎，血流遍地，人头滚动，天昏地暗，死尸填满了数丈深的水井，也淹没了无数冤魂。更有甚者，有人说每当夜深人静时，就能听到水井里的冤魂四处呐喊，声音凄惨，怨气冲天。

周永胜原以为用斩杀战俘可以威慑泾阳守军，促其尽快投降，没想到却激发了守军拼死抵抗的斗志。周永胜手下一个团长趁守军换防之际，派兵杀了守城门的士兵，冲进了县城北门，然后兵分两路，东向马王庙，西向北极宫，县城内顿时枪声大作，喊声四起。

守卫北门的黄德贵、韩有禄见城门已被打开，大声命令守卫部队出击，冲进城的部队对城内地形不熟，加上城内驻军听到北门附近响起了枪声，及时赶了过来，从四面增援，周永胜进城部队被砍杀大半，残余者被赶出了城。此役，韩有禄被敌方炸弹炸死，天增公分号门面被焚毁。

过了几天，张九才在巡视城防时中了飞弹，不治而亡。黄德贵手下两位团长自知难以坚守，与周永胜签订了城下之盟，历时月余的泾阳围城之役宣告结束。两年之后，占据泾阳长达十年之久的田玉杰在中原大战之后，企图投靠蒋介石，在替上级联络蒋介石，匿名化装途经河南信阳武胜关之四望山时被工农红军李立三部截获，经过审讯被处决，结束了其罪恶的一生。

第二十二章

遭大旱关中年馑
众茶商义捐解难

连续的人祸可能引起了天怒，从 1929 年开始到 1931 年，关中地区接连发生了历史上罕见的旱灾，史称年馑[①]。

被陕西人俗称为民国十八年年馑的空前灾难，是从 1929 年春季开始的。这一年，从春天开始至秋天，关中大地上滴雨未下，井泉开始干涸，泾河、渭河断流，多年的老树开始枯萎，夏季收成不足两成，秋季颗粒无收，饥荒大作。经过世面的老年人说，这是老天爷要收人了。

与关中地区持续干旱截然不同的是，安化茶区暴雨成灾，茶叶产量遽然下降，不到往年的三成。邓监堂等众茶商面对自然灾害，毫无办法。

这一天早上，贾掌柜、刘掌柜、姚崇贤、马合祥齐聚裕兴重总号，这些人个个愁眉苦脸，唉声叹气。

邓监堂抬头看了一眼日头，感到热风扑面，浑身上下热汗直流，极不舒服。他对众人说："关中连年兵祸不断，商路不通，民不聊生。好不容易平静了，又遇上了天灾，这日子简直没法过了。"

贾掌柜说："北方旱灾，南方水灾，全国哀鸿遍野，再这样下去，别说做生意了，恐怕能否保住性命都成了问题。"

邓监堂看着马合祥，问："马掌柜，你从北平回来不久，北平方面的情况如何？"

马合祥说："北平的北洋政府已经被国民政府打败，民众的生活开始恢复正常，但生意照样难做。"

刘掌柜说："北伐结束后，国民政府宣布全国已经统一，并且开始进入

① 年馑：方言，指荒年。陕西人把一年中一料未收称为饥年，两料未收称为荒年，连续三料未收称为年馑。民国十八年年馑是三年六料基本无收成，有人说是百年一遇，也有人说是三百年一遇。

了发展建设阶段。依我看,人祸基本没有了,天灾又来了,在多灾多难之际,商家的命运更难把握了。”

邓监堂说:“今年夏秋两季,庄稼基本上没有收成,有些地方可能连种子都收不回来。再这样下去,恐怕就会出现老辈人讲的遭年馑了,老百姓的苦日子就要来临了。”

姚崇贤说:“泾阳本来属于富庶之地,有关中白菜心之称,可惜这么多年来有些人把水浇地种植了鸦片,造成积存粮食不多,真要发生年馑了,还不知道会出现些啥事情。”

邓监堂说:“要命的是既有天灾,也有人祸。这两种灾难同时来临,会出现啥后果还真不好说。”

马合祥刚从北平回来不久,对泾阳当地的事情了解不多,不知道邓监堂说的天灾和人祸同时来临是咋回事,于是问:“邓会长,关中发生大旱,形成了天灾,这事大家都知道。不知道你刚才说的人祸又是啥?”

邓监堂看了众人一眼,苦笑着说:“自从镇嵩军围困泾阳,于司令率军解围之后,原驻军第三师师长田玉杰受到了于司令严厉斥责。田玉杰知道自己民愤极大,就改变了原来军令政令统一由他一个人说了算的做法,自己委任泾阳县县长。两年来,田玉杰先后撤换了三个县长,现任县长阮超雄就是田玉杰的傀儡,一切按照田玉杰的指示办,不能独立处理政务。阮超雄在王无忌的撺掇下,一方面与地方豪绅勾结,倡种鸦片,勒收重税,实行食盐公卖。另一方面,组织剧社,包收娱乐费,纵使赌徒搭棚聚赌,从中抽头收税。同时与巨商李某成立惠济钱局,私印钞票,放高利贷,强买青苗,将吸收回来的民间现银运往上海、武汉,或者存入银行作为私人存款,或购买军械准备扩充实力。据说,田玉杰通过这些办法,每年搜刮现金几十万元。”

贾掌柜说:“田玉杰从县政府搬出来后, 在造士街为自己修建了一座华贵的公馆,蓄养娇妾三人。骄奢淫逸的生活,早就使田玉杰军人气度尽丧。平时他多穿长袍马褂,出行则大马细车,俨然名门高宦。这样的人主政泾阳,老百姓平时的日子就艰难,碰上年馑,就成了哑巴吃黄连,有苦说不出了。依我之见,咱们应该早在粮食问题上想办法才对。”

刘掌柜说:“饥荒之年,粮食才是赖以生存的根本。有了粮食还好说,没有粮食,一切全是无稽之谈。”

众人对年馑议论纷纷, 但很快关注点就集中到了粮食方面。饥荒之年，粮食是广大民众赖以生存的根本，对当地人来说，茶叶可以作为饭前饭后的消遣之物，只有粮食才是头等大事。作为商会会长，邓监堂也知道在饥荒之年，粮食意味着什么。

听着大伙的议论，邓监堂说："今年以来，连续干旱，庄稼歉收，人心惶惶。大家说得没错，我看到了明年春季，粮食就成了大问题。紧随其后的，可能就是粮价飞涨。对此，大家有啥好办法，不妨说出来听听。"

姚崇贤说："泾阳县城粮食交易集中在粮集巷一带，许家、杜家、韩家三大粮行几乎垄断了附近几个县的粮食贸易。我听说这几家掌柜的都抽大烟，家里人也暗地里抽大烟。风调雨顺的年景还好说，遇上年馑，有些人肯定会趁机哄抬粮价，甚至日鬼捣棒槌。"

刘掌柜说："做粮食生意不像咱们做茯砖茶生意，要靠货硬赢得口碑，才能把生意做长久。如果碰上年馑，普通民众视粮食为生命，如果发生掺假、短斤少两等行为，最终受害的是广大民众。邓会长，我建议还是召开商会大会，预先告知所有粮行掌柜积点阴德，不要让无粮民众的辛苦钱买下无法吃的粮食。"

贾掌柜、马合祥等人赞同刘掌柜的提议，都说："民众平时对粮行的做法颇有微词，遇上年馑，再不制止，恐怕就更无法无天了。"

邓监堂说："大家的想法很好，但你们可能不知道这几家粮行与县政府都有瓜葛。我估计跟他们说要严守商业道德，无异于对牛弹琴。既然大家都建议召开商会大会，我就尽力而为吧。"

马合祥说："邓会长既然能预料到他们不会听话，那该咋办？"

邓监堂说："还有一个办法，就是如果明年开春，旱情得不到缓解，就由茶商们集资，共同派人到山西去籴粮，解决所有茶商的吃粮问题。如果所籴粮食有富余，也可设粥场，向贫民施舍粥饭。"

众人见邓监堂已有了打算，又议论了一阵西部茶叶贸易上的事情就散去了。

翻过年，旱情依旧。田野里的黄土到处都是裂缝，犹如满地都长满了干渴的嘴巴，等着老天爷下雨缓解饥渴。走在田野里，随着脚步，带起的黄土都能淹没脚面。一年多没下雨的关中大地，根本无法下种。

像刘掌柜预料的一样，粮集巷的所有粮行都先后涨价，普通民众往年能买到一斗粮食的银钱，现在连半斗粮食都买不到了。对于所有茶商来说，他们当中的许多人在泾阳没有土地，也没有积攒下粮食，现在的日子过得也有些艰难了。

这一天早上，马合祥带着马琨去了一趟粮集巷，看到的情景让他们触目惊心。

在韩家粮行大门口，马合祥远远看到几个面带菜色的农民正在跟粮行伙计大声吵闹。走近之后，他发现农民拿在手里的大米已经变黄，而且湿漉漉的。马合祥旁边有几个人议论说，有几家粮行在大米里拌水染色，以湿代干，坑害城内贫民和农村的赤贫百姓。

马合祥不明白其中的猫腻，就问其中一位老者："啥叫拌水染色呀？"

老者说："有些心黑的粮行掌柜每天晚上叫伙计把槐树枝插入拌过水的大米里，经过一个夜晚，米粒胀大，颜色变黄。他们在上面盖上干而好的大米，买米的人只看到上面的米粒，讲好价钱要买时，他们挖的却是下面拌了水的大米。这种坑人的做法，害苦了买粮食的民众。你看，这个老乡就是因为买了拌了水的大米，正在跟粮行伙计吵架哩。"

马合祥听说粮行如此坑人，气愤地说："普通民众挣点钱也不容易，让这些不良商家可害苦了。大米拌水了，他们不会去买面粉吗？"

老者说："你可能还不知道，面坊的掌柜也是黑心肠啊，手段不比粮行掌柜差。"

马合祥问："请老者明言，我正好想去买面粉。"

老者说："有几家面坊掌柜的坑人手段更恶毒，他们晚上在装满面粉的瓮里倒进几斤水，第二天卖给称零面的贫苦百姓，这样增加分量，全然不顾贫民的悲惨。"

马琨听完老者的话，插言说："老爷爷，粮集巷就在味经书院、崇实书院对面，难道这些昧了良心的商家就只顾自己发财，忘了仁义礼智信的儒家传统，忘了秦商货真价实的精神，就不怕遭报应吗？"

老者见一个十多岁的孩子说出了这样的话，拍着马琨的脑袋说："这些人的良心早就叫狗吃了。人在做，天在看，不是不报，时候未到。老天爷迟早会找他们的。"

马合祥与老者告别之后，拉着马琨就去找邓监堂。

在去往裕兴重总号的路上，马合祥说："马琨，没想到你小小年纪，还蛮有正义感的。"

马琨说："陕西人有路见不平拔刀相助的传统，可惜我年龄太小，不要说拔刀相助了,就是想上前替他们讲道理,恐怕也无人理我。”

马合祥说:“你真把自己当成陕西人了?”

马琨说:“我出生在泾阳,难道不算陕西人吗?”

马合祥说:“你出生在泾阳没错,但你要记住你的老家在武威镇番县,现在叫民勤县。别人说马家是秦商,那是因为马家做事的风格和秦商一模一样,有秦商忠义仁勇、倔强不屈的品性,有秦商以商事国、家国一体的精神。我不管你今后称自己是哪里人,但你千万别忘记了你爷爷、你大为马家商号留下的精神财富。”

马琨说:“我不在乎财富多少,只要求自己做一个堂堂正正的商人,干一些对得起良心的事情。”

邓监堂听完马合祥的叙说,气得脸色铁青,破口大骂道:“这些昧了良心的龟孙子,就不怕天打五雷轰吗?”

二掌柜王福禄很少见邓监堂大动肝火,就劝说道:“邓会长,这些粮商们跟县政府官员沆瀣一气,坑害民众,我们也管不了啊!看来还是得按照您去年说的召集茶商集资,到山西籴粮了。”

邓监堂说:“王掌柜,你去通知天增公、恒春益、恒泰盛、得泰和、德厚堂、义兴茶庄掌柜,咱们今天后半晌就开会商议集资籴粮的事。再不行动,估计我们也要与粮行伙计拌嘴了。”

在关于集资籴粮的会议上,参会的所有茶商全部同意集资籴粮。经众人协商,决定由裕兴重总号二掌柜王福禄、马合盛茶号二掌柜王三槐牵头,各茶号抽出精干人员随他们一起过黄河,到山西运城一带籴粮。在座的谁也没有想到,王福禄、王三槐等一干人带着大家的希望出发后,带回来却是更大的失望和悲哀。

王福禄、王三槐带着一干人马,赶着大车前往山西永济、运城一带籴粮,没想到刚出潼关就遇上了麻烦。

一行人从风陵渡过黄河,刚一上岸,就碰上了晋军严格检查。在风陵渡山西一方,码头上到处都贴着告示,严禁山西粮食外运,否则军法从事。

看着荷枪实弹检查车辆的晋军士兵,王福禄、王三槐心里泛起了嘀咕,不让山西粮食外运,他们此行岂不是白跑一趟?看着随行伙计面露疑惑的表情,王福禄、王三槐对视了一眼,觉得到了他们拿主意的时候了。

王福禄走到王三槐身旁,小声说:“王掌柜,你看此事咋办?”

王三槐说:“先过去再说,等购买了粮食再想办法。”

王福禄说:“眼前这场面如何应对?”

王三槐说:“你别担心,看我的。”

说完话,王三槐走到晋军一个负责渡口检查的苟排长面前,扮着笑脸说:“军爷,我们是泾阳客商,要到运城安吴堡吴家铁器行拉运农具,请军爷放行。”

苟排长看着一辆辆空荡荡的马车刚想放行,一位年纪较大的士兵过来说:“安吴堡在永济有铁器行,在运城只有粮行和盐行,你们骗谁呀?”

苟排长眼睛一瞪,问:“你们该不会是到运城贩运粮食吧?看清楚了,告示上有阎长官的命令,山西的粮食一粒都不准许进入陕西,否则就军法从事。”

王三槐说:“我们是一部分人到运城拉运食盐,大部分人到永济拉运农具。军爷如果不信,可以派人监督啊。”

苟排长奸笑着说:“你们这些陕棒槌想得倒美,我派人去监督你们,岂不是让士兵给你们当保镖?快走吧,该干啥干啥去吧,别耽误了老子检查来往车辆。”

离开风陵渡检查站之后,王三槐说:“王掌柜,看风陵渡这帮晋军如此仔细检查,恐怕咱们很难完成粜粮任务了。”

王福禄忧愁地说:“人常说秦晋一家亲,没想到在陕西遭遇年馑之际,山西却禁止粮食运往陕西,你说他们这阎长官是咋想的?”

王三槐说:“各地军阀为了自己的利益不顾老百姓死活,已经成了常态。我听说阎锡山和蒋介石的国民政府也有了矛盾,他该不会囤积粮食准备打仗吧?”

王福禄说:“他们打不打仗与咱们无关,先说这粜粮之事咋办吧?”

王三槐说:“一旦发生战争,还不是老百姓遭殃。至于粜粮之事,我看咱们先到永济,找晋商粮行,让他们帮咱们收购和运输粮食吧。”

王福禄说:“就是。阎锡山明令禁止不让山西粮食进入陕西,这期间就有很大的商机。晋商一贯善于捕捉商机,我不相信他们看不到这样发财的机会。”

王三槐说:“进到山西境内,只能一切随缘了。对于能否完成此次粜粮任务,就看晋商的能耐了。”

一行人到了永济后，先找到一家客栈住下，然后准备寻找永济晋商粮行。王福禄一行之所以没有去找安吴堡吴家铁器行，是因为他们都知道这个当年名闻晋陕豫三省的铁器行早已不存在了。那个晋军老兵之所以知道安吴堡吴家铁器行的大名，也是当年秦商在永济留下了好名声，至今让人念念不忘所致。

第二天一大早，王福禄、王三槐一起到永济敬信义粮行找郭掌柜联系籴粮事宜。

听完两位掌柜说明来意，郭掌柜为难地说："二位掌柜，你们所提之事，本人实难如愿啊。自去年开始，阎长官就明令禁止山西粮食进入陕西，违者军法惩处。我也知道，陕西去年遭了旱灾，粮食欠缺，是个发财的好机会。去年下半年，我派人收购粮食，疏通关系，准备将粮食贩运到陕西出售，没想到风陵渡检查站那些军官三天一换防，根本无法挨个疏通。我听说有个别粮商夹带粮食过风陵渡，被值守晋军查获，不但没收了粮食，还把偷运粮食的伙计绑在渡口示众，对粮行掌柜按照偷运粮食数量加倍处罚。此事传开后，晋商再也无人敢贩运粮食到陕西了。"

王福禄听郭掌柜这么一说，有点气馁地问："郭掌柜，难道没有其他办法了吗？"

王三槐说："向陕西贩运粮食，利润相当丰厚。郭掌柜看着到嘴边的肥肉，难道不想吃吗？"

郭掌柜说："看着肥肉谁都想吃，关键是咋吃？为吃一口肥肉丢了性命，这种亏本买卖谁敢做呀？"

王福禄、王三槐碰了一鼻子灰出来，心情更加郁闷。随后，他们一连又跑了几家粮行，得到的回答几乎和郭掌柜如出一辙。

回到客栈，王三槐对伙计们说："我们一行带着邓会长等人的重托到山西来籴粮，没想到这里粮行掌柜的没一人愿意帮助咱们收购和运输粮食，大家看这趟差事该咋办？"

伙计们在风陵渡就见识了检查站晋军的嚣张，现在听说永济的粮商都不愿意帮助收购和运输粮食，大部分人都感到沮丧。他们低着头，不说话，弄得气氛异常沉闷。

王三槐见状，只好对王福禄说："王掌柜，晋商粮商不愿意为咱们收购和运送粮食，咱们也不能让尿把人憋死吧。我看至少咱们得试一下。"

王福禄问："咋试？你说吧，我们照着办。"

王三槐说："留下一部分人在永济采购一部分农具和粮食，另一部分人到运城采购食盐。咱们把粮食放在食盐和农具下面，看能不能偷着把粮食运过风陵渡。"

王福禄说："这个办法虽然有风险，但值得去冒。不然我们就会空手而归，无法给邓会长他们交代。"

王三槐说："王掌柜带人到运城采购食盐，我带人在永济采购粮食，咱们三天后在永济汇合。能否把粮食安全运回陕西，就要看咱们的造化了。"

王福禄赞同地说："行，就这么办。"

话说王福禄、王三槐带着一行人离开泾阳，前往山西永济、运城一带籴粮之后，留在泾阳的众茶商心里都期盼着他们能够尽早回来，用晋南粮食解决自家的需求。如果粮食有富余，还可以解决普通民众对粮食的期盼，借机打击不良粮商坑害民众的行为。

姚崇贤自从开完会回来，就一直琢磨着自己该咋办？虽说侄子姚铭义把泾阳天增公分号的经营大权交给了他，但在义捐帮助民众度过年馑方面，他自忖还不能独自做主，必须向姚铭义汇报。姚崇贤考虑再三，决定向西安分号掌柜王智远先说明自己的想法，然后请他以电报方式请示姚铭义。

在姚崇贤的心里，姚家天增公总号一贯是热心公益，不惜慷慨解囊的。当年，慈禧太后和光绪皇帝逃难到西安，姚家虽说渡过艰难，老掌柜姚崇德还是和众秦商一起，义捐白银3万两。姚崇德的义捐，虽然没有像周莹、马合盛那样无比风光，但在民众中还是引起了不小的震动和议论。现在，泾阳一年多滴雨未下，干旱严重，年馑的迹象已经很明显了，邓会长号召众茶商集资买粮，很可能在饥荒继续蔓延之时，开设粥棚，向饥民免费提供简单饭食，维系生命。如果自己不把泾阳饥荒的实情汇报，耽误了姚铭义积德行善的机会，让姚铭义抱怨，就得不偿失了。

王智远接到姚崇贤写给他泾阳茶商已经派人到山西籴粮，准备赈济贫民的书信，马上向远在上海的姚铭义拍了一份电报，说明了此事，并请示是否赈济或义捐。

此时，姚铭义正在上海忙得不可开交。他把丝绸生意做到缅甸之后，因在美国花旗银行开户问题到了上海，没想到在这里遇见了在北京大学读书时的初恋情人杜梅屏。在两个人打得火热之际，他接到了王智远的电报。

姚铭义拿着王智远的电报,心里久久不能平静。上海是全国的金融中心,各方面信息都很灵通,不要说王智远专程致电请示自己,就是每天看到的报纸,大多都刊载了陕西饥荒的惨状。姚铭义从报纸上知道了陕西全省 940 余万人,饿死者就达 250 万人,逃亡者约 40 万人。全国赈灾委员会派出了以回杰生为代表的“西北灾情视察团”亲赴西安调查,尤其是陕西赈务会王淡如、蔡雄霆发给上海日报公会、南京复旦社、天津《大公报》、北平《益世报》的电文,更让他感到震惊。

从各方面反馈的消息说,泾阳这几年兵祸不断,庄稼歉收,主政泾阳的田玉杰倡种鸦片,导致大量农田被侵占,更为可恶的是,山西军阀阎锡山下令“闭籴”,封锁黄河各渡口,不准“东粮西运”,导致灾情无法缓解,造成平民苦不堪言。虽说自己已经离开泾阳了,但泾阳毕竟是生他养他的故土,年馑如此严重,他岂能袖手旁观,无动于衷。

姚铭义也知道,当下全国许多地方都发生了灾情,各地都需要粮食赈济百姓。自己身处江南富庶之地,这里正好风调雨顺,粮食丰收,何不把江南粮食运往陕西赈灾呢?姚铭义回复王智远说,他在上海准备了 5000 大洋购买大米,等时机成熟,马上运往陕西赈济灾民。

王智远得到姚铭义的明确答复之后,感到很欣慰。这个比他年龄小许多的东家,在家乡发生年馑之际,慷慨解囊,很可能引起众多秦商群起效仿。如此一来,关中遭年馑的民众就能得到赈济,种族就能得到延续,真是善莫大焉。

姚崇贤得到姚铭义准备在江浙买大米赈济家乡民众的消息后,也是由衷欣慰。他没有想到的是,人世间想做好事之人,未必能把好事做到底。

王三槐在永济等了三天,王福禄就带着人从运城把食盐等物品拉回来了。两拨人会合之后,王三槐让马合盛茶号蔡相、范相等几个伙计卸下食盐,把在永济采购的粮食放在装载食盐的车辆下面,上面放上食盐,做好伪装,准备第二天蒙混过关,返回陕西。

当早上的第一缕曙光露出地平线之后,王福禄、王三槐就带着一行人,赶着六七辆大车,出永济城一路南下,直奔黄河风陵渡码头。一路上,伙计们没有了昔日拉运货物时的高声喧哗,也没有人吼秦腔,全都面色沉重,心怀忐忑。

俗话说，怕怕处见鬼。当王福禄一行在正午时分到达风陵渡时，苟排长正带着晋军严格检查行人和货物。无意间一抬头，苟排长发现前几天那一帮秦商正赶着马车向渡口走来。

苟排长大声喊："弟兄们，仔细检查，决不能让违禁物品偷运出山西，否则，老子给你们颜色看。"

听到命令的晋军士兵，立马打起了十二分精神，对来往行人严厉呵斥，仔细检查，把狗仗人势的威风耍得淋漓尽致，不可一世。

等到王福禄赶着马车经过检查站时，几个晋军士兵上前看到马车上装载着农具，就放行了。紧跟着王福禄等人的是王三槐带领的三辆马车，车上装载着食盐。

见马车上满载着食盐，苟排长走过来说："陕棒槌，车上没有装载违禁物品吧？"

王三槐满脸堆笑地回应说："军爷，我们是常年跑山西的商帮，咋能偷运违禁物品。不信的话，请军爷仔细检查。"

苟排长打量了王三槐一眼，皮笑肉不笑地说："有没有偷运违禁物品，你说了不算。兄弟们，仔细检查。"

苟排长话音刚落，三四个晋军士兵就围了上来，端起长枪，用长枪上的军刺往马车上的麻袋上扎去。王三槐见状，赶紧求饶说："各位军爷，马车上装载的是食盐，你们用军刺扎破了麻袋，麻袋里的食盐就会洒落一地，我们受点损失不要紧，还会弄脏了码头，给行人造成不便呀！"

苟排长看见随行的几个伙计面露为难之色，就说："兄弟们，这些陕棒槌也不容易，你们就别乱捅了，让他们把所有东西卸下车，挨个检查。"

听苟排长这么一说，王三槐心里暗吃一惊，要这样检查的话，迟早会露出马脚。他走近苟排长，从身上掏出几块大洋，借着跟苟排长打招呼之际，把大洋塞到了苟排长手里。

苟排长掂了掂大洋，心想这里面肯定有鬼，要不然面前这个秦商也不会贿赂自己。想到此，他毫不领情地说："把车上的东西全部卸下来，仔细检查，一旦发现违禁物品，军法从事。"

不一会，三辆马车上装载的物品全部卸载了渡口的空地上，晋军士兵翻腾了一会，就发现了隐藏在马车底部的几麻袋粮食，随后赶紧向苟排长汇报。

苟排长走到装着粮食的麻袋跟前，一抬脚就踩到了麻袋上，大声呵斥说:“你们吃了豹子胆啦，敢在老子面前耍花招。陕棒槌，这是谁指使干的？”

没等王三槐回答,蔡相说:“军爷,陕西遭了年馑,粮食奇缺,我跟范相想发财,就偷着在食盐下面放了几麻袋粮食想偷运回陕西贩卖,请军爷见谅啊。”

苟排长冷笑着说:“想发财？谁他妈不想发财，老子也整天想着发财哩。你们过去时,老子就说了,阎长官明令禁止山西粮食外运,你们难道把阎长官的禁令当放屁吗？兄弟们，把这个陕棒槌绑了，所有物品全部没收。”

王三槐求饶着说:“军爷,这几个伙计财迷心窍,不知好歹,求您高抬贵手,放他们一马吧！”

苟排长说:“私贩粮食过渡口,就是杀头之罪。我放过他,长官会放过我吗？”

范相接着求情说:“长官,是我们两个私自在马车上装运了粮食,与王掌柜无关。您也不能把所有物品都没收吧？”

苟排长见又有人出来求情,大声问:“还有谁参与了私贩粮食之事？”

蔡相给几个伙计递了个眼色,然后说:“长官,这事是我和范相私自商量,偷着干的,与他人无关。要杀要剐,冲我两个来吧。”

苟排长见蔡相主动出面承担责任，气得破口大骂:“这两个怂人胆大包天,屃嘴还贼硬。兄弟们,把他们绑到码头的栏杆上,给我狠劲揍。老子要让这些明知故犯的陕西商人知道狼是麻的。”

转眼间,几个晋军士兵就把蔡相、范相五花大绑,然后捆绑在码头的栏杆上。苟排长一声令下,士兵们抡起枪托就往这二人身上劈头盖脸地击打,一时间惨叫声、击打声混在一起,让码头上所有商旅之人毛骨悚然。

王福禄、王三槐等人见晋军士兵真的动手狠打,一齐向苟排长求情。

苟排长也怕士兵把这两个人打得毙命,见好就收地说:“放人可以,每人交十块大洋罚款,贩运的粮食没收。”

王福禄、王三槐赶紧在身上摸索,两个人凑够了 20 块大洋,恭敬地交给苟排长。

苟排长接过大洋,语气严厉地说:“不杀一儆百,老子在风陵渡就没法混。回去告诉所有陕西商人,谁也别想从风陵渡偷运一粒粮食。”

王三槐赶紧招呼伙计们解开绳索,把蔡相、范相放到马车上,渡过黄

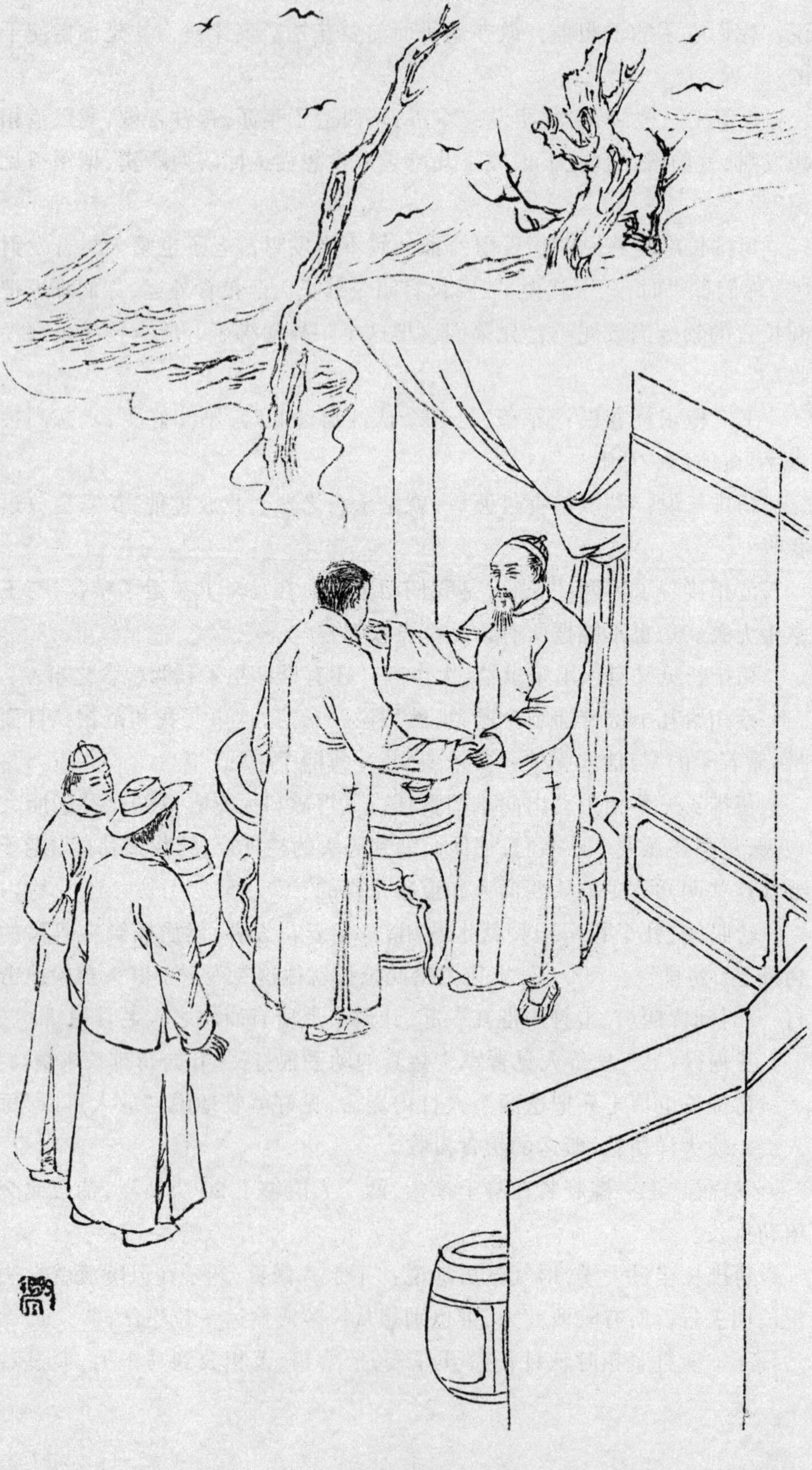

河，到潼关县城找郎中给他们治病。

邓监堂等人在泾阳县城焦急地等待着王福禄、王三槐能顺利籴粮回来，没想到见到的却是蔡相、范相皮开肉绽的身体，气得他破口大骂。

等骂完了，马合祥、姚崇贤等人劝说道："邓会长，气大伤身，光咒骂也不解决问题。在山西籴粮不行，咱得另想办法呀，活人总不能让尿憋死吧。"

邓监堂考虑了一下说："从山西籴粮指望不上了，我看咱们还是利用从安化运送茶叶回来，顺道在湖北、河南买粮吧。"

姚崇贤说："这个办法可行。在清朝几百年间，通过丹江从湖北运粮进陕西有好多次，数量也很大。"

马合祥说："从湖北采购粮食到丹凤龙驹寨之后，马家驼队可以直接把粮食运到泾阳赈济贫民。"

邓监堂说："既然大家意见一致，就这么办吧。"

当年 8 月份，泾阳众茶商陆续从湖北采购粮食，沿水路经汉江、丹江到龙驹寨，然后依靠马家驼队，终于把粮食运到了泾阳。除了各茶号自用之外，邓监堂倡议由商会集资购粮，在县城、云阳、永乐、王桥等地办起了粥场，专门向贫民施舍粥饭，维系生命。

再说姚铭义在江浙一带收购完大米之后，没想到蒋介石与阎锡山、冯玉祥、李宗仁等在河南、山东、安徽等省份发生了一场被称为"中原大战"的军阀混战，把江浙通往陕西的道路彻底阻断了。其实，在姚铭义筹款购粮之际，《申报》《大公报》等陆续刊登了国民政府监察院院长于右任自南京回陕西视察灾情的消息。报道说，于右任带回 20 万现金救济灾民。目睹故里惨状，于右任挥毫作诗曰："迟我遗黎有几何？天饕人虐两难过。河声岳色都非昔，老人关门涕泪多！"于右任所赋之诗通过报刊传出后，引起了更多的秦商自愿加入了救济家乡难民的行列。

现在看着一车皮粮食无法运往陕西赈灾，姚铭义心急如焚。好不容易等到 1930 年 11 月中原大战接近尾声时，姚铭义感到运粮之事不能再拖了，否则就失去了意义。为了尽快把粮食运回陕西，姚铭义找到杜梅屏，想通过她寻求杜老板协调关系。

杜梅屏听完姚铭义的话，为难地说："姚掌柜，此时中原大战尚未完全结束，你想往陕西运粮的心情可以理解，但难度实在太大了。即使家父出面协调，也未必能协调好各方面的关系，保证你把粮食运回陕西赈灾。不是杜家不想帮忙，实在是力所难及啊。”

姚铭义没想到杜老板这个上海滩炙手可热之人，与政府、军方和三教九流都关系密切的社会名流，还能想不出办法。如果杜老板办不到，估计这个世界上就无人能办到了。姚铭义甚至想这是杜梅屏因爱成恨，不愿意帮助自己。

看着姚铭义一脸的狐疑，杜梅屏解释说：“陇海铁路从 1905 年动工开始修建，至今也只修到了河南灵宝。从灵宝到西安尚有几百里路，即使没有中原大战，要把粮食安全运回陕西也有难度，何况现在战事还没有完全结束。”

姚铭义知道杜梅屏说的是实情，想到家乡正在受难的民众，姚铭义心里感到很凄然。连杜家都帮不上忙，他真不知道还能去找谁。

杜梅屏见姚铭义情绪低落，脸色难看，想起了于右任曾亲往陕西视察灾情并捐款赈灾，就试探着说：“铭义，于院长不是回过陕西赈灾吗，你为何不去求你这个老乡呢？”

真是一语惊醒梦中人。姚铭义听完杜梅屏的话，感激地说：“真是人在事中迷啊！感谢你提醒，让我看到了希望。我明天就去南京找于院长，请他帮忙协调关系。”

第二天，姚铭义带着上海分号掌柜贾金明就去了南京。

在南京中山北路 105 号监察院门口，卫士班长对商人打扮的姚铭义、贾金明盘问了半天，就是不放他们进门。姚铭义见软磨硬泡不起作用，只好借用值班卫士的电话向于右任办公室打电话。于院长办公室接电话的张秘书听说姚铭义来拜访，告知卫士班长让他亲自陪着客人到于院长办公室来。

于右任在率国民联军解了西安之围后，就离开陕西就任国民政府监察院院长。虽说离开了陕西，但他对陕西的政局一直很关心。当年冯玉祥主政陕甘，把陕西地方部队调出陕西，让他心里很不痛快，却也无可奈何。随后发生的泾阳县城被围，周永胜滥杀无辜，更让他心寒。关中百年不遇的年馑消息传出，使他为故乡人民遭受的恓惶和磨难痛心疾首。虽说自己亲自赴陕携款慰问，但仍始终牵挂着陕西的灾情。如今听说姚铭义来访，他希望和这位忘年交好好谈谈，看他能否发动全国秦商捐款捐物，帮助故乡父老躲过劫难，延续血脉。

轻轻的敲门声刚响起来，张秘书就打开了门，随后卫士班长领着姚铭义、贾金明就走了进来。于右任看见姚铭义的身影，一下子激动不已，安排张秘书赶紧让座、倒茶。

众人坐下之后，于右任问："铭义，也不打个招呼就来了，来此何干呀？"

姚铭义把自己想运粮回陕西赈济乡亲所遇到的困难叙说了一遍。美髯公于院长听完姚铭义的叙说，站起身在办公室来回走动，脸色凝重，沉思不语。众人见状，谁也不敢开口说话，唯恐打扰了于右任。

转了几圈之后，于右任重新落座。他说："运粮回陕之事的确不易，但不管如何艰难，咱们都要想办法办成。铭义，我看这样吧，你俩先去转一转，晚上到我家来，咱们仔细商量一下，天下没有过不去的火焰山。"

从监察院出来，贾金明带着姚铭义去了秦淮河。秦淮河虽说是六朝金粉之地，但姚铭义心里有事，毫无兴致。贾金明知道姚铭义心里还在担忧运量之事，无心游览，就带着他按照于右任交代的地址，在华灯初上之际，把姚铭义领到了于府。

于右任虽贵为国民政府监察院院长，国民党元老，但为人低调，做事朴实。他的府邸不像有些达官贵人那样奢华，屋里的陈设也以简洁大方为主。姚铭义他们进于府时天色已暗，加上张秘书引路，不便东张西望，时间不长，就到了于府客厅。

见姚铭义他们进来，于右任示意他们坐下。等倒好茶之后，于右任才说："你们下午走后，我亲自打电话协调了一下，基本上没问题了。但因铁路运粮只能到河南灵宝，从灵宝到西安几百里路程要靠汽车运输，困难依然不小啊。"

姚铭义见事情终于有了着落，感激地说："还是于院长得力。说实在的，冒昧来找您，也是法他妈把法死了，没法了。还要请于院长海涵啊！"

于右任见姚铭义心急火燎地来找自己，事情刚有眉目，就说起了关中调皮话，一股亲切感油然而生。虽说姚铭义比自己小了不少，但这个后生跟自己打交道十多年来，一次比一次有出息。姚铭义是经商之人，在家乡遭遇年馑之际，慷慨解囊，值得肯定。如果姚铭义首倡义举，带动秦商赈济百姓，关中生灵就可以渡过劫难。于右任笑着说："我身为国民政府官员，救民于水火，义不容辞。你一介商人，能有此举，堪称大义。"

姚铭义不好意思地说："秦商原本就有'以商事国'的传统，连亡命陕西的慈禧当年都说过'还是陕西人与朝廷一心呀'的话。何况，这次是陕西遭年馑，咱们不赈济，还能指望别人赈济吗？"

于右任赞赏地说："此话不假。铭义，你能否带头倡议秦商捐款赈济灾民，这样声势也大一些，就可能救助更多的灾民。"

姚铭义说："没问题。我先把这些粮食运回陕西，以解燃眉之急，然后再从缅甸分号筹集资金，倡议进行捐款。于院长，你看如何？"

于右任点头表示赞同。他认为姚铭义的确仗义，热心助人，与军阀争地盘、抢财富截然不同。突然间对姚铭义的名字产生了兴趣，于是问："铭义，你的名字有何说道？"

姚铭义说："我的名字乃是家父所起，据说按辈分，我这一辈是铭字辈，我婆在世时经常教育家父，商家也要有道义，讲究仁义，要做义商、仁商。因此，家父就给我起名叫铭义。于院长，你咋突然对我的名字感兴趣了？"

于右任说："到底是大户人家出身，连名字也不那么简单。依我看，铭义的义字还应该有国家大义、秦商道义、救难仁义等含义。这不是我抬举你，而是你的所作所为包含了这方面的寓意。"

说完话，于右任对张秘书说："张秘书，拿笔墨来，我要为铭义的义举赋诗一首。"

于右任是首屈一指的草书大家，久负盛名。听说他要为自己赋诗一首，姚铭义激动不已，焦急地等着这位同乡前辈挥毫泼墨，决心将视如珍宝，仔细保存。

时间不长，张秘书准备好了笔墨纸砚，于右任领姚铭义等人到了他的书房。只见书案上铺了一张洁白的四尺宣纸，左右上角已经用铜质镇纸压好，就等主人任意驰骋，纵情挥毫。于右任略微思索了一下，拿起狼毫，饱蘸浓墨，一瞬间宣纸上留下了他的真迹。对草书不太精熟的姚铭义认真地看着墨宝，却无法连贯地读出来。

于右任指着宣纸上的字迹念道："嵯峨山下有高门，李靖家乡育伟人。国赤忱忱燃笔底，诗豪草圣冠群伦。"

姚铭义觉得这不是给自己写的，倒像是于院长写他自己。他笑着说："于院长，您是写自己吧？"

于右任说："我不敢当，希望大家共勉！"

从南京返回上海后，姚铭义就开始等于右任协调火车皮的消息，同时他让贾金明安排两个干练的伙计押车随行，以防不测。尽管如此，厄运还是降临了。

姚铭义义捐的大米果然在河南灵宝遭到中原大战之后西北军散兵游勇的抢劫，还打伤了押送粮食的王相、李相。在上海焦急等候赈灾粮安全运回西安消息的姚铭义，没想到收到的却是西安分号掌柜王智远发来的一封赈灾粮被劫的噩耗电报。姚铭义手拿着字数不多的电报，冷汗淋漓，脸色难看，仿佛兵痞们正在用枪托殴打自己的躯体，身子一下子瘫软在了椅子上。

姚铭义不甘心就此放弃，就想按照于右任的要求，继续发动所有秦商义捐赈灾。考虑到自己在秦商中号召力不够，他就想以于右任之名发起倡议，没想到却遭到了杜梅屏的否定。杜梅屏说："姚家赈灾粮被劫之事我已知晓，依你的秉性，肯定还会继续捐助。杜家上次在协调火车皮方面没能给你帮上忙，实在是能力有限。此次你再捐助，不能以个人名义进行了。我猜你可能还会去找于院长，就带来了中国济生会的有关资料。铭义，你想一下，于院长乃是国民政府的监察院院长，不仅仅是你老乡。现在全国到处饥荒，他不能仅为陕西饥荒发出号召吧。我劝你还是借助中国济生会，实现你赈济陕西饥荒的愿望，而且这样做更妥当。你自己斟酌吧。"

姚铭义听完杜梅屏的一番话，对她的见识由衷地钦佩，也就此打消了再麻烦于右任的念头。两个人就依托中国济生会赈济陕西饥民之事的细节又商量了半天，这才默契地相视一笑。姚铭义双手抱拳，冲着杜梅屏作了一揖，感激地说："梅屏，没有你的指点，我还不知道熬煎到何时。现在好了，我也解脱了，就按照刚才商量的办理。"

杜梅屏娇笑着说："我也只能帮你这点忙。对了，你这次准备捐助多少？"

姚铭义说："我已筹集了一万大洋，准备全部捐献。希望这杯水车薪能解家乡父老的燃眉之急。"

杜梅屏从身后取出自己的小坤包，拿出一张银票，对姚铭义说："我也拿出自己的一点私房钱，捐献给陕西饥民。数目不多，两千大洋而已。"

杜梅屏的举动，更让姚铭义感激钦佩。他感到这个红颜知己其实一直在暗中帮助自己，关心他的一举一动，喜怒哀乐，更乐意为他家乡父老渡过难关慷慨解囊。姚铭义一时不知该说什么好，就冲着杜梅屏又长长一捐。

杜梅屏依然笑着说:“姚掌柜,弱女子不敢当啊。委托中国济生会赈灾之事,你就放心地交给我,绝对不会出现闪失。你们秦商的义举,你也会不时在《申报》鸣谢中看到。我知道,你事务繁杂,就忙你的事去吧。”

姚铭义通过中国济生会义捐之事在《申报》刊登之后,一下子引起了广泛影响,他没想到自己的善举又给自己带来了灾难。

第二十三章

李仪祉修泾惠渠
《大公报》指红军路

从 1930 年起，国民政府主席蒋介石委任杨虎城主政陕西，担任陕西省政府主席兼绥靖公署主任和十七路军总指挥职务。据坊间传说，蒋介石虽然把陕西交给杨虎城管理，但同时派出了特务头子李范一任教育厅厅长，田毅安、张守约等人任省党部委员，对杨虎城进行监督。

杨虎城主政陕西后，军事上完全控制了陕甘两省，青海的马步芳、甘新边境的马仲英及其他杂牌部队纷纷服从。此时陕西境内饥荒还在肆虐，各地为陕西饥荒捐款捐物不断，但不管咋说，社会已趋于安定，老百姓又过上了没有兵祸的日子，茶商们也恢复了正常经营。

1931 年，陕西省财政厅发行茶票 506 票，计茶 20340 担，这些到安化采购茶叶的茶票基本上被裕兴重、马合盛、天增公、恒春益、恒泰盛、得泰和、德厚堂、义兴茶庄等八大茶商占了绝大部分，劫后余生的其他 30 多家茶商在八大茶商的护佑下，继续做着西部茶叶贸易的营生。

年馑在陕西人心中留下了难以磨灭的记忆，也引起了杨虎城的高度关注。面对水利颓废、民不聊生的局面，杨虎城毅然决定为民请命，兴修引泾工程，并邀请时任导淮委员会总工程师的李仪祉[①]回陕共商大计。

受到杨虎城盛情邀请回陕兴修引泾工程，李仪祉非常高兴，他认为可以借修引泾工程实现他多年前的夙愿。从 1919 年到 1922 年秋，李仪

① 李仪祉（1882—1938），名协，字宜之，后改仪祉。陕西蒲城马湖乡富源村人，我国近现代杰出的水利科学家和教育家。他毕生以治水为志，求郑白之愿，效大禹之业，兴学执教、治黄导淮、凿泾引渭，泽被三秦大地，惠普大江南北，被誉为"陕西近代水利的奠基人""中国现代水利先驱"和"亚洲近代水利科技先驱"。

祉参与了三次勘测引泾工程，并根据勘测结果写出了《引泾论》《再引泾论》，并于1924年完成了甲乙两种方案的设计工作，形成了《陕西渭北水利工程局引泾工程第一期报告书》和《陕西省渭北水利工程局引泾工程第二期报告书》，至此，引泾灌溉工程前期工作全部完成。

李仪祉原本以为有了勘测数据及报告，就会实现造福乡梓的愿望，谁知道接下来的事却异常艰难，这就是筹备工程建设所需要的款项。实施甲种方案需190万元，实施乙种方案需近100万元。李仪祉为此三上北平，两下南京，同华洋义赈会和民国中央政府商议筹款事宜；曾到处奔告，四处游说，呼唤民众重视水利，积极捐款捐物，建议政府发行水利公债筹措建设资金，甚至在西安举办渭北水利工程展览会，用图片和模型向人们展示引泾灌溉工程的宏伟气势。然而，这一切都是徒劳的，没有取得任何实质性结果。李仪祉留下了“引泾之事，时局负我，我负希仁，他日干戈载戢，政府有意兴办，尚欲高陟钟山之顶，望小辈努力成功也”的无限感慨和对引泾工程的丝丝眷恋，拂袖东去。

李仪祉被老乡杨虎城邀请回陕后，就任陕西省建设厅厅长兼水利局局长。因国民党元老、泾阳老乡于右任的积极呼吁，引起了社会各界的关注，使得此次工程建设筹款比较顺利。水利局很快和华洋义赈会达成了实施乙种方案的合作协议，华洋义赈会愿意出资40万元，承担由渠首至11公里一段引水工程修建任务。11公里以下引水工程由省政府出资40万元承担。

第六次引泾工程启动的消息经过《新秦日报》传出后，引起了社会各界的极大反响，檀香山华侨捐款15万元，朱子桥先生捐助洋灰2万桶相继到位，泾阳商界更是闻风而动，倡导义捐，支持引泾工程。尤其是监察院院长于右任慷慨解囊后，使姚铭义又萌发了捐款资助引泾工程的念头。他认为，兴修水利，灌溉农田，提高粮食产量，才能有效防御大旱之年粮食歉收问题，减少民众因饥饿死亡。兴修水利乃是治本，捐款赈济充其量算是治标。李仪祉曾经在泾阳崇实书院、三原宏道书院读书，又是水利专家，由他主持引泾工程，应该会干出功在当代、利在千秋的大事业。

李仪祉兴修引泾工程的消息传开后，姚铭义决定回故乡泾阳一趟。引泾工程的龙头就在社树堡西边，他想回去看一看，顺便和当地茶商们交流心得。

俗话说,陕西年轻人是一群愣娃。殊不知不管是陕西人主建的军队,陕西人组成的商帮,还有陕西籍科学家牵头的团队都有一种愣娃精神。即使在和平年代,陕西人也陶冶、历练了天不怕、地不怕、敢打敢拼、一往无前的性格和理念。为了他们心目中的正义和大义,陕西人可谓把愣娃精神发挥得淋漓尽致,甚至不惜以下犯上,发动了震惊中外的西安事变,当然这是后话。

当年三月初,仲山嵯峨之阳,地面解冻,气候转暖,杨柳抽芽,花草遍坡,春的气息弥漫在广袤的渭北平原之上,泾河瓠口地带更是人声鼎沸,异常喧闹。现场的人们正等着引泾工程开工仪式之后破土动工。

姚铭义挤在人群当中,目睹了杨虎城、李仪祉和泾阳、三原、礼泉、高陵、临潼等五县县长亲自为引泾工程开工剪彩。剪刀放下之后,鞭炮齐鸣,欢声雷动,极其雄壮。随后工地上沟渠镬锹飞动,土车上下奔忙,各种农具纷纷亮相,霎时间,堤上夯工齐声呼喊,夯土器具上下翻飞,把个劳动的场面渲染得蔚为壮观,激情飞扬。

参加完引泾工程开工仪式,姚崇贤把姚铭义从人群中拉了出来。走不多远,姚铭义就看见不远处有几个穿着长袍马褂之人。

等走到这堆人跟前,姚崇贤指着其中一位年长者说:“这位是泾阳商会会长、裕兴重掌柜邓监堂先生。”

邓监堂打量了一眼这位神采奕奕、身体健壮、外表斯文的年轻人,就知道这就是久闻大名的姚铭义。他赶紧说:“常听姚掌柜念叨你,没想到你这么年轻,却把世事弄得那么大,让我等钦佩啊!”

姚铭义对着众人双手抱拳并作揖,然后说:“我常年在川藏经商,很少回泾阳,也没机会与邓会长等同行见面,请大家见谅。”

邓监堂说:“姚掌柜好不容易回来一趟,咱们一起到县城聊聊,让我等也增长一点见识。”

跟随邓监堂一起来的马合祥、刘掌柜、贾掌柜等人也一起邀请姚铭义,姚崇贤知道这些人都是出于真诚,就说:“大家盛情邀请,你还是去一趟吧。”

姚铭义说:“老叔,您说这话就见外了。就是邓会长他们不邀请,我也会请大家在县城找个地方一起坐坐,交流一下信息。往后,大家可以在茶叶贸易上互通有无,抱团发展。”

这些人在邓监堂的带领下，到了县城北极宫万福酒楼。等人到齐了，姚铭义才发现有一个年纪不到20岁的年轻人居然也在座。他小声问坐在自己身边的姚崇贤："老叔，那个年轻人是谁？"

姚崇贤说："那个年轻人是马合盛茶号现任东家马琨，就是老东家马合盛的孙子。"

姚铭义对马合盛当年的故事比较清楚，没想到马琨如此年龄已经成了马合盛茶号的东家。

马琨见姚铭义对着自己点头，就说："姚掌柜在川藏声名远扬，抗战前在上海创出了天增公品牌，把丝绸生意做到了东南亚，又把泾阳茯砖茶制作技术引进到了雅安，堪称我辈楷模。"

姚铭义说："没想到我的那些陈年旧事还有人记得。马掌柜，你能说一下今天破土动工的引泾工程吗？"

邓监堂笑着说："姚掌柜，你今天算是问对人了。马琨虽然年纪不大，那也是从小卖蒸馍，啥事都经过。引泾工程开始后，大家就推举他作为商会和工程指挥部的联络人，他对引泾工程可谓一清二楚。"

马琨不好意思地说："我也是受邓会长委托，替大家跑跑腿。姚掌柜问起这件事，我就给大家汇报一下。"

马琨随后说，现在开工的引泾工程，也叫第六次引泾工程，是整个工程的第一期，任务是完成总干渠与南干渠渠道工程及输水建筑物。总干渠由王桥镇西边山石渠尾开始，经王桥南至社树堡南北分水闸，长度3公里。分水闸以下为南干渠，东经桥底镇南、泾阳城北宝峰寺，再东过横流渠，折向南，于高陵县城南排入渭河，长约50公里。为了少占耕地，渠道在彭城闸以上基本利用旧渠线，仅是就弯取直，利于水流。

姚铭义听完马琨的叙说，感叹地说："如此宏大的工程，真要费点事了。"

邓监堂说："关中连年大旱，民众普遍贫穷，无法筹集到更多资金。现在正值春荒，李仪祉领导的水利局采取了以工代赈的办法使用民工。不但解决了普通民众的吃饭问题，还解决了加快工程进度的劳力问题。为了保证工程顺利进行，他经过与地方协商，拆除沿岸破旧庙宇寺院，以其砖石木料用石灰砂浆简易砌筑渠道建筑物。"

姚崇贤说："引泾工程自战国以来，历代多被重视，关中道被称为天下粮仓、富庶之地，是与引泾工程分不开的。历史上几个强盛的王朝，都是凭借着关中这块风水宝地取得天下并保持了繁荣和昌盛。这次引泾工程同样也能造福乡梓，使民众不再为天旱少雨没有收成而流离失所，甚至饥寒交迫，走投无路。”

姚铭义问：“邓会长，这次引泾工程开工，泾阳的商号义捐了不少钱物吧？”

马琨插言说：“给自家办事，我等商号按照邓会长要求，尽最大可能捐款捐物，其中邓会长义捐最多。”

邓监堂笑着说：“与姚掌柜相比，就让我们这些商家汗颜了！”

姚铭义说：“义捐是一种心意，不能以多寡论英雄。好在引泾工程已经开始，若大功告成，旱灾之事就不会在关中大地再发生了，我等也不会再为泾阳发生绝人之患担忧了。”

说话间，酒楼跑堂的陆续端上了饭菜。邓监堂、姚铭义、姚崇贤、马琨和刘掌柜、贾掌柜等人，虽说也是远近闻名的富商大户，但在刚经历过年馑的泾阳，他们面对的也是并不丰盛的普通饭菜。

饭局开始后，大家山南海北地聊了一通，无非是世道艰难，生意难做。马琨虽说知道一些姚铭义的故事，但还是想亲耳聆听一下他亲自叙说。趁着吃饭的空隙，马琨说：“请姚掌柜给大家讲一讲你在川藏和华东、华南及缅甸的故事，让我等也增长点见识。”

姚铭义见大伙都在观望自己，知道他们也想听，于是就把他当年闯荡商海的故事简要叙说了一遍①。

听完姚铭义制作蜡烛名扬上海滩，进军缅甸市场做丝绸生意的故事，大家都跷起了大拇指。

对于姚铭义通过《申报》倡议义捐没有下文之事，邓监堂一直心怀疑虑，现在大家坐在一起，聊着茶叶贸易上的事，畅想着引泾工程完成后对关中带来的好处，就见缝插针地问：“姚掌柜，去年你在上海发起了为陕西灾民义捐之事，为啥最后没了下文？”

姚铭义见邓监堂提起了这档子事，就说：“邓会长，您不知道其中的缘由。要说起这件事来，我现在气还没消哩。”

邓监堂不解地问：“这是咋回事？你给大家说道说道。”

姚铭义见大家都在看着自己，明白他们都想知道其中的缘由。他说：

① 详情参见长篇小说《三秦儒商》。

“自从《申报》上刊登了我倡议赈灾捐款之后，秦商中义捐者不断增多，我正为此高兴的时候，没想到接到了陕西省党部的电话，他们要求我把义捐的一万大洋捐给省党部作为经费。这个事我咋能答应，没想到从上海返回成都，杜梅屏就从上海给我打电话说，省党部负责人准备拘押我在西安城芦荡巷的妻子儿女作为要挟。得知此消息后，我急忙给西安分号掌柜王智远打电话，让他连夜把妻子儿女送出城，后来送到成都安家落户了。”

贾掌柜说：“我听姚崇贤掌柜说你在上海发起了赈灾义娟，后来没有了下文，原来发生了这种闹心事。”

邓监堂说：“省党部这些人也太可恶了！我听说省党部已经通过关系冻结了你义捐的一万大洋，接下来你咋办？”

姚铭义问：“我能咋办？”

邓监堂说：“听说你与李仪祉局长颇有交情，现在引泾工程已经开工，资金缺口较大，你不妨请李局长转告杨虎城，把这笔钱捐给引泾工程。”

姚铭义高兴地说：“这个办法好。我明天抽空去拜见李局长，让他转告杨虎城办此事。把钱用到该用的地方，也是我的心愿。”

李仪祉主持兴建的引泾工程于1932年6月完成了第一期工程，当年6月20日举行了开闸放水仪式。参加放水仪式的国民政府大员吴稚晖看到闸门缓缓升起，石渠内水流翻滚，直冲而下，如黄河奔涌，两岸群众欢声雷动，喜笑颜开，鼓掌相庆，不由得自言自语地说：“中央政府未拨款是失策！穷陕西还真修了这么大一条渠，致使杨虎城独擅其美！”

吴稚晖的感叹没错，国民政府在修建引泾工程上未曾拨付分文，无数的陕西愣娃硬是凭着义捐和义工把一期工程按期完工了。引泾工程开闸放水之事经报纸刊登后，全国为之哗然，大多数人想不到现代科学化的大型灌溉工程竟能在贫穷落后的陕西出现。更让姚铭义感慨的是，李仪祉提请省政务会议将此引泾工程命名为“泾惠渠”，以示还有许多渠将继续出现，灌溉三秦大地，重造天下粮仓。

斗转星移，岁月如梭，转眼间就到了1935年。

这年年底，在甘肃哈达铺经营茶叶及杂货生意的三原义和昌王掌柜到泾阳县城来拜访邓监堂，他给泾阳众茶商讲了一段颇为传奇的故事。

王掌柜到裕兴重总号时，邓监堂和姚崇贤、马合祥、刘掌柜、贾掌柜、邓承兴、马琨等人正坐着闲聊。见王掌柜进门，邓监堂赶紧让邓承兴拉过一把椅子,放在自己身边,然后招呼王掌柜就座。

王掌柜坐下后,跟大家打了个招呼,问:“你们在商量大事?”

邓监堂说:“快到年底了,大事也忙完了。几个人坐在一起闲聊。王掌柜此行有啥要事?”

王掌柜说:“也没啥要紧事。这几年世道相对平静,生意马马虎虎。我到泾阳来,就是想把明年茯砖茶的事定一下,这样心里就不瞀乱了。”

邓监堂说:“甘南茯砖茶一向是马合盛茶号供应的, 刚好他们茶号少掌柜马琨在这里,你今后就与他联系吧。”

马琨站起身,拱手向王掌柜作揖,并说:“晚辈马琨,现在执掌马合盛茶号,今后有啥事,请王掌柜多赐教。”

王掌柜见马琨年轻帅气,与老掌柜马合盛十分相像,感慨地说:“真是‘江山代有才人出,各领风骚几十年’啊!想当年,我与马合盛老掌柜、马长青掌柜都打过交道,没想到现在要与马家第三代人合作了。岁月不催人自老啊,再干两三年,我该回来含饴弄孙了。”

邓监堂笑着说:“我也有退出江湖的想法。等明年春天,我就把裕兴重总号交给承兴,落得个一身轻松,不再为日常经营操心了。”

贾掌柜听邓监堂这么一说, 赶紧问:“邓会长, 你该不会全部撂挑子吧?”

邓监堂说:“我把裕兴重总号交给承兴经营,至于会长嘛,大家可以另选。”

姚崇贤说:“目前看来,只有你邓掌柜德高望重,可以号令众茶商。希望你继续担当会长,带领大家共同发财。”

刘掌柜说:“以实力和名望,就是另选,会长一职也非邓掌柜莫属。”

王掌柜说:“没想到我到泾阳来, 还参与了你们探讨会长人选这等大事,真是荣幸啊!”

马琨说:“王掌柜,甘南茶叶贸易也不容易吧?听说秦商在雅安开设的几大茶号也把茶叶贸易做到了甘南,有啥新鲜事,你给大家说道说道吧。”

王掌柜说:“生意上的事此消彼长,全靠质量和信誉说话。要说有啥新鲜事,我说一个你们在座的肯定不知道。”

姚崇贤知道姚铭义近年来把天增公总号的茶叶也向甘南销售, 他以为是天增公砖茶和马合盛茯砖茶因贸易问题发生了冲突,就问:“王掌柜,这里没有外人,有啥新鲜事就说,没必要卖关子吧?”

王掌柜听完这番话，知道姚崇贤误会了。他说："你们都知道工农红军到了陕北，可有谁知道他们是如何知道陕北有刘志丹、习仲勋、徐海东等红军吗？"

刘掌柜着急地说："我说老王，你这人咋像变了个人似的？以前说话办事从来没有像今天这样磨磨叽叽的，你这是咋啦？"

王掌柜说："要说此事容易，但有一个条件，就是大家谁都不能把我今天说的事传出去，否则，我的麻烦就大了。"

邓监堂说："咱们这帮人，除了承兴和马琨，哪个不是打了几十年交道之人，你对谁不放心，我让他走人。"

王掌柜不好意思让任何人走，就给在座的讲了一段他自己的亲身经历。

当年 9 月中旬，工农红军突破甘南天堑腊子口后，走出了藏区，到了哈达铺进行短暂休整，并决定行动方向。

有一天，一个连长带着两个士兵来到义和昌商铺，无意间发现了王掌柜兼营邮政代办所。连长和气地问："掌柜的，你这里还兼营邮政业务啊，有最近的报纸没有？"

王掌柜说："有啊，《新秦日报》《大公报》都有，军爷想要哪一种？"

连长说："我们是中国工农红军，大都是穷苦百姓出身，官兵平等，一律不允许老百姓把我们叫军爷。你就叫我红军同志吧。刚才你说这里有《新秦日报》《大公报》，把所有报纸都拿出来，我买了。"

王掌柜从柜台底下翻出了许多新旧报纸，一起拿给了连长。连长掏出一块大洋给了他，抱着报纸就走了。

过了两天，那位买报纸的连长又过来找王掌柜。他说："王掌柜，我看你这店铺比较大，能否借用一下，让我们毛主席在这里召开一个会议？"

王掌柜惊奇地问："毛主席？就是各种报纸上经常报道的红军领袖毛主席吗？"

连长说："就是。毛主席这两天把我从你这买的报纸全部看完了，发现了陕北还有红军在闹革命，就想借用你的店铺召开个会议，明确下一步行动的方向。"

王掌柜说："红军同志，只要你们需要，尽管用好了。"

9 月 22 日上午，毛泽东、周恩来、彭德怀等人陆续来到义和昌商铺，等大家都坐下之后，毛泽东手里拿着一张 9 月 15 日出版的《大公报》对大家说："同志们，今天把大家召集到这里来，就是想商定一下工农红军下一步

往什么方向走？大家都知道，我们从江西瑞金、于都出发之后，一路上血战湘江，四渡赤水，巧渡金沙江，抢夺泸定桥，爬雪山，过草地，突破天堑腊子口，到了哈达铺，并把带出来的中央红军改编成了陕甘支队。说实在的，在休整前，我和周副主席曾经商量，等休整完毕，陕甘支队将进军新疆北部，在靠近边界之地建立革命政权，依托苏联的支持，借机发展壮大。前几天，总前委几个领导同志碰头时，都认为这是目前陕甘支队最好的行动决策，但大家认为要突破甘肃、青海马鸿逵、马步芳骑兵组成的防线，部队肯定伤亡很大。为此，总前委也做了最坏的打算，就是如果部队被打散了，活着的同志就回到白区隐蔽，继续积蓄力量，发展组织，等待时机成熟，再次发动革命。但是，现在情况不同了，我要告诉大家的是，我们要改变行动方向，不去新疆了。”

毛泽东说完这番话，把手里拿的报纸展开，在座的团级以上干部不知道又要去哪里，纷纷交头接耳，议论纷纷。

毛泽东打了个手势，让大家安静，继续说：“前两天，侦察连陈连长在咱们今天开会的义和昌商铺发现王掌柜代售各种报纸，就把所有报纸买回去交给了我。这两天，我通读了所有报纸，在9月15日出版的这张《大公报》上发现了国民党在陕北进攻刘志丹、习仲勋、徐海东领导的陕北工农红军的消息，这是个天大的好消息啊！这份报纸给我们提供了陕北还有工农红军的特大喜讯。我看到此消息很高兴，和周副主席商量了一下，决定召开今天这个会议，让团级以上领导都知道，我们要到陕北去，找刘志丹、习仲勋、徐海东去。”

周恩来接着说：“毛主席看到陕北有刘志丹、习仲勋、徐海东领导的陕北红军继续和国民党反动派做斗争，很高兴。我看到《大公报》上面刊登的消息也很兴奋。总前委议定，陕甘支队不去新疆了，直接去陕北找刘志丹他们。陕北靠近内蒙古，与苏联联系也方便，我们就把革命的大本营扎在陕北，大家说好不好？”

在座的团级以上军官一齐鼓掌，高声赞同。

当天下午。毛泽东等人在哈达铺关帝庙召开了大会，宣布了到陕北去找刘志丹这个重大决策。第二天，陕甘支队就踏上了去陕北的征程。

听完王掌柜讲完这段经历，马琨问：“王掌柜，你把这段故事讲得绘声绘色，好像你就在当场似的，让人不能相信你说的是实情。”

王掌柜说：“店铺就那么大，他们开会，我就在外面，里面的讲话声听得一清二楚。卖给红军报纸和他们改变行军路线之事,希望大家保密。如果让当局知道了,那可是杀头之罪啊!"

姚崇贤问:"你见到的红军真的像国民政府宣传的共产共妻吗?"

王掌柜说:"这些红军都是穷苦大众出身,对人很和蔼,还帮助贫苦百姓打扫院子,挑水劈柴,与报纸上宣传的截然不同。"

邓监堂说:"大家都知道红军已经到了陕北,当前国民政府正在陕北剿共,咱们就不要再议论此事了。王掌柜刚才说的事,希望大家把它烂在肚子里,千万不敢外传,否则就会给所有人招惹来麻烦,尤其是王掌柜。"

贾掌柜说:"都说陕西人是愣娃,没想到王掌柜这个老愣娃,无意中干出了这么大一件事。将来共产党得了天下,一定会感激你的。"

王掌柜笑着说:"我的商铺啥都卖,没想到一张报纸把红军送到了陕北。至于共产党能否得天下,天理昭昭,自有定数,不是我等能预料的。"

邓监堂、王掌柜他们无法预知,正是王掌柜店铺出售的《大公报》,决定了中央红军万里长征的最终归宿,影响了中国革命的发展前途,也影响了中国历史的发展方向。

从裕兴重总号回来之后,马琨预感到国民政府一定不会让共产党在陕北发展壮大,肯定会继续围剿。泾阳作为通往陕北的要道,也会让国民政府更加关注。当年,陇海铁路修到西安之后,马琨就感到陕西的经济格局将会变革,明清以来以泾阳、三原为经济中心,以西安为政治中心的格局将随着陇海铁路的通车运营而发生变化,西安将会成为陕西唯一的政治经济中心,泾阳、三原将被边缘化,只能靠茯砖茶这种无法替代的商品继续在西部贸易中发挥作用。

当马琨把他的想法告知邓承兴时,邓承兴说:"你曾经是个读书人,对时局的研判有独到之处。我也在想,陇海铁路将来再修到咸阳、宝鸡,泾阳除了茯砖茶这个地方特产,别的优势就可能都没了,咱们将来该咋办呀?"

马琨说:"这样吧,我抽空去一趟西安,看看情况。"

邓承兴说:"你到西安之后,可以住在裕兴重分号或者天增公分号,好好考察一下西安的情况,回来后咱们再商议对策。"

马琨见邓承兴如此器重自己,高兴地说:"你放心,没问题。"

第二十四章

闹兵谏举世震惊
大誓师八路东征

过完年，马琨到了省城西安，看到的却是另一番景象。

去年12月9日，中共在北平组织了大规模的学生示威游行，呼吁“停止内战，一致对外”“打倒日本帝国主义”，获得了全国民众的积极响应，给实行“攘外必先安内”政策的国民政府造成了巨大压力。西安作为内陆城市，距离延安比较近，学生运动也是风起云涌，大街上不断有人散发传单，宣传抗日主张。

马琨没有去裕兴重西安分号，而是选择了天增公西安分号。他认为，姚铭义把生意做得四通八达，到处开花，得到的信息肯定会比其他商家要多，更有价值。

在西大街桥梓口附近，马琨找到了天增公西安分号。掌柜王智远打量着面前这个20岁出头的精壮青年，感慨地说：“看着你逐渐独当一面，就感到自己老了，快不中用了。”

马琨微笑着说：“王叔，您千万别这样说。俗话说，姜还是老的辣，我们这些年轻人，做事难免有些冒失，还要您等不时提醒哩。”

王智远问：“这刚过完年，你到西安来有啥重要事情吗？”

马琨说：“王叔，咱们能否到商号客厅说话，这里人多嘴杂，说话也不方便。”

王智远哈哈一笑，说：“见你来了高兴，把这茬都忘了。跟我来吧。”

马琨跟着王智远来到商号客厅，王智远亲自给马琨倒了一杯茶，这才问：“这下可以说了吧。”

马琨喝了一口茶，润了润嗓子，说：“我此次到西安来，其实没有啥大事，就想看看时局发生了啥变化。刚才在钟鼓楼附近，我看到许多学生上街游行，还有人在演讲，都是在说抗日之事，不知道时局会咋样发展？”

王智远说：“唉！时局的变化非我等经商者能够预料。你也知道，自从毛泽东、周恩来率领中央红军达到陕北后，他们与刘志丹、习仲勋、徐海东等人会合，实力更加强大。蒋委员长一贯实行的是'攘外必先安内'的政策，就把丢失了东北的张学良调到西北来剿共。你还别说，张学良的东北军真不咋的，被陕北红军打得丢盔卸甲，几个主力师都遭受了重大伤亡，有个师长还被红军俘虏了。今年1月，毛泽东、周恩来、彭德怀等人联名发出了《红军为愿意同东北军联合抗日致东北军全体将士书》，现在东北军已停止了围剿陕北红军，还就共同抗日达成了共识。"

马琨问："您从哪里知道这些消息的？"

王智远说："这些消息在《新秦日报》《大公报》都刊登了。你在泾阳没有看到吗？"

马琨遗憾地说："没有。"

王智远说："没看到也不奇怪。自陇海铁路修到西安后，泾阳原先水陆交通便利的地理优势就不存在了。再说这些消息很敏感，省城无法控制传播，但县城还是很好控制的。"

马琨问："依你之见，这国共两党还会继续打吗？"

王智远说："看情况不会消停，弄不好还会出大事。"

马琨问："您不会未卜先知吧？"

王智远说："我又不是诸葛亮，也不是刘伯温，咋能未卜先知？听说蒋委员长对西北军、东北军联手剿共不力大发雷霆，对东北军停止剿共怨气冲天。在这种高压态势下，共产党在陕北的日子就难过了。"

马琨刚想接着问，就见一个伙计走了进来，要向王智远汇报事情，他见机说："王掌柜，您先忙吧，我到街上转转，有机会再向您讨教。"

王智远说："上了大街，尽量多看少说，免得招惹不必要的麻烦。"

马琨回应了一声"知道了"，然后就走出了天增公西安分号的大门。

在西安城的大街上转了一圈，马琨发现除了学生宣传抗日主张，报童喊叫着兜售各种报纸，见得最多的就是穿着东北军服装的军人。在火车站和民乐园附近，他发现这里聚集着许多流浪者，浴池、妓院、算命测字、耍把式卖艺、遛鸟遛狗等形形色色，目不暇接。

马琨走累了，来到一个茶馆刚坐下，就有几个学生模样的人走进来，其中一个穿着黑色学生装的青年对着喝茶的人大声说："东北已经沦陷，日寇进攻华北，中华民族已经到了危急关头。同胞们，我们应该团结起来，共同抗日，挽救中华民族危机。我们是一群东北流亡学生，已经失去了美丽富饶的家园，为了唤起全民族抗日的斗志，我们给大家唱一首《松花江上》。”

和这个青年一起来的男女学生共同唱了起来：我的家在东北松花江上，那里有森林煤矿，还有那满山遍野的大豆高粱。……

马琨听着这凄婉的歌声，看着几个青年学生悲戚的面容，心里骂了一声：妈的，这世道成了啥啦！当局不抗日，害得学生们无学可上，无家可归，这个国民政府到底咋啦？

他站起身，在学生们面前放了两块大洋，就匆匆出了茶馆。

回到天增公西安分号，王智远见马琨脸色难看，关切地问："马掌柜，你碰见啥啦，一脸的不高兴。”

马琨把他在大街上碰到的各种情况给王智远叙说了一遍，然后说："我看这乱象，当局再不想办法，很可能会弄出大乱子。”

王智远说："抗不抗日，不是咱们这些平头百姓说了算的，也不是学生们演讲唱歌就能解决问题的，关键在政府和军队。我劝你尽量不要掺和此事，没事的话，尽早回去，把自己的事情做好。”

马琨说："你还别说，我到街上转了一圈，就想回去了。待在这里还嫌叵烦。”

第二天早上，马琨给王智远打了声招呼，就回泾阳去了。

1936 年 12 月 4 日，蒋介石为督促东北军、西北军继续剿共抵达西安。陕西乃至全国各界都在关注东北军、西北军咋样按照蒋介石的命令进剿陕北红军时，没想到却发生了举世震惊的“西安事变”。

坊间传说，蒋介石到西安后，对张学良、杨虎城剿共不力，大为恼火，决定剥夺他们的权力，任命蒋鼎文为剿匪前敌总司令。12 月 11 日晚，张学良、杨虎城分别召见东北军和 17 路军高级将领，宣布 12 月 12 日清晨进行兵谏。12 日 5 时，东北军奉命到华清池捉拿蒋介石，蒋介石从卧室窗户跳出，摔伤后背，躲在一块大石头后面，被活捉。同时，17 路军扣留了陈诚、邵力子、蒋鼎文、陈调元、卫立煌、朱绍良等国民党军政要员，邵元冲等人遇难，“西安事变”正式爆发。

随后，马琨发现《大公报》《申报》《益世报》发表了与此相关的许多报道，满是“全国民众迫切要求争取中华民族生存 张杨昨发动对蒋兵谏 通电全国发表救国主张八项 改组南京政府容纳各党各派” 等醒目标题，各大报纸均称张杨为救亡领袖。时局突然发生如此大的变化，让马琨眼界大开。因兵谏发生在西安，他更加关心时局的变化。

看过报纸后，马琨兴奋地跑到裕兴重总号，想向邓监堂汇报此事。不巧的是，邓监堂因事外出，只有邓承兴在总号里值守。

邓承兴见马琨兴奋的样子，问："马掌柜，有啥喜事这样高兴？"

马琨说："杨虎城、张学良发动兵谏，把蒋委员长拘押在西安，逼他抗日。"

邓承兴一听这话话，大吃一惊，随后说："这不是以下犯上吗？前两天，西安分号捎信说蒋委员长带着国民政府许多大员到了西安，督促杨虎城、张学良继续围剿陕北红军。这才几天，就发生了这么大的事情，这可咋办？"

马琨说："我过年后去过西安，回来也给你说过西安城里的情况，我觉得迟早会发生大事。没想到张杨两位将军竟然扣留了蒋介石，并且逼他抗日。"

邓承兴说："杨虎城是刀客出身，有陕西人为了大义舍得一身剐的秉性。你说张学良一个东北人，丢了东三省，让全国人民唾骂，他跟着起啥哄？"

马琨笑着说："张学良带着东北军到了西北，被陕北红军打得丢盔卸甲，狼狈不堪，1月份就和共产党达成了停战协议。现在，蒋介石逼着他和杨虎城继续围剿陕北红军，他能愿意吗？或许张学良到西安时间长了，吃惯了陕西的辣子和姜蒜，也有了陕西愣娃的习性。这两个愣娃一合计，就闹起了兵谏。"

邓承兴说："一个东北虎，一个西北狼，这下子西安就成了全国关注的焦点了。"

马琨说："咱们走着瞧吧，看这场兵谏如何收场。"

邓承兴说："这才安宁了几天，就发生了兵谏。往后的生意还真不好说该咋做了？"

马琨说："你有困惑了，可以请教邓会长，不像我，啥事都得自己担着。"

邓承兴说："你不是还有马合祥、王三槐、刘福生等人给你做高参吗？"

马琨苦笑着说："俗话说有大靠大，没大靠自己。说实话，马合祥、王三槐、刘福生等人，那是跟着我爷爷闯荡商海的有功之人，现在年纪都大了，不但想法跟我不一样，腿脚也不灵光了。靠他们出高招，根本没门。”

邓承兴一想也是这个理，就问：“那你咋办？”

马琨说：“等过完年，我准备给他们每人发一笔钱，让他们回家颐养天年，不用再为马家茶号劳神费力了。”

马琨对老人的安排，让邓承兴感到钦佩，他不由得对马琨竖起了大拇指。

到了12月下旬，各界就传开了“西安事变”和平解决的消息。

在“西安事变”发生之后，陕北红军受张学良、杨虎城之邀，于当年12月中旬进驻渭北一带的泾阳、三原、富平、高陵等地，红军总指挥部同时进驻泾阳县的云阳镇。“西安事变”和平解决之后，泾阳又开始热闹起来了。

1937年7月“卢沟桥事变”之后，原驻扎在陇东镇原县一带的红军援西军在司令员刘伯承的率领下，经西峰、宁县、旬邑、淳化等地，于当年8月下旬进驻泾阳桥底镇一带。据说，这么多红军进驻渭北，尤其是红军总指挥部常驻云阳镇，是为了整编，开赴抗日前线的。

此时泾阳县县长由教育界知名人士、蓝田人田柏荫担任。他在接替田玉杰之后，对种植罂粟严厉禁止，得到了民众的拥戴。在国共抗日统一战线形成之后，驻扎在云阳已经改编的八路军总部和115师要在云阳镇誓师，然后开赴抗日前线。田县长在召集县政府各部门会议之后，专门派人找来了商会会长邓监堂及八大茶号掌柜，共同协商支援抗战相关事情。

田县长对大家说：“驻扎在云阳、汉堤洞、永乐等地的陕北红军是去年受杨虎城、张学良邀请来到泾阳的。驻扎在桥底镇的刘伯承率领的红军，是8月下旬到达的。现在国共已实现第二次合作，决定联合抗日，一致对外。我接到上峰命令，这些红军已经在云阳改编成国民革命军第八路军，即将开赴抗日前线，打击日寇。为了使友军尽早开赴抗日前线，县政府决定到云阳八路军总部进行慰问、劳军，诸位有啥想法？”

邓监堂说：“以前国民政府把陕北红军称作红匪，严令各地民众不得为其提供各种方便，更不能提供粮食、药品、衣物。红军到达泾阳快一年了，县政府也没说过要去慰问、劳军，我们这些商家没一家敢去。当然，现在实行国共合作，红军变成友军，整编后马上就要开赴抗日前线。为这些为了民族大义的勇士壮行，是应该的，商会义不容辞。田县长有啥安排尽管说。”

马琨说:“以前我们受到误导,说红军到泾阳来,是为了抓壮丁、夺粮食、占地盘。经过这么长时间观察,情况根本就不是传说的那么可怕。”

田县长问:“马掌柜,你咋知道的?”

马琨说:“过完年，我送王三槐掌柜回老家口镇颐养天年，经过云阳镇。听当地老乡说,红军到达云阳后,总部就设在云阳南门的文家大院。红军安顿下来后，在云阳镇街道张贴了安民告示，听说是六个字一句的韵文,很顺口,下面还署有毛泽东、朱德、彭德怀、任弼时、王稼祥、杨尚昆等人的名字。后来,各村成立了筹粮委员会,百姓们先给红军筹集了粮食。等到张学良、杨虎城送给红军的粮食、棉衣运到之后,红军马上归还了老百姓的粮食。敢问一下,这个世界上有这样的土匪吗?”

邓承兴接着说:“我听我家茶号伙计说，蒋刘村的谢先生曾在军民联欢大会上用四句五言诗讲话,他说‘遍地百花笑,欢迎红军到。军队历朝有,唯独红军好’。在结束讲话时,谢先生还说中山先生设计的国旗是青天白日遍地红,将来满地一定是红。得天下者红军也。要不是现在实行国共合作,肯定没人会把这些话说给县长听。”

田县长听罢,感到有些面红耳赤。身为国民政府的县长,没有上峰的明确指示,他不敢过于亲近共产党。今天听了他们的话,他真不敢相信这些事情就发生在他的辖区内。好在现在国共合作了,就是大力支持红军,上峰也不能对自己说三道四了。

田县长说:“老话说,天地之间有杆秤,那秤砣就是老百姓。我知道,红军驻扎泾阳快一年了,我这个县长还没有出面劳军、慰问,有点失职。既然大家都同意前去劳军、慰问,回去后各自做准备,咱们在八路军誓师的当天一起到云阳,为他们壮行助威如何?”

邓监堂说:“只要县长大人不说我等支助共党就行了。”

田县长红着脸说:“卑职何尝不知道老百姓拥戴红军啊。只是公务在身,无法擅自做主罢了,希望三老四少们包涵吧。”

邓监堂说:“大家回去后把茯砖茶多准备些送给八路军，这东西对缺少药品的八路军肯定有用。”

田县长不解地问:“你是说茯砖茶能当药品用?我咋没听说过?”

邓监堂微笑着说:“安化黑茶都能当药品用,何况泾阳茯砖茶。”

田县长说:“请邓会长指教。”

邓监堂说:“传说‘神农尝百草,日遇七十二毒,得茶而解之’。这说明茶叶就是中药，也是炎帝与黄帝并称为中华民族的始祖，被后世尊称为茶祖的主要原因。在成书于东汉时期的《神农百草经》这部现存最早的中药学著作里，茶叶是被当作中药的。唐代'茶圣'或'茶神'陆羽的《茶经》问世后，不但奠定了中国茶文化的基础，还把茶叶这种中药材引进到了王宫贵族、达官贵人的家庭，当作了饮品和健康饮料。一千多年来，人们多关注茶叶的饮品效能，却忽视了茶叶的药用价值。我年轻时候在安化就听到过流传在当地的吴三桂用黑茶为将士疗伤的故事。"

不要说田县长了，就是众茶商也是第一次听邓监堂提起吴三桂用黑茶为将士疗伤，大家一时好奇心顿起，都催着邓监堂继续说。

邓监堂说："传说吴三桂起兵反清，在衡州称帝，不久因战局发生逆转，以诈死之计蒙蔽清军，自己引亲兵来到了安化境内的南金乡九龙池附近，就像他的对头李自成没有战死九宫山隐居在夹山寺一样。吴三桂人马在南金九龙池一带驻扎了两年多，最后死在了九龙池。至今当地的碗米山、将军村、将军桥、将军亭、将军岩、滑石寨、卸甲冲好像都在印证着这个传说。南金这个地名，似乎也有放马南山坡，收兵铸金人之意。南金山高林密，沟壑纵横，山里缺吃少药，吴三桂就给亲兵们每人配置了一支竹篾装的黑茶，将士们伤口复发，或者受到蚊虫叮咬，都用黑茶熬水治疗，而且疗效显著。当时信息传递不畅，老百姓以为吴三桂是抗清英雄，对他及属下倒很热情。吴三桂病死后，当地老百姓每人捐出一碗米买下一座山，埋葬了吴三桂，从此埋葬吴三桂的山就改名叫碗米山，吴三桂的家奴就把他死的村子改名叫将军村，至今村里吴姓仍是大户人家。从军队把黑茶当作药品配置方面讲，我觉得黑茶也应该叫军需茶。既然黑茶都能叫军需茶，用黑茶加工而成的茯砖茶，药用效果肯定比黑茶好。大家说是不是这个理？"

姚崇贤说："把黑茶称作军需茶这种说法，我虽是第一次听说，但却不觉得奇怪。吴三桂用黑茶给将士治病疗伤，也正是回归了茶叶是中药的本质。邓会长说得没错，各茶号尽量多给八路军提供茯砖茶，也算咱们茶商为抗击日寇出一份力。"

据田柏荫派去云阳联系的民政局局长回来对他讲，红军改编也非一帆风顺，甚至闹出了不小的风波。红军中下级指战员对改成国民革命军，穿国民党军装，尤其是对戴上有青天白日帽徽标志的军帽，抵触情绪很大，有的人哭鼻子掉眼泪，有的人摔帽子，有的要求离队，还有人甚至骂娘。一些人说，他们跟国民党军队打了十年仗，现在却变成了国民党，一下子很难转过弯。为了妥善解决好干部、战士的思想情绪，转好思想弯子，红军各师领导亲自做工作，大会上讲，小会上讲，甚至下到连队进行说服教育及解释，要求大家认清形势，顾全抗日大局，总政还给全军颁发了“红军十年艰苦奋斗”奖章，欲使全军将士保持十年来艰苦奋斗的优良传统和作风，保持人民军队的本色。经过全军上下的努力和教育，指战员的思想情绪逐渐稳定，适应了抗日形势的要求。

田柏荫听完民政局局长的话，同样很感慨。八路军虽说武器简陋，装备较差，但为了民族大义，为了挽救中国，抛弃了血海深仇，这样一群血性汉子从泾阳开赴抗日战场，必将令人刮目相看，也会给泾阳留下难忘的记忆。至于八路军在泾阳扩军征兵，他就睁一只眼闭一只眼，任随青壮年加入八路军，不许任何人过问。

8 月底，田柏荫听说八路军总部和 115 师要在云阳镇大操场举行出师抗日誓师动员大会，赶紧通知县政府各有关部门、泾阳县商会派代表参加。

等田柏荫、邓监堂、马琨、邓承兴、姚崇贤等人走近大操场时，只见红军从四面八方浩浩荡荡地进入会场，“拥护军委命令”“为保卫祖国流尽最后一滴血”的大幅横幅激励着每个抗日将士。邓小平主持了大会，朱德对红军改编和开赴华北抗日前线做了动员，整个操场上欢声雷动，热血沸腾，将士们恨不得立即开赴前线，同日寇作战。

观看完八路军誓师大会，马琨笑着问田柏荫：“田县长，如果国军将士有这种气势，恐怕东北、华北就不会陷落了。”

田柏荫说：“你小子真是哪壶不开提哪壶。走吧，给八路军送慰问品去吧。”

八路军政治部一位张姓军官接待了田柏荫、邓监堂等人，看着县政府、商会送来的粮食、布匹、药材、猪肉、蔬菜、茯砖茶、生活用品等慰问品，张军官高兴地说：“泾阳的父老乡亲们太热情了，送来的东西全是部队急需的。”说完话，张军官拿起一块茯砖茶，问：“这就是名扬四海的茯砖茶吧？”

邓监堂说：“就是。长官也知道茯砖茶？”

张军官说：“到泾阳快一年了，当然知道泾阳特产茯砖茶。不仅如此，我还知道泾阳茯砖茶是用安化黑茶加工而成的，比安化黑茶更好。有了这

些东西，对受伤或生病的战士们来说，就可以派上大用场了。”

马琨插言说：“长官也知道茯砖茶能当药品用？”

张军官微笑着说：“当然知道了。我可以给你们讲一个安化黑茶当药品用的故事。”

马琨说：“好啊，我们洗耳恭听。”

张军官说，1934 年 11 月的一个晚上，一支 30 多人的红军小部队，趁着夜色悄悄摸进了安化洞市的锡潭弯，准备与贺龙将军率领的红二军团在云台山会合。要去云台山，就必须过麻溪河上的永锡桥，而桥头有国民党民团把守。如果强攻，不仅会引起红军伤亡，还会引来大批敌人。红军分队长找到了当地一个 50 多岁、人称吉爹的大伯，一起商量过河良策。就在大家一筹莫展之际，吉爹突然看到屋里堆放的茶叶，眼前一亮，想到了办法。吉爹马上联络村民，乡亲们一听说红军要过永锡桥，二话不说，把家里的黑茶全部翻了出来，又牵来十几匹骡马，大家装扮成茶商队，在第二天黎明顺利过了永锡桥。在告别之际，红军紧握着吉爹的手表示感谢，吉爹从马背上取下一支篾捆扎的花卷茶，送给了红军。红军在长征时过草地，这支黑茶起了很大的作用。当战士们吃了有毒的野草，腹泻腹胀时，喝点黑茶就解决了。

听完张军官讲的这段传奇，田柏荫、邓监堂、马琨等人会心地一笑。

张军官诧异地问：“难道你们不相信此事？”

邓监堂笑着说：“茶叶本来就是一味中药，发生啥事情我们都理解，但愿这些茯砖茶对八路军将士更有用。”

张军官说：“感谢父老乡亲们的深情厚谊！八路军将士一定会用杀敌立功报答乡亲们的。”

八路军总部和 115 师在云阳誓师后不久，120 师在富平县庄里镇举行誓师动员大会。129 师在泾阳县桥底镇举行誓师动员大会。随后，115 师、120 师分别由驻地出发东进。9 月 6 日，朱德总司令和左权副参谋长、任弼时主任、邓小平副主任，率领八路军总部指挥机关，由云阳镇出发东进，129 师殿后。

1937 年 9 月 21 日，朱德率八路军到达太原，23 日进抵五台，八路军总部设在南茹村，指挥八路军对日作战。当日，朱德、彭德怀电令林彪 115 师立即向平型关、灵邱间出动，机动侧击向平型关进攻之敌，同时控制一部于灵邱以南，以保障自己右侧。115 师进入阵地后，在国民党友军的配合下，于 9 月 25 日一举歼灭日军精锐板垣师团 1000 多人，粉碎了日本侵略军“不可战胜”的神话，受到了国民政府的嘉奖。

听到八路军在平型关重创日寇的消息，邓监堂等人兴奋不已。他们没想到，这些看起来不起眼的八路军，竟然以这种方式拉开了八路军跟日军八年作战的序幕。

第二十五章

遇国难商道不通
各商号惨淡经营

八路军总部和115师在云阳镇誓师开赴抗日前线之后，共产党并未全部撤离泾阳，而是凭借着他们在泾阳周边的影响办起了战时青年训练班(以下简称青训班)。

这一天早上，很久没有露面的邓承盛来到裕兴重总号找哥哥邓承兴，说是有要事和他相商。

邓承兴打量着弟弟，问："你年龄也不小了，总得找个正事干吧？整天就是闲逛，这样下去可如何得了？"

邓承盛说："我今天来，就是专门和你商量一件事情，给自己找个正事干。"

邓承兴问："你想干啥？"

邓承盛说："听说八路军在云阳誓师之后，绝大部分人已经开赴抗日前线了，留下来一小部分人准备在斗口于右任兴办的农事试验场开办青训班，我想去参加。"

邓承兴问："这个青训班是干啥的？"

邓承盛说："据公告称，这个青训班的目的是在最短期间授与青年各种最低限度的战时军事政治知识，以开展抗敌救亡工作。"

邓承兴说："你是不是参加完青训班，准备上前线了？这事我做不了主，你得跟咱大去说。"

邓承盛说："别提咱大了，八路军在云阳扩军时，我就想去参加八路军，跟他一说，根本不同意。咱大一辈子经商，看惯了商海沉浮，政权变换，也受到了传统观念的影响。按他的说法是好男不当兵，好铁不打钉，还能让我去当八路军？现在八路军已经上了前线，我没办法了。我听说八路军留下的冯文斌、胡乔木等人要在斗口农事试验场举办青训班，这才专门过来跟你商量。"

邓承兴说:“按你的说法,这个青训班也是政府批准同意举办的了?”

邓承盛说:“那肯定了。没有国民政府的同意,共产党也不可能在国统区公开举办青训班。哥,我想先去看一下情况,能否上前线,我再回来跟你商量。不过,此事你得给我保密,让大知道了,那可不得了。”

邓承兴说:“既然是国民政府同意举办的,你就放心去吧,我替你保密。”

邓承盛走了之后,邓承兴考虑了半天,决定还是等候事态的发展再说,从此他对共产党举办的青训班也就多了一分关注。

1938 年 8 月份,国民党军队与日军在武汉进行会战。结果是武汉三镇相继陷落,国民政府的指挥中心迁往重庆继续抵抗。随后,常德会战失利,湖南主要城市几乎全被日军占领。邓监堂、马琨、姚崇贤、邓承兴等人从报纸上得知此消息后,都大吃一惊。

现在日军先后占领河南南阳,湖北武汉,湖南益阳、常德,所有制作茯砖茶的泾阳茶商就遇到了天大的麻烦。道路不通了,没有了安化茶叶,这茯砖茶生意该咋做?

邓监堂把八大茶号掌柜召集起来,共同商议。

邓监堂说:“现在日寇猖獗,国土沦丧,国家危难,民族危机。大家都知道南阳、武汉、益阳相继陷落对咱们茶商来说意味着啥。我听说,日本人也很喜欢茶,还有叫啥茶道文化。现在日军占领了上述地方,不说他们掠夺安化茶区的茶叶了,就是不掠夺,我们如何把安化茶叶运回来都成了问题。国运衰微,商家也要跟着倒霉,尤其是抗战期间咱们这些茶商。大家看,有啥好办法?”

众人议论了一阵,也没人能说出个办法来,只有唉声叹气,个个神情沮丧。

马琨说:“姚老掌柜,姚铭义的天增公总号生意四通八达,你得到的消息也多一些,给大家说说姚铭义是咋办的。”

姚崇贤说:“从雅安总号传回来的消息说,日军进攻上海之前,铭义已经下令上海、苏州、长沙、九江、巢湖、沙市、汉口等地各分号掌柜带领属员全部撤往重庆暂时躲避。后来,重庆分号人满为患,又把后到的伙计撤到乐山了。”

贾掌柜说:“重庆虽说是国民党政府的陪都,我看情况也不乐观。如果日军派飞机轰炸,生意也难做啊。”

刘掌柜说："人无远虑，必有近忧。今年茯砖茶刚上市，就遇到日军相继占领南阳、武汉、益阳的噩耗，这明年茶叶运不过来，可咋办？"

邓承兴问："姚老掌柜，您刚才说姚铭义把伙计们都撤到了重庆、乐山，这么多人到了这两个地方，他咋安置？"

姚崇贤说："我听说铭义准备留下一部分人经营雅安茶叶、药材等生意，其余人员按个人意愿，愿意回家的发给薪酬让其回家，不愿意回家的到雅安、康定、乐山分号。"

马琨说："天增公在四川经营多年，回旋余地较大，尤其是姚掌柜和几个泾阳茶商还经营着川藏、甘南茶叶贸易，不像我们，安化茶路中断，只有干瞪眼了。"

邓监堂叹了一口气，说："如果明年茶路不通，依我之见，咱们更要在秦巴茶区茶叶上下功夫了。茯砖茶被称为是安边茶，于右任在解泾阳之围时说茯砖茶是安国茶，虽说国家遭到日寇入侵，咱们这些茶商还是要想办法保证西部茯砖茶供应。一旦发生牧区民众因无茯砖茶而闹事，咱们就有理都说不清了。"

贾掌柜说："国家遭难，生灵涂炭，日子肯定会艰难。刚才，邓会长说要在秦巴茶区茶叶上下功夫，我同意。但要提醒所有茶商，必须保证茶叶质量。否则，就会倒了泾阳茯砖茶的牌子，砸了自己的饭碗。"

马琨说："我们是内陆省份，估计战火很难烧到陕西来。在用秦巴茶区茶叶制作茯砖茶上，邓会长早就探索出了一整套技术和方法，我同意用秦巴茶区茶叶加工茯砖茶，但前提是不能因战争原因坑害牧区民众。"

邓监堂见大家说不出个一二三来，就说："大家先回吧，看时局变化再想办法吧。"

大家见邓监堂说了这话，不好意思再继续闲聊，纷纷起身告辞。他们无人知道，邓监堂赶大家走其实也是另有原因的。

从去年 10 月份开始，邓家老二邓承盛就淡出了邓监堂的视线，不知道干啥去了。邓监堂问过老大邓承兴，邓承兴支支吾吾的，不知道是不愿意说，还是真的不知道。邓监堂见问不出结果，索性就不问了。儿子大了，有自己的想法，他也不能把儿子拴在裤腰带上。没想到，邓承盛这几天回家了，而且跟父亲提出了要到延安去的想法。

邓监堂不知道这半年多在邓承盛身上到底发生了啥事，让他做出了这样的决定。他问:“老二,你这半年多老不沾家,都去干啥了?”

邓承盛说:“去年10月份,共产党在于右任创办的斗口农事试验场举办青训班,我出于好奇就去了。没想到看到冯文斌、胡乔木署名张贴的招生告示,就报名参加了青训班。这个青训班在斗口农事试验场办了三期,后来转到安吴堡去了。安吴堡吴怀先把安吴东院借给了共产党,到现在已经举办了十多期,培训了近万人。最近,我听说青训班要迁回延安去了,就想跟他们一起到延安去。”

邓监堂说:“共产党先后在斗口、安吴堡举办青训班这事我知道,像你这样的人,人家会欢迎吗?”

邓承盛说:“不瞒您说,人家共产党在斗口举办青训班时,对象原先主要由西安学委、民先队部和部分县民先组织输送,学员主要来自西师、西安一中、西安二中、西安高中、三原的三原中学、蒲城的尧山中学,还有一些海外华侨青年、国民党监狱获释人员。当然,也有不少当地的青年、无业流民。”

邓监堂疑惑地问:“招收学生还说得过去,人家会收无业流民参加青训班?”

邓承盛说:“青训班对学生、归国华侨格外重视,对无业流民还是区别对待的,尤其是青训班转移到安吴堡之后。据说冯文斌、胡乔木等人接到八路军西安办事处林伯渠的指示,要对报名人员进行甄选,对一些骗吃骗喝的人员进行了劝退。我好歹也是有文化的人,参加过第一期青训班后,被他们留下来做了辅导员。”

邓监堂问:“你们在青训班主要学习些啥?”

邓承盛说:“主要学习抗日民族统一战线、抗日军事常识、青年群众工作、日本问题介绍等。到了安吴堡之后,以吴氏家族庄园为主,规模最大的就是吴氏东院,包括式义堂、望月楼、假山、花园、鱼池和伙计住房等。东院的情况您是知道的,占地近10亩,吴怀先把这些地方全部让青训班无偿使用了。另外,吴家西院、南院、中院及迎祥宫也被占用了。学习的内容也变了,讲的内容逐渐增加,主要有《抗战形势与任务》《在训练班全体大会之报告》《民众运动》等,学员最多时接近2000人。”

邓监堂问:“你这半年多时间就跟着他们学习如何抗日了?现在决定去延安了?”

邓承盛说:“不是每个人想去延安人家都让去的。我这次回来就是想征求一下您的意见。”

邓监堂问:“难道去延安还有说法?”

邓承盛说:“当然了。对所有报名参加青训班的人,青训班专门有人进行甄选。一些出身贫苦阶层,或者有知识、有文化、有技术的学员,有人专门进行了解,知道本人抗战决心坚定,才会送到陕北公学或者抗大继续读书,有些人还上了前线。”

邓监堂不相信邓承盛说的话。虽然国民政府批准共产党可以在安吴堡办青训班,但绝对不会允许共产党借用办青训班之名发展壮大自己的队伍。再说,泾阳还是国统区,是共产党所谓的白区,不是陕北的红区,他们能在学员中大张旗鼓地发展组织吗?

邓监堂说:“虽然国共合作了,统一抗日,但他们公开发展亲共成员,肯定会遭到国民党的反对,甚至打压。俗话说,卧榻之旁岂容他人酣睡,我看你说的情况根本就不存在,你也别拿鬼话糊弄我了。”

对于父亲的疑惑,邓承盛解释说:“大,安吴堡的情况你是知道的。当年周莹在花园、假山等处修建了许多暗道,青训班政治处有人专门把他们认为的进步青年叫到暗道里宣传共产党的主张,选拔优秀青年加入共产党。这个事情做得比较保密,您当然不知道了。”

邓监堂说:“你就是受了他们的蛊惑,准备去延安?”

邓承盛说:“大,话不能这么说。我认为共产党的主张很有道理,我也认同,这才向您请示。如果您允许,我就准备去延安。”

邓监堂思虑了半天,才说:“我是泾阳商会会长,在西北茶叶贸易界多少也是有名望的人。如果你去延安之事被当局知道,是啥后果你知道吗?”

邓承盛说:“我就是怕连累邓家,这才跟您商量嘛。”

邓监堂说:“对于共产党的主张,我不太了解,但从他们奔赴抗日前线这一点说,共产党人还是顾全民族大义的,有血性,也敢担当。对于你去延安之事,我不同意。如果你真心拥护共产党,也可以用其他方式帮助他们,没必要亲自去延安吧。”

见父亲已经有了明确态度,邓承盛不好当面反驳,只好噘着嘴离开了。

邓承盛走后,邓监堂独自一人坐在客厅里发呆。对于二儿子选择去延安,这是他没有想到的。邓承盛自小聪明伶俐,其学业在同辈人中还算得上优秀,一直想让邓承盛出人头地、改换门庭的邓监堂就没让他参与茶号生意上的事情,一门心思让他钻研学业,没想到已经成年的邓承盛竟然接受了共产党的主张。这大半年以来，虽然老大邓承兴在他面前包庇、隐瞒，但他还是知道了邓承盛一直在青训班上课，听说还成了青训班的辅导员，帮助青训班政治处甄选人员，挑选有文化者送往陕北公学或者抗日军政大学深造。邓承盛的这些行为，属于资助共产党。如果此事被县党部或者警察局知道，后果将不堪设想。邓监堂每每想到这些发生在自己眼皮子底下的事，就寝食难安，食不知味，整天提心吊胆，生怕灾难突然降临。

泾阳茶商在苦难中艰难度日，而远在四川的姚铭义日子过得就有点凄惨了。

从1938年2月18日起，日军飞机就开始对国民政府陪都重庆进行轰炸，到了1939年5月，日本侵略军为了迫使国民政府投降，对重庆狂轰滥炸，姚铭义在重庆的天增公分号未能幸免于难，损失惨重。在当年乐山“8·19大轰炸”中，日军出动飞机36架，对乐山县城进行了惨无人道的猛烈轰炸，造成全城被毁街道12条，半毁街道3条，2050户被炸，49家遭受灭门之灾，姚铭义兴建在乐山的蜡烛厂被炸毁，弟弟姚铭仁一家三口罹难。

姚铭义在乐山的日子很难过，这里曾经有他的亲兄弟及一家人，现在他们死于日军轰炸之下，再也看不到他们当年的身影。尽管他心里异常难受，但日子还得继续。姚铭义把分号掌柜叶大龙、张孝敏，堂弟姚存厚召集到一起，共同协商天增公总号下一步该咋办。

几个人坐在一起，大家对当前的形势和天增公的遭遇心知肚明，都沉默不语。抗战爆发才几年时间，国土大部分沦丧，民众生灵涂炭，天增公系统已经损失了三分之二的业务，现在仅剩下川藏地区几个分号还在勉强支撑。国家命运尚不知如何，让他们商议天增公总号生意该何去何从，大家的心里都没底。

姚铭义见几个人都不吱声，就说了自己的想法。他说：“国难当头，商家不幸，千古一理。但生活还得继续，不能因此而沮丧萎靡，否则，我们会陷入痛苦，难以自拔。流通生意难做了，我看兴办实业可为，你们意下如何？”

叶大龙在这几个人当中，年龄最长，又在缅甸分号当过二掌柜，他不发话，其他二位也不敢发言。叶大龙见他们两个正看着自己，于是说：“姚掌柜，华东、华南、华中各分号已撤回，所幸人员和财产损失不大。重庆分号、乐山分号、缅甸分号先后遭受日军轰炸，财产损失极大。依目前情况看,要想维持天增公生意,只有另想办法。从姚掌柜口气中,我判断已经有了主意。你就说吧,我们几个照办就是。”

姚铭义说:“川藏生意虽说艰难,但受战争影响不大,还可继续维持。去年,我回泾阳时发现,因泾惠渠建成放水,泾阳及附近几个县棉花产量大幅度提高。因此,我想在泾阳建设一个棉花公司,加工当地皮棉,扩展贸易领域,你们觉得咋样?”

姚存厚抢着说:“这个主意不错,既为家乡父老解决了后顾之忧,又能为棉布生意建立基地,何乐而不为呢?”

张孝敏说:“看来存厚有回泾阳的想法了?”

姚存厚急忙辩解说:“我只是说堂兄主意不错,并没有说我想回泾阳。再说了,常年在四川经营生意,生活上也习惯了,还不如待在乐山好。”

姚铭义看着姚存厚笑着说:“既然你赞成在泾阳建设棉花公司,还是你回去吧,这也是我的意思。社树姚家墙内几家虽说败光了家产,好歹还有宗亲。俗话说,打虎亲兄弟,上阵父子兵,我不相信社树姚家再无有用之人了。话说回来,即使无人可用,你在泾阳,也能照顾姚氏祖坟,免得逢年过节无人给先人们上香送纸钱。”

姚存厚疑惑地问:“大哥,你还真让我回去呀?”

姚铭义肯定地说:“是的。除了你,我现在已无人可派了,兄弟见谅啊。建棉花公司一事,我此前和西安分号王智远掌柜说过,也提到了你。你回去之后,有啥困难,尽可以找王掌柜,也可以直接向我汇报。此事就这样定了,你收拾一下,准备过几天动身。这里的事情,孝敏打理蜡烛厂,大龙打理丝绸厂,希望我们共渡难关。”

姚存厚按照姚铭义的安排,收拾完行装,就回到西安分号与掌柜王智远商量在泾阳兴建棉花公司一事。

王智远听完姚存厚的汇报,感到事情有点难办。棉花及其纺织品是战争时期的军需用品,国民政府对其控制极其严格,虽说泾阳附近几个县都是产棉大县,尤其是泾惠渠建成后,棉花产量大幅度增加,但能否兴办成棉花公司,还真不好说。王智远心想,既然东家姚铭义有了这种想法,那就陪着姚存厚一起回泾阳,看一下实际情况,然后再做打算。

王智远、姚存厚回到泾阳,首先去找商会会长邓监堂。

邓监堂听说姚铭义打算在泾阳兴办棉花公司,有些忧虑地说:“自抗

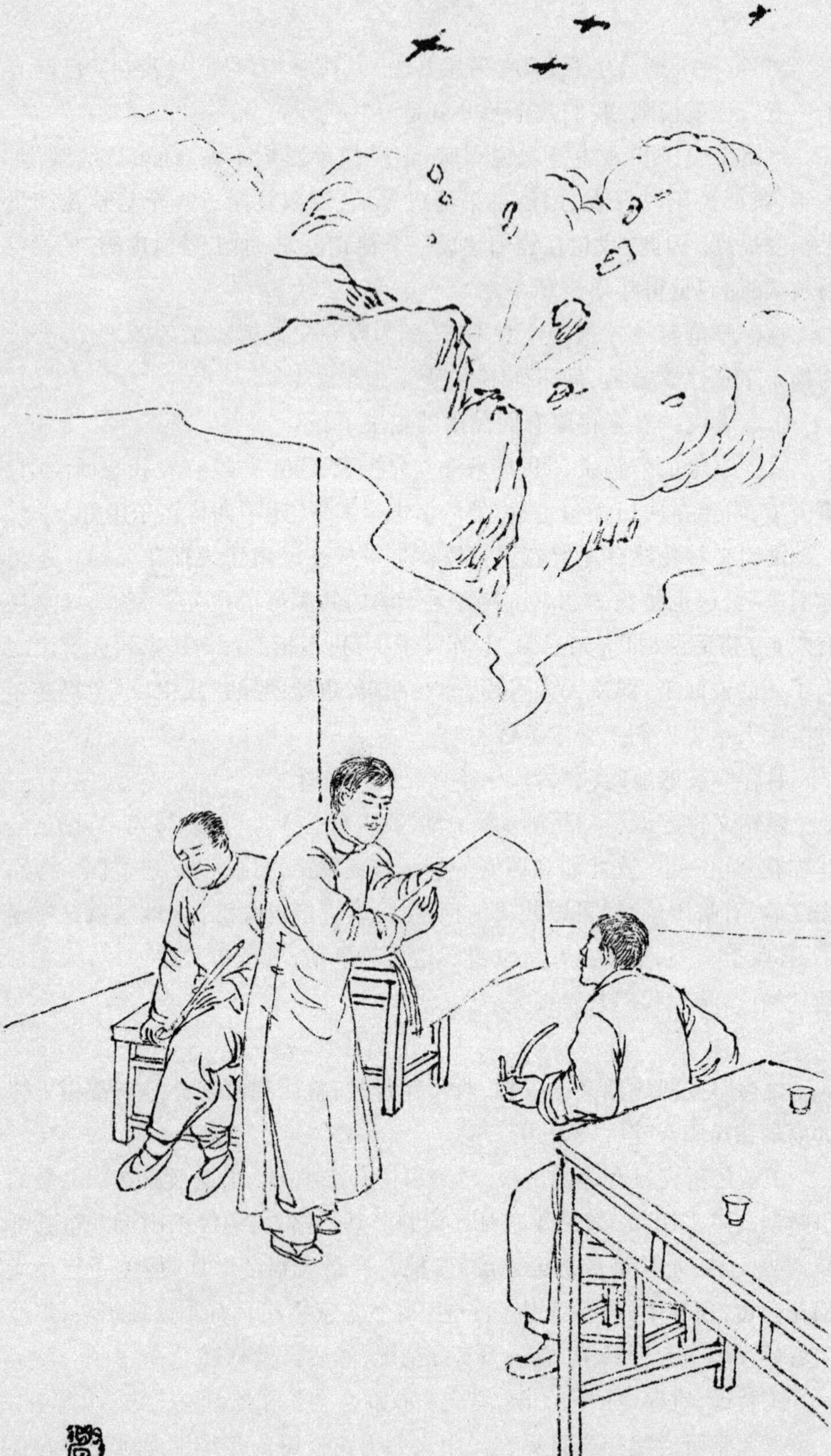

战以来，国共虽然说实现了第二次合作，但好像一直面和心不和，尤其是去年10月份发生的皖南事变，更让人觉得国民党一直还没有放弃找机会消灭共产党的企图。棉花可以说是战略物资，姚家没有官方背景做后台，此事恐怕难办啊！”

邓监堂刚说完，姚崇贤、马琨、邓承兴走进了客厅。大家寒暄了一下，又把话题转到了兴建棉花公司这个议题上了。

马琨听说此事后，说：“泾阳附近的三原、高陵、富平等县都是产棉大县，近些年因为泾惠渠开通，棉花产量增幅很大。兴办棉花公司是好事，可以就近解决棉农的销售问题，姚掌柜有此想法，值得肯定。”

邓承兴说：“国共合作抗战以来，田柏荫县长对共产党在泾阳的活动一直持中立态度，听说已引起了省党部的不满。如果田县长继续主政泾阳，估计此事还有希望。如果换了别人，恐怕就难说了。”

王智远说：“兴办棉花公司，可以为泾阳增加税收。这是好事呀，田县长不会不批吧？”

马琨说：“肯定是好事，但能否办成还真不好说。政府一直在防范共产党发展壮大，把政治问题当作了头等大事，有几个人管经济发展？”

姚崇贤说：“我看这样吧，王掌柜先回西安，等存厚找着地方，协商好土地价款之后，咱们再说向县政府申请兴办棉花公司之事。凡事都要先试一下再说，要不然八字没见一撇，就说办不成，也无法向铭义交代呀！”

姚崇贤提起了姚铭义，一直对姚铭义如何解散和安置各分号掌柜、伙计抱有好奇心的马琨就问：“存厚，听说姚掌柜在乐山遣散了华东、华中、华南几大分号的掌柜、伙计，他是如何做的？”

姚存厚说：“全面抗战开始后，我堂哥铭义看到大片国土沦丧，许多商家财产人员损失惨重，就提前通知华东、华中、华南各分号赶紧撤离。这些人撤到重庆、乐山之后，一时人满为患，无法安置，铭义召开大会说，愿意留下的安排到川藏地区各分号，不愿意留下的，发给了当年薪酬让其回家，最重要的是要求所有伙计在战争期间不能当汉奸，不管是自己经商，还是加入别的商帮，在抗战期间决不能因物资短缺、物价飞涨，损害民众利益。”

听完姚存厚的话，邓承兴说：“姚掌柜此举值得敬佩！这样一来，天增公损失不小吧？”

姚存厚说：“撤离各分号，遣散伙计，天增公总号失去了三分之二的业务,亏损估计达2000万法币,日子也难过了。"

邓监堂说:"还是铭义硬气!有这样的后生做榜样,我们应该知道该咋做了。"

马琨又问:"存厚,西南是国民政府的大后方,天增公现在就剩下了川藏生意,姚掌柜现在都干些啥?"

姚存厚说:"他现在好像看淡了生意,把乐山丝绸厂交给叶大龙经营,把蜡烛厂交给张孝敏经营,雅安总号有刘保玺掌柜打理,自己整天和安吴堡的吴宓打得火热,谈论的都是诗词歌赋,好像换了一个人似的。"

邓承兴说:"姚铭义和吴宓是三原宏道书院的学友, 听说当年在北平读书时,两个人来往就多。现在吴宓到了西南,来往多一些就不奇怪了。"

马琨说:"吴宓是学贯中西的大家,曾经是西南联大的知名教授。姚掌柜看淡了经商之事,两个人正好诗文唱和,也不失为文人雅事。"

姚存厚笑着说:"马掌柜过奖了。在四川经商的泾阳籍客商,通过我堂哥请吴宓聚餐,想攀附风雅,还闹出过一个笑话哩。"

马琨说:"真有这事?"

姚存厚说:"我能骗大家吗?在川藏经商的陕西商人都知道此事,有些人还埋怨吴宓教授脾气古怪哩。"

王智远在西安分号见过吴宓,觉得吴宓待人和气,书生味很浓,他不知道吴宓还会跟一帮商人因吃饭闹出笑话, 就说:"存厚, 你就别卖关子了,给大家说道一下吧。"

姚存厚见大家都有好奇之心,就说有一次,姚铭义约了乐山工商界的同乡,准备设宴邀请同乡贤达吴宓。议定之后,同乡公推姚铭义前去邀请。姚铭义想自己与吴宓乃是莫逆之交,应该没有问题,于是就应承了邀请之事,谁知他的慨然应诺几乎碰了钉子。

姚铭义在乐山武汉大学教师宿舍找到吴宓,他还是原来的样子,尽管名气很大,依然面容清瘦,不修边幅。当姚铭义说明来意后,吴宓说:"与一帮商人同席,还是不去为好。"

姚铭义劝说道:"大家都是老乡,又敬重你的学问和人品,初次见面,也并非有要事相求于你,你总不能驳了大家的面子吧?"

吴宓无奈地说:"你知道我不喜欢应酬,尤其不喜欢吞云吐雾地吸烟。你们在一起,共同语言较多,可谓相见甚欢,言语融洽,我去了反倒不好。让大家扫兴,不如不去。"

姚铭义见劝说不动，就说："吴教授乃学贯中西的大名人，不与我等沾有铜臭味的商人同流合污，可以理解。但你这样做，难免会伤了同乡的心。你就不怕他们在老乡面前说三道四？"

吴宓知道这是姚铭义的激将法，但话说到这个分上了，他再拒绝就有点不近人情。于是说："好吧，你们定地方，我参加。"

姚铭义和泾阳商帮一伙掌柜的七八个人，早早就到了乐山陕西街上一家有档次的饭店恭候吴宓大驾光临。对于这位久负盛名的老乡，大家有不一样的期待。有些人想攀龙附凤、附庸风雅，有些人想结识名人、留下谈资。七八个商人在一起，就把商场上的那一套搬到了宴席上，互致问候，互相递烟，顿时纸烟、水烟袋、旱烟齐上，各显神通，时间不长，还真的像吴宓说的那样吞云吐雾，把不大的雅间弄得烟雾缭绕，空气呛人。身处其中的这帮人早习以为常了，等吴宓在饭店伙计的带领下来到雅间，推门一看，里面乌烟瘴气，只看到几个影影绰绰的人影，无法看清真实面貌。要不是姚铭义告知他雅间名称，他可能立马转身就走，绝对不会进去。

姚铭义见吴宓站在雅间门口迟疑着不进门，就知道这帮烟鬼们吸烟惹了祸。他赶紧起身，走到门口，拉着吴宓的手对大家说："大家安静一下，咱们老乡吴教授驾到，大家欢迎！"

一阵掌声过后，吴宓被推到了主座。众人见吴宓就座，又七嘴八舌地恳请吴宓讲话。吴宓摇着头，皱着眉，表示无话可讲。姚铭义怕伤了老乡的面子，小声对吴宓说："盛情难却，你还是说几句吧。"

吴宓沉思片刻，还是拒绝讲话。

因吴教授不说话，这顿饭吃得就淡而无味，纯粹是为了吃饭而吃饭。饭局快结束时，有人提议让吴教授谈一下法币贬值及国家经济情况。姚铭义觉得这个问题不错，他也想听一听老朋友对此的看法。谁知吴宓的回答让大家又失望了。

吴宓说："我没有研究经济问题，无从奉告。"

另有一个人说："吴教授，我等都是商人，才疏学浅，不知大义，又生逢乱世，请您谈一下如何做人的道理。"

吴宓沉着脸说："《管子·法法》云：'言有辨而非务者，行有难而非善者，故言必中务，不苟[1]为辨；行必思善，不苟为难。'身处乱世，我想就是

[1] 不苟：不随便；不马虎。

‘不苟’二字。”

话不投机，众人纷纷离去，姚铭义也感到有些尴尬。

在送吴宓回学校的路上，姚铭义说：“吴教授，你在课堂上口若悬河，滔滔不绝，声情并茂，咋见了老乡又变成了这般模样？”

吴宓说：“我本来就不想来，未进屋，就看见满屋子烟雾，味道呛人。你知道我不喜欢人抽烟，因此感到很不舒服。再说，一帮子商人，想探讨国家经济，我对经济很少研究，又能说什么？我生性直率，可能得罪大家了，请你转告他们，希望海涵。”

姚铭义觉得吴宓此举与孩童无异，非常可爱，完全不像一个知名教授。他调侃说：“你一个大教授，几句‘之乎者也’的引经据典就打发了一帮子商人，值得敬佩！”

吴宓说：“铭义，你跟他们不一样，受过高等教育，经历过许多挫折，对社会、对人生都有许多感悟，咱们之间谈起话来比较投机，其他人就算了。今后，如果工商界人士相聚，你最好不要叫我，免得大家都难堪，也坏了我的名声。”

姚铭义说：“谨遵教诲。当下时局的确堪忧，你不想对我说几句吗？”

吴宓看了姚铭义一眼，沉思了一下，随后吟诵道：“六国缘何欲帝秦，局危难渡议称尊。纵横诡辩苏张舌，兄弟约和辽宋亲。丰沛故人图后贵，陈桥拥戴想前因。垂裳难击苍生望，扰攘兵戈禅代频。”

姚铭义乍一听还觉得新鲜，仔细一琢磨，好像在哪里见过这首诗。于是就问：“你该不会是糊弄我吧？”

吴宓笑着说：“这是我多年前写的一首《咏史》诗，我猜你可能见过。你仔细琢磨一下，或许对你判断当前局势有好处。”

众人听完姚存厚的叙说，对这个大名在外的老乡又多了一分认识。对生逢乱世的大学者不愿意谈国家的经济，大家都能理解，对他谈做人要“不苟”，众人纷纷议论起来。

邓承兴说：“吴教授所言的不苟，就是不随便、不马虎。我等经商之人生逢乱世，也应该有做人的底线，就像姚铭义要求回家的伙计在抗战期间不能当汉奸，不能损害民众利益一样，要做一个堂堂正正之人。”

马琨说：“经商之人也是良莠不齐，难免有人发国难财。邓会长，为了防患于未然，我建议由商会出面，把丑话说到前头，万一有人趁机掺假、涨价，商会也有个应对之策。”

王智远说："我同意刚才两位掌柜的意见。天增公系统会按照东家要求，约束伙计。至于泾阳茶业商会，只有请邓会长出面约束了。"

几个人闲谈了一阵，商量了一些具体办法就散了。

乱世出枭雄，乱世更多的是催生了一批怙恶不悛的土匪，他们杀人越货，绑架勒索，给地方政府带来了治安隐患，给富商大户造成了大量财产损失。在国难当头，生意难做之际，泾阳东乡崇文镇就出了这么一个人称神枪手的马跛子，令高陵、泾阳、三原一带善良民众闻之胆寒，咬牙切齿。

这天一大早，贾掌柜急匆匆地来找邓监堂，说是有重要事情向邓会长汇报。

邓监堂刚梳洗完毕，听伙计说贾掌柜有要事来找他，匆忙来到客厅。贾掌柜见邓监堂从后院出来了，带着哭腔说："请邓会长救我儿子一命呀！"

邓监堂被贾掌柜这一出弄蒙了，他问："贾掌柜，先坐下，有话慢慢说。发生了啥事情，还牵扯到你儿子的性命？"

贾掌柜悲愤地说："我儿子贾世玉被马跛子绑架了，他声称没有5000大洋绝不放人，如果明天下午不把钱送到指定地点，就要撕票了。"

邓监堂问："这是啥时候发生的事情？"

贾掌柜说："我今天一大早接到马跛子让人带来的纸条，才知道贾世玉被绑架了。邓会长，你也知道这几年生意不好做，我哪里有5000大洋赎人啊！这可咋办呀？"

邓监堂问："你咋跟马跛子结下了梁子？"

贾掌柜说："世玉前几天去崇文一个同学家里，正好碰上马跛子去他同学家里的杂货店。同学的父亲何掌柜正在和客人说话，没有及时搭理马跛子。马跛子嫌没有给他面子，伤了他的尊严，当时就破口大骂。世玉年轻气盛，看不过眼，就说了几句，谁知道马跛子从身上掏出手枪，顶住世玉的脑袋，恶狠狠地说马槽里出了个驴嘴，这里有你啥事。世玉犟了几句，马跛子恼羞成怒，用枪把砸了世玉几下，就把世玉带走了。随后让人送来纸条，说是让用5000大洋赎人，否则就撕票。"

邓监堂自言自语地说："这个马跛子是何路神仙，咋这么霸道？"

邓监堂的话音刚落，邓承盛进来说："马跛子是闻名四乡八里的恶棍，这个人我知道。"

邓监堂闻听邓承盛知道马跛子其人，就说："我常年操心商会里的事情，没想到咱泾阳还出了这么个哈怂。"

据邓承盛说，马跛子幼年时上过私塾，写得一手好毛笔字，还好舞枪弄棒，习练武术。成年后当过兵，练成了弹不虚发的神枪手，在一次战斗中，马跛子腿部受伤，从此大名被人忘记，留下了马跛子的外号。后来，他离开军队，自己买了一把枪，凭借着一手好枪法，聚集了一帮子匪徒，危害乡邻。更邪乎的是，马跛子智高胆大，作战很有胆略，还能弄出出奇制胜、以少胜多的战例。

有一次，马跛子带领十几个匪徒夜宿高陵肖家村，被高陵保安大队包围了。肖家村有完整的城墙，马跛子见保安大队围住了他们，不敢贸然进攻，就知道保安大队的官兵惧怕他的枪法。考虑到自己人少，硬拼会吃亏，马跛子就用了诸葛亮的"疑兵计"，下令号兵吹号，让匪徒假装出操，边跑边喊，故意从城墙垛口经过，如此反复转圈，跑来跑去，加上他自己向城外打枪，枪不空放，伤了对方好些人。城外官兵不知道马跛子在城里有多少人，不敢恋战，只好撤兵。马跛子因此化险为夷，并被匪徒们当成了诸葛亮再生。

听完邓承盛一番絮叨，贾掌柜更是忧心如焚，不停喃喃自语："这可咋办呀？这可如何是好？"

邓监堂说："对付这种人，我也没办法，咱们一起去找田县长。一县之长，本就有保境安民的职责，我想他不会不管的。再说，泾阳也有保安大队、警察局，只要田县长一声令下，保安大队、警察局一起出动，我不相信还收拾不了一个马跛子！"

邓承盛说："大，你的想法不错，关键还要看田县长是否有决心剿灭马跛子？"

邓监堂说："对这类危害民众的匪类，田县长如果不下决心剿灭，就是和他们有勾结！"

邓承盛担忧地说："大，你这话在咱家说可以，到了县政府千万不敢这样说。咱是去求田县长剿匪的，不是去赌气打别扭的，万一因言语不和，耽误了救贾世玉兄弟，岂不是得不偿失？"

贾掌柜赶紧打圆场说："对啊，邓会长，咱们是去求田县长的，尽量把话说委婉一点。田县长到泾阳后，还是为民众办了不少实事，口碑也不错。咱们赶紧到县政府去吧，看他听了这个消息咋说。"

“走，见了田县长再说。”邓监堂说完话，站起身就往外走。

邓承盛见邓监堂、贾掌柜急匆匆要走，大声喊：“大，你还没吃早饭哩。”

邓监堂回头说：“人命关天的大事都已经火烧眉毛了，还顾得上吃早饭？走，你也一起。”

从裕兴重总号出来，一拐弯，就到了秀水街。不到一袋烟工夫，三个人相跟着就疾步走进了县政府。

到了县政府大厅，邓监堂见田县长和保安大队冯队长、警察局张局长正坐在一起商量事情。他停下脚步问：“田县长，你们正在忙正事？”

田县长说：“据崇文镇镇长报告说，匪首马跛子最近在崇文镇附近绑票勒索，危害民众，我正在跟冯队长、张局长商量如何铲除这个罪大恶极的马跛子。邓会长，你一大清早到县政府来有啥要紧事？”

邓监堂说：“我们也正是为马跛子绑票勒索之事而来的。贾掌柜，你把你儿子被绑票的事给田县长、冯队长、张局长他们说一下吧。”

等贾掌柜详细说完他儿子贾世玉被绑票的事后，冯队长一拍桌子，气得骂道：“这个马跛子简直无法无天了，仗着一手好枪法，气焰嚣张，不可一世，不把人放在眼里。这几年为非作歹不说，前一阵还伤了我几个兄弟，此人不除，县境内永无宁日。田县长，你就下命令吧，保安大队和警察局通力合作，一定能把这个祸害给除了。”

张局长说：“只要冯队长有决心，警察局一定通力配合。这小子近几年游荡在泾阳、高陵、三原一带，祸害乡邻，民愤极大，老百姓也在骂我们这些当警察的白吃干饭，拿着薪水不干活。正好邓会长、贾掌柜有事求到了门上，我们就除了这个祸害，尽点保境安民的职责。”

田县长说：“听说马跛子这几天就在崇文镇附近活动，他绑了贾掌柜的儿子等着赎人，你们就趁此机会为民除害。等除了马跛子，我给你们请赏。”

贾掌柜说：“等救出了我儿子贾世玉，我用赎金犒赏保安大队和警察局的兄弟们，决不食言。”

冯队长说：“贾掌柜，你这是何必嘛！我们为民除害，又不是为你一个人。剿灭马跛子是保安大队的职责，也是田县长的命令，你就别客气了。”

张局长说：“如果贾掌柜要犒赏兄弟们，请参战的兄弟们喝个酒就行了，没必要太破费。否则，我们和马跛子岂不成了一丘之貉？”

邓监堂说："还是冯队长和张局长仗义。要不这样，我让我们家承盛跟你们一块去。"

冯队长说："邓会长，围剿马跛子肯定会发生枪战，你就不担心你家二少爷会受伤？"

邓监堂说："马跛子肯定知道贾掌柜会求我帮忙，他不是要赎金吗？让承盛去送赎金，可以打消他的疑虑。至于咋干，你们商量，我就不参与了。"

田县长说："冯队长、张局长，就按刚才咱们商量的办，我在县政府恭候佳音。"

第二天下午，冯队长、张局长带着贾世玉安然无恙地回到了县城，并向田县长报喜说，马跛子已经被击毙了。县城民众听到马跛子被击毙的消息，无不击掌相庆，奔走相告。

贾掌柜领着贾世玉亲自到裕兴重总号来道谢，他其实更想弄明白这一天多时间发生了些啥事情，保安大队和警察局又如何这么快就把不可一世的马跛子给击毙了。

邓承盛知道他父亲同样也有这样的好奇心，就给他们讲了击毙马跛子的经过。

原来，马跛子绑架贾世玉之后，认为贾掌柜世代经商，一直在做茶叶贸易，家中肯定有积蓄，区区 5000 大洋对贾掌柜来说乃是九牛一毛。再说，商人都以和气生财为生存之道，一般都会息事宁人，不愿声张。于是，马跛子就在崇文镇焦村他的密友王某家中等候贾掌柜送赎金来赎人。

邓承盛拿着 5000 大洋的银票到了焦村王某家，看到贾世玉被绑在一间屋子里，并没有受多大折磨，就把银票交给了马跛子。马跛子见邓承盛一人前来送银票，更坚定了他的想法。他接过银票，看了看上面的数字，对邓承盛说："回去告诉那个愣头青，让他今后少管闲事。否则，就不是 5000 大洋能打发老子了。"

邓承盛看见马跛子一脸凶相，面目狰狞，就假装顺从的样子说："请马爷放心，我一定转告。"

邓承盛随后解开捆绑贾世玉的绳子，拉着他赶紧出了村。在村口不远处，邓承盛对冯队长、张局长说，马跛子就在王某家里，身边没有别人。

冯队长、张局长指挥保安队员、警察迅速包围了王某家，一阵枪战，马跛子被击中腿部，钻进了王某家的地窖里。大队人马冲进院子后，发现了马跛子留下的血迹，顺着血迹追寻，找到了地窖洞口。冯队长让人抱来干柴，并在干柴上放了辣椒，浇了一点水，然后点燃，扔向了洞口。时间不长，辣椒随着干柴燃烧，发出了呛人的味道，马跛子忍受不了烟熏和辣椒的呛人味，就想往外冲。等他刚冲出洞口，守候在洞口的保安队员、警察一起开枪，把他又逼回了地窖。马跛子知道自己恶贯满盈，见密集的子弹封住了洞口，逃出无望，终于绝望地开枪自杀了。

听完邓承盛一番话，邓监堂说："不是说马跛子被击毙了吗？咋成了他开枪自杀？"

邓承盛说："被击毙是官方的说法。反正马跛子已经死了，世玉兄弟也被救回来了。至于围剿马跛子的细节，你们知道就行了，千万不要再议论，免得保安大队和警察局的人脸上无光。"

贾掌柜说："就是。不管咋样，马跛子死了，世玉也安然无恙地回来了，皆大欢喜。对了，我还要兑现犒赏参战人员一顿哩。"

邓监堂说："说出去的话，就如泼出去的水。既然说了要犒赏，你就去县政府请示田县长，看他觉得何时犒赏合适。"

贾掌柜带着儿子走后，邓监堂叹息着说："现在国难当头，商道不通，生意难做，茶商中间没有出现制假掺假行为，没想到出了土匪。要不是田县长大力支持，保安大队、警察局岂是别人能调动的？"

邓承盛说："田县长有保境安民之职责，剿灭马跛子这样的惯匪，是他职责所在，也为他赢得了好名声。其实匪和匪还是有区别的，对于有些匪，他不但不剿，反而还偷着放人，这些事你不知道吧？"

邓监堂诧异地问："还有这事？"

邓承盛说："对马跛子这样的惯匪，田县长肯定要剿灭。对于国民政府称之为'共匪'的匪，田县长就另当别论了。"

邓监堂问："你咋知道这些事情的？"

邓承盛神秘地一笑，说："我不但知道田县长释放过三名共产党员，还知道他是大革命时期的中共党员。虽然他早已脱党，但良心未泯，没有忘记他是干啥的。"

邓监堂明白面前这个儿子虽说因自己的阻拦，没有去延安，但肯定与共产党有瓜葛，弄不好已经成了共产党员。要不然，他咋知道这么机密的事情？

邓承盛见父亲面带忧虑之色，就劝说道："大，您放心，我知道轻重，也不会贸然行事。我希望刚才说的话,您不要对任何人提起,否则会有大麻烦的。”

邓监堂说:“你把你大当成三岁的瓜娃了。我一直在想田县长为政清廉,在维护社会治安、发展农业生产、兴办教育和查禁烟毒方面颇有建树,赢得了老百姓的好评,没想到他早年还是一名共产党员。如此看来,国民政府对共产党的宣传大多都是谎言了。有了田县长这样的父母官,乃是泾阳民众的福气啊!”

邓承盛说:“我也希望田县长能继续在泾阳为官,为抗战出力,为民众多谋福祉。”

邓家父子没想到,他们的愿望很快就落空了。

第二十六章

向丕桢无恶不作
地下党除恶锄奸

时序刚跨入 1941 年，泾阳县来了一位新县长。此人叫向丕桢，据说是陕西省政府秘书长、民政厅厅长蒋坚忍的女婿，曾在蒋委员长侍从室任过职。

对于田伯荫调往其他地方任职，坊间传言说田伯荫在泾阳主政期间，有纵容共产党嫌疑，导致大量军需物资通过泾阳运往陕北。皖南事变发生后，国民政府为了打压共产党，开始对陕甘宁边区进行经济封锁，县党部向省党部反映说田伯荫反共态度消极，不适合在泾阳这个通往陕北的交通要道之地继续主政，否则，无法实现阻挠进步青年去陕北，不断搞摩擦的目的。省党部考虑再三，最后决定委派具有职业特工经验的向丕桢出任泾阳县县长。

向丕桢之所以愿意到泾阳出任县长，是看中了泾阳是著名的产棉区，也是茯砖茶制作基地，地方富庶，民风淳朴，他可以坐镇泾阳，监视三原、淳化、高陵等地中共地下活动，控制泾河渡口，限制西安和陕北的联系，大捞油水，中饱私囊，达到公私兼顾、名利双收之举。

向丕桢到泾阳后的第一件事，就是打着关心民间疾苦、仇视烟毒的幌子，以严查鸦片为借口，经常化装出行，随意出入民宅，在县城内士绅、富户、商贾家中走动，时间不长，县城民众对向丕桢这种做法极其反感。

趁着过年之际，姚存厚带着礼物上门给邓监堂拜年，想顺便提出他想征地兴建棉花公司的事情。

邓监堂听说姚存厚已经在县城西关找到了一块地方，谈妥了价格，拿到了地契，就说："贤侄啊，向县长到任后的做派你也听说了，此人不能和田县长相提并论，根本就没想着发展地方经济，保境安民。我听说向县长要求县党部、警察局对经营药材、粮食、棉花及布匹生意的所有商家挨个排查，看有没有人暗中支助共产党。你现在要兴建棉花公司，估计难度相当大啊。"

姚存厚不甘心地说："泾阳周围几个县都是产棉大县，每年棉花产量很大，老百姓出售棉花也艰难。我堂哥铭义就是看中了泾阳位居几个产棉县中部，方便棉花收购和加工，才决定修建棉花公司的。"

邓监堂说："姚铭义的眼光不错，可惜碰到的县长不是为民着想之人啊！你也知道，棉花是军需物资，棉布也受到了地方政府控制。你兴建棉花公司，估计很难通过向县长这一关的，光是审查就让你无法承受。"

姚存厚说："难道此事就这样放弃了？"

邓监堂说："等过完年再说吧。眼下向县长神出鬼没，走东家，窜西家，说是查禁鸦片，我看事情没那么简单，他是给所有商户找碴哩，想打开缺口，杀一儆百，树立他的威信，达到不可告人的目的。"

邓监堂话音刚落地，马琨也提着礼物来给邓监堂拜年来了。他把手中的礼物放在八仙桌上，顺着邓监堂的话说："依我看这个向县长简直就是巧取豪夺，手段比田玉杰还镵火[①]。"

邓监堂苦笑着说："你是说他过年卖春联的事？"

马琨说："我在泾阳好歹也30多年了，还没有见过这样的县长，自己印制春联，亲自向全县棉农和商户发放，要求家家户户张贴他的春联。邓会长，你想嘛，虽然一副春联值不了几个钱，但全县都用他印刷的春联，那能是个小数字？他刚来就敢这样胡弄，以后说不定还会弄出啥幺蛾子哩。长期下去，还有咱们的出路吗？"

邓监堂说："刚才存厚跟我说起他按照姚铭义的要求，想在泾阳兴建棉花公司的事，我说现在很难办，他还不服气，也不想放弃。马掌柜，依你之见，他这个棉花公司能办成吗？"

马琨不假思索地说："估计够呛。"

姚存厚反问道："马兄，你咋知道够呛？"

马琨说："你难道不知道年前西关棉花行杜老板被向丕桢无故处罚一事？"

姚存厚说："年前我就送我大回社树去了，也劝他过完年就在家里休息，不必再操劳天增公在泾阳北极宫的茶叶加工厂之事了。我大不同意，为此我在家劝说了几天。对于县城西关棉花行杜掌柜被新来的向县长处

---

① 镵火(chanhuo)：关中方言，锋利。《史记》中就有陕西人说话、办事总是镵火得很的说法。

罚一事的确不知道。马兄，杜老板为啥被处罚呀？”

马琨说：“腊月二十三过小年那天早上，向丕桢独自一人到西关一带转悠，听见杜老板的棉花行有轧花声，就破门而入。看到杜老板开着轧花机，就问杜老板屋里的棉花有多少，杜老板如实进行了汇报。向丕桢说杜老板虚报数字，存在偷漏国税嫌疑。杜老板再三解释，向丕桢就是不听。回到县政府，向丕桢就派县党部几个人拿着传票，以偷税罪把杜老板关押在监狱了，并且要罚款3500元。要不是邓会长出面求情，杜老板可能就在监狱里过年了。”

姚存厚听完这话，一下子惊得目瞪口呆。

邓监堂说：“杜老板被关押后，杜夫人派儿子来求我出面救人。咱当着商会会长，没办法就去求向县长。去求向县长之前，我先把杜家棉花行仔细盘点了一下，把籽棉、皮棉数量弄清楚之后，才去县政府找向县长。谁知道好话说了一河滩，向县长才说，看在我这个年纪大的会长面子上，必须交300元罚款，才能放人了事。存厚啊，不是我不帮你审批兴建棉花公司手续，实在是向县长这个人太难打交道了。”

姚存厚郁闷了。现在兴建棉花公司的土地基本上办妥了，却碰上了这么一个县长，这可咋办呀？

邓监堂知道姚存厚的难处，就说：“这年还没过完，你也不要着急上火，看年后向县长还有啥花招再说。俗话说，新官上任三把火，他印刷春联，处罚杜老板，已经烧了两把火了，等烧完第三把火，看情况再递交审批资料吧。”

姚存厚只好说：“那就过完年再说。国难当头，生意本来就难做，谁知道关心民众的田县长调走了，却来了向丕桢这个二尿货。”

马琨说：“存厚兄弟，你把泾阳县县长换人的事向姚铭义汇报一下，免得他在成都或者雅安着急。”

当年春天，向丕桢向全县发布了征兵告示，要求全县青壮年应征入伍，上前线抗击日寇。此前，泾阳青壮年有一部分人自愿参加了八路军，有一部分人参加了国军，连续多年征兵，使泾阳青壮年大为减少，仅能维持日常农事活动。向丕桢把征兵告示张贴出去后，几乎没人应征。他急眼了，就私自修改了《兵役法》，要求每甲一丁，不愿服从者，就派县党部领着保安大队、警察局下乡抓人。一时间县城里被抓的壮丁多达上千人，牢房关押不下了，就征用商号商铺关押，弄得各商号生意都没法做了。许多商号掌柜的不约而同地来找邓监堂，求他出面协调解决此事。

邓监堂没想到向丕桢的第三把火从征兵开始了。但对于这几个商铺被侵占的老板，邓监堂也是有苦难言。征兵上前线抗日，这个旗号打得太好了，谁敢反对？至于暂时占用商铺，向丕桢可以说是让商人为抗战做点贡献，他才不管你做不做生意。

看着商号掌柜愁眉苦脸的样子，邓监堂硬着头皮说："这样吧，咱们选几个代表到县政府去找向县长，把实情禀告向县长，恳请他尽快把兵员送走。至于向县长是如何打算的，只有等请示完了再说了。"

掌柜们听说邓会长终于答应出面协调此事了，也是一阵激动。几个人协商了一阵，公推邓监堂、马琨、刘掌柜、邓承兴几个人作为商界代表，前往县政府找向丕桢。

邓监堂一听这些代表都是茶行掌柜，无奈地说："这样不好吧。你们公推的代表咋全是茶行的掌柜，难道其他行业就选不出代表了吗？"

布匹行的蔡掌柜说："县城掌柜的虽然多，但影响力最大的还是茶叶行。你们几位在商会中名望很高，也有威信，公推你们当代表也是大家的意思，请邓会长海涵啊。"

邓监堂说："我看这样，除了我们几个人，还有占了你们商铺的蔡掌柜、马掌柜、牛掌柜，大家一起去。没有苦主前去求情，向县长或许会给我们扣上一顶破坏抗战的大帽子。真发生了这事，恐怕我们几个就命丧黄泉了。"

蔡掌柜、马掌柜、牛掌柜听完邓监堂一席话，只好说："就按照邓会长的安排，我们一起去县政府找向县长。"

一行七八个人走到县政府门口，就让站岗的士兵给拦住了。士兵班长打量着这一群县城里面有头有脸的各行业掌柜，冷着脸问："邓会长，你们这些人到县政府来想干啥呀？"

邓监堂微笑着说："军爷，我们一行想求见向县长。"

班长板着脸说："想见向县长？你们在门口等着，我进去禀告一声。"

等班长走后，邓监堂小声对众人说："等会见到向县长，要注意向县长脸色，千万不敢凭意气乱说。"

向丕桢履职泾阳县县长之后，带着夫人就住在县政府后院。他把原来县太爷家眷居住的地方重新收拾了一下，不敢说富丽堂皇，最起码超过了泾阳富商大户的内宅。此刻，向丕桢正陪着夫人在内宅说笑，听见卫兵班长高声喊报告，向丕桢不悦地说了一声：“进来。”

班长进屋后，发现蒋夫人穿着丝绸棉袍，头戴金银首饰，满面春风地看着向丕桢，就知道他打搅了县长大人的雅兴。急忙双脚并拢，敬了一个军礼，说：“报告向县长，商会邓会长带了七八个人到县政府大门口了，说是恳请面见向县长。卑职不敢做主，特来请示。”

向丕桢听说邓监堂带着人来了，给蒋夫人递了个眼色，微笑着说道：“邓会长乃是泾阳商界领袖，我还要指靠他带领商人发展泾阳经济哩。他带人来了好呀，省得我派人去找他了。出去告诉邓会长，让他们在政府前院大厅等候，我马上就来。”

班长走后，向丕桢笑着说：“夫人，咱们发财的机会到了，又有人送上门来，你就等着收钱吧。”

蒋夫人开心地笑着说：“我没看错人，还是你办法多，点子高明啊。”

向丕桢来到县政府大厅门口，发现邓监堂等人正在焦急地等待着自己。他做了一个深呼吸，板着脸进了大厅。

邓监堂等向丕桢坐在了大厅正中摆放的方桌上首位置之后，站起身说：“向县长，我等商业界人士一起前来恳请向县长一件事。”

向丕桢问：“啥事情啊，这么多人一起来，想闹事吗？”

邓监堂说：“我等一介草民，哪敢闹事！最近，全县壮丁响应向县长指令，积极参军，报效党国，这是一件多年来未曾出现过的壮举。无奈报名的壮丁太多，现在临近县政府的商铺都住满了壮丁，商铺无法正常营业了。我代表众商户恳请向县长赶紧把壮丁送走，让商铺恢复营业。”

向丕桢笑着说：“壮丁踊跃参军，说明民众顾大体、识大局，我也很高兴泾阳民众有这样的觉悟。但何时把壮丁送到军队去，不是我说了算的。再说，踊跃报名的壮丁也是良莠不齐，未必都能符合军人的要求。既然邓会长代表商号来政府求情，我看这样，如果壮丁中有残疾，可以具保领回，这就可以腾出来一些地方，商户们就可以正常营业了。”

蔡掌柜等几家被占用商铺的掌柜一听向丕桢这话，感激地说：“还是向县长关心民众疾苦，体谅商户难处啊！我等几人在此感谢向县长了。”

向丕桢说：“征兵抗日乃是当前本县之要务，我体谅商家，商家也要体谅我。凡有残疾之壮丁，每人缴纳500元即可回家。壮丁不够时，我再想办法征集家中兄弟们人数较多者，你们看这个办法可好？”

未等邓监堂说话，被侵占商铺的牛掌柜急于想让拘押在自己商铺的壮丁腾地方，就说：“向县长这个办法好，既为国家挑选了人才，也为商家腾出了地方，可谓一举两得，再好不过了。”

向丕桢笑着说：“既然你们赞同，我就让人到各乡镇张贴告示，明确告诉大家，可以用钱赎回有残疾之人。”

邓监堂等人刚走出县政府大门，马琨说：“牛掌柜，你光想着自己的事了，就没想到向县长一张告示张贴出去，有多少人会倾家荡产吗？”

牛掌柜诧异地问：“不会有你说的那么严重吧？”

邓承兴说：“这些年泾阳能吃粮当兵的早就上前线了，剩下的不是家里的顶梁柱，就是无法脱身的独苗。向县长一张告示贴出去，有些人家为了赎回家中不可或缺之人，肯定会不惜钱财想法打通关节，把人留住。不信，你就等着瞧吧。”

过了两天，全县各乡镇都张贴了向丕桢关于出钱赎人的告示，县城里面顿时成了人间地狱。

从乡下来县城探望亲人者络绎不绝，但向丕桢规定，探望者只能站在大街上隔着窗户探望，不准壮丁和家属直接见面。这个损招，使得探望的家属在大街上哭喊，被拘押的壮丁在屋子里哭，凄惨之状，不忍闻睹。

为了赎回家中唯一的劳动者或者顶梁柱，一些贫困人家开始出售仅有的土地，甚至房产，真的出现了邓承兴预言的不惜倾家荡产也要赎回亲人的局面了。县政府门前整天挤满了手持现金的贫苦百姓，愁眉苦脸，唉声叹气，悲愤交加者难计其数，听说有些人为了赎回家中的顶梁柱，把年幼的女儿都卖了。

与县政府外面悲惨的场景不同，候在家里的向丕桢一手不断收着现金，一手在纸上勾画着交钱者的姓名。那些交了钱之人，拿着向丕桢批准的纸条，到处去寻找亲人，然后领着饥饿不堪的亲人快速离开县城。

更让所有商家吃惊的是，向丕桢借口支持政府抗战，不断向殷实富户人家增税派款，随意给贫苦百姓乱扣“私通八路”的帽子，还说他得到省政府允许，要将茶税纳入统征税进行试点。一时间普通民众人心惶惶，民怨沸腾。经商之人如履薄冰，胆战心惊。大家都在筹划对策，寻求生路。

自抗战以来，西北虽地处偏远，经济欠发达，但却是国民政府的大后方。日军为了打击国民政府抵抗的信心，在民众中制造混乱和悲观情绪，不断派出飞机对陕西的西安、咸阳、宝鸡，甘肃的兰州、天水等地进行狂轰滥炸，老百姓整天生活在提心吊胆之中，西部茶叶贸易也受到了严重打击。

这天，马琨接到兰州东关分号拍来的电报，说兰州城受到了日军飞机五个批次、102 架飞机的轰炸，商号损失惨重，许多伙计受伤，请求他赶紧回兰州处理善后事宜。

马琨拿着电报，心情异常愤懑。泾阳这边，来了个向丕桢，弄得人心惶惶，生意难做。兰州那边又遭受了日军飞机轰炸，损失无法估量。这样的日子何时是个头啊。

见东家马琨唉声叹气，二掌柜王长安（王三槐之子）劝说道："掌柜的，既然兰州分号请求你回去处理善后事宜，我看你还是回去一趟吧。这里的事情有我在，有啥重要事情，我会及时拍电报告知你的。"

马琨说："按道理说我叔父在甘肃，本应该照顾好马家的商号，谁知他一直醉心于教育事业，根本无心经商。我堂弟马珏继承了他大的秉性，也是无意经商。前一阵，兰州传回来消息说，马珏到成都去了。唉，兰州是马合盛茶号的中转站，马家现在已无人直接参与打理了。从泾阳到兰州，尤其是从兰州到武威、张掖、酒泉、内蒙古和甘南，运输线漫长，没有个可靠之人管理，还真让我放心不下啊！"

王长安说："老东家的堂弟马合利早已告老还乡，二老爷醉心于教育，马珏少爷无意经商，东家的日子确实不好过。我建议，东家此次回兰州后，把三个分号重新整合一下，精心挑选一个掌柜的管理，这样你就省心了。"

马琨说："你说得有道理。我明天就动身回兰州，泾阳的事情就靠你了。遇上政府摊派，你就去请示邓会长。咱们随大流，千万不敢强出头惹来麻烦。"

王长安点了点头，说："请东家放心，我知道该咋做。"

经过三天马不停蹄的奔波，马琨回到兰州，发现昔日繁华的兰州城已变得满目疮痍，到处都是残垣断壁。街道上弹坑遍布，行人面带惶恐，脚步匆匆。

进了马家东关分号，现任掌柜唐多莀（唐怀忠之子）见东家终于回来了，赶紧上前把他招呼进了分号客厅。在马琨的记忆里，东关分号是马家起步和走向全国各地的发源地，这里的客厅豪华气派，珍奇古玩、名人字画到处都有，令同行羡慕。可如今客厅的摆设除了八仙桌、太师椅、小圆凳，几乎看不见值钱的东西了。

唐多莐给马琨倒了一杯茶，递给他之后，说："日军飞机不间断轰炸兰州，合盛西分号、合盛谦分号损失惨重，房倒屋塌，茯砖茶被毁，药材、皮货被烧为灰烬，两个分号的掌柜也受了重伤。此次日军飞机轰炸，东关一带是轰炸的重点，合盛东分号也是受损严重。东家，你看这日子咋过吗!"

马琨忧愁地说："国难当头，国力羸弱，无法全面抗击日军，我们这些平头百姓只能遭罪了。既然合盛西分号、合盛谦分号房倒屋塌，掌柜的受了重伤，我看这样，把合盛西分号、合盛谦分号撤并到合盛东分号来，由你统一管理如何？"

唐多莐说："唐家与马家那是几代人的交情，东家有难处，我也不能撒手不管。不过咱把丑话说到前头。按道理说，国难当头，商道时通时断，物资紧缺，物价上涨，兰州分号应该给东家上交更多的利润。可是，你也知道，抗战以来，各级政府摊派增多，税赋增加，茶号的利润不增反降。如果东家信任我，我就尽力而为。如果东家还有其他想法，就请另选高明吧。"

马琨知道唐多莐说的是实情，他所经历的自己在泾阳全都经历过，而且有过之无不及。商家冒着生命危险挣的利润，真正能装在自己口袋的并不多。他在泾阳时就听说四大家族之一的孔家设立了中国茶叶公司、花纱布管制局，又联合其他三家出台了黄金白银外汇限制私人买卖管理办法等，这些举措，肯定会压缩民族商业的生存空间。对于唐多莐，马琨多少还是了解的。此人跟随父亲唐怀忠多年，深受父亲指点，在西部茶叶贸易上足可独当一面。如果此人离去，他不知道还能选出啥人来担当兰州分号掌柜的重任。

马琨说："唐掌柜，刚才你说到了唐家和马家是几代人的交情，这种交情在某种程度上是打断骨头连着筋的。这几年，你在兰州合盛东分号日夜操劳，取得的业绩有目共睹，我也很放心。现在国难当头，合盛东分号又遭受重创，你不来承担重任，又有谁能承担此重任呢？"

唐多莐想了一下，感觉到对西部茶叶贸易熟悉程度能超过自己的确实没有几个人。见马琨恳请他继续留在合盛东分号，他说："只要东家放心，我愿意效犬马之劳。"

马琨说："唐掌柜，马家茶号从我爷爷起就按照秦商住中间、拴两头的模式经营，后来仿照安吴堡周莹提出的银四人六进行经营。我看咱们还是按照老办法管理和经营如何？”

唐多荩说：“没问题。东家尽可放心，我一定会竭尽全力把马家茶号经营好的。”

两人随后谈了一会兰州和泾阳的情况。马琨谈完向丕桢到泾阳后的所作所为，突然问：“唐掌柜，现在抗战正酣，全国各地都在征兵入伍，兰州或者民勤的情况咋样？”

唐多荩说：“天下乌鸦一般黑，民勤也好不到哪里去。二老爷前一阵来兰州，就给我说了民勤征兵的情况。二老爷还给我随口哼唱了几句民勤当地的民谣，听后真让人心酸啊。”

马琨问：“你还记得唱词吗？给我哼唱一下。”

唐多荩清了清嗓子，随即哼唱道：“苦胆的锅锅里熬黄连，马步芳当上了大官；抓兵嘛要粮的又派款，骨头里熬出了青烟。避兵者家里我不敢站，沙窝窝里爬给了两天；当家的哥哥你把兵抓上，活扒了妹子的心肝。”

等唐多荩哼唱完，马琨也是唏嘘不已。他随后问：“二老爷在民勤过得咋样？”

唐多荩说：“二老爷对马步芳强行征兵颇多怨言，说马步芳征兵不是为了抗日上前线，而是为了扩充他的实力。我劝说了好一阵，让他今后不要在外人面前这样说，小心惹来麻烦。现在，二老爷只是在民勤继续兴办学校，一门心思地教书育人了。”

马琨说：“这样也好。马珏到成都去了，二老爷在家乡教书，我就放心了。”

唐多荩说：“泾阳的情况很不乐观，我看你还是尽快赶回去吧。兰州有啥重要事情，我及时向你汇报。”

马琨说：“你带我去看望一下受伤的掌柜和伙计，另外发给他们一些抚恤金。我不能因战乱利润减少，坏了马家的规矩。”

唐多荩打量了一眼马琨，说：“请东家放心，这点小事我一定做到。同时，我代表受伤的掌柜和伙计感谢东家的大恩大德。”

马琨说：“没有各分号掌柜和伙计的共同努力，就没有马合盛茶号的今天。现在茶号经营虽说步履艰难，但还不至于不抚恤受伤伙计。俗话说，得民心者得天下，我们不想得天下，但要赢得伙计们忠诚茶号的心啊！”

唐多荩赞同地说：“还是东家眼光远大。伙计们听了你这番话，一定会死心塌地跟着东家继续干的。”

马琨说：“但愿如此。”

等马琨返回泾阳后，泾阳的局势又发生了变化。

马琨刚回到茶号，邓承兴和姚存厚就登门来看望他了。听完马琨叙说完兰州和民勤的情况后，姚存厚说：“我在泾阳兴办棉花公司的事情，经过邓会长当面向向丕桢请示，他说我有通共嫌疑，不予批准。我把此事向我堂哥姚铭义汇报，我堂哥只说了一句话，就挂了电话。”

马琨问：“姚掌柜说了一句啥话？”

姚存厚说：“他说‘德不配位，必遭祸殃’。”

邓承兴说：“这是《易经》中的一句话，看来姚掌柜预测向丕桢没有好下场了。”

马琨问：“我去兰州这几天，泾阳有啥变化吗？”

邓承兴说：“我两个来找你，就是给你说这个事的。你走之后，向丕桢安排他的秘书杨赞五、警佐郭永年到保安团协助赵团长工作，这其实是他对赵团长不放心。另外，他还派郭永年收集民间枪支，组成便衣队，经常在县城、云阳、口镇一带出没，侦查、监视群众动态，准备向上级邀功请赏。”

马琨说：“如此一来，我们的日子就更难过了。存厚刚才说到兴办棉花公司之事，你就是兴办起来了，能招架得了郭永年三番五次的骚扰吗？依我看，此人不除，永无宁日。”

姚存厚点头说：“这个活阎王到泾阳来虽说时间短，但却把坏事做绝了。如果有人能除掉此人，民众肯定会欢呼雀跃，放鞭炮庆祝的。”

邓承兴说：“此话权当儿戏之言，千万不可再说，否则会带来杀身之祸。向丕桢为非作歹，怙恶不悛，罄竹难书，自然有人会收拾他，我们走着瞧吧。”

过了几天，保安团赵团长无意间在万花楼吃饭时碰见了邓承盛。邓承盛与赵团长私交甚厚，看见赵团长一个人在雅间喝闷酒，就打趣地问：“赵团长，有啥不开心之事吗？一个人坐在这里喝闷酒，也不叫兄弟作陪。”

赵团长抬头一看是邓承盛，有些醉醺醺地说：“兄弟，过来坐，陪老哥喝两盅。”

邓承盛在赵团长的对面坐下之后，问：“你老兄一个堂堂的保安团团长，啥事把你愁成这样啦？还一个人喝闷酒。跟嫂夫人吵架啦？”

赵团长给邓承盛斟满酒，说：“你嫂子从来没有跟我拌过嘴。我是为向县长下达的命令发愁啊。”

邓承盛说：“既然是向县长给老哥安排的公务，兄弟就不便打听了。来，兄弟敬老哥一杯。”

赵团长喝完酒，把酒杯往桌子上一墩，看周围没人，小声说：“向县长对我说过几天从西安八路军办事处过来十几辆卡车，上面可能装有违禁物资，让我带人在泾河修石渡渡口设卡检查，拘留嫌疑犯。兄弟，现在是国共合作时期，万一这八路军的卡车上没有违禁物品，那我岂不是得罪了八路军和共产党。”

邓承盛点头说：“是这个道理。你咋说的，总不能不答应吧？”

赵团长说：“我当时有点疑虑，没有马上答应。向县长说，你还是个团长，屁大个事都不敢答应，还能干成大事？我说出自己的担忧后，你猜向县长咋说？”

邓承盛摇着头说：“不知道。你老哥快点说吧，别卖关子了。”

赵团长说：“向县长让我提前准备一些违禁物品，如鸦片、日货或者短枪，在检查时偷偷放在车上的行李中，以此为借口，把十几辆卡车上的人全部拘押，进行审问。”

邓承盛试探地问：“这种伤天害理的事你也敢做？”

赵团长说：“我知道这是栽赃陷害八路军，就没有答应。谁知道向县长对我说，现在国共两党表面上在合作抗日，其实国民党暗地里一直有剿灭共产党的想法。他还炫耀说，当年他在北平执行某项特殊任务时，凭着对国民党的忠诚，一次就打、押、杀过 200 多名共产党员和嫌疑犯。正是他这种敢作敢为、对国民党忠诚、处事廉洁的干练作风，还受到过蒋委员长的亲自教诲。在南京时，他严格执行国家税法，拒绝贿赂，把自己说成了一个敢于挽救国家于危亡的勇士，一个维护国民党统治的英雄。兄弟，你说在这种人手下干事，你害怕不？”

邓承盛此前听说过向丕桢是军统出身，没想到此人心狠手辣，恶贯满盈，手上沾满了共产党员和劳苦大众的鲜血。看来此人一日在泾阳主政，附近几个县都不得安宁。

想到几天后从泾阳经过八路军车辆的安危，邓承盛问：“老哥，向县长信任你，才让你带人到泾河修石渡渡口拦截车辆进行检查，你难道敢违抗命令，就不怕向县长说你同情共产党，私通八路军？”

赵团长说：“兄弟啊，我身上的这身皮不好背啊！有道是，在人屋檐下，焉敢不低头。我当时答应了向县长届时带人去修石渡设卡检查，到时候是不是亲自去再说吧。”

邓承盛问：“万一向县长指令你前去，你咋办？”

赵团长嘿嘿一笑，说：“哥在江湖上混了几十年，还没有人强迫我干过不愿意干的事。兄弟，你放心，哥不会干伤天害理，让人戳脊梁骨咒骂的事。有一点，哥对你明说，此事只能你知我知，绝对不敢泄露给别人知道。”

邓承盛给赵团长斟上酒，和他碰杯之后，一饮而尽，然后说：“老哥刚才的话都在酒里，兄弟都喝进肚子里去了。我要不是守口如瓶之人，难道老哥会对我说这番话？”

赵团长醉眼蒙胧地说：“兄弟实在。等八路军车辆过去之后，哥再请你喝酒，一醉方休。”

邓承盛说：“一言为定，不醉不散。”说完话，邓承盛叫来伙计买单，然后搀扶着赵团长走出了万花楼。

邓承盛把赵团长送到保安团，回到家把自己关在房间，偷偷用密写药水给中共西北局边区领导巩良写信，告知他向丕桢准备对过往泾阳的八路军车辆动手，让他提醒八路军西安办事处高度注意，以防意外。

三天之后，向丕桢接到省党部密报，说第二天有十几辆八路军车辆运送家眷去陕北，让他密切关注。

向丕桢放下电话，终于感到自己大显身手的机会到了。他高声喊叫卫士班班长王成让。

王成让进来后，向丕桢说：“你现在就去保安团，把赵团长给我叫过来，我有要事要找他。”

王成让答应了一声就走了出去。

时间不长，王成让回来报告说：“向县长，赵团长因急性痢疾住院了。”

向丕桢沉着脸问：“真的吗？你到医院去看啦？”

王成让说：“真的住院了。我到保安团时，几个连长还吵吵着要去医院看望赵团长哩。”

向丕桢叹了一口气说：“他妈的，到了节骨眼上，还跟老子耍滑头。没有张屠户，难道老子要吃带毛猪？赵团长指望不上了，你去叫杨赞五、郭永年，让他们明天一大早带上家伙和人员，随我去修石渡。”

王成让问：“向县长，去修石渡干啥呀？荒凉的泾河滩也没啥看的，带这么多人难道是去打野兔子？”

向丕桢突然变脸，厉声呵斥道：“王成让，注意你说话的分寸，你知道你是跟谁说话吗？让你去叫人，屁话咋这么多呢？”

王成让碰了一鼻子灰，灰溜溜地走了。

第二天，阳光灿烂。五月的阳光照在大地上，散发着炙热的光芒。田野里麦苗已经抽穗了，微风一起，绿色的麦浪随风波动，像海浪一样波涛汹涌，煞是壮观。道路两旁的杨树、柳树叶子随风摇动，发出了哗啦哗啦的声音。

向丕桢带着杨赞五、郭永年、王成让，还有政训室两个女干事一行十多个人，出县城西门直奔泾河修石渡渡口。在路上欣赏着初夏的美景，向丕桢心里说，这些树叶的响声该不会是为我鼓掌吧？等获取了证据，老子肯定会官升一级了。

一直等到日头快正午了，只见泾河对面白莽原上的山道上扬起了灰尘，随后十几辆卡车陆续抵达泾河对岸渡口。

向丕桢看到车辆，就像猫见到了老鼠，一下子来了精神。他大声喊：“大家打起精神，各就各位。等会卡车过来，给老子严格检查，不允许放过任何蛛丝马迹。否则，军法从事。”

众人见向丕桢如此威严，齐声答应说：“坚决执行向县长命令，绝不马虎大意。”

一个时辰之后，船工们把十几辆卡车陆续摆渡过来。向丕桢看了看一字排开的卡车，大声对车上的妇孺们喊叫：“大家都下车。本人是泾阳县县长向丕桢，奉上峰命令对过往车辆进行检查，请你们配合我等执行公务。”

等车上所有人全部下来后，向丕桢带着杨赞五、郭永年等人亲自上车检查，结果发现这十几辆卡车除了河滩上站的妇孺之外，就是简单的行李，没有任何违禁物品。向丕桢原本想把随身携带的药品、鸦片偷放在行李物品之中，没想到开车的司机一直紧盯着他们的一举一动，丝毫没给他们做手脚的机会。

检查完毕，向丕桢无奈地放行。看着十几辆卡车扬尘而去，向丕桢气得破口大骂：“这一定是哪个王八羔子透露了风声。我不相信这些共产党能错过这样夹带违禁物品的好机会。大家都回吧，老子对此事一定会严查到底的。”

泾阳被向丕桢搞得鸡犬不宁，人心惶惶。中共西北局写给邓承盛的密信说，让邓承盛设法联系驻扎在淳化方里镇的地下党员卫志毅，除掉向丕桢这个祸害。

邓承盛接到指示，不敢贸然行动。他正在考虑如何与卫志毅联系时，泾阳几个著名士绅和茶商来找邓监堂了。

贾掌柜忧愁地说：“邓会长，现在这日子没法过了，得想办法解决向县长这个事。此人不走，人心难安啊！”

刘掌柜接着说：“据说向县长树大根深，上面关系很硬，咱们就是联合起来，能告倒他吗？”

马琨说：“此人心狠手辣，雁过拔毛，连共产党的家眷都敢查，我们是奈何不了他的。就是把他告倒，他还会到其他地方继续祸害民众，得有个办法一劳永逸。”

邓监堂没想到马琨会有这样的想法。他问：“马掌柜有啥好办法，不妨说出来大家议论一下。”

马琨吭哧了半天，这才说：“要不下毒干掉向丕桢。”

邓监堂问：“谁来下毒？”

马琨看了众人一眼，为难地说：“这只是我一个不成熟的想法。大家议论一下，看还有没有其他好办法。”

邓承兴说：“除掉向丕桢，是大家的共同愿望，但这件事，必须得另外找人，在座的估计谁都干不了。”

众人怀着义愤填膺、必欲将其置之死地而后快的心态而来，没想到没有合适的途径，只好失望而归。大家临走时，邓监堂叮嘱大家说：“今天议论的话题，是要满门抄斩的，希望大家保密。”

众人相跟着往外走时，马琨故意落在了最后头。出裕兴重大门后，马琨见众人悻悻地离去，折回身又返回了裕兴重总号。

刚进裕兴重总号大门，马琨看见邓承盛站在大厅门口，一双发亮的眼睛紧盯着自己看，一下子把他看得心里发毛。

马琨强扮笑脸问：“二少爷站在这里干啥呀？”

邓承盛说：“我在恭候马掌柜呀。”

马琨问：“你咋知道我会回来？”

邓承盛说:“刚才你言犹未尽,肯定是考虑人多嘴杂,有所保留。我猜想,你肯定会回来的,就在这里恭候了。”

听完邓承盛的话，马琨知道自己刚才说的话，邓承盛肯定全部知晓了。依他对邓承盛为人做事的判断,他相信邓承盛不会出卖他。对邓承盛在大厅门口等候自己,马琨是一头雾水,不知道他的用意何在。

邓承盛看见马琨满脸的狐疑之色，就知道他在怀疑自己等他返回来的动机。他说:“马掌柜,你随我来,我有话要对你说。”

马琨跟着邓承盛来到裕兴重总号后面的院子，又进了一个封闭的屋子。等马琨坐下后,邓承盛说:“你们刚才的议论我都听到了。你们动机很好,但方法不可取。如果按照你刚才说的办法毒死向丕桢,肯定会牵连到许多无辜。除掉向丕桢,必须另想办法。”

马琨听完邓承盛这话，才把心放回了肚子里。他说:“我等经商还可以,要去杀人,肯定无人能做到。刚才是出于义愤,说了些不着调的话,让二少爷见笑了。”

邓承盛说:“向丕桢在泾阳的所作所为,大家有目共睹。只有彻底除掉此人,才能为民除害。至于让谁来除掉此人,你们就不要管了,我来想办法。”

马琨好像不认识似的打量着邓承盛，一下子把邓承盛看得有些不好意思了。他说:“马掌柜,泾阳士绅商贾和民众都想除掉向丕桢,这个愿望大家心知肚明,只是不愿意在人面前提起。既然你们今天公然议论这个话题,我不好干预我大、我哥,但我知道,你说的话,对他们影响很大,估计他们也会考虑这件事。与其让你们去冒风险,还不如我独自承担,不和县城任何人有瓜葛。向丕桢是民政厅厅长蒋坚忍的女婿,按你们的办法除掉此人,你想到后果没有?”

听完邓承盛的话,马琨感到背上的冷汗直流。是啊,除掉向丕桢简单,关键是此人被除掉之后,省政府乃至蒋委员长会轻易放过此事吗?如果事情做得稍有差池,牵连的人就无法预估了。难道让这些无辜之人给向丕桢殉葬吗?

马琨讪笑着说:“我等头脑简单,不像二少爷考虑问题缜密。除掉向丕桢就靠二少爷了,我等今后就不再议论此事了,免得招来不必要的麻烦。”

邓承盛说:“这就对了。我当下之急,是劝保安团赵团长辞职,其他事情你们不要议论,只看结果。”

送马琨走出裕兴重大门时，邓承盛拍了拍马琨的肩膀，说："马兄仗义，令小弟钦佩。今后没事经常来往，小弟也好借机向马兄讨教。"

马琨说："兄弟啊，你再别糟蹋老哥了。今后有事，老哥还要向兄弟讨教哩。"

邓承盛说："那就彼此讨教吧。"

两天后，赵团长以身体不适为由，向向丕桢提出了辞职。向丕桢对赵团长上次没有去修石渡检查八路军车辆心存芥蒂，见他主动提出辞职，正中下怀。

向丕桢假惺惺地说："赵团长，身体是革命的本钱啊，没有一副好身板，啥都干不成，即使有宏图伟业等着你，恐怕也无法实现。你回去先把身体养好，等身体彻底恢复了，再来找我。"

赵团长应付着说："谁说不是哩，没有好的身体啥事都干不成。向县长，我不想耽误您的军国大事，这就告辞了。"

等赵团长走后，向丕桢卖弄地对杨赞五、郭永年等人说："当前的局势，日军就像三国时期曹操挟天子以令诸侯，带领 80 万军队驻军赤壁，国民党和共产党就像当年的孙刘联军。赤壁之战，曹操已成强弩之末，孙刘联军也各怀心思。这和当前抗战处于相持阶段何其相似。蒋委员长正是预见到共产党将来会和他抢地盘，这才在内部出台限制共产党活动的手谕，去年发生的皖南事变就是明证。你们几个只要按照我的指示办事，何愁不能飞黄腾达？"

杨赞五等人对向丕桢把当前局势比作三国时期的赤壁之战，感到很新奇，仔细一想，也是这个道理。于是众人钦佩地说："还是向县长高瞻远瞩，我等今后一定鞍前马后效劳，决不让向县长失望。"

当年 7 月 6 日晚上子时，泾阳县城居民隐隐约约听到了县政府后院传来了几声枪响。大家以为向丕桢在秘密处决被他抓捕的共产党员，没一个人敢出去看热闹。谁知道，第二天一大早，县城就传开了向丕桢被人枪杀在卧室的消息。

向丕桢被杀的消息迅速传播，泾阳民众暗地里称快叫好，陕西省政府主席熊斌则咆哮如雷。他立即用电话给咸阳专区专员温良儒下命令：限期破案，严惩凶手。

温良儒很清楚向丕桢是啥人，接到熊斌的命令后，一点也不敢怠慢，马上集合卫队，前呼后拥，直奔泾阳县城。顿时，县城内暗探密布，鹰犬窥视，军警荷枪实弹清查户口，盘问行人，弄得人心惶惶。

温良儒带着一干人马刚进驻县政府，就拜访了蒋夫人。蒋夫人那天晚上见有一个身材高大、身穿便装的壮汉手持手枪，接连向正在卧室洗脚的向丕桢开枪，早就吓得浑身筛糠了。好在那个壮汉击毙了向丕桢之后，并没有要她的命，快速离开了。温良儒再问其他细节，蒋夫人一概摇头，直说太可怕了，这让她今后可咋办？

温良儒安慰过蒋夫人之后，命令全县知名人士参加向丕桢公祭大会，并且要写挽联悼念向丕桢的"不幸"。这个馊主意出来后，民众就知道这是温良儒故意做给蒋夫人看的。尽管泾阳的士绅对向丕桢恨之入骨、咬牙切齿，但对温良儒的要求，也不能置之不理。

众士绅无奈，一起商议了半天，公推崇文镇焦村人王菩僧亲自执笔，完成温良儒安排的任务。王菩僧是泾阳很有声望的人物，早年从事教育工作，曾经当过田玉杰时期的代理县长。他对向丕桢压榨百姓也是恨之入骨，如今接到这个任务，苦思冥想了半天，就题写了一副不哀不欢的挽联，其文曰：我本过来人，深知为官非易事；君今遭"不幸"，方觉处人是难关。

这副对联被悬挂在公祭向丕桢大会的灵棚立柱上，一时间惹来议论纷纷。有些人嘀咕说，啥叫不幸，那叫罪有应得。有些人小声说，啥东西嘛，还敢跑到泾阳来为非作歹。陕西人连蒋委员长都敢囚禁，杀他个名不见经传的向丕桢那还不是小菜一碟，跟碾死蚂蚁一样简单。

温良儒在泾阳折腾了三个多月，一无所获，只好带着卫队撤离。

等风平浪静之后，马琨对组织严密的刺杀活动仍没有放弃刨根问底的好奇心。

有一天中午，马琨闲着没事，就让王长安到裕兴重总号去请邓承盛。他想知道是啥人这样滴水不漏地干掉了作恶多端的向丕桢。

坐在马琨对面的邓承盛，知道他对刺杀向丕桢一事充满好奇，就说："此事虽然过去了，但在案件侦破阶段，温良儒一度怀疑是淳化县方里镇保安五团副团长卫志毅所为。但一直查无证据，也不敢轻举妄动，最后只好灰溜溜地回咸阳专区了。"

马琨问："难道此事真是卫志毅所为？"

邓承盛说:“我只知道卫志毅是崇文镇人，在淳化县方里镇保安五团任副团长。至于是不是卫志毅找人收拾了向丕桢,我也不得而知,也请你不要再对此事抱有好奇心。俗话说，好奇害死猫，这个道理你总该知道吧。”

马琨见邓承盛对此事遮遮掩掩,不愿意和盘托出,就知道此中必有隐情。考虑到向丕桢已除,又要确保执行暗杀之人的身家性命,马琨只好说:“二少爷,你放心,我今后不会再问此事了。”

其实,对于暗杀向丕桢的全过程,邓承盛是知道的,只是出于保密而没有向任何人透露。

当初,邓承盛接到中共西北局要铲除向丕桢这颗毒瘤时,一时也是一筹莫展。当听到商会掌柜和县城士绅都有暗杀向丕桢的愿望后,邓承盛专门跑了一趟方里镇。

邓承盛没想到卫志毅也接到了中共西北局要求铲除向丕桢的指令。两个人虽说都是泾阳老乡,但对于暗杀国民党县长之事,卫志毅还是很谨慎的。他说:“承盛同志,此事必须谨慎从事,千万不能马虎大意,暴露任何同志。你回去吧,暗杀向丕桢之事你也不要插手,由我一手操办。”

卫志毅为此专门挑选人员,购置自行车。直到7月5日上午,才安排张崇德、黄建堂、冯永发、张廷国、朱耀武等五人由泾阳高庄人晏治鸿带领,由方里镇骑自行车直奔泾阳。当天晚上,这一行六人身着便装,腰插短枪,来到了县城东南方向隐蔽,等候线人张绍良来接头。没想到在他们焦急等候张绍良的时候,过来了一个人,一听晏治鸿问话,朝着晏治鸿开了一枪,掉头就跑。

晏治鸿担心事情已经败露,跑过去查看情况,刚才开枪之人早已没了踪影。晏治鸿怕惊动城内的防守士兵,就带着人骑着自行车跑到了崇文塔下卫志毅家里隐藏。当天晚上没有行动,也让向丕桢多活了一天。

第二天晚上,一行六人骑自行车到县城北边的泾惠渠旁,把自行车隐藏起来,留一人看守,其余五人徒步从县城东北角附近的防空洞进城,过姚家巷,走二条街,出水道巷到东街,最后来到了县政府东隔壁的一座空院子里。

在线人张世杰的带领下,他们攀树上墙,脚踩墙内堆放的炭堆下去。刚落地,就发现后院有两个乘凉的卫兵,张崇德给后面紧跟着的几个人打了个手势,马上有两人悄悄摸到卫兵身边,下了卫兵的枪,把他们控制起来了。

张崇德手持“黑狗蛋”[①]手枪，继续朝向丕桢的卧室摸去，直到走到卧室门口，没有发现异样，就大声喊道：“报告！”随后提着手枪冲进了屋内。

此时向丕桢正坐在躺椅上洗脚，抬头一看一个生人提着手枪对准了自己，特工出身的他见势不好，急奔挂在墙上的“三保险枪”。张崇德没容向丕桢取下枪，迅速朝他背部开枪。等向丕桢倒地后，又朝他补了一枪，向丕桢随即毙命。

瞬间发生的枪击案，惊得蒋夫人瞠目结舌。她看见一个壮汉用脚踢了一下向丕桢，发现向丕桢确实已经死亡，惊得她呼喊乱叫。张崇德怕蒋夫人的叫声会招惹来县政府的卫兵，随即把枪口对准蒋夫人，并厉声呵斥道：“再乱喊乱叫，当心老子毙了你。”

蒋夫人一见这阵势，顿时噤若寒蝉，赶紧拉过炕上的被褥把自己蒙了起来。张崇德见事情已经办妥，立即带人原路撤回，在泾惠渠旁骑上自行车，连夜赶回方里镇，所有参与行动的人，在7日清晨均回到了各自驻地。

泾阳人枪杀县长向丕桢一事的具体情况，直到新中国成立后才被人公开。马琨也是在新中国成立后才知道邓承盛、卫志毅等人是共产党员。邓承盛当年不告诉此事的详细情况，完全是出于保护自己。每每想起此事，马琨就有一种由衷的感激。

---

① “黑狗蛋”：抗战时期由山西省枪械局制造的一种杀伤力极大的手枪。

第二十七章

迎解放国家统购
众茶商曲终人散

在抗战进入相持阶段之后，西部茶叶贸易就屡次考验着茶商的道德底线。

1942年春季，泾阳茶商准备收购新茶时，省财政厅正式以文件告知茶商，国民党政府将从当年开始把茶税列入统税中征发。至此，民国时期一直沿袭左宗棠创立的茶票制度最终退出了历史舞台。茶叶税收制度的变革，并没有在茶商中引起多大反响。反正都是交税，只是变了个方式而已。在安化黑茶无法大量运送到泾阳加工的艰难日子里，经营西部茶叶贸易几百年的茶商们，只能看着广阔的发展空间干瞪眼。

马琨有一次和王长安闲聊时，想起了祖上的辉煌，感慨地说："陕西茶商自明代开始就远涉安化，创造了无数财富传奇，令其他商帮刮目相看。从清末到现在，陕商好像已经到了穷途末路，再咋折腾，好像都没有很大出息。长安啊，你说这是咋回事？"

王长安说："时代发生了变化，做生意的方式也发生了变化。陕商有三硬商人之称，这既是对陕商的肯定和褒奖，同时也暗含着讽刺和挖苦。时势异也，我们也应该学会变通才对。"

马琨说："你说的有一定道理。货硬是陕商的立足之本，价硬是建立在货硬基础上的，一分价钱一分货，按货论价，也说得过去。唯有这人硬，我是有些看法。客户上门购物，谁都不愿意看着一张冰冷的脸。如果我们把人硬稍微改变一下，对顾客笑脸相迎，回头客肯定会增多。"

王长安说："言不二价是陕商几百年的传统做法，东家想改变吗？"

马琨说："规矩都是人定的，没有啥不能变的。不仅如此，我还想在茶叶收购和销售上采取洋人的一些做法，完善茶号的供销体系。"

王长安问："东家是想与所有人签订合同？"

马琨说："就是。上次与邓承盛聊天时，他就提到了我们陕商的经营方式已经不太适合当下的时局了。陕商以诚信为本，重视承诺，不管是采购原料，还是出售商品，全由当事人掐好价钱，讲好数量，很少立下文书，对双方的责权利有明文规定。这种交易模式，在和平时期还行得通，在当下这种战乱时期，往往会出现爽约，给双方都造成了损害。对出现爽约之事，我们一般的做法是，看在多年合作的交情上，往往一笑了之，各自承担自己的损失。我认为，这种做法，不是商人的做法。”

王长安说：“用契约来规范买卖双方的经营活动，老祖先早有先例，只是我们没有执行而已。东家想借用洋人签合同的方式，我不反对。”

马琨说：“你不反对不行，我得去找邓会长，给他说明一下，最好让大家都这样做，这样才能保护好大家的利益。”

王长安说：“你就不怕邓会长反对？”

马琨说：“邓会长商海沉浮大半生了，啥事情没经过。以我对他的了解，凡是有好处的建议，他都会采纳的。我猜想，邓承盛能对我说这话，弄不好早就对邓会长也说过了。果真如此的话，我去找邓会长，那就水到渠成了。”

马琨去裕兴重总号找邓监堂时，正好在大门口碰上了从外面回来的邓承盛。

邓承盛看着马琨，笑着问：“马掌柜，到裕兴重来有啥要事吗？”

马琨见邓承盛穿戴得很齐整，反问道：“看二少爷这身打扮，该不会是出远门刚回来吧？”

邓承盛说：“我刚从省城回来。有啥事，咱们进屋再说。”

两人进了裕兴重总号大门，刚走到二堂客厅门口，就看见邓承兴站在客厅前面的一棵槐树下面，远远地打量着他们。邓承盛笑着打招呼说：“大哥，你不会是在等我们吧？”

邓承兴说：“我倒是想恭候兄弟哩，谁知道兄弟最近神龙不见首尾，想见面都见不上。今天这是瞎猫碰上死耗子了，算是运气极佳啊！”

邓承盛知道哥哥对自己有怨气，笑着说：“我咋敢让哥哥恭候。这几天去了一趟西安城，回来后在门外碰见马掌柜有事找咱大，这就一起进来了。哥，大在家吗？”

邓承兴说：“不在，上街转悠去了。”

马琨听说邓监堂不在总号，正要告辞，邓承兴问他：“马掌柜，您来找老掌柜有事吗？”

马琨说：“有点闲事想和邓会长商量一下，既然他不在，以后找机会再说。”

邓承盛说：“马掌柜，既然来了，就小坐一会。好长时间没见你了，难道你没有话想对兄弟说吗？一听说老掌柜不在，你就走，这分明是瞧不起我们兄弟两个嘛！”

马琨笑着说：“承盛兄弟是大忙人，我不敢无故打搅，怕耽误了你忙正事的时间。你哥跟我一样，都是商人，一身的铜臭气，谈论的也多是如何赚钱，入不了你的法眼。其实，我今天来，就是想和邓会长商量一下你上次提到的商业贸易签订合同之事。商业贸易实行签署合同，也非着急之事，邓会长不在总号，以后再说也不晚。”

邓承兴说：“我们秦商受儒家文化影响太深了，一直秉承的是诚信二字，谈生意，讲价格，都是以当事者双方掐码子成交。大宗交易或长期贸易过程中，受到约束的是道德规范。一旦违约，双方往往互相体谅，不再追究，各自承担损失。洋人在商业贸易中实行的是签署供销合同，对双方责权利都进行了明确，一旦违约，受到的是法律制裁。道德约束是一把软尺子，法律约束是一把钢刀，孰轻孰重大家有目共睹。现在，一些南方客商在和陕商谈生意时，也开始借鉴洋人的玩意了，咱们再不改变，恐怕就被淘汰了。”

马琨听邓承兴这么一说，高兴地说：“看来邓掌柜也支持商业贸易签署合同了？”

邓承兴说：“签署合同对买卖双方都有好处。抽时间，我建议召开大会，征求大家的意见，尽早实行。”

邓承盛说：“这就对了，我以为对你们说了此事之后就泥牛入海了，没想到还听到了点回声。”

马琨问：“二少爷刚从省城回来，有啥新动静没有？”

邓承盛说：“从今年开始，把茶税改成了统税，其实就是把猫叫成了咪，可能还有点变本加厉。我此次去西安，除了帮助总号处理西大街分号受日军飞机轰炸造成的人员和财产损失外，还真没发现有其他新动向。”

马琨说：“听说在抗战初期，国民政府就想把西安当作陪都，后来政府搬迁到重庆了，一直还没有放弃这个想法，一度还把西安改称西京。不管咋说，西安是抗战的大后方，也是国共两党都很重视的地方，在西安发生啥事都不奇怪。”

邓承盛见马琨提起了国共两党，故意岔开话题说：“长安自古帝王都，但对蒋委员长来说，他肯定不会把陪都选在西安的。”

马琨问：“这有啥说道吗？”

邓承盛说：“你想嘛，‘双十二事变’，杨虎城、张学良在西安闹兵谏，扣留了蒋委员长，引起了举世震惊。蒋委员长无奈，只好答应国共合作，一致对外。去年，向丕桢在泾阳被暗杀，此事也曾震动朝野，引发了各种议论。在西安时，我就听人说，陕西愣娃天不怕、地不怕，连皇上都敢拘押，还会怕皇上的侄孙女婿。发生了这些事情，国民党肯定不会把西安当作陪都了。”

邓承兴摇着头说：“你的说法有失偏颇。西安没成为国民党政府的陪都，我看还是受到了地理位置和经济发展的影响。关中虽有崤函之固，沃野千里，物产丰富，但毕竟地处西北，无法很便捷地处置东南方向的军国大事。宋元以降，政治中心北移，经济中心南移，自明清以来都是这种格局。陕西地处西北，经济上无法与江南相比，也无法承受政府庞大的开销。加上陕西人为了自己认为的正义，啥事都敢干的愣娃做派，谁敢建议蒋委员长把西安这个令他伤心的地方做陪都？”

邓承盛点头说：“哥哥言之有理。你刚才这番话，与城里有些老学究说的陕西人到了当代只配做中华文明的守陵人有异曲同工之妙。”

马琨不解地问：“陕西人为啥成了守陵人？这有啥说法吗？”

邓承盛说：“马掌柜，你别着急，听我慢慢给你说。”

邓承盛随后解释说，八百里秦川，乃是上苍赐给关中人的皇天后土，南有父亲山秦岭，北有母亲河黄河，周秦汉唐在此繁衍生息，创造辉煌，留下了中华文明的精华，演绎了中国历史壮丽的篇章。以西安为中心的十三朝古都，周围遍布着道教祖庭、佛教祖庭、儒家书院，儒释道三教在此合流，形成了中华文明的主流文化。以风水而论，这片土地的黄土塬上及北部山上，就埋过几百个帝王将相、皇亲国戚。在封建时代，把死后所葬之地看得比生前还重要的帝王将相，谁不想找块风水宝地？这么多人埋在关中，就得有人为其守陵，为其乐于接受的文化和精神守陵，为他们的美好愿望和长盛不衰守陵。从这个意义上讲，关中人就变成周秦汉唐的守陵人，往大的说一点，关中人其实也是中华文明的守陵人。

马琨听完邓承盛一番话，感到有些道理，他又问：“既然咱都成了中华文明的守陵人，为啥省城里的人还牛皮地说西安是一城文化，半城神仙？”

邓承盛听完此话，哈哈大笑。邓承盛的笑声，弄得马琨很不自在，他问：“难道西安城里没有这种说法？”

邓承盛笑着说：“有这种说法。我认为，说西安是一城文化，我看这一城文化大多是埋在地里、记在纸上、说在嘴上的文化，真正能经世致用的有多少？老抱着过去的辉煌，就是负担，会压死人的。至于半城神仙，我认为这些所谓的神仙，就是闲得蛋疼的一群无聊之人，算卦遛鸟，坑蒙拐骗，溜须拍马，没几个正经人。他们若能称得上神仙，为啥不用自己的一技之长去救国济民？”

马琨第一次从邓承盛嘴里听到了粗话，嘿嘿笑着说：“听君一席话，胜读十年书。今天算是长见识了。”

在国难中艰难度日的人们，终于在 1945 年 8 月 15 日听到了日本裕仁天皇宣布无条件投降的消息，9 月 2 日，日本政府代表在美国战舰“密苏里”号甲板上签署无条件投降书，第二次世界大战结束。

在欢庆完抗战胜利之后，姚存厚又来找邓监堂了。

姚存厚恳求邓监堂说：“邓会长，如今抗战已经胜利，国共两党也签署了《双十协定》，倡导和平建国。我堂哥铭义从成都打来电话询问在泾阳修建棉花公司一事有无进展。您老知道，我一介后生，人微言轻，无法说动王县长批准此事，因此又来恳请您亲自出面了。”

邓监堂说：“死了个向县长，来了个王县长，表面上看是城头变换大王旗，其实质可能变化不大。既然铭义一心想在家乡兴建棉花公司，你就陪我一起去拜见王县长，看他对此事的态度，然后你把结果告知铭义，让他定夺。”

姚存厚见邓监堂愿意亲自出马，感激得不停作揖。

邓监堂说：“存厚啊，出水才看两腿泥哩，你也别高兴得太早了。否则，期望越大，失望越大。”

第二天一大早，姚存厚穿戴整齐，手里提着四样礼品到裕兴重总号来请邓监堂。

邓监堂见姚存厚手提礼品走了过来，未等他进裕兴重总号二堂，就迎了出去，说：“咱们这就去县政府，去晚了怕见不到王县长了。”

姚存厚就地转了个圈，跟在邓监堂身后就往秀水街走去。到了县政府门口，值班的卫兵问：“二位这么早到县政府来，干啥呀？”

姚存厚走近卫兵说：“这位老者是泾阳商会会长邓监堂先生，今天特地来拜会王县长。”

卫兵打量了一下两个商人打扮的访客，说：“你们在此稍等，我进去通报一声。”

时间不长，卫兵出来说：“二位请进吧，王县长在大堂等候你们。”

邓监堂到这个地方来过无数次。从清末的县衙，到现在的县政府，他见识过清末的知县、现在的县长。在经商的几十年时间里，他不时在这块土地上走动，斗转星移，冬去春来，这里的主宰者以各种方式给他留下了不同的记忆。对即将见面的王县长，他不知道能否办妥姚存厚所求之事。

王县长与邓监堂仅有一面之缘，那还是在各界人士欢迎他主政泾阳的大会上。王县长见邓监堂领着一个年轻人走了过来，就放下手中正看的书，站起身笑着问：“邓会长好，一大早到县政府来，有何贵干呀？”

邓监堂说：“一大早来拜访王县长，是来给您添麻烦来了。”说完话，邓监堂指着姚存厚说道：“王县长，这个年轻人名叫姚存厚，是社树姚家天增公总号姚铭义掌柜的堂弟，我今天来就是替他求情的。”

王县长履职泾阳之后，对当地名人士绅、商贾大户都进行了比较详细的了解，对前任县长向丕桢遭到暗杀而无法缉拿到凶手心有余悸。按道理说，泾阳一直被称为首善之区，咋会出现暗杀县长之事？等他详细了解了向丕桢的所作所为之后，对自己如何在泾阳执政才算有了初步打算。

王县长问：“社树姚家的天增公总号不简单啊！姚掌柜不但在川藏地区把茶叶贸易做得风生水起，而且在抗战前把丝绸生意做到了缅甸，这是家乡民众的骄傲啊。不知道邓会长来找本县，所为何事？”

邓监堂向姚存厚递了个眼色。姚存厚把手中的礼物放在王县长身旁的方桌上，说：“王县长，我堂兄姚铭义多年来一直想在泾阳兴建一个棉花公司。现在土地已经谈妥，恳请王县长批准兴建。”

王县长以为邓监堂会开口说话，没想到他却让姚存厚直接把问题提出来了。泾阳是产棉大县，周边的高陵、三原、礼泉乃至富平也是产棉大县，在泾阳兴建棉花公司可谓占尽了天时地利，但他却不能同意。

王县长为难地说：“姚掌柜，棉花及纺织品是战略物资，姚家没有官方背景，仅是一个声名在外的民营资本家，你提的要求我没法批准。请你转告姚铭义，当下想在泾阳兴建棉花公司，绝不可能。”

姚存厚着急地问:“王县长，现在抗战已经胜利，国共两党也签订了《双十协定》,主张和平建国。难道民营资本就不能介入棉花加工吗?”

王县长反问说:“你知道《双十协定》,但你知道这个协定是咋签的吗?那是国共双方军队在山西上党用战争流血和伤亡达成的阶段性共识。邓会长阅历丰富，见多识广，肯定知道近些年发生的事情。据我所知,自1934年石凤翔兴建了大华纱厂,陕西还有谁兴建过棉花公司?据说,石凤翔当年兴建大华纱厂，也是在当时的陕西省主席邵力子和西安绥靖公署主任杨虎城的支持下完成的。后来石凤翔之女石静怡嫁给了蒋委员长的次子蒋纬国,石凤翔与蒋委员长结成了亲家,这才有了大华纱厂的现在。天增公虽说是西北地区比较有名的民营商号,也有一定的实力,但没有过硬的政府背景,是不可能拿到批准建厂文书的。”

邓监堂说:“王县长,泾阳是产棉大县,姚铭义想兴建棉花公司之事到您这里,已经经历了三任县长,也算是好事多磨吧。老朽不明白,难道兴建一个棉花公司非得有官方背景吗?”

王县长苦笑着说:“邓会长，我知道你说的到我这里是第三任县长的意思。俗话说,好事不过三,但对今天谈的这个事,我的确是无能为力。国共两党能在上党地区为了各自利益大动干戈，难保不在其他地方再燃战火。我在接手泾阳县县长时,上峰就交代过,泾阳是通往陕北的要道,一定要格外关注各方动态。……”

没等王县长把话说完，姚存厚气哼哼地说:“姚家现在不可能为了兴建棉花公司去高攀达官贵人吧?难道为了兴建棉花公司,让我们去巴结西安绥靖主任胡宗南?”

王县长一听这话,压在心里的火腾的一下爆发了。他说:“姚掌柜,你找谁都行,没有官方背景的民营资本一律不准介入棉花加工行业,这是上峰的规定。再说了,民营资本也不能有钱就任性吧?更不能想干啥就干啥吧?如果都任性而为,还要当地政府干啥?要国家法律干啥?”

王县长发完这通火，一语双关地继续说:“在国家即将进行剿共戡乱之际，任何任性的民间资本都是打击的对象。不管你的经济实力有多强大,一顶通共的帽子足可以让你们老几辈积累的财富荡然无存,甚至家破人亡。姚掌柜,我是看在邓会长的面子上,想让你知难而退。何去何从,你回去转告姚铭义,让他抉择吧。”

邓监堂见王县长确实生气了,就劝说道:“王县长,您别生气。存厚为此事已经忙活了好几年了，好不容易盼到国共两党要和平建国了，这才提出了申请。不知道政府内部还有许多条条框框，更不是有钱就任性。存厚年轻气盛，说话不知轻重，请王县长见谅、包涵啊。”

王县长说：“邓会长，您也知道，胡雪岩和安吴堡吴蔚文当年鼎力支持左宗棠收复新疆，也留下了钱财依靠胡雪岩，粮饷依靠吴蔚文的佳话。胡雪岩最后被慈禧太后下令查抄家产，郁郁而终。吴蔚文没能善终，留下的家产何在？我今天说这段历史的原因，就是想提醒姚掌柜，不管个人经济实力多么强大，政府多么羸弱，一旦个人和政府对抗，倒霉的肯定是个人。”

姚存厚知道王县长这是变着法教训自己，也后悔自己刚才的冲动，他有些歉疚地说：“王县长，此事拖了多年，让我无颜面对东家。刚才言语之间有些冒失，请王县长海涵。”

王县长说：“我知道姚铭义在泾阳兴建棉花公司，想方便民众，造福乡邻，但这种美好的愿望，目前尚无法实现。假以时日，咱们再说。”

邓监堂知道该走人了。他站起身，对王县长说：“王县长公务繁多，我等就不打搅了，告辞了。”

说完话，邓监堂给姚存厚递了个眼色。姚存厚说：“草民不知道政府有政策，给王县长添乱了。不管如何，我代表姚铭义感谢王县长的提醒和教诲！”

王县长说：“我只是不想让你们多走弯路，尽量把事情做得无可挑剔而已。邓会长，您慢走，恕不远送。”

看着邓监堂、姚存厚逐渐远去的背影，王县长直感到脊背发凉，手心里也沁出了冷汗。姚存厚仅是一介商人，刚才的问话就咄咄逼人，如果伤害了他的利益，不知道会做出啥举动来？

一直低着头跟在邓监堂身后的姚存厚，一抬头，发现快到裕兴重总号大门口了。他不好意思地说：“邓会长，事情总算有了个交代，我回去后马上告知铭义。对刚才在县政府与王县长拌嘴之事，请您见谅啊！”

邓监堂停下脚步，问了一句：“存厚，刚才王县长是不是说了一句要剿共戡乱？”

姚存厚说：“刚开始他说的都是和平建国之类的话，发第一通火之后，好像冒出来过一句剿共戡乱。邓会长，您问这干吗？”

邓监堂叹了一口气，说：“没事，年龄大了，耳朵背，没听清楚。你回去把情况告诉姚铭义吧，我有事还要出去一趟，就不留你了。”

王县长无意间透露的消息很快就得到了证实。1946 年 6 月下旬,国共两党的军队在中原地区(湖北、河南交界处)发生了大规模武装冲突,为长达三年多的全国内战拉开了帷幕。此后国民党军队仍称国民革命军,共产党军队则更名为中国人民解放军。

内战期间,泾阳被国民党视为禁区,长期派重兵驻守,监视位于陕北的陕甘宁边区政府。到了 1947 年胡宗南进攻陕北失败后,胡宗南将军队龟缩南撤,集结重兵在渭北一带,企图固守西安,负隅顽抗。

内战就发生在家门口,大街上整天都是来往不断的车辆、士兵,动不动就拉响警笛搞戒严,所有商家几乎都没生意可做了。

在苦闷中艰难度日的马琨突然想起了邓承盛曾经对他说过, 有时间可以找他聊天的老话来。他想不通,装备精良的国民革命军竟然被缺吃少穿的解放军打得溃不成军,不断收缩防线,这其中到底有啥奥秘?

闲着无事的马琨出了茶号大门,沿着二条街往西走,他看到昔日繁华熙攘的商业街,大部分都关着店门,只有粮店、盐店和几家中药店还虚掩着临街的大门,算是在营业。

临近裕兴重总号时,马琨发现街上多了许多不认识的人。这些穿着便装、形迹可疑之人,假装在大街上随意走动,眼睛却紧盯着过往行人。马琨知道,自从胡宗南重兵进攻陕北开始,泾阳城内遍设特务、密探机关,到处搜捕共产党人和进步人士,弄得县城风声鹤唳。

马琨低着头直往裕兴重总号大门走去,敲门声响起不久,大门吱扭一声被打开了一道缝。开门的伙计看见是马琨,就说:“马掌柜稍等,我把门开大一点您再进来吧。”

伙计费力地打开一扇门,请马琨进门后,抱怨地说:“总号大门多年来就没有完全关上过,最近老东家让关上大门,害得我们几个人一起动手才把门关上。关上门不容易,再打开同样费尽,门轴的声音跟叫驴声似的,特别难听。”

马琨耐心地听完伙计的絮叨,笑着问:“二少爷在吗?”

伙计说:“天亮时回来的,这会在他那间屋子里睡觉哩。马掌柜此次来不是找邓会长或者大少爷的,是来专门找二少爷的?”

马琨说:“现在外面乱成了一团粥,军警特宪满大街都是,生意根本无法做。我来找二少爷问个闲事,与生意无关。”

伙计说："既然这样，你随我来吧。"

伙计热心地把马琨领到邓承盛那间屋子外，指着房门说："二少爷可能在屋里睡觉，我敲门不合适，还是马掌柜亲自动手吧。"

马琨说："多谢了。"说完话，他就上前敲门。接连敲了几次，才听见屋里说："谁呀？有啥重要事情，非得这个时候敲门，让人无法安睡。"

马琨在门外大声说："二少爷，我是马琨，打搅了你的美梦。既然醒来了，麻烦开门吧，我有事情想请教一下。"

邓承盛听见确实是马琨的声音，本来就没脱衣服的他，一骨碌从炕上坐了起来。在炕沿下找着布鞋，把脚伸进去，就踢踏着去开了门。

外面晃眼的阳光一照，让睡眼惺忪的邓承盛感到很难受，他打开房门，对马琨说："进来吧。"随后就转身走向了屋子中间摆放的方桌跟前。

马琨跟在后面，有点不好意思地说："打搅了二少爷休息，真有点不好意思。"

邓承盛说："难得你专门来找我，没事。你先坐一下，我用凉水擦把脸，咱们有话再慢慢说。"

片刻之后，邓承盛忙乎完了。他坐在马琨对面，打量了一眼马琨，微笑着问："马掌柜大驾光临，有啥要紧事？"

马琨叹了一口气，说："这世道越来越乱了，内战也是遍地开花，生意没法做了。我闲着没事，就想到你这里来闲聊几句，问一下二少爷对时局的看法。"

邓承盛怀疑马琨可能猜到了自己的身份，就说："马掌柜，兄弟不是诸葛亮，也不是刘伯温。我对时局发展也无法预测，你是不是找错人了？"

马琨说："你饱读诗书，见多识广，对时局的判断肯定会有自己的心得。兄弟闷得慌，就想听一下你的看法。"

邓承盛说："既然这样，我就胡诌几句，你权当笑话听。国共之间的这场内战打了两年多了，看似强大的国民革命军在辽沈战役、平津战役、淮海战役中相继失利，精锐损失殆尽，政权风雨飘摇。就说陕西吧，胡宗南带着几十万人马进攻中共中央所在地延安，结局你也知道了。国民党为啥打不过共产党，这其中的原因你考虑过没有？"

马琨说："我对此也感到困惑，百思不得其解。"

邓承盛说："除了有些风水之说，主要的还是民心所向。"

马琨说："愿闻其详。"

邓承盛说："中国地理西北高，东南低。兵法上说，以西北伐东南是顺势，以东南伐西北是逆势。几千年文明史，只有两个例外。项羽的反秦复楚和朱元璋的反蒙复汉。项羽挥师北上，一把火把咸阳烧了，定都彭城，一心想衣锦还乡，不足成大事。刘邦兴于蜀汉，以长安为都城，实乃明智之举。朱元璋取天下，从安徽起事，定都南京，但燕王朱棣发动政变，还是迁都北京。这也印证了司马迁在《史记·六国年表》中所说：'夫作事者必于东南，收功实者常于西北，故禹兴于西羌，汤起于亳，周之王也以丰、镐伐殷，秦之帝用雍州兴，汉兴蜀汉。'辛亥之后，山河破碎，国民党从南方起兵，始终没有实现真正意义上的统一。共产党兴于南方，被国民党赶到了西北，现在共产党从北方挥师南下，即将实现大陆的再统一，就再次应了司马迁的话。这就是所谓的风水之说。"

马琨听完这段话，感到很有道理，接着问："那民心之说又是啥?"

邓承盛说："中国是一个农业大国，按共产党的说法是一个半封建半殖民地的国家。在这样的国家，农民最关心的是啥？是土地。国民政府的经济基本上被蒋宋孔陈四大家族垄断了，官员贪腐成风，物价一日三涨，民不聊生，哀鸿遍野，政府真正为民众办了哪些事？再看共产党，当年从江西闹革命开始，就响亮地提出了'打土豪、分田地'的口号，紧紧抓住了农民希望得到土地这个期盼，这才吸引了无数贫雇农为了拥有土地不懈奋斗。我听说，共产党已经在晋西北开始进行土改试点，估计将来统一全国后，要在全国搞土改，让贫雇农拥有自己的土地。"

马琨钦佩地说："还是共产党高明啊！"

邓承盛说："不管是'打土豪、分田地'，还是进行土改，很可能触及一部分人的利益。我听说，共产党对官僚资本是要没收的，对地主恶霸也要进行镇压。马掌柜，如果共产党执政了，你就不怕吗？"

马琨笑着说："我又不是官僚资本家，我怕啥？这几年，生意难做，家底都快折腾光了，只剩下了虚名。不管将来谁当家做主，我能继续做生意就烧高香了。"

邓承盛说："如果共产党掌管了国家政权，就将打破陕商延续了几百年'以商求富，以农守之'的格局，用土地和豪宅炫耀财富的时代也就结束了。"

马琨说："你的意思是说共产党会把地主的土地分给贫雇农？"

邓承盛说："我听到的消息是这样的。这就是共产党所说的让耕者有其田。”

马琨说:“与其让人分,还不如自己把土地无偿赏赐给佃户,这样反倒可以落个人情。当年,安吴寡妇周莹把土地无偿租给佃户 20 年,至今还让人念叨哩。”

邓承盛笑着说:“马掌柜在泾阳只有房产,没有土地,你当然不怕了。”

马琨说:“果真像你说的那样,我还真想收拾东西关门大吉,带着妻儿回民勤去了。”

邓承盛说:“马掌柜,别的不说,光是马家驼队这件事就会让你叵烦的。”

马琨叹了一口气,没有吱声。

解放战争的进程超乎所有人的想象。1949 年 5 月份,泾阳县城内人心惶惶,各种传言都有。有人说胡宗南准备在西安与解放军决一死战,也有人说胡宗南意欲西撤,退守汉中,或者南逃四川。还没等人辨别传言的真假,西北野战军于 5 月 13 日晚已经由大荔进军解放了高陵县城,并于 17 日拂晓进军泾阳东部的永乐、崇文地区。驻防县城的保安司令杜德霖和泾阳自卫团团长牛志诚先后率部逃亡周至。当天上午,解放军攻破东城门,开进无人防守的县城,泾阳宣告解放。

代理县长涂洛克在召见全县各界人士的大会上说,共产党是以解放天下劳苦大众为己任的,是为劳苦大众谋福祉的。现在解放战争如火如荼,他希望不管是工商界人士,还是教育界人士,甚至是劳苦大众,都要尽快恢复和发展生产,支持前线,早日打倒蒋介石,解放全中国。

到了 1950 年,中央人民政府颁布了《中华人民共和国土地改革法》,全国开始进行土地改革。这条法令的基本内容就是没收地主阶级的土地,分配给无地少地的农民,把封建剥削的土地所有制改变为农民的土地所有制。

土改也不断刺激着马琨、邓承兴、姚存厚、贾掌柜、刘掌柜等人的神经。对农村通过土改,没收了土地,处置了房产,对民族工商业者到底会采取啥手段?马琨原来有事还可以去找邓承盛咨询,自泾阳解放,邓承盛就随着解放大军去了兰州,最后到了西宁,他就联系不上了。

随着全国的解放,安化黑茶运往泾阳的道路畅通了,西部茯砖茶加工贸易开始恢复正常,就连邓监堂这样的老江湖也露出了难得的笑容。马琨等八大茶商更是喜出望外，都铆足了劲想把内战期间的损失夺回来。

有一天中午，姚存厚来到茶号找马琨。让座，看茶之后，马琨问："姚掌柜，啥风把你吹到我这里来了？"

姚存厚忧愁地说："有些事情弄不明白，又没人可以叙说，想了半天，就来找你来了。"

马琨问："该不会是姚掌柜又要兴建棉花公司吧？"

姚存厚说："不是。我堂哥来信说，要把天增公总号名下所有分号与政府进行公私合营哩。"

马琨吃惊地问："真有这事？那你准备咋办？"

姚存厚伸手从怀里摸出一封信，递给马琨，并说："真的假的，你看看信件就知道了。至于我咋办，只能照办了。"

马琨接过信件打开，满纸的小楷很工整，信中写道：西安分号智远并存厚：依目前形势看，新中国模仿的是苏联经济发展模式，实行计划经济，估计民间商贸经营空间将受到极大压缩，要想继续生存难度很大，更别说发展了。土改完成之后，估计就要对民族工商业进行改造，当今局势，顺潮流则有希望，逆潮流则难以立足，我们不可能和国家发展趋势相抗衡。再说天增公总号所属各分号，没有干过伤天害理之事，没有损伤过国家民族利益，不可能被共产党没收。我选择公私合营，最起码能保住部分财产，你们说呢？我决定，西安分号把除芦荡巷姚家大院房产留作自用外，把四府街等 19 处 20 多院房产或者捐献给政府，或者进行公私合营。泾阳县城天增公分号茶厂按当地政府要求进行公私合营。智远和存厚，可以在合营公司担任股东，也可以另谋职业。姚铭义。

马琨看完信件，心里暗暗吃惊。天增公总号在川藏地区分号众多，姚铭义把这些资产全部拿出来进行公私合营，并且让把西安的房产或者捐献，或者合营，这是多么大的气度啊！除了感慨姚铭义敢于舍财之外，马琨对姚铭义在信件中对局势的分析佩服得五体投地。姚铭义早年上过北京大学，受过高等教育熏陶，又和于右任、吴宓等人交往颇多，他对局势发展的判断，一针见血，也解开了自己的疑惑。可眼下茯砖茶贸易刚恢复正常，其他茶商会同意公私合营吗？

姚存厚见马琨看完信件不说话，就问："马掌柜，你对我堂哥信中所言之事有何看法？"

马琨说："姚铭义所言是有先见之明的。他要求你和王掌柜做的，在信件中都已说明。这既是顺应潮流，也是自保，实在是明智之举。你还别说，如果县政府要整合茯砖茶加工资源，进行公私合营，我也准备参与了，省得以后为原料、销售等事情劳神费力。”

姚存厚说：“我是想不通他进行公私合营的做法，没想到你看了信件，反倒和姚铭义穿一条裤子了。”

马琨笑着说：“兄弟，这不是和谁穿一条裤子的问题，关键是姚铭义指明了事情的利害关系。我同意他说的‘顺潮流则有希望，逆潮流则难以立足’的观点。说实在的，我最近也很苦恼，无人诉说。今天看了姚铭义写给你和王掌柜的书信，仿佛与故交对话，也打开了我的心结。”

姚存厚问：“看来你是支持公私合营了？”

马琨说：“如果政府提出来，我会积极响应的。另外，姚铭义也为我打开了一扇窗，他把西安的房产捐赠了，我得回趟兰州去处理兰州分号的事情了。”

姚存厚问：“你也准备捐赠兰州房产？”

马琨说：“我回去和我叔父商量一下再说，如果他不反对，再说捐赠不迟。”

马琨话音刚落，王长安快步进来说：“东家，裕兴重邓掌柜来了。”

马琨问：“在哪里？快请进来。”

不一会，邓承兴就走进了客厅，他见姚存厚也在，笑着说：“碰巧了，原本想给马掌柜说完此事再去找姚掌柜，没想到你正好在此，省得我瞎跑了。”

马琨给邓承兴倒上茶，问：“邓掌柜，今天来有啥事？”

邓承兴说：“早上接到县政府通知，说要对民族工商业进行社会主义改造。县政府要求，所有经商者必须参加改造动员大会。改造完成之后，商会也就不存在了。这也是我最后一次代表我大这个会长通知大家参会了。”

姚存厚问：“邓掌柜，你同意进行改造吗？”

邓承兴说：“大势所趋，无法阻挡。不过公私合营了也好，省去了许多琐碎事情。”

公私合营动员大会上，尽管有少部分商家开始对公私合营不理解，但听过涂洛克县长的耐心解释后，大家都表示乐于服从政府指令，以自己的字号和资产进入新成立的泾阳茶厂，八大茶号掌柜有些出任股东，有些担任职务。

等大家履行完程序,涂县长手里拿着一份报纸,又告诉了大家一件新闻:自抗美援朝战争爆发后,豫剧名伶常香玉依靠义演为志愿军捐献飞机一架。泾阳富商姚铭义在成都把自己大半生积蓄的黄金和首饰共计20多公斤合700余两全部捐献给国家购买飞机,支持抗美援朝战争。

涂县长说,在座的大多数人和姚铭义都熟悉,人家拿出真金白银支援抗美援朝战争,值得我们学习、效仿。我在此代表县政府号召大家自愿加入支援抗美援朝战争中来,为保家卫国做出贡献。

在座的工商界人士一阵议论,随后纷纷慷慨解囊,尽自己所能,表达了捐款捐物的愿望。

参加完公私合营动员大会,马琨心里久久不能平静。对于姚铭义一连串的惊人举动,他觉得自己也应该行动了。

第二天早上,他叫来王长安,对他说:"我有急事要回兰州一趟,泾阳公私合营的事情就交给你了。"

王长安问:"没听说兰州分号有啥要紧事嘛,东家这么着急赶回去干啥呀?"

马琨说:"此事你先别问,过些天你就知道了。如果别人问起我,你就说我回兰州处理家务事去了。"

王长安说:"明白。请东家放心,我会处理好这些琐碎事情的。"

马琨一路上打马如飞,用了两天时间就赶到了兰州。

见东家单人单马回来,唐多荩有些莫名其妙。

招呼马琨洗漱完毕,唐多荩说:"正想给东家写信汇报一件事,没想到东家突然回来了,那就当面汇报吧。"

马琨喝了一口茶水,说:"有啥要紧事,你就说吧。"

唐多荩说:"前几天,二老爷捎话说,为了和平解放西藏,中央政府决定护送班禅大师从西宁启程返藏。甘肃省决定在民勤县征集骆驼3600峰,驼工360人。二老爷决定以马氏家族的骆驼为主,编成四队,全力配合中央政府护送班禅大师返藏。二老爷让我征求东家的意见。"

马琨笑着说:"二老爷这招高明啊!这叫征求我的意见?分明是通报他的决定。不过此事是好事,也是马家驼队应该做的,我全力支持。"

唐多荩没想到马琨这么爽快就答应了，不由得暗自称奇。想到马琨突然回来，肯定有重要事情，他问："东家此次回来，一定是有要事吧？"

马琨说："我此次专程回来，就是想告诉你，全国都已开始对民族工商业进行改造，泾阳总号已参与当地政府进行的公私合营，兰州合盛谦分号也应该积极参与当地政府的公私合营。唐掌柜代表合盛谦入股，伙计们可以到合营公司任职。不愿意去的，分号发给遣散费，让其另谋职业。另外，我想把合盛谦分号名下部分家产，即南关什字路东、西北执行所至城关区粮食局铺面房屋及家中器物全部变卖。"

唐多荩想不通马琨又不缺钱，一下子变卖这么多资产干啥，他问："东家急需用钱吗？合盛谦名下的家产那是马家几代人的心血啊，你要慎重考虑。"

马琨说："我回兰州前就考虑过了，回兰州的路上又考虑再三，这才下了决心。说实话，我当下并不缺钱，出售这些家产，是想给志愿军捐献一架飞机，支持抗美援朝战争。"

唐多荩瞪大了眼睛，像不认识马琨似的长时间盯着他。马琨被他盯得难受，就说："我知道你对此可能想不通，我要告诉你的是，新中国已经开始实行计划经济模式了，以前的观念必须转变。现在已经完成的土改消灭了地主阶级，即将实行的统购统销，将不会需要商人阶层了。在今后一段相当长的时期内，所有的商号将不会存在了。没有了商号，无法做生意，我要那么多房产干啥？与其让它们空置在手上，还不如变现为国家做点贡献。"

唐多荩听完马琨一番解释，终于明白了东家的良苦用心，他赞同地说："请东家放心，我这就安排人去办这些事。"

听说马合盛茶号处置兰州东关一带的房产，一些与马合盛茶号多年打交道的生意人不知道其中的原因，一时间说啥的都有。有些人猜想马琨可能因吃喝嫖赌欠了外债，急于还钱。有些人猜想马琨无能，只能贱卖祖上产业，供其继续过奢华的生活。更有甚者，有人说马琨可能集聚现金后准备外逃。直到《甘肃日报》上刊登了马琨义捐飞机一架，支持抗美援朝战争，各种流言蜚语才一齐偃旗息鼓。

马琨回到泾阳，受到了茶叶界同行的刮目相看。老会长邓监堂叹息着说："马琨这小子，真是红萝卜调辣子，吃出没看出啊！这小子弄出了这么大动静，着实让人钦佩！"

益陽磚茶厂

1951 年,国家以自古岭北不出茶为由,为降低茶叶运输成本,决定撤销刚成立不久的泾阳茶厂。对于制茶技师,国家号召他们一是去湖南益阳,二是去四川雅安,在茶叶产地加工茯砖茶。

对于国家的决定,泾阳茶厂只能服从。邓承兴知道自古以来制作茯砖茶就有"三不离"之说,对这些技术骨干能否在益阳、雅安制作出茯砖茶,心中充满了疑惑。

马琨说:"邓掌柜,我陪着他们去益阳吧。我不相信,新中国集中了技术骨干,在益阳还制作不出茯砖茶来。"

邓承兴说:"有你出马,肯定能行。你出发时,我等老八大茶商一起为你壮行。"

马琨说:"借你吉言吧。我如果能在益阳制作出茯砖茶,一定带回来让你和老会长品鉴。"

为马琨一行送行时,其他七家茶号掌柜全部出动了。马琨看着送行的人群,激动得泪流满面,他哽咽着说:"在泾阳生活了几十年,真有点故土难离啊。但为了国家建设,我愿意前往益阳。各位父老乡亲,你们就等着好消息吧。"

邓承兴双手抱拳,对马琨说:"马掌柜此番前去,代表着泾阳茯砖茶制作技术的南移,我等期盼早传佳音。"

马琨凝视大家一眼,带着大伙掉头向南而去。

1953 年,从益阳传回来消息说,砖茶在益阳茶厂试制成功,从此打破了只有泾阳出茯砖茶的格局。

这真是:茶马古风泾茯砖,安定西域六百年。
日月星辰恩与怨,风卷黄沙肝肠断。
秦商好强神鬼叹,三硬至今被人传。
岁月悠悠凡尘事,斗转星移化云烟。

跋

在长篇小说《大引茶商》即将付梓印刷之际，按常规是要写一篇跋作为结尾的，否则，好像码字工作没有结束，一本书似乎也缺少了一点东西。对这种被许多文坛大家称为狗尾续貂的文字，我觉得还是有必要的。

拙作《大引茶商》在某种程度上可以称之为长篇小说《三秦儒商》的姊妹篇，是取材于秦商往事，绝非空穴来风的凭空臆造或者杜撰。历史上，大引茶商马合盛、安吴寡妇周莹、制茶高手邓监堂、渭北首富蒋怀德都是叱咤风云的著名秦商，他们传承和发扬了明清以来秦商“忠义仁勇、厚重质直、以商事国、家国一体”的传统，在西部贸易的商业史上彪炳千秋，谱写了“以商求富”的壮丽篇章，留下了许多为人称道的传奇故事，彰显了秦商刚正勇毅、以商致富、守望相助、抱团发展的创业精神。

《大引茶商》正是取材于大引茶商马合盛、安吴寡妇周莹、制茶高手邓监堂、渭北首富姜恒泰等传奇故事，以史料为基础，以时空变化为经，以人物传奇为纬，熔商战、商道、商禅于一炉，演绎了一段陕西茶商的历史往事，刻画了众多秦商的人生形象，描写了商界精英的征伐与局限。

为了尽可能还原书中主要人物的原貌，反映鸦片战争至新中国成立初期西部茶叶贸易的艰难，我曾经自驾沿着天水、兰州、武威、张掖、酒泉、嘉峪关、敦煌、德令哈、西宁进行过实地考察，专门到民勤寻访马合盛家族遗存，拜访了民勤县档案馆赵馆长、县文史办孙明远主任，购买了河西走廊上许多商贸重镇的历史资料进行恶补。后来又自驾专程走丹凤、赊旗、南阳、襄阳、荆州、益阳、安化，对“船舱马背”式万里茶路进行了探访，与安化茶叶界人士进行了交流，重走了风雨廊桥、茶马古道，参观了中国黑茶博物馆，获取了大量第一手资料，奠定了码字的基础。

小说第三稿完成后，得到了西北大学博士生导师、陕商文化研究中心主任李刚教授，长安大学建筑学院副教授、美术学博士后、陕西省职工作协评论委员会副主任岳红记（弘骥）等人的指导。中国小说学会副会长、陕西文艺评论家协会副主席、茅盾文学奖评委李星为之作序，著名文化学者、作家、鲁迅文学院原常务副院长白描教授撰写了推荐语，资深媒体人、评论家李晓华先生撰写了评论，著名书法家、建明书法协会主席张建明先生为拙作题写了书名。小说修订稿完成后，受到了各方面关注，先后被《中国保险报》文化副刊、陕西作家协会《文学陕军》、陕西新闻广播《三秦文化》等栏目做过专访。西北大学陕商文化研究中心、陕西金融作家协会、陕西好猫文化传播有限公司、西安新能源汽车产业协会、北方工业大学陕西校友会等单位给予了大力支持，中青年实力派画家马牧（得原）为拙作精心插图，陕西人民出版社编辑许晓光、王金林精心审核，美编庞红梅精心设计，在此一并表示衷心的感谢！

对于作品的好孬，我不便自夸，留待读者点评。

以此为跋，聊作交代。

黄天顺

2019 年 5 月 29 日

附　录

为"陕商"抒写三部曲

——陕西新闻广播《文化三秦》记者访《大引茶商》作者黄天顺

记者：继《三秦儒商》之后，您的新作《大引茶商》也已经创作完成，这些年您一直致力于以"陕商文化"为主题的创作，你为什么会把视角放在陕商这个群体上？

黄天顺：对陕商的关注已经是五年前的事情了，当时我任中国人寿西安分公司综合管理部经理。有一次，与省工商联两位老同志（资深媒体人）谈起商帮故事，他们说这些年影视剧对晋商、徽商的广泛传播引起了观众对历史上商帮的好奇，也产生了许多误会。有些观众以为晋商、徽商是中国商人起根发苗的代表，甚至中国商业贸易因他们而产生、发展，乃至辉煌，这其实是个谬误。西北大学博士生导师、陕商文化研究中心主任李刚教授从事陕商研究 30 多年，得出了陕商是"天下第一商帮"的结论。你是泾阳人，而泾阳是明清之际 500 年西北贸易中心，每年白银的流通量 3000 多万两，占到朝廷财政收入的三分之一强（清代中后期朝廷每年财政收入 8000 多万两），我们建议你利用自己搜集资料方便的优势，为陕商正名。后来得知，西北大学博士生导师、陕商文化研究中心主任李刚教授出版了几十本陕商研究专著，因其是学术专著，普通读者难以接触到，引起的关注较少。明清以来，泾阳因其地理区位优势，成为"西部商务总汇""西部金融中心"，也是陕商活动的主要舞台，演绎了许多商业话剧，留下了无数财富神话。为了给陕商正名，我开始关注陕商。

我在撰写《三秦儒商》时与李刚教授结缘，并被聘为西北大学陕商文化研究中心研究员。利用这个平台支持，在掌握大量资料的基础上，我又自驾寻访陕商足迹。这个过程虽然艰辛，但却让我受到了感动，更加关注明清时期的陕商活动，并想通过小说这种形式，反映陕商精神。

记者：在您眼里，陕商是什么样的团体？对于陕商精神您是怎么理解

的？

黄天顺：陕商是黄土地上产生的主要从事边境贸易的西部商业资本集团，是中国诸多商帮中最早的一支。他们充分利用明政府“食盐开中”政策，将自己家中储藏的粮食直接贩运到边关换取盐引，比晋商由于山西缺粮而推着手推车到山东买粮，比徽商利用明代中叶“叶琪变法”花钱买引才登上历史舞台都早一些。陕商对我国西部经济在明清时期的初步开发发挥过巨大的历史推动作用，同时也使陕西成为明清五百年间全国经济发达地区之一。

陕商之所以能在他们从事的商品贸易中创出辉煌的业绩，与他们精心培育的以“忠、道、勇”为构架的“陕商八大精神”有直接的联系，并成为推动陕商五百年不断发展壮大的精神动力。

就陕商精神的构架而言，陕商以“忠”为核心价值观，以“道”为经营理念，以“勇”为行为特色。

陕商的“忠”，首先是指“忠义”，就是忠于国家，将商业经营与国家兴亡联系在一起，形成了“以商事国”“家国一体”的家国意识，自觉地将经商行为与国家兴亡合二为一，以实现民族兴旺和富国强兵为商业经营的出发点和归宿。陕商的“忠”还包括“忠厚”“忠诚”“忠信”等多种含义，我就不展开说了。

陕商的“道”，首先指经营的规则和制度，其次指经营之道。陕商在全国各地会馆留下的《店规》《行规》《会规》等经营规则，规范了商人的市场行为。在中国商业史上，是陕商最先提出了“贾道”的基本概念和按照贾道经营的科学思想，这是陕商给我们留下的极为宝贵的历史文化遗产。

陕商的“勇”，首先是指不畏艰难，万里拓荒的经商气概，其次是指敢于冒险，勇闯禁区的开拓精神。我国西部天苍苍，野茫茫，土厚风刚的自然条件和土匪遍地、社会不靖的人文环境，使得这一区域经商的人非得有强毅果敢、不畏险阻的风格不可。明清之际的陕商恰恰适应了这一贸易环境的需要，于是出现了陕商“骏马快刀英雄胆，干肉水囊老羊皮”的英武形象。他们在西部扬鞭策马，驰骋搏杀，成为中国内陆唯一的武装贸易集团。从这个意义上讲，陕商是明清之际西部大开发的拓荒者。

以“忠、道、勇”为精神构架，衍生出的“陕商精神”包括八个方面，也称“八大精神”。一是抓住机遇，乘势而起的时代精神。二是不畏艰难，闯荡天涯的开拓精神。三是不恋家舍，锐意经营的求富精神。四是不辞劳苦，奋起经营的创业精神。五是恪守本职，坚忍不拔的敬业精神。六是诚实经营，恪守贾道的求实诚信精神。七是富而不奢，生活朴素的厚重精神。八是热心公益，惠及乡党的忠义精神。上述这些精神，至今还有顽强的生命力，值得我们借鉴和传承。

记者：您的新作《大引茶商》关注的是泾阳茯茶的陕商，随着最近《那时花开月正圆》电视剧的热播，人们对这个群体也越来越关注，除了大家熟知的周莹，历史上还有哪些有名的茯茶商人和匠人？

黄天顺：明代实行“食盐开中”“茶马交易”政策之后，第一个闻名全陕西的大茶商是穆士元，他创立的陕商“住中间，拴两头”的经营模式一直延续到了新中国成立初期。大家从电视剧里知道的周莹是清末关中著名的女富商，她获得过清政府敕封的“护国夫人”“一品诰命夫人”等称号。与她同时代的马合盛，也是慈禧太后敕封的“大引茶商”。这个时期比较有名的茶号有裕兴重、马合盛、魁泰通、天增公、恒春益、天泰运等。马合盛、邓监堂、姚文青等人是这个群体的通行领袖和杰出代表。

记者：在您的小说中，您是从哪里写起的？您设定的主人公是一位还是群像？

黄天顺：我新创作小说《大引茶商》从清代“同治之乱”以后开始至新中国成立初期，主要讲述和“还原”了鸦片战争以后一百多年的历史，刻画了时代变革中的商海风云变幻、波诡云谲，商界精英的征伐与局限。小说以马合盛茶号为主线，实则是描写了大引茶商马合盛、安吴寡妇周莹、制茶高手邓监堂、渭北首富蒋怀德等四大家族几代人经营茶叶贸易的财富和人生故事，可以说是以马合盛茶号为主的一个群体形象。

被誉为“天下第一商帮”的陕商，在这一特定时期，展开了西部贸易波澜壮阔的历史画卷和跌宕起伏的商场风光，表现了陕西茶商在国难当头，民族危机的历史关头，挺身而出，毁家纾难，精忠报国的爱国精神，彰显了陕西商人的家国情怀和板荡忠臣意识。

记者：故事中，您为我们描绘了陕商的哪些故事？您认为如何才能将这些商人们的历史故事生动有趣地展现在大家眼前？

黄天顺：故事以泾阳茯砖茶贸易展开，主要讲述了甲午海战、庚子之乱之际，陕商为国家捐资纾难，在西部打通贸易渠道等传奇。小说涵盖了近代陕西发生的重大历史事件，如帝后西狩、陕西辛亥革命、二虎守长安、关中年馑、西安事变、八路军云阳誓师等内容。

在小说中，我主要讲了马合盛、周莹、邓监堂和蒋继英等人的故事。大家可能对安吴寡妇周莹比较熟悉，她掌控吴家经营大权之后，和豫商河洛康家为争夺收购关中地区棉花霸主地位发生过一段斗智故事，导致康家在泾河花池渡烧掉了五六万担皮棉。周莹在帝后西狩时，主动向朝廷捐资纾困，被慈禧认作干女儿，创造了清代以来皇家认汉族女人为义女的先例。

相对而言，大家对马合盛知之甚少。马合盛是汉朝伏波将军马援的后代，其祖上在明初由山西迁居泾阳，开始进入茶叶贸易领域。明中期马合盛家族迁居甘肃镇番(现在称民勤)，大量养殖骆驼，形成了加工、贸易、运输一条龙的经营模式。马合盛涉足茯砖茶贸易之后，一度成为茯砖茶贸易的领军人物，在甲午海战失败后，主动向朝廷捐款，获得过四品资政大夫官衔。帝后西狩时，他安排自家驼队为朝廷从丹凤龙驹寨运输粮草，又向朝廷义捐10万两白银，获得过慈禧敕封的“大引茶商”封号。为了打通绥新商道，他自购武器弹药，在镇番朱知县的大力协助下，剿灭了盘踞在滚坡泉的团伙劫匪。

渭北富商蒋继英家族的发家致富，颇具传奇色彩。他的父亲与陕甘总督谭钟麟(国民党元老谭延闿之父)是结义兄弟，曾任黄河水利道台。后来家族钱庄陷入陕西官钱局、铁钱局私贩官钱事件，倾家荡产。

如何将这些商人们的历史故事生动有趣地展现在大家面前，我认为通过影视剧是最好的方式。当然，改编成听书节目也不失为一种途径。

对于把《大引茶商》改编成影视剧，我还是有信心的。有专家看过这本书的第三稿后认为，如果此书能被改编成影视剧，将会以更加宏大的叙事方式、错综复杂的人物关系，近代陕西发生的重大事件，多角度、全方位展现陕西近百年的历史风貌，引起的效应将可能超过影视剧《那时花开月正圆》。我期待与有改编意愿的影视公司合作，为宣传陕商精神贡献自己的绵薄之力。

记者：整部小说的体量有多大？您创作的过程中相关资料的问题您是怎么解决的？创作中您还遇到了哪些困难？

黄天顺：这部小说的纯文字有40万字左右。创作中的相关资料问题，第一是查阅泾阳、三原、渭南、民勤、安化等地的文史资料,第二是自驾探访万里茶马古道,核实有关传说和故事。

在占有大量资料的基础上,我对有关传说进行了甄别,随后开始创作。长篇小说的创作过程也是一个不断纠结的过程。鸦片战争至新中国成立期间,在陕西发生了前面讲到的许多重大历史事件。这些事件对中国的前途命运产生过重大影响,甚至改变了中国历史发展的走势,对陕商正常经营产生的影响更不用说。如何体现陕商在国家政治命运发生重大变革时期的作为,客观反映陕商“以商事国、以商护国、以商兴国”的家国精神就成了对我驾驭长篇小说创作水平的最大考验。小说第二稿修改完成后,我请李刚教授,资深媒体人、评论家李晓华先生,陕西金融书画协会副主席曾山等人进行审阅,他们对第二稿提出了不少真知灼见。在专家学者意见的基础上,我开始重新审视作品,对有关章节进行了调整补充,对主要人物的命运进行了交代。目前,小说第四稿修改完毕,也算是终稿吧。

记者:据了解,之前您的作品《三秦儒商》曾被改编成长篇小说联播在广播上播出,那么您的新作是否也有打算改编成视听作品的计划?

黄天顺:去年5月份《三秦儒商》由陕西人民出版社出版后,被西安新闻广播改编成听书节目在该台《文化西安》《长安夜话》首播、重播,产生了一定影响。今年下半年,《三秦儒商》和《三十六记:用脚步丈量历史文化》(二)已被列入陕西省总工会职工图书采购项目。我认为《大引茶商》这部小说的出版,将会有助于社会各界改变对陕商历史和功绩的客观评价,为陕商是“天下第一商帮”正名,同时吸引更多的人关注明清时期陕西商帮创造的历史辉煌和留下的历史往事。因为这部小说,时间跨度大,人物众多,矛盾突出,颇具传奇性,具有改编成影视剧和视听作品的潜力。

在小说创作过程中,我曾经和一位资深播音人员聊过其中的故事,他也听过《三秦儒商》听书节目。听说我正在创作《大引茶商》,他很感兴趣,并建议《大引茶商》正式出版后,改编成听书节目会更方便传播。如果陕西新闻广播《文化三秦》有意愿改编,我会大力支持的。

记者:《三十六记:用脚步丈量历史文化》这两部散文集,是您在探访陕商踪迹的时候写下的散文集,这里面您写了哪些内容?这种散文的形式区别于小说是否更适合碎片化的阅读?

黄天顺:到目前为止,我撰写的历史文化散文集《三十六记:用脚步丈量历史文化》已经由陕西人民出版社出版了两本,其中有一部分是我为探访秦商足迹,核实有关史料,参观秦商或山陕会馆撰写的游记性散文。通过这些散文,可以了解秦商或山陕会馆在全国的分布情况、建筑特点、规章制度、经营历史等内容,如《自贡西秦会馆》《赊旗山陕会馆》《泸定茶马古道》《安化茶马古道》《剑门古蜀道》《茯茶小镇悟道》《管窥河洛康家之经商管理》《丝路枢纽看敦煌》《安化黑茶博物馆见闻》等篇章,很适合碎片化阅读时代年轻人的阅读习惯。

我撰写的游记性散文与长篇小说有很大的区别。一篇游记性散文,一般只讲一段历史或主要人物的传奇故事,不会像长篇小说那样,需要有贯穿整部小说的关键人物,要把许多故事串联起来,形成跌宕起伏的连续剧,给人想继续阅读的愿望。以《大引茶商》为例,我在书中描写的这一时期,社会动荡,政府腐败,战争频仍,让"富贵险中求"的陕商步履艰难。小说全方位展现了这一时期的社会生态,重大事件,民众企求,描绘了陕商历经坎坷、万难不屈的经营史和壮志凌云、守望相助的身影,刻画了他们"身为商贾,志在儒术"的典型特征,诠释了他们"以商事国、以商护国、以商兴国"的家国精神和陕西人所具有的光宗耀祖、建功立业的英雄情怀。这些内涵,一篇或者多篇游记性散文是无法做到的。已经正式出版的两部散文集,对碎片化阅读时代的读者来说,可以修正许多误以为正确的观点,也受到了读者的肯定。

记者:您个人对于文学创作有什么样的心得与体会?

黄天顺:柳青曾说过"文学是愚人的事业"。我的理解是要搞文学创作,尤其是长篇历史小说创作,必须要有一股子"愚劲",不能投机取巧,更不能肆意篡改历史。现在,陕西省作协提出了"文学陕军再出发",这个大题目包含了在传统与现代转型的大背景下,文学面临的继承与创新问题,当然也包含着陕西作家能否续写辉煌的问题。对于陕商的历史过往,有人称之为历史留下来的一座富矿,希望更多的作家通过挖掘老秦人留下的宝贵精神财富,吸纳他们创业过程中的智慧,给当下的陕商以启迪。为繁荣陕西文化事业,更好地落实习近平总书记对陕西提出的"追赶超越"要求增添动力。

通过调研陕商精英的历史过往,对我个人的修为也是一种提升,对今后创作中如何把文品与人品有机结合指明了方向。正如有关学者指出的“一个没有受陕商精神影响的人,写陕商的题材总会有些不伦不类的别扭和缺乏自信的惶恐，这是当下以陕商为创作题材文学作品应该极力注意的”。

人品与文品相统一，是中国传统的重要文学批评原则。传统观念认为,文以载道,道因文而生,文道相依,言为心声。有高的人品,才有高的文本。但是从历史上看文人作品,就会发现不能将文品与人品等同而论。文品与人品脱节,在历史上有很多,在当下也比较严重。有些人写的作品不错,而人品却不敢恭维,就是文品与人品脱节了。人品的高下,反映到作品中,我认为就是作品能否反映一个时代的主旋律、就是“对社会、对他人、对周围事物所表现出来的稳定的心理特征或倾向”。人品应该是一种人格修为,儒家讲“修身、齐家、治国、平天下”,把修身放在第一位,就是强调个人修为即人品的锤炼。我认为,没有好的人品,很难有好的作品,也难以形成好的文品。在撰写陕商题材小说过程中,通过学习前贤的儒家风骨,我想对自己也是一种锤炼,对今后的创作大有裨益。

记者:据说您有一个三部曲的创作计划,目前下一部书您是怎么打算的?您有没有写一个陕商历史资料汇编相关书籍的打算?

黄天顺:说实在的,在《大引茶商》创作完成后,我积累的素材已基本用完了。下一部小说选择什么样的题材、以什么年代为背景(明清时期还是当代)、反映哪些问题、弘扬什么精神,等等,这些问题让我感到迷茫和困惑。

最近，西北大学陕商文化研究中心主任李刚教授约我帮他整理秦商史料,这也给了我全面、系统了解秦商的难得机会,我会珍惜并希望从中寻找亮点,为自己的创作积累素材。目前,整理陕商历史资料已进入正式议事日程,期待通过大家的共同努力,早点让关心陕商的读者见到这部系列丛书。

谢谢您的采访！对于上述个人观点,也希望得到研究陕商历史和撰写文学作品的专家、学者批评指正！